MROCZNIEJ

E L JAMES
MROCZNIEJ

CIEMNIEJSZA STRONA GREYA OCZAMI CHRISTIANA

Z języka angielskiego przełożyli
Katarzyna Petecka-Jurek i Radosław Madejski

WYDAWNICTWO
SONIA DRAGA

Tytuł oryginału: DARKER

Projekt okładki: © Sqicedragon i Meghan Wilson
Zdjęcia na okładce:
front © Petar Djordjevic / Penguin Random House;
tył © Shutterstock
Zdjęcie autorki: © Michael Lionstar

Redakcja: Jolanta Olejniczak-Kulan
Korekta: Iwona Wyrwisz, Marta Chmarzyńska

ISBN: 978-83-8110-287-2

WYDAWNICTWO SONIA DRAGA Sp. z o.o.
ul. Fitelberga 1, 40-588 Katowice
tel. 32 782 64 77, fax 32 253 77 28
e-mail: info@soniadraga.pl
www.soniadraga.pl
www.facebook.com/wydawnictwoSoniaDraga
www.facebook.com/50TwarzyGreya
www.piecdziesiattwarzygreya.pl

Skład i łamanie: Wydawnictwo Sonia Draga

Katowice 2018. (N218)

Książkę wydrukowano na papierze Ecco Book 60 g,
dostarczonym przez firmę Antalis.

Moim Czytelnikom

Dziękuję za wszystko, co dla mnie zrobiliście.
Ta książka jest dla Was.

PODZIĘKOWANIA

Dziękuję:

Wszystkim z Vintage za Wasze oddanie i profesjonalizm. Wasza wiedza, poczucie humoru i miłość do słowa pisanego nigdy nie przestaną być dla mnie inspiracją.

Anne Messitte za wiarę we mnie. Na zawsze pozostanę Twoją dłużniczką.

Tony'emu Chirico, Russellowi Perreault i Paulowi Bogaardsowi za Wasze nieocenione wsparcie.

Wspaniałemu zespołowi technicznemu, redakcyjnemu i projektowemu, że udało im się zrealizować ten projekt: Megan Wilson, Lydii Buechler, Kathy Hourigan, Andy'emu Hughesowi, Chrisowi Zuckerowi i Amy Brosey.

Niallowi Leonardowi za Twoją miłość, wsparcie i wskazówki, a także za to, że nie byłeś już takim zrzędą.

Valerie Hoskins, mojej agentce – każdego dnia dziękuję Ci za wszystko.

Kathleen Blandino za to, że pierwsza wszystko przeczytałaś, i za pomoc przy kwestiach, mających związek z Internetem.

Brianowi Brunettiemu, po raz kolejny, za Twoje nieocenione informacje na temat wypadków helikopterowych.

Laurze Edmonston za podzielenie się ze mną swoją wiedzą o Wybrzeżu Północno-Zachodnim.

Profesorowi Chrisowi Collinsowi za pouczające wykłady z nauki o gleboznawstwie.

Ruth, Debrze, Helenie i Liv za zachętę i słowne wyzwania, a także za to, że mi się udało.

Dawn i Daisy za Waszą przyjaźń i rady.

Andrei, BG, Becce, Britt, Catherine, Jadzie, Jill, Kellie, Leis, Norze, Raizie, QT, Susi – ile to już lat? Stajemy się coraz silniejsze. Dziękuję Wam za amerykanizmy.

I wreszcie wszystkim moim autorom i przyjaciołom ze świata książki – wiecie, o kim mówię – za to, że inspirujecie mnie każdego dnia.

Na koniec dziękuję moim dzieciom. Kocham Was bezwarunkowo. Zawsze będę dumna, że wyrośliście na takich wspaniałych mężczyzn. Dajecie mi tyle radości.

Zawsze tacy bądźcie. Obaj.

CZWARTEK, 9 CZERWCA 2011

Siedzę. Czekam. Serce mi wali. Jest 5:36, a ja gapię się przez przyciemniane szyby mojego audi na frontowe drzwi jej budynku. Wiem, że przyjechałem za wcześnie, ale czekałem na ten moment przez cały dzień.

Zobaczę ją.

Poprawiam się na tylnym siedzeniu samochodu. Atmosfera jest duszna i chociaż bardzo staram się zachować spokój, oczekiwanie i niecierpliwość ściskają mi żołądek i przytłaczają klatkę piersiową. Taylor siedzi za kierownicą wpatrzony przed siebie, milczący i jak zwykle opanowany, podczas gdy ja ledwie mogę oddychać. To denerwujące.

Do licha. Gdzie ona jest?

Jest wewnątrz – w Seattle Independent Building. Budynek, który dzieli od ulicy szeroki chodnik, jest obskurny i wymaga pilnej renowacji; nazwa firmy została niechlujnie wyryta w szkle, a mat na szybach obłazi. Za tymi drzwiami mogłaby się mieścić agencja ubezpieczeniowa albo biuro rachunkowe; niczego nie zdradzają ani nie sugerują. Cóż, to się zmieni, kiedy ja przejmę zarząd nad obiektem. SIP jest moje. Prawie. Podpisałem już projekt umowy.

Taylor chrząka i zerka na mnie w lusterku wstecznym.

– Wysiądę, proszę pana – mówi, zaskakując mnie, i wychodzi z samochodu, zanim zdążę go powstrzymać.

Może wyczuwa moje napięcie bardziej, niż mi się zdaje. Czy jest aż tak widoczne? Może to *on* jest spięty?

Ale dlaczego? Poza tym, że przez cały ubiegły tydzień musiał znosić moje wiecznie zmieniające się nastroje, co – zdaję sobie sprawę – nie było łatwe.

Ale dzisiaj jest inaczej. Odczuwam nadzieję. Po raz pierwszy, odkąd mnie opuściła, nie zmarnowałem dnia, albo przynajmniej tak mi się wydaje. Podczas wszystkich spotkań zachowywałem optymizm, jednak co chwilę zerkałem na zegarek. Dziewięć, osiem, siedem... Z każdym tyknięciem przybliżającym mnie do panny Anastasii Steele zegar wystawiał moją cierpliwość na ciężką próbę.

A teraz tu siedzę, sam, i czekam, a determinacja i pewność siebie, jakie odczuwałem przez cały dzień, powoli znikają.

Może zmieniła zdanie.

Czy znowu będziemy razem? A może chodzi jej tylko o darmową podwózkę do Portland?

Sprawdzam godzinę.

5:38.

Cholera. Czemu ten czas tak wolno płynie?

Zastanawiam się, czy nie wysłać do niej maila z wiadomością, że czekam na zewnątrz, ale kiedy wygrzebuję z kieszeni telefon, dociera do mnie, że nie chcę spuścić z oczu frontowych drzwi. Odchylam się na siedzeniu i w myślach przywołuję wszystkie jej ostatnie maile. Znam je na pamięć; wszystkie przyjacielskie i zwięzłe, niczym nie sugerujące, że za mną tęskni.

Może jednak *jestem* darmową podwózką.

Odpędzam od siebie tę myśl i wpatruję się w drzwi, zanosząc modły, żeby się wreszcie w nich pojawiła.

Anastasio Steele, ja czekam.

Drzwi się otwierają i serce mało nie wyskoczy mi z piersi, ale bardzo szybko zatrzaskują się z powrotem. Odczuwam zawód. To nie ona.

Do diabła.

Zawsze każe mi na siebie czekać. Niewesoły uśmiech błąka się na moich ustach: czekanie w Claytonie, w Heathman po sesji zdjęciowej i znowu, kiedy posłałem jej książki Thomasa Hardy'ego.

Tessa...

Ciekawe, czy wciąż jeszcze je ma. Chciała mi je zwrócić; pragnęła oddać na cele dobroczynne.

„Nie chcę niczego, co będzie mi ciebie przypominać..."

Przed oczami pojawia mi się widok odchodzącej Any; jej smutna, poszarzała twarz, zraniona i zmieszana. To niemiłe wspomnienie. Bolesne.

To ja ją *tak* unieszczęśliwiłem. Posunąłem się za daleko, za bardzo się pośpieszyłem. Mam z tego powodu wyrzuty sumienia. Odkąd odeszła, aż nadto dobrze poznałem, czym jest rozpacz. Przymykając oczy, próbuję się skupić, ale dopada mnie mój największy, najbardziej ponury strach: poznała kogoś; dzieli się swoim małym białym łóżkiem i swoim pięknym ciałem z jakimś pieprzonym obcym.

Do licha. Myśl pozytywnie, Grey.

Nie zadręczaj się tym. Jeszcze nie wszystko stracone. Masz plan. Odzyskasz ją. Otwieram oczy i przez przyciemniane szyby audi, które doskonale oddają mój nastrój, patrzę na drzwi. Coraz więcej ludzi wychodzi z budynku, ale nie Ana.

Gdzie ona jest?

Taylor przechadza się po chodniku i też patrzy na drzwi wejściowe. Chryste, denerwuje się tak samo jak ja. *Co w niego, do cholery, wstąpiło?*

Mój zegarek pokazuje 5:43. Lada moment wyjdzie. Biorę głęboki wdech, poprawiam mankiety koszuli i sięgam do krawata, którego przecież nie założyłem. *Psiakrew.* Przeczesując palcami włosy, próbuję się pozbyć wątpliwości, ale one atakują mnie ze wszystkich stron. *Czy jestem dla niej tylko darmową podwózką? Czy zechce mnie z powrotem? Czy ma kogoś innego?* To gorsze od czekania na nią w Marble Bar. Dostrzegam kryjącą się w tym ironię. Myślę, że to najważniejsza umowa, jaką kiedykolwiek z nią zawarłem. Marszczę brwi – nie wyszło tak, jak się spodziewałem. Z panną Anastasią Steele nic nigdy nie wychodzi tak, jak się spodziewam. Ogarnia mnie panika i znowu ściska mnie w żołądku. Dzisiaj chcę zawrzeć o wiele poważniejszą umowę.

Chcę ją odzyskać.

Powiedziała, że mnie kocha...

Moje serce przyśpiesza i czuję napływ adrenaliny.

Nie. Nie. Nie myśl tak. Na pewno nic takiego do ciebie nie czuje.

Uspokój się, Grey. Skoncentruj.

Jeszcze raz patrzę w stronę wejścia do Seattle Independent Publishing i widzę ją, zmierzającą w moją stronę.

Kurwa.

Ana.

Zapiera mi dech, jakbym otrzymał cios w splot słoneczny. Pod czarnym żakietem nosi jedną z moich ulubionych sukienek, tę fioletową, na nogach ma czarne botki na wysokim obcasie. Włosy połyskujące w popołudniowym słońcu falują, kiedy idzie. Jednak nie ubranie ani jej włosy przykuwają moją uwagę. Jej twarz jest blada, niemal przezroczysta. Pod oczami ma ciemne kręgi i jest chudsza.

Chudsza.

Przeszywa mnie ból i poczucie winy.

Chryste.

Ona też cierpiała.

Moja troska przeradza się w gniew.

Nie. W furię.

Nie jadła. Przez te kilka dni schudła ile? Dwa, trzy kilogramy? Zerka na idącego za nią jakiegoś przypadkowego faceta, a on uśmiecha się do niej szeroko. Przystojny drań, bardzo pewny siebie. *Dupek.* Ich beztroska wymiana spojrzeń tylko potęguje moją wściekłość. Facet patrzy na nią idącą w stronę samochodu z bezczelnym męskim zachwytem, a mój gniew wzrasta z każdym jej kolejnym krokiem.

Taylor otwiera drzwi i pomaga jej wsiąść do środka. I nagle Ana siedzi obok mnie.

– Kiedy ostatnio coś jadłaś? – pytam gniewnie, z trudem nad sobą panując.

Patrzy na mnie tymi swoimi niebieskimi oczami, demaskując, odzierając ze wszystkiego, aż zostaję nagi i bezbronny jak wtedy, kiedy ujrzeliśmy się po raz pierwszy.

– Dzień dobry, Christianie. Ja też się cieszę, że cię widzę – mówi.

Co. Do. Jasnej. Cholery.

– Nie wymądrzaj się – warczę. – Odpowiedz na pytanie.

Wpatruje się w swoje złożone na kolanach ręce, więc nie mam pojęcia, o czym myśli, wreszcie bąka coś o jakimś bananie i jogurcie.

To nie jest żadne jedzenie!

Staram się, naprawdę staram trzymać swój gniew na wodzy.

– Kiedy ostatnio zjadłaś prawdziwy posiłek? – naciskam, ale ona mnie ignoruje i wygląda przez okno.

Taylor odjeżdża od krawężnika, a ona macha do tego kutasa, który szedł za nią od drzwi.

– Kto to?

– Mój szef.

A więc to jest Jack Hyde. Przypominam sobie, co przeczytałem dzisiaj w jego aktach: z Detroit, stypendium w Princeton, karierę zrobił w firmie wydawniczej w Nowym Jorku, ale co kilka lat się przenosił, wędrując za pracą po całym kraju. Żadna z jego asystentek nie pracowała dłużej niż trzy miesiące. Muszę go mieć na oku, a Welch dowie się o nim więcej.

Skup się na tym, co teraz jest ważne, Grey.

– No? Ostatni posiłek?

– Christianie, to naprawdę nie twoja sprawa – szepcze.

Czuję, jak spadam.

Jestem tylko darmową podwózką.

– Wszystko, co ma związek z tobą, jest moją sprawą. Odpowiedz.

Nie skreślaj mnie, Anastasio. *Proszę.*

Wzdycha zrezygnowana i wznosi oczy ku niebu, żeby mnie wkurzyć. I zauważam to – uśmieszek błąkający się w kącikach jej ust. Próbuje się nie roześmiać. Po tych wszystkich katuszach jest to tak odświeżające, że mój gniew zaczyna pękać. To takie w jej stylu. Idąc w jej ślady, ja też próbuję zamaskować uśmiech.

– No więc? – pytam, już znacznie łagodniejszym tonem.

– Pasta alla vongole, w ubiegły piątek – odpowiada przytłumionym głosem.

Jezu Chryste przenajświętszy, nic nie jadła od naszej ostatniej wspólnej kolacji! Mam ochotę przełożyć ją przez kolano, tu i teraz, na tylnym siedzeniu SUV-a – wiem jednak, że już nigdy nie wolno mi tknąć jej w ten sposób.

Co ja mam z nią zrobić?

Spuszcza wzrok na swoje ręce, z twarzą jeszcze bledszą i smutniejszą niż przed chwilą. A ja się nią napawam, starając się wymyślić, co robić. Czuję, jak w piersiach narasta mi uczucie, którego nie chcę, ponieważ zaraz ogarnie mnie całego. Lekceważąc je, patrzę na nią i z bólem zaczynam rozumieć, że mój największy strach jest nieuzasadniony. Wiem, że się nie upiła i nie poznała nikogo.

Kiedy teraz na nią patrzę, mam pewność, że sama leżała skulona w swoim łóżku, wypłakując oczy. Ta myśl przynosi ukojenie, ale jednocześnie ból. Ponoszę odpowiedzialność za jej rozpacz.

Ja.

Jestem potworem. Ja jej to zrobiłem. Jak mogę ją kiedykolwiek odzyskać?

– Rozumiem – bąkam, starając się zapanować nad uczuciami. – Wyglądasz, jakbyś schudła przynajmniej dwa i pół kilograma, może nawet więcej. Ano, proszę cię, jedz.

Jestem bezradny. Jak jeszcze mogę zachęcić tę cudowną, młodą kobietę do jedzenia?

Nie patrzy na mnie, mogę więc przyglądać się jej profilowi. Jest delikatny, uroczy i śliczny – taki, jakim go zapamiętałem. Pragnę pogładzić ją po policzku. Poczuć miękkość jej skóry... przekonać się, że jest prawdziwa. Zwracam się całym ciałem ku niej, drżąc z pragnienia, by jej dotknąć.

– Jak się masz? – pytam, bo chcę usłyszeć jej głos.

– Skłamałabym, mówiąc, że dobrze.

Cholera. Mam rację. Cierpiała – i to z mojej winy. Jednak jej słowa niosą w sobie cień nadziei. Może za mną tęskniła. Może? Chwytam się tej myśli desperacko.

– To tak jak ja. Tęskniłem za tobą – wyznaję i sięgam po jej dłoń, ponieważ nie wytrzymam ani chwili dłużej, żeby jej nie dotknąć. Jej ręka wydaje się drobna i lodowata.

– Christianie, ja... – milknie, bo głos się jej załamuje, jednak ręki nie cofa.

– Ano, proszę. Musimy porozmawiać.

– Christianie. Ja... Proszę. Tak bardzo płakałam – szepcze, a jej słowa i to, jak próbuje zwalczyć łzy, ranią resztki mojego serca.

– Och, dziecinko, nie. – Przyciągam ją za rękę i zanim zdąży zaprotestować, sadzam sobie na kolanach, obejmując ramionami.

Och, jak cudownie czuć ją przy sobie.

Jest za lekka, za krucha i aż chce mi się krzyczeć z rozpaczy, ale wtulam nos w jej włosy i jej zapach mnie obezwładnia. Przypomina lepsze czasy: sad w jesieni. Śmiech w domu. Błyszczące oczy, roześmiane i psotne... i pełne pożądania. Moja słodka, cudna Ana.

Moja.

W pierwszej chwili opiera się, cała sztywna, szybko jednak się rozluźnia i wspiera głowę na moim ramieniu. Postanawiam zaryzykować i zamykając oczy, całuję ją we włosy. Co za ulga, że nie próbuje mi się wyrwać. Ale muszę uważać. Nie mogę pozwolić, żeby znowu mi się wymknęła. Tulę ją, rozkoszuję się jej dotykiem. To chwila pełnego spokoju.

Trwa jednak krótko – Taylor dociera do lądowiska helikopterów w Seattle w rekordowym czasie.

– Chodź. – Z ociąganiem zsuwam ją z kolan. – Jesteśmy na miejscu.

Patrzy na mnie skonsternowana.

– Lądowisko. Na dachu – wyjaśniam.

Jak według niej mieliśmy się dostać do Portland? Jazda samochodem trwałaby przynajmniej trzy godziny. Taylor otwiera drzwi i wysiadam ze swojej strony.

– Powinnam ci oddać chusteczkę – mówi do Taylora z nieśmiałym uśmiechem.

– Proszę ją zatrzymać, panno Steele, z najlepszymi życzeniami.

Co oni, do cholery, kombinują?

– O dziewiątej? – przerywam im, nie tylko żeby mu przypomnieć, o której ma nas odebrać w Portland, ale też żeby przestał rozmawiać z Aną.

– Tak, proszę pana – odpowiada cicho.

I słusznie. To moja dziewczyna. Chusteczki to moja sprawa. Nie jego.

Przed oczami migają mi obrazy, jak wymiotuje na ziemię, a ja podtrzymuję jej włosy. Dałem jej wtedy chusteczkę. A jakiś czas później tej samej nocy patrzyłem, jak śpi obok mnie.

Przestań. Natychmiast, Grey.

Biorę ją za rękę – wciąż chłodną, ale już nie tak lodowatą, i idziemy do budynku. Kiedy dochodzimy do windy, przypomina mi się nasze spotkanie w Heathman. *Ten* pierwszy pocałunek.

Tak. Ten pierwszy pocałunek.

Pod wpływem tej myśli budzi się moje ciało.

Ale otwierające się drzwi windy rozpraszają mnie i niechętnie puszczam jej dłoń, żeby mogła wejść do środka.

Winda jest mała, a my przestaliśmy się dotykać. Ale czuję ją. Całą. Tutaj.

Teraz.

Cholera. Przełykam ślinę.

Czy to dlatego, że jest tak blisko? Pociemniałe oczy spoglądają na mnie.

Och, Ano.

Jej bliskość jest podniecająca. Oddycha gwałtownie i patrzy w podłogę.

– Ja też to czuję – szepczę. Znowu sięgam po jej rękę i kciukiem pieszczę zewnętrzną część dłoni. Podnosi na mnie wzrok, a jej przepastne niebieskie oczy zasnuwa mgiełka pożądania.

Kurwa. Pragnę jej.

Zagryza wargę.

– Proszę, nie zagryzaj wargi, Anastasio. – Mój głos jest niski, przepełniony tęsknotą.

Czy zawsze już tak z nią będzie? Chcę ją pocałować, przycisnąć do ściany windy, jak zrobiłem to wtedy, za pierwszym razem. Chcę się z nią pieprzyć, tutaj, i sprawić, żeby znowu była moja. Jej powieki trzepoczą, usta ma lekko rozchylone, a ja tłumię jęk. Jak ona to robi? Jednym spojrzeniem wyprowadza mnie z równowagi? Przywykłem mieć wszystko pod kontrolą – a teraz prawie się ślinię tylko dlatego, że wbija zęby w wargę.

– Wiesz, jak to na mnie działa – mruczę.

I teraz, zaraz pragnę cię w tej windzie posiąść, maleńka, ale nie sądzę, żebyś mi na to pozwoliła.

Drzwi się rozsuwają i powiew zimnego powietrza pozwala mi odzyskać przytomność umysłu. Chociaż dzień był ciepły, tutaj, na dachu, wiatr przybrał na sile. Anastasia drży obok mnie. Wspiera się o mnie i czuję, że jest za lekka, ale jej drobne ciało idealnie mieści się pod moim ramieniem.

Widzisz? Tak dobrze do siebie pasujemy, Ano.

Idziemy przez płytę lądowiska w stronę „Charlie Tango". Rotory obracają się łagodnie – maszyna jest gotowa do startu. Stephan, mój pilot, biegnie w naszą stronę. Wymieniamy uścisk dłoni, a ja wciąż obejmuję Anę ramieniem.

– Gotowi do startu, sir. Oddaję panu maszynę! – przekrzykuje huk silników.

– Wszystko sprawdzone?

– Tak jest.

– Odbierzesz go około wpół do dziewiątej?

– Tak jest.

– Taylor czeka na ciebie przed budynkiem.

– Dziękuję, panie Grey. Bezpiecznego lotu do Portland, proszę pani.

Salutuje Anastasii i rusza w stronę czekającej windy. Z pochylonymi głowami przechodzimy pod rotorami i kiedy otwieram drzwi, podaję jej rękę, żeby pomóc jej wsiąść.

Gdy zapinam ją w pasy, wstrzymuje oddech. Ten dźwięk trafia prosto w moje przyrodzenie.

Ignorując reakcję ciała, ciasno zaciągam pasy.

– Muszę przyznać, że podobasz mi się w tej uprzęży. Niczego nie dotykaj.

Rumieni się. Wreszcie te blade policzki nabierają trochę koloru – i nie mogę się powstrzymać. Wierzchem wskazującego palca muskam jej policzek wzdłuż granicy rumieńca.

Boże. Ależ ja jej pragnę.

Denerwuje się, a ja wiem, że dlatego, iż nie może się poruszyć. Podaję jej słuchawki, zajmuję swoje siedzenie i zapinam pasy.

Sprawdzam kontrolki. Wszystkie lampki palą się na zielono, nie zgłaszając żadnej usterki. Ustawiam przepustnicę w pozycji „Fly", ustawiam kod transpondera i potwierdzam, że pali się lampka antykolizyjna. Wszystko wygląda dobrze. Wkładam słuchawki, włączam radio i sprawdzam obroty śmigła.

Kiedy odwracam się ku Anie, wpatruje się we mnie intensywnie.

– Gotowa, maleńka?

– Tak.

Oczy ma szeroko otwarte i jest podekscytowana. Z szerokim uśmiechem upewniam się przez radio, że w wieży nie śpią i są czujni.

Dostaję pozwolenie na start i sprawdzam temperaturę oleju razem z resztą przyrządów. Wszystkie działają normalnie, zwiększam więc ciąg i elegancka sylwetka „Charliego Tango" unosi nas w powietrze.

Och, uwielbiam to.

Kiedy nabieramy wysokości, zaczynam czuć się pewniej i zerkam na siedzącą obok pannę Steele.

Pora zrobić na niej wrażenie. *Czas na show, Grey.*

– Przedtem ścigaliśmy świt. A teraz zmierzch, Anastasio – uśmiecham się do niej, a ona odpowiada nieśmiałym uśmiechem, który rozświetla jej twarz.

Na widok jej miny budzi się we mnie nadzieja. Mam ją tutaj, przy sobie, a już myślałem, że ją straciłem. Chyba dobrze się bawi i wydaje się o wiele szczęśliwsza niż wtedy, kiedy wychodziła z biura. Może i jestem tylko darmową podwózką, ale zamierzam cieszyć się każdą cholerną minutą lotu w jej towarzystwie.

Doktor Flynn byłby dumny.

Żyję chwilą. Jestem optymistą.

Dam radę to zrobić. Odzyskam ją.

Małymi kroczkami, Grey. Nie wyrywaj się do przodu.

– Poza zachodzącym słońcem możemy też podziwiać inne rzeczy – mówię. – Tam jest Escala. Tam Boeing i widać Space Needle.

Wyciąga swoją smukłą szyję, żeby lepiej widzieć, jak zwykle ciekawa wszystkiego.

– Nigdy tam nie byłam – mówi.

– Zabiorę cię. Możemy tam coś zjeść.

– Christianie, zerwaliśmy – odpowiada skonsternowana.

Nie to chciałem usłyszeć, ale staram się zachować spokój.

– Wiem. Ale przecież i tak mogę cię tam zabrać. I nakarmić. – Posyłam jej znaczące spojrzenie, a ona pokrywa się cudownie lekkim rumieńcem.

– Tu w górze jest bardzo pięknie. Dziękuję – mówi, a ja zauważam, że zmieniła temat.

– Robi wrażenie, prawda? – Ten widok chyba nigdy mi się nie znudzi.

– Robi wrażenie, że potrafisz latać.

Jej komplement mnie zaskakuje.

– Pani mi pochlebia, panno Steele? Ale przecież jestem człowiekiem wielu talentów.

– Doskonale zdaję sobie z tego sprawę, panie Grey – odpowiada zgryźliwie, a ja chyba wiem, do czego pije.

Powstrzymuję uśmiech. Tego mi właśnie brakowało: jej impertynencji i tego, jak za każdym razem potrafi mnie rozbroić.

Zachęć ją, żeby mówiła, Grey.

– Jak w nowej pracy?

– Dobrze, dziękuję. Jest ciekawa.

– A szef? Jaki jest?

– Och. W porządku. – Mówi o Jacku Hydzie bez zbytniego entuzjazmu, a mnie przeszywa lęk. Czyżby się do niej dobierał?

– Co się stało? – pytam.

Muszę to wiedzieć – czy ten kutas zachował się niewłaściwie? Jeśli tak, z miejsca go zwolnię.

– Poza tym, co oczywiste, to nic.

– Oczywiste?

– Och, Christianie, potrafisz być naprawdę ograniczony. – Patrzy na mnie z rozbawieniem wyrażającym pogardę.

– Ograniczony? Ja? Panno Steele, nie jestem pewny, czy podoba mi się pani ton.

– Cóż, trudno – żartuje sobie wielce z siebie zadowolona, i nie mogę się nie uśmiechnąć.

Jedno jej spojrzenie albo uśmiech potrafią sprawić, że czuję się, jakbym miał dwa metry wzrostu, a kiedy indziej co najwyżej pół – to takie ożywcze i zupełnie mi nieznane uczucie.

– Brakowało mi twojej niewyparzonej buzi, Anastasio.

Przed oczami staje mi jej obraz klęczącej przede mną i muszę się poprawić na siedzeniu.

Cholera. Skup się, Grey, na miłość boską. Odwraca wzrok i ukrywając uśmiech, spogląda w dół na przedmieścia, nad którymi lecimy, ja zaś sprawdzam, czy w dobrym kierunku – ale wszystko jest w porządku. Zmierzamy w stronę Portland.

Milczy, a ja od czasu do czasu na nią zerkam. Na jej twarzy maluje się ciekawość i niedowierzanie, kiedy patrzy na przesuwający się pod nami krajobraz i opalizujące niebo. Wieczorne światło kładzie się na jej policzki miękką poświatą. Pomimo bladości i podkrążonych oczu – dowodów cierpienia, którego ja byłem sprawcą – wygląda olśniewająco. Jak mogłem pozwolić, żeby odeszła z mojego życia?

Pędzimy naszą bańką ponad chmurami, wysoko, a mój optymizm rośnie z każdą chwilą i powoli zapominam o napięciu, w jakim żyłem przez ostatni tydzień. Z wolna zaczynam się rozluźniać i mając ją wreszcie przy sobie, rozkoszuję się spokojem, jakiego nie zaznałem, odkąd mnie zostawiła.

Kiedy jednak cel naszej podróży jest coraz bliższy, czuję się coraz mniej pewnie. Boże, spraw, żeby mój plan się powiódł. Muszę zabrać ją w jakieś ustronne miejsce. Może na kolację. *Niech to szlag.* Powinienem był coś zarezerwować.

Trzeba ją nakarmić. Jeśli uda mi się namówić ją na wspólną kolację, wystarczy, że znajdę właściwe słowa. Te ostatnie dni uzmysłowiły mi, że muszę mieć kogoś – muszę mieć ją. Pragnę jej, ale czy ona pragnie mnie? Czy zdołam ją przekonać, żeby dała mi drugą szansę?

Czas pokaże, Grey – zachowaj tylko spokój. Nie wystrasz jej znowu.

PIĘTNAŚCIE MINUT PÓŹNIEJ lądujemy na jedynym lądowisku dla helikopterów w Portland. Wrzucam silniki „Charliego Tango" na luz i wyłączam transponder, dopływ paliwa i radionadajniki. Wraca niepewność, którą odczuwałem od chwili, gdy postanowiłem ją odzyskać. Muszę jej powiedzieć, co czuję, a to będzie trudne – ponieważ sam nie pojmuję uczuć, jakie wobec niej żywię. Wiem, że za nią tęskniłem, że bez niej byłem nieszczęśliwy i że chcę spróbować z nią być na jej warunkach. Ale czy to jej wystarczy? I czy wystarczy mnie?

Czas pokaże, Grey.

Rozpinam pasy i kiedy nachylam się, by to samo zrobić z jej pasami, wyczuwam jej delikatny zapach. Pachnie tak ładnie. Zawsze pachniała ładnie. Przez jedną ulotną chwilę patrzy mi w oczy, jakby miała jakieś niecne myśli, a ja jak zwykle oddałbym wszystko, żeby je poznać.

– Podróż się podobała, panno Steele? – pytam, nie zwracając uwagi na jej spojrzenie.

– Tak, dziękuję, panie Grey.

– Cóż, w takim razie chodźmy obejrzeć zdjęcia naszego chłopca.

Otwieram drzwi, wyskakuję i wyciągam do niej rękę.

Czeka na nas kierownik lądowiska, Joe. Pochodzi z innej epoki. To weteran wojny koreańskiej, ale jak na swoje pięćdziesiąt lat wciąż jest dziarski i bystry. Przed jego czujnym spojrzeniem nic się nie ukryje. Z błyskiem w oku uśmiecha się do mnie znacząco.

– Joe, zajmij się nim, zanim nie zjawi się Stephen. Powinien być między ósmą a dziewiątą.

– Jasna sprawa, panie Grey. Proszę pani. Państwa samochód czeka na dole. Och, ale winda się zepsuła, więc muszą państwo zejść schodami.

– Dziękuję, Joe.

Kiedy idziemy do schodów pożarowych, przyglądam się wysokim obcasom Anastasii i przypominam sobie, jak niezgrabnie przewróciła się w moim gabinecie.

– Masz szczęście, że to tylko trzy piętra... W tych szpilkach. – Tłumię uśmiech.

– Nie podobają ci się moje buty? – pyta, spoglądając na swoje stopy.

Przed oczami staje mi rozkoszny obraz, jak wspiera się nimi o moje ramiona.

– Bardzo mi się podobają, Anastasio – mruczę w nadziei, że moja mina nie zdradza moich kosmatych myśli. – Chodź. Pójdziemy powoli. Nie chciałbym, żebyś spadła i skręciła sobie kark.

Obejmuję ją w pasie wdzięczny za zepsutą windę – dzięki temu mam dobry pretekst, żeby ją przytulić. Przyciągam ją do siebie i zaczynamy schodzić.

W samochodzie, którym jedziemy do galerii, mój niepokój się wzmaga; mamy wziąć udział w imprezie jej tak zwanego przyjaciela. Faceta, który kiedy widziałem go ostatnio, próbował wepchnąć jej do ust język. Może przez te ostatnie dni ze sobą rozmawiali, a to spotkanie jest długo wyczekiwaną randką.

Kurwa, że też nie pomyślałem o tym wcześniej. I mam naprawdę cholerną nadzieję, że się mylę.

– José to tylko kolega – mówi Anastasia cicho.

Co? Wie, o czym myślę? Aż tak to widać? Od kiedy?

Odkąd zdarła ze mnie moją zbroję. Odkąd odkryłem, że jej potrzebuję.

Patrzy na mnie i czuję ucisk w żołądku.

– Te twoje piękne oczy wydają się takie wielkie w twojej twarzy, Anastasio. Proszę, obiecaj mi, że zaczniesz jeść.

– Tak, Christianie, zacznę – odpowiada głosem, w którym pobrzmiewa frustracja.

– Mówię poważnie.

– Doprawdy? – pyta z sarkazmem, a ja niemal muszę usiąść na swoich rękach. Pora się określić.

– Nie chcę się z tobą kłócić, Anastasio. Pragnę cię odzyskać i chcę, żebyś była zdrowa.

Zaszczyca mnie zaskoczonym spojrzeniem szeroko otwartych oczu.

– Ale nic się nie zmieniło – mówi i marszczy brwi.

Och, Ano, zmieniło się – dla mnie to jak wybuch

wulkanu. Zatrzymujemy się przed galerią i już nie mam czasu na żadne wyjaśnienia.

– Porozmawiamy w drodze powrotnej. Jesteśmy na miejscu.

Zanim zdąży odpowiedzieć, że nie jest zainteresowana, wysiadam z samochodu i obchodzę go, żeby otworzyć drzwi z jej strony. Kiedy wychodzi, jest wyraźnie wściekła.

– Czemu to robisz? – wykrzykuje rozdrażniona.

– Co robię? – *Kurwa, o co chodzi?*

– Mówisz coś takiego i przerywasz w pół słowa. *Więc o to chodzi? Dlatego jesteś wściekła?*

– Anastasio, jesteśmy na miejscu. Tego chciałaś. Załatwmy, co mamy do załatwienia, a potem porozmawiamy. Wolałbym uniknąć sceny na ulicy.

Zaciska wargi, robiąc nadąsaną minę, po czym mówi niechętnie:

– Okej.

Ujmuję ją za rękę i ruszam szybko do galerii, a ona potykając się, próbuje za mną nadążyć.

Wewnątrz jest jasno i przestronnie. To jeden z tych zaadaptowanych magazynów, które są teraz takie modne – drewniane podłogi i ściany z cegły. Portlandzcy koneserzy sączą tanie wino i gawędzą przyciszonymi głosami, podziwiając wystawę.

Wita nas młoda kobieta.

– Dobry wieczór, witamy państwa na wernisażu José Rodrigueza.

Gapi się na mnie.

To tylko opakowanie, słonko. Szukaj gdzie indziej.

Jest skonsternowana, ale zauważa Anastasię i odzyskuje panowanie nad sobą.

– Och, to ty, Ano. Zapraszamy na poczęstunek. – Podaje Anie broszurę i wskazuje na stół z napojami

i przekąskami. Ana marszczy brwi i nad jej nosem pojawia się to niewielkie v, które tak kocham. Chcę je pocałować, jak robiłem to wcześniej.

– Znasz ją? – pytam. Kręci przecząco głową, jeszcze
bardziej marszcząc czoło. Wzruszam ramionami. *Cóż, jesteśmy w Portland.* – Czego się napijesz?

– Poproszę kieliszek białego wina.

Idąc w stronę baru, słyszę entuzjastyczny okrzyk.

– Ana!

Obracam się i widzę, jak *ten chłopak* bierze w ramiona moją dziewczynę.

Szlag.

Nie słyszę, o czym mówią, ale Ana zamyka oczy
i przez jedną straszliwą chwilę mam wrażenie, że zaraz
się rozpłacze. Jednak nie traci kontroli, a on odsuwa ją na
odległość ramienia i bacznie się jej przygląda.

Tak, to przeze mnie jest taka wychudzona.

Próbuję odgonić poczucie winy – chociaż ona wydaje
się go uspokajać. On z kolei wyraźnie jest nią cholernie
zainteresowany. Zbyt zainteresowany. Czuję w piersiach
żar wściekłości. Ana twierdzi, że tylko się przyjaźnią, ale
nie ma wątpliwości, że jemu to nie wystarcza. Chce czegoś więcej.

Hola, hola, kolego. Ona jest moja.

– Imponujące prace, nie uważa pan? – Rozprasza
mnie jakiś łysiejący młodzian w jaskrawej koszuli.

– Jeszcze się nie rozejrzałem – odpowiadam i zwracam się do barmana. – Nic więcej nie macie?

– Nie. Białe czy czerwone? – pyta, wykazując kompletny brak zainteresowania.

– Dwa kieliszki białego – burczę.

– Będzie pan pod wrażeniem. Rodriguez ma wyjąt-
kowe oko – mówi irytujący palant w irytującej koszuli.

Ignorując go, zerkam na Anę. Wpatruje się we mnie

wielkimi, błyszczącymi oczami. Krew się we mnie gotuje i nie jestem w stanie odwrócić wzroku. Wśród tych
wszystkich ludzi jest jak promień światła. Zatracam się
w jej spojrzeniu. Wygląda zjawiskowo. Okalające jej twarz
włosy opadają bujną kaskadą, układając się na piersiach
w miękką falę. Sukienka, luźniejsza niż pamiętam, wciąż
podkreśla jej kształty. Być może założyła ją celowo. Wie,
że to moja ulubiona. Musi wiedzieć. Seksowna sukienka,
seksowne botki…

Kurwa – panuj nad sobą, Grey.

Rodriguez pyta o coś Anę, więc jest zmuszona oderwać ode mnie wzrok. Wyczuwam, że robi to niechętnie,
co sprawia mi przyjemność. Ale niech to szlag, chłopak
ma idealne zęby, szerokie ramiona i świetny garnitur.
Trzeba przyznać, że jak na kogoś, kto lubi sobie zajarać,
przystojny z niego skurczybyk. Coś do niej mówi, a ona
potakuje, uśmiechając się do niego ciepło i beztrosko.

Chciałbym, żeby do mnie się tak uśmiechała. Rodriguez pochyla się i całuje ją w policzek. *Skurwiel.*

Posyłam barmanowi wściekłe spojrzenie.

Pośpiesz się, człowieku. Nalanie wina zajmuje mu całą
wieczność. Niekompetentny głupek.

Wreszcie mu się udaje. Chwytam kieliszki, obojętnie
mijam młodzieńca, który wciąż gada o jakimś innym fotografie czy podobnych bzdurach, i wracam do Any.

Przynajmniej Rodriguez się od niej odczepił. Zato-
piona w myślach, kontempluje jedną z jego fotografii. To
krajobraz z jeziorem, chyba całkiem niezły. Kiedy podaję
jej kieliszek, spogląda na mnie z rezerwą. Szybko pociągam łyk wina. Chryste, co za obrzydlistwo, ciepłe, o zdecydowanie zbyt dębowym smaku chardonnay.

– Odpowiedni poziom? – pyta z rozbawieniem, ale
nie mam pojęcia, o czym mówi: o wystawie, budynku? –
Wino – wyjaśnia.

– Nie, ale na takich imprezach rzadko bywa dobre. –
Zmieniam temat. – Chłopak ma talent, nie?

– A jak myślisz, czemu to jego poprosiłam, żeby zrobił ci zdjęcia? – Jest wyraźnie dumna z przyjaciela.

Rozdrażnia mnie. Podziwia go i cieszy się jego sukcesem, bo jej na nim zależy. Za bardzo zależy. Wzbiera we
mnie niemiłe gorzkie uczucie. To zazdrość, dla mnie coś
nowego, co odczuwam wyłącznie w jej obecności – i wcale mi się to nie podoba.

– Christian Grey? – Ubrany jak włóczęga facet podsuwa mi pod nos aparat. – Mogę panu zrobić zdjęcie?

Przeklęci paparazzi. Mam ochotę powiedzieć mu,
żeby się odczepił, ale postanawiam być uprzejmy. Nie
chcę, żeby Sam, mój facet od reklamy, wysłuchiwał pretensji prasy.

– Jasne.

Przyciągam do siebie Anę. Niech wszyscy wiedzą, że
jest moja; pod warunkiem, że mnie zechce.

Nie śpiesz się, Grey.

Fotograf strzela kilka fotek.

– Dziękuję panu. – Przynajmniej jest wdzięczny. –
Pani…? – pyta, pragnąc poznać jej nazwisko.

– Ana Steele – odpowiada nieśmiało.

– Dziękuję, panno Steele.

Odchodzi, a Ana odsuwa się ode mnie. Niechętnie
na to pozwalam i zaciskam pięść, żeby nie ulec pokusie
i nie dotknąć jej znowu.

Ana zerka na mnie.

– Szukałam w Internecie twoich zdjęć w towarzystwie kobiet. Żadnych nie znalazłam. Dlatego Kate myślała, że jesteś gejem.

– To tłumaczy twoje nieuprzejme pytanie. – Nie mogę
powstrzymać uśmiechu na wspomnienie jej niezręczności
podczas naszego pierwszego spotkania, nieumiejętności

prowadzenia wywiadu. Pytań, które zadawała. „Jest pan gejem, panie Grey?" I mojego poirytowania.

Wydaje się, że to było tak dawno temu. Potrząsam głową.

– Nie, nie chodzę na randki. Umawiam się tylko z tobą, Anastasio. Ale o tym wiesz.

Bardzo bym chciał, żeby tych randek było dużo, dużo więcej.

– Więc nigdy nie zabierałeś swoich... – zniża głos i zerka przez ramię, czy nikt nie słyszy – uległych?

– Czasami. Ale nigdy na randki. No wiesz, na zakupy. – Te okazjonalne wyjścia były tylko odskocznią, może formą nagrody za uległość, która mnie zadowalała. Jest tylko jedna kobieta, z którą chcę dzielić więcej... Ana. – Tylko z tobą, Anastasio – szepczę i chcę ją przekonać, zapytać, co sądzi o mojej propozycji, zobaczyć, jak zareaguje i czy zechce mnie z powrotem.

Ale galeria to zbyt publiczne miejsce na taką rozmowę. Na policzki wypływa jej ten delikatny rumieniec, który tak uwielbiam, i spuszcza wzrok na swoje dłonie. Mam nadzieję, że podobają się jej moje słowa, ale pewności nie mam. Muszę ją ze sobą zabrać i mieć tylko dla siebie. Później porozmawiamy poważnie i coś zjemy. Im szybciej obejrzymy prace tego chłopaka, tym szybciej stąd wyjdziemy.

– Twój przyjaciel wygląda mi bardziej na miłośnika krajobrazów niż na portrecistę. Rozejrzyjmy się. – Wyciągam rękę i ku mej radości ona ją przyjmuje.

Przechadzamy się po galerii, na krótko zatrzymując się przed każdym zdjęciem. Chociaż chłopaka nie lubię i drażnią mnie uczucia, jakie wzbudza w Anie, muszę przyznać, że jest naprawdę dobry. Skręcamy za róg i zatrzymujemy się.

Oto ona. Siedem wielkich portretów Anastasii Steele. Wygląda na nich tak przepięknie, że szczęka opada, naturalnie i swobodnie – roześmiana, naburmuszona, zła, zamyślona, rozbawiona, a na jednym zadumana i smutna. Szczegółowo oceniam każde zdjęcie i wiem, bez cienia wątpliwości, że on chce być dla niej kimś więcej niż tylko przyjacielem.

– Wygląda na to, że nie jestem jedyny – mamroczę pod nosem.

Te zdjęcia to jego hołd dla niej – to miłosne listy – i wiszą tutaj, żeby każdy dupek mógł się na nie bezkarnie gapić.

Ana wpatruje się w fotografie oniemiała, równie zdumiona ich widokiem jak ja. Muszę mieć te zdjęcia. Mam nadzieję, że są na sprzedaż.

– Przepraszam.

Zostawiam Anę na chwilę i idę do recepcji.

– Czym mogę służyć? – pyta kobieta, która powitała nas przy wejściu.

Ignorując jej trzepoczące powieki i prowokacyjny, zbyt czerwony uśmiech, pytam:

– Te portrety, które wiszą na końcu, są na sprzedaż?

Na jej twarzy maluje się przelotne rozczarowanie, które szybko tuszuje szerokim uśmiechem.

– Kolekcja *Anastasia*? Oszałamiające prace.

Oszałamiająca modelka.

– Oczywiście, że są na sprzedaż – mówi szybko. – Sprawdzę ceny.

– Chcę wszystkie. – I sięgam po portfel.

– Wszystkie? – Jest zdumiona.

– Tak. – *Co za irytująca kobieta.*

– Cała kolekcja kosztuje czternaście tysięcy dolarów.

– Proszę mi je dostarczyć jak najszybciej.

– Ale muszą wisieć do końca wystawy – mówi.

Absolutnie nie do przyjęcia. Posyłam jej swój najlepszy uśmiech.

Dodaje, wyraźnie skołowana:

– Ale jestem pewna, że coś na to zaradzimy.

Niezdarnie umieszcza moją kartę kredytową w czytniku.

Kiedy wracam do Any, zagaduje ją jakiś blondas, wyraźnie badając grunt.

– Te zdjęcia są wspaniałe – mówi. Dotykam jej łokcia gestem niepozostawiającym wątpliwości i posyłam facetowi moje najbardziej wymowne spojrzenie w stylu „spieprzaj, gościu". – Szczęściarz z pana – dodaje i wycofuje się.

– I owszem – odpowiadam na odczepnego i zaciągam Anę pod ścianę.

– Kupiłeś któreś? – Ana skinieniem głowy wskazuje na zdjęcia.

– Któreś? – pytam szyderczo. *Któreś? Żarty sobie stroisz?*

– Kupiłeś więcej niż jedno?

– Kupiłem wszystkie, Anastasio. – Wiem, że zachowuję się protekcjonalnie, nie dopuszczam nawet myśli, że ktoś inny stałby się ich właścicielem i na nie patrzył. Zdumiona Ana rozchyla usta, a ja za wszelką cenę próbuję nie pozwolić, by mnie tym rozproszyła. – Nie chcę, żeby jakiś obcy gapił się na ciebie w domowym zaciszu.

– Sam wolisz to robić? – pyta drwiąco.

Chociaż nie spodziewam się takiej odpowiedzi, ogarnia mnie rozbawienie; ona mnie strofuje.

– Szczerze mówiąc, tak – odpowiadam podobnym tonem.

– Zboczeniec – mówi bezgłośnie i zagryza wargi, jak sądzę, żeby nie wybuchnąć śmiechem.

Boże, jest prowokująca, zabawna, i ma rację.

– Nie sposób zaprzeczyć, Anastasio.

– Pociągnęłabym ten temat, ale podpisałam NDA. – Z wyniosłą miną obraca się, żeby raz jeszcze spojrzeć na zdjęcia.

Znowu to robi: naśmiewa się ze mnie i trywializuje mój styl życia. Chryste, mam ochotę pokazać, gdzie jej miejsce – najlepiej pode mną albo na klęczkach. Nachylam się i szepczę jej do ucha:

– Mam wielką ochotę rozprawić się z tym twoim ciętym języczkiem.

– Jesteś bardzo niegrzeczny – jest zgorszona, robi pruderyjną minę, a koniuszki jej uszu uroczo różowieją.

Och, malutka, przecież to nic nowego.

Spoglądam na fotografie.

– Na tych zdjęciach jesteś bardzo rozluźniona, Anastasio. Rzadko cię taką widuję.

Znowu przygląda się swoim palcom, jakby się wahała, co powinna powiedzieć. Nie wiem, o czym myśli, więc nachylam się i palcami unoszę jej brodę. Kiedy jej dotykam, wstrzymuje oddech.

Znowu ten dźwięk; czuję go w lędźwiach.

– Chcę, żebyś przy mnie też była taka rozluźniona – mówię z nadzieją.

Cholera. Zbyt wielką nadzieją.

– W takim razie przestań mnie onieśmielać – odcina się, zdumiewając mnie głębią swoich uczuć.

– A ty musisz się nauczyć sztuki komunikacji i mówić mi, co czujesz! – odpowiadam równie gwałtownie.

Psiakrew, znowu to robimy, tutaj, teraz? Chcę, żeby to działo się na osobności. Ana chrząka i prostuje się na całą wysokość.

– Christianie, chciałeś, żebym była uległa – mówi cichym głosem. – I w tym właśnie tkwi problem. W definicji słowa „uległa", którą zresztą wysłałeś mi kiedyś mailem – przerywa, patrząc na mnie wymownie – o ile mnie pamięć nie myli, synonimami były takie słowa: posłuszny, ustępliwy, skłonny, bierny, pogodzony, cierpliwy, potulny, poskromiony, ujarzmiony. Nie wolno mi było na ciebie patrzeć. Ani się odzywać, chyba że byś mi pozwolił. Czego się spodziewasz?

Musimy o tym porozmawiać na osobności! Czemu ona to robi tutaj?

– Christianie, kiedy jestem z tobą, czuję się zdezorientowana – mówi dalej, z werwą. – Nie chcesz, żebym ci się sprzeciwiała, ale z drugiej strony lubisz mój „cięty języczek". Raz chcesz, żebym była posłuszna, a za chwilę już nie, żebyś mógł mnie ukarać. Przy tobie zwyczajnie nie wiem, czego akurat ode mnie oczekujesz.

Okej, zgoda, rzeczywiście czasem trudno się w tym połapać – jednak nie mam ochoty roztrząsać tego tutaj. Musimy wyjść.

– Celna uwaga, jak zawsze, panno Steele. – Mówię to lodowatym tonem. – Chodźmy coś zjeść.

– Ale przecież jesteśmy tu ledwie pół godziny.

– Widziałaś zdjęcia. Rozmawiałaś z tym chłopakiem.

– Ma na imię José – mówi zdecydowanie, tym razem głośniej.

– No więc rozmawiałaś z José, facetem, który o ile mnie pamięć nie myli, próbował ci wepchnąć język do ust, kiedy go ostatnio widziałem, a ty byłaś pijana i chciało ci się wymiotować – cedzę przez zaciśnięte zęby.

– On przynajmniej nigdy mnie nie uderzył – odcina się, patrząc na mnie z wściekłością.

Co to ma być, do cholery? Najwyraźniej ona chce to załatwić tutaj.

Nie chce mi się wierzyć. *Zwyczajnie się, kurwa, prosi o awanturę!* Zaczynam się gotować i zaraz wybuchnę jak Mount St. Helen.

– To cios poniżej pasa, Anastasio. – Jestem wściekły.

Robi się czerwona na twarzy, a ja nie wiem, czy ze wstydu, czy złości. Przeczesuję ręką włosy, żeby nie chwycić jej i nie wywlec na zewnątrz, gdzie moglibyśmy kontynuować naszą rozmowę bez świadków. Oddycham głęboko.

– Wychodzimy stąd, żebyś coś w końcu zjadła. Znajdź chłopaka i pożegnaj się. – Ton mam szorstki i ledwie nad sobą panuję, ona jednak się nie rusza.

– Nie możemy jeszcze zostać?

– Nie. Idź. Teraz. Pożegnaj się. – Udaje mi się nie krzyczeć.

Rozpoznaję ten jej zacięty grymas ust wyrażający upór. Potrafi urządzić mi prawdziwe piekło, ale mimo tego, co przeżywałem w ciągu kilku ostatnich dni, nie zamierzam ustąpić. Wyjdziemy, nawet gdybym miał ją stąd wyciągnąć siłą. Posyła mi wściekłe spojrzenie i obraca się tak gwałtownie, że jej włosy uderzają mnie w ramię. Obrażona odchodzi, żeby go poszukać.

Ja tymczasem staram się odzyskać równowagę. Jak ona to robi, że potrafi doprowadzić mnie do takiego stanu? Chcę ją zbesztać, dać jej klapsa i ją przelecieć. Teraz. I w tej kolejności.

Przeczesuję wzrokiem pomieszczenie. Chłopak – przepraszam, Rodriguez – stoi otoczony wianuszkiem wielbicielek. Dostrzega Anę i zapominając o fankach, wita ją, jakby była centrum jego cholernego wszechświata. Z uwagą słucha wszystkiego, co ma do powiedzenia, potem bierze ją w ramiona i obraca.

Zabieraj te swoje łapska od mojej dziewczyny.

Ana na mnie zerka i wplata palce w jego włosy, przytula się do niego policzkiem i coś mu szepcze do ucha. Rozmawiają dalej. Stoją blisko siebie. On obejmuje ją ramionami. I pławi się w jej cholernym blasku.

Bez zastanowienia ruszam w ich stronę, gotowy rozszarpać go na strzępy. Szczęśliwie dla niego puszcza ją, kiedy podchodzę.

– Nie bądź taka sztywna, Ano. Och, pan Grey, dobry

wieczór – bąka pod nosem, zmieszany i trochę przestraszony.

– Panie Rodriguez, doprawdy imponująca wystawa.
Przykro mi, że nie możemy dłużej zabawić, ale czas nas na-
gli, musimy wracać do Seattle. Anastasio? – Biorę ją za rękę.

– Pa, José. Jeszcze raz gratuluję.

Odchyla się ode mnie i czule całuje Rodrigueza w za-
rumieniony policzek, a ja niemal dostaję zawału. Całą siłą
woli powstrzymuję się, żeby nie przerzucić jej sobie przez
ramię. Zamiast tego ciągnę ją do wyjścia i wyprowadzam
na ulicę. Potyka się, usiłując za mną nadążyć, ale nic mnie
to nie obchodzi.

W tej chwili. Chcę tylko…

Widzę uliczkę. Wciągam ją tam i zanim dotrze do
mnie, co robię, popycham ją na ścianę. Obiema dłońmi
chwytam jej twarz, przygważdżam jej ciało swoim i czuję,
jak wściekłość i pożądanie gotują się we mnie, tworząc
iście wybuchową mieszankę. Moje wargi spadają na jej,
nasze zęby się zderzają i wsuwam jej język do ust. Smakuje tanim winem i cudowną, słodką, najsłodszą Aną.

Och, te usta.

Czuję, jak eksploduje wokół mnie. Wplata palce w moje
włosy i z całej siły mnie do siebie przyciąga. Jęczy w moje
usta, oddaje pocałunek, zatracając się cała w niczym niepo-
wstrzymywanej namiętności. Smakuje mnie. Bierze. Daje.

Jej głód jest niespodziewany. Całe moje ciało ogarnia pożądanie, jest jak pożar lasu trawiący wyschłą ściół-
kę. Jestem taki podniecony – pragnę jej teraz, tutaj, w tej
uliczce. I to, co miało być karzącym należysz-do-mnie
pocałunkiem, staje się zgoła czymś zupełnie innym.

Ona też tego pragnie.

Też za tym tęskniła.

To mnie podnieca jeszcze bardziej.

Jęczę z rozkoszy, zupełnie nad sobą nie panując.

Całujemy się. Jedną ręką trzymam ją za nasadę szyi. Drugą przesuwam w dół po jej ciele, na nowo ucząc się jej krągłości: piersi, talii, pośladków, ud. Jęczy, kiedy moje palce odnajdują kraj jej sukienki i zaczynają ją unosić. Zedrę ją z niej i przelecę, tutaj. Sprawię, że znowu będzie moja.

Cudownie jest ją dotykać.

To mnie oszałamia – pragnę jej, jak nigdy dotąd nie pragnąłem.

Gdzieś z oddali słyszę dźwięk policyjnej syreny, przytłumiony przez mgłę mojego pożądania.

Nie! Nie! Grey!

Nie w ten sposób. Opamiętaj się.

Odsuwam się i patrzę na nią, zadyszany i wściekły jak cholera.

– Jesteś. Moja – warczę, odzyskując rozsądek. – Na miłość boską, Ano.

Pochylam się i opierając ręce na kolanach próbuję opanować oddech i uspokoić rozszalałe zmysły. W lędźwiach czuję przeszywający ból.

Czy ktoś kiedyś tak na mnie działał?

Chryste! Prawie ją zerżnąłem w jakiejś pieprzonej uliczce.

Moja zazdrość rośnie. Oto do czego doprowadziła: czuję się obolały i udręczony, i całkiem straciłem nad sobą kontrolę. To mi się nie podoba. Nie podoba mi się ani trochę.

– Przepraszam – mówi ochryple.

– I słusznie. Wiem, co robisz. Chcesz tego fotografa, Anastasio? Bo on na pewno czuje do ciebie miętę.

– Nie – mówi cicho, ledwie dysząc. – To tylko przyjaciel. – Jest skruszona, co trochę mnie uspokaja.

– Przez całe swoje dorosłe życie staram się unikać skrajnych emocji. Ale ty... ty budzisz we mnie uczucia, które są mi całkowicie obce. To jest bardzo... – Nie znajduję odpowiednich słów. Nie potrafię nazwać tego, co czuję. Utraciłem kontrolę i jestem zagubiony. – Niepokojące – tylko to przychodzi mi do głowy. – Lubię mieć kontrolę, Ano, ale przy tobie – patrzę na nią – przy tobie tracę ją całkowicie.

Spogląda na mnie wielkimi, pełnymi zmysłowej obietnicy oczami, a jej zmierzwione włosy opadają na jej piersi seksowną falą. Pocieram ręką kark, wdzięczny, że udaje mi stworzyć przynajmniej pozory opanowania.

Widzisz, do czego mnie doprowadzasz, Ano?

Przeczesuję palcami włosy, biorę głęboki, oczyszczający umysł wdech i chwytam ją za rękę.

– Chodź, musimy porozmawiać. – *Zanim cię przelecę.* – A ty musisz coś zjeść.

Tuż obok uliczki jest restauracja. Celowo bym jej nie wybrał na miejsce naszego pojednania, jeżeli w ogóle może być o nim mowa, ale nie mam szczególnego wyboru. Ani zbyt wiele czasu, ponieważ Taylor zjawi się już niebawem.

Otwieram przed Aną drzwi.

– Musi nam wystarczyć. Mamy mało czasu.

Restauracja wygląda na miejsce, w którym stołują się ludzie z galerii, może też studenci. Na ironię zakrawa, że ściany mają ten sam kolor, co mój pokój zabaw, ale zbytnio się nad tym nie zastanawiam.

Służalczo uniżony kelner prowadzi nas do stolika na uboczu; cały w uśmiechach mizdrzy się do Anastasii. Zerkam na tablicę, na której kredą wypisano menu. Postanawiam złożyć zamówienie, zanim kelner się oddali, by dać mu do zrozumienia, że goni nas czas.

– Poprosimy dwa średnio wysmażone steki z polędwicy, sos bearneński, frytki i zielone warzywa – co tam szef kuchni ma akurat pod ręką – i poproszę o kartę win.

– Oczywiście, proszę pana – mówi kelner i pośpiesznie odchodzi.

Ana ściąga usta, rozgniewana.

Co znowu?

– A jeśli nie lubię steków?

– Nie zaczynaj, Anastasio.

– Nie jestem dzieckiem, Christianie.

– Więc się nie zachowuj jak dziecko.

– Zachowuję się jak dziecko, bo nie lubię steków? – Nawet nie stara się ukryć rozdrażnienia.

Nie!

– Nie, ponieważ z premedytacją wzbudzasz we mnie zazdrość. A to jest dziecinne. I czy w ogóle liczysz się z uczuciami swojego przyjaciela, zwodząc go w ten sposób?

Na policzki wypływa jej rumieniec. Ana spuszcza wzrok na swoje ręce.

Otóż to. Powinnaś się wstydzić. Zwodzisz go. Nawet ja to widzę.

Czy tak właśnie postępujesz ze mną? Zwodzisz mnie?

Może w czasie naszej rozłąki wreszcie zrozumiała, jaką ma władzę. Władzę nade mną.

Wraca kelner z kartą win, mam więc szansę się opanować. Wybór jest raczej przeciętny: ledwie jedno nadające się do wypicia wino. Zerkam na Anastasię, która wygląda, jakby się boczyła. Znam tę minę. Chciała sama wybrać jedzenie; może więc zechce wybrać wino. Nie potrafię oprzeć się pokusie, żeby troszkę się z nią podroczyć, zwłaszcza że wiem, iż o winach nie ma pojęcia.

– Chcesz wybrać wino? – pytam i zdaję sobie sprawę, że w moim głosie słychać sarkazm.

– Sam wybierz – odpowiada, zaciskając wargi.

Jasne. Nie igraj ze mną, dziecinko.

– Dwa kieliszki Barossa Valley Shiraz – zwracam się do wiszącego nad nami kelnera.

– Ee… wino sprzedajemy tylko na butelki, proszę pana.

– W takim razie poprosimy butelkę. – *Ty głupi kutasie.*

– Proszę pana. – Odchodzi.

– Jesteś zrzędliwy – mówi Ana, na pewno użalając się nad kelnerem.

– Ciekawe dlaczego. – Staram się zachowywać neutralnie, ale nawet ja słyszę, jak dziecinnie to zabrzmiało.

– Cóż, dobrze ustalić odpowiedni ton dla tej intymnej i szczerej rozmowy o przyszłości, nieprawdaż? – Posyła mi uśmiech pełen słodyczy.

Proszę, proszę, nie pozostajemy dłużni, panno Steele. Znowu rzuca mi wyzwanie i muszę przyznać, że jest odważna. Uświadamiam sobie, że takie utarczki nie zaprowadzą nas daleko. A ja zachowuję się jak dupek.

Nie schrzań tego, Grey.

– Przepraszam – mówię, ponieważ ma rację.

– Przeprosiny przyjęte. I z przyjemnością spieszę ci donieść, że nie zostałam wegetarianką od naszego ostatniego wspólnego posiłku.

– Zważywszy na to, że był to twój ostatni jak do tej pory posiłek, kwestia jest dyskusyjna.

– Znowu to słowo, „dyskusyjna".

– „Dyskusyjna" – powtarzam bezgłośnie.

To słowo, faktycznie. Pamiętam, że po raz ostatni użyłem go, kiedy w sobotę rano rozmawialiśmy o naszym układzie. Wtedy, gdy mój świat rozpadł się na kawałeczki.

Kurwa. Nie myśl o tym. Bądź mężczyzną, Grey. Powiedz jej, czego chcesz.

– Ano, kiedy ostani raz rozmawialiśmy, ty mnie zostawiłaś. Trochę się denerwuję. Powiedziałem, że chcę cię odzyskać, a ty… nic nie odpowiedziałaś.

Zagryza wargi i blednie.

O nie.

– Tęskniłam za tobą… naprawdę tęskniłam, Christianie – odzywa się cicho. – Te ostatnie dni były… trudne.

Trudne to niedopowiedzenie.

Przełyka ślinę i bierze głęboki wdech, żeby się uspokoić. To nie wygląda dobrze. Może to, jak się zachowywałem przez tę ostatnią godzinę, do reszty ją zniechęciło. Robię się spięty. Do czego ona zmierza?

– Nic się nie zmieniło. Nie mogę być taka, jak byś sobie tego życzył. – Ma smutną minę.

Nie. Nie. Nie.

– Jesteś dokładnie taka, jak chcę.

Jesteś tym wszystkim, czym chcę, żebyś była.

– Nie, Christianie, nie jestem.

Och, kochanie, uwierz mi.

– To, co się ostatnio wydarzyło, wytrąciło cię z równowagi. Zachowałem się głupio, a ty… ty także. Dlaczego nie użyłaś hasła bezpieczeństwa, Anastasio?

Jest zaskoczona, jakby w ogóle się nad tym nie zastanawiała.

– Odpowiedz – nalegam.

To mnie prześladowało. *Dlaczego nie użyłaś hasła, Anastasio?*

Wierci się na krześle. Smutna. Pokonana.

– Nie wiem – mówi szeptem.

Słucham?

SŁUCHAM?

Nie znajduję słów. Cierpiałem katusze, bo nie użyła hasła bezpieczeństwa. Zanim jednak zdążę się otrząsnąć, ona zaczyna nieskładnie mówić. Ostrożnie. Cicho, jakby była w konfesjonale, jakby się wstydziła.

– Byłam przytłoczona. Próbowałam być taka, jak chciałeś, próbowałam wytrzymać ból, no i wyleciało mi z głowy. – Ma zraniony wyraz twarzy, nieśmiało i przepraszająco wzrusza ramionami. – No wiesz… zapomniałam.

Co, do jasnej cholery?

– Zapomniałaś! – Jestem przerażony. Znaleźliśmy się w całym tym bagnie, bo zapomniała?

Nie wierzę. Chwytam się stołu, starając się przetrawić tę straszną informację.

Czy przypomniałem jej o hasłach bezpieczeństwa? *Chryste.* Nie pamiętam. Przypominam sobie e-mail, który mi przysłała, kiedy po raz pierwszy dałem jej klapsa.

Nie powstrzymała mnie wtedy.

Jestem idiotą.

Powinienem był jej przypomnieć.

Chwila. Ona wie, że może użyć haseł bezpieczeństwa. Pamiętam, jak nieraz jej o tym przypominałem.

– Nie podpisaliśmy umowy, Anastasio. Ale rozmawialiśmy o granicach. Powtórzmy hasła bezpieczeństwa, okej?

Mruga kilka razy, ale milczy.

– Jak one brzmią? – pytam.

Waha się.

– Jak brzmią hasła bezpieczeństwa, Anastasio?

– Żółty.

– I?

– Czerwony.

– Zapamiętaj je.

Unosi brew z wyraźnym lekceważeniem i już chce coś powiedzieć.

– Tylko niech mi tu pani nie zacznie pyskować, panno Steele. Bo zaraz wyląduje pani na kolanach, a ja zerżnę panią w te przemądrzałe usteczka. Rozumiemy się?

– Jak mogę ci zaufać? Kiedykolwiek?

Skoro nie może być ze mną szczera, to nie ma dla nas nadziei. Nie może mi powiedzieć, co według niej chcę usłyszeć. Czy tak ma wyglądać związek? Ogarnia mnie przygnębienie. Na tym właśnie polega problem, kiedy człowiek zadaje się z kimś, kto nie podziela jego zainteresowań. Ona tego zwyczajnie nie pojmuje.

Nie powinienem był uganiać się za nią.

Zjawia się kelner z winem, a my wpatrujemy się w siebie z niedowierzaniem.

Może powinienem był bardziej się postarać i lepiej jej wszystko wytłumaczyć.

Cholera, Grey. Odrzuć negatywy.

Tak. Teraz to już bez znaczenia. Spróbuję, żeby nasz związek był taki, jakiego ona chce, pod warunkiem że mi na to pozwoli. Cholerny dupek nie śpieszy się zbytnio z otwarciem butelki. Jezu. Próbuje nas zabawiać? A może chce tylko zaimponować Anie? Wreszcie wyciąga korek i nalewa mi wina do degustacji. Wypijam je szybko. Powinno pooddychać, ale ujdzie.

– Może być.

A teraz idź już sobie. Proszę. Nalewa nam wina do kieliszków.

Ana i ja nie odrywamy od siebie oczu. Każde próbuje odczytać, co myśli drugie. Ona pierwsza odwraca wzrok i pije wino, przymykając oczy, jakby w poszukiwaniu natchnienia. Kiedy je otwiera, widzę w nich rozpacz.

– Przepraszam – szepcze.

– Za co?

Jasna cholera. Skończyła ze mną? Nie ma już nadziei?

– Za to, że nie użyłam hasła – mówi.

Och, Bogu niech będą dzięki. Myślałem, że to już koniec.

– Mogliśmy sobie oszczędzić tego całego cierpienia – mamroczę w odpowiedzi, ale też staram się ukryć ulgę, jaką odczuwam.

– Ty wyglądasz dobrze. – W jej głosie słyszę drżenie.

– Pozory mylą. Nie czuję się dobrze. Mam wrażenie, że słońce zaszło i przez te pięć dni ani razu nie wzeszło, Ano. Dla mnie cały czas trwa noc.

Ledwie słyszalnie wzdycha.

Jak według niej miałem się czuć? Odeszła, kiedy niemal ją błagałem, żeby została.

– Powiedziałaś, że nigdy mnie nie zostawisz, wystarczyło jednak, żeby coś poszło nie tak, i już byłaś za drzwiami.

– Kiedy powiedziałam, że nigdy cię nie opuszczę?

– Przez sen. – Zanim wybraliśmy się polatać szybowcem. – Dawno już nie słyszałem czegoś równie pokrzepiającego, Anastasio. Poczułem wtedy taki spokój.

Gwałtownie wciąga powietrze. Sięga po wino, a na jej ślicznej twarzy maluje się prawdziwe, szczere współczucie. Teraz mam szansę.

Zapytaj ją, Grey.

Zadaję jej to jedyne pytanie, o którym nawet nie ośmielałem się myśleć, ponieważ przeraźliwie bałem się odpowiedzi, bez względu na to, jakakolwiek by była. Ale zżera mnie ciekawość. Muszę wiedzieć.

– Powiedziałaś, że mnie kochasz – mówię szeptem, niemal dławiąc się słowami. Niemożliwe, żeby dalej to do mnie czuła. A może jednak? – Czy teraz to już czas przeszły?

– Nie, Christianie – odpowiada, jakby znowu znalazła się w konfesjonale.

Ulga, jaka mnie ogarnia, jest dla mnie całkowitym zaskoczeniem. Czuję się zakłopotany, ponieważ wiem, że nie powinna kochać potwora.

– Dobrze – mruczę skołowany.

Teraz nie chcę o tym myśleć i jak na zawołanie zjawia się kelner z naszymi talerzami.

– Jedz – rozkazuję.

Trzeba tę kobietę porządnie nakarmić.

Z niesmakiem przygląda się zawartości talerza.

– Jak mi Bóg miły, Anastasio, jeśli nie zaczniesz jeść, przełożę cię przez kolano i nie będzie to miało nic wspólnego z zaspokajaniem moich seksualnych potrzeb. Jedz!

– Dobrze, zjem to. Powstrzymaj tę swoją świerzbiącą rękę. – Sili się na dowcip, ale ja się nie śmieję.

Niknie w oczach. Z upartą niechęcią bierze sztućce, wkłada do ust pierwszy kęs i przymyka oczy, z zadowoleniem się oblizując. Na sam widok jej języka moje ciało reaguje – choć i tak jest już dostatecznie pobudzone przez tamten pocałunek w bocznej uliczce.

Do licha! Nie znowu! Natychmiast powstrzymuję swoje zapędy – na to przyjdzie czas później, jeśli się zgodzi. Bierze do ust kolejny kęs i jeszcze jeden, i już wiem, że będzie jeść dalej. Całe szczęście, że możemy się teraz skupić na jedzeniu. Kroję stek i biorę do ust kawałek. Nie najgorszy.

Jemy, spoglądając na siebie, ale nic nie mówimy.

Nie powiedziała, żebym się odpieprzył. To dobrze. Kiedy tak na nią patrzę, uświadamiam sobie, że cieszy mnie samo jej towarzystwo. Okej, miotają mną różne uczucia… ale przynajmniej jest tutaj. Jest ze mną i je. Mam nadzieję, że jakoś się dogadamy. Na pocałunek w uliczce zareagowała… z żywiołową namiętnością. Nadal mnie pragnie. Wiem, że mógłbym ją tam zerżnąć, i nie powstrzymałyby mnie.

Przerywa moje sprośne myśli.

– Wiesz, kto to śpiewa?

Z głośników dobiega liryczny głos młodej kobiety. Nie wiem, kto to, ale oboje się zgadzamy, że jest dobra.

Słuchając muzyki, przypominam sobie, że wziąłem dla Any iPad. I mam nadzieję, że go przyjmie i spodoba się jej muzyka, którą wgrałem wczoraj. Dzisiaj rano poświęciłem trochę czasu, dodając zdjęcia modelu szybowca na moim biurku, zdjęcia nas obojga na ceremonii rozdania dyplomów i kilka aplikacji. To forma przeprosin, i optymistycznie wierzę, że inskrypcja, którą kazałem wyryć na odwrocie, jasno daje wyraz temu, co czuję. Mam tylko nadzieję, że nie jest zbyt ckliwa. Najpierw jednak muszę go jej wręczyć, a nie wiem, czy do tego dojdziemy. Tłumię westchnienie, bo przecież zawsze się opiera, kiedy chcę jej coś dać.

– O co chodzi? – pyta.

Wie, że coś kombinuję, i nie po raz pierwszy zastanawiam się, czy przypadkiem nie potrafi mi czytać w myślach. Potrząsam głową.

– Jedz.

Przygląda mi się błyszczącymi, błękitnymi oczami.

– Chyba już nic więcej nie zmieszczę. Czy zjadłam dość, panie?

Celowo mnie prowokuje? Bacznie się jej przyglądam, ale chyba mówi szczerze. Zjadła więcej niż połowę tego, co miała na talerzu. A skoro od kilku dni unikała posiłków, prawdopodobnie na dzisiaj jej już wystarczy.

– Naprawdę jestem pełna – powtarza.

Jakby na zamówienie mój telefon wibruje w kieszeni, sygnalizując, że przyszła wiadomość. Na pewno od Taylora, który pewnie jest już blisko galerii. Spoglądam na zegarek.

– Powinniśmy się powoli zbierać. Taylor już jest, a ty musisz jutro iść do pracy.

Wcześniej się nad tym nie zastanawiałem. Teraz pracuje i powinna się wysypiać. Chyba będę musiał zrewidować swoje plany i oczekiwania mojego ciała. Myśl, że trzeba opanować swoje pożądanie, jest wysoce niemiła.

Ana zwraca mi uwagę, że ja też rano wstaję do pracy.

– Ja nie potrzebuję tyle snu co ty, Ano. Ale przynajmniej coś zjadłaś.

– Nie wracamy „Charliem Tango"?

– Nie, wiedziałem, że trochę wypiję. Taylor po nas przyjedzie. Poza tym w ten sposób będę cię miał całą dla siebie przynajmniej przez kilka godzin. To dość czasu, żebyśmy mogli porozmawiać.

I będę mógł przedstawić jej moją propozycję.

Poruszam się niespokojnie na krześle. Trzeci etap kampanii nie przebiegł tak gładko, jak oczekiwałem.

Obudziła we mnie zazdrość.

Straciłem kontrolę.

No właśnie. Jak zwykle wytrąciła mnie z równowagi. Ale mogę to jeszcze naprawić i dopiąć umowę w samochodzie.

Nie poddawaj się, Grey.

Kiwam na kelnera i proszę o rachunek, potem dzwonię do Taylora, który odbiera po drugim sygnale.

– Słucham, proszę pana.

– Jesteśmy w Le Picotin, Southwest Third Avenue – informuję go i rozłączam się.

– Jesteś bardzo oschły wobec Taylora... W zasadzie wobec wszystkich.

– Po prostu szybko przechodzę do sedna, Anastasio.

– Dzisiaj wieczorem tego nie zrobiłeś. Nic się nie zmieniło, Christianie.

Co racja, to racja, panno Steele.

Powiedz jej. Powiedz jej teraz, Grey.

– Mam dla ciebie propozycję.

– To wszystko zaczęło się od propozycji.

– Inną propozycję – wyjaśniam.

Chyba jest lekko sceptyczna, ale może też zaciekawiona. Kelner wraca i podaję mu kartę kredytową, ale moja uwaga jest cały czas skupiona na Anie. No, przynajmniej jest zaintrygowana.

To dobrze.

Serce bije mi coraz szybciej. Mam nadzieję, że się zgodzi... albo będę zgubiony. Kelner podaje paragon do podpisania, daję mu nieprzyzwoicie wysoki napiwek i składam zamaszysty podpis. Kelner wydaje się bezgranicznie wdzięczny. Co nie przestaje mnie irytować.

Mój telefon brzęczy i zerkam na wiadomość. Taylor już jest. Kelner oddaje mi kartę kredytową i znika.

– Chodź. Taylor już czeka.

Wstajemy i biorę ją za rękę.

– Nie chcę cię stracić, Anastasio – mruczę cicho i unoszę jej dłoń, by musnąć ją ustami. Słyszę, jak jej oddech przyśpiesza.

Och, ten dźwięk.

Patrzę na nią. Wargi ma rozchylone, policzki zaróżowione i szeroko otwarte oczy. Ten widok przepełnia mnie pożądaniem i nadzieją. Trzymając odruchy na wodzy, prowadzę ją przez restaurację i na zewnątrz, gdzie przy krawężniku czeka Taylor w moim Q7. Przychodzi mi na myśl, że Ana nie będzie skora do rozmowy w jego obecności.

Wpadam na pomysł. Otwieram tylne drzwi i wpuszczam Anę do środka, a sam obchodzę samochód w stronę drzwi kierowcy. Taylor wysiada, żeby mi otworzyć.

– Dobry wieczór, Taylorze. Czy masz swój iPod i słuchawki?

– Tak, proszę pana, nigdzie się bez nich nie ruszam.

– Świetnie. Chcę, żebyś z nich skorzystał w czasie drogi.

– Oczywiście, proszę pana.

– Czego będziesz słuchał?

– Pucciniego, proszę pana.

– *Toski?*

– *Cyganerii.*

– Doskonały wybór. – Uśmiecham się.

Jak zwykle Taylor mnie zaskakuje. Zawsze zakładałem, że jego gusty muzyczne skłaniają się w stronę country i rocka. Biorę głęboki wdech i wsiadam na tylne siedzenie. Właśnie mam negocjować umowę życia.

Chcę ją odzyskać.

Taylor włącza muzykę i w samochodzie rozlega się cicho Rachmaninow. Taylor przez chwilę spogląda na mnie we wstecznym lusterku, po czym włącza się do ruchu, który o tej porze nie jest zbyt intensywny.

Kiedy się ku niej zwracam, Anastasia patrzy na mnie.

– Jak już mówiłem, Anastasio, mam dla ciebie propozycję.

Zerka nerwowo na Taylora, jak się tego spodziewałem.

– Taylor cię nie słyszy.

– Jak to? – Jest zaskoczona.

– Taylorze – wołam. Taylor ani drgnie. Wołam go raz jeszcze, potem pochylam się i klepię go w ramię. Wyjmuje z ucha słuchawkę.

– Tak, proszę pana?

– Dziękuję, Taylorze. Wszystko w porządku, słuchaj dalej.

– Oczywiście, proszę pana.

– Zadowolona? Słucha swojego iPoda. Zapomnij, że tu jest. Tak jak ja.

– Celowo go o to poprosiłeś?

– Tak.

Mruga zdziwiona.

– Okej… Co z tą propozycją? – pyta z wahaniem i obawą.

Ja też się denerwuję, maleńka. Zatem do dzieła. *Nie schrzań tego, Grey.*

Od czego zacząć?

Biorę głęboki wdech.

– Najpierw chcę cię o coś zapytać. Czy chcesz stałego waniliowego związku bez perwersyjnego bzykanka?

– Perwersyjnego bzykanka? – Jest tak zdumiona, że jej głos brzmi piskliwie.

– Perwersyjnego bzykanka.

– Nie wierzę, że to powiedziałeś. – Znowu zerka na Taylora z niepokojem.

– No cóż, powiedziałem. A teraz mi odpowiedz.

– Ale ja lubię perwersyjne bzykanko – mówi szeptem.

Och, maleńka, ja też.

Odczuwam ulgę. Krok pierwszy... Okej. *Tylko spokojnie, Grey.*

– Tak właśnie myślałem. W takim razie czego nie lubisz?

Przez chwilę milczy, a ja wiem, że bacznie mi się przygląda w pojawiającym się i znikającym świetle mijanych latarni.

– Groźby okrutnej i wyjątkowej kary.

– To znaczy?

– No wiesz, masz te wszystkie... – przerywa, żeby znowu zerknąć na Taylora, po czym zniża głos. – Rzeczy w swoim pokoju zabaw, laski i pejcze, których boję się śmiertelnie. Nie chcę, żebyś ich ze mną używał.

No tak, tego już sam się domyśliłem.

– Okej, żadnych lasek ani pejczów. No i pasów – dodaję, nie mogąc powstrzymać ironii w głosie.

– Jesteś gotowy na nowo określić granice bezwzględne? – pyta.

– Niekoniecznie. Po prostu staram się cię zrozumieć, mieć jaśniejszy obraz tego, co lubisz, a czego nie.

– Zasadniczo, Christianie, najtrudniej jest mi znieść fakt, że czerpiesz radość z zadawania bólu. I tego, że robisz to, ponieważ przekroczyłam granicę, którą arbitralnie wyznaczyłeś.

Szlag. Zna mnie. Dostrzegła drzemiącego we mnie potwora. Nie będę drążył tego dalej, bo wtedy nici z naszej umowy. Ignorując jej pierwszą uwagę, skupiam się na drugiej.

– Ona nie jest arbitralna, zasady są spisane.

– Nie chcę żadnych zasad.

– W ogóle żadnych?

Kurwa – może będzie chciała mnie dotykać. Jak mam się przed tym ustrzec? A jeśli zrobi coś, czym wystawi się na ryzyko?

– Żadnych – oznajmia, dodatkowo kręcąc głową.

Okej, pytanie za milion dolarów.

– Ale zgodzisz się, żebym ci dawał klapsy?

– Czym?

– Tym. – Unoszę rękę.

Poprawia się na siedzeniu, a we mnie budzi się cicha, słodka radość.

Och, maleńka, jak ja lubię, kiedy się tak wiercisz.

– W zasadzie tak. Zwłaszcza tymi srebrnymi kulkami… Na samą myśl mój członek budzi się do życia. *Psiakrew.* Krzyżuję nogi.

– Tak, to było fajne.

– Więcej niż fajne – dodaje.

– Więc jesteś w stanie znieść trochę bólu. – Nie udaje mi się stłumić nadziei w głosie.

– Tak. Wydaje mi się, że tak. – Wzrusza ramionami.

Okej. Może na tym uda się nam zbudować strukturę naszego związku.

Weź głęboki wdech, Grey. Przedstaw jej warunki.

– Anastasio, chcę, żebyśmy zaczęli od nowa. Najpierw związek waniliowy, a potem, kiedy nauczysz się mi bardziej ufać, a ja uwierzę, że jesteś ze mną szczera, może moglibyśmy spróbować czegoś, co ja lubię.

Powiedziałem to.

Kurwa. Serce mi wali, w żyłach pulsuje mi krew i dudni w uszach, kiedy czekam na jej reakcję. A ona… milczy! Przejeżdżamy obok latarni i w jej świetle widzę, że Ana na mnie patrzy. Ocenia mnie. Oczy w ślicznej, wychudzonej, smutnej twarzy ma ogromne.

Och, Ano.

– A co z karami? – pyta w końcu.

Przymykam oczy. To nie jest odmowa.

– Żadnych kar. Absolutnie.

– A zasady?

– Żadnych zasad.

– Absolutnie żadnych? Ale przecież masz swoje potrzeby... – nie kończy zdania.

– Bardziej potrzebuję ciebie, Anastasio. Te ostatnie dni były dla mnie prawdziwym piekłem. Instynkt mi mówił, żeby pozwolić ci odejść, że na ciebie nie zasługuję. Te zdjęcia, które zrobił ci ten chłopak... Widzę, jak on cię postrzega. Jesteś na nich beztroska i piękna. To oczywiście nie znaczy, że teraz nie jesteś śliczna, ale w tym właśnie rzecz. Ja widzę twój ból. I okropna jest dla mnie świadomość, że czujesz się tak przeze mnie.

To mnie zabija, Ano.

– Ale jestem samolubnym człowiekiem. Pragnąłem cię od chwili, kiedy wpadłaś do mojego gabinetu. Jesteś wyjątkowa, szczera, ciepła, silna, dowcipna, zniewalająco niewinna, mógłbym tak wymieniać bez końca. Podziwiam cię. Pragnę cię, a kiedy pomyślę, że mógłby cię mieć ktoś inny, mam wrażenie, jakby w ranie mojej mrocznej duszy obracał się nóż.

Kurwa. Co za kwiecista przemowa. Cholernie kwiecista.

– Christianie, dlaczego uważasz, że masz mroczną duszę? – wykrzykuje, a ja nie posiadam się ze zdumienia. – W życiu bym tak nie powiedziała. Może smutną, ale jesteś dobrym człowiekiem. Wiem o tym. Jesteś szczodry, jesteś dobry i nigdy mnie nie okłamałeś. A ja nie starałam się wystarczająco mocno. W sobotę przeżyłam prawdziwy szok. To było jak pobudka. Zrozumiałam, że potraktowałeś mnie łagodnie, ale nie potrafię być taka, jak byś chciał. A potem, kiedy sobie poszłam, dotarło do mnie, że fizyczny ból, jaki mi sprawiłeś, był niczym w porównaniu z bólem, jaki poczułam, tracąc ciebie. Naprawdę chcę cię zadowolić, ale to bardzo trudne.

– Zawsze mnie zadowalasz. – Kiedy to w końcu zrozumiesz? – Jak często mam ci to powtarzać?

– Nigdy nie wiem, co myślisz.

Nie wie? Maleńka, czytasz we mnie jak w jednej ze swoich książek, tylko że żaden ze mnie bohater. Nigdy nim nie będę.

– Czasem jesteś taki zamknięty, jak samotna wyspa – mówi dalej. – Onieśmielasz mnie. Dlatego nic nie mówię. Nigdy nie wiem, w którym kierunku zmierza twój nastrój. Potrafi się diametralnie zmienić w ułamku sekundy. Czuję się kompletnie zdezorientowana, poza tym nie pozwalasz mi się dotknąć, a ja tak bardzo chcę ci pokazać, jak mocno cię kocham.

Zalewa mnie fala niepokoju i serce wali mi jak młotem. Znowu to powiedziała, te dwa potężne słowa, których nie jestem w stanie znieść. I chce mnie dotykać. Nie. Nie. Nie. Nie może tego zrobić. Jednak zanim zdążę coś odpowiedzieć, zanim ogarnie mnie mrok, Ana odpina pasy i wdrapuje mi się na kolana, co jest jak zasadzka, której nie udaje mi się uniknąć. Bierze moją głowę w obie ręce i patrzy mi w oczy. Wstrzymuję oddech.

– Kocham cię, Christianie Grey – mówi. – Jesteś gotowy tyle dla mnie poświęcić. To ja nie zasługuję na ciebie. I jest mi strasznie przykro, że nie potrafię zrobić tych wszystkich rzeczy, których oczekujesz. Może z czasem – nie wiem – ale tak, zgadzam się na twoją propozycję. – Obejmuje mnie za szyję i tuli, ciepłym policzkiem przywierając do mojego.

Nie wierzę własnym uszom.

Niepokój przemienia się w radość. Rozpiera mi piersi, czuję, jak całego mnie ogarnia światło dające poczucie ciepła. Spróbuje. Odzyskałem ją. Nie zasługuję na nią, ale ją odzyskałem. Obejmuję ją i mocno trzymam, wtulając nos w jej pachnące włosy, a pustkę, jaką w sobie nosiłem, odkąd odeszła, wypełnia kalejdoskop barwnych emocji.

– Och, Ano – szepczę, tuląc ją, zbyt oniemiały i zbyt… szczęśliwy, by powiedzieć coś jeszcze.

Mości się w moich objęciach, głowę wspiera mi na ramieniu i trwamy tak, słuchając Rachmaninowa. Powtarzam w myślach jej słowa.

Kocha mnie.

Zastanawiam się, jakie budzą uczucia w mojej głowie i tej resztce serca, która mi jeszcze została. Tłumię strach, który ściska mi gardło.

Uda mi się.

Dam radę z tym żyć. Muszę. Muszę chronić ją i jej bezbronne serce.

Oddycham głęboko.

Dam radę.

Tylko ten dotyk. Tego nie zniosę. Muszę jej wytłumaczyć – sprostać jej oczekiwaniom. Łagodnie głaszczę ją po plecach.

– Dotykanie to dla mnie granica bezwzględna, Anastasio.

– Wiem. Chciałabym tylko zrozumieć dlaczego. – Jej oddech łaskocze mnie w szyję.

Mam jej powiedzieć? Naprawdę chce usłyszeć całe to gówno? Może ją naprowadzę, dam wskazówkę.

– Miałem koszmarne dzieciństwo. Jeden z alfonsów tej naćpanej dziwki…

– Tu jesteś, ty mała gnido.

Nie. Nie. Nie. Tylko mnie nie przypalaj.

– Mamusiu! Mamusiu!

– Nie słyszy cię, ty pieprzony gówniarzu. – Chwyta mnie za włosy i wywleka spod kuchennego stołu.

– Aua. Aua. Aua.

Pali. Ten smród. Papierosy. Paskudnie śmierdzą. Jest brudny. Jak śmietnik. Jak rynsztok. Pije brązowy likier. Z butelki.

– A nawet gdyby słyszała, gówno ją to obchodzi – wrzeszczy. Zawsze wrzeszczy.

Uderza mnie ręką w twarz. Jeszcze raz. I jeszcze. Nie. Nie. Walczę z nim. Ale on się śmieje. I zaciąga się. Koniuszek papierosa jarzy się jaskrawą czerwienią.

– Przypalę cię.

Nie. Nie.

Boli. Boli. Boli. I ten swąd.

Przypala. Przypala. Przypala.

Ból. Nie. Nie. Nie.

Wyję.

Wyję.

– Mamusiu! Mamusiu!

On się śmieje i śmieje. Brakuje mu dwóch zębów.

Kiedy wspomnienie tamtych koszmarów spowija mnie jak dym z jego papierosów, wstrząsa mną dreszcz. Umysł mi się mąci i czuję, czuję ten sam co wtedy strach i bezsilność.

Mówię Anie, że pamiętam wszystko, a ona obejmuje mnie jeszcze mocniej. Dotyk jej ciepłej, miękkiej skóry przywraca mnie do rzeczywistości.

– Stosowała wobec ciebie przemoc? Twoja matka? – pyta ochryple.

– Tego nie pamiętam. Raczej mnie zaniedbywała. Nie broniła mnie przed swoim alfonsem.

Była beznadziejna, a on był chorym kutasem.

– Myślę, że to raczej ja opiekowałem się nią. Kiedy się w końcu zabiła, dopiero po czterech dniach ktoś podniósł alarm i nas znaleźli. To pamiętam. – Przymykam oczy i jak przez mgłę przypominam sobie matkę leżącą bezwładnie na podłodze i siebie, jak przykrywam ją kocem i kładę się skulony obok niej.

Anastasia bierze gwałtowny wdech.

– To strasznie popieprzone – mówi.

– Na pięćdziesiąt sposobów.

Całuje mnie w szyję, delikatnie i czule muskając moją skórę. I wiem, że się nade mną nie użala. Pociesza mnie; może nawet coś zaczyna pojmować. Moja słodka, wrażliwa Ana.

Tulę ją jeszcze mocniej i całuję we włosy, a ona układa się wygodnie w moich objęciach.

Maleńka, to było bardzo dawno temu.

W końcu dopada mnie wyczerpanie. Kilka bezsennych nocy wypełnionych koszmarami daje o sobie znać. Jestem zmęczony. Chcę przestać myśleć. Przy niej, kiedy śpi u mego boku, koszmary mnie nie nawiedzają. Odchylam się na oparcie siedzenia i zamykam oczy. Milczę, bo wszystko już zostało powiedziane. Słucham muzyki, a kiedy się kończy, wsłuchuję się w jej cichy, równy oddech. Zasnęła. Jest znużona. Tak jak ja. Uświadamiam sobie, że nie możemy spędzić razem nocy, bo się nie wyśpi. Nie mogę się nie uśmiechnąć z satysfakcją. Udało mi się. Odzyskałem ją. Znowu jest moja. Teraz muszę ją tylko zatrzymać, co już samo w sobie jest wystarczającym wyzwaniem.

Mój pierwszy waniliowy związek – kto by pomyślał? Zamykając oczy, wyobrażam sobie minę Eleny, kiedy jej to oznajmię. Będzie miała mnóstwo do powiedzenia, jak zawsze...

– Po tym, jak stoisz, widzę, że chcesz mi coś powiedzieć.

Ośmielam się zerknąć na Elenę i dostrzegam, jak jej purpurowe usta układają się w uśmiech, kiedy krzyżuje ramiona, trzymając w ręce bicz.

– *Tak, pani.*

– *Możesz mówić.*

– *Dostałem się na Harvard.*

Oczy błyskają jej groźnie.

– *Pani* – dodaję szybko i spuszczam wzrok na swoje palce u stóp.

– *Rozumiem.*

Stoję nagi w jej piwnicy, a ona obchodzi mnie do-okoła.

Zimny powiew pieści mi skórę, ale to myśl o tym, co mnie czeka, sprawia, że włoski na jej powierzchni stają dęba. I zapach jej perfum. Moje ciało zaczyna reagować.

Śmieje się.

– *Panuj nad sobą!* – warczy i smaga mnie biczem po udach.

Staram się, naprawdę się staram, żeby ciało było mi posłuszne.

– *Chociaż może należałoby cię nagrodzić za grzeczne zachowanie* – mruczy jak kotka.

I uderza znowu, tym razem w pierś, ale delikatnie, raczej dla zabawy.

– *To prawdziwe osiągnięcie dostać się na Harvard, moje kochane zwierzątko.*

Bicz ze świstem spada na moje pośladki i nogi zaczynają pode mną drżeć.

– *Nie ruszaj się* – ostrzega. Prostuję się w oczekiwaniu na kolejne uderzenie. – *Więc mnie opuścisz* – szepcze i uderza mnie w plecy.

Nie. Nigdy.

Otwieram oczy i spoglądam na nią z przerażeniem.

– *Spuść wzrok* – rozkazuje.

Patrzę na swoje stopy i czuję, jak ogarnia mnie panika.

– *Zostawisz mnie i znajdziesz sobie jakąś miłą studentkę.*

Nie. Nie.

Chwyta mnie za twarz, wbijając mi paznokcie w skórę.

– *Zostawisz.* – Jej lodowatoniebieskie oczy wpatrują się we mnie, czerwone usta wykrzywiają we wściekłym grymasie.

– *Nigdy, pani.*

Śmieje się, odpycha mnie i unosi rękę.

Ale cios nie nadchodzi.

Kiedy otwieram oczy, przede mną stoi Ana i z uśmiechem gładzi mnie po policzku.

– Kocham cię – mówi.

Budzę się, nie wiedząc, gdzie jestem, z walącym sercem – nie umiem odgadnąć, czy ze strachu, czy z podekscytowania. No tak, jestem na tylnym siedzeniu mojego Q7, a Ana śpi zwinięta na moich kolanach. Usta rozciągają mi się w głupkowatym uśmiechu. Potrząsam głową. Czy kiedykolwiek tak się czułem? Podnieca mnie myśl o przyszłości. Wprost nie mogę się doczekać, żeby zobaczyć, jak rozwinie się nasz związek. Jest tyle nowych rzeczy do spróbowania. Tyle możliwości.

Całuję ją we włosy i opieram brodę o czubek jej głowy. Wyglądam przez okno i widzę, że dojechaliśmy do Seattle. Napotykam wzrok Taylora we wstecznym lusterku.

– Jedziemy do Escali, proszę pana?

– Nie, do panny Steele.

W kącikach jego oczu dostrzegam zmarszczki.

– Będziemy tam za pięć minut – mówi.

Rany. Jesteśmy prawie w domu.

– Dziękuję, Taylorze.

Nie wiedziałem, że można tak długo spać na tylnym siedzeniu samochodu. Zastanawiam się, która jest godzina, ale nie chcę ruszać ręką, żeby popatrzeć na zegarek. Spoglądam na moją śpiącą królewnę. Usta ma lekko rozchylone, rozrzucone ciemne włosy przysłaniają jej twarz. Pamiętam, jak pierwszy raz w Heathman przyglądałem się jej, kiedy spała. Wyglądała wtedy tak spokojnie; teraz też tak wygląda. Nie chcę jej budzić.

– Pobudka, kochanie. – Całuję ją we włosy. Trzepocze rzęsami i otwiera oczy. – Hej – mruczę na powitanie.

– Przepraszam – bąka, prostując się.

– Mógłbym tak bez końca patrzeć, jak śpisz, Ano. – Nie masz za co przepraszać.

– Mówiłam coś? – pyta z niepokojem.

– Nie – uspokajam ją. – Jesteśmy prawie pod twoim domem.

– Nie jedziemy do ciebie? – Jest zdziwiona i chyba nieco zawiedziona.

– Nie.

Siada wyprostowana i patrzy na mnie.

– Dlaczego?

– Bo jutro idziesz do pracy.

– Och.

Jej naburmuszona minka mówi mi wszystko o jej rozczarowaniu. Mam ochotę roześmiać się na głos.

– A co, czyżby coś ci chodziło po głowie? – droczę się z nią.

Wierci się na moich kolanach.

Au.

Przytrzymuję ją rękami.

– Cóż, może – unikając mojego wzroku, odpowiada odrobinę nieśmiało.

Parskam śmiechem. W niektórych sprawach potrafi być bardzo odważna, w innych wstydliwa. Kiedy tak na nią patrzę, uświadamiam sobie, że muszę ją zachęcić do otwartości w sprawach związanych z seksem. Jeżeli mamy być ze sobą szczerzy, musi mi mówić o tym, co czuje. O tym, czego potrzebuje. Chcę, żeby miała dość śmiałości, by otwarcie mówić o swoich żądzach. Wszystkich, bez wyjątku.

– Anastasio, nie dotknę cię, dopóki nie będziesz mnie o to błagać.

– Co takiego? – Jest trochę zawiedziona.

– Musisz w końcu zacząć się ze mną komunikować. Kiedy następnym razem będziemy się kochać, powiesz mi dokładnie i ze szczegółami, czego pragniesz.

Będzie pani miała o czym myśleć, panno Steele.

Kiedy Taylor zatrzymuje się przed jej domem, zdejmuję ją sobie z kolan. Wysiadam i obchodzę samochód, podchodzę do jej drzwi i otwieram je. Gramoli się z auta, zaspana i urocza.

– Mam coś dla ciebie.

Stało się. Czy przyjmie prezent ode mnie? To ostatni etap mojej kampanii mającej na celu jej odzyskanie. Otwieram bagażnik i wyjmuję pudełko, w którym jest jej mac, telefon i iPad. Podejrzliwie zerka to na mnie, to na pudełko.

– Otwórz, kiedy będziesz już w środku.

– Nie wejdziesz?

– Nie, Anastasio. – Chociaż bardzo tego pragnę. Ale oboje musimy się wyspać.

– To kiedy cię zobaczę?

– Jutro.

– Jutro szef zaprosił mnie na drinka.

Czego, do cholery, ten dupek od niej chce? Muszę pogonić Welcha z tym raportem na temat Hyde'a. Coś mi tu cuchnie, ale jak na razie niczego nie znalazłem w jego dokumentach. Nie ufam mu za grosz.

– Czyżby? – Staram się, żeby to zabrzmiało nonszalancko.

– Chce uczcić mój pierwszy tydzień w pracy – mówi szybko.

– Dokąd się wybieracie?

– Nie wiem.

– Mógłbym tam po ciebie przyjść.

– Okej. Wyślę ci mail albo SMS.

– Dobrze.

Razem podchodzimy do drzwi wejściowych i przyglądam się z rozbawieniem, jak grzebie w torebce, szukając kluczy. Otwiera drzwi i obraca się, by się pożegnać – a ja nie jestem w stanie dłużej się opierać. Nachylam się i ujmuję jej brodę. Chcę ją namiętnie pocałować, ale delikatnymi pocałunkami zaznaczam tylko szlak od jej skroni do kącika ust. Wydaje jęk rozkoszy i słodki dźwięk wędruje aż do mojego penisa.

– Do jutra – mówię i nie mogę zapanować nad pożądaniem w głosie.

– Dobranoc, Christianie – szepcze, równie przepełniona pożądaniem jak ja.

Och, maleńka. Jutro. Nie teraz.

– No, wchodź już – rozkazuję.

To chyba najtrudniejsza rzecz, jaką przyszło mi kiedykolwiek zrobić: pozwolić jej odejść, wiedząc, że jest moja i że mogę ją posiąść. Moje ciało nic sobie nie robi ze szlachetnego gestu i sztywnieje z żądzy. Potrząsam głową, jak zwykle nie mogąc się nadziwić, że tak mocno jej pragnę.

– Na razie, mała – wołam za nią i obróciwszy się w stronę ulicy, ruszam do samochodu z mocnym postanowieniem, że się nie obejrzę.

Ale kiedy siedzę już w aucie, pozwalam sobie zerknąć. Wciąż tam jest; stoi w progu i patrzy na mnie.

Dobrze.

Idź spać, Ano, nakazuję jej w myślach. Zupełnie jakby mnie usłyszała, zamyka drzwi, a Taylor włącza się do ruchu i kieruje się do Escali.

Opieram się na siedzeniu.

Jak wiele może się zmienić przez jeden dzień.

Uśmiecham się. Jest moja, po raz kolejny.

Wyobrażam ją sobie w mieszkaniu, jak rozpakowuje prezent. Wkurzy się? A może będzie zachwycona?

Wkurzy się.

Nigdy nie lubiła przyjmować prezentów.

Cholera. Czy posunąłem się za daleko?

Taylor wjeżdża na parking pod Escalą i zatrzymuje auto na pustym miejscu przy A3 Any.

– Taylorze, odstawisz jutro audi panny Steele pod jej dom?

Mam nadzieję, że samochód też zgodzi się przyjąć.

– Tak jest, proszę pana.

Zostawiam go w garażu, gdzie zajmuje się sprawami, o których nie mam pojęcia, a sam idę do windy. W kabinie sprawdzam telefon, ciekawy, czy miała coś do powiedzenia na temat prezentów. W chwili, kiedy drzwi się rozsuwają i wysiadam, przychodzi mail.

Nadawca: Anastasia Steele
Temat: iPad
Data: 9 czerwca 2011, 23:56
Do: Christian Grey

Znowu doprowadziłeś mnie do łez.

Kocham iPada.

Kocham te piosenki.

Kocham aplikację Biblioteka Brytyjska.

Kocham Ciebie.

Dziękuję.

Dobrej nocy.

Ana xx

Uśmiecham się. *Łzy szczęścia, wspaniale!*
Jest zachwycona.
I mnie kocha.

Kocha mnie.
Potrzebowałem trzech godzin jazdy, żeby nie wzdrygać się na tę myśl. Rzecz jednak w tym, że ona tak naprawdę mnie nie zna. Nie wie, do czego jestem zdolny, ani dlaczego robię to, co robię. Nikt nie może kochać potwora, nawet ktoś posiadający tak niezmierzone pokłady współczucia.

Odsuwam od siebie tę myśl, bo nie chcę roztrząsać negatywów.

Flynn byłby ze mnie dumny.

Szybko odpisuję na mail.

Od: Christian Grey
Temat: iPad
Data: 10 czerwca 2011, 00:03
Adresat: Anastasia Steele

Cieszę się, że Ci się podoba. Sobie też kupiłem.

Gdybym był teraz przy Tobie, scałowałbym Twoje łzy.

Ale nie jestem – więc kładź się spać.

Christian Grey,
prezes Grey Enterprises Holding, Inc.

Chcę, żeby jutro była wypoczęta. Przeciągam się, czując zadowolenie, które jest mi całkowicie obce, i wchodzę do sypialni. Marząc o łóżku, kładę telefon na nocnym stoliku i zauważam, że przyszła nowa wiadomość.

Nadawca: Anastasia Steele
Temat: Pan Gderliwy
Data: 10 czerwca 2011, 00:07
Adresat: Christian Grey

A więc znów jest Pan władczy, spięty i gderliwy, Panie Grey.

Wiem, jak temu zaradzić. No, ale skoro nie ma Cię tu teraz – nie pozwoliłeś mi spędzić ze sobą nocy i oczekujesz, że będę błagać…

Fajnie sobie pomarzyć, proszę Pana.

Ana xx

PS. Zwróciłam uwagę na fakt, że do playlisty dorzuciłeś hymn prześladowców: *Every Breath You Take*. Naprawdę lubię Twoje poczucie humoru, ale czy doktor Flynn o tym wie?

No i proszę. Anastasia Steele odzyskała swój dowcip. Brakowało mi go. Siadam na brzegu łóżka i układam odpowiedź.

Nadawca: Christian Grey
Temat: Spokój w stylu zen
Data: 10 czerwca 2011, 00:10
Adresat: Anastasia Steele

Moja najdroższa Panno Steele,

klapsy występują i w związkach waniliowych, wiesz?
Zazwyczaj za obopólną zgodą i w kontekście seksualnym... ale ochoczo zrobię wyjątek.

Pewnie z ulgą przyjmiesz informację, że doktor Flynn także lubi moje poczucie humoru.

A teraz kładź się spać, jako że jutro nie zaznasz zbyt wiele snu.

I na koniec, będziesz błagać, uwierz mi. A ja nie mogę się tego doczekać.

Christian Grey,
spięty prezes Grey Enterprises Holding, Inc.

Wpatruję się w telefon, wyczekując odpowiedzi. Wiem, że tak tego nie zostawi. I tak jak się spodziewam, odpowiedź nadchodzi.

Nadawca: Anastasia Steele
Temat: Dobranoc, słodkich snów
Data: 10 czerwca 2011, 00:12
Adresat: Christian Grey

Cóż, skoro tak ładnie prosisz i fundujesz mi taką rozkoszną groźbę, położę się do łóżka z iPadem, który mi podarowałeś, i zasnę, przeglądając Bibliotekę Brytyjską, słuchając muzyki, która mówi za Ciebie.

A XXX

Podoba się jej moja groźba? Na Boga, Ana naprawdę jest nieprzewidywalna. Ale przypomina mi się, jak się wierciła w samochodzie, kiedy rozmawialiśmy o klapsach.

Och, maleńka. To nie groźba. To obietnica.

Wstaję i idę do garderoby, żeby zdjąć marynarkę, jednocześnie zastanawiając się nad odpowiedzią.

Chce, żebym traktował ją delikatniej; z pewnością uda mi się coś wymyślić.

I wtedy mnie oświeca.

Nadawca: Christian Grey
Temat: Jeszcze jedna prośba
Data: 10 czerwca 2011, 00:15
Adresat: Anastasia Steele

Śnij o mnie.

X

Christian Grey,
prezes Grey Enterprises Holdings, Inc.

Tak. Śnij o mnie. Chcę, żeby twoje myśli dotyczyły wyłącznie mnie. Nie tego fotografa. Nie twojego szefa. Tylko mnie. Przebieram się szybko w spodnie od piżamy i szczotkuję zęby.

Kiedy kładę się do łóżka, jeszcze raz sprawdzam telefon, ale nie ma żadnej wiadomości od panny Steele. Na pewno już śpi. Gdy zamykam oczy, uświadamiam sobie, że przez cały wieczór ani razu nie pomyślałem o Leili. Anastasia potrafi być bardzo absorbująca, piękna, zabawna...

Po raz pierwszy, odkąd odeszła, budzi mnie dźwięk budzika. Spałem mocno, nic mi się nie śniło i teraz jestem odświeżony i wypoczęty. Moja pierwsza myśl kieruje się ku Anie. Jak się miewa dzisiaj rano? Czy zmieniła zdanie?

Nie. Myśl pozytywnie.

Okej.

Ciekawe, jak wygląda jej poranna rutyna?

Tak lepiej.

A wieczorem ją zobaczę. Zrywam się z łóżka i wskakuję w dres. Jak zwykle pobiegnę trasą obok jej domu. Ale tym razem nie będę pod nim wystawał. Już nie jestem prześladowcą.

Moje stopy dudnią o chodnik. Kieruję się w stronę domu Any, w prześwitującym między budynkami słońcu. Jeszcze panuje cisza i spokój, ale w słuchawkach grają Foo Fighters, równie głośno i dumnie, jak ja biegnę. Ciekawe, czy Ana słucha czegoś, co tak samo odpowiadałoby mojemu nastrojowi. Na przykład *Feeling Good*. W wersji Niny Simone.

Nazbyt ckliwe, Grey. Biegnij dalej.

Mijam w biegu dom Any, ale nie muszę się zatrzymywać. Zobaczę się z nią później. I ujrzę ją całą. Ogromnie z siebie zadowolony zastanawiam się, czy dzisiejszy wieczór zakończymy u niej.

Bez względu na to, jak się sprawy potoczą, będzie to decyzja Any. Ona dyktuje warunki.

Skręcam w Wall Street, do domu. Trzeba zacząć ten dzień.

– DZIEŃ DOBRY, GAIL.

Nawet ja słyszę, że brzmi to niespotykanie serdecznie. Gail nieruchomieje przy kuchence i gapi się na mnie, jakby nagle wyrosły mi trzy głowy.

– Poproszę jajecznicę i tosty – dodaję i idąc w stronę gabinetu, puszczam do niej oczko. Szczęka jej opada, ale nic nie mówi.

Ach, odebrało pani mowę, pani Jones. Coś całkiem nowego.

W gabinecie sprawdzam pocztę na komputerze, ale nie przyszło nic, co nie może poczekać, aż znajdę się w pracy. Myślami wracam do Any i zastanawiam się, czy zjadła śniadanie.

Nadawca: Christian Grey
Temat: Obyś…
Data: 10 czerwca 2011, 08:05
Adresat: Anastasia Steele

Mam szczerą nadzieję, że zjadłaś śniadanie.

Brakowało mi Ciebie w nocy.

Christian Grey,
prezes Grey Enterprises Holdings, Inc.

Kiedy jadę samochodem do pracy, przychodzi odpowiedź.

Nadawca: Anastasia Steele
Temat: Stare książki...
Data: 10 czerwca 2011, 08:33
Adresat: Christian Grey

Stukam w klawiaturę i jednocześnie jem banana. Przez kilka ostatnich dni nie jadłam śniadania, więc to krok naprzód. Uwielbiam tę aplikację Biblioteka Brytyjska – zaczęłam czytać *Robinsona Crusoe*... i oczywiście kocham Cię.

A teraz zostaw mnie w spokoju – próbuję pracować.

Anastasia Steele,
asystentka Jacka Hyde'a, redaktora naczelnego SIP

Robinson Crusoe? Samotny mężczyzna na bezludnej wyspie. Czyżby próbowała mi coś powiedzieć?
I mnie kocha.
Kocha. Mnie. Zdumiewające, z jaką łatwością przyzwyczajam się do tych słów. Chociaż może nie z aż tak wielką.

Skupiam się więc na tym, co w jej mailu zirytowało mnie najbardziej.

Nadawca: Christian Grey
Temat: Tylko tyle zjadłaś?
Data: 10 czerwca 2011, 08:36
Adresat: Anastasia Steele

Mogłabyś się bardziej postarać. Będzie Ci potrzebna energia do błagania.

Christian Grey,
prezes Grey Enterprises Holdings, Inc.

Taylor zatrzymuje się przed wejściem do Grey House.
– Proszę pana, dzisiaj rano odprowadzę audi panny Steele pod jej dom.
– Wspaniale. Do zobaczenia, Taylorze. Dziękuję.
– Miłego dnia, proszę pana.
W windzie czytam jej odpowiedź.

Nadawca: Anastasia Steele
Temat: Utrapieniec
Data: 10 czerwca 2011, 08:39
Adresat: Christian Grey

Panie Grey, próbuję pracować, aby zarobić na życie. Poza tym to Pan będzie błagać.

Anastasia Steele,
asystentka Jacka Hyde'a, redaktora naczelnego SIP

Ha! To się jeszcze okaże…

– Dzień dobry, Andreo – przechodząc obok jej biurka, przyjaźnie kiwam jej głową.

Zatyka ją, ale tylko na chwilę; jest przecież w pełni profesjonalną asystentką.

– Dzień dobry, proszę pana. Kawy?

– Poproszę. Czarną.

Zamykam za sobą drzwi, a kiedy siedzę już przy biurku, odpisuję Anie.

Nadawca: Christian Grey
Temat: Pełna mobilizacja!
Data: 10 czerwca 2011, 08:42
Adresat: Anastasia Steele

Ależ, Panno Steele, uwielbiam wyzwania…

Christian Grey,
prezes Grey Enterprises Holdings, Inc.

Uwielbiam tę jej zadziorność. Z Aną nigdy się człowiek nie nudzi. Odchylam się na krześle i splatam dłonie za głową, próbując zrozumieć swój fenomenalny nastrój. Czy kiedykolwiek czułem się równie radosny? Przeraża mnie to. Jej wpływ na mnie jest tak potężny, że potrafi mi dać nadzieję, ale też przyprawić o czarną rozpacz. Wiem, co mi bardziej odpowiada. Na ścianie mojego gabinetu jest puste miejsce; może powinienem powiesić na nim jeden z jej portretów. Zanim jednak zdążę się nad tym głębiej zastanowić, rozlega się pukanie do drzwi. Wchodzi Andrea z moją kawą.

– Proszę pana, mogę zająć chwilkę?

– Naturalnie.

Przysiada na krześle po drugiej stronie biurka. Jest wyraźnie zdenerwowana.

– Pamięta pan, że nie będzie mnie dzisiaj po południu i przez cały poniedziałek?

Gapię się na nią, nie mając pojęcia, o czym mówi. *Co, do cholery?* Nie pamiętam niczego podobnego. Nie znoszę, kiedy jej nie ma.

– Wydawało mi się, że panu przypominałam – dodaje.

– Czy ktoś cię zastąpi?

– Tak. HR przyśle kogoś z innego działu. Nazywa się Montana Brooks.

– Okej.

– To tylko półtora dnia, proszę pana.

Parskam śmiechem.

– Wyglądam na aż tak zmartwionego?

Andrea uśmiecha się nieśmiało.

– Tak, proszę pana.

– Cóż, mam nadzieję, że będziesz się dobrze bawić.

Wstaje.

– Dziękuję, proszę pana.

– Czy mam jakieś plany na ten weekend?

– Golf jutro z panem Bastille'em.

– Odwołaj. – Wolę spędzić ten czas z Aną.

– Oczywiście. Jest też bal maskowy u pańskich rodziców na rzecz Damy Radę – przypomina mi Andrea.

– Och. Do licha.

– Ma pan to w swoim terminarzu od miesięcy.

– Tak, wiem. Niech będzie.

Ciekawe, czy Ana pójdzie ze mną.

– Dobrze, proszę pana.

– Znalazłaś kogoś na miejsce córki senatora Blandina?

– Tak jest. Nazywa się Sarah Hunter. Zaczyna we wtorek, po moim powrocie.

– Dobrze.

– O dziewiątej ma pan spotkanie z panią Bailey.

– Dziękuję, Andreo. Połącz mnie z Welchem.

– Oczywiście, proszę pana.

Ros kończy swoje sprawozdanie na temat zrzutu w Dar-
furze.

– Wszystko poszło zgodnie z planem i NGO donosi,
że zrzut nastąpił w określonym czasie i miejscu – relacjonuje. – Szczerze mówiąc, to wielki sukces. Pomoże wielu
ludziom.

– Wspaniale. Może powinniśmy to powtarzać co
roku, jeśli zajdzie taka potrzeba.

– To dużo kosztuje, Christianie.

– Wiem. Ale tak trzeba. Poza tym to tylko pieniądze.

Posyła mi nieco rozdrażnione spojrzenie.

– To wszystko? – pytam.

– Na razie tak.

– Dobrze.

Dalej przygląda mi się z ciekawością.

– Co jest?

– Cieszę się, że wróciłeś.

– Co masz na myśli?

– Dobrze wiesz. – Wstaje i zbiera swoje papiery. –
Byłeś nieobecny, Christianie.

– Przecież byłem tu przez cały czas.

– Nie, nie było cię. Ale cieszę się, że wróciłeś i nie
jesteś już taki rozkojarzony, poza tym wydajesz się szczęśliwszy. – Posyła mi szeroki uśmiech i kieruje się do drzwi.

To aż takie oczywiste?

– Rano widziałam zdjęcie w gazecie.

– Zdjęcie?

– Tak. Ty i młoda dama na wystawie fotografii.

– A tak. – Nie potrafię ukryć uśmiechu.

Ros kiwa głową.

– Widzimy się po południu na spotkaniu z Markiem.

– Jasne.

Ros wychodzi, a ja się zastanawiam, jak zareaguje dzisiaj reszta moich pracowników.

BARNEY, MÓJ TECHNICZNY geniusz i starszy inżynier zbudował trzy prototypy tabletu na energię słoneczną. Mam nadzieję, że produkt sprzeda się na całym świecie za wysoką cenę i pokryje koszty akcji rozdania go za darmo w krajach rozwijających się. Upowszechnianie technologii jest jedną z moich pasji – chcę, żeby była tania, funkcjonalna i powszechnie dostępna dla najbiedniejszych narodów, co pomoże im wyjść z nędzy.

Nieco później w laboratorium omawiamy prototypy leżące na warsztacie. Fred, wiceprezes naszego oddziału telewizyjnego, prezentuje, w jaki sposób można zainstalować baterie słoneczne w tylnej obudowie każdego urządzenia.

– Dlaczego nie możemy zamontować ich w całej obudowie, nawet na ekranie? – pytam.

Siedem głów obraca się ku mnie jednocześnie.

– Nie na ekranie, ale może... w okładce? – mówi Fred.

– Koszty? – niemal natychmiast odzywa się Barney.

– Myślmy przyszłościowo, ludzie. Nie skupiajcie się wyłącznie na ekonomii – odpowiadam. – Tutaj sprzedamy to za wysoką cenę, a gdzie indziej rozdamy praktycznie za darmo. O to chodzi.

W laboratorium rozpętuje się prawdziwa burza mózgów i dwie godziny później mamy trzy pomysły, jak ukryć baterie słoneczne w urządzeniu.

– ...Oczywiście na rynku lokalnym będzie można z niego korzystać w systemie WiMAX – oznajmia Fred.

– A w Afryce i w Indiach wbudujemy satelitarne łącze internetowe – dodaje Barney. – Pod warunkiem, że dostaniemy dostęp. – Zerka na mnie pytająco.

– Na razie to sprawa na przyszłość. Mam nadzieję, że uda się nam podpiąć pod europejski system nawigacji satelitarnej Galileo. – Zdaję sobie sprawę, że negocjacje będą długie, ale mamy czas. – Zajmuje się tym zespół Marca.

– Technologia jutra dzisiaj – oznajmia Barney z dumą.

– Doskonale – kiwam głową z aprobatą. Zwracam się do mojej wiceprezes odpowiedzialnej za zaopatrzenie. – Vanesso, na czym stoimy w kwestii wydobycia minerałów? Jak sobie radzisz z konfliktem?

Jakiś czas później siedzimy przy stole w sali zarządu i Marco przedstawia zmodyfikowany biznesplan dla SIP oraz klauzule wynikające z podpisania projektu umowy, co się odbyło wczoraj.

– Chcą, aby przez miesiąc nie ujawniano, że zostali kupieni – mówi. – Chodzi chyba o to, by nie odstraszyć autorów.

– Poważnie? A co to autorów obchodzi? – pytam.

– To są twórcy – zauważa Ros łagodnie.

– Obojętnie. – Mam ochotę przewrócić oczami.

– O wpół do czwartej jesteśmy umówieni na rozmowę z Jeremym Roachem, właścicielem.

– Dobrze. Dopracujemy wtedy szczegóły. – Zaczynam myśleć o Anastasii. Jak upływa jej dzień? Czy z czyjegoś powodu musiała przewracać oczami? Jacy są jej koledzy z pracy? Jej szef? Poprosiłem Welcha, żeby przyjrzał się bliżej Jackowi Hyde'owi; przeczytał jego zawodowe akta. Czuję, że jest coś nie tak z przebiegiem jego kariery. Zaczął w Nowym Jorku, a teraz wylądował tutaj. Coś tu nie gra. Muszę wiedzieć o nim więcej, tym bardziej że Ana dla niego pracuje.

Czekam też na raport w sprawie Leili. Welch nie dowiedział się niczego nowego o miejscu jej aktualnego pobytu. Zupełnie jakby zniknęła bez śladu. Mogę tylko mieć nadzieję, że gdziekolwiek przebywa, przynajmniej trafiła w lepsze miejsce.

– Ich system monitorowania maili jest bardziej rygorystyczny od naszego – przerywa moje rozważania Ros.

– I co z tego? – pytam. – W każdej szanującej się firmie obowiązuje rygorystyczna polityka dotycząca maili.

– Ale to dziwne w tak małej firmie. Wszystkie maile są sprawdzane przez HR.

Wzruszam ramionami.

– Mnie to nie przeszkadza. – Chociaż powinienem ostrzec Anę. – Przyjrzyjmy się ich pasywom.

Omówiwszy wszystko, co dotyczy SIP, przechodzimy do następnego punktu porządku obrad.

– Zamierzamy delikatnie się rozeznać w sprawie stoczni na Tajwanie – mówi Marco.

– Według mnie nie mamy nic do stracenia – zgadza się Ros.

– Moją koszulę i życzliwość pracowników?

– Christianie, przecież nie musimy tego robić – tym razem jej słowom towarzyszy westchnienie.

– Z finansowego punktu widzenia to ma sens. Wiesz o tym. Ja też wiem. Zobaczmy, jak daleko możemy się posunąć.

Mój telefon miga na znak, że przyszła wiadomość od Any.

W końcu!

Byłem tak zajęty, że od rana nie miałem czasu się z nią skontaktować, ale wciąż tkwi na obrzeżu mojej świadomości, jak anioł stróż. Mój anioł stróż. Zawsze obecny, ale nienarzucający się.

Mój.

Grey, weź się w garść.

Podczas gdy Ros relacjonuje kolejne kroki dotyczące tajwańskiego projektu, ja czytam mail od Any.

Nadawca: Anastasia Steel
Temat: Nudzi mi się…
Data: 10 czerwca 2011, 16:05
Adresat: Christian Grey

Kręcę młynka palcami.

A co u Ciebie?

Co porabiasz?

Anastasia Steele,
asystentka Jacka Hyde'a, redaktora naczelnego SIP

Kręci palcami młynka? Na tę myśl się uśmiecham, bo mi się przypomina, jak niezdarnie walczyła z magnetofonem, kiedy przyszła zrobić ze mną wywiad.

Jest pan gejem, panie Grey?

Ach, słodka, niewinna Ana.

Nie. Nie jestem gejem.

Jestem wniebowzięty, że o mnie pamięta i że znalazła czas, żeby się ze mną skontaktować. To mnie… rozprasza. Czuję, jak przepełnia mnie obce mi poczucie ciepła. To budzi mój niepokój. Poważny niepokój. Nie bacząc na niego, szybko odpisuję.

Nadawca: Christian Grey
Temat: Twoje palce
Data: 10 czerwca 2011, 16:15
Adresat: Anastasia Steele

Powinnaś była się zgodzić na pracę dla mnie.

Nie kręciłabyś młynka palcami.

Jestem przekonany, że zrobiłbym z nich lepszy
użytek...

Kurwa. Nie teraz, Grey.
Napotykam pełen dezaprobaty wzrok Ros.
– Muszę natychmiast odpowiedzieć – mówię do niej.
Wymienia znaczące spojrzenia z Markiem.

Prawdę mówiąc, przychodzi mi teraz do głowy
wiele możliwości.

A u mnie monotonia – jak zawsze fuzje i przejęcia.

Nuda.

Twoje maile w SIP są monitorowane.

Christian Grey,
prezes Grey Enterprises Holdings, Inc.

Nie mogę się już doczekać dzisiejszego wieczoru, kiedy się z nią zobaczę. Musi mi tylko przysłać mail z wiadomością, gdzie się spotkamy. Ogromnie mnie to frustruje. Ale uzgodniliśmy, że spróbujemy oprzeć nasz związek na jej zasadach, wobec tego odkładam telefon i na powrót skupiam się na zebraniu.

Cierpliwości, Grey. Cierpliwości.

Zaczynamy omawiać wizytę burmistrza Seattle w Grey House w przyszłym tygodniu, którą uzgodniliśmy, gdy widzieliśmy się na początku miesiąca.

– Sam się tym zajmuje? – chce wiedzieć Ros.

– Jak oszalały – odpowiadam. Sam za nic by nie przegapił takiego PR-u.

– Okej. Jeżeli jesteś gotowy, połączę cię z Jeremym Roachem z SIP, żebyście omówili szczegóły.

– Do roboty.

Wracam do siebie. Zastępczyni Andrei nakłada jeszcze więcej szminki na swoje już i tak jaskrawoczerwone usta. Nie podobają mi się, a poza tym kolor przypomina mi o Elenie. W Anie cudowne jest między innymi to, że nie używa szminki, a w zasadzie w ogóle żadnego makijażu. Skrywając obrzydzenie i ignorując dziewczynę, wchodzę do swojego gabinetu. Nawet nie pamiętam, jak ona się nazywa.

Na ekranie komputera wyświetla się poprawiona przez Freda oferta dla Kavanagh Media, ale myślami jestem gdzie indziej i trudno mi się skupić. Czas płynie, a ja wciąż nie mam żadnej wiadomości od Anastasii; jak zwykle muszę czekać na pannę Steele. Znowu sprawdzam skrzynkę.

Nic.

Sprawdzam telefon, może przyszedł SMS.

Nic.

Co ją powstrzymuje?

Rozlega się pukanie do moich drzwi.

Co znowu?

– Wejść.

Zastępczyni Andrei wsuwa głowę przez drzwi i *ping*, przychodzi mail, ale nie od Anastasii.

– Co jest? – warczę, usiłując sobie przypomnieć, jak ta kobieta ma na imię.

Jest niewzruszona.

– Wychodzę, proszę pana. Pan Taylor zostawił to dla pana. – Kobieta trzyma w ręce kopertę.

– Połóż tam, na stoliku.

– Czy będzie mnie pan jeszcze potrzebował?

– Nie. Możesz iść. Dziękuję. – Uśmiecham się do niej kwaśno.

– W takim razie miłego weekendu, proszę pana – mizdrzy się.

Och, będzie taki na pewno.

Odprawiam ją, ale nie odchodzi. Czeka i domyślam się, że jeszcze czegoś chce.

Czego?

– Do zobaczenia w poniedziałek – mówi z idiotycznym, nerwowym chichotem.

– Tak. W poniedziałek. Zamknij za sobą drzwi.

Nieco zawiedziona robi, jak każę.

O co tu chodzi?

Biorę ze stolika kopertę. Wewnątrz jest kluczyk do audi Any i wiadomość napisana porządnym, topornym charakterem pisma Taylora. „Zaparkowany w wyznaczonym miejscu parkingowym na tyłach kamienicy".

Wracam za biurko i skupiam się na wiadomościach. Wreszcie przychodzi mail od Any. Uśmiecham się jak Kot z Cheshire.

Nadawca: Anastasia Steele
Temat: Doskonale się wpasujesz
Data: 10 czerwca 2011, 17:36
Adresat: Christian Grey

Wybieramy się do baru o nazwie Pięćdziesiątka.

Gruba nić humoru, której mogłabym teraz użyć, nie ma końca.

Czekam na Pana z niecierpliwością, Panie Grey.

A. x

Czy to odniesienie do pięćdziesięciu odcieni?
Dziwne. Czy ona się ze mnie śmieje?
W porządku. Zabawmy się.

Nadawca: Christian Grey
Temat: Ryzyko
Data: 10 czerwca 2011, 17:38
Adresat: Anastasia Steele

Szycie jest bardzo niebezpieczne.

Christian Grey,
prezes Grey Enterprises Holdings, Inc.

Zobaczymy, co powie na to.

Nadawca: Anastasia Steele
Temat: Ryzyko?
Data: 10 czerwca 2011, 17:40
Adresat: Christian Grey

To znaczy?

Jesteś taka tępa, Anastasio? To do ciebie niepodobne.
Ale nie chcę się kłócić.

Nadawca: Christian Grey
Temat: Ja jedynie…
Data: 10 czerwca 2011, 17:42
Adresat: Anastasia Steele

Ja jedynie stwierdzam fakt, Panno Steele.

Do zobaczenia.
Raczej prędzej niż później, mała.

Christian Grey,
prezes Grey Enterprises Holdings, Inc.

Ponieważ się odezwała, rozluźniam się i skupiam na
propozycji Kavanagh. Jest dobra. Wysyłam ją do Freda
i proszę, żeby przesłał do Kavanagh. Może Kavanagh
Media dojrzały już, żeby je przejąć? To jest myśl. Ciekawe, co na to powiedzą Ros i Marco. Ale na razie nie
będę się tym zajmował. Kieruję się do wyjścia, pisząc do
Taylora, gdzie spotykam się z Aną.

⁞⁞⁞⁞⁞⁞⁞⁞⁞⁞⁞⁞⁞⁞⁞⁞⁞⁞⁞

Pięćdziesiątka to bar sportowy. Wydaje mi się znajomy i przypominam sobie, że już tu byłem z Elliotem, ale w końcu Elliot to zapalony sportowiec, towarzyski facet, dusza każdej imprezy. Uwielbia takie miejsca, świątynie sportów grupowych. Ja zawsze byłem zbyt zapalczywy, żeby grać w drużynie w czasie szkoły czy studiów. Wolałem raczej samotne zmagania, jak wioślarstwo czy sporty kontaktowe, na przykład kick boxing, gdzie mogłem komuś porządnie dokopać... albo pozwolić, żeby to mnie dokopano.

W środku kłębi się tłum młodych pracowników biurowych, którzy zaczynają weekend od jednego szybkiego drinka albo pięciu, ale już po dwóch sekundach dostrzegam ją przy barze.

Ana.

On też tu jest. *Hyde.* Napiera na nią.

Dupek.

Jest spięta. Najwyraźniej nie czuje się swobodnie.

Pieprzyć go.

Ze wszystkich sił staram się iść nonszalancko, próbując nie stracić panowania nad sobą. Kiedy do niej podchodzę, obejmuję ją ramieniem i przyciągam do siebie, uwalniając ją od jego niechcianych awansów.

Całuję ją, tuż za uchem.

– Cześć, mała – szepczę w jej włosy.

Wtula się we mnie, a dupek prostuje się na całą wysokość, mierząc mnie wzrokiem. Chętnie starłbym mu z tej jego gburowatej, zadowolonej z siebie gęby tę minę „odpieprz się", ale celowo go ignoruję, całą uwagę skupiając na mojej dziewczynie.

Cześć, maleńka. Ten gość cię nagabuje?

Uśmiecha się do mnie promiennie. Jej oczy lśnią,

wargi ma wilgotne, włosy kaskadą opadają jej na ramiona. Założyła bluzkę, którą kupił jej Taylor i która pięknie podkreśla jej oczy i skórę. Pochylam się i ją całuję. Na policzki wypływa jej rumieniec, ale obraca się do dupka, który załapał, w czym rzecz i nieco się odsunął.

– Jacku, to Christian. Christianie, przedstawiam ci Jacka – mówi Ana.

– Jestem jej chłopakiem – oświadczam i wyciągam rękę do Hyde'a.

Widzisz. Potrafię być miły.

– A ja szefem – odpowiada i ściska moją dłoń. Uchwyt ma mocny, więc odpowiadam tym samym.

Trzymaj łapy z daleka od mojej dziewczyny.

– Ana wspominała o swoim byłym chłopaku – mówi Hyde z irytującą wyższością.

– Cóż, już nie były. – Posyłam mu lekki uśmieszek „odpieprz się". – Chodź, mała, na nas już pora.

– Zostań, proszę, napij się z nami – odpowiada Hyde z naciskiem na „nami".

– Mamy już plany. Może innym razem.

Raczej nigdy.

Nie ufam mu i chcę, żeby Ana trzymała się od niego z daleka.

– Chodź – mówię, biorąc ją za rękę.

– Widzimy się w poniedziałek – rzuca na odchodnym, a ja czuję, jak mocniej splata swoje palce z moimi. Zwraca się do Hyde'a i atrakcyjnej kobiety, zapewne koleżanki z pracy.

Przynajmniej nie była z nim sam na sam. Kobieta uśmiecha się do Any serdecznie, a Hyde patrzy na nas wilkiem. Kiedy wychodzimy, wyczuwam, jak facet wwierca się we mnie wzrokiem. Ale gówno mnie to obchodzi.

Przed barem czeka Taylor w Q7. Otwieram Anie tylne drzwi.

– Czy mi się wydaje, czy też były to zawody, który z was dalej nasika? – pyta mnie, wsiadając.

Jest pani jak zwykle spostrzegawcza, panno Steele.

– Faktycznie, były – potwierdzam i zatrzaskuję drzwi.

Kiedy już siedzę obok niej, biorę ją za rękę, bo chcę poczuć jej dotyk, i unoszę ją do ust.

– Cześć – mówię szeptem.

Wygląda świetnie. Znikły ciemne podkówki pod oczami. Wyspała się. Zjadła. Jak dawniej emanuje zdrowiem. Sądząc po promiennym uśmiechu, jest przepełniona szczęściem, które mnie także ogarnia.

– Cześć – odpowiada nieco ochryple.

Cholera. Mam ochotę rzucić się na nią – chociaż podejrzewam, że Taylor by tego nie pochwalił. Zerkam na niego i łapię jego wzrok w tylnym lusterku. Czeka na instrukcje.

Cóż, zrobimy tak, jak zażyczy sobie Ana.

– Jak masz ochotę spędzić wieczór? – pytam.

– Mówiłeś, zdaje się, że mamy plany.

– Och, doskonale wiem, na co mam ochotę, Anastasio. Pytam, na co ty masz ochotę.

W jej coraz szerszym uśmiechu pojawia się lubieżność, na co mój penis od razu reaguje.

Ożeż ty.

– Rozumiem. A więc… błaganie. Chcesz błagać u siebie czy u mnie? – podpuszczam ją.

Minę ma rozbawioną.

– Bardzo pan zarozumiały, panie Grey. Ale dla odmiany pojedziemy do mnie. – Przygryza pełną dolną wargę i zerka na mnie spod opuszczonych rzęs.

Kurwa.

– Taylorze, do mieszkania panny Steele, proszę. – I to szybko!

– Tak – odpowiada Taylor i włącza się do ruchu.

– Jak ci minął dzień? – pytam, kciukiem muskając jej rękę. Jej oddech przyśpiesza.

– Dobrze. A tobie?

– Dobrze, dziękuję. – Tak. Naprawdę dobrze. Dzisiaj pracowałem więcej niż przez cały miniony tydzień. Całuję jej dłoń, ponieważ to jej powinienem za to dziękować. – Wyglądasz prześlicznie.

– Ty też.

Och, maleńka. To tylko ładna buźka.

A skoro już o tym mowa...

– Ten twój szef, Jack Hyde, zna się na swojej pracy?

Ana marszczy czoło, a ja mam ochotę pocałować ją w urocze v nad nasadą nosa.

– Dlaczego? Chodzi o te wasze zawody w sikaniu?

– Ten facet marzy, żeby ci się dobrać do majtek, Anastasio – ostrzegam ją, starając się mówić możliwie jak najbardziej neutralnym tonem.

Wygląda na zszokowaną. Rany, jest taka niewinna. Dla mnie było to oczywiste, podobnie jak dla każdego w barze, kto patrzył.

– Cóż, niech sobie chce do woli – mówi wyniośle. – Dlaczego w ogóle prowadzimy tę rozmowę? Wiesz, że on mnie nie interesuje. Jest tylko moim szefem.

– I o to właśnie chodzi. Chce tego, co należy do mnie. Muszę wiedzieć, czy jest dobry w tym, co robi. – Bo jeśli nie, z miejsca wywalę tę jego nędzną dupę na bruk.

Wzrusza ramionami i spuszcza wzrok.

Co jest? Już próbował?

Ana mówi, że wydaje się jej, że zna się na swojej robocie, ale brzmi to tak, jakby próbowała przekonać samą siebie.

– Lepiej dla niego, żeby cię zostawił w spokoju, albo zanim się zorientuje, wyląduje na ulicy.

– Och, Christianie, dlaczego tak mówisz? Nie zrobił niczego złego.

Czemu tak marszczy czoło? Wprawił ją w zakłopotanie? Mów do mnie, Ano. Proszę.

– Jeśli będzie czegoś próbował, od razu mi powiedz. To się nazywa podłością albo molestowaniem seksualnym.

– Przecież to był tylko drink po pracy.

– Mówię poważnie. Jeden ruch i wylatuje.

– Nie masz takiej władzy – mówi z drwiną. Ale nagle jej uśmiech blednie i Ana spogląda na mnie sceptycznie. – Prawda, Christianie?

A właśnie, że mam. Uśmiecham się do niej.

– Kupujesz tę firmę? – pyta szeptem, przerażona.

– Niezupełnie.

Nie spodziewałem się takiej reakcji ani kierunku, w jakim zmierza ta rozmowa.

– Kupiłeś SIP. Już to zrobiłeś. – Blednie.

Chryste! Jest wkurzona.

– Być może – odpowiadam ostrożnie.

– Tak czy nie? – nie daje za wygraną.

Czas na przedstawienie. No dalej, Grey. Powiedz jej.

– Tak.

– Dlaczego? – Głos jej drży.

– Ponieważ mogę, Anastasio. Muszę ci zapewnić bezpieczeństwo.

– Ale obiecałeś, że nie będziesz ingerował w moją pracę!

– Bo nie będę.

Wyrywa rękę.

– Christianie!

Niech to szlag.

– Jesteś na mnie zła?

– Tak. Oczywiście, że jestem – krzyczy. – Jaki szanujący się właściciel znaczącej firmy może podejmować decyzje, kierując się tym, z kim się akurat pieprzy? – zerka nerwowo na Taylora, potem przenosi na mnie oskarżycielski wzrok.

Ja też mam ochotę zrugać ją za niewyparzoną buzię i przesadną reakcję, jednak dochodzę do wniosku, że to nie jest najlepszy pomysł. Wykrzywia usta w naburmuszonym, gniewnym grymasie, który znam aż za dobrze... Ale za nim też tęskniłem.

Zniesmaczona krzyżuje ramiona.

Kurwa.

Jest naprawdę wściekła.

Odwzajemniam jej spojrzenie, nie pragnąc niczego więcej, jak przełożyć ją przez kolano – niestety, akurat to nie wchodzi w grę.

Do cholery, przecież zrobiłem tylko to, co uznałem za najlepsze.

Taylor zatrzymuje się przed jej domem i mam wrażenie, że zanim stanął na dobre, ona wyskakuje z auta.

Do diabła.

– Myślę, że powinieneś zaczekać – zwracam się do Taylora i gramolę się za nią.

Wygląda na to, że wieczór może przybrać zupełnie inny obrót niż ten, który sobie zaplanowałem. Jest wielce prawdopodobne, że właśnie wszystko schrzaniłem.

Doganiam ją przy drzwiach wejściowych, gdzie grzebie w torebce w poszukiwaniu kluczy. Bezradnie stoję za nią.

Co robić?

– Anastasio – odzywam się błagalnie, próbując zachować spokój.

Wzdycha z przesadą i obraca się do mnie z ustami zaciśniętymi w wąską kreskę.

Nawiązuję do naszej rozmowy w samochodzie i staram się obrócić wszystko w żart.

– Po pierwsze, nie pieprzyłem cię już od jakiegoś czasu – i to dość długiego, jak mi się zdaje – a po drugie, i tak chciałem wejść w przemysł wydawniczy. Z czterech firm w Seattle SIP przynosi największe zyski. – Dalej plotę w ten sposób, ale tak naprawdę chcę powiedzieć: *Proszę, nie kłóć się ze mną.*

– Więc teraz jesteś moim szefem – warczy.

– Z technicznego punktu widzenia jestem szefem szefa twojego szefa.

– Z technicznego punktu widzenia jest to po prostu podłość – fakt, że pieprzę się z szefem szefa mojego szefa.

– W tej chwili się z nim kłócisz – podnoszę głos.

– Dlatego, że wyjątkowy z niego osioł!

Osioł. Osioł!

Przezywa mnie! Pozwalam na to wyłącznie Mii i Eliotowi.

– Osioł? – Tak. Może nim jestem. I nagle chce mi się śmiać. Anastasia nazwała mnie osłem. Elliot byłby zachwycony.

– Tak. – Bardzo chce być dalej na mnie zła, ale kąciki jej ust już zaczynają się podnosić. – Nie rozśmieszaj mnie, kiedy jestem na ciebie zła! – krzyczy, za wszelką cenę starając się zachować powagę.

Uśmiecham się do niej najbardziej czarująco, jak potrafię, a ona wybucha niepowstrzymanym, spontanicznym śmiechem. Mam wrażenie, że na jego dźwięk przybył mi metr wzrostu.

Sukces!

– To, że się głupkowato uśmiecham, wcale nie znaczy, że nie jestem cholernie na ciebie wściekła – mówi, nie przestając chichotać.

Nachylam się i muskam nosem jej włosy, wdychając ich zapach. Zapach i to, że stoi tak blisko, pobudza moje libido. Pragnę jej.

– Jak zawsze nieprzewidywalna, panno Steele. – Patrzę na nią, rozkoszując się jej zarumienioną twarzą i błyszczącymi oczami. Jest piękna. – To jak, zaprosisz mnie do siebie, czy też mam sobie pójść za to, że skorzystałem ze swoich demokratycznych praw jako amerykański obywatel, przedsiębiorca i konsument, by kupić to, na co miałem ochotę?

– Rozmawiałeś o tym z doktorem Flynnem?

Śmieję się. Jeszcze nie. Zwariuje, kiedy mu to opowiem.

– Wpuścisz mnie czy nie, Anastasio?

Przez chwilę się waha, a moje serce dostaje szału. Ale przygryza wargę, uśmiecha się i w końcu otwiera przede mną drzwi. Macham do Taylora i idę za Aną po schodach, rozkoszując się fantastycznym widokiem jej pupy. Niesamowicie uwodzicielsko kołysze biodrami, pokonując kolejne stopnie – tym bardziej że chyba nie ma pojęcia, jaka jest ponętna. Jej wrodzona zmysłowość bierze się z jej niewinności, chęci do eksperymentowania i ogromnych pokładów ufności.

Cholera. Mam nadzieję, że wciąż mi ufa. W końcu ją wystraszyłem. Muszę się naprawdę mocno postarać, żeby odzyskać jej zaufanie. Nie chcę jej znowu stracić.

W mieszkaniu panuje porządek, czego się spodziewałem, ale wyczuwa się w nim pustkę, jakby nikt w nim nie przebywał. Przywodzi mi na myśl galerię: stara cegła i drewno. Betonowa wyspa w kuchni jest surowa i nowatorska. Podoba mi się.

– Ładnie tu – zauważam z aprobatą.

– Rodzice Kate kupili jej to mieszkanie.

Eamon Kavanagh rozpieszcza córkę. Mieszkanie jest eleganckie – dobrze wybrał. Mam nadzieję, że Katherine to docenia. Obracam się ku stojącej obok wyspy Anie. Zastanawiam się, jak się czuje, mieszkając z tak zamożną koleżanką. Na pewno płaci za siebie... ale musi jej być ciężko grać drugie skrzypce przy Katherine. Może to lubi, a może jest jej z tym trudno. Na pewno nie wydaje pieniędzy na ciuchy. Ale już temu zaradziłem; w Escali mam dla niej szafę pełną nowych ubrań. Ciekawe, co na to powie. Bez wątpienia mocno mi się za to oberwie.

Nie myśl o tym teraz, Grey.

Ana przygląda mi się pociemniałymi oczami. Oblizuje dolną wargę, a moje ciało zaczyna płonąć jak fajerwerki.

– Ee... masz ochotę na coś do picia? – pyta.

– Nie, dziękuję, Anastasio. – Mam ochotę na ciebie.

Składa dłonie, najwyraźniej nie wiedząc, co począć. Jest też chyba troszkę przestraszona. Czy wciąż budzę w niej lęk? Ta kobieta potrafi mnie rzucić na kolana, a mimo to ona się denerwuje?

– Na co masz ochotę, Anastasio? – pytam, podchodząc do niej i ani na chwilę nie odrywając od niej wzroku. – Bo ja wiem, czego pragnę.

Możemy to zrobić tutaj albo w twojej sypialni czy łazience – jest mi to obojętne – po prostu cię pragnę. Teraz.

Rozchyla wargi, na chwilę zachłystuje się powietrzem, potem już tylko oddycha coraz szybciej.

Och, ten dźwięk mnie zniewala.

Ty też mnie pragniesz, maleńka.

Wiem o tym.

Czuję to.

Opiera się o wyspę, nie mając dokąd uciec.

– Wciąż jestem na ciebie zła – stwierdza, ale głos ma drżący i cichy.

Wcale nie jest zła. Raczej swawolna. Ale nie zła.

– Wiem – zgadzam się, a ona obrzuca mnie łakomym wzrokiem. Oczy ma szeroko otwarte.

Och, maleńka.

– Chciałbyś coś zjeść? – pyta szeptem.

Powoli kiwam głową.

– Tak, ciebie.

Kiedy tak się nad nią pochylam, wpatrując się w jej pociemniałe z żądzy oczy, czuję bijące od jej ciała gorąco. Parzy mnie. Pragnę się w niej zatracić. Unurzać. Chcę, żeby krzyczała, jęczała, wymawiała moje imię. Chcę ją odzyskać, wymazać jej z pamięci nasze rozstanie.

Chcę, żeby była moja. Znowu.

Ale wszystko po kolei.

– Jadłaś coś dzisiaj? – Muszę to wiedzieć.

– Kanapkę na lunch.

Może być.

– Musisz jeść – besztam ją.

– Naprawdę nie mam teraz apetytu... na jedzenie.

– A na co ma pani apetyt, panno Steele? – Zniżam twarz, aż nasze usta niemal się stykają.

– Myślę, że pan wie, panie Grey.

Nie myli się. Powstrzymuję jęk i potrzebuję całej siły woli, by jej nie chwycić i nie rzucić na betonową wyspę. Ale nie kłamałem, mówiąc, że będzie musiała błagać. Musi mi powiedzieć, czego pragnie. Musi wyrazić słowami swoje uczucia, potrzeby, pragnienia. Chcę się dowiedzieć, co uczyni ją szczęśliwą. Pochylam się, jakbym chciał ją pocałować, ale tylko ją zwodzę i szepczę jej do ucha:

– Chcesz, żebym cię pocałował, Anastasio?

Wciąga gwałtownie powietrze.

– Tak.

– Gdzie?

– Wszędzie.

– Musisz wyrażać się nieco jaśniej. Mówiłem, że cię nie dotknę, dopóki nie będziesz mnie o to błagać i nie powiesz mi, co mam robić.

– Proszę – szepcze błagalnie.

O nie, maleńka. Tak łatwo ci nie pójdzie.

– Proszę co?

– Dotknij mnie.

– Gdzie, maleńka?

Wyciąga ręce.

Nie.

Moja dusza pogrąża się w mroku, który zaciska moje gardło w swoich szponach. Instynktownie robię krok w tył, a serce zaczyna mi walić, kiedy strach przeszywa całe moje ciało.

Nie dotykaj mnie. Nie dotykaj.

Kurwa.

– Nie. Nie – bąkam.

Właśnie dlatego ustaliłem zasady.

– Słucham? – pyta skołowana.

– Nie. – Kręcę odmownie głową.

Wie o tym, wczoraj jej powiedziałem. Musi zrozumieć, że nie wolno jej mnie dotykać.

– W ogóle? – Robi krok w moją stronę, a ja nie wiem, co zamierza.

Mrok we mnie gęstnieje, więc znowu się cofam i unoszę ręce, żeby ją powstrzymać.

Uśmiecham się do niej błagalnie.

– Ano, posłuchaj… – jednak nie znajduję odpowiednich słów.

Proszę. Nie dotykaj mnie. Nie zniosę tego.

Cholera, to takie frustrujące.

– Czasami nie masz nic przeciwko – oburza się. – Może powinnam poszukać markera i zaznaczyć te miejsca, które są dla mnie niedostępne.

Cóż, to interesująca propozycja. Wcześniej nie wpadło mi to do głowy.

– To całkiem dobry pomysł. Gdzie jest twoja sypialnia? – Muszę zmienić temat.

Skinieniem głowy wskazuje w lewo.

– Bierzesz pigułki?

Twarz jej się wydłuża.

– Nie.

Słucham?

Tyle było zachodu, żeby mogła zacząć brać pigułki. Nie mogę uwierzyć, że teraz przestała.

– Rozumiem.

Istna katastrofa. Co ja mam z nią, do cholery, zrobić? Niech to szlag trafi. Muszę mieć prezerwatywy.

– Chodź, zjemy coś – mówię.

Wyjdziemy i gdzieś uda mi się uzupełnić zapasy.

– Myślałam, że pójdziemy do łóżka. Chcę iść z tobą do łóżka – mówi nadąsana.

– Wiem, skarbie.

Jak zwykle posuwamy się w przód o dwa kroki, żeby natychmiast o jeden się cofnąć.

Wieczór nie przebiega tak, jak sobie zaplanowałem. Może liczyłem na zbyt wiele. Jak ona może być z popieprzonym dupkiem, który nie pozwala się dotknąć? I jak ja mogę być z kimś, kto zapomina o cholernych pigułkach? Nie znoszę kondomów.

Chryste. Może wcale do siebie nie pasujemy.

Dosyć tego negatywnego myślenia, Grey. Dość.

Jest zdruzgotana, a mnie nagle sprawia to absurdalną satysfakcję. Przynajmniej mnie pragnie. Pochylam się, chwytam ją za nadgarstki. Unieruchamiam jej ręce za plecami i przyciągam ją do siebie. Jak dobrze poczuć dotyk jej smukłego ciała. Ale jest strasznie chuda. Za chuda.

– Musisz coś zjeść i ja też. – Poza tym kompletnie wytrąciłaś mnie z równowagi, próbując mnie dotknąć. Muszę odzyskać panowanie nad sobą, maleńka. – Zresztą wyczekiwanie to podstawa uwodzenia, a mnie w tej chwili bardzo odpowiada ta zwłoka w zaspokojeniu moich pragnień.

– Zwłaszcza bez zabezpieczenia.

Minę ma lekko sceptyczną.

Tak, wiem. W tej chwili na to wpadłem.

– Zostałam uwiedziona i domagam się satysfakcji.

Jest jak Ewa, ucieleśnienie pokusy. Przytulam ją jeszcze mocniej i czuję, jak bardzo zeszczuplała. To mnie dekoncentruje, tym bardziej że ja ponoszę za to winę.

– Jedzenie. Jesteś za szczupła.

Całuję ją w czoło i uwalniam z objęć. Zastanawiam się, dokąd pójdziemy coś zjeść.

– Wciąż jestem na ciebie zła za to, że kupiłeś SIP, a teraz jeszcze za to, że każesz mi czekać. – Obrażona wydyma usta.

– Bardzo gniewna z ciebie kobietka – stwierdzam, wiedząc, że nie zrozumie komplementu. – Poza tym po dobrym posiłku od razu poczujesz się lepiej.

– Wiem, po czym poczuję się lepiej.

– Anastasio Steele, jestem zszokowany. – Z udawanym oburzeniem kładę rękę na sercu.

– Przestań się ze mną drażnić. Nie grasz fair. – Jej nastrój nagle się zmienia. – Mogę coś ugotować – mówi – ale najpierw musielibyśmy pójść na zakupy.

– Na zakupy?

– Spożywcze.

– Nie masz w domu nic do jedzenia? – Na litość boską, teraz rozumiem, dlaczego nic nie jadła. – W takim razie chodźmy.

Idę do drzwi i otwieram je, gestem zapraszając ją do wyjścia. W sumie nawet dobrze się składa. Muszę tylko znaleźć aptekę albo jakiś lokalny sklep, w którym można kupić wszystko.

– Okej, okej – mówi i pośpiesznie wychodzi z mieszkania.

Kiedy trzymając się za ręce, idziemy ulicą, rozmyślam o tym, że w jej obecności odczuwam całą gamę emocji:

złość, cielesne pożądanie, lęk, wesołość. Przed Aną byłem spokojny i opanowany, lecz jakże monotonne wiodłem życie. Wszystko się zmieniło z chwilą, kiedy wpadła do mojego gabinetu. Gdy z nią przebywam, mam wrażenie, jakbym znalazł się w samym środku sztormu, moje uczucia zderzają się i roztrzaskują o siebie nawzajem, wznoszą i zmieniają kierunek. Nigdy nie wiem, co się za chwilę stanie. Z Aną nie sposób się nudzić. Mam tylko nadzieję, że ta resztka serca, która mi jeszcze została, jakoś to zniesie.

Idziemy do oddalonego o dwie przecznice supermarketu Ernie. Jest nieduży i pełno w nim ludzi; przeważnie singli, sądząc po zawartości ich koszyków. Ja też tu jestem, tylko że nie należę już do singli.

Ta myśl bardzo mi się podoba.

Idę za Aną, niosąc druciany koszyk i ciesząc oczy widokiem jej pupy, kuszącą opiętej ciasnymi dżinsami. Najbardziej mi się podoba, kiedy się nachyla nad ladą z warzywami i wybiera cebulę. Materiał dżinsów się naciąga, a bluzka unosi do góry, odsłaniając jasną, nieskazitelną skórę.

Och, cóż ja bym zrobił z tą pupą.

Ana patrzy na mnie skonsternowana i wypytuje, kiedy ostatnio byłem w supermarkecie. Nie mam pojęcia. Chce ugotować chińszczyznę, bo szybko się ją przygotowuje. Szybko, tak? Uśmiecham się złośliwie i dalej wędruję w ślad za nią po sklepie, z przyjemnością obserwując, z jaką wprawą wybiera potrzebne wiktuały: tu ściśnie pomidora, tam powącha paprykę. Po drodze do kasy pyta o moich pracowników i jak długo dla mnie pracują. *Czemu ją to interesuje?*

– Taylor chyba z cztery lata, pani Jones też coś koło tego.

Kolej na moje pytanie.

– Dlaczego nie miałaś w domu nic do jedzenia?

Pochmurnieje.

– Przecież wiesz.

– Ale to *ty* mnie zostawiłaś – nie omieszkam jej przypomnieć.

Gdybyś została, może uniknęlibyśmy tego całego nieszczęścia.

– Wiem – odpowiada skruszona.

W kolejce ustawiam się za nią. Przed nami stoi jakaś kobieta i próbuje zapanować nad dwójką małych dzieci, z których jedno nie przestaje zawodzić.

Jezu! Jak ludzie to znoszą?

Moglibyśmy zjeść gdziekolwiek. Wokół jest masa restauracji.

– Masz coś do picia? – pytam, bo po tym doświadczeniu z prawdziwego życia alkohol będzie niezbędny.

– Wydaje mi się, że piwo.

– Poszukam jakiegoś wina.

Odchodzę, starając się możliwie jak najbardziej oddalić od wrzeszczącego chłopca, ale szybko się orientuję, że w tym sklepie nie prowadzą sprzedaży alkoholu ani kondomów.

Szlag by to.

– Obok jest monopolowy – mówi Anastasia, kiedy wracam do kolejki, która nie posunęła się ani o milimetr i wciąż jest zdominowana przez zawodzącego dzieciaka.

– Zobaczę, co mają.

Szczęśliwy, że udało mi się uciec z piekielnego supermarketu, obok sklepu z alkoholami Liquor Locke zauważam nieduży sklepik. Mają tylko dwa opakowania kondomów. Bogu niech będą dzięki. Dwa opakowania po dwie sztuki.

Cztery dupczonka, jeśli mi się poszczęści.

Uśmiecham się. To powinno zadowolić nienasyconą pannę Steele.

Chwytam kondomy i płacę staruszkowi za ladą.
W alkoholowym szczęście też się do mnie uśmiecha. Ma
wyśmienitą kolekcję win i w lodówce znajduję naprawdę
niezłe pinot grigio.

Kiedy wracam, Anastasia wychodzi właśnie z supermarketu.

– Daj, poniosę to. – Biorę obie torby z zakupami
i idziemy do jej mieszkania.

Opowiada mi co nieco o swoim pierwszym tygodniu
w pracy. Najwyraźniej jej się tam podoba. Nie wspomina
o tym, że przejąłem SIP, za co jestem jej wdzięczny. Ja ze
swojej strony nie wspominam o tym dupku, jej szefie.

– Wyglądasz bardzo domowo – mówi ze źle skrywa-
ną wesołością, kiedy jesteśmy już w kuchni.

Nabija się ze mnie. Znowu.

– Dotąd nikt mi tego nie zarzucił.

Stawiam torby na wyspie, a ona zaczyna je wypako-
wywać. Chwytam wino. Wizyta w sklepie spożywczym
dostarczyła mi aż nadto wrażeń. Gdzie też Ana trzyma
korkociąg?

– Jeszcze się tu w pełni nie zadomowiłam. Poszukaj
w tamtej szufladzie. – Wskazuje brodą.

Uśmiecham się, widząc, że potrafi robić tyle rzeczy
naraz, i znajduję korkociąg. To dobrze, że kiedy mnie
przy niej nie było, nie topiła smutków w alkoholu. Widziałem, co się dzieje, gdy jest pijana.

Obracam się ku niej i widzę, że się rumieni.

– O czym myślisz? – pytam, rzucając marynarkę na
kanapę. Wracam do butelki z winem.

– Jak mało cię znam.

– Znasz mnie lepiej niż ktokolwiek inny.

Potrafi we mnie czytać jak nikt. Trochę to niepokojące. Otwieram butelkę, przesadnie naśladując bezczelną
zamaszystość kelnera z Portland.

– Nie wydaje mi się – odpowiada, dalej wypakowując torby z zakupami.

– Ależ tak, Anastasio. Jestem bardzo, ale to bardzo skrytym człowiekiem. – Robiąc to, co robię, *czy raczej robiłem*, walczę o swoje terytorium.

Nalewam dwa kieliszki i jeden jej podaję.

– Na zdrowie. – Wznoszę toast.

– Na zdrowie.

Upija nieco wina i z zapałem krząta się po kuchni. Jest w swoim żywiole. Przypominam sobie, jak opowiadała, że kiedyś gotowała dla swojego taty.

– Mogę jakoś pomóc? – pytam.

Posyła z ukosa spojrzenie „dam radę".

– Nie, nie trzeba. Usiądź.

– Chciałbym pomóc.

Nie kryje zaskoczenia.

– Możesz pokroić warzywa. – Mówi to, jakby szła na wielkie ustępstwo. Może słusznie się waha. Nie mam pojęcia o gotowaniu. Moja matka, pani Jones, moje podwładne – lepiej lub gorzej – zawsze mnie w tym wyręczały.

– Nie umiem gotować. – Podejrzliwie przyglądam się ostremu jak brzytwa nożowi, który mi podaje.

– Pewnie dlatego, że nie musisz.

Kładzie na wyspie deskę do krojenia, a na niej kilka papryk. Co mam z nimi zrobić? Mają taki dziwaczny kształt.

– Nigdy nie kroiłeś warzyw? – pyta z niedowierzaniem.

– Nie.

Nagle przybiera minę kogoś bardzo z siebie zadowolonego.

– Kpisz sobie ze mnie?

– Wygląda na to, że to jest coś, co ja potrafię, a czego ty nie potrafisz. Spójrzmy prawdzie w oczy, Christianie.

Taka sytuacja zdarzyła się chyba po raz pierwszy. Daj, pokażę ci.

Podchodząc, ociera się o mnie, a moje ciało budzi się
do życia.

Chryste.

Odsuwam się, żeby zrobić jej miejsce.

– Tak się to robi. – Demonstruje, jak należy pokroić
paprykę i jednym zgrabnym ruchem usunąć pestki i całą
resztę paskudztwa.

– Wydaje się proste.

– Nie powinieneś mieć żadnych problemów. – W jej
głosie słychać lekką ironię.

Naprawdę myśli, że sobie nie poradzę z jakimś wa-
rzywem? Niezwykle starannie zaczynam kroić paprykę.
Cholera, te pestki włażą wszędzie. To trudniejsze, niż myślałem. Kiedy robiła to Ana, wydawało się banalnie proste.

Podchodzi, żeby wziąć potrzebne jej składniki, i przy
okazji ociera się udem o moją nogę. Jestem pewny, że robi
to celowo, ale staram się nie zwracać uwagi, jak działa
to na moje libido, i dalej kroję w skupieniu. Ten nóż jest
okropny. Ana znowu przechodzi obok mnie, tym razem
dotykając mnie biodrem, po chwili znowu, za każdym razem poniżej pasa. Mój penis jasno daje wyraz swojemu
zachwytowi.

– Wiem, co robisz, Anastasio.

– To się nazywa gotowanie – mówi z udawaną szcze-
rością.

Och, mojej Anastasii figle w głowie. Czy w końcu zaczyna rozumieć, jaką ma nade mną władzę?

Chwyta drugi nóż i staje obok mnie. Obiera i sieka
czosnek, szalotki i fasolkę. Przy każdej okazji ociera się
albo na mnie wpada. Za grosz subtelności.

– Nieźle sobie radzisz – przyznaję i biorę się za drugą
paprykę.

– Z siekaniem? – Trzepocze rzęsami. – Lata praktyki – mówi i znowu się o mnie ociera, tym razem pupą.

Koniec z tym. Wystarczy.

Bierze pokrojone warzywa i kładzie je obok lekko dymiącego woka.

– Jeżeli zrobisz to jeszcze raz, Anastasio, posiądę cię na tej podłodze w kuchni.

– Najpierw będziesz mnie musiał błagać – odcina się.

– To wyzwanie?

– Być może.

Och, panno Steele. Doigrasz się.

Odkładam nóż i przygważdżając ją wzrokiem, zbliżam się do niej. Rozchyla usta, kiedy nachylam się tak blisko, że dzielą nas ledwie centymetry, ale jej nie dotykam. Jednym ruchem wyłączam gaz pod wokiem.

– Myślę, że zjemy później. – *Ponieważ teraz przelecę cię tak, że zapomnisz o bożym świecie.* – Włóż kurczaka do lodówki.

Z trudem przełyka ślinę, ale chwyta miskę z pokrojonym mięsem, odrobinę niezdarnie przykrywa ją talerzem i wkłada do lodówki. Cicho staję za jej plecami, tak że kiedy się obraca, ma mnie tuż przed sobą.

– Będziesz błagał? – pyta szeptem.

– Nie, Anastasio. – Potrząsam głową. – Żadnego błagania. – Patrzę na nią i czuję, jak z pożądania krew mi w żyłach gęstnieje.

Kurwa, ależ pragnę się w niej zanurzyć.

Widzę, jak rozszerzają się jej źrenice, a na policzki wypływa rumieniec. Pożąda mnie. Ja pożądam jej. Przygryza wargę i tego jest już dla mnie za wiele. Chwytam ją za biodra i przyciskam do swojego nabrzmiałego członka. Wplata mi ręce we włosy i przyciąga mnie do swoich ust. Popycham ją na lodówkę i całuję namiętnie.

Jak dobrze, jak słodko smakuje.

Jęczy mi w usta, a ja twardnieję jeszcze bardziej. Łapię ją ręką za włosy i odchylam jej głowę, żeby wsunąć język jeszcze głębiej w jej usta. Nasze języki splatają się i siłują.

Kurwa – jakie to erotyczne, wyuzdane, namiętne. Odrywam się od niej.

– Czego pragniesz, Anastasio?

– Ciebie.

– Gdzie?

– W łóżku.

Nie daję się dłużej prosić, tylko chwytam ją w ramiona i niosę do sypialni. Pragnę, by naga wiła się pode mną. Delikatnie stawiam ją na podłodze, zapalam nocną lampkę przy jej łóżku i zaciągam zasłony. Przy okazji zerkam na ulicę na dole i uświadamiam sobie, że właśnie w to okno się wpatrywałem, gdy w mroku kryłem się jak podglądacz.

Była tutaj, samotna, skulona w łóżku.

Obracam się, a ona spogląda na mnie. Szeroko otwartymi oczami. Wyczekująca. Spragniona.

– Co teraz? – pytam.

Rumieni się.

A ja stoję absolutnie nieruchomo.

– Kochaj się ze mną – odzywa się po ułamku sekundy.

– Jak? Musisz mi powiedzieć, maleńka.

Nerwowo oblizuje wargi, a mnie zalewa fala pożądania.

Cholera – skup się, Grey.

– Rozbierz mnie – mówi.

Tak! Wsuwam palec wskazujący za materiał jej bluzki, pilnując, by nie dotknąć jej skóry, i ciągnę lekko w swoją stronę, tak że musi się zbliżyć.

– Grzeczna dziewczynka.

Jej piersi wznoszą się i opadają coraz gwałtowniej, w miarę jak jej oddech przyśpiesza. W jej ciemnych oczach lśni lubieżna obietnica, podobnie jak w moich.

Zwinnie zaczynam odpinać guziki bluzki. Kładzie mi
ręce na ramiona – mam nadzieję, że dla utrzymania równowagi – i wpatruje się we mnie.

Właśnie tak, maleńka. Nie dotykaj mojej piersi.

Odpinam ostatni guzik i pozwalam, by bluzka osu-
nęła się na ziemię. Celowo nie dotykam jej pięknych
piersi. Sięgam do zapięcia jej dżinsów. Odpinam guzik
i rozsuwam zamek.

Zwalczam chęć popchnięcia jej na łóżko. To gra na
zwłokę. Ona musi zacząć mówić, czego pragnie.

– Powiedz mi, Anastasio, czego pragniesz.

– Pocałuj mnie odtąd dotąd.

Przesuwa palcem od koniuszka ucha w dół szyi.

Z przyjemnością, panno Steele.

Odsuwam jej włosy, chwytam jedwabiste kosmyki
i łagodnie odsłaniam jej smukłą szyję. Muskam nosem
jej ucho, a ona porusza się, kiedy zostawiam delikatne
pocałunki na ścieżce, którą wyznaczyła palcem, po czym
wracam tą samą drogą. Wydaje niski, gardłowy jęk.

To mnie podnieca.

Rany, jakże pragnę się w niej zatracić. Odkryć ją na
nowo.

– Dżinsy... i figi – mruczy, zdyszana i rozpalona.
Uśmiecham się, nie odrywając ust od jej skóry. Zaczyna
rozumieć.

Mów do mnie, Ano.

Po raz ostatni całuję ją w szyję i klękam przed nią,
czym ją zaskakuję. Wsuwam kciuki za pasek dżinsów
i gumkę fig, i powoli je zsuwam. Przysiadam na kolanach i cieszę oczy widokiem jej długich nóg i cudownej
pupy, kiedy zrzuca buty i uwalnia się ze spodni. Patrzy mi
w oczy, a ja czekam na dalsze instrukcje.

– Co teraz, Anastasio?

– Pocałuj mnie – odpowiada ledwo słyszalnie.

– Gdzie?

– Wiesz, gdzie.

Powstrzymuję uśmiech. Wciąż nie potrafi wypowiedzieć tego słowa.

– Gdzie? – zachęcam ją.

Znowu się rumieni, ale ze zdecydowaną, choć zawstydzoną miną pokazuje na złączenie ud.

– Och, z przyjemnością – śmieję się, rozbawiony jej skrępowaniem.

Powoli sunę palcami w górę po jej nogach, aż docieram do ud i przyciągam ją do swoich ust.

Kurwa, czuję jej podniecenie.

Już mi było niewygodnie w dżinsach, nagle jednak stają się o kilka rozmiarów za małe.

Wsuwam język w jej włosy łonowe, zastanawiając się przy tym, czy zdołam ją kiedykolwiek przekonać, żeby się ich pozbyła, w końcu jednak znajduję to, czego szukam, i zaczynam ją pieścić.

Boże, ależ jest słodka. Kurewsko słodka.

Jęczy i wczepia się palcami w moje włosy, ja jednak nie przestaję. Zataczam językiem kółka, raz za razem, drażniąc ją i smakując.

– Christianie, proszę – jęczy błagalnie.

Przerywam.

– O co prosisz, Anastasio?

– Kochaj się ze mną.

– Przecież kocham – mruczę, łaskocząc oddechem jej łechtaczkę.

– Nie, chcę cię poczuć w sobie.

– Na pewno?

– Proszę.

Nie. Zbyt dobrze się bawię. Dalej powoli, lubieżnie dręczę moją wyjątkową, słodką dziewczynkę.

– Christianie, błagam! – jęczy.

Puszczam ją i wstaję, z ustami wilgotnymi od jej pod-niecenia, i spoglądam na nią spod przymkniętych powiek.

– No i? – pytam.

– No i co? – mówi bez tchu.

– Wciąż jestem ubrany.

Jest zakłopotana, jakby nie rozumiała, a ja unoszę ręce, jakbym się poddawał.

Weź mnie – jestem cały twój.

Sięga do mojej koszuli.

Cholera. Nie. Cofam się o krok.

Zapomniałem się.

– Och, nie – wzbraniam się.

Mam na myśli dżinsy, maleńka. Mruga skonsterno-wana, zaraz jednak domyśla się, o co chodzi, i nagle pada przede mną na kolana.

Wow, Ano! Co ty robisz?

Odrobinę niezdarnie odpina guzik, rozsuwa zamek i ściąga ze mnie dżinsy.

Ach! Wreszcie mój członek ma dość miejsca.

Wychodzę ze spodni i zdejmuję skarpetki, a ona klę-czy na podłodze w poddańczej pozie. Co ona chce zrobić? Kiedy już nie mam na sobie spodni, sięga po mojego pe-nisa i ściska go mocno, tak jak ją uczyłem.

Kurwa.

Cofa rękę. Ach! Odrobinę za bardzo. Odrobinę zbyt boleśnie. Jęczę, spinam się i przymykam oczy; niemal mdleję, widząc ją klęczącą przede mną, obejmującą mnie dłonią. Nagle czuję jej ciepłe, wilgotne usta.

Ssie – mocno.

– Ach, Ano… delikatnie.

Chwytam ją za głowę, ale ona wsuwa mnie głębiej, wargami zasłaniając zęby, napierając jeszcze mocniej.

– Kurwa – szepczę z uznaniem i wypycham biodra do przodu, by znaleźć się jeszcze głębiej w jej ustach.

Co za cudowne uczucie. Nie przerywa, a ja jestem na granicy wytrzymałości. Tańczy językiem po moim koniuszku, nieprzerwanie, drocząc się ze mną. Odpłaca mi dzisiaj pięknym za nadobne. Jęczę, zachwycony, że ma tak wprawne usta i język.

Chryste. Jest aż za dobra. Raz jeszcze wciąga mnie głębiej.

– Ana, wystarczy. Dość tego – syczę przez zaciśnięte zęby.

Zaczynam tracić kontrolę. Nie chcę jeszcze dojść; chcę być w niej, kiedy eksploduję, ona jednak nie zwraca na mnie uwagi i nie przestaje.

Pieprzona udręka.

– Ano, dość tej manifestacji. Nie chcę dojść w twoich ustach – warczę. Ale ona dalej nie słucha.

Wystarczy, kobieto.

Chwytam ją za ramiona, podnoszę i rzucam na łóżko. Sięgam po dżinsy i z tylnej kieszeni wyjmuję prezerwatywy, ściągam przez głowę koszulę i upuszczam ją koło dżinsów. Ana w lubieżnej pozie leży wyciągnięta na łóżku.

– Zdejmij stanik.

Siada i błyskawicznie spełnia polecenie, chociaż ten jeden raz.

– Połóż się. Chcę na ciebie popatrzeć.

Kładzie się, nie odrywając ode mnie wzroku. Jej bujne, zmierzwione włosy układają się na kształt brązowej aureoli na poduszce. Ciało ma leciutko zaróżowione z podniecenia. Sztywne sterczące brodawki mnie przywołują, nogi trzyma rozłożone.

Wygląda olśniewająco.

Zrywam folię i rozwijam gumkę. Obserwuje każdy mój ruch, ciągle dysząc. Czeka na mnie.

– Pięknie wyglądasz, Anastasio Steele.

I jesteś moja. Znowu.

Zaczynam powoli pełznąć w górę łóżka, całuję jej kostki, wewnętrzną stronę kolan, jej uda, biodra, jej miękki brzuch; zataczam językiem kółka wokół jej pępka, a ona nagradza mnie głośnym jękiem. Liżę spód jednej piersi, potem drugiej. I biorę jej sutek w usta, drażnię go i naciągam, aż twardnieje między moimi wargami. Ciągnę mocno, a ona wije się bezwstydnie pode mną i krzyczy.

Cierpliwości, maleńka.

Uwalniam brodawkę i skupiam się na drugiej.

– Christianie, proszę.

– O co prosisz? – mruczę wtulony w jej piersi, rozkoszując się jej pożądaniem.

– Chcę poczuć cię w sobie.

– Naprawdę?

– Proszę.

Dyszy rozpaczliwie, dokładnie tak, jak lubię. Kolanem rozsuwam jej uda. Och, ja też cię pragnę, maleńka. Unoszę się nad nią, opanowany i gotowy. Pragnę jak najdłużej rozkoszować się tą chwilą, chwilą, kiedy znowu to piękne ciało, moja piękna dziewczyna należy do mnie. Jej ciemne, zamglone oczy wpatrują się we mnie, a ja powoli, bardzo powoli wchodzę w nią.

Kurwa. Ca za cudowne uczucie. Jest taka ciasna. Jest wszystkim.

Unosi biodra ku mnie, odrzuca głowę, brodę ma zadartą, usta otwarte w niemym uniesieniu. Chwyta mnie za ramiona i jęczy bez żadnych zahamowań. Co za cudowny dźwięk. Unieruchamiam dłońmi jej głowę i wchodzę w nią po raz kolejny. Chwyta mnie za włosy, ciągnie i szarpie, a ja poruszam się w niej powoli, czując jej ciasne, wilgotne ciepło, i smakuję każdy centymetr jej ciała.

Kiedy tak dyszy pode mną, jej oczy ciemnieją, a usta się rozluźniają. Wygląda fantastycznie.

– Szybciej, Christianie, błagam cię, szybciej – prosi.

Twoje życzenie jest dla mnie rozkazem, maleńka.

Zachłannie całuję jej usta i zaczynam się poruszać, teraz już naprawdę raz za razem się w nią wbijając. Jest tak cholernie piękna. Tęskniłem za tym. Tęskniłem za nią całą. Czuję się jak w domu. Ona jest domem. Jest wszystkim. Zatracam się, raz za razem się w niej zanurzam.

Czuję, jak cała się spina, coraz bliżej spełnienia.

Och, maleńka, tak. Jej nogi się napinają. Dochodzi. Ja też.

– No już, maleńka. Dojdź dla mnie – szepczę przez zaciśnięte zęby.

Krzyczy i eksploduje, zaciskając i wciągając mnie głębiej, a ja dochodzę, wlewając w nią całą swoją duszę i życie.

– Ana! O kurwa, Ana!

Opadam na nią, wganiatając ją w materac, i wtulam twarz w jej szyję. Wdycham jej cudowny, oszałamiający zapach.

Znowu jest moja.

Moja.

Nikt mi jej nie odbierze; zrobię wszystko, co w mojej mocy, żeby ją zatrzymać.

Wreszcie odzyskuję oddech i ujmuję jej dłonie, a ona z trzepotem rzęs otwiera oczy. Są w kolorze najczystszego błękitu, przejrzyste i nasycone. Uśmiecha się do mnie nieśmiało, a ja koniuszkiem nosa muskam ją od góry do samego dołu, szukając słów, które wyraziłyby moją wdzięczność. Jednak ich nie znajduję, więc tylko szybko ją całuję, niechętnie się z niej wysuwając.

– Tęskniłem za tym.

– Ja też – mówi.

Ujmuję ją pod brodę i jeszcze raz całuję.

Dziękuję, dziękuję, dziękuję, że dałaś mi drugą szansę.

– Nie zostawiaj mnie znowu – szepczę. *Nigdy.* Niczym w konfesjonale wyznaję jej ciemny sekret: *potrzebuję jej.*

– Okej – odpowiada z czułym uśmiechem, na widok którego moje serce robi salto.

Tym jednym słowem złączyła w całość moją rozdartą duszę. Jestem wniebowzięty.

Mój los jest w twoich rękach, Ano. Był w nich od chwili, kiedy cię ujrzałem.

– Dziękuję za iPada – odzywa się, przerywając moje dziwaczne rozmyślania.

To pierwszy prezent ode mnie, który przyjęła łaskawie.

– Ależ nie ma za co, Anastasio

– Którą z piosenek lubisz najbardziej?

– O nie, za dużo byś o mnie wiedziała – drażnię się z nią. Myślę, że utwór Coldplay; najlepiej oddaje moje uczucia.

Burczy mi w brzuchu. Konam z głodu, a tego nigdy nie potrafię znieść.

– Pójdź, dziewko – mówię, siadając i biorąc ją na kolana. – Ugotuj mi jakąś strawę.

– Dziewko? – powtarza ze śmiechem.

– Dziewko. Strawa. W tej chwili – rozkazuję jak jaskiniowiec, którym w końcu jestem, wtulając przy tym nos w jej włosy.

– Cóż, skoro tak grzecznie prosisz, panie. Już się biorę do roboty.

Wysuwa się z moich objęć i wstaje.

Auć!

Kiedy gramoli się z łóżka, potrąca poduszkę. Leży pod nią smutny, oklapły balon w kształcie helikoptera. Biorę go do ręki i oglądam, zastanawiając się, skąd się tam wziął.

– To mój balon – mówi z naciskiem.

Ach tak. Adrea przysłała jej balon i kwiaty, kiedy wraz z Katherine przeprowadziły się do nowego mieszkania. Co on tu robi?

– Trzymasz go w łóżku?

– Tak, dotrzymuje mi towarzystwa.

– Szczęściarz z tego „Charliego Tango".

Otula swoje wspaniałe ciało szlafrokiem i odwzajemnia mój uśmiech.

– To mój balon – mówi ostrzegawczo i wymyka się z sypialni.

Cóż za silne poczucie własności, panno Steele.

Po jej wyjściu zdejmuję prezerwatywę, zawiązuję ją i wrzucam do kosza na śmieci obok łóżka. Opadam na poduszki i oglądam balon. Zatrzymała go i spała z nim. Za każdym razem, kiedy stałem pod jej mieszkaniem, tęskniąc za nią, ona leżała skulona w tym łóżku i tuląc balon, tęskniła za mną.

Kocha mnie.

Nagle zalewają mnie mieszane, dziwne uczucia i gardło ściska mi narastająca panika.

Jak to możliwe?

Ponieważ cię nie zna, Grey.

Cholera.

Nie roztrząsaj negatywów, w głowie słyszę słowa doktora Flynna. *Skup się na pozytywach.*

Cóż, skoro znowu jest moja, muszę ją po prostu zatrzymać. Mam nadzieję, że spędzimy razem ten weekend i na nowo się nawzajem poznamy.

Cholera. Jutro jest bal Damy Radę.

Mógłbym nie pójść. Ale wtedy matka by mi nie wybaczyła.

A może Ana się ze mną wybierze?

Jeśli się zgodzi, będzie jej potrzebna maska.

Na podłodze znajduję telefon i wysyłam wiadomość do Taylora.

> Taylor, potrzebna mi na jutro maska dla Anastasii.
> Dasz radę coś wymyślić?

Taylor:
Tak, proszę pana.
Znam odpowiednie miejsce.

Doskonale.

Taylor:
W jakim kolorze?

Srebrnym albo ciemnoniebieskim.

W trakcie tej korespondencji przychodzi mi do głowy pomysł.

Czy załatwisz też szminkę?

Taylor:
W jakimś konkretnym kolorze?

Nie, zdaję się na Ciebie.

ANA POTRAFI GOTOWAĆ. Ta chińszczyzna jest wyśmienita. Jestem znacznie spokojniejszy, najadłszy się. Nie pamiętam, kiedy po raz ostatni czułem się w jej towarzystwie taki rozluźniony i zrelaksowany. Siedzimy oboje na podłodze, słuchamy muzyki z mojego iPoda, jemy i popijamy pinot grigio. Poza tym cieszę się, że Ana z takim zapałem pochłania swoje jedzenie. Jest równie głodna jak ja.

– Smaczne. – Delektuję się każdym kęsem.

Rozpromienia się, słysząc komplement, i wsuwa za ucho niesforny kosmyk włosów.

– Najczęściej to ja gotuję. Kate nie najlepiej radzi sobie w kuchni.

Siedzi obok mnie ze skrzyżowanymi nogami, wystawiając je całe na pokaz. Nieco zniszczony szlafrok ma miły kremowy kolor. Kiedy się nachyla, szlafrok się rozsuwa i mogę podziwiać miękką krągłość jej piersi.

Grey, zachowuj się.

– Mama cię nauczyła? – pytam.

– W zasadzie nie. – Parska śmiechem. – Kiedy zaczęło mnie to interesować, mama mieszkała już w Mansfield w Teksasie z Mężem Numer Trzy. A Ray, cóż, gdyby nie ja, żywiłby się tostami i jedzeniem na wynos.

– Dlaczego nie zostałaś w Teksasie z mamą?

– Jej mąż, Steve, i ja... – Przerywa, a na jej twarzy pojawia się chmurna mina, domyślam się więc, że nie są to miłe wspomnienia. Żałuję, że ją zapytałem, i chcę zmienić temat, ale ona mówi dalej. – Nie dogadywaliśmy się. Poza tym tęskniłam za Rayem. Małżeństwo matki ze Steve'em nie przetrwało zbyt długo. Chyba się opamiętała. Nigdy o nim nie mówi – dodaje cicho.

– Więc zostałaś w Waszyngtonie z ojczymem?

– Krótko mieszkałam w Teksasie. Potem wróciłam do Raya.

– Wygląda na to, że się nim opiekowałaś.

– Można tak powiedzieć.

– Przywykłaś do opiekowania się innymi.

A powinno być na odwrót.

Obraca się, by spojrzeć mi w twarz.

– Co się stało? – pyta z troską.

– Ja chcę się tobą opiekować.

W każdy możliwy sposób. To proste stwierdzenie, ale mówi samo za siebie. Jest zaskoczona.

– Zauważyłam – mówi sucho. – Tylko dość dziwnie się za to zabierasz.

– Nie potrafię inaczej.

To dla mnie coś nowego. Na razie poruszam się po

omacku. Nie znam się na takich związkach. W tej chwili wiem tylko, że chcę się Aną opiekować i podarować jej cały świat.

– Wciąż jestem na ciebie zła, że kupiłeś SIP.

– Wiem, ale twoja złość i tak by mnie nie powstrzymała.

– Co mam powiedzieć kolegom z pracy, Jackowi? – pyta rozdrażniona.

Przypomina mi się, jak w barze Hyde się nad nią nachylał, jak ją osaczał.

– Ten złamas niech się ma lepiej na baczności – warczę.

– Christianie. To mój szef.

Nie, jeśli będzie to ode mnie zależało.

Patrzy na mnie gniewnie, a ja nie chcę, żeby się złościła. Jest tak miło. *Co pan robi, żeby się zrelaksować?* – zapytała mnie w czasie wywiadu. Cóż, Ano, właśnie to co teraz, jem kurczaka po chińsku, siedząc z tobą na podłodze.

Na pewno wciąż się zamartwia swoją sytuacją w pracy, zastanawia, jak ma im powiedzieć, że GEH kupiło SIP.

Rozwiązanie jest proste.

– Nie mów im.

– Nie mówić im czego?

– Że wydawnictwo należy do mnie. Wczoraj podpisaliśmy projekt warunków umowy. Przez cztery tygodnie obowiązuje zakaz ujawniania informacji o zmianie właściciela, a w tym czasie zarząd wprowadzi pewne zmiany.

– Och… zostanę bez pracy? – pyta zaniepokojona.

– Szczerze w to wątpię.

Na pewno nie, jeśli zechcesz zostać.

Mruży oczy.

– Jeżeli odejdę i poszukam sobie pracy w innej firmie, ją też kupisz?

– Chcesz odejść?

Jezu, za chwilę wydam małą fortunę, żeby kupić wydawnictwo, a ona chce odejść?

– Możliwe. Nie pozostawiasz mi zbyt wielkiego wyboru.

– Tak, tę firmę też kupię.

Zanosi się na spore wydatki.

– Nie sądzisz, że robisz się nieco nadopiekuńczy? – W jej głosie brzmi sarkazm.

Może…

Ma rację.

– Tak, doskonale zdaję sobie sprawę, że tak to właśnie wygląda – zgadzam się.

– Dzwoń do doktora Flynna – mówi i przewraca oczami.

Mam ochotę ją skarcić, ale ona wstaje i wyciąga rękę po moją miskę.

– Masz ochotę na deser? – pyta z nieszczerym uśmiechem.

– Wreszcie mówisz do rzeczy! – uśmiecham się, ignorując jej postawę.

Ty możesz być na deser, maleńka.

– Nie mówię o sobie – mówi szybko, jakby czytała mi w myślach. – Są lody. Waniliowe – dodaje i uśmiecha się, jakby to był dowcip, który zna tylko ona.

Och, Ano, robi się coraz ciekawiej.

– Doprawdy? Myślę, że zrobimy z nich dobry użytek.

Szykuje się zabawa. Wstaję, nie mogąc się doczekać, ku czemu zmierzamy i do czego dojdzie. I kto dojdzie.

Ona.

Ja.

Oboje.

– Mogę zostać? – pytam.

– To znaczy?

– Na noc.

– Tak zakładałam.

– To dobrze. Gdzie masz te lody?

– W piekarniku. – Znowu uśmiecha się złośliwie.

Och, Anastasio Steele, zaczyna mnie świerzbić ręka.

– Sarkazm to najgorsza forma dowcipu, panno Steele. Może jednak przełożę cię przez kolano?

Unosi jedną brew.

– Masz przy sobie te srebrne kulki?

Chce mi się śmiać. Dobra nowina. Może jednak zgodzi się na kilka klapsów? Ale z tym poczekamy do następnego razu. Klepię się po kieszeniach koszuli i dżinsów, jakbym szukał kulek gejszy.

– Choć może się to wydawać zabawne, nie mam przy sobie żadnych. W biurze raczej nie na wiele by mi się zdały.

Wstrzymuje oddech w udawanym oburzeniu.

– Bardzo miło mi to słyszeć, panie Grey. Wydaje mi się, że nie dalej niż przed chwilą powiedziałeś, że sarkazm to najgorsza forma dowcipu.

– Cóż, Anastasio, moje nowe motto brzmi: „Jeśli nie możesz z czymś walczyć, musisz to polubić".

Otwiera usta. Zatkało ją.

Tak!

Czemu tak mnie bawią nasze słowne utarczki?

Idę do lodówki, uśmiechając się jak ostatni głupek, którym zresztą jestem, otwieram drzwiczki zamrażarki i wyciągam opakowanie lodów waniliowych.

– Świetnie się nadadzą. – Podnoszę opakowanie. – Ben. &. Jerry's. I. Ana. – Z szuflady na sztućce biorę łyżkę.

Podnoszę wzrok i widzę, że Ana patrzy na mnie łakomie, nie wiem tylko, czy ma ochotę na mnie, czy na lody. Może na jedno i drugie.

Czas się zabawić, maleńka.

– Mam nadzieję, że jesteś rozgrzana. Zamierzam cię nimi ochłodzić. Chodź.

Wyciągam rękę i aż mnie dreszcz przechodzi, kiedy ją przyjmuje. Też ma ochotę się pobawić.

Lampka nocna rzuca mdłe światło i w sypialni Any jest ciemnawo. Kiedyś może wolałaby taką atmosferę, ale sądząc z jej dzisiejszego zachowania, jest chyba mniej nieśmiała, nagość już jej tak nie krępuje. Stawiam lody na nocnym stoliku i zrzucam kołdrę i poduszki na podłogę.

– Masz pościel na zmianę, prawda?

Kiwa głową, przyglądając mi się z progu. „Charlie Tango" leży zmięty na prześcieradle.

– Tylko nie zrób nic mojemu balonikowi – ostrzega, kiedy biorę go do ręki.

Puszczam go i patrzę, jak wolno opada na leżącą na podłodze kołdrę.

– Gdzieżbym śmiał, maleńka, ale na pewno zrobię coś tobie i tej pościeli.

Będziemy się cali lepić, tak jak i jej łóżko.

Pora na ważne pytanie. Zgodzi się czy nie?

– Chciałbym cię związać – odzywam się szeptem.

W ciszy, jaka zapada, słyszę, jak delikatnie wciąga powietrze.

Och, ten odgłos.

– Okej – mówi.

– Tylko ręce. Do łóżka. Muszę cię unieruchomić.

– Okej – powtarza.

Zbliżam się do niej. Patrzymy sobie w oczy.

– Wykorzystamy to.

Chwytam za koniec paska od szlafroka, delikatnie ciągnę, szlafrok się rozchyla i ukazuje się naga Ana. Ciągnę jeszcze raz i pasek jest mój. Ana porusza lekko ramionami i szlafrok zsuwa się na podłogę. Nie odrywa ode mnie wzroku i nie robi najmniejszego gestu, żeby się zakryć.

Dobra robota, Ano.

Wierzchem dłoni muskam jej gładki jak jedwab policzek. Przelotnie całuję ją w usta.

– Połóż się na łóżku, na plecach.

Przedstawienie czas zacząć, Ano.

Kiedy się kładzie, wyczuwam jej oczekiwanie. Staję nad nią, by przez chwilę nasycić nią oczy.

Moja dziewczyna.

Moja olśniewająca dziewczyna. Długie nogi, wąska talia, idealne cycki. Jej nieskazitelna skóra połyskuje w przyćmionym świetle, a oczy błyszczą pierwotną żądzą, kiedy tak leży i czeka.

Jestem szczęściarzem.

– Mógłbym tak na ciebie patrzeć całymi dniami, Anastasio.

Materac się ugina, kiedy siadam na niej okrakiem.

– Ręce za głowę – rozkazuję.

Natychmiast wykonuje polecenie, a ja za pomocą paska najpierw związuję razem jej nadgarstki, a potem przywiązuję je do metalowej rurki w wezgłowiu łóżka.

Właśnie tak.

Co za fantastyczny widok…

Pochylam się, żeby przelotnie pocałować ją w usta. Wstaję, zdejmuję koszulę i dżinsy, a na nocnym stoliku kładę prezerwatywę.

No dobrze. Co dalej?

Przechodzę na koniec łóżka i szybko pociągam ją w dół, tak żeby ramiona miała zupełnie wyprostowane. Im mniej będzie się mogła poruszać, tym intensywniejsze będą jej doznania.

– Tak lepiej – mruczę pod nosem.

Biorę pudełko z lodami i łyżeczkę i znowu siadam na niej okrakiem. Przygryza wargę, przyglądając się, kiedy zdejmuję pokrywkę i próbuję nabrać lody na łyżkę.

– Hm, jeszcze są twarde.

Wpadam na pomysł, żeby rozsmarować nieco lodów na sobie, a potem włożyć jej do ust. Ale są bardzo zimne i skutek mógłby się okazać przeciwny do zamierzonego.

To byłoby niewskazane.

– Pyszne. – Oblizuję się dla efektu, kiedy lody roz-
puszczają mi się w ustach. – Niesamowite, że zwykła wa-
nilia może tak smakować. – Patrzę na nią, a ona, rozpalona, uśmiecha się do mnie. – Masz ochotę?

Kiwa głową – wydaje mi się, że trochę niepewnie.

Nabieram kolejną łyżkę i podsuwam jej, bo chcę,
żeby otworzyła usta. Zmieniam zdanie i sam zjadam lody.
Zupełnie, jakbym odbierał dziecku cukierek.

– Są za dobre, żeby się dzielić – stwierdzam, drażniąc
się z nią.

– Hej – zaczyna protestować.

– Panno Steele, czyżby lubiła pani wanilię?

– Tak – wykrzykuje i biorąc mnie z zaskoczenia, próbuje mnie z siebie zrzucić, ale jestem dla niej za ciężki.

Parskam śmiechem.

– Stajemy się zadziorni, tak? Na twoim miejscu bym
nie próbował.

Nieruchomieje.

– Lody – jęczy z naburmuszoną miną.

– Cóż, skoro dała mi pani dzisiaj tyle przyjemności,
panno Steele – nabieram lody na łyżkę i podaję jej. Patrzy
na mnie z rozbawioną niepewnością, ale rozchyla wargi,
a ja tym razem pozwalam, żeby zjadła. Wyobrażając sobie
jej usta obejmujące mój członek, robię się jeszcze twardszy.

Wszystko w swoim czasie, Grey.

Łagodnie wyjmuję łyżkę z jej ust i nabieram kolejną
porcję lodów. Rzuca się na nie łakomie. Pod wpływem
ciepła mojej dłoni lody zaczynają się już rozpuszczać. Powolutku znowu ją karmię.

– Hm, w ten sposób mógłbym cię zmusić do jedzenia. Na siłę. Myślę, że to by mi się spodobało.

Kiedy podaję jej następną łyżkę, zaciska usta i z pro-
wokującym spojrzeniem kręci głową. Ma już dość.

Przechylam łyżkę i lody bardzo, ale to bardzo wolno skapują na jej szyję. Przesuwam łyżkę i kolejne krople spadają na jej mostek. Otwiera usta.

Och, właśnie tak, maleńka.

Pochylam się i zlizuję z niej lody.

– Mmm. Na tobie smakują jeszcze lepiej.

Szarpie za pasek szlafroka, próbując zgiąć ramiona, ale trzyma mocno i Ana nie może zmienić pozycji. Kolejną porcję upuszczam na jej piersi i brodawki, zafascynowany przyglądając się, jak twardnieją pod wpływem zimna. Łyżką rozsmarowuję wanilię na jej sterczących sutkach, a ona wierci się i jęczy.

– Zimne? – pytam i nie czekając na odpowiedź, łapczywie zlizuję spływające strumyczki rozpuszczonych lodów. Ssę i jeszcze mocniej naciągam nabrzmiałe sutki. Zamyka oczy i jęczy w ekstazie.

– Chcesz trochę?

Biorę w usta sporą porcję lodów, część przełykam, a potem ją całuję, wpychając język w jej spragnione usta.

Ben. &. Jerry's. I. Ana.

Czysta rozkosz.

Prostuję się i siedząc okrakiem na jej biodrach, przesuwam łyżeczkę z roztopionymi lodami w dół, na środek jej brzucha. Sporą porcyjkę zostawiam w jej pępku. Zaskoczona, otwiera szeroko oczy.

– Już to robiłaś – ostrzegam. – Musisz leżeć nieruchomo, bo inaczej lody będą na całym łóżku.

Biorę do ust pełną łyżkę lodów i wracam do jej piersi. Zimnymi ustami i językiem na zmianę ssę to jedną, to drugą brodawkę. Przesuwam się w dół jej ciała, zlizując spływającą strużkę lodów. Wierci się pode mną, wprawiając biodra w znajomy pulsujący rytm.

Och, maleńka, jeśli przestaniesz się poruszać, dostaniesz więcej.

Językiem pochłaniam tę resztkę lodów, która jeszcze została w jej pępku.

Ciało Any jest lepkie. Ale nie wszędzie.

Na razie.

Klękam między jej nogami i przesuwam łyżkę z lodami po dolnej części jej brzucha do włosów łonowych, zmierzając do ostatecznego celu. Reszta lodów skapuje na jej nabrzmiałą łechtaczkę. Ana krzyczy i pręży nogi.

– Ćśś.

Pochylam się i pomalutku zlizuję słodką wanilię.

– Och. Proszę. Christianie.

– Wiem, maleńka, wiem – szepczę w jej rozpaloną skórę i nie przerywam lubieżnej tortury. Znowu napina nogi. Dochodzi.

Rzucam pudełko po lodach na podłogę i wsuwam w nią jeden palec, potem drugi, napawając się jej wilgotnym ciepłem i namiętnością, z jaką reaguje na moje pieszczoty. Pieszczę ją i czuję, że już prawie doszła. Za chwilę będzie miała orgazm.

– Właśnie tak – mruczę, wolno wsuwając i wysuwając palce.

Wydaje zduszony okrzyk i jej ciało eksploduje wokół moich palców.

Tak.

Zabieram rękę i sięgam po prezerwatywę. Chociaż ich nie znoszę, zakładam kondom w sekundę. Pochylam się nad Aną i póki wciąż jeszcze jest w szponach orgazmu, wchodzę.

– O tak! – jęczę.

Jest niebem.

Moim niebem.

Ale cała się lepi. Resztki lodów przechodzą z jej skóry na moją, co mnie rozprasza. Wysuwam się z niej i przekręcam ją na brzuch.

– W ten sposób – mamroczę i sięgam do paska, żeby

ją rozwiązać. Kiedy ręce ma już wolne, podnoszę ją i sadzam na sobie, zwróconą do mnie plecami. Ujmuję dłońmi jej piersi i ciągnę za sutki, a ona jęczy i odchyla głowę do tyłu, wspierając ją na moim ramieniu. Ustami pieszczę jej szyję i zaczynam poruszać biodrami, wchodząc w nią głębiej i głębiej. Pachnie jabłkami, wanilią i Aną.

Uwielbiam ten zapach.

– Wiesz, ile dla mnie znaczysz? – szepczę jej do ucha, gdy ona w ekstazie jeszcze bardziej odchyla głowę.

– Nie – mówi, dysząc.

Łagodnie ujmuję jej brodę i szyję, żeby nie mogła się poruszać.

– Właśnie, że wiesz. Nie pozwolę ci odejść.

Nigdy.

Kocham cię.

– Jesteś moja, Anastasio.

– Tak, twoja.

– A ja troszczę się o to, co moje – szepczę i kąsam delikatnie koniuszek jej ucha.

Krzyczy.

– Właśnie tak, maleńka, chcę cię słyszeć.

Chcę się tobą opiekować.

Jedną ręką obejmuję ją w pasie, drugą przytrzymuję za biodro. I dalej się w nią wbijam. Unosi się i opada wraz ze mną, krzycząc i jęcząc. Po moich plecach, czole i piersi spływają kropelki potu i nasza skóra się ślizga, kiedy poruszamy się w jednym rytmie. Zaciska dłonie w pięści i coraz mocniej obejmując mnie nogami, zamyka oczy i wydaje cichy okrzyk.

– No dalej, maleńka – dyszę przez zaciśnięte zęby, a ona dochodzi, niewyraźnie wykrzykuje moje imię. Ja też dochodzę, całkowicie zatracając w niej swoje jestestwo.

Opadamy na łóżko. Obejmuję ją i leżymy tak, lepcy od cukru, dysząc w skotłowane prześcieradło. Jej włosy muskają moje usta i głęboko wciągam ich zapach.

Czy będzie tak zawsze?

Powalająco.

Zamykam oczy i rozkoszuję się tą cudowną chwilą spokoju.

Po chwili Ana się porusza.

– Przeraża mnie to, co do ciebie czuję – mówi lekko ochrypłym głosem.

– Mnie też, maleńka. – Nawet nie wiesz, jak bardzo.

– A jeśli mnie zostawisz?

Słucham? Czemu miałbym ją zostawić? Bez niej nie istnieję.

– Nigdzie się nie wybieram. Myślę, że nigdy się tobą nie nasycę, Anastasio.

Przekręca się w moich ramionach i przygląda mi się ciemnymi, skupionymi oczami, a ja nie mam pojęcia, o czym myśli. Nachyla się i całuje mnie, delikatnie i czule.

O czym ona, do cholery, myśli?

Wsuwam jej za ucho kosmyk włosów. Muszę sprawić, aby uwierzyła, że będę z nią tak długo, jak będzie mnie chciała.

– Nigdy nie czułem się tak jak wtedy, kiedy odeszłaś, Anastasio. Poruszyłbym niebo i ziemię, żeby już nigdy więcej się tak nie poczuć.

Koszmary. Poczucie winy. Rozpacz wciągająca mnie w bezdenną otchłań.

Cholera. Weź się w garść, Grey.

Nie. Już nigdy więcej nie chcę tego doświadczyć.

Całuje mnie znowu, łagodnie i błagalnie, jakby chciała mi przynieść ulgę.

Nie myśl o tym, Grey. Myśl o czymś innym.

Przypominam sobie o letnim balu u moich rodziców.

– Pójdziesz ze mną na letnie przyjęcie mojego ojca? To coroczna impreza dobroczynna. Obiecałem, że przyjdę.

Wstrzymuję oddech.

To będzie randka.

Prawdziwa.

– Oczywiście, że pójdę. – Twarz Any się rozjaśnia, zaraz jednak pochmurnieje.

– O co chodzi?

– O nic.

– Powiedz mi – nalegam.

– Nie mam się w co ubrać.

Ależ tak. Masz.

– Nie złość się, ale w domu wciąż mam wszystkie twoje ubrania. Na pewno znajdzie się kilka odpowiednich sukienek.

– Naprawdę? – Ściąga usta.

– Nie potrafiłem się ich pozbyć.

– Dlaczego?

Przecież wiesz dlaczego, Ano. Gładzę ją po włosach. Bardzo chcę, żeby zrozumiała. Chciałem, żebyś wróciła, i dlatego je zatrzymałem.

Z rezygnacją potrząsa głową.

– Jak zwykle stawia mnie pan w trudnej sytuacji, panie Grey.

Śmieję się, bo ma rację, ale przecież to samo mógłbym powiedzieć o niej. Rozchmurza się.

– Cała się lepię. Muszę wziąć prysznic.

– Oboje musimy.

– Niestety, we dwójkę się nie zmieścimy. Ty idź, a ja zmienię pościel.

JEJ ŁAZIENKA JEST wielkości mojej kabiny prysznicowej. Chyba nigdy w życiu nie musiałem korzystać z takiej ciasnoty. Twarzą praktycznie dotykam ściany. Za to znajduję źródło zapachu, jaki wydzielają jej włosy. Szampon zielone jabłuszko. Gdy woda spływa po mnie strumieniami, odkręcam butelkę i zamykając oczy, głęboko wciągam nosem jabłkową woń.

Ana.

Myślę, że dodam ten szampon do listy zakupów pani Jones. Kiedy otwieram oczy, Ana z rękami na biodrach wpatruje się we mnie. Ku memu rozczarowaniu ma na sobie szlafrok.

– Strasznie mały ten prysznic – skarżę się.

– Mówiłam ci. Wąchałeś mój szampon?

– Być może – mówię z uśmiechem.

Śmieje się i podaje mi ręcznik, na którym jest wzór z grzbietów książek. Ana, jak zawsze bibliofilka. Owijam się ręcznikiem w pasie i całuję ją w przelocie.

– Tylko nie siedź tu za długo. I to nie jest prośba.

Leżę w łóżku, czekając, aż wróci, i rozglądam się po pokoju. Trzy ściany są z gołej cegły, czwarta z gładkiego betonu, ale nic na nich nie wisi. Ana nie miała czasu, żeby się tu zadomowić. Była zbyt nieszczęśliwa, żeby się rozpakować. Z mojej winy.

Zamykam oczy.

Chcę, żeby była szczęśliwa.

Szczęśliwa Ana.

Uśmiecham się.

Ana jest koło mnie. Promienna. Śliczna. Moja. Ma na sobie białą satynową sukienkę. Lecimy „Charliem Tango", goniąc świt. Zmrok. Lecimy wysoko nad chmurami. Nad nami ciemna noc rozpina się łukiem. W zachodzącym słońcu włosy Any lśnią jak na obrazie Tycjana. Świat mamy pod stopami, a ja chcę dać jej go w całości. Jest oczarowana. Robię przewrót i nagle jesteśmy w moim szybowcu. Oglądaj świat, Ano. Chcę ci go pokazać. Śmieje się. Chichocze. Jest szczęśliwa. Kiedy lecimy do góry nogami, jej warkocze zwisają ku ziemi. Jeszcze raz, krzyczy. Robię, o co prosi. Kręcimy się i kręcimy, i kręcimy. Ale tym razem ona zaczyna krzyczeć. Patrzy na mnie z przerażeniem. Twarz się jej wykrzywia. Ze strachu. Z obrzydzenia. Mną.

Mną?

Nie.

Nie.

Krzyczy.

BUDZĘ SIĘ Z WALĄCYM sercem. Ana rzuca się i przewraca obok mnie na łóżku, wydając dziwne, przerażające odgłosy, na których dźwięk dostaję gęsiej skórki. W przyćmionym świetle ulicznych latarni wpadającym przez okno widzę, że wciąż śpi. Siadam i łagodnie nią potrząsam.

– Jezu. Ano.

Budzi się gwałtownie. Dyszy. W oczach ma przerażenie.

– Kochanie, nic ci nie jest? Coś złego ci się śniło.

– Och – odzywa się szeptem i trzepocząc rzęsami, skupia na mnie wzrok.

Przyciągam ją do siebie i zapalam lampkę. Mruży oczy przed światłem.

– Ta dziewczyna – mówi, szukając wzrokiem moich oczu.

– O co chodzi? Jaka dziewczyna?

Powstrzymuję chęć utulenia jej i scałowania dręczących ją koszmarów.

Znowu mruga, ale głos ma już mniej wystraszony.

– Kiedy po południu wychodziłam z pracy, przed wydawnictwem czekała dziewczyna. Wyglądała jak ja, tylko trochę inaczej.

Cierpnie mi skóra.

Leila.

– Kiedy to było? – pytam, siadając prosto.

– Po południu, kiedy wychodziłam z pracy. – Jest roztrzęsiona. – Wiesz, kim ona jest?

– Tak.

Do ciężkiej cholery, czego Leila może chcieć od Any?

– Kim? – pyta Ana.

Muszę zawiadomić Welcha. W czasie porannej odprawy nie miał żadnych informacji na temat miejsca pobytu Leili. Jego zespół wciąż jej szuka.

– Kim? – powtarza z uporem Ana.

Cholera. Wiem, że nie przestanie, póki nie uzyska odpowiedzi.

– To Leila.

Jeszcze bardziej marszczy brwi.

– Ta dziewczyna, która wgrała ci „Toxic" na iPoda?

– Tak. Mówiła coś?

– Powiedziała: „Co ty masz takiego, czego ja nie mam?", a kiedy zapytałam, kim jest, odparła: „Nikim".

Chryste, Leila. W co ty pogrywasz? Muszę zadzwonić do Welcha.

Wychodzę z łóżka i wkładam dżinsy.

W salonie wyjmuję telefon z kieszeni marynarki. Welch odbiera po dwóch sygnałach, nikną więc moje wyrzuty sumienia, że zawracam mu głowę o piątej nad ranem. Pewnie nie spał.

– Pan Grey – mówi swoim ochrypłym głosem.

– Przepraszam, że dzwonię tak wcześnie. – Zaczynam przechadzać się po ciasnej kuchni.

– Nie sypiam najlepiej, proszę pana.

– Domyśliłem się. Chodzi o Leilę. Nachodziła moją dziewczynę, Anastasię Steele.

– W pracy? Czy w mieszkaniu? O której to było?

– Przed wydawnictwem. Późnym popołudniem.

Obracam się i widzę, że Ana, ubrana tylko w moją koszulę, stoi przy kuchennej wyspie i przygląda mi się. Kiedy słucha, jak rozmawiam, na jej twarzy maluje się ciekawość zmieszana z lękiem. Wygląda tak pięknie.

– O której godzinie dokładnie? – pyta Welch.

Powtarzam jego pytanie Anie.

– Mniej więcej za dziesięć szósta – odpowiada.

– Słyszałeś? – zwracam się do Welcha.

– Nie.

– Za dziesięć szósta – powtarzam.

– To znaczy, że dowiedziała się, gdzie panna Steele pracuje.

– Niby jak?

– W prasie są zdjęcia was obojga razem.

– No tak.

Słuchając tego, co ja mówię, Ana przechyla głowę i przerzuca włosy na plecy.

– Uważa pan, że powinniśmy się martwić o bezpieczeństwo panny Steele? – pyta Welch.

– Tego bym nie powiedział, ale z drugiej strony nawet mi przez myśl nie przeszło, że mogłaby coś takiego zrobić.

– Uważam, że powinniśmy się zastanowić nad dodatkową ochroną dla panny Steele.

– Nie wiem, jak to się skończy.

Patrzę, jak Ana krzyżuje ramiona, co podkreśla kształt jej piersi pod cienką białą bawełną.

– Chciałbym też wzmocnić pana ochronę, sir. Porozmawia pan z Anastasią? Powinien jej pan powiedzieć, że może jej grozić niebezpieczeństwo.

– Tak, porozmawiam z nią.

Ana zagryza wargę. Wolałbym, żeby tego nie robiła. To mnie rozprasza.

Tymczasem Welch mówi dalej.

– Powiadomię pana Taylora i panią Jones, ale o bardziej sprzyjającej porze.

– Tak.

– Będę też potrzebował więcej ludzi.

– Wiem. – Wzdycham.

– Zaczniemy od sklepów w pobliżu SIP. Sprawdzimy, czy ktoś coś widział. To może być trop, na który czekaliśmy.

– Daj mi znać, jeśli się czegoś dowiecie. Znajdź ją, Welch. Ma kłopoty. Po prostu ją znajdź.

Rozłączam się i patrzę na Anę. Długie, zmierzwione włosy opadają jej na ramiona, smukłe nogi ma blade w mdłym świetle wpadającym z przedpokoju. Wyobrażam sobie, jak mnie nimi obejmuje.

– Napijesz się herbaty? – pyta.

– Prawdę mówiąc, wolałbym, żebyśmy wrócili do łóżka. I zapomnieli o tym całym gównie z Leilą.

– Cóż, ja się chętnie napiję. Może jednak dasz się skusić na filiżankę?

Podchodzi do kuchenki, bierze czajnik i zaczyna napełniać go wodą.

Nie chcę żadnej pieprzonej herbaty. Chcę się w tobie zatopić i zapomnieć o Leili.

Ana spogląda na mnie wymownie i dociera do mnie, że oczekuje odpowiedzi.

– Tak, poproszę.

Nawet ja słyszę, jak opryskliwie to zabrzmiało.

Czego Leila chce od Any?

I dlaczego Welch jej nie znalazł?

– O co chodzi? – pyta Ana kilka minut później. W ręce trzyma znajomo wyglądającą filiżankę.

Ano. Proszę. Nie chcę, żebyś się tym zamartwiała.

– Nie powiesz mi? – nalega.

– Nie.

– Dlaczego?

– Bo to nie powinno ciebie dotyczyć. Nie chcę cię w to mieszać.

– Może i nie powinno mnie dotyczyć, ale jednak dotyczy. Znalazła mnie i nagabywała przed pracą. Skąd się o mnie dowiedziała? Kto jej powiedział, gdzie pracuję? Chyba mam prawo wiedzieć, co się dzieje?

Ma odpowiedź na wszystko.

– Proszę? – mówi z naciskiem.

Och. Ano. Ano. Ano. Czemu to robisz?

Jej niebieskie oczy wpatrują się we mnie błagalnie.

Kurwa. Nie jestem w stanie znieść tego spojrzenia.

– Okej. – Wygrałaś. – Nie mam pojęcia, jak cię znalazła. Może widziała nasze zdjęcie z Portland. Nie wiem. – Niechętnie mówię dalej. – Kiedy byłem z tobą w Georgii, Leila niespodziewanie zjawiła się w moim mieszkaniu i zrobiła scenę Gail.

– Gail?

– Pani Jones.

– Co to znaczy scenę?

Kręcę głową.

– No powiedz. – Opiera ręce na biodrach. – Coś przede mną ukrywasz.

– Ano, ja... – Dlaczego tak się wścieka? Nie chcę, żeby wiedziała o samobójczej próbie Leili w moim mieszkaniu, kiedy mnie tam nie było, by jej pomóc; z jakiegoś powodu było to jej wołanie o pomoc.

– Proszę? – Nalega po raz kolejny.

Nie rezygnuje. Wzdycham zrezygnowany i opowiadam jej, że Leila próbowała się targnąć na swoje życie.

– O nie!

– Gail zawiozła ją do szpitala. Ale Leila się wypisała, zanim tam dojechałem. Psychiatra, który ją badał, nazwał to klasycznym wołaniem o pomoc. Nie wierzył, że mogłaby to zrobić naprawdę, nazwał to myślami samobójczymi. Jednak mnie nie przekonał. Od tamtej pory staram się ją odnaleźć, żeby jej pomóc.

– Czy powiedziała coś pani Jones?

– Niewiele.

– Nie możesz jej znaleźć? A co z jej rodziną?

– Nie wiedzą, gdzie jest. Podobnie jak jej mąż.

– Mąż! – wykrzykuje.

– Tak. – *Ten kłamliwy dupek.* – Są małżeństwem od jakichś dwóch lat.

– Więc miała męża, kiedy była z tobą?

– Nie! Dobry Boże, nie. Byliśmy razem prawie trzy lata temu. Potem odeszła i wkrótce wyszła za tamtego faceta. – *Przecież mówiłem, maleńka, ja się nie dzielę.* Tylko raz zadałem się z mężatką i nie skończyło się to dobrze.

– Dlaczego więc teraz próbuje zwrócić na siebie uwagę?

– Nie wiem. Udało się nam jedynie ustalić, że cztery miesiące temu uciekła od męża.

Ana bierze łyżkę i wymachując nią, mówi:

– Zobaczmy, czy dobrze rozumiem. Od trzech lat nie była twoją uległą?

– Dokładnie od dwóch i pół roku.

– I chciała czegoś więcej.

– Tak.

– Ale ty nie?

– Przecież wiesz.

– Więc odeszła.

– Tak.

– W takim razie dlaczego teraz wróciła?

– Nie wiem. – Chciała więcej, ale ja nie mogłem jej tego dać. Może widziała mnie z tobą?

– Ale podejrzewasz…

– Podejrzewam, że to ma jakiś związek z tobą. – Ale mogę się mylić.

Czy możemy już wrócić do łóżka?

Ana mi się przygląda, bada wzrokiem moją pierś. Ja jednak nie zwracam na to uwagi i zadaję jej pytanie, które nie daje mi spokoju, odkąd powiedziała mi o Leili.

– Dlaczego wczoraj mi nie powiedziałaś?

Ana ma przynajmniej tyle przyzwoitości, że udaje winną.

– Zapomniałam o niej. No wiesz, drinki po pracy, koniec mojego pierwszego tygodnia. Potem ty się zjawiasz w barze i razem z Jackiem dajecie pokaz testosteronu. – Uśmiecha się nieśmiało. – A potem przyszliśmy tutaj. I zapomniałam. Przy tobie zapominam o wielu rzeczach.

Teraz ja chciałbym zapomnieć. Wracajmy do łóżka.

– Pokaz testosteronu? – powtarzam rozbawiony.

– No właśnie. Który z was dalej nasika.

– Zaraz ci dam pokaz testosteronu – mówię zniżonym głosem.

– Nie wolałbyś się raczej napić herbaty? – Podsuwa mi filiżankę.

– Nie, Anastasio. Nie wolałbym. – *Chcę ciebie. Teraz.*

– Zapomnij o niej. Chodź. – Wyciągam rękę. Odstawia filiżankę na blat i wkłada swoją dłoń w moją.

Kiedy jesteśmy już w sypialni, ściągam z niej koszulę przez głowę.

– Lubię, kiedy chodzisz w moich ubraniach – szepczę.

– Lubię je nosić. Pachną tobą.

Obiema rękami chwytam jej głowę i całuję ją.

Chcę sprawić, żeby zapomniała o Leili.

Ja chcę zapomnieć o Leili.

Podnoszę Anę i podchodzę do betonowej ściany.

– Obejmij mnie nogami – rozkazuję.

Kiedy otwieram oczy, pokój jest skąpany w świetle, a Ana już nie śpi. Leży w zgięciu mojego łokcia.

– Cześć – mówi i uśmiecha się, jakby coś nabroiła.

– Cześć – odpowiadam ostrożnie. Coś tu jest grane. – Co robisz?

– Patrzę na ciebie. – Muska ręką dół mojego brzucha i moje ciało natychmiast budzi się do życia.

Rany!

Chwytam jej rękę.

Musi być obolała po wczorajszym.

Oblizuje wargi i już nie wygląda na winną. Zamiast tego na jej ustach pojawia się wymowny, lubieżny uśmiech.

Może jednak nie.

Budzenie się u boku Anastasii Steele ma swoje zalety. Kładę się na niej i przygniatam ją do łóżka, nie bacząc, że się pode mną wierci.

– Coś mi się wydaje, panno Steele, że pani nabroiła.

– Lubię przy tobie broić.

Równie dobrze mogłaby przemawiać wprost do mojego członka.

– Naprawdę? – Całuję ją w usta. Kiwa głową.

Och, moja śliczna dziewczynko.

– Seks czy śniadanie?

Wypycha w górę biodra, wychodząc mi na spotkanie, a ja potrzebuję całej siły woli, żeby od razu nie wziąć tego, co mi oferuje.

Nie. Niech sobie poczeka.

– Dobry wybór. – Całuję jej szyję, dekolt, piersi.

– Ach – wzdycha.

LEŻYMY ZASPOKOJENI.

Nie przypominam sobie, żeby przed Aną zdarzały mi się takie chwile. Nie leżałem w łóżku tak po prostu... będąc. Wtulam nos w jej włosy. Wszystko się zmieniło.

Otwiera oczy.

– Cześć.

– Cześć.

– Boli cię? – pytam.

Rumieni się.

– Nie. Jestem tylko zmęczona.

Gładzę ją po policzku.

– Mało spałaś tej nocy.

– Ty także. – Uśmiecha się do mnie tym stuprocentowym nieśmiałym uśmiechem panny Steele, ale w jej oczach pojawia się smutek. – W ogóle ostatnio mało sypiałam.

Z miejsca budzą się we mnie wyrzuty sumienia – paskudne i piekące.

– Przepraszam – mówię.

– Nie przepraszaj. To była moja...

Kładę palec na jej ustach.

– Cii.

Układa usta w dzióbek, żeby pocałować mój palec.

– Jeśli to jakieś pocieszenie – wyznaję – ja też kiepsko spałem w zeszłym tygodniu.

– Och, Christianie – mówi i bierze moją rękę.

Całuje po kolei każdą kosteczkę. Tyle w tym geście

uczucia i pokory. W gardle mnie ściska, a serce mało nie wyskoczy mi z piersi. Znajduję się na skraju czegoś nieznanego, miejsca, z którego nie widać horyzontu i którego terytorium jest całkiem obce i niezbadane.

To mnie przeraża.

Wywołuje w głowie mętlik.

Ekscytuje.

Ano, co ty ze mną wyprawiasz?

Dokąd mnie prowadzisz?

Wzdycham głęboko i skupiam swoją uwagę na leżącej obok mnie kobiecie. Uśmiecha się do mnie seksownie, a ja myślę, jak dobrze byłoby spędzić cały dzień w łóżku z nią, ale nagle sobie uświadamiam, że jestem głodny.

– Śniadanie? – pytam.

– Proponuje pan, że zrobi śniadanie, czy też domaga się, żeby go nakarmić, panie Grey?

– Ani jedno, ani drugie. Postawię ci śniadanie. Jak pokazałem wczoraj, w kuchni jestem raczej do niczego.

– Ale ma pan inne przymioty – mówi z żartobliwym uśmiechem.

– Co chce pani przez to powiedzieć, panno Steele?

Mruży oczy.

– Myślałam, że pan wie.

Żartuje sobie ze mnie. Powoli wstaje, spuszczając nogi z łóżka.

– Możesz wziąć prysznic w łazience Kate. Jest większa od mojej.

Należało się tego spodziewać.

– Skorzystam z twojej. Lubię być tam, gdzie ty.

– A ja tam, gdzie ty. – Puszcza do mnie oczko, wstaje i wychodzi z sypialni.

Bezwstydna Ana.

Kiedy wracam z ciasnej łazienki, zastaję Anę, jak w obcisłych dżinsach i T-shircie nie pozostawiających zbyt wiele miejsca mojej wyobraźni próbuje dojść do ładu ze swoimi włosami.

Wkładając dżinsy, wyczuwam w kieszeni kluczyki do audi. Nie wiem, jak zareaguje, kiedy je jej oddam. Ale z iPada się ucieszyła.

– Jak często ćwiczysz? – pyta i zauważam, że przygląda mi się w lustrze.

– Codziennie oprócz weekendów.

– I co robisz?

– Biegam, podnoszę ciężary, trenuję kick boxing. – Przez ostatni tydzień trenowałem sprint pod twój dom i z powrotem.

– Kick boxing?

– Tak. Mam osobistego trenera, byłego olimpijczyka. Ma na imię Claude. Jest bardzo dobry. – Dodaję, że na pewno spodoba się jej jako trener.

– A na co mi osobisty trener? Wystarczy, że ty mnie utrzymujesz w formie.

Wciąż walczy z włosami. Podchodzę do niej, obejmuję ją i patrzymy na siebie w lustrze.

– Chcę, żebyś była sprawna, maleńka. To, co dla ciebie wymyśliłem, będzie od ciebie wymagać prawdziwej sprawności. – *Pod warunkiem, że pójdziemy jeszcze kiedyś do pokoju zabaw.*

Unosi brew.

– Wiesz, że tego chcesz – mówię bezgłośnie do jej odbicia.

Przygryza wargę, ale odwraca wzrok.

– Co jest? – pytam zatroskany.

– Nic – mówi i kręci głową. – Okej, mogę się spotkać z Claude'em.

– Naprawdę?

Łatwo poszło!

– O rany, tak. Jeśli to ma cię uszczęśliwić – mówi i śmieje się.

Przytulam ją mocno i całuję w policzek.

– Nawet nie masz pojęcia, jak bardzo. – Całuję ją w miejsce pod uchem. – Co chciałabyś dzisiaj robić?

– Obciąć włosy, a potem, hm, muszę spieniężyć czek, żeby sobie kupić samochód.

– Ach.

Nadeszła odpowiednia pora. Sięgam do kieszeni po kluczyki.

– Twój samochód jest tutaj – mówię.

Chwilę stoi nieruchomo, a potem na policzki wypływają jej rumieńce i widzę, że jest zła.

– Co to znaczy: jest tutaj?

– Taylor przywiózł go wczoraj.

Wysuwa się z moich objęć i patrzy na mnie z gniewną miną.

Cholera. Wkurzyła się. Ale dlaczego?

Z tylnej kieszeni dżinsów wyszarpuje kopertę.

– Masz, to twoje.

Rozpoznaję kopertę, do której włożyłem czek za jej przedpotopowego garbusa. Unoszę ręce i cofam się.

– O nie. To twoje pieniądze.

– A właśnie, że nie. Chcę kupić od ciebie samochód.

Co. Do. Ciężkiej. Cholery.

Chce dać mi pieniądze!

– Nie, Anastasio. Pieniądze są twoje, tak samo jak samochód.

– Nie, Christianie. Moje pieniądze, twój samochód. Kupuję go od ciebie.

Och. Nie. Nie. Rób. Tego.

– Dostałaś ten samochód w prezencie na ukończenie studiów. – I powiedziałaś, że go przyjmujesz.

– Pióro byłoby odpowiednim prezentem z tej okazji. A ty dałeś mi audi.

– Naprawdę chcesz się z tego powodu kłócić?

– Nie.

– Dobrze. Tu są kluczyki. – Kładę je na toaletce.

– Nie o to mi chodziło!

– Koniec rozmowy, Anastasio. Nie przeciągaj struny.

Jej wzrok mówi sam za siebie. Gdybym był gałązką chrustu, zapłonąłbym jak pochodnia, ale nie w takim znaczeniu w jakim bym sobie życzył. Jest wściekła. Naprawdę wściekła. Nagle mruży oczy i uśmiecha się złośliwie. Teatralnym gestem podnosi kopertę i drze ją na pół, i jeszcze raz na pół. Wrzuca strzępy do kosza na śmieci i patrzy na mnie zwycięskim wzrokiem, który oznacza: pieprz się.

Och. Zaczyna się zabawa, Ano.

– Jak zwykle prowokacyjna – powtarzam jej słowa z wczoraj, odwracam się na pięcie i wychodzę do kuchni.

Jestem wkurzony. Cholernie wkurzony.

Jak ona śmie?

Znajduję telefon i dzwonię do Andrei.

– Dzień dobry, proszę pana. – Ma lekko zdyszany głos.

– Cześć, Andreo.

W tle słyszę czyjeś wołanie. Jakaś kobieta krzyczy: „Czy on nie wie, że wychodzisz dzisiaj za mąż, Andreo?".

– Proszę mi wybaczyć – dochodzi do mnie głos Andrei.

Wychodzi za mąż!

Słychać jakieś przytłumione dźwięki.

– Mamo, cicho bądź. To mój szef. – Dźwięki ustają. – W czym mogę pomóc, proszę pana? – pyta.

– Wychodzisz za mąż?

– Tak, proszę pana.

– Dzisiaj?

– Tak. Co mam zrobić?

– Chciałem, żebyś przelała na konto panny Steele dwadzieścia cztery tysiące dolarów.

– Dwadzieścia cztery tysiące?

– Tak, dwadzieścia cztery tysiące dolarów. Bezpośrednio.

– Zajmę się tym. Pieniądze będą na koncie w poniedziałek.

– W poniedziałek?

– Tak, proszę pana.

– Doskonale.

– Czy coś jeszcze, proszę pana?

– Nie, to wszystko, Andreo.

Rozłączam się, zły na siebie, że zawracam jej głowę w takim dniu, ale jeszcze bardziej wściekły, że nic mi nie powiedziała.

Dlaczego tego nie zrobiła? Jest w ciąży?

Będę musiał poszukać nowej asystentki?

Odwracam się do panny Steele, która stoi naburmuszona w progu.

– Pieniądze będą na twoim koncie w poniedziałek. Nie pogrywaj ze mną.

– Dwadzieścia cztery tysiące dolarów! – wykrzykuje. – I skąd znasz numer mojego konta?

– Wiem o tobie wszystko, Anastasio – odpowiadam, starając się zachować spokój.

– Niemożliwe, żeby mój samochód był tyle wart – oburza się.

– Zgodziłbym się z tobą, ale to kwestia rynku i wszystko zależy od tego, czy sprzedajesz, czy kupujesz. Jakiś wariat zapragnął tego śmiertelnie niebezpiecznego gruchota i był gotów tyle zapłacić. Podobno to klasyk. Zapytaj Taylora, jeśli mi nie wierzysz.

Mierzymy się wściekłymi spojrzeniami.

Niemożliwa kobieta.

Niemożliwa. Niemożliwa.

Rozchyla wargi. Oddycha z trudem, źrenice ma rozszerzone. Chłonie mnie. Pożera wzrokiem.

Ano.

Językiem oblizuje dolną wargę.

I zaczyna między nami iskrzyć.

To, co do siebie czujemy, jest jak żywa istota. Rośnie. Z każdą chwilą staje się potężniejsze.

Kurwa.

Chwytam ją i przyciskam do drzwi. Moje usta odnajdują jej usta. Biorę je w posiadanie, całując zachłannie, ręką przytrzymuję ją za kark, żeby mi się nie wymknęła. Wplata palce w moje włosy. Ciągnie. Oddaje pocałunek, jej język jest w moich ustach. Bierze. Wszystko. Chwytam ją od tyłu i przyciągam do swojej nabrzmiałej męskości. Pragnę jej. Znowu.

– Czemu wiecznie mi się sprzeciwiasz? – pytam, całując jej szyję.

Odchyla w tył głowę, żebym miał łatwiejszy dostęp.

– Bo mogę.

Ach. Skradła mi kwestię.

Zdyszany, opieram się o nią czołem.

– Boże, mam ochotę wziąć cię tutaj i teraz, ale skończyły mi się prezerwatywy. Chyba nigdy się tobą nie nasycę. Doprowadzasz mnie do szaleństwa. Szaleństwa.

– A ty mnie do wściekłości – odzywa się zdyszanym szeptem. – Na wszystkie możliwe sposoby.

Biorę głęboki oddech i patrzę w te pociemniałe, przepełnione żądzą oczy, które obiecują mi cały świat. Potrząsam głową.

Spokojnie, Grey.

– Chodź, idziemy na śniadanie. I wiem, gdzie możesz obciąć włosy.

– Okej. – Uśmiecha się.

Koniec kłótni.

||||||||||||||||||||||

Trzymając się za ręce, idziemy Vine Street i skręcamy w prawo, w First Avenue. Fascynujące, że w jednej chwili skaczemy sobie do oczu, by już w następnej spacerować sobie ulicą ze swobodą i spokojem, jaki teraz odczuwam. Może tak jest w przypadku większości par. Spoglądam na idącą obok Anę.

– Czuję się tak normalnie – mówię do niej. – Jest cudownie.

– Christianie, myślę, że doktor Flynn zgodziłby się ze mną, że daleko ci do normalności. Ale na pewno jesteś wyjątkowy. – Ściska moją rękę.

Wyjątkowy!

– Piękny dzień – dodaje.

– Owszem.

Na chwilę przymyka oczy i zwraca twarz ku porannemu słońcu.

– Chodź, znam świetne miejsce na późne śniadanie.

Jedna z moich ulubionych knajpek znajduje się zaledwie parę przecznic od mieszkania Any, przy First. Kiedy do niej docieramy, otwieram Anie drzwi i przystaję na chwilę, by poczuć cudowny zapach świeżo upieczonego chleba.

– Co za urocze miejsce – mówi, kiedy już siedzimy przy stoliku. – Podobają mi się te obrazy na ścianach.

– Co miesiąc promują innego artystę. Tutaj znalazłem Troutona.

– Zwyczajne zmienić w nadzwyczajne – mówi Ana.

– Pamiętałaś.

– Niewiele jest rzeczy związanych z panem, panie Grey, których nie pamiętam.

I vice versa, panno Steele. Jest pani wyjątkowa.

Ze śmiechem podaję jej menu.

JA ZAPŁACĘ. – ANA pierwsza chwyta rachunek. – Trzeba być szybkim, Grey.

– Masz rację, trzeba – burczę.

Ktoś, kto ma do spłacenia pięćdziesiąt tysięcy kredytu studenckiego, nie powinien mi stawiać śniadania.

– Nie złość się. Jestem o dwadzieścia cztery tysiące bogatsza niż rano. Stać mnie – sprawdza rachunek – na dwadzieścia dwa dolary i sześćdziesiąt siedem centów za śniadanie.

Jedyne, co mógłbym zrobić, to wyrwać jej ten rachunek.

– Dziękuję – bąkam.

– Dokąd teraz? – pyta.

– Naprawdę chcesz obciąć włosy?

– Tak. Popatrz tylko.

Ciemne kosmyki, które wymknęły się spod gumki, okalają jej śliczną twarz.

– Dla mnie wyglądasz pięknie. Jak zawsze.

– Poza tym wieczorem jest przyjęcie u twojego ojca.

Przypominam jej, że odbywa się w domu moich rodziców i obowiązują stroje wieczorowe.

– W ogrodzie będzie rozstawiony namiot. No wiesz.

– Jaki to szczytny cel?

Czy powinienem jej powiedzieć?

– Program odwykowy dla rodziców z małymi dziećmi. Nazywa się Damy Radę. – Wstrzymuję oddech z obawy, że zacznie mnie wypytywać, jaki to ma związek z rodziną Greyów. Sprawa jest osobista i nie chcę jej współczucia. Powiedziałem jej wszystko, co chciałem, o tamtym okresie w moim życiu.

– Rzeczywiście szczytny – stwierdza ze zrozumieniem i szczęśliwie na tym poprzestaje.

– Chodźmy.

Wstaję i wyciągam do niej rękę, kończąc w ten sposób rozmowę.

– Dokąd idziemy? – pyta, gdy jesteśmy na ulicy.

Nie mogę jej powiedzieć, że zakład należy do Eleny. Wiem, że wtedy by jej odbiło. Po naszych rozmowach w Savannah zdążyłem się zorientować, że na sam dźwięk tego imienia Ana wpada w szał. Jest sobota i Elena nie pracuje w weekendy, a nawet jeśli, to i tak w salonie w Bravern Center.

– Jesteśmy na miejscu. – Otwieram drzwi i przepuszczam Anę przodem. Nie byłem tu dobrych kilka miesięcy; ostatni raz z Susannah.

– Dzień dobry, panie Grey – wita nas Greta.

– Cześć, Greta.

– To co zwykle, proszę pana? – pyta uprzejmie.

Kurwa. Zerkam nerwowo na Anę.

– Nie. Panna Steele wyjaśni, o co jej chodzi.

Ana świdruje mnie wzrokiem.

– Czemu właśnie tutaj? – pyta.

– Salon należy do mnie, podobnie jak trzy inne.

– Jesteś właścicielem?

– Tak. Działalność dodatkowa. Tak czy inaczej, masz tutaj wszystko, czego chcesz, na koszt firmy. – Staram się sobie przypomnieć, jakie świadczą tu usługi kosmetyczne. – Robią tu wszystko, co panie lubią.

– Woskowanie?

Przez ułamek sekundy mam ochotę zaproponować czekoladowy wosk na jej włosy łonowe, ale przez wzgląd na chwilowe zawieszenie broni zatrzymuję tę myśl dla siebie.

– Tak, woskowanie też… wszędzie.

Ana oblewa się rumieńcem.

Jak zdołam ją przekonać, że penetracja dawałaby jej dużo więcej rozkoszy, gdyby pozbyła się włosów łonowych?

Wszystko w swoim czasie, Grey.

– Chciałabym podciąć włosy – zwraca się Ana do Grety.

– Oczywiście, proszę pani.

Greta skupia się na ekranie monitora i uderza w klawisze.

– Franco jest wolny za pięć minut.

– Może być Franco – zgadzam się, zauważam jednak, że zachowanie Any ulega nagle zmianie. Już mam zapytać, co się stało, kiedy podnosząc wzrok, widzę Elenę wychodzącą ze swojego biura na tyłach.

Jasna cholera! Co ona tutaj robi?

Elena zamienia kilka słów z pracownicą, po czym mnie dostrzega i rozpromienia się jak bożonarodzeniowa choinka. Jej mina zdradza szelmowskie zadowolenie.

Szlag.

– Przepraszam – mówię do Any i szybko podchodzę do Eleny, żeby przypadkiem ona nie zbliżyła się do nas.

– Cóż za nieoczekiwana przyjemność – mówi Elena uwodzicielskim głosem i całuje mnie w oba policzki.

– Dzień dobry, pani. Nie spodziewałem się ciebie tutaj.

– Moja stylistka się rozchorowała. Zauważyłam, że mnie unikasz.

– Jestem zajęty.

– Widzę. Jakaś nowa?

– To Anastasia Steele.

Elena uśmiecha się promiennie do Any, która wcale tego nie kryjąc, przygląda się nam bacznie. Wie, że mówimy o niej, i posyła nam chłodny uśmiech.

Cholera.

– Twoja piękność z południa? – pyta Elena.

– Nie jest z południa.

– O ile pamiętam, pojechałeś do Georgii, żeby się z nią spotkać.

– Tam mieszka jej matka.

– Rozumiem. Jest bardzo w twoim typie.

– Tak. – *Nie zaczynajmy tej rozmowy.*

– Przedstawisz mnie?

Ana rozmawia z Gretą – podejrzewam, że ją wypytuje. *Tylko o co?*

– To chyba nie najlepszy pomysł.

Elena jest zawiedziona.

– A to dlaczego?

– Nazywa cię panią Robinson.

– Naprawdę? Zabawne. Chociaż jestem zdumiona, że ktoś tak młody zna ten film. – W głosie Eleny słychać drwinę. – Dziwne, że jej o nas opowiedziałeś. Gdzie się podziała zasada poufności? – Stuka pomalowanymi na czerwono paznokciami o wargi.

– Ona nic nie powie.

– Mam nadzieję. Nie martw się. Wycofuję się. – Podnosi ręce, jakby się poddawała.

– Dziękuję.

– Ale czy to na pewno dobry pomysł, Christianie? Już raz cię zraniła. – Na twarzy Eleny maluje się troska.

– Nie wiem. Tęskniłem za nią. A ona za mną. Postanowiłem, że spróbujemy na jej zasadach. Jest chętna.

– Na jej zasadach? Dasz radę? I czy na pewno tego chcesz?

Ana w dalszym ciągu na nas patrzy. Jest zaniepokojona.

– Czas pokaże – odpowiadam.

– Cóż, jakby co, wiesz, gdzie mnie szukać. Powodzenia. – Uśmiecha się do mnie lekko, ale z wyrachowaniem. – Nie zapominaj o mnie.

– Dzięki. Będziesz dzisiaj na przyjęciu u moich rodziców?

– Raczej nie.

– Chyba słusznie.

Jest zaskoczona, ale zaraz dodaje:

– Spotkajmy się w tygodniu, żeby porozmawiać swobodniej.

– Jasne.

Ściska mnie za ramię. Wracam do Any, która wciąż stoi przy recepcji. Twarz ma ściągniętą, ramiona skrzyżowane na piersiach. Jej niezadowolenie jest wręcz namacalne.

Nie wygląda to dobrze.

– W porządku? – pytam, doskonale wiedząc, że nie.

– Niespecjalnie. Nie chciałeś mnie przedstawić? – pyta sarkastycznym, ale też obrażonym tonem.

Chryste. Wie, że to była Elena. Skąd?

– Wydawało mi się…

Ana nie daje mi skończyć.

– Jak na kogoś tak inteligentnego… – przerywa w pół zdania, zbyt wściekła, żeby mówić dalej. – Chodźmy stąd, bardzo proszę.

Tupie nogą w marmurową posadzkę.

– Dlaczego?

– Dobrze wiesz dlaczego – warczy i przewraca oczami, jakby miała do czynienia z największym idiotą pod słońcem.

Bo jesteś największym idiotą pod słońcem, Grey.

Wiesz przecież, co myśli o Elenie.

A wszystko szło tak dobrze.

Zrób z tym coś, Grey.

– Przepraszam, Ano. Nie wiedziałem, że tu będzie. Nigdy tu nie bywa. Otworzyła nowy salon w Bravern Centre i na ogół tam przesiaduje. Ale dzisiaj jakaś pracownica zachorowała.

Ana odwraca się gwałtownie i niemal biegnie do drzwi.

– Franco już nie będzie potrzebny, Greto – mówię do recepcjonistki, zaniepokojony, że mogła usłyszeć naszą rozmowę. Pospiesznie idę za Aną.

Ze skrzyżowanymi ramionami i pochyloną głową maszeruje ulicą. Muszę wydłużyć krok, żeby za nią nadążyć.

Ano. Przestań. Przesadzasz.

Zwyczajnie nie rozumie natury naszego związku z Eleną.

Skołowany idę obok Any. Co mam zrobić? Co powiedzieć? Może jednak Elena ma rację.

Dam radę?

U żadnej z moich uległych nie tolerowałem takiego zachowania. Co więcej, żadna nigdy nie była taka draźliwa.

Ale nie znoszę, kiedy Ana jest na mnie zła.

– Przyprowadzałeś tutaj wszystkie swoje uległe? – pyta, a ja nie wiem, czy to pytanie retoryczne, czy też nie. Postanawiam zaryzykować.

– Niektóre tak.

– Leilę?

– Tak.

– To miejsce wygląda na nowe.

– Niedawno był remont.

– Rozumiem. Więc pani Robinson znała wszystkie twoje uległe.

– Tak.

– A one o niej wiedziały?

Nie tak, jak myślisz. Nigdy nie wiedziały o łączącym nas związku sado-maso. Sądziły, że tylko się przyjaźnimy.

– Nie. Żadna. Tylko ty.

– Ale ja nie jestem twoją uległą.

– Nie, z całą pewnością nie jesteś.

Bo z całą pewnością u nikogo innego nie tolerowałbym takiego zachowania.

Staje gwałtownie i obraca się do mnie. Twarz ma zaciętą.

– Zdajesz sobie sprawę, jakie to wszystko popieprzone? – pyta.

– Tak. Przepraszam.

Naprawdę nie wiedziałem, że Elena tam będzie.

– Chcę podciąć włosy, najlepiej gdzieś, gdzie nie pieprzyłeś ani personelu, ani klientek. – Głos ma ochrypły i jest na granicy łez.

Ano.

– A teraz przepraszam. – Obraca się, żeby odejść.

– Chyba nie odchodzisz? Nie odchodzisz, prawda? – Ogarnia mnie panika. Stało się. Rezygnuje, zanim tak naprawdę wykorzystaliśmy drugą szansę.

Grey, schrzaniłeś to.

– Nie – krzyczy zniecierpliwiona. – Chcę tylko obciąć te cholerne włosy. Gdzieś, gdzie będę mogła zamknąć oczy, gdzie ktoś mi umyje głowę, a ja zapomnę o tym całym bagażu, który ze sobą taszczysz.

Nie zostawia mnie. Wzdycham głęboko.

– Franco może przyjść do mnie albo do ciebie – proponuję.

– Jest bardzo atrakcyjna.

Chryste. Tylko nie to.

– To prawda, jest. – No i co z tego? Daj spokój, Ano.

– Wciąż jest mężatką?

– Nie. Rozwiodła się pięć lat temu.

– Czemu z nią nie jesteś?

Ano! Odpuść.

– Ponieważ między nami wszystko skończone. Mówiłem ci przecież. – Ile razy mam jej to powtarzać?

W kieszeni marynarki zaczyna mi wibrować telefon. Unoszę palec, żeby umilkła, i odbieram. Dzwoni Welch. Ciekawe, co też ma mi do powiedzenia.

– Panie Grey.

– Welch.

– Trzy rzeczy. Namierzyliśmy panią Leilę Reed w Spokane, gdzie mieszkała z niejakim Geoffreyem Barrym. Zginął w wypadku samochodowym na międzystanowej I-90.

– Zginął w wypadku? Kiedy?

– Cztery tygodnie temu. Jej mąż, Russell Reed, o tym wiedział, ale mimo to nie zdradził, dokąd pani Reed się udała.

– Ten drań już drugi raz coś przed nami zataił. Musi to wiedzieć. Czy ona w ogóle go nie obchodzi? – Niepojęte, że eks Leili jest aż tak pozbawiony serca.

– Obchodzi go, ale na pewno nie jako żona.

– To zaczyna mieć sens.

– Czy psychiatra podał jakieś informacje, które mogłyby być przydatne? – pyta Welch.

– Nie.

– Czy jest możliwe, że ona cierpi na jakąś psychozę?

Zgadzam się z Welchem, że tak właśnie może być, ale w dalszym ciągu nie wiadomo, gdzie Leila przebywa, a w tej chwili tylko to mnie interesuje. Rozglądam się. *Gdzie jesteś, Leilo?*

– Jest tutaj. Obserwuje nas – mruczę pod nosem.

– Proszę pana, jesteśmy już blisko. Znajdziemy ją. – Welch próbuje mnie uspokoić i pyta, czy jestem w Escali.

– Nie.

Wolałbym, żebyśmy z Aną nie byli tak wystawieni na widok publiczny.

– Zastanawiam się, ilu ludzi potrzebujemy do bezpośredniej ochrony.

– Dwóch albo czterech, dwadzieścia cztery godziny na dobę.

– Tak jest, proszę pana. Czy rozmawiał pan z Anastasią?

– Nie, jeszcze nie poruszyłem tego tematu.

Ana patrzy a mnie, słuchając każdego słowa. Jest skupiona, ale jej mina niczego nie zdradza.

– Powinien pan to zrobić. Jest coś jeszcze. Pani Reed otrzymała pozwolenie na broń.

– Co takiego? – Serce podchodzi mi do gardła.

– Tę wiadomość uzyskaliśmy dzisiaj rano.

– Rozumiem. Kiedy?

– Data jest wczorajsza.

– Dopiero co? Jakim cudem?

– Sfałszowała dokumenty.

– Nie sprawdzili jej?

– Wszystkie formularze są sfałszowane. Użyła innego nazwiska.

– Rozumiem. Wyślij mi je mailem, razem z adresem i zdjęciami, jeśli jakieś masz.

– Załatwione. Zorganizuję też dodatkową ochronę.

– Dwadzieścia cztery godzinę na dobę, zaczynając od dzisiaj. Uzgodnij wszystko z Taylorem. – Rozłączam się. Sprawa jest poważna.

– No i? – pyta Ana.

– To był Welch.

– Kim jest Welch?

– Moim doradcą do spraw bezpieczeństwa.

– Okej. Co się stało?

– Leila odeszła od męża jakieś trzy miesiące temu i uciekła z facetem, ale ten cztery tygodnie temu zginął w wypadku samochodowym.

– Och.

– Ten dupek psychiatra powinien był się o tym dowiedzieć. To wszystko przez żałobę.

Cholera. Szpital mógł się lepiej postarać.

– Chodź. – Wyciągam dłoń, którą Ana odruchowo ujmuje.

Nagle równie gwałtownie mi się wyrywa.

– Chwileczkę. Byliśmy w trakcie rozmowy o nas.
I o niej, twojej pani Robinson.

– Nie jest moją panią Robinson. Porozmawiamy
o tym u mnie.

– Nie chcę iść do ciebie. Chcę obciąć włosy! –
wrzeszczy.

Wyjmuję telefon i dzwonię do salonu. Greta odbiera
niemal natychmiast.

– Greto. Christian Grey. Niech Franco będzie u mnie
za godzinę. Poproś panią Lincoln.

– Oczywiście, proszę pana. – Dosłownie po ułamku
sekundy odzywa się znowu. – Załatwione. Franco może
być u pana o pierwszej.

– Doskonale. – Rozłączam się. – Franco przyjdzie
o pierwszej.

– Christianie! – Patrzy na mnie wyczekująco.

– Anastasio, Leila prawdopodobnie przechodzi załamanie nerwowe. Nie wiem, czy chodzi jej o ciebie, czy
o mnie, ani do czego jest zdolna się posunąć. Pójdziemy
do ciebie, weźmiesz swoje rzeczy i zostaniesz u mnie, dopóki jej nie namierzymy.

– Niby dlaczego miałabym tak zrobić?

– Żebyś była bezpieczna.

– Ale…

Boże, daj mi siłę.

– Idziesz do mnie, nawet gdybym miał cię tam zaciągnąć za włosy.

– Uważam, że przesadzasz.

– Nie. Dokończymy tę rozmowę u mnie. Chodź.

Mierzy mnie wzrokiem. Nieustępliwie.

– Nie – mówi.

– Możesz pójść dobrowolnie albo cię zaniosę. Jak dla
mnie nie ma żadnej różnicy, Anastasio.

– Nie ośmielisz się.

– Och, maleńka, oboje wiemy, że kiedy rzucasz mi rękawicę, ja podnoszę ją bardziej niż chętnie.

Mruży oczy.

Ano. Nie dajesz mi wyboru.

Łapię ją i przerzucam sobie przez ramię, nie zwracając uwagi na zaskoczone spojrzenia jakiejś przechodzącej obok pary.

– Postaw mnie! – drze się rozwścieczona i zaczyna się szarpać.

Mam to gdzieś. Chwytam ją mocniej i daję klapsa w tyłek.

– Christianie! – krzyczy. Jest wściekła. Jakiś facet – pewnie ojciec – zagarnia swoje małe dzieci i schodzi nam z drogi.

– Pójdę! Pójdę!

Natychmiast stawiam ją na ziemi. Obraca się tak gwałtownie, że uderza mnie włosami w ramię. Zaczyna maszerować w stronę swojego mieszkania, a ja idę za nią, ale cały czas mam się na baczności.

Gdzie jesteś, Leilo?

Za którymś z samochodów? Za drzewem?

Czego chcesz?

Ana zatrzymuje się gwałtownie.

– Co się stało? – pyta.

– To znaczy? – *Co znowu?*

– Z Leilą.

– Już ci mówiłem.

– Nie, nie mówiłeś. Jest coś jeszcze. Wczoraj się nie upierałeś, żebym zamieszkała u ciebie. Więc co się stało?

Bardzo pani spostrzegawcza, panno Steele.

– Christianie! Powiedz mi!

– Wczoraj Leili udało się załatwić pozwolenie na broń.

Jej zachowanie całkowicie się zmienia. Złość przechodzi w strach.

– To znaczy, że może kupić broń – szepcze przerażona.

– Ano. – Biorę ją w ramiona. – Wątpię, żeby zrobiła jakieś głupstwo, ale nie chcę ryzykować i cię narażać.

– Nie chodzi o mnie. Co z tobą? – mówi udręczonym głosem.

Zarzuca mi ramiona na szyję i mocno przytula. Boi się o mnie.

O mnie!

A jeszcze chwilę temu byłem pewny, że mnie opuszcza. To jest nierzeczywiste.

– Wracajmy. – Całuję jej włosy.

Kiedy idziemy, obejmuję ją ramieniem i obronnym gestem przyciągam do siebie. Ona wsuwa rękę za szlufkę w pasie moich dżinsów i trzyma mnie kurczowo.

Ta... bliskość jest dla mnie czymś nowym. Mógłbym się do tego przyzwyczaić.

Przez całą drogę do mieszkania Any wypatruję Leili.

Przyglądam się, jak Ana się pakuje, i analizuję wszystkie uczucia, jakich doświadczyłem od chwili, kiedy się rano obudziłem. Kilka dni temu w bocznej uliczce próbowałem ubrać w słowa to, co czułem. I wymyśliłem tylko „niepokój". W tej chwili tak samo mógłbym opisać stan mojej psychiki. Ana nie jest już tą samą łagodną kobietą, którą poznałem. Zrobiła się zuchwała i nieprzewidywalna.

Aż tak się zmieniła od czasu naszego rozstania? *A może to ja się zmieniłem?*

Również to całe zamieszanie z Leilą nie pomaga. Po raz pierwszy od bardzo dawna odczuwam strach. A jeśli coś złego spotka Anę z powodu mojej znajomości z Leilą? Cała ta sytuacja wymknęła mi się spod kontroli. A to mi się nie podoba.

Ana natomiast jest poważna i nienormalnie cicha. Chowa do plecaka balon.

– „Charlie Tango" idzie z nami? – pytam kpiąco.

Kiwa potakująco głową i posyła mi mdły uśmiech. Albo się boi, albo wciąż jest zła z powodu Eleny. A może wkurzona, że na ulicy przewiesiłem ją sobie przez ramię. A może chodzi o te dwadzieścia cztery tysiące dolarów.

Cholera, jest z czego wybierać. Dużo bym dał, żeby wiedzieć, o czym myśli.

– Ethan wraca we wtorek – odzywa się.

– Ethan?

– Brat Kate. Zatrzyma się u niej, dopóki nie znajdzie jakiegoś lokum w Seattle.

Ach, kolejny potomek Kavanagh. Poznałem go na rozdaniu dyplomów Any. Łapy wręcz mu się do niej lepiły.

– Cóż, tym lepiej, że zamieszkasz u mnie. Będzie miał więcej miejsca dla siebie.

– Nie wiem, czy ma klucze. Będę musiała tu być, kiedy przyjedzie. To wszystko – mówi.

Biorę jej walizkę i po raz ostatni rozglądam się po mieszkaniu. Z niezadowoleniem dostrzegam, że nie ma alarmu.

AUDI STOI ZAPARKOWANE na tyłach budynku, dokładnie tak, jak powiedział Taylor. Otwieram Anie drzwi od strony pasażera, ona jednak ani drgnie, tylko wpatruje się we mnie.

– Wsiadasz? – pytam, nic nie rozumiejąc.

– Myślałam, że ja prowadzę.

– Nie, ja.

– Jakieś zastrzeżenia co do mojej jazdy? – pyta. I znowu ten ton. – Tylko mi nie mów, że wiesz, ile dostałam punktów na egzaminie z prawa jazdy. Nie zdziwiłoby mnie to, znając twoje prześladowcze upodobania.

– Wsiadaj do samochodu, Anastasio. – Moja cierpliwość się kończy.

Wystarczy już tego. Doprowadzasz mnie do szału. Chcę cię mieć już w domu, gdzie będziesz bezpieczna.

– Okej – zgadza się obrażona i wsiada.

Nie mieszka zbyt daleko ode mnie, więc jazda nie zajmie nam wiele czasu. W normalnej sytuacji cieszyłaby mnie ta przejażdżka małym audi. Świetnie się sprawdza w ulicznym ruchu Seattle. Ale w tej chwili zwracam pilną uwagę na każdego pieszego. Jeden z nich może być Leilą.

– Wszystkie twoje uległe były brunetkami? – ni stąd, ni zowąd pyta Ana.

– Tak. – Nie mam ochoty o tym dyskutować. Nasz raczkujący związek zbacza na niebezpieczny grunt.

– Tak się tylko zastanawiam.

Bawi się rzemieniem u plecaka, a to znaczy, że jest zdenerwowana.

Uspokój ją jakoś, Grey.

– Mówiłem ci przecież. Wolę brunetki.

– Pani Robinson nie jest brunetką.

– Może właśnie dlatego. Zniechęciła mnie do blondynek na dobre.

– Żartujesz. – Wyraźnie mi nie dowierza.

– Tak. Żartuję.

Naprawdę musimy o tym rozmawiać? Jestem coraz bardziej nerwowy. Jeśli nie przestanie mnie wypytywać, zdradzę jej swój najciemniejszy sekret.

Nie. Nigdy jej tego nie powiem. Zostawiłaby mnie.

Nawet by się nie obejrzała.

Przypomina mi się, jak po naszej pierwszej wspólnej kawie odchodziła ulicą do garażu w Heathman.

Nie obejrzała się.

Nawet raz.

Gdybym się do niej nie odezwał w sprawie wystawy tego fotografa… nie bylibyśmy teraz razem.

Ana jest silna. Kiedy mówi żegnaj, nie jest to czcza gadanina.

– Opowiedz mi o niej – Ana przerywa moje rozmyślania.

Co tym razem? Chodzi jej o Elenę? Znowu?

– Co chcesz wiedzieć?

Dalsza rozmowa o pani Lincoln tylko wprawi ją w jeszcze większe przygnębienie.

– Na przykład o waszym wspólnym biznesie.

Cóż, to powinno być łatwe.

– Jestem cichym udziałowcem. Branża kosmetyczna niespecjalnie mnie interesuje, ale ona zrobiła z tego dochodowe przedsięwzięcie. Ja tylko zainwestowałem i pomogłem jej zacząć.

– Dlaczego?

– Byłem jej to winny.

– Och?

– Kiedy rzuciłem Harvard, pożyczyła mi sto tysięcy na rozkręcenie własnego biznesu.

– Rzuciłeś studia?

– To nie było dla mnie. Studiowałem dwa lata. Niestety, moi rodzice nie okazali się dość wyrozumiali.

– *Co takiego? – Grace patrzy na mnie gniewnie, jakby miała dostać apopleksji.*

– *Chcę zrezygnować. Założę własną firmę.*

– *I co będziesz robił?*

– *Inwestował.*

– *Christianie, przecież ty nie masz pojęcia o inwestowaniu. Musisz skończyć studia.*

– *Mamo, mam plan. Myślę, że mi się uda.*

– *Synu, posłuchaj, to bardzo poważna decyzja, która może zaważyć na twojej przyszłości.*

– *Wiem, tato, ale dłużej nie dam rady. Nie chcę przez kolejne dwa lata mieszkać w Cambridge.*

– *Więc się przenieś. Wróć do Seattle.*

– *Mamo, tu nie chodzi o miejsce.*

– *Po prostu nie znalazłeś jeszcze swojego miejsca.*

– *Moje miejsce jest w prawdziwym świecie. Nie w aka-demii. Ja się tam duszę.*

– *Poznałeś kogoś? – pyta Grace.*

– *Nie. – Kłamstwo przychodzi mi bez trudu. Elenę po-znałem jeszcze przed wyjazdem do Cambridge.*

Grace mruży oczy, a mnie palą koniuszki uszu.

– *Nie możemy poprzeć tej bezmyślnej decyzji, synu.*

Carrick przyjmuje pozę ojca-nadętego-dupka, a ja się boję, że zaraz wyskoczy ze swoim koronnym kazaniem: „Stu-dia, ciężka praca i rodzina na pierwszym miejscu".

– *Synu, ryzykujesz całe swoje życie – dodaje Grace.*

– *Mamo. Tato. To się już stało. Przykro mi, że znowu sprawiam wam zawód. Ale decyzję już podjąłem. Po prostu tylko was informuję.*

– *A co z czesnym? Przepadnie. – Matka załamuje ręce. Cholera.*

– *Wszystko wam zwrócę.*

– *Niby jak? I jak, na miłość boską, chcesz założyć własną firmę? Będzie ci potrzebny kapitał.*

– *O to się nie martw, mamo. Tym się już zająłem. I wszystko wam zwrócę.*

– *Christianie, kochanie, tu nie chodzi o pieniądze…*

Jedyne, czego nauczyłem się na studiach, to jak czytać zestawienia bilansowe, i stwierdziłem, że spokój odnajdę wyłącznie wtedy, gdy będę działał w pojedynkę.

– Nie wyszedłeś na tym najgorzej. Co studiowałeś?

– Nauki polityczne i ekonomię.

– A więc ona jest bogata? – Ana uczepiła się pożycz-ki udzielonej mi przez Elenę.

– Była znudzoną młodą żoną, Anastasio. Jej mąż był bogaty, potentat w branży drzewnej. – Na to wspomnienie zawsze się uśmiecham. Zakłady Drzewne Lincoln. Jakimż wrednym dupkiem się okazał. – Nie pozwalał jej pracować. No wiesz, chciał mieć wszystko pod kontrolą. Niektórzy faceci tacy już są.

– Doprawdy? Facet, który musi mieć wszystko pod kontrolą? A więc to nie jest tylko postać mityczna? – Każde jej słowo ocieka sarkazmem. Zachowuje się impertynencko, ale mnie jej odpowiedź bawi.

– Pożyczyła ci pieniądze swojego męża?

I owszem.

– To straszne.

– Odegrał się za to.

Dupek.

Wracają ponure wspomnienia. Niemal zabił żonę za to, że pieprzyła się ze mną. Ciarki mnie przechodzą na myśl, co by zrobił, gdybym się w porę nie pojawił. Ogarnia mnie wściekłość i z całej siły zaciskam dłonie na kierownicy, czekając, aż otworzy się brama garażowa w Escali. Kłykcie mi bieleją. Elena spędziła w szpitalu trzy miesiące, ale nie chciała złożyć skargi.

Panuj nad sobą, Grey.

Rozluźniam uchwyt na kierownicy.

– Jak? – pyta Ana, jak zawsze ciekawska. Pragnie się dowiedzieć, w jaki sposób Linc się zemścił.

Nie opowiem jej tej historii. Kręcę tylko głową. Parkuję na jednym z należących do mnie miejsc i wyłączam silnik.

– Chodź, Franco zaraz tu będzie.

W windzie patrzę na nią. Między brwiami znowu ma to małe v. Jest zamyślona, być może zastanawia się nad tym, co właśnie usłyszała. A może chodzi o coś zupełnie innego?

– Wciąż na mnie zła? – pytam.

– Bardzo.

– Okej. – Przynajmniej wiem.

Taylor wrócił z odwiedzin u córki, Sophie. Wita nas w przedpokoju.

– Dobry wieczór panu – odzywa się cicho.

– Czy Welch się z tobą skontaktował?

– Tak, proszę pana.

– I?

– Wszystko jest ustalone.

– Doskonale. Jak się miewa twoja córka?

– Dziękuję, dobrze, proszę pana.

– Cieszę się. O pierwszej przychodzi fryzjer, Franco De Luca.

– Panno Steele – Taylor wita Anę.

– Dzień dobry, Taylorze. Masz córkę?

– Tak, proszę pani.

– Ile ma lat?

– Siedem.

Ana jest zaskoczona.

– Mieszka z matką – wyjaśnia Taylor.

– Och, rozumiem – odpowiada, a on posyła jej jeden ze swoich rzadkich uśmiechów.

Odwracam się i kieruję do salonu. Nie wiem, czy podoba mi się, jak Taylor czaruje pannę Steele i vice versa. Słyszę, że Ana idzie za mną.

– Jesteś głodna? – pytam.

Kręci przecząco głową i omiata spojrzeniem pokój. Nie była tutaj od tamtego feralnego dnia, kiedy odeszła. Chcę jej powiedzieć, jak bardzo się cieszę, że wróciła, ale w tej chwili jest na mnie zła.

– Muszę wykonać kilka telefonów. Rozgość się.

– Okej – mówi.

W GABINECIE NA BIURKU leży duża płócienna torba. W środku znajduję przepiękną srebrną maskę z granatowymi piórami dla Any. Obok, w małej torebeczce od

Chanel, jest czerwona szminka. Taylor dobrze się spisał. Nie wydaje mi się jednak, żeby Ana była zachwycona moim pomysłem ze szminką – przynajmniej nie w tej chwili. Maskę kładę na półce, a szminkę chowam do kieszeni, po czym siadam przed komputerem.

Poranek z Anastasią był pouczający i zabawny. Od pierwszej chwili po przebudzeniu cały czas mi się sprzeciwiała: w sprawie czeku za garbusa, mojego związku z Eleną, czy tego, kto ma zapłacić za śniadanie.

Ana jest bardzo niezależna i w dalszym ciągu moje pieniądze najwyraźniej jej nie interesują. Ona nie bierze, ona daje – ale przecież było tak zawsze. To bardzo miła odmiana. Wszystkie moje dotychczasowe uległe uwielbiały dostawać ode mnie prezenty. *Grey, kogo ty chcesz oszukać?* Mówiły, że tak jest, ale może dlatego, że odgrywały swoją rolę.

Opieram głowę na rękach. Bardzo to trudne. Z Aną poruszam się po nieznanych wodach.

Przykre, że tak się wścieka o Elenę. Elena jest przyjacielem.

Czy Ana jest zazdrosna?

Nie zmienię przeszłości, a po wszystkim, co Elena dla mnie zrobiła, nie zniosę wrogiego nastawienia Any.

Czy tak właśnie będzie od teraz wyglądało moje życie? Czeka mnie ciągła niepewność? Następna rozmowa z doktorem Flynnem może być całkiem interesująca. Może dzięki niej jakoś się z tym uporam.

Potrząsając głową, uruchamiam iMaca i sprawdzam pocztę. Welch przysłał kopię sfałszowanego pozwolenia na broń Leili. Użyła nazwiska Jeanne Barry, zamieszkałej w Belltown. Na zdjęciu jest podobna do siebie, chociaż wygląda na starszą, chudszą i smutniejszą niż wtedy, kiedy ją znałem. Bardzo to przygnębiające. Ta kobieta potrzebuje pomocy.

Drukuję kilka bilansów SIP – zestawienie zysków i strat z ostatnich trzech lat, którymi zajmę się później. Potem czytam zaakceptowane przez Taylora CV potencjalnych ochroniarzy; dwaj to byli agenci federalni, dwaj byli komandosi z Navy SEALs. Najpierw jednak muszę porozmawiać z Aną o dodatkowej ochronie.

Wszystko w swoim czasie, Grey.

KOŃCZĘ ODPISYWAĆ NA kilka maili i idę poszukać Any.

Nie ma jej w salonie ani w sypialni. Z nocnej szafki biorę kilka kondomów i wyruszam na dalsze poszukiwania. Już mam iść na górę do pokoju uległych, bo być może tam ją znajdę, ale słyszę, jak otwierają się drzwi windy i Taylor kogoś wita. Jest 12:55. To na pewno Franco.

W drzwiach z przedpokoju pojawia się Taylor.

– Pójdę po pannę Steele.

– Dobrze, proszę pana.

– Daj mi znać, jak będziesz znał szczegóły ochrony.

– Oczywiście.

– I dzięki za maskę i szminkę.

– Bardzo proszę. – Taylor zamyka drzwi.

Na górze jej nie widzę, ale za to ją słyszę.

Ana mówi do siebie w garderobie.

Co ona tam, u licha, robi?

Biorę głęboki oddech i otwieram drzwi. Ana siedzi po turecku na podłodze.

– Tutaj jesteś. Myślałem, że uciekłaś.

Podnosi palec i dostrzegam, że rozmawia przez telefon, a nie sama ze sobą. Opieram się o klamkę i patrzę, jak wsuwa za ucho kosmyk włosów i zaczyna go sobie oplatać wokół palca.

– Przepraszam, mamo, ale muszę kończyć. Niedługo znowu zadzwonię… – Jest stremowana.

Czyżbym ja na nią tak działał? Może schowała się

tutaj przede mną? Potrzebowała przestrzeni? Na tę myśl ogarnia mnie przygnębienie.

– Też cię kocham, mamo. – Rozłącza się i obraca ku mnie z wyczekującą miną.

– Dlaczego się tu chowasz? – pytam.

– Nie chowam się, tylko rozpaczam.

– Rozpaczasz? – Z niepokoju dostaję gęsiej skórki. Naprawdę myśli o ucieczce.

– Nad tym wszystkim, Christianie. – Gestem wskazuje na sukienki wiszące w garderobie.

Chodzi o ubrania? Nie podobają się jej?

– Mogę wejść? – pytam.

– To twoja garderoba.

Moja garderoba. Ale ubrania twoje, Ano.

Powoli osuwam się na podłogę naprzeciwko niej, próbując odgadnąć, w jakim jest nastroju.

– To tylko ubrania. Jeśli ci się nie podobają, oddam je. – Nie szukam pojednania, jestem raczej zrezygnowany.

– Nie jest z tobą łatwo, wiesz?

Ma rację. Drapię się po nieogolonej brodzie i zastanawiam, co by tu powiedzieć.

Bądź prawdziwy. Bądź szczery. Słyszę w myślach słowa Flynna.

– Wiem. Staram się – odpowiadam.

– Bywasz bardzo irytujący – mówi żartobliwie.

– Tak jak i pani, panno Steele.

– Dlaczego to robisz? – Gestem pokazuje nas oboje. Siebie i mnie.

Anę i Christiana.

– Wiesz dlaczego. – *Potrzebuję cię.*

– Nie, nie wiem – odpowiada z uporem.

Przeczesuję palcami włosy, szukając natchnienia. Co chce, żebym powiedział? Co chce usłyszeć?

– Jesteś bardzo frustrującą kobietą.

– Mógłbyś mieć miłą, uległą brunetkę. Taką, która by
pytała „jak wysoko" za każdym razem, kiedy kazałbyś jej skakać, pod warunkiem oczywiście, że pozwoliłbyś się jej odezwać. Więc dlaczego ja, Christianie? Nie rozumiem tego.

Co mam jej powiedzieć? Że kiedy ją poznałem, to jakbym się obudził? Że mój cały świat się zmienił? Zaczął
krążyć po całkiem innej orbicie.

– Dzięki tobie inaczej patrzę na świat, Anastasio.
Nie pragniesz mnie z powodu moich pieniędzy. Dałaś
mi… – szukam odpowiedniego słowa. – Nadzieję.

– Nadzieję na co?

Na wszystko.

– Na więcej – odpowiadam. Tego właśnie Ana chciała. I teraz ja też chcę.

Otwórz się przed nią, Grey.

Przyznaję jej rację.

– Przywykłem do kobiet, które robią dokładnie to, co
mówię i kiedy to mówię. Są mi we wszystkim posłuszne.
Ale to się może znudzić. Masz w sobie coś, Anastasio, co
przemawia do czegoś, co tkwi gdzieś głęboko we mnie
i czego sam do końca nie rozumiem. To jak syreni śpiew.
Nie potrafię ci się oprzeć i nie chcę cię stracić.

Ha! Cóż za elokwencja, Grey.

Biorę ją za rękę.

– Nie uciekaj, proszę. Miej we mnie trochę wiary.
I cierpliwości. Proszę.

I wtedy się do mnie uśmiecha tym swoim słodkim
uśmiechem. Pełnym zrozumienia. I miłości. Mógłbym
się pławić w tym uśmiechu przez cały dzień. Kładzie mi
rękę na kolanie, czym mnie zaskakuje, i pochyla się, żeby
pocałować mnie w usta.

– Okej. Wiara i cierpliwość. Myślę, że dam radę.

– To dobrze. Bo właśnie przyszedł Franco.

Przerzuca włosy przez ramię.

– Najwyższy czas! – Jej dziewczęcy śmiech jest zaraźliwy.

Trzymając się za ręce, idziemy na dół, a ja myślę sobie, że może już przestała się na mnie gniewać, chociaż wciąż nie bardzo wiem, co takiego zrobiłem.

ATENCJA, Z JAKĄ FRANCO nadskakuje mojej dziewczynie, jest wręcz krępująca. Zostawiam ich w mojej łazience, bo wątpię, by Ana była zadowolona, że wtrącam się w to, jak ma sobie obciąć włosy.

W drodze do gabinetu czuję, że mam spięte ramiona. Cały jestem spięty. Nie miałem kontroli nad tym, co działo się dzisiaj rano, i chociaż Ana obiecała, że spróbuje mi wierzyć i mieć do mnie cierpliwość, dopiero czas pokaże, czy dotrzyma słowa.

Jednak nigdy nie dała mi powodu, bym w nią zwątpił.

Z wyjątkiem tego razu, kiedy odeszła.

I mnie zraniła...

Odpędzam te czarne myśli i szybko sprawdzam pocztę. Jest mail od Flynna.

Nadawca: Dr John Flynn
Temat: Dzisiejszy wieczór
Data: 11 czerwca 2011, 13:00
Adresat: Christian Grey

Christianie
Będziesz dzisiaj na balu dobroczynnym swoich rodziców?

JF

Natychmiast odpisuję.

Nadawca: Christian Grey
Temat: Dzisiejszy wieczór
Data: 11 czerwca 2011, 13:15
Adresat: Dr John Flynn

Dzień dobry, Johnie.
W rzeczy samej, wybieram się, i to w towarzystwie panny Anastasii Steele.

Christian Grey,
prezes Grey Enterprises Holdings, Inc.

Ciekawe, co na to powie. Chyba po raz pierwszy naprawdę zastosowałem się do jego rady – próbuję ułożyć
związek z Aną tak, jak ona tego chce.

Jak dotąd czuję się nieco zagubiony.

Kręcę głową i sięgam po bilanse, które wcześniej wy-
drukowałem, i kilka sprawozdań, które muszę przeczytać,
zanim otworzę firmę na Tajwanie.

ANALIZA WYNIKÓW FINANSOWYCH SIP pochłonęła mnie
bez reszty. Pieniądze dosłownie przepływają im przez
palce. Koszty mają za wysokie, odpisy od podatku astro-
nomiczne, koszty produkcji rosną, a personel…

Kątem oka dostrzegam jakiś ruch.

Ana.

Stoi w drzwiach salonu, z jedną stopą przekręconą
do środka. Wyczuwam jej skrępowanie i nieśmiałość.
Wpatruje się we mnie z niepokojem i wiem, że oczekuje
aprobaty.

Wygląda oszałamiająco. Jej włosy lśniącą falą opadają na ramiona.

– Widzisz. Mówiłem ci, że mu się spodoba. – Franco wchodzi za nią do salonu.

– Ślicznie wyglądasz, Ano – mówię, a ona słysząc mój komplement, rumieni się.

– Zrobiłem swoje – stwierdza Franco, radośnie klaszcząc w dłonie.

Pora się go pozbyć.

– Dziękuję, Franco – mówię i próbuję wyprowadzić go z salonu. On jednak chwyta Anę i z przesadnym uwielbieniem całuje ją w oba policzki.

– Nigdy nie pozwól, żeby ktoś inny obcinał ci włosy, *bellissima* Ana!

Chwilę trwa, zanim zauważa moje wymowne spojrzenie, i wreszcie ją puszcza.

– Tędy – mówię, żeby w końcu sobie poszedł.

– To prawdziwy klejnot, proszę pana.

Wiem.

– Proszę. – Wręczam mu trzysta dolarów. – Dziękuję, że zgodziłeś się przyjść w zasadzie bez uprzedzenia.

– To była przyjemność. Prawdziwa przyjemność. – Potrząsa moją ręką. Na szczęście jak na zawołanie zjawia się Taylor, żeby odprowadzić go do drzwi.

Dzięki Bogu.

Ana stoi tam, gdzie ją zostawiłem.

– Cieszę się, że zostawiłaś długie. – Ujmuję pasmo jej włosów i pieszczę je palcami. – Są takie miękkie – szepczę. Ana wpatruje się we mnie. Mam wrażenie, że na coś czeka. – Wciąż jesteś na mnie zła?

Kiwa potakująco głową.

Och, Ano.

– A dokładnie o co?

Przewraca oczami… a mnie przypomina się tamta

chwila w jej sypialni w Vancouver, kiedy popełniła dokładnie ten sam błąd. Ale to było całe wieki temu w naszym krótkim związku i dam sobie głowę uciąć, że teraz
nie pozwoliłaby, żebym dał jej klapsa. Chociaż bardzo
bym tego chciał. O tak, naprawdę bardzo.

– Mam ci podać listę? – pyta.

– To jest jakaś lista?

– I to długa.

– Możemy ją omówić w łóżku? – Myśl o wymierze-
niu jej klapsów podnieciła mnie.

– Nie.

– W takim razie przy lunchu. Jestem głodny, chociaż
marzy mi się nie tylko jedzenie.

– Nie omamisz mnie tą swoją sekspertyzą.

Sekspertyzą!

Anastasio, pochlebiasz mi.

I to mi się podoba.

– Co dokładnie panią gryzie, panno Steele? Wyrzuć
to z siebie.

– Co mnie gryzie? – prycha drwiąco. – Na przykład
twoja przesadna ingerencja w moją prywatność, fakt, że
zabrałeś mnie w miejsce, w którym pracuje twoja była kochanka i dokąd zabierałeś wszystkie swoje byłe kochanki
na woskowanie różnych części ciała, a także to, że na ulicy
potraktowałeś mnie, jakbym miała sześć lat. – Rozkrę-
ca się coraz bardziej, wymieniając wszystkie moje niecne
uczynki. Czuję się, jakbym znowu był w pierwszej klasie. – A na domiar wszystkiego pozwoliłeś, żeby ta cała
pani Robinson cię dotykała!

Nie dotykała mnie! *Chryste.*

– Imponująca lista. Ale gwoli ścisłości, ona nie jest
moją panią Robinson.

– Wolno jej cię dotykać – powtarza z naciskiem, ale
jest zraniona, słychać to w jej drżącym głosie.

– Wie gdzie.

– To znaczy?

– Ty i ja nie mamy żadnych zasad. Nigdy nie byłem w związku, w którym nie obowiązywały zasady. I nie wiem, gdzie chcesz mnie dotknąć. To mnie denerwuje. – Jest nieprzewidywalna i musi zrozumieć, że jej dotyk mnie rozbraja. – Twój dotyk… Chcę powiedzieć, że znaczy coś więcej. Znacznie więcej.

Nie możesz mnie dotykać, Ano. Proszę cię, pogódź się z tym.

Podchodzi do mnie, unosząc rękę.

Nie. Wokół mnie zaciska się ciemność. Cofam się.

– Granica bezwzględna – mówię szeptem.

Stara się nie pokazać, że jest zawiedziona.

– Jak byś się czuł, gdybyś nie mógł mnie dotykać?

– Zdruzgotany i pozbawiony czegoś najważniejszego.

Jej ramiona opadają. Potrząsa głową, ale uśmiecha się do mnie z rezygnacją.

– Będziesz mi musiał powiedzieć, dlaczego jest to dla ciebie granica bezwzględna. Kiedyś, bardzo cię o to proszę.

– Kiedyś – powtarzam. I odsuwam od siebie obraz żarzącego się papierosa.

– A wracając do twojej listy. Naruszenie prywatności. Chodzi o to, że znam numer twojego rachunku w banku?

– Tak, to oburzające.

– Dowiaduję się wszystkiego o moich uległych. Pokażę ci.

Idę do gabinetu, Ana podąża za mną. Nie wiem, czy to dobry pomysł. Wyjmuję akta Any z szafki i podaję jej. Patrzy na starannie wypisane swoje nazwisko i posyła mi miażdżące spojrzenie.

– Możesz je sobie zatrzymać – mówię.

– Rany, wielkie dzięki – warczy szyderczo i zaczyna przerzucać zawartość teczki.

– A więc wiedziałeś, że pracuję u Claytona?

– Tak.

– To nie był zbieg okoliczności? Nie zjawiłeś się tam przypadkowo?

Przyznaj się, Grey.

– Nie.

– To jest popieprzone. Wiesz o tym, prawda?

– Ja tego tak nie widzę. W ten sposób zachowuję środki ostrożności.

– Ale to są prywatne informacje.

– Nie robię z nich niewłaściwego użytku. Zresztą mógłby je zdobyć każdy, kto ma choć trochę oleju w głowie, Anastasio. Żeby sprawować kontrolę, muszę to wszystko wiedzieć. Właśnie w ten sposób działam.

– Ale wykorzystujesz te dane w niewłaściwy sposób. Na przykład przelałeś na moje konto dwadzieścia cztery tysiące dolarów, których wcale nie chciałam.

– Mówiłem ci. Tyle właśnie Taylor dostał za twój samochód. Wiem, że trudno w to uwierzyć, ale tak właśnie było.

– Ale audi…

– Anastasio, czy zdajesz sobie sprawę, ile zarabiam pieniędzy?

– Niby po co? Nie muszę wiedzieć, ile masz zer na swoim koncie, Christianie.

– Wiem. I między innymi to właśnie w tobie kocham. Anastasio, w godzinę zarabiam mniej więcej sto tysięcy dolarów.

Jej usta układają się w wielkie o.

Choć raz nie wie, co powiedzieć.

– Tak więc dwadzieścia cztery tysiące to dla mnie naprawdę nic. Samochód, książki o Tessie, ubrania, wszystko to nic.

– Na moim miejscu… jak byś się czuł… gdyby ktoś cię tak hojnie obdarowywał? – pyta.

To nie ma nic do rzeczy. Mówimy o niej, nie o mnie.

– Nie wiem. – Wzruszam ramionami, bo pytanie jest śmieszne.

Wzdycha, jakby musiała tłumaczyć skomplikowane równanie jakiemuś głuptasowi.

– To wcale nie jest przyjemne. Jesteś bardzo hojny, ale mnie to krępuje. Nieraz ci o tym mówiłam.

– Chcę ci podarować cały świat, Anastasio.

– A ja chcę tylko ciebie, Christianie. Bez żadnych dodatkowych bonusów.

– Wchodzą do pakietu. Są częścią mnie. – Są tym, czym jestem.

Potrząsa głową przygnębiona.

– Zjemy coś? – pyta, zmieniając temat.

– Jasne.

– Przygotuję coś.

– Świetnie. Ale nie musisz, w lodówce jest jedzenie.

– Pani Jones ma wolny weekend?

Kiwam głową.

– To znaczy, że w weekendy nie jesz nic ciepłego?

– Nie.

– Och?

Wciągam głęboko powietrze, bo nie wiem, jak przyjmie to, co mam zamiar jej powiedzieć.

– Moje uległe gotują, Anastasio. – Niektóre lepiej, inne gorzej.

– Och, naturalnie. – Udaje, że się uśmiecha. – Na co masz ochotę, panie?

– Cokolwiek madame znajdzie – odpowiadam, wiedząc, że nie zrozumie aluzji.

Kiwa głową i wychodzi z gabinetu. Nie wzięła swojej teczki. Chowam ją w szafce i przez przypadek zauważam teczkę Susannah. Była beznadziejną kucharką, chyba jeszcze gorszą ode mnie. Ale się starała… i śmialiśmy się z tego.

– *Przypaliłaś to?*
– *Tak. Proszę o wybaczenie, panie.*
– *Hm, i co my z tobą zrobimy?*
– *Co tylko sprawi ci przyjemność, panie.*
– *Przypaliłaś to celowo?*
Rumieni się i wykrzywia usta, żeby zamaskować uśmiech, co mówi samo za siebie.

To były przyjemne, proste czasy. Moje wcześniejsze związki opierały się na zasadach, których się przestrzegało, w przeciwnym razie wyciągałem konsekwencje. Odczuwałem spokój. I wiedziałem, czego oczekuje się ode mnie. Relacje były intymne, ale żadna z moich poprzednich uległych nie działała na mnie tak jak Ana, chociaż nie jest z nią łatwo.

Może właśnie dlatego, że nie jest z nią łatwo.

Przypominam sobie, jak negocjowaliśmy umowę. Już wtedy stawała okoniem.

Tak. Sam widzisz, co z tego wyszło, Grey.

Trzyma mnie w napięciu od pierwszej chwili, kiedy ją ujrzałem. Czy dlatego tak bardzo mi się podoba? Jak długo będę się tak czuł? Prawdopodobnie dopóty, dopóki ze mną zostanie. Ponieważ w głębi duszy wiem, że w końcu ode mnie odejdzie.

Tak jak one wszystkie.

W salonie rozbrzmiewa głośna muzyka. *Crazy in Love* Beyoncé. Ana próbuje mi coś w ten sposób powiedzieć?

Staję w przedpokoju prowadzącym do mojego gabinetu i pokoju telewizyjnego i patrzę, jak gotuje. Roztrzepuje jajka, ale nagle przerywa i widzę, że uśmiecha się jak wariatka.

Podkradam się do niej od tyłu i obejmuję ją ramionami. Podskakuje przestraszona.

– Interesujący wybór muzyki – mruczę, całując ją za uchem. – Włosy tak pięknie ci pachną. – Ana zaczyna się kołysać w rytm melodii.

– Wciąż jestem na ciebie zła – mówi.

– Jak długo zamierzasz to ciągnąć? – pytam, zrozpaczony przeczesując palcami włosy.

– Przynajmniej dopóki czegoś nie zjem – odpowiada wyniosłym, rozbawionym tonem.

Dobrze.

Biorę pilota i wyłączam muzykę.

– Ty to wgrałeś na iPoda? – pyta Ana.

Kręcę głową. Nie chcę jej mówić, że zrobiła to Leila, bo znowu może się rozgniewać.

– Nie sądzisz, że próbowała ci w ten sposób coś powiedzieć? – mówi, trafnie zgadując, że to była Leila.

– Cóż, kiedy patrzę na to z perspektywy czasu, to chyba rzeczywiście tak było – odpowiadam. *Jak to możliwe, że tego nie przewidziałem?*

Ana pyta, dlaczego wciąż mam tę piosenkę na iPodzie, a ja proponuję, że ją usunę.

– Czego chciałabyś posłuchać?

– Zaskocz mnie.

Doskonale, panno Steele. Twoje życzenie jest dla mnie rozkazem. Zaczynam przeszukiwać iPoda, odrzucam kilka utworów. Przez chwilę zastanawiam się nad *Please Forgive Me* Davida Graya, ale trochę to zbyt oczywiste i przepraszające.

Wiem. Jak ona to nazwała? Sekspertyzą? Tak. Wykorzystaj to. *Uwiedź ją, Grey.*

Mam dość jej dziwactw. W końcu znajduję to, o co mi chodziło, i naciskam Play. *Idealnie.* Utwór przybiera na sile i po chwili pomieszczenie wypełniają początkowe dźwięki, aż wreszcie Nina Simone zaczyna śpiewać: „*I put a spell on you*".

Ana obraca się ku mnie z ubijaczką do jajek w ręce, a ja, patrząc jej w oczy, zbliżam się ku niej.

„Jesteś mój", śpiewa Nina.

Jesteś moja.

– Christianie, proszę – szepcze Ana, kiedy po nią sięgam.

– Prosisz o co?

– Nie rób tego.

– Czego mam nie robić?

– Tego. – Brakuje jej tchu.

– Jesteś pewna? – Wyjmuję jej z ręki ubijaczkę, zanim wykorzysta ją jako broń.

Ano. Ano. Ano.

Jestem tak blisko, że wyczuwam jej zapach. Zamykam oczy i wciągam głęboko powietrze. Kiedy je otwieram, na jej policzkach kwitną wymowne rumieńce pożądania.

Wyczuwam to między nami.

Wzajemne przyciąganie.

Obopólne zauroczenie.

– Pragnę cię, Anastasio – szepczę. – Kocham i nienawidzę, i uwielbiam się z tobą kłócić. To dla mnie coś zupełnie nowego. Muszę wiedzieć, że między nami wszystko w porządku. I znam tylko jeden sposób, żeby się o tym przekonać.

Zamyka oczy.

– Moje uczucia do ciebie wciąż są takie same – mówi niskim, przekonującym głosem.

Udowodnij to.

Trzepocze rzęsami i skupia wzrok na mojej widocznej spod rozpiętego kołnierzyka skórze. Przygryza wargę. Tłumię wyrywający mi się jęk, gdy ciepło bijące od jej ciała rozgrzewa nas oboje.

– Nie dotknę cię, dopóki się nie zgodzisz. – Mój głos

jest przepełniony pożądaniem. – Teraz jednak, po tym okropnym poranku chcę się w tobie zatracić i zapomnieć o wszystkim poza nami.

Nasze oczy się spotykają.

– Chcę teraz dotknąć twojej twarzy – mówi, kompletnie mnie zaskakując.

Okej. Ignoruję ciarki przebiegające mi po kręgosłupie. Dłonią pieści mój policzek i zamykam oczy, rozkoszując się dotykiem jej palców, kiedy muska nimi mój zarost.

Och, maleńka.

Nie masz się czego bać, Grey.

Instynktownie napieram policzkiem na jej palce, wczuwając się, rozkoszując ich pieszczotą. Pochylam się, przybliżam usta do jej warg, a ona unosi ku mnie twarz.

– Tak czy nie, Anastasio?

– Tak. – Słowo brzmi jak ledwie słyszalne tchnienie.

Delikatnie muskając jej usta, zachęcam ją. Drażnię. Prowokuję. Robię to tak długo, aż otwiera się dla mnie. Obejmuję ją, jedną ręką przyciągając do mojej erekcji, drugą gładząc po plecach, ku górze i miękkim włosom, za które łagodnie pociągam. Jęczy, kiedy jej język splata się z moim.

– Proszę pana. – Ktoś nam przerywa.

Chryste.

Puszczam Anę.

– Taylorze – odzywam się przez zaciśnięte zęby, gdy staje w progu salonu, z adekwatnie zmieszaną, lecz zdecydowaną miną.

Co. Do. Kurwy. Nędzy.

Wie przecież doskonale, że ma się nie rzucać w oczy, kiedy nie jestem w mieszkaniu sam. Skoro odważył się przeszkodzić, musi chodzić o coś ważnego.

– Do gabinetu – polecam i Taylor szybkim krokiem przechodzi przez salon.

– Co się odwlecze… – szepczę do Any i ruszam za Taylorem.

– Proszę wybaczyć, że przeszkadzam, proszę pana – mówi, kiedy jesteśmy już w gabinecie.

– Lepiej, żebyś miał uzasadniony powód.

– Cóż, dzwoniła pańska matka.

– Proszę, tylko mi nie mów, że to ten powód.

– Nie, proszę pana. Ale powinien pan do niej zadzwonić raczej prędzej niż później. Chodzi o dzisiejszy wieczór.

– Okej. Co jeszcze?

– Jest już ochrona, a ponieważ wiem, co sądzi pan o broni, uznałem, że powinienem pana poinformować, iż są uzbrojeni.

– Słucham?

– Pan Welch i ja uznaliśmy, że lepiej zachować wszelkie środki ostrożności.

– Nienawidzę broni. Miejmy tylko nadzieję, że nie będą musieli jej użyć. – Mówię to ze złością, bo też jestem wkurzony, już miałem zaciągnąć Anastasię Steele do łóżka.

Czy kiedykolwiek mi w takiej sytuacji przeszkodzono? *Nigdy.*

Na tę myśl ogarnia mnie nagle wesołość.

Przeżywam okres dojrzewania, którego dotąd nie znałem.

Taylor wyraźnie się rozluźnia. Wiem, że zauważył zmianę w moim nastroju.

– Wiedziałeś, że Andrea bierze dzisiaj ślub? – pytam, ponieważ od rana nie daje mi to spokoju.

– Tak – odpowiada ze zdziwioną miną.

– Nie powiedziała mi.

– Zapewne przez przeoczenie, proszę pana.

Teraz traktuje mnie protekcjonalnie. Unoszę brew.

– Wesele jest w The Edgewater – dodaje pośpiesznie.

– Będą tam nocować?

– O ile mi wiadomo, tak.

– Dowiedz się, proszę, dyskretnie, czy młoda para ma tam pokój, a jeśli tak, niech ich przeniosą do najlepszego apartamentu. I zapłać za to.

Taylor się uśmiecha.

– Oczywiście, proszę pana.

– Kim jest szczęśliwy wybranek?

– Tego niestety nie wiem.

Nie pojmuję, dlaczego Andrea zataiła przede mną swój ślub. Szybko jednak o tym zapominam, ponieważ czuję, jak do gabinetu przenika aromat czegoś pysznego. Mój żołądek reaguje głośnym burczeniem.

– Wracam do Anastasii.

– Tak, proszę pana.

– Czy to wszystko?

– Tak.

– Świetnie. – Obaj wychodzimy z gabinetu. – Za dziesięć minut spotkam się z ochroną – mówię do Taylora, kiedy wracamy do salonu. Ana nachyla się nad kuchenką, sięgając po talerze.

– Będziemy gotowi – mówi Taylor i wychodzi, zostawiając mnie sam na sam z Anastasią.

– Lunch? – pyta Ana.

– Poproszę.

Siadam na jednym z wysokich stołków, przed którym nakryła do lunchu.

– Problemy? – pyta, jak zwykle ciekawska. Muszę jej jeszcze powiedzieć o wzmocnionej ochronie.

– Nie.

Nie naciska, tylko nakłada nam na talerze hiszpański omlet z sałatką. Jestem pod wrażeniem, że tak pewnie i swobodnie czuje się w mojej kuchni. Siada obok mnie.

Biorę do ust pierwszy kęs i wyśmienite jedzenie po prostu rozpływa mi się w ustach.

Mmm. Coś pysznego.

– Bardzo to dobre. Masz ochotę na wino?

– Nie, dziękuję – odpowiada i z zapałem bierze się za jedzenie. Przynajmniej ma apetyt.

Rezygnuję z wina, tym bardziej że dzisiaj wieczorem na pewno coś wypiję. Co mi przypomina, że muszę zadzwonić do matki. Ciekawe, czego może chcieć. Nie wie, że zerwałem z Aną – a teraz, kiedy jesteśmy znowu razem, muszę jej powiedzieć, że Ana będzie wieczorem na balu.

Pilotem włączam jakąś relaksującą muzykę.

– Co to jest? – pyta Ana.

– Canteloube *Songs of the Auvergne*. Ten utwór nazywa się *Bailero*.

– Bardzo piękne. Po jakiemu śpiewają?

– Po starofrancusku, a konkretnie oksytańsku.

– Znasz francuski. Rozumiesz tekst?

– Niektóre słowa. Moja matka powtarzała to jak mantrę: „instrumenty muzyczne, obce języki, sztuki walki". Elliot mówi po hiszpańsku, Mia i ja po francusku. Elliot gra na gitarze, ja na fortepianie, Mia na wiolonczeli.

– Rany. A sztuki walki?

– Elliot uprawia judo. Mia, kiedy miała dwanaście lat, postawiła się i niczego nie chciała uprawiać. – Ana wie, że ja trenuję kick boxing.

– Szkoda, że moja matka nie była taka zorganizowana.

– Pani doktor Grace potrafi być naprawdę groźna, jeśli chodzi o osiągnięcia jej dzieci.

– Musi być z was bardzo dumna. Ja bym była – mówi Ana ciepło.

Och, maleńka, nawet nie wiesz, jak bardzo się mylisz. Nic nie jest takie proste. Ja moim starym przysparzałem samych rozczarowań: najpierw wydalenie ze szkoły, potem

rzucenie studiów, żadnego stałego związku, o którym by
wiedzieli... gdyby Grace znała prawdę o moim stylu życia.

Gdybyś *ty* znała prawdę, Ano.

Odpuść sobie, Grey.

– Zdecydowałaś już, co założysz na dzisiejszy wieczór? A może chcesz, żebym wybrał za ciebie?

– Hm, jeszcze nie. Sam wybierałeś te wszystkie
ubrania?

– Nie, Anastasio, nie ja. Zrobiłem tylko listę i poda-
łem twoje wymiary osobistej stylistce u Neimana Marcusa.
Wszystko powinno pasować. A tak przy okazji chciałem
cię poinformować, że zamówiłem dodatkową ochronę na
dzisiejszy wieczór i kilka następnych dni. Skoro gdzieś
po Seattle krąży nieprzewidywalna Leila, uważam, że potrzebne są takie środki bezpieczeństwa. Nie chcę, żebyś
wychodziła gdziekolwiek sama. Okej?

Jest lekko oszołomiona, ale się zgadza. Zaskakuje
mnie to, że nawet nie próbuje ze mną dyskutować.

– Dobrze. Teraz muszę zrobić im odprawę. To nie
potrwa długo.

– Są tutaj?

– Tak.

Jest zdziwiona. Ale nie sprzeciwiła się dodatkowej
ochronie, więc korzystając z chwilowej przewagi, odstawiam pusty talerz do zlewu i zostawiam Anę, by dokoń-
czyła swój lunch w spokoju.

Ochroniarze są w biurze Taylora, wszyscy siedzą
przy okrągłym stole. Kiedy zostajemy sobie przedstawie-
ni, siadam i omawiam z nimi dzisiejszy wieczór.

Po skończonej odprawie wracam do gabinetu, żeby zadzwonić do matki.

– Kochanie, jak się masz – mówi radośnie na powitanie.

– Dobrze, Grace.

– Będziesz dzisiaj wieczorem?

– Oczywiście. Przyjdzie też Anastasia.

– Naprawdę? – W pierwszej chwili jest zdziwiona, ale szybko się opanowuje. – To cudownie, kochany. Przygotuję dla niej miejsce przy naszym stole.

Mówi to z takim entuzjazmem, że mogę sobie tylko wyobrazić, jak bardzo jest zachwycona.

– Widzimy się wieczorem, mamo.

– Już się nie mogę doczekać, Christianie. Do widzenia.

Przyszedł mail od Flynna.

Nadawca: dr John Flynn
Temat: Dzisiejszy wieczór
Data: 11 czerwca 2011, 14:25
Adresat: Christian Grey

Już nie mogę się doczekać spotkania z Anastasią.

JF

Domyślam się, Johnie.

Wygląda na to, że wszyscy są zachwyceni moją dzisiejszą randką.

Wszyscy, włącznie ze mną.

ANA LEŻY W POPRZEK łóżka w pokoju uległych i wpatruje się w swojego maca. W wielkim skupieniu czyta o czymś w Internecie.

– Co robisz? – pytam.

Podskakuje zaskoczona i z jakiegoś powodu ma minę, jakby coś przeskrobała. Kładę się obok niej i widzę, że jest na stronie: Zaburzenia dysocjacyjne osobowości. Objawy.

Wiem, że mam ze sobą sporo problemów, na szczęście jednak schizofrenia się do nich nie zalicza. Śmieszy mnie to jej amatorskie zagłębianie się w tajniki psychologii.

– Czytasz to z jakiegoś konkretnego powodu?

– Prowadzę badania. Nad złożoną osobowością.

– Złożoną osobowością?

– To taki mój mały projekt.

– A więc teraz jestem małym projektem? Działalnością dodatkową. Może naukowym eksperymentem? Już zaczynam wierzyć, że jestem wszystkim, a pani mnie znowu rani, panno Steele.

– Skąd wiesz, że chodzi o ciebie?

– Strzelam – mówię z lekką kpiną.

– To prawda, że jesteś jedynym popieprzonym facetem z obsesją na punkcie kontroli, z którym łączą mnie intymne stosunki.

– Wydawało mi się, że w ogóle jestem jedynym, z którym łączą cię intymne stosunki.

– Tak. To także – odpowiada i widzę, że czuje się skrępowana, bo na jej policzki wypływa uroczy rumieniec.

– Doszłaś już do jakichś wniosków?

Obraca się i spogląda na mnie ciepłym, uważnym wzrokiem.

– Uważam, że potrzebujesz intensywnej terapii.

Wsuwam jej za ucho kosmyk włosów, zadowolony, że ich nie obcięła i że w dalszym ciągu mogę to robić.

– A mnie się wydaje, że potrzebuję ciebie. Proszę. – Podaję jej szminkę.

– Mam się nią pomalować?

Wybucham śmiechem.

– Anastasio, tylko pod warunkiem, że będziesz miała na to ochotę. Nie jestem pewien, czy to twój kolor.

Intensywna czerwień to kolor Eleny. Ale tego Anie nie mówię. Znowu by wybuchła. I to nie w sposób, o który mi chodzi.

Siadam na łóżku, krzyżuję nogi i ściągam koszulę przez głowę. Pomysł może się okazać wspaniały, a może wręcz przeciwnie – wyjątkowo głupi. Przekonamy się.

– Podoba mi się twój pomysł z mapą.

Patrzy na mnie, nie pojmując.

– Miejsca zakazane – podsuwam.

– Och. Ja tylko tak sobie zażartowałam – mówi.

– A ja nie.

– Mam cię pomalować tą szminką? – Jest oszołomiona.

– Zmyje się. Kiedyś.

Zastanawia się nad moją propozycją i zaczyna się uśmiechać.

– A może coś bardziej trwałego? Na przykład wodoodporny marker?

– Mogę też zrobić sobie tatuaż.

– Tylko nie tatuaż! – Śmieje się, ale w jej oczach widzę przerażenie.

– W takim razie zostaje nam szminka. – Jej śmiech jest zaraźliwy i uśmiecham się do niej wesoło.

Zamyka maca, a ja wyciągam do niej ręce.

– Chodź, usiądź mi na kolanach.

Zrzuca buty i wdrapuje się na mnie. Opieram się o poduszki i zginam kolana.

– Oprzyj się o moje nogi.

Siada na mnie okrakiem, zachwycona nowym wyzwaniem.

– Bardzo cię to nakręca – zauważam z ironią.

– Zawsze chętnie uczę się czegoś nowego, panie Grey, a to oznacza, że musisz się rozluźnić, ponieważ wiem, gdzie leżą granice.

Potrząsam głową. Oby pomysł okazał się dobry.

– Otwórz szminkę – polecam.

Przynajmniej raz robi to, o co się ją prosi.

– Daj mi rękę.

Wyciąga do mnie pustą dłoń.

– Nie, tę, w której trzymasz szminkę!

– Czyżbyś przewrócił oczami? – beszta mnie.

– Tak.

– To bardzo niegrzeczne, panie Grey. Znam takich, którzy na przewracanie oczami reagują agresją.

– Czyżby? – pytam z kpiną.

Wkłada rękę ze szminką w moją dłoń, a ja siadam gwałtownie, czym ją zaskakuję.

– Gotowa? – pytam, starając się stłumić niepokój, ale czuję, jak zaczyna mnie ogarniać panika.

– Tak – odpowiada głosem cichym jak łagodna bryza.

Wiedząc, że za chwilę przekroczę granicę, czuję, jak ciemność zaczyna nade mną krążyć niczym sęp, gotowa mnie pożreć. Trzymając jej rękę, kieruję ją do góry, ku ramieniu, a strach ściska mi piersi i wypycha mi z płuc powietrze.

– Dociśnij – wyduszam z siebie z trudem.

Robi, jak mówię, a ja prowadzę jej rękę wokół barku i w dół, wzdłuż klatki piersiowej. Ciemność wciska mi się w gardło, grożąc, że mnie udusi. Rozbawienie Any znika; teraz jest poważna i skupiona. Nie odrywam wzroku od jej oczu, w jej źrenicach odczytując każdą myśl, każde uczucie, a każde z nich jest jak koło ratunkowe, utrzymują mnie na powierzchni, nie pozwalają otchłani mnie wciągnąć.

Ana jest moim zbawieniem.

Zatrzymuję się pod ostatnim żebrem i zaczynam prowadzić jej rękę w poprzek brzucha. Szminka zostawia na moim ciele krwistoczerwoną kreskę. Oddycham ciężko, rozpaczliwie próbując ukryć strach. W miarę jak czerwona kreska wędruje po moim ciele, czuję, jak moje mięśnie napinają się po kolei. Odchylam się do tyłu i wsparty na zgiętych, sztywnych ramionach walczę z demonami i poddaję się jej delikatnym zabiegom. Kiedy jest już w połowie, rozluźniam się i odpuszczam.

– Teraz po drugiej stronie – mówię szeptem.

Z takim samym skupieniem Ana obrysowuje prawą stronę mojego torsu. Oczy ma ogromne i udręczone. W końcu odzywa się głosem ochrypłym z emocji:

– Gotowe.

Odrywa szminkę od mojej skóry, przynosząc mi tym chwilową ulgę.

– Jeszcze nie.

Palcem zakreślam łuk wzdłuż podstawy szyi, tuż nad obojczykami. Ana nabiera głęboko powietrza i przejeżdża nią po linii, którą narysowałem palcem. Kiedy kończy, niebieskie oczy wpatrują się w szare.

– Teraz plecy – mówię i poruszam się, żeby ze mnie zeszła. Obracam się do niej tyłem i krzyżuję nogi.

– Narysuj linię od klatki piersiowej przez całe plecy aż na drugą stronę.

Mój głos brzmi ochryple i obco, jakbym opuścił swoje ciało i przyglądał się, jak piękna kobieta ujarzmia potwora.

Nie. Nie.

Wczuj się w chwilę, Grey.

Przeżyj to.

Poczuj.

Pokonaj.

Jestem zdany na łaskę Any.

Kobiety, którą kocham.

Szminka sunie w poprzek moich pleców, a ja garbię się i zaciskam powieki, znosząc ból. Który znika.

– Wokół szyi też? – pyta łamiącym się głosem. Który mnie jednak podnosi na duchu.

Moje koło ratunkowe. Kiwam głową i ból powraca, przeszywając skórę tuż u nasady włosów.

I nagle równie niespodziewanie ustępuje.

– Gotowe – mówi, a ja mam ochotę wykrzyczeć swoją ulgę z lądowiska dla helikopterów na dachu Escali.

Obracam się ku niej i widzę, że na mnie patrzy. I wiem, że rozpadnę się na kawałeczki, jeśli zobaczę na jej twarzy litość… ale jej tam nie ma. Ana czeka. Cierpliwa. Łagodna. Opanowana. Pełna zrozumienia.

Moja Ana.

– To są moje granice – mówię szeptem.

– Jakoś sobie z nimi poradzę. A teraz mam ochotę rzucić się na ciebie – mówi, a jej oczy błyszczą.

W końcu!

Z ulgą uśmiecham się szelmowsko i wyciągam do niej ramiona.

– Panno Steele, jestem cały twój.

Piszczy uszczęśliwiona i rzuca mi się w objęcia.

Rany!

Tracę równowagę, ale szybko ją odzyskuję i przekręcam się tak, że Ana leży pode mną, trzymając mnie za ramiona.

– Wróćmy do tego, w czym przeszkodził nam Taylor.

Całuję ją namiętnie. Z palcami w moich włosach przyciąga mnie do siebie, kiedy ją chłonę. Jęczy, jej język splata się z moim i całujemy się bez opamiętania, ogarnięci szaleństwem. Wygania ze mnie ciemność, a ja upijam się jej światłem. Adrenalina we mnie buzuje. Ana odwzajemnia każdy mój pocałunek. Chcę ją nagą. Siadam, zdejmuję jej T-shirt przez głowę i rzucam na podłogę.

– Chcę cię poczuć – dyszę w jej usta.

Rozpinam jej stanik i odrzucam. Kładę ją na łóżku i całuję jej piersi, jedną brodawkę pieszcząc ustami, drugą ręką. Ana krzyczy, kiedy ssę i ciągnę zmysłowo.

– Tak, maleńka, chcę cię słyszeć – dyszę w jej skórę.

Wije się pode mną, kiedy nieprzerwanie zmysłowo czczę jej piersi. Jej brodawki reagują na mój dotyk, wydłużają się i twardnieją, gdy ją ogarnia coraz większa namiętność.

Jest boginią.

Moją boginią.

Rozpinam guzik jej dżinsów i jednym ruchem rozsuwam zamek. Wsuwam dłoń w jej majtki i moje palce gładko odnajdują swój cel.

Kurwa.

Unosi biodra, napiera łonem na moją rękę i pojękuje, gdy zaczynam pieścić jej łechtaczkę. Jest wilgotna i gotowa.

– Och, maleńka – szepczę, patrząc z góry na jej twarz wyrażającą ekstazę. – Jesteś taka mokra.

– Pragnę cię – niemal łka.

Znowu ją całuję, wsuwając i wysuwając z niej rękę. Ogarnia mnie niepohamowana żądza. Pragnę jej całej. Potrzebuję.

Jest moja.

Moja.

Siadam, chwytam za nogawki jej dżinsów i jednym gładkim ruchem ściągam z niej spodnie. To samo robię z majtkami. Wstaję, z kieszeni wyjmuję foliową paczuszkę i rzucam w nią. Z ulgą uwalniam się z dżinsów i slipów.

Ana rozrywa opakowanie i pożera mnie wzrokiem, kiedy się obok niej kładę. Wolno naciąga na mnie prezerwatywę, a ja chwytam ją za ręce i przewracam się na plecy.

– Ty na górze – rozkazuję i Ana mnie dosiada. – Chcę cię widzieć.

Wchodzę w nią powoli.

Kurwa. Co. Za. Cudowne. Uczucie.

Zamykam oczy i wyginam biodra, kiedy bierze mnie w posiadanie. Z długim jękiem wypuszczam powietrze.

– Och, jak dobrze.

Zaciskam na niej ręce. Nie chcę jej wypuścić.

A ona opada i się unosi, obejmując mnie swoim ciałem. Jej piersi podskakują. Puszczam jej ręce, bo wiem, że nie naruszy wyznaczonych granic, i chwytam ją za biodra. Wspiera się rękami o moje ramiona, a ja unoszę się i wbijam w nią.

Krzyczy.

– Tak, właśnie tak – szepczę. – Poczuj to.

Odrzuca w tył głowę, stając się idealnym kontrapunktem.

W górę. W dół. W górę. W dół. W górę. W dół.

Zatracam się w naszym wspólnym rytmie, rozkoszując się każdym centymetrem jej ciała. Dyszy i jęczy. Patrzę, jak raz za razem bierze mnie w siebie. Oczy ma zamknięte. Głowę odchyloną w ekstazie. Jest wspaniała. Otwiera oczy.

– Moja Ana – mówię, poruszając bezgłośnie wargami.

– Tak. Na zawsze – wykrzykuje.

Jej słowa trafiają mnie prosto w serce i spadam. Zamykam oczy i raz jeszcze całkowicie się jej poddaję.

Kiedy osiąga spełnienie, krzyczy i osuwa się na mnie, gdy ja osiągam swoje.

– Och, maleńka – jęczę, kompletnie wyczerpany.

Leży z głową wspartą na mojej piersi, ale nie zwracam na to uwagi. Pokonała ciemność. Pieszczę jej włosy i znużonymi palcami gładzę ją po plecach. Nasze oddechy powoli się uspokajają.

– Jesteś taka piękna – mruczę, ale dopiero kiedy Ana podnosi głowę, uświadamiam sobie, że wypowiedziałem te słowa na głos. Przygląda mi się sceptycznie.

Czy kiedyś nauczy się w końcu przyjmować komplementy?

Siadam gwałtownie, a ona podskakuje przestraszona. Przytrzymuję ją jednak i siedzimy twarzą w twarz, naprzeciwko siebie.

– Jesteś. Taka. Piękna. – Podkreślam każde słowo z osobna.

– A ty bywasz czasami zaskakująco słodki. – Pochyla się i całuje mnie.

Unoszę ją, a ona krzywi się, kiedy się z niej wysuwam. Delikatnie ją całuję.

– Nie zdajesz sobie sprawy, jaka jesteś piękna, prawda?

Jest kompletnie zaskoczona.

– Ci wszyscy faceci, którzy się za tobą uganiają, nigdy cię to nie zastanawiało?

– Faceci? Jacy faceci?

– Mam ci podać listę? Fotograf ma fioła na twoim punkcie, chłopak w sklepie, w którym pracowałaś, starszy brat twojej współlokatorki. Twój szef. – Ten niegodny zaufania pojeb.

– Och, Christianie, przecież to nieprawda.

– Uwierz mi. Wszyscy na ciebie lecą. Chcą tego, co jest moje. – Obejmuję ją mocniej, a ona kładzie mi głowę na ramieniu i mierzwiąc mi włosy, patrzy na mnie z rozbawieniem i politowaniem.

– Moje – powtarzam zdecydowanie.

– Tak. Twoje. – Uśmiecha się do mnie pobłażliwie. – Granice wciąż są nienaruszone – mówi dalej. I przesuwa palcem po czerwonej linii na moim ramieniu.

Sztywnieję przerażony.

– Mam ochotę trochę pozwiedzać – szepcze.

– Mieszkanie?

– Nie. – Kręci głową. – Miałam na myśli tę mapę prowadzącą do skarbu, którą narysowaliśmy na tobie.

Co?

Pociera mój nos swoim, czym odwraca moją uwagę.

– A co konkretnie, panno Steele?

Podnosi rękę i łaskocze mnie w nieogoloną brodę.

– Chcę cię dotykać wszędzie tam, gdzie mogę.

Palcem wskazującym przesuwa po moich wargach, a ja chwytam go zębami.

– Auć! – krzyczy, kiedy kąsam go delikatnie, a ja uśmiechając się, warczę.

Chce mnie dotykać. A ja określiłem granice.

Spróbuj zrobić to na jej sposób, Grey.

– Okej – ustępuję, słyszę jednak w swoim głosie niepewność. – Zaczekaj – mówię i zdejmuję prezerwatywę, po czym rzucam na podłogę obok łóżka. – Nienawidzę ich. Chyba wezwę doktor Greene, niech przyjdzie zrobić ci zastrzyk.

– I myślisz, że najlepsza ginekolog w Seattle przybiegnie na twoje wezwanie?

– Potrafię być bardzo przekonujący. – Wygładzam jej włosy za uchem. – Franco świetnie się spisał. Podoba mi się to cieniowanie.

– Przestań ciągle zmieniać temat – ostrzega mnie.

Unoszę ją i znowu sadzam na sobie okrakiem. Uważnie się jej przyglądając, układam sobie za plecami poduszkę i opieram się o nią.

– No to dotykaj – bąkam.

Nie odrywając ode mnie wzroku, kładzie mi rękę na brzuchu, tuż pod czerwoną linią. Spinam się cały, gdy wędruje palcami po zagłębieniach między mięśniami. Krzywię się, a ona natychmiast cofa palec.

– Nie muszę tego robić – mówi.

– Nie, w porządku. Muszę się tylko… przyzwyczaić. Już od dawna nikt mnie nie dotykał.

– Nawet pani Robinson?

Cholera. Po co mi była ta uwaga?

Ostrożnie kiwam głową.

– Nie chcę o niej rozmawiać. To ci tylko zepsuje humor.

– Jakoś sobie z tym poradzę.

– Nie, nie poradzisz, Ano. Wpadasz w szał, ilekroć o niej wspomnę. Przeszłość to przeszłość. Nie zmienię jej. Dobrze, że ty żadnej nie masz, bo to by mnie doprowadzało do szaleństwa.

– Do szaleństwa? Jeszcze większego niż teraz?

– Teraz szaleję za tobą – oświadczam.

Uśmiecha się, szeroko i szczerze.

– Czy powinnam zadzwonić do doktora Flynna?

– To chyba nie będzie konieczne.

Zaczyna się wiercić, więc prostuję nogi. Wpatrzona we mnie kładzie palce na moim brzuchu.

Spinam się.

– Lubię cię dotykać – mówi i przesuwa rękę do mojego pępka, pieści rosnące mi tam włosy, po czym zaczyna sunąć coraz niżej.

Wow!

Mój penis drga uszczęśliwiony.

– Znowu? – pyta z lubieżnym uśmiechem.

Och, Anastasio, jesteś nienasycona.

– O tak, panno Steele, znowu.

Siadam, chwytam w obie dłonie jej głowę i całuję ją, długo i namiętnie.

– Nie jesteś zbyt obolała? – szepczę do jej ust.

– Nie.

– Uwielbiam twoją wytrwałość.

Drzemie obok mnie. Po wszystkich dzisiejszych kłótniach i wzajemnych oskarżeniach w końcu jestem nieco spokojniejszy.

Może jednak potrafię być w waniliowym związku.

Spoglądam na Anę. Usta ma rozchylone, a jej długie rzęsy rzucają delikatny cień na jej blade policzki. Wygląda tak spokojnie i ślicznie, że mógłbym bez końca patrzeć, jak śpi.

Z drugiej strony potrafi być piekielnie upierdliwa.

Kto by przypuszczał?

A cała ironia w tym, że to mi się podoba.

Zmusza mnie, żebym się nad sobą zastanowił.

Zmusza, żebym się zastanowił nad wszystkim.

Dzięki niej czuję, że żyję.

WRACAM DO SALONU, gdzie zbieram z kanapy dokumenty i idę z nimi do gabinetu. Zostawiłem Anastasię śpiącą. Po ostatniej nocy musi być wyczerpana, a przed nami kolejna długa noc na balu.

Odpalam komputer. Jedną z licznych zalet Andrei jest to, że pilnuje, aby moje kontakty zawsze były aktualne i zsynchronizowane na wszystkich moich urządzeniach przenośnych. Sprawdzam doktor Greene i jak należało się tego spodziewać, odnajduję jej adres mailowy. Mam tak dość prezerwatyw, że chcę, aby jak najszybciej spotkała się z Aną. Wysyłam do niej maila, choć nie spodziewam się, żeby się odezwała przed poniedziałkiem – w końcu jest weekend.

Wysyłam kilka maili do Ros i notuję parę uwag na temat sprawozdań, które wcześniej przeczytałem. Kiedy otwieram szufladę, żeby schować pióro, dostrzegam czerwone pudełeczko z kolczykami, które kupiłem dla Any na galę, na którą nigdy nie dotarliśmy.

Odeszła ode mnie.

Wyjmuję pudełeczko i raz jeszcze oglądam kolczyki. Są dla niej idealne. Eleganckie. Proste, olśniewające. Może dzisiaj je przyjmie. Chociaż po tych wszystkich awanturach o audi i dwadzieścia cztery tysiące dolarów wydaje się to mało prawdopodobne. Ale i tak chciałbym je jej dać. Wkładam pudełeczko do kieszeni i sprawdzam, która godzina. Pora obudzić Anę, bo przygotowania do dzisiejszego wieczoru na pewno trochę jej zajmą.

Leży skulona na środku łóżka. Wydaje się taka mała i samotna. Jest w pokoju uległych. Ciekawe, dlaczego właśnie tutaj. Przecież nie jest moją uległą. Powinna spać w moim łóżku, na dole.

– Hej, śpiochu. – Całuję ją w skroń.

– Mmm – mruczy i otwiera oczy.

– Pora wstawać – szepczę i całuję ją w usta.

– Pan Grey. – Muska palcami mój zarost. – Stęskniłam się.

– Przecież spałaś. – Jak mogłaś się za mną stęsknić?

– Tęskniłam za tobą we śnie.

Te proste, wypowiedziane zaspanym głosem słowa dosłownie wbijają mnie w podłogę. Jest taka nieprzewidywalna i urocza. Uśmiecham się, czując, jak zalewa mnie fala ciepła. To uczucie staje mi się coraz mniej obce, ale nie chcę go na razie nazywać. Jest zbyt nowe. Zbyt straszne.

– Wstajemy – rozkazuję i wychodzę, żeby mogła się przygotować, zanim ulegnę pokusie, by dołączyć do niej w łóżku.

Biorę szybki prysznic, potem się golę. Normalnie staram się unikać kontaktu wzrokowego z dupkiem w lustrze, ale dzisiaj wydaje się szczęśliwszy, chociaż może wygląda trochę idiotycznie z czerwoną kreską wokół szyi.

Zwracam się myślami ku dzisiejszemu wieczorowi. Nie znoszę podobnych imprez i uważam, że są wyjątkowo nudne, ale tym razem nie idę sam. To moja kolejna pierwsza randka z Aną. Mam nadzieję, że jej widok u mego boku odstraszy hordy przyjaciółek Mii, które za wszelką cenę próbują zwrócić na siebie moją uwagę. Nie mieści się im w głowie, że nie jestem zainteresowany.

Ciekawe, co Ana pomyśli – może też uzna, że to nudna okazja. Mam nadzieję, że tak się nie stanie. Może powinienem nieco ten wieczór ożywić.

Kiedy kończę się golić, przychodzi mi do głowy pewien pomysł.

Kilka minut później w spodniach od smokingu i koszuli idę na górę i przystaję przed pokojem zabaw.

Czy to na pewno dobry pomysł?

Ana zawsze może powiedzieć nie.

Otwieram drzwi i wchodzę.

Nie byłem tutaj, odkąd odeszła. Panuje cisza, a rozproszone światło pada na czerwone ściany, dając iluzję ciepła i przytulności. Dzisiaj jednak to nie jest moje sanktuarium. Przestało nim być, odkąd zostawiła mnie samego, pogrążonego w ciemności. Przypomina o jej zalanej łzami twarzy, jej gniewie i gorzkich słowach. Zamykam oczy.

Musisz to załatwić, Grey.

Staram się, Ano. Naprawdę się staram.

Jesteś popieprzonym sukinsynem.

Kurwa.

Gdyby tylko wiedziała. Odeszłaby. Znowu.

Odsuwam od siebie te niemiłe myśli i z szuflady w komodzie wyjmuję potrzebną mi rzecz.

Zgodzi się?

Podoba mi się twoje wyuzdane bzykanko. Stłumione słowa, które wypowiedziała w noc naszego pojednania, niosą mi pewną pociechę. Pamiętając o tym wyznaniu, odwracam się, żeby wyjść. Po raz pierwszy w życiu nic mnie tu nie zatrzymuje.

Przekręcając klucz w zamku, zastanawiam się, kiedy i czy w ogóle razem z Aną znowu tu przyjdziemy. Wiem, że jeszcze nie jestem na to gotowy. Czas pokaże, jak Ana się zachowa, kiedy napomknę o – jak ona go nazwała? – Czerwonym Pokoju. Przygnębia mnie myśl, że może już

nigdy z niego nie skorzystam. Z tymi rozważaniami idę
do jej pokoju. Może powinienem pozbyć się lasek i pasów. Może to pomoże.

Otwieram drzwi do pokoju uległych i zamieram.

Zaskoczona Ana obraca się twarzą do mnie. Ma
na sobie czarny gorset, maleńkie koronkowe majteczki
i pończochy.

Zapominam o bożym świecie.

W ustach mi zasycha.

Jest ucieleśnieniem erotycznych marzeń.

Jest Afrodytą.

Dziękuję ci, Caroline Acton.

– Czym mogę służyć, panie Grey? Zakładam, że nie
przyszedł pan po to, żeby się na mnie bezmyślnie gapić? –
Jej ton jest wyniosły.

– Droga panno Steele, właśnie to sprawia mi wyjątkową przyjemność. – Wchodzę do pokoju. – Przypomnij
mi, żebym wysłał podziękowania Caroline Acton.

Mina Any zdradza, że nie ma pojęcia, o kim mówię.

– Osobistej stylistce u Neimana – wyjaśniam.

– Och.

– Twój widok kompletnie mnie rozproszył.

– Właśnie widzę. Czego chcesz, Christianie? – mówi
zniecierpliwiona, chociaż wydaje mi się, że to tylko żart.

Wyjmuję z kieszeni kulki gejszy. Na ich widok z jej
twarzy znika rozbawienie, a jego miejsce zajmuje niepokój.

Myśli, że chcę ją zbić.

Bo chcę...

Ale.

– To nie to, co myślisz – uspokajam ją.

– Oświeć mnie.

– Pomyślałem, że mogłabyś je dzisiaj włożyć.

Mruga kilka razy.

– Na przyjęcie?

Kiwam potakująco głową.

– Zbijesz mnie później?

– Nie.

Mina jej rzednie, a ja parskam śmiechem.

– Chcesz tego?

Widzę, jak z niepewną miną przełyka.

– Możesz być spokojna, nie dotknę cię w ten sposób, nawet gdybyś błagała. – Czekam chwilę, żeby to do niej dotarło, po czym mówię dalej. – Chcesz się w to pobawić? – Podnoszę kulki. – Zawsze możesz je wyjąć, gdybyś nie mogła wytrzymać.

Oczy jej ciemnieją, a w kącikach ust błąka się szelmowski uśmieszek.

– Okej – mówi.

Kolejny dowód, że Anastasia Steele nie należy do kobiet, które boją się wyzwań.

Na podłodze zauważam szpilki Louboutina.

– Grzeczna dziewczynka. Włóż buty, a potem tu podejdź.

Ana w delikatnej bieliźnie i tych szpilkach – spełnienie moich wszystkich marzeń.

Kiedy wkłada buty, podaję jej rękę. W jednej chwili z delikatnej i drobnej zmienia się w wysoką i smukłą.

Wygląda cudownie.

Rany, ależ w tych butach prezentują się jej nogi.

Prowadzę ją do łóżka i stawiam przed nią krzesło.

– Kiedy dam ci znak, pochylisz się i przytrzymasz krzesła. Rozumiesz?

– Tak.

– Dobrze. A teraz otwórz usta.

Kiedy to robi, wsuwam jej między wargi wskazujący palec.

– Ssij – rozkazuję.

Chwyta mnie za rękę i patrząc na mnie lubieżnie, robi dokładnie to, o co proszę.

Chryste.

Wygląda powalająco. Nieokiełznanie. Niewzruszenie. A jej język drażni i pieści mój palec.

Równie dobrze mogłem jej włożyć do ust swój członek.

Jestem twardy.

Natychmiast.

Och, maleńka.

Niewiele miałem kobiet, które potrafiły mnie w jednej chwili podniecić, ale żadnej nie udało się to tak szybko jak Anie... co, zważywszy na jej niewinność, jest doprawdy zdumiewające. Ale tak właśnie na mnie działa od chwili, gdy ujrzałem ją po raz pierwszy.

Pora przejść do rzeczy, Grey.

Żeby zwilżyć kulki, wkładam je do ust, podczas gdy ona nie przestaje pieścić mojego palca. Próbuję go wyjąć, ona jednak zaciska zęby i uśmiecha się do mnie łobuzersko.

Nie rób tego, ostrzegam ją ruchem głowy, rozluźnia więc uchwyt i mnie puszcza.

Daję jej znak, że powinna pochylić się nad krzesłem.

Klękam za nią, odsuwam na bok majteczki i wsuwam w nią palec, który dopiero co miała w ustach. Zataczam nim powolne kółka, czując ciasne, wilgotne ściany jej pochwy. Jęczy, a ja mam ochotę ją uciszyć i kazać, żeby stała nieruchomo, jednak nie jesteśmy już w takich relacjach.

Zrobimy to na jej sposób.

Wyjmuję palec i delikatnie wpycham najpierw jedną kulkę, potem drugą, starając się umieścić je możliwie najgłębiej. Poprawiam majteczki i całuję jej cudowną pupę. Przysiadam na piętach, przesuwam dłońmi w górę po jej udach i całuję oba w miejscu, w którym kończy się koronka pończoch.

– Ma pani naprawdę piękne, bardzo piękne nogi,

panno Steele. – Wstaję i chwytając ją od tyłu, przyciągam
do swojej erekcji. – Może po powrocie do domu tak właśnie cię przelecę, Anastasio. Możesz się już wyprostować.

Jej oddech przyspiesza i kiedy się prostuje, porusza
biodrami, ocierając się o moje przyrodzenie. Całuję ją
w ramię, po czym w wyciągniętej dłoni pokazuję jej pudełeczko od Cartiera.

– Kupiłem je dla ciebie na galę w ubiegłą sobotę. Ale
odeszłaś, więc nie miałem okazji ci ich dać. – Wzdycham
głęboko. – Teraz mam drugą szansę.

Przyjmie kolczyki?

W pewnym sensie to symboliczne. Jeżeli myśli o nas
poważnie, przyjmie. Wstrzymuję oddech. Bierze ode mnie
pudełeczko i otwiera je. Długo wpatruje się w kolczyki.

Błagam cię, Ano, przyjmij je.

– Są piękne – mówi szeptem. – Dziękuję.

Potrafi być miła. Uśmiecham się z ulgą, bo wiem, że
obejdzie się bez kłótni. Całuję ją w ramię i zauważam leżącą na łóżku srebrną suknię z satyny. Pytam, czy właśnie
ją postanowiła założyć.

– Tak. Może być?

– Oczywiście. Zostawiam cię, żebyś mogła się przygotować.

NIE POTRAFIĘ ZLICZYĆ, na ilu takich przyjęciach byłem,
ale po raz pierwszy się cieszę. Pochwalę się Aną przed
rodziną i tymi ich wszystkimi nadzianymi gośćmi.

Bez problemu kończę wiązać muszkę i chwytam marynarkę. Zakładam ją i po raz ostatni zerkam na siebie
w lustrze. Dupek wygląda na uszczęśliwionego, ale musi
wyprostować muszkę.

– *Nie ruszaj się* – *warczy Elena.*
– *Tak, pani.*

Stoję przed nią, szykując się na bal. Rodzicom powiedziałem, że się nie wybieram, bo się z kimś umówiłem. Urządzimy sobie własny, prywatny bal. Tylko Elena i ja. Porusza się; słyszę szelest kosztownego jedwabiu i wdycham prowokujący zapach jej perfum.

– Otwórz oczy.

Otwieram je posłusznie. Elena stoi za mną, przed nami jest lustro. Patrzę na nią, a nie na tego chłopca idiotę, który stoi z przodu.

Chwyta końce mojej muszki.

– A to się robi tak.

Powoli porusza palcami. Paznokcie ma jaskrawoczerwone. Patrzę. Zafascynowany. Pociąga i mam pod szyją najdoskonalszą z możliwych muszkę.

– A teraz sprawdźmy, czy potrafisz to zrobić sam. Jeśli ci się uda, wynagrodzę cię.

Uśmiecha się tym swoim jesteś-cały-mój uśmiechem i wiem, że nagroda będzie sowita.

OMAWIAM Z OCHRONIARZAMI PRZEBIEG wieczoru, kiedy słyszę za sobą jej kroki. Wszyscy czterej mężczyźni w jednej chwili przestają zwracać na mnie uwagę. Taylor się uśmiecha. Obracam się i widzę Anę stojącą u stóp schodów.

Prawdziwe zjawisko. Rany.

Wygląda oszałamiająco w srebrnej kreacji, przywodzi na myśl syrenę z niemego filmu.

Podchodzę do niej, czując przesadną wręcz dumę. Całuję ją we włosy.

– Anastasio. Zapierasz dech w piersiach.

Z zachwytem zauważam, że założyła kolczyki. Ana się rumieni.

– Kieliszek szampana przed wyjściem? – proponuję.

– Poproszę.

Skinieniem głowy daję Taylorowi znak, że ma odprowadzić swoich trzech kolegów na korytarz, sam zaś,
obejmując moją partnerkę w pasie, idę do salonu. Z lodówki wyjmuję butelkę Cristal Rose i otwieram ją.

– Ochrona? – pyta Ana, kiedy nalewam do kieliszków musujący płyn.

– Najbliższa. Dowodzi nimi Taylor. W tym też jest
wyszkolony. – Podaję jej kieliszek.

– Jest bardzo wszechstronny.

– To prawda. Wyglądasz prześlicznie, Anastasio. Na
zdrowie.

Stukam się z nią kieliszkiem, a ona przymyka oczy,
rozkoszując się szampanem.

– Jak się czujesz? – pytam, bo zauważam, że na jej
policzki wypływa rumieniec w kolorze szampana. Zastanawiam się, jak długo wytrzyma z kulkami.

– Dobrze, dziękuję. – Uśmiecha się nieśmiało.

Zapowiada się dobra zabawa.

– Proszę, to ci się przyda. – Wręczam jej aksamitny
woreczek z maską. – Otwórz.

Ana wyjmuje delikatną srebrną maskę i muska palcami pióra.

– To bal maskowy.

– Och, rozumiem. – Przygląda się masce z ciekawością.

– Ty też będziesz miał maskę?

– Oczywiście. W pewnym sensie dają więcej swobody.

Uśmiecha się.

Mam dla niej jeszcze jedną niespodziankę.

– Chodź. Chcę ci coś pokazać.

Biorę ją za rękę i korytarzem prowadzę do biblioteki.
Nie do wiary, że wcześniej jej nie pokazałem tego miejsca.

– Masz bibliotekę! – wykrzykuje.

– Tak, bilardownię, jak mawia Elliot. Mieszkanie jest
całkiem spore. Dzisiaj, kiedy wspominałaś o zwiedzaniu,

uświadomiłem sobie, że nigdy cię po nim nie oprowadziłem. Teraz nie mamy już na to czasu, ale pomyślałem, że pokażę ci przynajmniej ten pokój i w niedalekiej przyszłości zaproponuję partyjkę bilardu.

Oczami wielkimi jak spodki ogląda zbiór książek i stół bilardowy.

– Jak najbardziej – mówi z uśmiechem, wielce z siebie zadowolona.

– No co?

Coś ukrywa. Potrafi grać w bilard?

– Nic – mówi pośpiesznie i już wiem, że tak. Kłamczuchą jest naprawdę beznadziejną.

– Cóż, może doktor Flynn odkryje twój sekret. Poznasz go dzisiaj.

– Tego szarlatana, który każe sobie płacić krocie?

– We własnej osobie. Nie może się doczekać, żeby cię wreszcie poznać. To co, idziemy?

Kiwa głową, a oczy jej błyszczą z podniecenia.

W PRZYJAZNYM MILCZENIU JEDZIEMY na tylnym siedzeniu samochodu. Kciukiem muskam wierzch jej dłoni, wyczuwając narastające w niej oczekiwanie. Krzyżuje i rozprostowuje nogi, a ja się domyślam, że kulki dają o sobie znać.

– Skąd miałeś szminkę? – pyta ni stąd, ni zowąd.

Pokazuję na Taylora i bezgłośnie wymawiam jego imię.

Ana parska śmiechem. Zaraz jednak milknie.

Wiem, że to znowu kulki.

– Rozluźnij się – szepczę. – Jeśli nie możesz wytrzymać... – Całuję po kolei każdą kosteczkę na jej dłoni, a potem ssę koniuszek jej małego palca i językiem zataczam wokół niego kółka, tak jak ona robiła to wcześniej z moim. Ana przymyka oczy, odchyla głowę i głośno wzdycha. Kiedy je otwiera, by na mnie spojrzeć, wzrok

ma przymglony. Nagradza mnie szelmowskim uśmieszkiem, ja odpowiadam tym samym.

– Czego mogę się dzisiaj spodziewać? – pyta.

– Och, to tylko zwykłe przyjęcie.

– Dla mnie wcale nie takie zwykłe.

No jasne. Kiedy i gdzie miałaby uczestniczyć w podobnym wydarzeniu? Jeszcze raz całuję jej dłoń i śpieszę
z wyjaśnieniem.

– Cała masa ludzi obnoszących się ze swoją forsą.
Aukcja, loteria, kolacja, tańce. Moja matka wie, jak urzą-
dzać przyjęcia.

Audi włącza się do rzędu innych samochodów par-
kujących przed domem moich rodziców. Zerkam przez
tylne okno, żeby sprawdzić, czy Reynolds z naszej osobistej ochrony jedzie za nami w moim drugim audi Q7.

– Maski na twarz.

Wyciągam swoją z czarnego jedwabnego woreczka
leżącego obok.

Gdy wjeżdżamy na podjazd, oboje mamy twarze za-
słonięte maskami. Ana wygląda zjawiskowo. Wręcz oszałamia swoim widokiem i bardzo chcę się nią pochwalić
przed całym światem. Taylor zatrzymuje samochód i jeden
z chłopców parkingowych otwiera drzwi z mojej strony.

– Gotowa? – zwracam się do Any.

– Jak nigdy.

– Wyglądasz pięknie, Anastasio.

Całuję ją w rękę i wysiadamy.

Obejmuję moją towarzyszkę ramieniem i razem
wchodzimy do domu po zielonym dywanie, wypożyczo-
nym specjalnie na tę okazję. Zerkam przez ramię i patrzę,
jak nasza czteroosobowa ochrona kroczy tuż za nami,
bacznie rozglądając się wokół. Ten widok mnie uspokaja.

– Panie Grey! – woła do mnie fotograf, a ja przyciągam Anę bliżej siebie.

– Dwóch fotografów? – pyta zdziwiona.

– Jeden jest z „The Seattle Times", drugi robi zdjęcia pamiątkowe, które potem można kupić.

Mijamy rząd kelnerów z tacami pełnymi kieliszków szampana. Biorę jeden i podaję Anie.

Moi rodzice dali z siebie wszystko, jak co roku zresztą. Pawilon, pergole, lampiony, czarno-biały parkiet do tańca, lodowe łabędzie i kwartet smyczkowy. Widzę, jak Ana chłonie to wszystko z podziwem. Miło jest spojrzeć na hojność moich rodziców jej oczami. Rzadko mam okazję patrzeć z boku i docenić, jakim jestem szczęściarzem, mogąc być częścią ich świata.

– Ile ma być osób? – pyta, przyglądając się ogromnemu namiotowi ustawionemu nad brzegiem zatoki.

– Coś około trzystu. Ale musiałabyś zapytać moją matkę.

– Christian! – słyszę przenikliwy, niezbyt melodyjny okrzyk mojej siostry. Już po chwili zarzuca mi ramiona na szyję w melodramatycznej demonstracji siostrzanych uczuć. Cała jest na różowo.

– Mia. – Odwzajemniam jej entuzjastyczny uścisk.

Zauważa Anę i natychmiast o mnie zapomina.

– Ano! Och, kochanie, wyglądasz bosko! Musisz poznać moje przyjaciółki. Żadna z nich nie wierzy, że Christian znalazł w końcu dziewczynę. – Obejmuje Anę i łapie ją za rękę. Ana rzuca mi wystraszone spojrzenie, a Mia, nie bacząc na nic, ciągnie ją do grupki kobiet, które natychmiast zaczynają z zachwytem szczebiotać. Wszystkie, z wyjątkiem jednej.

Cholera. Rozpoznaję w niej Lily, z którą Mia przyjaźni się od przedszkola. Zepsuta, bogata, piękna, ale złośliwa, uosabia wszystkie najgorsze atrybuty swojej uprzywilejowanej klasy. Poza tym swego czasu żyła w przekonaniu, że może sobie rościć prawo do mnie. Wzdrygam się.

Obserwuję Anę, jak z wdziękiem konwersuje z koleżankami Mii. Nagle sztywnieje, jakby czymś urażona. Zdaje się, Lily pokazuje pazurki. Nic z tego. Podchodzę i obejmuję Anę w pasie.

– Drogie panie, pozwolicie, że porwę moją towarzyszkę?

– Miło było was poznać – rzuca Ana na odchodnym, a do mnie mówi bezgłośnie: – Dziękuję.

– Zobaczyłem, że jest z nimi Lily. To wyjątkowo wredna zołza.

– Podobasz się jej – stwierdza Ana.

– Cóż, bez wzajemności. Chodź, przedstawię cię kilku osobom.

Ana jest imponująca – doskonała. Pełna wdzięku, elegancka i urocza, z uwagą słucha anegdot, zadaje inteligentne pytania. Jestem zachwycony, z jaką atencją odnosi się do mnie.

Tak, to mnie zachwyca najbardziej. To coś zupełnie nowego i nieoczekiwanego.

Ale przecież zawsze się zachowuje w nieoczekiwany sposób.

Przede wszystkim jednak jest zupełnie nieświadoma wrażenia, jakie robi na innych, nie zauważa pełnych podziwu spojrzeń, jakimi obrzucają ją i mężczyźni, i kobiety, nie odstępując mnie ani na krok. Policzki ma zaróżowione, zakładam, że od szampana, ale może też przez kulki gejszy – nawet jeśli jej przeszkadzają, świetnie to ukrywa.

Mistrz ceremonii ogłasza, że podano kolację, więc po zielonym dywanie kierujemy się do pawilonu w ogrodzie. Ana zerka w stronę hangaru na łodzie.

– Hangar? – pytam.

– Może później się tam przejdziemy.

– Tylko pod warunkiem, że przerzucę cię przez ramię i zaniosę.

Wybucha śmiechem, nagle jednak gwałtownie milknie. Uśmiecham się.

– Jak się czujesz?

– Dobrze – odpowiada wyniośle, a ja uśmiecham się jeszcze szerzej.

Gramy dalej, panno Steele.

Taylor i jego ludzie podążają za nami w dyskretnej odległości, a w pawilonie zajmują miejsca, z których mogą obserwować cały zebrany tłum.

Matka i Mia są już przy stole razem z przyjacielem Mii. Grace ciepło wita się z Aną.

– Ano, cudownie znowu cię widzieć! I wyglądasz bardzo pięknie.

– Matko – witam się z Grace, całując ją w policzek.

– Och, Christianie, jakiś ty oficjalny – strofuje mnie.

Dołączają do nas moi dziadkowie ze strony matki i po obowiązkowych uściskach przedstawiam im Anę.

– Och, w końcu kogoś sobie znalazłeś, to cudownie, no i jaka jest piękna! Mam nadzieję, że uczynisz z niego przyzwoitego mężczyznę – entuzjazmuje się moja babcia.

Babciu, zachowujesz się niestosownie.

Kurwa. Spoglądam wymownie na matkę. *Pomocy. Mamo. Powstrzymaj ją.*

– Mamo, krępujesz Anę – Grace upomina matkę.

– Nie zwracaj uwagi na tę niemądrą staruszkę, moja droga. Uważa, że skoro ma tyle lat, ile ma, Bóg dał jej prawo wygadywać, co tylko przyjdzie jej do głowy. – Dziadek puszcza do mnie oczko.

Theodore Trevelyan jest moim bohaterem. Łączy nas wyjątkowa więź. Ten człowiek z nieskończoną cierpliwością uczył mnie, jak sadzić, uprawiać i szczepić jabłonie, czym zyskał sobie moją wdzięczność aż po grób. Cichy. Silny. Dobry. Cierpliwy wobec mnie. Zawsze.

– *Cześć, mały* – *mówi dziadek Trev-yan.* – *Niewiele mówisz, co?*

Kręcę głową. Nie. Ja w ogóle nie mówię.

– *Nie szkodzi. Tutejsi ludzie i tak mało co mówią. Pomożesz mi w sadzie?*

Kiwam głową, że tak. Lubię dziadka Trev-yana. Jest dobry i głośno się śmieje. Wyciąga do mnie rękę, ale chowam swoje pod pachami.

– *Jak chcesz, Christianie. Chodź, zrobimy tak, że jabłonka, która rodzi zielone jabłka, zacznie rodzić czerwone.*

Lubię czerwone jabłka.

Sad jest duży. Są w nim drzewa. I drzewa. I drzewa. Ale to są małe drzewa. Nie duże. I nie mają liści. Ani żadnych jabłek. Bo jest zima. Ja mam wielkie buciory i czapkę. Lubię swoją czapkę. Jest ciepła.

Dziadek Trev-yan patrzy na drzewko.

– *Widzisz to drzewko, Christianie? Daje kwaśne, zielone jabłka. Ale my możemy je oszukać tak, że będzie rodzić dla nas słodkie, czerwone jabłka. Te gałązki są z czerwonej jabłonki. A tutaj mam nożyce do przycinania.*

Nożyce do przy-ci-na-nia. Są ostre.

– *Chcesz to uciąć?*

Znowu mówię głową, że tak.

– *A teraz przeszczepimy tę gałązkę. Nazywa się szczepka.*

Szcze-pka. Szcze-pka. Powtarzam sobie to słowo w myślach. Dziadek bierze nóż i ostrzy jeden koniec gałązki. W gałęzi jabłonki robi nacięcie i wtyka w nie szcze-pkę.

– *A teraz przymocujemy to taśmą.*

Bierze zieloną taśmę i mocuje szcze-pkę do gałęzi.

– *A na ranę nałożymy trochę rozpuszczonego wosku pszczelego. Masz. Weź ten pędzel. Teraz ostrożnie. Właśnie tak.*

Zrobiliśmy dużo szczepek.

– *Wiesz, Christianie, jabłka to po pomarańczach drugi najcenniejszy owoc, który hoduje się w Stanach*

Zjednoczonych. Ale tutaj, w naszym stanie, jest za mało słoń-
ca, żeby uprawiać pomarańcze.

   Chce mi się spać.

   – Zmęczony? Chcesz wracać do domu?

   Kiwam potakująco głową.

   – Zrobiliśmy dużo szczepek. Na tym drzewku jesienią
wyrośnie całe mnóstwo słodkich czerwonych jabłek. Będziesz
mi mógł pomóc je zbierać.

   Uśmiecha się i wyciąga do mnie swoją dużą dłoń, a ja ją
biorę. Jest duża i szorstka, ale ciepła i delikatna.

   – Chodź, napijemy się gorącej czekolady.

Dziadek uśmiecha się do mnie, a ja kieruję swoją
uwagę na towarzysza Mii, który wyraźnie przygląda się
mojej dziewczynie. Ma na imię Sean i wydaje mi się, że
chodził z Mią do liceum. Kiedy podajemy sobie ręce, ja
ściskam jego odrobinę mocniej, niżby wypadało.

   Gap się na swoją dziewczynę, Sean. A tak przy okazji,
jesteś tu z moją siostrą. Traktuj ją jak należy albo się z tobą
policzę. Chyba udaje mi się przekazać mu to wszystko za
pośrednictwem wymownego spojrzenia i mocnego uścisku dłoni.

   Sean kiwa głową, odrobinę nerwowo przełykając ślinę.

   – Panie Grey.

   Odsuwam krzesło Any i siadamy.

   Mój tato stoi na scenie. Puka w mikrofon, po czym
wygłasza powitanie i słowo wstępne do tych wszystkich
wielkich i ważnych osób o szczodrych sercach, które
zgromadziły się przed nim.

   – Panie i panowie, witam na naszym corocznym balu
dobroczynnym. Mam nadzieję, że spodoba się wam to,
co dzisiaj dla was przygotowaliśmy, i że sięgnięcie głęboko do swoich kieszeni, żeby wesprzeć wspaniałą pracę całego zespołu Damy Radę. Jak wiecie, działalność

naszej organizacji jest szczególnie bliska sercu mojej żony i memu.

Pióra na masce Any kołyszą się lekko, gdy obraca ku mnie twarz. Czy myśli o mojej przeszłości? Powinienem odpowiedzieć na pytanie, którego nie zadała na głos?

Tak. Ta organizacja powstała z mojego powodu.

Moi rodzice utworzyli ją dlatego, że początki mojego życia były takie nieszczęśliwe. Teraz pomagają setkom uzależnionych rodziców i ich dzieciom, zapewniając im schronienie i terapię.

Ponieważ milczy i w zasadzie nie reaguje, nie bardzo wiem, co myśleć o jej zainteresowaniu.

– Oddaję teraz państwa w ręce naszego mistrza ceremonii – mówi tato i przekazuje mikrofon wodzirejowi.

Już przy naszym stole zatrzymuje się przy Anie. Wita ją i całuje w oba policzki. Ana się rumieni.

– Wspaniale znowu cię widzieć, Ano – mówi.

– Panie i panowie, proszę wyznaczyć kapitana stołu – woła mistrz ceremonii.

– Ooch! To ja, ja! – wykrzykuje Mia, podskakując przy tym jak małe dziecko.

– Na środku każdego stołu zostawiono dla państwa kopertę – mówi dalej wodzirej. – Niech każdy znajdzie, wyżebrze, pożyczy albo ukradnie banknot o jak najwyższym nominale, napisze na nim swoje nazwisko i włoży do koperty. Będą nam potrzebne później.

– Proszę. – Podaję Anie studolarowy banknot.

– Zwrócę ci – szepcze do mnie.

Moja kochana.

Nie chcę się znowu o to kłócić. Bez słowa, żeby nie robić sceny, wręczam jej swoje pióro, by mogła się podpisać na banknocie.

Grace daje znak kelnerom stojącym z przodu pawilonu, żeby rozsunęli burty. Naszym oczom ukazuje się widok jakby żywcem wyjęty z pocztówki: zapadający zmierzch nad Seattle i zatoką Meydenbauer, które szczególnie o tej porze dnia prezentują się wręcz zjawiskowo. Cieszę się, że pogoda dopisała.

Mam wrażenie, jakbym oglądał to wszystko po raz pierwszy. Panorama naprawdę zapiera dech w piersiach. Ciemniejące niebo rozświetlone blaskiem zachodzącego słońca odbija się w wodzie, w dali migoczą światła miasta. Tak. Zapiera w piersiach dech.

Patrząc na to oczami Any, zaczynam odczuwać pokorę. Przez całe lata nie doceniałem tego wszystkiego, traktując jak coś oczywistego. Zerkam na moich rodziców. Ojciec trzyma mamę za rękę, a ona śmieje się z czegoś, co mówi jakiś znajomy. Sposób, w jaki ojciec na nią patrzy... i ona na niego.

Kochają się.

W dalszym ciągu.

Potrząsam głową. Czy jest coś dziwnego w tym, że nagle zaczynam doceniać, w jakiej rodzinie się wychowałem?

Miałem szczęście. Bardzo wielkie szczęście.

Do stołu podchodzi naraz dziesięciu kelnerów i jednocześnie stawiają przed nami pierwsze danie wieczoru. Ana zerka na mnie zza maski.

– Głodna?

– Bardzo – odpowiada z naciskiem.

Cholera. W jednej chwili zapominam o wszystkim, a moje ciało reaguje na to oświadczenie, ponieważ wiem, że wcale nie ma na myśli jedzenia. Dziadek coś do niej mówi, a ja poprawiam się na krześle, próbując się opanować.

Jedzenie jest bardzo dobre.

Jak zawsze u moich rodziców.

Nigdy mi się nie zdarzyło, żebym był u nich głodny.

Co za dziwne myśli mnie nachodzą. Z ulgą się od nich odrywam, kiedy Lance, przyjaciel mojej mamy ze studiów, zagaduje mnie, pytając, czym aktualnie zajmuje się GEH.

Przez cały czas naszej rozmowy czuję na sobie uważne spojrzenie Any.

– Nie możesz tak po prostu rozdawać swojej technologii! – oburza się Lance.

– Czemu? Ostatecznie kto na tym skorzysta? Jako istoty ludzkie musimy dzielić ograniczoną przestrzeń i zasoby na tej planecie. Im mądrzejsi będziemy, tym lepiej je wykorzystamy.

– Akurat po tobie najmniej bym się spodziewał tak demokratycznego podejścia do technologii – śmieje się Lance.

Chłopie. Jak ty mnie słabo znasz.

Rozmowa z Lance'em jest interesująca, ale piękna panna Steele nieustannie mnie rozprasza. Zaczyna się wiercić na krześle – najwyraźniej kulki gejszy dają o sobie znać.

Może powinniśmy się przejść do hangaru.

Naszą rozmowę przerywają kilka razy ludzie, z którymi prowadzę interesy – jedni pragną mi uścisnąć rękę, inni opowiedzieć jakąś anegdotę. Nie wiem, czy przyciąga ich widok Any, czy też zwyczajnie chcą mi się przypochlebić.

Kiedy podają deser, mam zamiar wstać.

– Przepraszam na chwilę – odzywa się Ana, lekko dysząc.

Ma już dość.

– Musisz iść do łazienki? – pytam.

Patrząc na mnie błagalnie, kiwa głową.

– Zaprowadzę cię.

Ana wstaje, ja również, ale w tym momencie Mia zrywa się z krzesła.

– Nie, Christianie. Ja pójdę z Aną.

Zanim zdążę zareagować, chwyta Anę za rękę.

Z przepraszającym wzruszeniem ramion Ana wychodzi za Mią z pawilonu. Taylor daje mi znak, że on się tym zajmie, i także wychodzi. Jestem przekonany, że Ana nie ma pojęcia o towarzyszącym jej cieniu.

Kurwa. Chciałem z nią iść.

Nachyla się ku mnie babcia.

– Jest zachwycająca.

– Wiem.

– Wyglądasz na szczęśliwego, kochanie.

Naprawdę? Wydawało mi się, że rozgniewała mnie stracona okazja.

– Chyba nigdy nie byłeś taki rozluźniony. – Klepie mnie po ręce czułym gestem, a ja prawdopodobnie po raz pierwszy nie cofam dłoni.

Szczęśliwy?

Ja?

Powtarzam to słowo w myślach, żeby zobaczyć, czy mi smakuje, i nagle czuję zalewającą mnie falę ciepła.

Tak. Dzięki niej jestem szczęśliwy.

To dla mnie zupełnie nowe uczucie. Sam nigdy bym tak siebie nie opisał.

Uśmiecham się do babci i ściskam ją za rękę.

– Chyba masz rację, babciu.

W jej oczach pojawia się błysk, kiedy odwzajemnia uścisk.

– Powinieneś ją przywieźć na farmę.

– Tak. Myślę, że spodobałaby się jej.

Ana i Mia wracają rozchichotane. Cieszy mnie, kiedy widzę je razem, tak samo jak cieszy życzliwość, z jaką rodzina przyjmuje moją dziewczynę. Nawet babcia uznała, że Ana mnie uszczęśliwia.

I ma całkowitą rację.

Siadając, Ana obrzuca mnie pożądliwym spojrzeniem.

Ach. Udaje mi się zamaskować uśmiech. Chcę ją zapytać, czy wciąż jeszcze ma kulki gejszy, zakładam jednak, że je usunęła. I tak świetnie sobie poradziła, wytrzymując z nimi tyle czasu. Ujmuję ją za rękę i opowiadam, co będziemy licytować.

Myślę, że ta część wieczoru jej się spodoba – elita Seattle przechwalająca się swoim bogactwem. Wręczam jej listę fantów.

– Masz posiadłość w Aspen? – pyta i wszyscy przy stole zwracają się ku niej.

Kiwam głową i przykładam palec do ust.

– Gdzie indziej też? – pyta szeptem.

Po raz kolejny kiwam głową. Nie chcę jednak przeszkadzać innym, wdając się z nią w dyskusję. To chwila, kiedy zbieramy naprawdę pokaźną sumę na naszą działalność charytatywną.

Rozlegają się oklaski, bo ktoś właśnie wylicytował 12 000 dolarów za podpisany kij baseballowy Marinersów. Korzystając z okazji, nachylam się ku Anie.

– Później ci powiem.

Oblizuje wargi i powraca moja wcześniejsza frustracja.

– Chciałem pójść z tobą.

Posyła mi rozdrażnione spojrzenie, domyślam się więc, że ona także na to liczyła, teraz jednak przysłuchuje się licytacji.

Z ciekawością śledzi rozwój sytuacji, rozgląda się, szukając kolejnych zwycięzców, i klaszcze, gdy pada jakaś duża suma.

– Następnym punktem naszej aukcji jest weekend w Aspen, w Kolorado. Jaka jest cena wywoławcza za tę niezwykłą ofertę złożoną przez pana Christiana Greya? – Rozlegają się ogłuszające oklaski i mistrz ceremonii mówi dalej. – Czy ktoś daje pięć tysięcy?

Rozpoczyna się licytacja.

Rozważam wyjazd z Aną do Aspen. Nawet nie wiem, czy jeździ na nartach. Ta myśl budzi we mnie niepokój. Jako tancerka ma słabą koordynację ruchów, więc na stoku może się okazać jeszcze gorsza. Nie chciałbym, żeby coś sobie zrobiła.

– Dwadzieścia tysięcy dolarów. Po raz pierwszy, po raz drugi – wykrzykuje mistrz ceremonii.

Ana podnosi rękę.

– Dwadzieścia cztery tysiące dolarów! – woła.

Czuję się, jakby mnie kopnęła w splot słoneczny.

Co. Do. Kurwy. Nędzy.

– Dwadzieścia cztery tysiące dolarów od uroczej pani w srebrnej sukni, po raz pierwszy, po raz drugi, sprzedane!

Rozlegają się entuzjastyczne oklaski. Wszyscy przy naszym stole gapią się na nią, a mnie ogarnia niepohamowany gniew. To miały być pieniądze dla niej. Biorę głęboki oddech i nachylam się, żeby pocałować ją w policzek.

– Nie wiem, czy całować ziemię, po której stąpasz, czy spuścić ci porządne lanie – syczę jej do ucha.

– Poproszę opcję numer dwa – odpowiada bez tchu.

Słucham?

Przez chwilę jestem zdezorientowany, szybko jednak sobie uświadamiam, że to przez kulki gejszy. Pali się z pożądania, naprawdę pali, i mój gniew znika.

– Cierpisz, co? – szepczę. – Musimy temu jakoś zaradzić. – Muskam palcem jej brodę.

Niech sobie poczeka, Grey.

Już samo to powinno być wystarczającą karą.

A może byśmy tak przedłużyli nieco tę agonię? Nachodzi mnie bezecna myśl.

Kiedy moja rodzina składa jej gratulacje, ona przez cały czas wierci się niespokojnie. Kładę ramię na oparciu krzesła i zaczynam gładzić kciukiem jej nagie plecy. Drugą ręką biorę jej dłoń, całuję ją i kładę sobie na udzie.

Powolutku prowadzę ją w górę, aż jej palce spoczywają na mojej nabrzmiałej męskości.

Słyszę, jak gwałtownie wciąga powietrze i zaskoczona spogląda na mnie zza maski.

Chyba nigdy mi się nie znudzi szokowanie mojej słodkiej Any.

Aukcja trwa dalej, moja rodzina skupia się na kolejnej licytacji. Ana rozzuchwalona swoim podnieceniem ku memu zdumieniu zaczyna mnie pieścić przez spodnie.

Jasna cholera.

Zasłaniam jej rękę swoją, żeby nikt nie zauważył, jak się zabawiamy, sam też nie przestaję muskać jej po plecach.

Jest mi coraz ciaśniej w spodniach.

Role się odwróciły, Grey. Po raz kolejny.

– Sprzedano za sto dziesięć tysięcy dolarów! – ogłasza mistrz ceremonii, przywołując mnie do rzeczywistości. Taką cenę wylicytowano za tydzień w domu moich rodziców w Montanie, i jest to naprawdę ogromna suma.

Goście głośno wiwatują i klaszczą, do czego Ana się przyłącza, zabrawszy dłoń z mojego uda.

Cholera.

Niechętnie także zaczynam klaskać, a ponieważ aukcja dobiegła końca, postanawiam oprowadzić Anę po domu.

– Gotowa? – pytam ją, poruszając jedynie wargami.

– Tak – odpowiada z błyskiem w oczach.

– Ano! – wtrąca się Mia. – Już czas.

Ana nie wie, o co jej chodzi.

– Na co?

– Na licytację pierwszego tańca. Chodź! – Mia wstaje i wyciąga do niej rękę.

Do ciężkiej kurwy nędzy. Moja irytująca siostrzyczka.

Patrzę na nią z wściekłością. Osiągnęła prawdziwe mistrzostwo w pozbawianiu mnie dupczonka.

Ana patrzy na mnie i zaczyna się śmiać.

Co jest zaraźliwe.

Wstaję, wdzięczny, że mam na sobie marynarkę.

– Pierwszy taniec jest zarezerwowany dla mnie, dobrze? I nie mam na myśli tańca na parkiecie. – Przysuwam się do niej tak blisko, że wyczuwam delikatny puls za jej uchem.

– Już się nie mogę doczekać. – Całuje mnie otwarcie w usta.

Uśmiecham się, widząc, że wszyscy przy stole na nas patrzą.

Tak, moi drodzy. Mam dziewczynę. Zacznijcie się przyzwyczajać.

Wszyscy jak jeden mąż odwracają wzrok skrępowani, że przyłapałem ich, jak się na nas gapią.

– Chodź, Ano – ponagla ją Mia i prowadzi do niewielkiej estrady, na której już się zebrało kilka młodych kobiet.

– Panowie, a oto główna atrakcja wieczoru! – głos mistrza ceremonii dudni w głośnikach, przekrzykując panujący gwar. – Chwila, na którą wszyscy czekaliście! Tych dwanaście uroczych dam zgodziło się oddać swój pierwszy taniec temu, kto wylicytuje najwięcej!

Ana jest wyraźnie skrępowana. Najpierw wbija wzrok w podłogę, potem w swoje splecione palce. Patrzy wszędzie, byle nie na grupkę młodzieńców zbierających się pod estradą.

Kiedy ona i Mia dały się wciągnąć w tę pieprzoną zabawę?

To przypomina bydlęcy targ.

Wiem, że cel jest szczytny, ale mimo wszystko.

Wodzirej przedstawia pierwszą dziewczynę, przypisując jej zmyślone zalety. Ma na imię Jada i pierwszy taniec z nią szybko osiąga cenę 5000 dolarów. Mia i Ana cały czas rozmawiają. Ana jest wyraźnie zainteresowana tym, co Mia jej opowiada.

Cholera.

Czyżby mówiła o mnie?

Następna w kolejce jest Mariah. Sposób, w jaki mistrz ceremonii ją przedstawia, wprawia ją w widoczne zakłopotanie, i wcale się jej nie dziwię.

Mia i Ana w dalszym ciągu plotkują – i już wiem, że na pewno o mnie.

Do kurwy nędzy, Mia, zamknij się.

Pierwszy taniec z Mariah jest sprzedany za 4000 dolarów.

Ana zerka na mnie, potem na Mię, która gada jak nakręcona.

Następna jest Jill, z którą taniec ktoś wylicytował za 4000 dolarów.

Ana wpatruje się we mnie błyszczącymi oczami, niestety nie mam pojęcia, o czym myśli.

Cholera. Co ta Mia jej naopowiadała?

– A teraz pozwólcie, panowie, że przedstawię wam śliczną Anę.

Mia szturcha Anę, żeby wyszła na środek, a ja przepycham się na sam przód zgromadzonych pod estradą facetów. Ana nie lubi być w centrum uwagi.

Niech licho porwie Mię, że ją na to namówiła.

Ale Anastasia jest piękna.

Mistrz ceremonii znowu daje się ponieść fantazji.

– Piekna Ana gra na sześciu instrumentach, biegle mówi po mandaryńsku i uwielbia jogę… cóż, panowie…

Dość tego.

– Dziesięć tysięcy dolarów – wykrzykuję.

– Piętnaście – jakiś facet mnie przebija.

Co, do ciężkiej cholery?

Obracam się, żeby zobaczyć, kto się ośmiela licytować

moją dziewczynę, i widzę, że to Flynn, kosztowny szarlatan, jak nazywa go Ana. Ten krok rozpoznam wszędzie. Kiwa mi uprzejmie głową.

– No cóż, panowie. Mamy tu dzisiaj ostrych graczy – zwraca się mistrz ceremonii do gromadki licytujących.

W co ten Flynn pogrywa? Jak daleko zamierza się posunąć?

Gwar w pawilonie cichnie, wszyscy patrzą w naszą stronę, czekając na moją reakcję.

– Dwadzieścia – podbijam, nie podnosząc głosu.

– Dwadzieścia pięć – Flynn nie zamierza ustąpić.

Ana patrzy to na mnie, to na niego. Jest przerażona. A ja, mówiąc szczerze, mam już dość tych gierek Flynna.

– Sto tysięcy dolarów – wołam na tyle głośno, żeby wszyscy mogli mnie usłyszeć.

– Co to ma, kurwa, być? – wyrywa się którejś stojącej za Aną kobiecie, a ja słyszę, jak wszyscy wokół mnie wstrzymują oddech.

No, dalej, John.

Mierzę Flynna zimnym wzrokiem, a on z uśmiechem unosi obie ręce w geście poddania. Skończył.

– Sto tysięcy dolarów za śliczną Anę! Po raz pierwszy. Po raz drugi. – Mistrz ceremonii gestem zaprasza Flynna do dalszej licytacji, on jednak kręci głową i kłania się.

– Sprzedane! – wykrzykuje triumfalnie mistrz ceremonii, po czym rozlegają się ogłuszające oklaski i wiwaty. Podchodzę i wyciągam do Any rękę.

Wygrałem moją dziewczynę.

Z pełnym ulgi uśmiechem podaje mi dłoń. Pomagam jej zejść z estrady, całuję ją w rękę, po czym wsuwam ją sobie pod ramię. Zmierzamy do wyjścia z pawilonu, nie zwracając uwagi na gwizdy i gratulacyjne okrzyki.

– Kto to był? – pyta.

– Ktoś, kogo być może później poznasz. Teraz jednak

chcę ci coś pokazać. Do końca aukcji pierwszego tańca zostało jeszcze jakieś dwadzieścia minut. Potem jednak będziemy musieli wrócić na parkiet, żebym mógł nacieszyć się tańcem, za który zapłaciłem.

– Bardzo drogi ten taniec – zauważa oschle.

– Jestem pewny, że będzie wart każdego centa.

W końcu. Mam ją. Mia wciąż jeszcze jest na estradzie, więc tym razem nie uda się jej nam przeszkodzić. Prowadzę Anę przez trawnik, świadomy, że dwóch ochroniarzy nie odstępuje nas na krok. Dochodzimy do drzwi prowadzących do salonu, gdzie już prawie nie słychać odgłosów zabawy. Zostawiam drzwi otwarte, żeby ochroniarze mogli za nami wejść. Dalej idziemy przez hol i po schodach na drugie piętro, do mojego dawnego pokoju.

Kolejny pierwszy raz.

Kiedy jesteśmy już na miejscu, zamykam za nami drzwi na klucz. Ochrona może zostać na zewnątrz.

– To był mój pokój.

Ana zatrzymuje się na środku i wszystkiemu się przygląda: moim plakatom, korkowej tablicy. Wszystkiemu. Wreszcie jej wzrok spoczywa na mnie.

– Nigdy nie przyprowadziłem tutaj dziewczyny.

– Nigdy?

Kręcę głową. Przeszywa mnie dreszcz, jakbym był jakimś nastolatkiem. Dziewczyna. W moim pokoju. Co by powiedziała mama?

Ana rozchyla zapraszająco wargi. Widoczne zza maski oczy ma ciemne i ani na chwilę ich ode mnie nie odrywa. Podchodzę do niej.

– Nie mamy dużo czasu, Anastasio, ale też nie będzie on nam potrzebny, zważywszy na to, jak się w tej chwili czuję. Odwróć się. Pomogę ci zdjąć suknię.

Nie muszę jej tego dwa razy powtarzać.

– Maski nie zdejmuj – szepczę jej do ucha.

Wyrywa się jej jęk, a przecież nawet jej jeszcze nie dotknąłem. Nosiła kulki gejszy tak długo, że nie może się już doczekać, abym ją zaspokoił. Rozsuwam zamek i pomagam jej wyjść z sukni. Odwieszam ją na oparcie krzesła i zdejmuję marynarkę.

Ana ma na sobie gorset.

I pończochy.

I wysokie obcasy.

I maskę.

Podczas kolacji cały czas mnie rozpraszała.

– Wiesz, Anastasio. – Podchodzę do niej, rozwiązując muszkę i rozpinając guziki koszuli przy kołnierzyku. – Byłem na ciebie taki wściekły, kiedy kupiłaś to, co wystawiłem na licytację. Różne rzeczy przychodziły mi do głowy. Ale przypomniałem sobie, że kara już nie wchodzi w grę. Jednak z drugiej strony sama to zaproponowałaś. – Stoję tuż obok niej i patrzę na nią z góry. – Dlaczego to zrobiłaś?

Muszę to wiedzieć.

– Bo tak mnie jakoś naszło? – Głos ma ochrypły, drżący z pożądania. – Nie wiem. Z frustracji? Przez alkohol? Zbożny cel?

Wzrusza ramionami, zatrzymując wzrok na moich ustach.

– Przyrzekłem sobie, że nigdy cię już nie uderzę, choćbyś mnie błagała.

– Błagam.

– Ale potem sobie uświadomiłem, że czujesz teraz wielki dyskomfort, a do tego raczej nie przywykłaś.

– Tak – odpowiada.

Brakuje jej tchu, jest taka seksowna i uszczęśliwiona, chyba dlatego, że domyślam się, jak się czuje.

– I tak sobie pomyślałem, że możemy sobie pozwolić na pewne odstępstwo. Ale musisz mi obiecać jedno.

– Co tylko zechcesz.

– W razie potrzeby użyjesz hasła bezpieczeństwa, i wtedy będę się po prostu z tobą kochał. Dobrze?

Ochoczo przystaje.

Prowadzę ją do łóżka, odrzucam kołdrę i siadam. Ana stoi przede mną w gorsecie i masce.

Wygląda oszałamiająco.

Obok siebie kładę poduszkę. Biorę Anę za rękę i pociągam, tak że kładzie się na moich kolanach, piersiami wsparta na poduszce. Odsuwam na bok jej włosy, odsłaniając twarz i maskę.

Właśnie tak.

Wygląda cudownie.

Przyda się jeszcze nieco urozmaicenia.

– Załóż ręce za plecy.

Natychmiast wykonuje polecenie i wierci się niecierpliwie.

Chętna. To mi się podoba.

Zawiązuję jej nadgarstki muszką. Jest bezbronna. Całkowicie zdana na moją łaskę.

Cóż za radość.

– Naprawdę tego chcesz, Anastasio?

– Tak – mówi bez cienia wątpliwości.

Ale ja wciąż tego nie rozumiem. Byłem przekonany, że takie zabawy nie wchodzą w rachubę.

– Dlaczego? – pytam, gładząc jej pośladki.

– Czy musi być jakiś powód?

– Nie, maleńka, nie musi. Po prostu staram się ciebie zrozumieć.

Ciesz się chwilą, Grey.

Ona tego chce. Tak samo jak ty.

Znowu ją głaszczę, przygotowując się na to, co zaraz nastąpi.

Pochylam się, przytrzymuję ją lewą ręką, a drugą

wymierzam jej klapsa w miejscu, gdzie jej słodka pupa styka się z pończochami.

Z jękiem wypowiada jakieś słowo, którego nie rozumiem.

Ale nie jest to słowo-hasło.

Uderzam znowu.

– Dwa. Dojdziemy do dwunastu. – Zaczynam liczyć.

Głaszczę ją i znowu uderzam dwa razy, najpierw w jeden, potem w drugi pośladek. Powoli zsuwam z niej majteczki, po udach, kolanach, kostkach, wreszcie Louboutinach, aż zostają na podłodze.

To takie podniecające.

Widzę, że wyjęła już kulki gejszy, i odliczając, wymierzam kolejne klapsy. Jęczy i wije się na moich kolanach, oczy ma zamknięte. Jej pupa przybiera uroczy różowy kolor.

– Dwanaście – oznajmiam szeptem.

Pieszczę jej zaczerwienioną pupę i wsuwam w nią dwa palce.

Jest wilgotna.

Kurewsko wilgotna.

Bardziej niż gotowa.

Jęczy, kiedy zataczam w niej palcami kółka, i dochodzi, głośno i gwałtownie.

Rany. Szybko poszło. Jest taką zmysłową istotą.

– Bardzo dobrze, maleńka – mruczę i rozwiązuję jej ręce.

Dyszy, próbując odzyskać oddech.

– Jeszcze z tobą nie skończyłem, Anastasio.

Teraz ja odczuwam dyskomfort. Pragnę jej.

Bardzo.

Układam ją tak, że kolanami dotyka podłogi i klękam za nią. Rozpinam rozporek i zdzieram z siebie slipy, uwalniając moją nabrzmiałą męskość. Z kieszeni spodni wyjmuję prezerwatywę i wysuwam palce z mojej dziewczyny.

Jęczy.

Zakładam gumkę.

– Rozstaw nogi. – Kiedy robi, o co proszę, wchodzę w nią. – To nie potrwa długo, maleńka – szepczę i przytrzymując ją za biodra, powoli się z niej wysuwam, po czym znowu mocno uderzam.

Krzyczy. Ze szczęścia. W zapamiętaniu. W ekstazie. Właśnie tego pragnie, a ja z radością zaspokajam jej pragnienie. Uderzam raz za razem, a ona wychodzi mi na spotkanie.

Cholera.

Będzie chyba jeszcze szybciej, niż się spodziewałem.

– Ano, nie – ostrzegam.

Chcę przedłużyć jej rozkosz. Ale jest wygłodniała i bierze tyle, ile zdoła. Jest moim zachłannym kontrapunktem.

– Ano, do cholery. – Szczytuję ze stłumionym okrzykiem, co u niej wywołuje podobną reakcję. Krzyczy, kiedy jej ciałem wstrząsa orgazm i wciąga mnie w siebie. Osuwam się na nią.

Rany, to było naprawdę coś.

Jestem wykończony.

Ale to było nieuniknione po wszystkich tych mękach i wyczekiwaniu podczas kolacji… Całuję ją w ramię, wysuwam się z niej, zdejmuję prezerwatywę i wrzucam ją do kosza przy łóżku. Sprzątaczka mojej matki na pewno się zdziwi.

Ana, wciąż w masce na twarzy, dyszy ciężko, ale uśmiecha się radośnie. Jest zaspokojona. Klękam za nią i opieram głowę o jej plecy. Leżymy tak chwilę, dochodząc do siebie.

– Mmm – mruczę z zadowoleniem i całuję jej idealnie gładką skórę. – Z tego, co mi wiadomo, jest mi pani winna taniec, panno Steele.

Potwierdza dobywającym się głęboko z gardła mruknięciem. Siadam i biorę ją na kolana.

– Nie zostało nam wiele czasu. Musimy iść.

Całuję ją we włosy. Ana zsuwa się z moich kolan i siada na łóżku, żeby się ubrać. Ja tymczasem zapinam koszulę i wiążę na powrót muszkę.

Ana wstaje i idzie do krzesła, na którym zostawiłem jej suknię. W samej tylko masce, gorsecie i butach jest ucieleśnieniem zmysłowości. Wiedziałem, że jest boginią, ale… Przekracza moje wszelkie oczekiwania.

Kocham ją.

Odwracam się, bo nagle czuję się bezbronny, i wygładzam łóżko.

Kiedy kończę, niepokój ustępuje jak cofająca się fala. Dostrzegam, że Ana ogląda zdjęcia przyczepione do tablicy. Jest ich tam dużo – z całego świata. Moi rodzice uwielbiali zagraniczne wojaże.

– Kto to jest? – pyta Ana, pokazując na czarno-białą fotografię tej przeklętej dziwki i ćpunki.

– Nikt ważny.

Zakładam marynarkę i poprawiam maskę. Zupełnie o tym zdjęciu zapomniałem. Carrick mi je dał, kiedy miałem szesnaście lat. Kilka razy próbowałem je wyrzucić, ale jakoś nigdy nie mogłem się na to zdobyć.

– Synu, mam coś dla ciebie.

– Co? – Jestem w gabinecie Carricka i czekam na burę. Nie wiem tylko za co. Mam nadzieję, że nie dowiedział się o pani Lincoln.

– Ostatnio jesteś spokojniejszy, bardziej pozbierany.

Kiwam głową, bardzo się starając, żeby moja mina mnie nie zdradziła.

– Przeglądałem stare dokumentyy i znalazłem to. – Podaje mi czarno-białe zdjęcie smutnej młodej kobiety. Mam wrażenie, jakby mnie ktoś walnął w brzuch.

Ta zaćpana dziwka.

Carrick mi się przygląda.

– Dostaliśmy to, kiedy cię adoptowaliśmy.

– Och – udaje mi się wykrztusić przez ściśnięte gardło.

– Pomyślałem sobie, że chciałbyś je zobaczyć. Poznajesz ją?

– Tak – cedzę przez zaciśnięte zęby.

Kiwa głową, więc domyślam się, że chce mi jeszcze coś powiedzieć.

Co trzyma w zanadrzu?

– Nie mam żadnych informacji o twoim biologicznym ojcu. Jednak wszystko wskazuje na to, że nie utrzymywał z twoją matką żadnych kontaktów.

Próbuje mi coś powiedzieć... To chyba nie był ten jej pieprzony alfons?

– Gdybyś chciał się czegoś dowiedzieć... Możesz na mnie liczyć.

– Tamten mężczyzna? – pytam szeptem.

– Nie, on nie ma z tobą nic wspólnego – zapewnia mnie ojciec.

Zamykam oczy.

Kurwa, całe szczęście. Kurwa, kurwa, kurwa, dziękuję.

– Coś jeszcze, tato? Mogę już iść?

– Oczywiście. – Tato jest co prawda zmartwiony, ale tylko kiwa głową.

Ściskając w ręce zdjęcie, wychodzę z jego gabinetu. I biegnę. Biegnę. Biegnę. Biegnę...

To była smutna, żałosna, zaćpana dziwka. Na tym starym czarno-białym zdjęciu wygląda jak ofiara. Myślę, że to fotografia do kartoteki policyjnej, ktoś tylko odciął numery. Ciekawe, czy skończyłaby inaczej, gdyby istniała wtedy organizacja dobroczynna moich rodziców. Potrząsam głową, bo nie chcę o tym rozmawiać z Aną.

– Zapiąć cię? – pytam, żeby zmienić temat.

– Poproszę – odpowiada i odwraca się do mnie tyłem. – W takim razie dlaczego wisi na twojej tablicy?

Anastasio Steele, na wszystko masz pytanie i odpowiedź.

– Przez przeoczenie. Jak moja muszka?

Patrzy na muchę i wzrok jej łagodnieje. Podnosi ręce i poprawia ją, ciągnąc za oba końce.

– Teraz wyglądasz idealnie – mówi.

– Podobnie jak ty. – Obejmuję ją i całuję. – Lepiej się czujesz?

– O wiele lepiej, dziękuję panu, panie Grey.

– Cała przyjemność po mojej stronie, panno Steele.

Przepełnia mnie uczucie wdzięczności. I zadowolenia.

Wyciągam do niej rękę, a ona ją ujmuje z nieśmiałym, ale pełnym satysfakcji uśmiechem. Otwieram drzwi i schodzimy po schodach do ogrodu. Nie wiem, kiedy dołączają do nas ochroniarze, ale wychodzą na taras tuż za nami. Zebrała się na nim grupka palaczy, którzy przyglądają się nam z zainteresowaniem, ja jednak nie zwracam na nich uwagi, tylko prowadzę Anę prosto na parkiet.

Rozlega się głos mistrza ceremonii.

– Panie i panowie, pora na pierwszy taniec. Czy pani i pan Grey są gotowi?

Carrick, obejmując moją matkę, kiwa głową.

– A panie i panowie z aukcji pierwszego tańca, jesteście gotowi?

Obejmuję Anę w pasie i spoglądam na nią, a ona uśmiecha się do mnie.

– W takim razie zaczynamy – wykrzykuje wodzirej z zapałem. – Do roboty, Sam!

Na scenie pojawia się młody mężczyzna, obraca się w stronę zespołu, pstryka palcami i rozbrzmiewają pierwsze takty przesłodzonej wersji *I've Got You Under My Skin*. Przyciągam Anę do siebie i zaczynamy tańczyć. Ana z łatwością pozwala mi się prowadzić. Kiedy wiruje po parkiecie, wygląda zniewalająco, i uśmiechamy się do siebie jak dwoje zakochanych głuptasów, którymi przecież jesteśmy...

Czy kiedykolwiek tak się czułem?

Radosny?

Szczęśliwy?

Władca pieprzonego wszechświata.

– Uwielbiam tę piosenkę – mówię do niej. – Jest bardzo adekwatna do sytuacji.

– To prawda. Była adekwatna zwłaszcza w twoim pokoju.

Ano! Jestem zszokowany.

– Panno Steele, nie miałem pojęcia, że potrafi pani być taka bezwstydna.

– Panie Grey, ja również o tym nie wiedziałam. Myślę, że to przez moje ostatnie doświadczenia. Wiele mnie nauczyły – odpowiada z figlarnym uśmieszkiem. – To była prawdziwa szkoła.

– Dla nas obojga. – Raz jeszcze okrążam z nią parkiet. Piosenka się kończy, a ja niechętnie wypuszczam ją z objęć, żeby nagrodzić zespół oklaskami.

– Odbijany? – pyta Flynn, który pojawia się nie wiadomo skąd.

Musimy sobie co nieco wyjaśnić, na razie jednak ustępuję mu miejsca.

– Bardzo proszę. Anastasio, przedstawiam ci Johna Flynna. Johnie, to Anastasia.

Ana zerka na mnie nerwowo, ja jednak odsuwam się na bok. Flynn wyciąga ramiona i Ana ujmuje jego rękę, kiedy zespół zaczyna grać *They Can't Take That Away from Me*.

Ana prowadzi z Flynnem ożywioną rozmowę. Ciekawe, o czym mówią.

O mnie?

Cholera!

Moje zdenerwowanie powraca ze zdwojoną siłą.

Muszę się pogodzić z faktem, że kiedy Ana pozna wszystkie moje sekrety, odejdzie, a zatajanie ich przed nią odwleka tylko to, co nieuniknione.

Ale przecież niemożliwe, żeby John okazał się niedyskretny.

– Cześć, kochanie – odzywa się Grace, przerywając moje ponure rozmyślania.

– Mamo.

– Dobrze się bawisz? – Ona również obserwuje Anę i Johna.

– Doskonale.

Grace zdjęła już swoją maskę.

– Twoja młoda przyjaciółka była bardzo hojna – mówi Grace z lekkim napięciem w głosie.

– Owszem – odpowiadam kwaśno.

– Wydawało mi się, że jeszcze studiuje.

– Mamo, to długa historia.

– Tyle domyśliłam się sama.

Coś jest na rzeczy.

– O co chodzi, Grace? Wyduś to z siebie.

Z wahaniem kładzie mi rękę na ramieniu.

– Wyglądasz na szczęśliwego, kochanie.

– Jestem szczęśliwy.

– To ci dobrze zrobi.

– Też tak uważam.

– Mam nadzieję, że ona cię nie zrani.

– Dlaczego tak mówisz?

– Jest młoda.

– Mamo, co ty...

Jakaś kobieta w najpaskudniejszej sukni, jaką widziałem, podchodzi do Grace.

– Christianie, to moja przyjaciółka Pamela, z klubu czytelniczego.

Wymieniamy uprzejmości, ale ja marzę tylko o tym,

żeby przycisnąć Grace. Co sugerowała, mówiąc w ten sposób o Anie? Muzyka dobiega końca, nadeszła więc pora, by uwolnić Anastasię od mojego psychiatry.

– Nie skończyliśmy tej rozmowy – ostrzegam Grace i podchodzę do miejsca, w którym Ana i John przestali tańczyć.

Co moja matka próbuje mi powiedzieć?

– Anastasio, było mi bardzo miło cię poznać – mówi Flynn do Any.

– Johnie – pozdrawiam go skinieniem głowy.

– Christianie.

Flynn odchodzi – żeby poszukać swojej żony, jak mniemam. Rozmowa z matką trochę mnie wytrąciła z równowagi. Porywam Anę do następnego tańca.

– Jest znacznie młodszy, niż się spodziewałam – zauważa Ana. – I bardzo niedyskretny.

Kurwa.

– Niedyskretny?

– O tak, powiedział mi wszystko.

Do diabła. Naprawdę to zrobił? Postanawiam sprawdzić, jakich narobił szkód.

– Cóż, w takim razie pójdę po twoją torebkę. Na pewno nie chcesz mieć ze mną więcej do czynienia.

Ana przestaje tańczyć.

– Nic mi nie powiedział! – wykrzykuje.

Mam wrażenie, że najchętniej by mną potrząsnęła.

Och, dzięki Bogu.

Zespół zaczyna grać *The Very Thought of You*, kładę więc dłoń u nasady pleców Any.

– W takim razie cieszmy się tańcem.

Idiota ze mnie. Przecież Flynn nigdy by nie zdradził tajemnicy lekarskiej. Tańczymy, a mój niepokój powoli znika i humor mi się poprawia. Kto by pomyślał, że taniec może dawać tyle radości.

Zdumiewa mnie gracja, z jaką Ana porusza się po parkiecie. Przypomina mi się, jak po naszej pierwszej wspólnie spędzonej nocy w moim mieszkaniu przyłapałem ją ze słuchawkami na uszach podrygującą do jakiejś melodii. Poruszała się tak niezdarnie – zupełnie inaczej niż Ana, która jest tu dzisiaj ze mną, płynnie mi się poddająca i wyraźnie zadowolona.

Zespół przechodzi do *You Don't Know Me*.

Melodia jest wolniejsza. Melancholijna. Słodko--gorzka.

Jak ostrzeżenie.

Ano. *Nie znasz mnie.*

Gdy tak ją trzymam w objęciach, w duchu błagam ją o przebaczenie za grzechy, o których nawet nie ma pojęcia. Za coś, o czym nigdy nie może się dowiedzieć.

Nie zna mnie.

Maleńka, przepraszam cię.

Wdycham jej zapach, co przynosi mi odrobinę ukojenia. Przymykam oczy, żeby wbił mi się w pamięć, bym miał co wspominać, kiedy jej już nie będzie.

Ano.

Piosenka się kończy i Ana uśmiecha się do mnie czarująco.

– Przepraszam, ale muszę iść do toalety – mówi. – Zaraz wracam.

– Okej.

Patrzę, jak wychodzi, i widzę Taylora, który natychmiast za nią rusza, podobnie jak jeden z ochroniarzy stojących na skraju parkietu.

Zauważam doktora Flynna pogrążonego w rozmowie z żoną.

– Johnie.

– O, witaj ponownie, Christianie. Poznałeś moją żonę, Rhian.

– Oczywiście. Rhian – mówię, gdy wymieniamy uścisk dłoni.

– Twoi rodzice potrafią organizować przyjęcia – mówi Rhian.

– Tak, to prawda – nie mogę się z nią nie zgodzić.

– Wybaczcie mi, proszę, ale muszę poprawić makijaż. Johnie, tylko się zachowuj – dodaje ostrzegawczo, a ja parskam śmiechem.

– Dobrze mnie zna – mówi John z przekąsem.

– Co to, kurwa, miało być? – pytam. – Chciałeś się zabawić moim kosztem?

– Rzeczywiście, twoim kosztem. Uwielbiam patrzeć, jak pozbywasz się części swoich pieniędzy.

– Masz szczęście, że ona jest warta każdego wydanego centa.

– Musiałem zrobić coś, żebyś się przekonał, że jesteś zdolny do poświęcenia. – Flynn wzrusza ramionami.

– Dlatego mnie przelicytowywałeś? Żeby mnie sprawdzić? Nie brak poświęcenia mnie przeraża. – Mierzę go ponurym wzrokiem.

– Odnoszę wrażenie, że ona ma wszelkie dane, żeby dać sobie z tobą radę – mówi.

Nie byłbym tego taki pewny.

– Christianie, po prostu jej powiedz. Ona wie, że masz problemy. I to nie dlatego, że coś jej powiedziałem. – Unosi ręce. – A poza tym to ani czas, ani miejsce na tę rozmowę.

– Masz rację.

– Gdzie ona jest? – Flynn się rozgląda.

– W toalecie.

– To naprawdę urocza młoda kobieta.

Kiwam głową na znak, że całkowicie się z nim zgadzam.

– Odrobinę wiary – mówi.

– Przepraszam, panie Grey. – Przerywa nam Reynolds, jeden z ochroniarzy.

– O co chodzi? – pytam.

– Czy możemy zamienić słowo na osobności?

– Możesz mówić swobodnie – odpowiadam. W końcu to mój psychiatra, do ciężkiej cholery.

– Taylor prosił, żeby panu przekazać, że Elena Lincoln rozmawia z panną Steele.

Niech to szlag.

– Idź – mówi Flynn, a po spojrzeniu, jakim mnie obrzuca, domyślam się, że bardzo chętnie podsłuchałby, o czym rozmawiają.

– Na razie – bąkam i wychodzę z Reynoldsem z pawilonu.

Taylor stoi przy wejściu do namiotu. Za jego plecami, w głębi Ana i Elena prowadzą rozmowę, która jak nietrudno się domyślić, do przyjacielskich raczej nie należy. Ana nagle odwraca się gwałtownie i niemal biegnąc, zmierza w moją stronę.

– Tu jesteś – mówię, próbując wyczuć, w jakim jest nastroju.

Ona jednak ignoruje mnie kompletnie i mija mnie i Taylora.

Nie wygląda to dobrze.

Spoglądam na Taylora, on jednak zachowuje kamienną twarz.

– Ano! – wołam i ruszam, żeby ją dogonić. – Co się stało?

– Może zapytasz swoją eks? – syczy przez zaciśnięte zęby. Jest wściekła.

Rozglądam się, by sprawdzić, czy nikt nas nie podsłuchuje.

– Pytam ciebie.

Mierzy mnie wzrokiem.

Co ja takiego zrobiłem, do cholery?

Ana prostuje ramiona.

– Zagroziła, że będę miała z nią do czynienia, jeśli znowu cię zranię. Zapewne użyje pejcza – warczy Ana.

Nie potrafię zgadnąć, czy ten żart był zamierzony, ale kiedy wyobrażam sobie Elenę grożącą Anie szpicrutą, chce mi się śmiać.

– Widzę, że ironiczne poczucie humoru cię nie opuściło – mówię lekko, w nadziei, że trochę się uspokoi.

– To nie jest śmieszne, Christianie! – warczy.

– Nie, masz rację. Porozmawiam z nią.

– Niczego takiego nie zrobisz. – Krzyżuje ramiona na piersiach.

Więc co mam, do cholery, zrobić?

– Posłuchaj, wiem, że macie finansowe powiązania, wybacz mi tę grę słów, ale... – przerywa i nadyma się, bo nagle jakby zabrakło jej słów. – Muszę iść do łazienki – oświadcza gniewnie.

Ana jest wściekła. Znowu.

Wzdycham. Co mogę zrobić?

– Proszę, nie złość się – przypochlebiam się. – Nie wiedziałem, że tu będzie. Mówiła, że się nie wybiera. – Wyciągam rękę i Ana się nie cofa, kiedy muskam kciukiem jej dolną wargę. – Nie pozwól, żeby Elena zniszczyła nam ten wieczór, Anastasio. Ona to naprawdę stare dzieje. – Unoszę jej brodę i całuję ją delikatnie w usta.

Uspokaja się z westchnieniem i mam wrażenie, że nasza kłótnia dobiegła końca. Ujmuję ją pod łokieć.

– Odprowadzę cię do łazienki, żeby znowu ktoś cię nie zaczepił.

Czekam na nią przed rzędem eleganckich przenośnych toalet, które moja matka wypożyczyła na dzisiejszy wieczór. Wyjmuję telefon i widzę, że przyszedł mail od doktor Greene z wiadomością, że może przyjąć Anę jutro.

Dobrze. Ale tym zajmę się później.

Wybieram numer Eleny i odchodzę kilka kroków, w bardziej ustronne miejsce.

– Christianie.

– Eleno, co ty, do ciężkiej cholery, wyprawiasz?

– Ta dziewczyna jest niemiła i impertynencka.

– Może po prostu powinnaś dać jej spokój.

– Pomyślałam, że się jej przedstawię.

– Po co? Poza tym wydaje mi się, że miało cię tu dzisiaj nie być? Dlaczego zmieniłaś zdanie? Chyba mieliśmy umowę.

– Dzwoniła twoja matka i błagała, żebym przyszła, a ja byłam ciekawa tej całej Anastasii. Musiałam mieć pewność, że cię znowu nie zrani.

– Po prostu zostaw ją w spokoju. To jest mój pierwszy w życiu prawdziwy związek i nie chcę, żebyś go narażała przez jakąś źle pojętą troskę o mnie. Zostaw. Ją. W. Spokoju.

– Chris…

– Ja nie żartuję, Eleno.

– Czyżbyś już zapomniał, kim jesteś?

– Nie, oczywiście, że nie. – Podnoszę wzrok i widzę, że Ana na mnie patrzy. – Muszę kończyć. Dobranoc.

Rozłączam się. Chyba po raz pierwszy w życiu zachowałem się tak wobec Eleny.

Anastasia unosi brew.

– Jak tam stare dzieje?

– Zrzędliwe. – Uznaję, że najlepiej będzie, jak zmienię temat. – Masz ochotę jeszcze potańczyć? A może wolisz już wracać do domu? – Spoglądam na zegarek. – Za pięć minut zaczyna się pokaz sztucznych ogni.

– Zależy jej na tobie – mówi Ana.

– Tak, a mnie na niej, ale tylko jako przyjaciółce.

– Według mnie dla niej to coś więcej niż przyjaźń.

– Anastasio, Elena i ja… – nie kończę. Co mam powiedzieć, żeby ją przekonać? – To skomplikowane. Wiele nas łączyło. Ale teraz to już przeszłość. Jak nieraz ci powtarzałem, teraz się tylko przyjaźnimy. Nic więcej. Proszę, zapomnij o niej. – Całuję ją we włosy i tym razem Ana już się nie odzywa.

Biorę ją za rękę i wracamy na parkiet.

– Anastasio – zwraca się do niej Carrick swoim łagodnym tonem. Stoi tuż za nami. – Czy zaszczycisz mnie kolejnym tańcem? – Carrick wyciąga do niej rękę.

Z uśmiechem patrzę, jak prowadzi moją dziewczynę na parkiet. Zespół zaczyna grać *Come Fly with Me*.

Już po chwili gawędzą z ożywieniem, a ja się zastanawiam, czy ta rozmowa znowu mnie dotyczy.

– Cześć, kochanie. – Obok mnie staje matka z kieliszkiem szampana w ręce.

– Mamo, co mi próbowałaś wcześniej powiedzieć? – pytam bez zbędnych wstępów.

– Christianie, ja – przerywa w pół zdania i patrzy na mnie z niepokojem, a ja od razu się domyślam, że stara się wykręcić od odpowiedzi. Nigdy nie lubiła przekazywać złych wieści.

Co tylko wzmaga mój niepokój.

– Grace. Powiedz mi.

– Rozmawiałam z Eleną. Powiedziała mi, że zerwaliście z Aną i byłeś kompletnie zdruzgotany.

Co takiego?

– Dlaczego mi nie powiedziałeś? – mówi dalej Grace. – Wiem, że prowadzicie wspólny interes, ale było mi przykro, że dowiedziałam się tego od niej.

– Elena przesadza. Wcale nie byłem zdruzgotany. To była tylko kłótnia, nic więcej. Nie mówiłem ci, bo to było chwilowe. Teraz już wszystko w porządku.

– Nie mogę znieść myśli, że mógłbyś cierpieć, kochanie. Mam tylko nadzieję, że jest z tobą z właściwych powodów.

– Kto? Ana? Co ty sugerujesz, mamo?

– Jesteś bogatym człowiekiem, Christianie.

– Uważasz, że poluje na moje pieniądze? – Czuję się, jakby mnie uderzyła.

Kurwa.

– Nie, tego nie powiedziałam…

– Mamo. Ana taka nie jest. – Usilnie staram się zachować spokój.

– Mam nadzieję, kochanie. Po prostu staram się ciebie chronić. Uważaj. Większość młodych ludzi przeżywa miłosny zawód w okresie dojrzewania. – Spogląda na mnie wymownie.

Och, błagam. Moje serce zostało złamane na długo, zanim zacząłem dojrzewać.

– Kochanie, wiesz przecież, że wszyscy pragniemy twojego szczęścia, i muszę przyznać, że nigdy nie widziałam cię równie szczęśliwego jak dziś.

– Tak, mamo. Doceniam troskę, ale wszystko jest w jak najlepszym porządku. – Niemal krzyżuję palce za plecami. – A teraz idę uratować moją łowczynię pieniędzy przed ojcem. – Głos mam lodowaty.

– Christianie… – Matka próbuje mnie zatrzymać, ale szczerze mówiąc, może się ode mnie odpierdolić.

Jak ona śmie myśleć w ten sposób o Anie. I jakim prawem Elena dyskutuje o nas z Grace za moimi plecami?

– Dość już tych tańców ze staruszkami – mówię do Any i ojca.

Carrick się śmieje.

– Nie takimi znowu staruszkami, synu. Jeszcze potrafię korzystać z życia.

Puszcza oczko do Any i odchodzi, by dołączyć do swojej zmartwionej żony.

– Tato chyba cię lubi – mruczę pod nosem, czując w sobie mordercze instynkty.

– No bo jak można mnie nie lubić? – odpowiada Ana z nieśmiałym uśmiechem.

– Słuszna uwaga, panno Steele. – Biorę ją w ramiona. Zespół zaczyna grać *It Had to Be You*.

– Zatańcz ze mną – odzywam się niskim, chropawym głosem.

– Z prawdziwą przyjemnością, panie Grey.

Tańczymy i zapominam o łowczyniach pieniędzy, nadopiekuńczych rodzicach i wtrącających się byłych dominach.

O północy mistrz ceremonii ogłasza, że możemy zdjąć maski. Stoimy na brzegu zatoki i oglądamy niesamowity pokaz sztucznych ogni. Ana opiera się o mnie plecami, a ja trzymam ją w objęciach. Jej twarz rozświetla feeria kolorów, gdy fajerwerki rozbłyskują na niebie. Zachwyca się każdym olśniewającym wybuchem i uśmiecha od ucha do ucha. Pokaz jest idealnie zsynchronizowany z muzyką *Zadok the Priest* Händla.

Bardzo nastrojowe.

Rodzice przeszli samych siebie, by godnie przyjąć swoich gości, co sprawia, że moja irytacja na nich nieco słabnie. Ostatnia salwa fajerwerków rozbłyska w deszczu złocistych gwiazd, który przepięknie rozjaśnia czarne wody zatoki.

Widok jest spektakularny.

– Panie i panowie – rozlega się głos wodzireja, gdy okrzyki i gwizdy powoli cichną. – Jeszcze jedna wiadomość, będąca zwieńczeniem tego niezapomnianego wieczoru: dzięki waszej szczodrości udało się zebrać milion osiemset pięćdziesiąt trzy tysiące dolarów!

Tłum głośno wiwatuje. Suma jest naprawdę imponująca. Wyobrażam sobie, ile matka musiała się natrudzić, żeby wyprosić pieniądze od swoich bogatych gości i przyjaciół. 600 000 dolarów ode mnie walnie przyczyniło się do tego wspaniałego wyniku. Oklaski są ogłuszające, a na pontonie, z którego technicy wystrzeliwali sztuczne ognie, pojawiają się srebrzyste litery układające się w słowa: „Dziękujemy Wam w imieniu Damy Radę" i migoczą nad ciemnym lustrem zatoki.

– Och, Christianie, to było cudowne – wykrzykuje Ana, a ja ją całuję.

Sugeruję, że pora wracać. Nie mogę się doczekać, kiedy już znajdziemy się w domu i będę mógł się do niej przytulić. To był długi dzień. Mam nadzieję, że nie będę musiał jej namawiać, żeby została na noc. Wbrew wszystkiemu bardzo dobrze się dzisiaj bawiłem i mam ochotę na więcej. Chcę, żeby spędziła u mnie niedzielę, i najlepiej cały następny tydzień.

Jutro Anę zbada doktor Greene, a potem, w zależności od pogody, możemy się przelecieć szybowcem albo wybrać na wycieczkę jachtem. W końcu pokażę jej „Grace". Uwielbiam spędzać czas z Aną.

To jest naprawdę cudowne.

Podchodzi Taylor. Potrząsa głową i domyślam się, że chce, abyśmy zaczekali, aż tłum się rozejdzie. Czuwał przez cały wieczór i musi być wykończony. Idąc za jego radą, proszę Anę, żeby zaczekała ze mną.

– To jak, Aspen? – zagaduję.

– Och, nie zapłaciłam za swoją ofertę – mówi.

– Możesz wysłać czek. Znam adres.

– Byłeś bardzo zły.

– Owszem.

– To wina twoja i twoich zabawek.

– Poniosło panią, panno Steele. O ile pamiętam, był to najbardziej satysfakcjonujący wynik. A tak przy okazji, gdzie je masz?

– Srebrne kulki? W torebce.

– Chciałbym je odzyskać. To zbyt silnie działające narzędzie, żeby pozostawało w twoich niewinnych rękach.

– Martwisz się, że znowu mnie poniesie? Na przykład z kimś innym? – pyta z szelmowskim błyskiem w oczach.

Oj, Ano, nie drażnij się ze mną w ten sposób.

– Mam nadzieję, że do tego nie dojdzie. Ale nie, Ano, liczy się dla mnie wyłącznie twoja przyjemność.

Zawsze.

– Nie ufasz mi? – pyta.

– Bezgranicznie. A teraz, czy możesz mi je oddać?

– Zastanowię się.

Panna Steele ostro sobie pogrywa.

Słyszę, że DJ wziął się do roboty.

– Masz ochotę zatańczyć? – pytam.

– Jestem naprawdę zmęczona, Christianie. Wolałabym już iść, jeśli nie masz nic przeciwko temu.

Daję znak Taylorowi. Kiwa głową i mówi coś do mikrofonu ukrytego w rękawie. Ruszamy przez trawnik. Widzę, jak Mia pędzi ku nam, z butami w ręce.

– Chyba już nie idziecie? Dopiero zaczyna się prawdziwa zabawa. Ano, chodź. – Chwyta Anę za rękę.

– Mio, Anastasia jest zmęczona. Wracamy do domu. Poza tym jutro czeka nas wielki dzień.

Ana spogląda na mnie zdziwiona.

Mia wydyma usta, niezadowolona, że nie postawiła na swoim, ale nie nalega.

– Musimy się spotkać w tygodniu. Może wybierzemy się na zakupy?

– Jasne, Mio – odpowiada Ana, a ja słyszę w jej głosie znużenie.

Muszę ją zabrać do domu. Mia całuje Anę na pożegnanie, potem chwyta mnie i obejmuje w uścisku, z całej siły. Patrzy na mnie rozpromieniona.

– Super, że jesteś taki szczęśliwy – mówi i całuje mnie w policzek. – Na razie. Bawcie się dobrze.

Odbiega do czekających na nią przyjaciół, którzy zaczynają iść w stronę parkietu.

Nieopodal stoją moi rodzice i budzi się we mnie poczucie winy, że tak naskoczyłem na mamę.

– Jeszcze pożegnamy się z rodzicami. Chodź. – Razem do nich podchodzimy.

Na nasz widok Grace uśmiecha się radośnie. Głaska mnie po policzku, a ja staram się nie zrobić gniewnej miny.

– Dziękuję, że przyszedłeś i przyprowadziłeś ze sobą Anastasię. Cudownie widzieć was razem.

– Dziękujemy za wspaniały wieczór, mamo – udaje mi się wykrztusić.

Nie chcę kontynuować naszej wcześniejszej rozmowy przy Anie.

– Dobranoc, synu. Ano – mówi Carrick.

– Wpadnij znowu, Anastasio. Serdecznie zapraszamy. Naprawdę się cieszę, że przyszłaś dzisiaj – dopowiada radośnie Grace.

Wygląda na to, że mówi to szczerze, i czuję, jak moja uraza za to, że oskarżyła Anę o polowanie na moje pieniądze, słabnie. Może wynikało to tylko z troski o mnie. Ale oni w ogóle Any nie znają. Ana jest najmniej zachłanną kobietą, jaką kiedykolwiek spotkałem.

Wychodzimy przed dom. Ana pociera rękami ramiona.

– Nie jest ci zimno? – pytam.

– Nie.

– Naprawdę świetnie się dzisiaj bawiłem, Anastasio. Dziękuję ci.

– Ja też… W niektórych momentach lepiej niż w innych.

Najwyraźniej ma na myśli nasz mały wypad do mojego dawnego pokoju.

– Nie zagryzaj wargi, Anastasio – ostrzegam.

– Co miałeś na myśli, mówiąc, że jutro czeka nas ważny dzień? – pyta.

Odpowiadam, że doktor Greene przyjdzie z domową wizytą oraz że mam dla niej niespodziankę.

– Doktor Greene?

– Tak.

– Dlaczego?

– Ponieważ nie znoszę kondomów.

– Ale to moje ciało – burczy.

– Moje też – odpowiadam szeptem.

Ano. Proszę. Ja. Ich. Nie. Znoszę.

Jej oczy błyszczą w łagodnym świetle papierowych lampionów rozwieszonych przed domem, a ja się zastanawiam, czy Ana będzie się dalej spierać. Unosi rękę. Zamieram. Szarpie za końce muszki, a ta się rozwiązuje. Ana delikatnie rozpina mi górne guziki koszuli. Wpatruję się w nią zafascynowany i nie mogę się ruszyć.

– Tak wyglądasz o wiele seksowniej – odzywa się cicho, po raz kolejny mnie zaskakując.

Wychodzi na to, że zapomniała o doktor Greene.

– Jedziemy do domu, natychmiast.

Podjeżdża Q7, wysiada z niego parkingowy i podaje kluczyki Taylorowi. Jeden z ochroniarzy, Sawyer, przynosi mi kopertę. Jest zaadresowana do Any.

– Skąd to masz? – pytam go.

– Dał mi ją ktoś z obsługi, proszę pana.

Czy to od jakiegoś wielbiciela? Charakter pisma wydaje mi się znajomy. Taylor pomaga Anie wsiąść do samochodu, a ja wślizguję się za nią i wręczam jej kopertę.

– Jest zaadresowana do ciebie. Ktoś z personelu przekazał ją Sawyerowi. Jestem pewny, że to od jakiegoś zalotnika.

Taylor sunie w sznurze aut wyjeżdżających sprzed

domu moich rodziców. Ana rozrywa kopertę i spuszcza wzrok na wyjęty z niej list.

– Powiedziałeś jej? – wykrzykuje.

– Komu i co?

– Że nazywam ją panią Robinson?

– To od Eleny? Co za niedorzeczność. – Przecież powiedziałem Elenie, żeby zostawiła Anę w spokoju. Dlaczego mnie ignoruje? I co powiedziała Anie? O co jej, do cholery, chodzi? – Porozmawiam z nią jutro. Albo w poniedziałek.

Chętnie bym list przeczytał, ale Ana nie daje mi tej możliwości. Wpycha go do torebki, za to wyjmuje z niej kulki gejszy.

– Do następnego razu – mówi, oddając mi je.

Następnego razu?

No, to jest dobra wiadomość. Ściskam jej rękę, a ona odwzajemnia gest, patrząc przez okno w ciemność.

Kiedy jedziemy mostem 520, zasypia. Wykorzystuję chwilę, żeby się rozluźnić. Tyle się dzisiaj wydarzyło. Jestem zmęczony, więc opieram głowę o siedzenie i zamykam oczy.

Tak. To był dzień jak się patrzy.

Ana i czek. Jej gniew. Jej gotowość. Szminka. Seks. Tak. Seks.

Naturalnie będę musiał złagodzić niepokój matki i jej przekonanie, że Ana to oportunistka, która dybie na moją fortunę.

No i jest jeszcze Elena wtykająca nos w nie swoje sprawy, zachowująca się skandalicznie. Co, do ciężkiej cholery, mam z nią zrobić?

Spoglądam na swoje odbicie w szybie. Blada, upiorna twarz patrzy na mnie i znika dopiero wtedy, kiedy zjeżdżamy z autostrady na dobrze oświetloną Stewart Street. Jesteśmy prawie w domu.

Kiedy się zatrzymujemy, Ana wciąż śpi. Sawyer wy-skakuje i otwiera drzwi z mojej strony.

– Chcesz, żebym cię zaniósł? – pytam Anę, ściskając ją za rękę.

Budzi się i zaspana kręci przecząco głową. Sawyer idzie pierwszy, bacznie się rozglądając. Kiedy my wcho-dzimy do budynku, Taylor wjeżdża do garażu, by zosta-wić samochód.

W windzie Ana opiera się o mnie i zamyka oczy.

– To był długi dzień, co, Anastasio?

Kiwa głową.

– Zmęczona?

Znowu kiwnięcie.

– Nie jesteś zbyt rozmowna – zauważam.

Jeszcze raz kiwa głową, co wywołuje na mojej twarzy uśmiech.

– Chodź. Położymy cię do łóżka.

Trzymamy się za ręce i za Sawyerem wychodzimy z windy na korytarz. Sawyer nagle się zatrzymuje i pod-nosi dłoń. Mocniej chwytam Anę za rękę.

Co jest, do cholery?

– Okej, T. – mówi Sawyer i obraca się ku nam. – Pro-szę pana, ktoś przebił wszystkie opony w samochodzie panny Steele i oblał go farbą.

Ana wstrzymuje oddech.

W pierwszej chwili myślę, że jakiś wandal włamał się do garażu… ale zaraz przypominam sobie o Leili.

Co ona, do diabła, zrobiła?

Sawyer mówi dalej.

– Taylor się obawia, że sprawca może być w mieszka-niu, więc zaczekamy tutaj. Chce się upewnić.

Jakim cudem ktoś może być w mieszkaniu?

– Rozumiem. Co zamierza Taylor?

– Wjeżdża windą techniczną z Ryanem i Reynoldsem.

Sprawdzą mieszkanie i dadzą znać, czy wszystko jest w porządku. Ja mam zaczekać tutaj z państwem.

– Dziękuję, Sawyerze. – Jeszcze mocniej chwytam Anę za rękę. – Robi się coraz ciekawiej.

Niemożliwe, żeby Leila była w mieszkaniu. A co, jeśli jest inaczej?

Przypominają mi się momenty, kiedy miałem wrażenie, że kątem oka widzę jakiś ruch... albo kiedy się obudziłem, bo myślałem, że ktoś zmierzwił mi włosy, ale okazało się, że to tylko Ana śpi obok. Czuję na plecach dreszcz niepokoju.

Cholera.

Muszę się dowiedzieć, czy Leila tutaj jest. Nie sądzę, żeby mi coś zrobiła. Całuję Anę we włosy.

– Posłuchaj, nie mogę stać tutaj bezczynnie i czekać. Sawyerze, zajmij się panną Steele. Nie pozwól jej wejść, dopóki się nie okaże, że wszystko jest w porządku. Taylor na pewno przesadza. Ale i tak nie pozwól jej wejść.

– Nie, Christianie – Ana próbuje mnie powstrzymać, chwytając mnie za klapy marynarki. – Musisz zostać ze mną.

– Rób, co mówię, Anastasio. Zaczekaj tutaj. – Wcale nie jestem taki zdecydowany, jak mogłoby się wydawać po tonie mojego głosu. – Sawyerze? – Zagradza mi drogę, nie wiedząc, co powinien zrobić. Unoszę brew i po chwili wahania otwiera podwójne drzwi wiodące do mieszkania i przepuszcza mnie. Zaraz zamyka drzwi z powrotem.

W holu przy salonie jest ciemno i cicho. Stoję i wytężam słuch na wszelkie obce dźwięki. Ale dociera do mnie tylko wiatr hulający wokół budynku i pomruk urządzeń w kuchni. Gdzieś daleko w dole, na ulicy zawodzi policyjna syrena, lecz poza tym w Escali panuje cisza, taka jak powinna.

Gdyby tu była Leila, gdzie by się ukryła?

Od razu przychodzi mi na myśl pokój zabaw i już mam pognać na górę, kiedy rozlega się hurkot, a zaraz potem brzęczyk otwierających się drzwi windy technicznej. Wypadają z niej Taylor i dwaj pozostali ochroniarze, z wycelowaną bronią, jak jacyś macho z filmu akcji.

– Czy to naprawdę konieczne? – pytam Taylora, który idzie jako pierwszy.

– Musimy być przygotowani na wszystko, proszę pana.

– Nie wydaje mi się, żeby tu była.

– Przeszukamy mieszkanie.

– Okej – odpowiadam zrezygnowany. – Ja sprawdzę na górze.

– Pójdę z panem. – Podejrzewam, że Taylor przesadnie troszczy się o moje bezpieczeństwo.

Wydaje szybkie polecenia dwóm mężczyznom, którzy rozbiegają się po mieszkaniu. Zapalam wszystkie światła w salonie i korytarzu i razem z Taylorem idę na górę.

Jest bardzo dokładny. Sprawdza pod łóżkiem, stołem, nawet komodą w pokoju zabaw. To samo robi w pokoju uległych i każdym pomieszczeniu po kolei. Nigdzie ani śladu intruza. Idzie do kwatery swojej i pani Jones, a ja wracam na dół. W łazience i garderobie nie ma nikogo, podobnie jak w mojej sypialni. Kiedy stoję na jej środku, czuję się jak idiota, ale mimo to kucam i zaglądam pod łóżko.

Pusto.

Nawet kłaczka kurzu. Pani Jones dobrze się wywiązuje ze swoich obowiązków.

Drzwi na balkon są zamknięte, ale otwieram je. Na zewnątrz wieje chłodny wiaterek, a miasto, ciemne i posępne, rozciąga się u moich stóp. Słyszę szum ulicznego ruchu i ciche zawodzenie wiatru, ale poza tym nic. Wchodzę do środka i zamykam drzwi.

Wraca Taylor.

– Nie ma jej tutaj – mówi.

– Myślisz, że to Leila?

– Tak, proszę pana. – Usta ma zaciśnięte w wąską kreskę. – Pozwoli pan, że przeszukam pana pokój?

Chociaż sam już to zrobiłem, nie mam siły się spierać.

– Jasne.

– Chciałbym sprawdzić wszystkie szafy i komody, proszę pana – mówi.

– W porządku.

Kręcę głową, nie wierząc, w jakiej idiotycznej sytuacji się znaleźliśmy. Otwieram drzwi na korytarz, gdzie czeka Ana. Sawyer wyciąga swoją broń, ale na mój widok natychmiast ją opuszcza.

– Wszystko w porządku – mówię do niego. Chowa pistolet i odsuwa się na bok. – Taylor przesadza – zwracam się do Any. Widzę, że jest wykończona. Nawet nie drgnie, tylko wpatruje się we mnie z pobladłą twarzą i dociera do mnie, że się boi. – Nic się nie dzieje, maleńka. – Biorę ją w ramiona i całuję we włosy. – Jesteś zmęczona. Chodź, idziemy do łóżka.

– Okropnie się denerwowałam – mówi.

– Wiem. Wszyscy jesteśmy zdenerwowani.

Sawyer gdzieś zniknął, zapewne wszedł do mieszkania.

– Słowo daję, twoje eks dostarczają wielu wrażeń, panie Grey – stwierdza.

– To prawda. – Ma rację. Rzeczywiście potrafią dać się we znaki. – Taylor i jego ludzie sprawdzają wszystkie szafy i komody. Ale mnie się nie wydaje, żeby tu była.

– Po co miałaby przychodzić? – Ana nie jest w stanie tego pojąć, a ja ją zapewniam, że Taylor jest bardzo dokładny i że sprawdziliśmy wszystkie pomieszczenia, pokoju zabaw nie wyłączając. Żeby ją uspokoić, proponuję jej drinka, ale odmawia. Jest zmęczona. – Chodź. Położę cię do łóżka. Wyglądasz na wykończoną.

W sypialni wyrzuca całą zawartość swojej torebki na nocny stolik.

– Proszę. – Podaje mi list od Eleny. – Nie wiem, czy chcesz to przeczytać. Ja postanowiłam go zignorować.

Przebiegam wzrokiem tekst.

Anastasio.
Możliwe, że błędnie Cię oceniłam. A z całą pew-
nością Ty błędnie oceniłaś mnie. Zadzwoń, gdy-
byś chciała poznać więcej szczegółów – mogłyby-
śmy razem zjeść lunch. Christian nie chce, abym
z Tobą rozmawiała, ale ja naprawdę chciałabym
pomóc. Nie zrozum mnie źle, aprobuję Wasz
związek – ale jeśli tylko go zranisz... Dość już
w życiu wycierpiał. Zadzwoń do mnie: (206) 279-
6261.
Pani Robinson

Wpadam w gniew.

Czy to jedna z gierek Eleny?

– Nie bardzo wiem, co takiego mogłaby ci powiedzieć. – Wkładam list do kieszeni spodni. – Muszę porozmawiać z Taylorem. Daj, rozepnę ci suknię.

– Zawiadomisz policję o samochodzie? – pyta, odwracając się.

Odsuwam na bok jej włosy i rozsuwam zamek.

– Nie, nie chcę w to mieszać policji. Leila potrzebuje pomocy, nie interwencji policji i nie chcę ich tutaj. Musimy tylko podwoić wysiłki, żeby ją odnaleźć. – Całuję ją w ramię. – Kładź się spać.

W KUCHNI NALEWAM SOBIE szklankę wody.

Co się, do jasnej cholery, dzieje? Cały mój świat się wali. Ledwie zaczyna mi się układać z Aną, a tu dopada mnie moja przeszłość: Leila i Elena. Przez chwilę się zastanawiam, czy może działają w zmowie, ale szybko

dochodzę do wniosku, że popadam w paranoję. Co za ab-
surdalny pomysł. Elena nie jest aż tak szalona.

Pocieram twarz.

Po co Leila wzięła mnie sobie za cel?

Czy to zazdrość?

Chciała więcej. Ja nie.

Ale byłem gotów kontynuować nasz związek na do-
tychczasowych zasadach... To ona go zakończyła.

– *Panie, mogę się odezwać? – pyta Leila.*

*Siedzi po mojej prawej stronie przy stole w jadalni,
w uroczym body La Perla.*

– *Oczywiście.*

– *Zaczęłam cię darzyć uczuciem. Miałam nadzieję, że
mnie zatrzymasz i już na zawsze będziemy razem.*

Zatrzymam? Na zawsze? Cóż to za wierutne bzdury?

– *Ale obawiam się, że to tylko złudne marzenia – mówi
dalej.*

– *Leilo. Przecież wiesz, że to nie dla mnie. Rozmawialiśmy o tym.*

– *Ale jesteś samotny. Widzę to.*

– *Samotny? Ja? Wcale się tak nie czuję. Mam swoją pracę. Rodzinę. Mam ciebie.*

– *Ale ja chcę czegoś więcej, panie.*

– *Nie mogę dać ci więcej. Wiesz o tym.*

– *Rozumiem.*

*Podnosi twarz i patrzy na mnie uważnie bursztynowy-
mi oczami. Złamała czwartą zasadę – nigdy bez pozwolenia
na mnie nie spojrzała. Ale nie strofuję jej za to.*

– *Nie mogę. Nie mam w sobie tego czegoś. – Zawsze byłem z nią szczery.*

– *Właśnie, że masz, panie. Ale może nie jestem tą osobą, która ci to uświadomi. – Jest smutna. Spuszcza wzrok na
swój talerz. – Chcę zakończyć nasz związek.*

Zaskakuje mnie tym kompletnie.

– Jesteś pewna? Leilo, to ważna decyzja. Ja chciałbym, aby nasz związek trwał.

– Nie mogę już dłużej, panie. – Jej głos łamie się na ostatnim słowie, a ja nie wiem, co powiedzieć. – Nie mogę – mówi szeptem. Chrząka.

– Leilo – nie kończę, zmieszany uczuciem, jakie słyszę w jej głosie. Była idealną uległą. Sądziłem, że doskonale do siebie pasujemy. – Bardzo mi było z tobą dobrze. Mam nadzieję, że tobie też.

– Będzie mi smutno, panie. Było mi lepiej niż dobrze. Miałam nadzieję… – głos jej zamiera i tylko uśmiecha się do mnie smutno.

– Żałuję, że nie jestem inny.

Nie żałuję ani trochę. Nie potrzebuję stałego związku.

– Nigdy nie dałeś mi do zrozumienia, że mógłbyś. – Głos ma bardzo cichy.

– Przykro mi. Masz rację. Zakończmy to, jeśli sobie tego życzysz. Tak będzie najlepiej, zwłaszcza jeżeli żywisz do mnie jakieś uczucia.

Taylor i jego ludzie wracają do kuchni.

– W mieszkaniu nie ma śladu po Leili – mówi Taylor.

– Nie sądziłem, że mogłoby być inaczej, ale dziękuję, że sprawdziliście.

– Będziemy na zmianę monitorować kamery. Ryan pierwszy. Sawyer i Reynolds się prześpią.

– Dobrze. Ty też powinieneś.

– Tak, proszę pana. Panowie. – Taylor odprawia trzech mężczyzn.

– Dobranoc.

Po ich wyjściu Taylor zwraca się do mnie.

– Samochód jest kompletnie zniszczony, proszę pana.

– Na złom?

– Tak sądzę. Naprawdę się postarała.

– Pod warunkiem, że to była Leila.

– Rano porozmawiam z ochroną budynku i sprawdzę ich nagrania z monitoringu. Czy chce pan zawiadomić policję?

– Na razie nie.

– Okej. – Taylor kiwa głową.

– Muszę kupić Anie nowy samochód. Porozmawiasz jutro z dilerem Audi?

– Tak, proszę pana. Rano każę odholować wrak.

– Dzięki.

– Czy coś jeszcze, proszę pana?

– Nie. Dziękuję. Odpocznij.

– Dobranoc panu.

– Dobranoc.

Taylor wychodzi, a ja idę do gabinetu. Jestem wzburzony. Nie ma mowy, żebym dał radę zasnąć. Zastanawiam się, czy nie zadzwonić do Welcha i o wszystkim go poinformować, ale jest zbyt późno. Zrzucam marynarkę, wieszam ją na oparciu krzesła i siadam przy komputerze, żeby napisać do niego mail.

Kiedy klikam „Wyślij", dzwoni mój telefon. Na wyświetlaczu pojawia się imię Eleny Lincoln.

Co znowu?

Odbieram.

– Co ty sobie wyobrażasz?

– Christian! – Jest zaskoczona.

– Nie wiem, po co dzwonisz o tej porze. Nie mam ci nic do powiedzenia.

Wzdycha.

– Chciałam ci tylko powiedzieć – przerywa, po czym zmienia zdanie. – Miałam nadzieję zostawić ci wiadomość.

– Cóż, teraz możesz mi to powiedzieć. Nie musisz zostawiać wiadomości.

Z trudem udaje mi się nad sobą zapanować.

– Jesteś zły. Słyszę to. Posłuchaj, jeśli chodzi ci o ten list...

– Nie, to ty posłuchaj. Prosiłem cię, ale teraz to polecenie. Zostaw ją w spokoju. Ona nie ma nic wspólnego z tobą. Rozumiesz?

– Christianie, ale mnie chodzi wyłącznie o twoje dobro.

– Wiem o tym. Ale ja nie żartuję, Eleno. Zostaw ją, kurwa, w spokoju. Mam ci to wysłać w trzech kopiach? Słyszysz, co do ciebie mówię?

– Tak. Tak. Przepraszam. – W życiu nie słyszałem, żeby była taka potulna. Mój gniew nieco słabnie.

– To dobrze. Dobranoc. – Z hukiem odkładam telefon na biurko. Co za wścibska baba. Chwytam się rękami za głowę.

Jestem kurewsko zmęczony.

Ktoś puka do drzwi.

– Co?! – drę się.

Podnoszę wzrok i widzę Anę. Ma na sobie mój T-shirt. Wygląda, jakby się składała z samych nóg i wielkich, przerażonych oczu. Zaskoczyła lwa w jego leżu.

Och, Ano.

– Powinnaś się ubierać w satynę i jedwabie, Anastasio. Ale nawet w moim T-shircie wyglądasz prześlicznie.

– Tęsknię za tobą. Chodź do łóżka. – Głos ma seksowny i przymilny.

Jak mam spać, kiedy tyle się dzieje. Wstaję i obchodzę biurko, żeby spojrzeć na nią z bliska. A jeżeli Leila chce jej zrobić krzywdę? Jeśli się jej uda? Jak zdołam z tym żyć?

– Masz pojęcie, ile dla mnie znaczysz? Gdyby coś ci się stało z mojego powodu... – Owłada mną znajome, kłopotliwe uczucie, rośnie w piersiach, aż staje się kulą w gardle, którą muszę przełknąć.

– Ale nic mi się nie stanie – odpowiada kojącym tonem. Głaska mnie po policzku, muska palcami zarost na brodzie. – Bardzo szybko rośnie ci broda – mówi zdziwiona.

Uwielbiam delikatny dotyk jej palców. Jest kojący i zmysłowy. Kiełzna ciemność. Pieści kciukiem moją dolną wargę, wodząc za nim oczami. Źrenice ma ogromne, a między jej brwiami pojawia się maleńkie v. Sunie palcami w dół, po brodzie, szyi, aż do rozpiętych górnych guzików koszuli.

Co ona robi?

Przesuwa palcem, jak się domyślam po kresce, którą narysowała wcześniej czerwoną szminką. Zamykam oczy i czekam, aż ogarnie mnie ciemność i zacznie dusić. Palce Any dotykają mojej koszuli.

– Nie dotknę cię. Chcę tylko rozpiąć ci koszulę.

Otwieram oczy i broniąc się przed ciemnością, skupiam wzrok na twarzy Any. Nie powstrzymuję jej. Tkanina mojej koszuli unosi się i Ana rozpina kolejny guzik. Pilnuje, żeby materiał nie dotykał mojej skóry i rozpina każdy guzik po kolei. Nie poruszam się. Nie mam odwagi. Oddychając płytko, walczę ze strachem; napinam całe ciało i czekam.

Nie dotykaj mnie.

Błagam cię, Ano.

Rozpina następny guzik i się uśmiecha.

– Z powrotem na swoim terytorium – mówi i przesuwa palcem po linii, którą narysowała już tak dawno temu. Pod jej dotykiem moja przepona się napina.

Wreszcie odpina ostatni guzik i rozsuwa koszulę, a ja wypuszczam z płuc powietrze, bo do tej pory wstrzymywałem oddech. Teraz Ana chwyta mnie za rękę i rozpina lewy mankiet, potem drugi.

– Mogę ci zdjąć koszulę? – pyta.

Kiwam głową, zdany całkowicie na jej łaskę, a ona zsuwa koszulę z moich ramion i wreszcie zdejmuje ją całą. Jest bardzo z siebie zadowolona, kiedy tak stoję na wpół nago przed nią.

Powoli się rozluźniam.

Nie było tak źle.

– A co ze spodniami, panno Steele? – Udaje mi się uśmiechnąć lubieżnie.

– W sypialni. Chcę cię mieć w łóżku.

– Naprawdę? Panno Steele, jest pani nienasycona.

– Nie mam pojęcia dlaczego – odpowiada, biorąc mnie za rękę.

Pozwolam się jej wyprowadzić z salonu, potem idziemy przedpokojem do mojej sypialni. Panuje w niej zimno. Czuję, jak pod wpływem niskiej temperatury twardnieją mi sutki.

– Otwierałaś drzwi na balkon? – pytam.

– Nie – odpowiada, wpatrując się w nie skonsternowana.

Po chwili obraca ku mnie pobladłą twarz. Jest przestraszona.

– Co się dzieje? – pytam.

– Kiedy się obudziłam – odzywa się szeptem – ktoś tutaj był. Ale myślałam, że ponosi mnie wyobraźnia.

– Słucham? – Błyskawicznie omiatam wzrokiem pokój, po czym pędzę na balkon i wyglądam.

Nie ma nikogo – ale przypomina mi się, że kiedy przeszukiwałem pokój, zamknąłem drzwi balkonowe na zamek. Poza tym wiem, że Ana nigdy nie wyszła na balkon. Z powrotem ryglują drzwi.

– Jesteś pewna? – pytam. – Kto to był?

– Chyba kobieta. Było ciemno, a dopiero co się obudziłam.

Kurwa!

– Ubieraj się. Natychmiast! – rozkazuję.

Czemu, do ciężkiej cholery, nie powiedziała mi od razu, kiedy przyszła do gabinetu?

– Ubrania mam na górze – mówi płaczliwie.

Z szuflady komody wyciągam spodnie dresowe.

– Załóż je. – Rzucam jej spodnie, wyciągam T-shirt i sam pośpiesznie się ubieram.

Podnoszę słuchawkę telefonu, który stoi obok łóżka.

– Tak, proszę pana? – odzywa się Taylor.

– Ona tu, kurwa, jest! – niemal krzyczę.

– Cholera! – mówi Taylor i rozłącza się.

Chwilę później on i Ryan wpadają do sypialni.

– Ana mówi, że widziała tu kogoś. Kobietę. Przyszła do mnie do gabinetu, ale nie raczyła mi o tym powiedzieć. – Spoglądam na nią z wyrzutem. – Kiedy tu wróciliśmy, drzwi na balkon były otwarte na oścież, a pamiętam, że w czasie przeszukania zamknąłem je na zamek. To Leila. Wiem o tym.

– Kiedy to było? – Taylor pyta Anę.

– Jakieś dziesięć minut temu – odpowiada.

– Zna mieszkanie jak własną kieszeń. Natychmiast zabieram stąd Anastasię. Leila musi się gdzieś tu ukrywać. Znajdźcie ją. Kiedy wraca Gail?

– Jutro wieczorem, proszę pana.

– Niech nie wraca, dopóki nie będziemy mieć pewności, że jest bezpiecznie. Zrozumiano?

– Tak jest. Pojedzie pan do Bellevue?

– Nie, nie chcę obarczać rodziców moimi problemami. Zarezerwuj mi coś.

– Tak jest. Zadzwonię.

– Czy my trochę nie przesadzamy? – wtrąca się Ana.

– Ona może być uzbrojona – warczę.

– Christianie, stała przy moim łóżku. Gdyby chciała, mogłaby mnie zastrzelić wtedy.

Biorę głęboki oddech, ponieważ nie pora, żebym się wściekał.

– Nie mam ochoty ryzykować, Anastasio. Taylorze, przynieś Anie buty.

Taylor wychodzi, ale Ryan zostaje i nie spuszcza z nas oka.

Niemal biegnę do garderoby, gdzie chwytam pierwsze lepsze dżinsy i marynarkę. Z kieszeni garniturowych spodni wyjmuję opakowanie kondomów, które włożyłem tam wcześniej, i przekładam je do kieszeni dżinsów. Pakuję trochę ubrań i po chwili namysłu biorę też moją dżinsową kurtkę.

Ana stoi tam, gdzie ją zostawiłem, zagubiona i zmartwiona. Moje dresowe spodnie są na nią o wiele za duże, ale nie ma czasu, żeby się przebrała. Narzucam jej dżinsową kurtkę na ramiona i chwytam ją za rękę.

– Idziemy.

Kierujemy się do salonu, gdzie czekamy na Taylora.

– Nie chce mi się wierzyć, żeby gdzieś tu się schowała – mówi Ana.

– To duże mieszkanie. Jeszcze nie widziałaś wszystkiego.

– Czemu po prostu jej nie zawołasz? Nie powiesz, że chcesz z nią porozmawiać?

– Anastasio, ona jest niestabilna i może być uzbrojona – mówię z naciskiem, zirytowany.

– Więc po prostu uciekniemy?

– Na razie tak.

– A jeśli będzie chciała zastrzelić Taylora?

Jezu, mam nadzieję, że nie.

– Taylor zna się na broni. I strzeli szybciej niż ona. – Mam nadzieję.

– Roy był w wojsku. Nauczył mnie strzelać.

– Ty i broń? – pytam z przekąsem. Jestem wstrząśnięty. Nienawidzę broni.

– Tak – odpowiada urażona. – Potrafię strzelać, panie Grey, więc lepiej niech się pan ma na baczności. Nie tylko swoich byłych uległych powinieneś się bać.

– Będę miał to na uwadze, panno Steele.

Taylor wraca i razem wychodzimy do holu. Podaje Anie jej walizkę i buty. Ana obejmuje go, co dla niego i dla mnie jest takim samym zaskoczeniem.

– Uważaj na siebie – mówi.

– Tak, proszę pani – odpowiada Taylor skrępowany, ale też mile połechtany jej spontanicznym odruchem.

Obrzucam go wymownym spojrzeniem, na co poprawia sobie krawat.

– Daj znać, dokąd mamy pojechać.

Taylor sięga po portfel i podaje mi swoją kartę kredytową.

– Myślę, że powinien jej pan użyć.

Rany. Traktuje to naprawdę poważnie.

– Dobrze myślisz.

Dołącza do nas Ryan.

– Sawyer i Reynolds niczego nie znaleźli – zwraca się do Taylora.

– Odprowadź pana Greya i pannę Steele do garażu – mówi mu Taylor.

We troje wsiadamy do windy i Ana może wreszcie założyć buty. Wygląda nieco komicznie w mojej kurtce i spodniach od dresu. Nie jest mi jednak do śmiechu. W końcu naraziłem ją na niebezpieczeństwo.

Ana blednie na widok swojego samochodu. Audi przedstawia opłakany widok – przednia szyba jest roztrzaskana, a cała karoseria pokryta tanią białą farbą. Krew się we mnie gotuje, ale przez wzgląd na Anę tłumię wściekłość. Szybko wsadzam ją do R8. Kiedy zajmuję miejsce za kierownicą, patrzy prosto przed siebie – domyślam się, że nie może znieść widoku swojego samochodu.

– Nowy będzie tu w poniedziałek – uspokajam ją w nadziei, że poczuje się trochę lepiej. Zapalam silnik i zapinam pasy.

– Skąd wiedziała, że to mój samochód?

Wzdycham. Nie przyjmie tego najlepiej.

– Też miała audi A3. Kupowałem je wszystkim moim uległym. To jeden z najbezpieczniejszych samochodów w swojej klasie.

– A więc nie był to w zasadzie prezent z okazji ukończenia studiów – stwierdza cichym głosem.

– Anastasio, chociaż liczyłem na coś innego, nigdy nie byłaś moją uległą, więc technicznie rzecz biorąc, był prezentem na koniec studiów.

Ruszam tyłem z miejsca parkingowego i kieruję się do wyjazdu z garażu, gdzie musimy zaczekać, aż podniesie się szlaban.

– Wciąż na to liczysz? – pyta.

Słucham?

Dzwoni samochodowy telefon.

– Grey.

– Fairmont Olympic. Na moje nazwisko – informuje mnie Taylor.

– Dziękuję, Taylorze. I uważaj na siebie, bardzo cię proszę.

– Tak, proszę pana – mówi i rozłącza się.

W centrum Seattle panuje upiorny spokój. To zaleta jeżdżenia o trzeciej nad ranem. Wybieram objazd autostradą I-5 na wypadek, gdyby Leila jechała za nami. Co kilka minut zerkam we wsteczne lusterko, czując, jak z niepokoju ściska mnie w żołądku. Wszystko wymyka się spod kontroli. Leila może być niebezpieczna. Z drugiej strony miała okazję skrzywdzić Anę, a jednak tego nie zrobiła. Kiedy ją znałem, była łagodnym stworzeniem o artystycznym zacięciu, bystra i skora do żartów. A gdy zakończyła nasz związek, wiedziona instynktem samozachowawczym, byłem dla niej pełen podziwu. Nigdy nie miała destrukcyjnych zapędów, nawet w stosunku do siebie, do czasu, kiedy zjawiła się w moim mieszkaniu i w obecności pani Jones podcięła sobie żyły. A teraz zniszczyła samochód Any.

Nie jest sobą.

I nie mam pewności, czy nie zrobi Anie krzywdy.

Jak zdołam żyć ze sobą, jeśli tak się stanie?

Ana tonie w moich ubraniach, wydaje się mała i nieszczęśliwa. Cały czas wygląda przez okno. Zadała mi pytanie, ale nam przerwano. Chciała wiedzieć, czy wciąż mam nadzieję, że zostanie moją uległą.

Jak mogła o coś takiego zapytać?

Uspokój ją, Grey.

– Nie, wcale na to nie liczę, już nie. Myślałem, że to się rozumie samo przez się.

Obraca się, by na mnie spojrzeć, otulając się moją kurtką, przez co wydaje się jeszcze drobniejsza.

– Martwię się, że ci nie wystarczę.

Czemu mówi o tym akurat teraz?

– Wystarczasz mi aż nadto. Na litość boską, Anastasio, co mam zrobić?

Bawi się guzikiem przy kurtce.

– Dlaczego myślałeś, że cię zostawię, kiedy powiedziałam ci, że doktor Flynn wyjawił mi o tobie wszystko?

Tym się zadręcza?

Nie odpowiadaj wprost, Grey.

– Nie jesteś w stanie pojąć, do jakiego stopnia jestem zdeprawowany, Anastasio. I nie jest to coś, o czym chciałbym z tobą rozmawiać.

– Naprawdę myślisz, że odeszłabym, gdybym wiedziała? Masz o mnie takie złe zdanie?

– Po prostu wiem, że byś odeszła – odpowiadam i jest to myśl nie do zniesienia.

– Christianie, to w ogóle nie wchodzi w grę. Nie wyobrażam sobie, że mogłabym żyć bez ciebie.

– Już raz ode mnie odeszłaś. Nie chcę przeżywać tego po raz kolejny.

Blednie i zaczyna skubać sznurek w spodniach.

Tak. Zraniłaś mnie.

A ja ciebie...

– Elena mówiła, że byłeś u niej w ubiegłą sobotę – mówi szeptem.

Nie. Co za bzdura.

– Nie byłem. – Czemu, do ciężkiej cholery, Elena kłamie?

– Nie poszedłeś do niej, kiedy cię zostawiłam?

– Nie. Przecież właśnie ci powiedziałem, a nie lubię, kiedy mi się nie wierzy. – Uzmysławiam sobie, że kieruję swój gniew na nią. Łagodniejszym tonem dodaję: – W ubiegły weekend nigdzie nie poszedłem. Siedziałem i sklejałem szybowiec, który mi dałaś. Zajęło mi to wiele godzin.

Ana wpatruje się w swoje palce. W dalszym ciągu bawi się sznurkiem.

– Wbrew temu, co się Elenie wydaje – mówię dalej – nie biegam do niej z każdym swoim problemem, Anastasio. W ogóle do nikogo nie biegam. Być może zauważyłeś, że nie jestem zbyt rozmowny.

– Carrick powiedział, że przez wiele lat się nie odzywałeś.

– Naprawdę? – Czy moja rodzina nie może siedzieć cicho?

– W zasadzie to z niego wydusiłam – przyznaje się.

– I cóż ci takiego powiedział mój tatuś?

– Powiedział, że twoja mama była lekarką, która cię badała, kiedy przywieźli cię do szpitala. Po tym, jak cię znaleźli w mieszkaniu. Powiedział też, że pomogła gra na fortepianie. I Mia.

Przypomina mi się Mia, malutka, z szopą czarnych włosków i gulgoczącym śmiechem. Była kimś, kim mogłem się zaopiekować, kogo *mogłem* chronić.

– Miała jakieś pół roku, kiedy się u nas zjawiła. Byłem przeszczęśliwy. Elliot nieco mniej. I tak musiał się już pogodzić z tym, że ja wszedłem do rodziny. Mia była doskonała. Oczywiście, teraz to się zmieniło.

Ana parska śmiechem. Zupełnie nieoczekiwanie. Natychmiast się rozluźniam.

– To panią bawi, panno Steele?

– Odniosłam wrażenie, że za wszelką cenę chce nas rozdzielić.

– Owszem, potrafi być bardzo uparta. – I wkurzająca. Mia jest... po prostu Mią. Moją małą siostrzyczką. Ściskam kolano Any. – Ale w końcu się nam udało. – Uśmiecham się do niej przelotnie, po czym patrzę we wsteczne lusterko. – Chyba nikt za nami nie jedzie.

Najbliższym zjazdem wracam do miasta.

– Czy mogę zapytać o coś, co ma związek z Eleną? – pyta, kiedy zatrzymujemy się na czerwonym świetle.

– Skoro musisz. – Ale wolałbym, żeby tego nie robiła.

– Dawno temu powiedziałeś mi, że kochała cię w sposób, który potrafiłeś zaakceptować. Co to znaczy?

– Naprawdę nie wiesz?

– Nie.

– Nie miałem nad niczym kontroli. Nie mogłem znieść, kiedy ktoś mnie dotykał. Dalej nie mogę. Dla czternastoczy piętnastoletniego dorastającego chłopaka, któremu buzują hormony, to naprawdę bardzo trudny okres. Elena pokazała mi, jak mogę sobie ulżyć.

– Mia powiedziała, że byłeś łobuzem.

– Chryste, co jest z tą moją gadatliwą rodziną. – Zatrzymujemy się na kolejnym czerwonym świetle. Patrzę

na Anę. – Chociaż w zasadzie to twoja wina. Potrafisz
wszystko z człowieka wydusić.

– Mia sama mi o tym powiedziała. Wcale nie musiałam jej o nic pytać. Martwiła się, że zrobisz awanturę,
gdybyś mnie nie wygrał na aukcji.

– Och, maleńka, nigdy by do tego nie doszło. Nikomu bym nie pozwolił z tobą zatańczyć.

– Doktorowi Flynnowi pozwoliłeś.

– On jest zawsze wyjątkiem od reguły.

Skręcam na podjazd przed hotelem Fairmont Olympic. Pojawia się parkingowy i zatrzymuję się koło niego.

– Chodź – mówię do Any i wysiadam, żeby wziąć
nasze bagaże. Rzucam kluczyki zachwyconemu mło-
dzieńcowi. – Na nazwisko Taylor – informuję go.

W holu panuje cisza i spokój, jest tylko jakaś kobieta
z psem. O tej porze? Dziwne.

Recepcjonistka nas melduje.

– Czy potrzebuje pan pomocy z bagażem, panie Taylor? – pyta.

– Nie, pani Taylor i ja sami damy sobie radę.

– Są państwo w apartamencie Cascade, na jedena-
stym piętrze. Boy państwa zaprowadzi.

– Nie trzeba. Gdzie są windy?

Dziewczyna wskazuje nam drogę. Kiedy czekamy
na windę, pytam Anę, jak się trzyma. Wygląda na bardzo
zmęczoną.

– To był interesujący wieczór – odpowiada z typowym dla sobie talentem do niedopowiedzeń.

Taylor zarezerwował nam największy apartament
w hotelu. Ze zdziwieniem stwierdzam, że ma dwie sy-
pialnie. Czyżby Taylor zakładał, że będziemy spali osob-
no, jak w przypadku moich uległych? Chyba powinienem
mu powiedzieć, że to nie dotyczy Any.

– Cóż, pani Taylor, nie wiem jak pani, ale ja muszę się

napić – mówię do Any, która wchodzi za mną do głównej sypialni, gdzie kładę nasze bagaże na otomanie.

W salonie płonie w kominku ogień. Ana staje przed nim i grzeje sobie ręce, a ja przygotowuję drinki. Wygląda tak uroczo; jej ciemne włosy w blasku płomieni przybierają rdzawy odcień.

– Armagnac?

– Poproszę – mówi.

Podchodzę do niej i podaję jej kieliszek.

– Niesamowity dzień, co? – Przyglądam się jej reakcji.

Nie mogę się nadziwić, że chociaż ma za sobą takie przejścia, nie załamała się i nie zaczęła szlochać.

– Nic mi nie jest – odpowiada. – A jak ty się trzymasz?

Jestem podminowany.

Zdenerwowany.

Zły.

Tylko jedno może mi przynieść ukojenie.

Pani, panno Steele.

Mój lek na wszystko.

– Cóż, w tej chwili mam ochotę się napić, ale potem, jeśli nie jesteś zbyt zmęczona, chciałbym cię zabrać do łóżka i zatracić się w tobie bez reszty.

Naprawdę prowokuję los. Przecież ona musi być wykończona.

– To się chyba da załatwić, panie Taylor – mówi i nagradza mnie nieśmiałym uśmiechem.

Och, Ano, moja ty bohaterko!

Zdejmuję buty i skarpetki.

– Pani Taylor, niech pani natychmiast przestanie zagryzać wargę! – mruczę.

Pociąga łyk trunku i zamyka oczy. Pomrukuje, zachwycona jego smakiem. Robi to po cichutku, łagodnie, ale jakże seksownie!

Czuję to w kroczu.

Naprawdę jest wyjątkowa.

– Nigdy nie przestajesz mnie zadziwiać, Anastasio. Po takim dniu jak dzisiaj czy wczoraj ani nie rozpaczasz, ani nie uciekasz, gdzie pieprz rośnie. Naprawdę cię podziwiam. Jesteś bardzo silna.

– Jesteś wystarczająco dobrym powodem, żeby zostać – mówi szeptem.

Ogarnia mnie dziwne uczucie. Bardziej przerażające niż ciemność. Większe. Silniejsze. Na tyle, żeby ranić.

– Mówiłam ci, Christianie, że nigdzie się nie wybieram, bez względu na to, co zrobiłeś. Wiesz, co do ciebie czuję.

Och, maleńka, gdybyś tylko znała prawdę. Uciekłabyś z krzykiem.

– Gdzie powiesisz zdjęcia, które zrobił mi José? – pyta, kompletnie mnie zbijając z pantałyku.

– To zależy – odpowiadam rozbawiony, że tak szybko potrafi zmienić temat.

– Od czego?

– Od okoliczności.

Od tego, czy ze mną zostanie. Chyba nie mógłbym na nią patrzeć, gdyby nie była już moja.

Jeśli. Jeśli nie będzie już moja.

– Wystawa się jeszcze nie skończyła, więc na razie nie muszę podejmować decyzji.

Nie wiem, kiedy galeria dostarczy portrety, chociaż prosiłem, aby zrobili to jak najszybciej.

Mruży oczy i przygląda mi się, jakbym coś przed nią ukrywał.

Bo ukrywam. Mój strach.

– Te groźne miny nie robią na mnie wrażenia, pani Taylor. Nie powiem ani słowa – droczę się z nią.

– Mogę wydobyć z ciebie prawdę torturami.

– Słowo daję, Anastasio, uważam, że nie powinnaś składać obietnic, których nie dotrzymasz.

Znowu mruży oczy, ale tym razem jest rozbawiona. Odstawia swój kieliszek na kominek, potem bierze mój i stawia go obok.

– To się jeszcze okaże – mówi z zimną determinacją w głosie.

Chwyta mnie za rękę i prowadzi do sypialni.

Ana przejmuje inicjatywę.

Coś podobnego zdarzyło się tylko raz, kiedy rzuciła się na mnie w moim gabinecie.

Nie oponuj, Grey.

Zatrzymuje się u stóp łóżka.

– Skoro masz mnie już tutaj, Anastasio, co zamierzasz ze mną zrobić?

Patrzy na mnie błyszczącymi oczami pełnymi miłości, a ja przełykam, urzeczony jej widokiem.

– Zacznę cię rozbierać. Chcę skończyć to, co zaczęłam wcześniej.

Uchodzi ze mnie całe powietrze. Łapie za klapy mojej marynarki i powoli zsuwa mi ją z ramion. Odwraca się, żeby położyć ją na otomanie, i w tej samej chwili dociera do mnie jej zapach. *Ano.*

– Teraz T-shirt – mówi.

Wraca mi odwaga. Wiem, że mnie nie dotknie. Dobrze wymyśliła z tą mapą na moim ciele. Wciąż jeszcze mam ślady po szmince na piersi i plecach. Unoszę ręce i cofam się o krok, żeby mogła zdjąć ze mnie podkoszulek.

Z lekko rozchylonymi ustami głaska mnie po torsie. Tak bardzo pragnę jej dotknąć, ale jestem zachwycony tym, jak powoli, słodko mnie uwodzi.

Robimy to tak, jak ona chce.

– Co teraz? – mruczę.

– Chcę cię pocałować tutaj. – Paznokciem przesuwa po moim brzuchu od jednego biodra do drugiego.

Kurwa.

Spinam się, kiedy cała krew we mnie spływa w dół.

– Nie będę cię powstrzymywał – mówię szeptem.

Chwyta mnie za rękę i każe mi się położyć.

W spodniach?

Okej.

Odsuwam z łóżka kapę i siadam, nie odrywając wzroku od Any, czekając, co zrobi dalej. Zrzuca moją dżinsową kurtkę i pozwala jej spaść na podłogę; za nią idą moje dresowe spodnie. Muszę ze sobą walczyć, żeby jej nie chwycić i nie rzucić na łóżko.

Prostuje się i patrząc mi w oczy, chwyta za dół mojego T-shirta, po czym zdejmuje go przez głowę.

Stoi przede mną naga i piękna.

– Jesteś Afrodytą, Anastasio.

Ujmuje moją twarz w dłonie i nachyla się, żeby mnie pocałować, a ja dłużej nie mogę się opierać. Kiedy jej usta dotykają moich, łapię ją za biodra i rzucam na łóżko, tak że leży pode mną. Całujemy się, a ja rozsuwam jej nogi, żeby móc się położyć tak, jak lubię najbardziej, między jej udami. Oddaje pocałunki z gwałtownością, która sprawia, że krew się we mnie gotuje. Nasze języki się splatają. Pachnie armagnakiem i Aną. Jedną rękę wsuwam jej za głowę, drugą pieszczę jej ciało, ściskam je i ugniatam. Ujmuję jej pierś, zachwycony, jak twardnieje pod moim dotykiem.

Potrzebuję tego. Łaknę kontaktu z nią.

Jęczy i unosi biodra, przywierając do mojego uwięzionego w dżinsach penisa.

Kurwa.

Wciągam powietrze, a Ana przestaje mnie całować.

Co robisz?

Dyszy i wpatruje się we mnie rozpalonym, błagalnym wzrokiem.

Pragnie więcej.

Wypycham biodra do przodu, napierając na nią moją nabrzmiałą męskością. Patrzę i obserwuję jej reakcję. Przymyka oczy i jęczy zachwycona. Chwyta mnie za włosy i jednocześnie zaczyna się pode mną poruszać.

O matko.

Co za niesamowite uczucie.

Drapie mnie zębami w brodę i w namiętnym pocałunku bierze w posiadanie moje usta i język. Ocieramy się o siebie idealnie zsynchronizowani w cudownej torturze. Nasze ciała są rozpalone, z każdą chwilą coraz bardziej. Oddech Any przyśpiesza i w ekstazie chwyta mnie za ramiona. Dysząc, przesuwa dłoń na dół moich pleców, wsuwa ją pod spodnie i ściska mój pośladek, podniecając mnie jeszcze bardziej.

Zaraz dojdę.

Nie.

– Pozbawisz mnie męskości, Ano. – Klękam i zdzieram z siebie spodnie, uwalniając moją erekcję. Sięgam do kieszeni po prezerwatywę. Podaję ją Anie, która oddychając ciężko, leży na łóżku.

– Pragniesz mnie, maleńka, i ja ciebie też, cholernie. Wiesz, co robić.

W pośpiechu rozrywa foliowe opakowanie i wsuwa prezerwatywę na mój nabrzmiały członek.

Tak bardzo mnie pożąda. Uśmiecham się do niej, kiedy z powrotem się kładzie.

Nienasycona Ana.

Pocieramy się nosami, a ja powoli, bardzo powoli wchodzę w nią i biorę w posiadanie. Jest moja.

Chwyta mnie za ramiona i odchyla głowę do tyłu, rozwierając usta w niemym okrzyku rozkoszy. Łagodnie wchodzę w nią znowu, tuląc w dłoniach jej twarz.

– Przy tobie zapominam o wszystkim. Jesteś moją najlepszą terapią.

Wysuwam się z niej i na powrót w nią wsuwam.

– Szybciej, Christianie, błagam. – Wypycha w górę miednicę, wychodząc mi naprzeciw.

– O nie, maleńka. Chcę to zrobić powoli.

Proszę. Zróbmy to powoli.

Całuję i naciągam jej dolną wargę. Wplata palce w moje włosy i pozwala mi poruszać się w moim własnym, powolnym tempie. Raz za razem, raz za razem i znowu. Zaczyna szczytować, nogi jej sztywnieją, odrzuca głowę w tył i dochodzi, porywając mnie za sobą.

– Och, Ano! – krzyczę, jej imię w moich ustach jest jak modlitwa.

Powraca to nieznane uczucie, narasta, niemal rozsadzając mi piersi. Wiem, czym jest. Wiedziałem o tym od zawsze. Chcę jej powiedzieć, że ją kocham.

Ale nie potrafię.

Słowa zamieniają się w moim gardle w popiół.

Przełykam i kładę głowę na jej brzuchu, obejmując ją ramionami. Wciąż trzyma palce wplecione w moje włosy.

– Nigdy się tobą nie nasycę. Proszę, nie opuszczaj mnie. – Całuję ją w brzuch.

– Nigdzie się nie wybieram, Christianie. A właśnie, przypomniało mi się, że chciałam pocałować twój brzuch – mówi. Jakby odrobinę naburmuszona.

– Nikt ci nie broni, maleńka.

– Nie mam siły się ruszyć. Jestem taka zmęczona.

Wyciągam się obok niej i przykrywam nas kołdrą. Cała promienieje, ale widzę, że jest wyczerpana.

Pozwól się jej przespać, Grey.

– Śpij, moja najsłodsza Ano. – Całuję ją we włosy i tulę.

Nigdy nie pozwolę jej odejść.

KIEDY SIĘ BUDZĘ, jasne promienie słońca sączą się przez żaluzje zasłaniające okno. Ana śpi smacznie u mego boku. Mimo że położyliśmy się tak późno, czuję się wypoczęty; przy niej zawsze śpi mi się dobrze.

Wstaję i zakładam dżinsy i T-shirt. Wiem, że gdybym został w łóżku, nie dałbym jej dłużej spać. Kusi mnie, żeby jej nie zostawiać, ale zdaję sobie sprawę, że potrzebuje snu.

W salonie siadam przy sekretarzyku i wyjmuję z torby laptop. Przede wszystkim muszę wysłać mail do doktor Greene. Pytam, czy mogłaby przyjść do hotelu, żeby zbadać Anę. Odpowiada, że jest wolna tylko o dziesiątej piętnaście.

Świetnie.

Potwierdzam, po czym dzwonię do Maca, pierwszego oficera na moim jachcie.

– Panie Grey.

– Witaj, Mac. Chciałbym dzisiaj po południu popływać na „Grace".

– Będzie pan miał doskonałą pogodę.

– Właśnie. Chcę popłynąć na Bainbridge Island.

– Przygotuję łódź.

– Świetnie. Będziemy w okolicy lunchu.

– My?

– Tak. Zabieram swoją dziewczynę, Anastasię Steele.

W głosie Maca słyszę lekkie wahanie.

– Już się nie mogę doczekać.

– To tak jak ja.

Rozłączam się, podekscytowany, że pokażę Anie „Grace". Myślę, że spodoba się jej żeglowanie. Była zachwycona, kiedy lataliśmy szybowcem, a potem „Charliem Tango".

Dzwonię do Taylora po najświeższe wiadomości, ale zgłasza się jego poczta głosowa. Mam nadzieję, że śpi, na co sobie w pełni zasłużył, ale może też wywozić zniszczone audi Any, tak jak obiecał. To mi przypomina, że muszę jej kupić nowe auto. Ciekawe, czy Taylor rozmawiał z dilerem Audi, ale jest niedziela, więc może jeszcze tego nie zrobił.

Brzęczy mój telefon. Przychodzi SMS od mojej matki.

GRACE
Kochanie, cudownie, że Ty i Anastasia
byliście na wczorajszym balu.
Jak zawsze, bardzo dziękuję Tobie
i Anie za wyjątkową szczodrość.
Mama X

Nie mogę przestać myśleć o tym, co powiedziała o Anie. Przecież to oczywiste, że w ogóle jej nie zna. Ale z drugiej strony spotkała ją ledwie trzy razy. To Elliot zawsze przyprowadzał do nas dziewczyny... nie ja. Grace nie była w stanie za nim nadążyć.

– *Elliot, kochanie, przywiązujemy się do nich i ani się obejrzymy, jak są już historią. To takie smutne.*

– *Więc się nie przywiązujcie.* – *Wzrusza ramionami, przeżuwając z otwartymi ustami.* – *Ja się nie przywiązuję* – *mruczy pod nosem tak, że tylko ja go słyszę.*

– *Przyjdzie dzień, że któraś złamie ci serce, Elliot* – *mówi Grace, podając Mii talerz z macą i serem.*

– *I co z tego, mamo. Ja przynajmniej jakieś przyprowadzam.* – *Zerka na mnie z pogardą.*

– *Mnóstwo moich koleżanek chciałoby wyjść za Christiana. Możesz je zapytać* – *wtrąca się Mia, stając w mojej obronie.*

Fuj. Co za nieprzyjemna myśl – jej pretensjonalne kole-
żaneczki z ósmej klasy.

– Nie musisz się przypadkiem uczyć do egzaminów, kre-
tynie? – Pokazuję Elliotowi palec.

– Uczyć się. Też coś, eunuchu – mówi chełpliwie.

– Chłopcy! Dosyć tego! To wasz pierwszy dzień w domu.
Nie widzieliście się od wieków. Przestańcie się kłócić. Jedzcie.

Gryzę macę z serem. Dzisiaj zobaczę się z panią Lincoln...

Jest 9:40, więc zamawiam śniadanie dla Any i siebie, ponieważ wiem, że przyniosą je nam co najmniej za
dwadzieścia minut. Wracam do swoich maili, na razie nie
odpisuję matce.

Śniadanie przynoszą tuż po dziesiątej. Proszę młodego kelnera, żeby zostawił wszystko na podgrzewaczach,
i kiedy stół jest już nakryty, odprawiam go.

Pora obudzić Anę.

Dalej śpi jak zabita. Włosy w kolorze mahoniu ma
rozrzucone po całej poduszce, jej skóra lśni w jasnym
świetle dnia, wygląda tak słodko i spokojnie. Kładę się
obok niej i patrzę na nią, sycąc wzrok każdym szczegó-
łem. Mruga i otwiera oczy.

– Cześć.

– Cześć. – Rumieni się i podciąga kołdrę pod samą
brodę. – Jak długo tak mi się przyglądasz?

– Mógłbym to robić całymi godzinami, Ano. Ale jestem tu dopiero od pięciu minut. – Całuję ją w skroń. –
Doktor Greene przychodzi za chwilę.

– Och.

– Dobrze spałaś? – pytam. – Sądząc po tym, jak
chrapałaś, to chyba tak.

– Ja nie chrapię!

Uspokajam ją, szeroko się uśmiechając.

– Nie. Nie chrapiesz.

– Wziąłeś już prysznic?

– Nie. Czekałem na ciebie.

– Och. Okej.

– Która godzina?

– Piętnaście po dziesiątej. Nie miałem serca budzić cię wcześniej.

– Mówiłeś, że w ogóle nie masz serca.

Przynajmniej to jest prawdą. Jednak nie komentuję tego.

– Już jest śniadanie. Dla ciebie naleśniki i bekon. Wstawaj, zaczynam się tam czuć bardzo samotny. – Klepię ją w tyłek, schodzę z łóżka i zostawiam ją, żeby wstała.

W jadalni zdejmuję półmiski z wózka i rozkładam talerze. Siadam i w jednej sekundzie pochłaniam tosty z jajecznicą. Nalewam sobie kawę i zastanawiam się, czy nie pogonić Any, uznaję jednak, że nie, i otwieram „The Seattle Times".

Pojawia się Ana w za dużym szlafroku i siada obok mnie.

– Jedz. Dzisiaj przyda ci się dużo siły – mówię.

– A to dlaczego? Zamkniesz mnie w sypialni? – pyta drwiąco.

– Chociaż to kuszący pomysł, pomyślałem, że moglibyśmy spędzić dzisiejszy dzień na powietrzu. – Na samą myśl o „Grace" nie posiadam się z radości.

– To bezpieczne? – żartuje.

– Tam, dokąd się wybieramy, tak – bąkam, niezadowolony z jej uwagi. – I to nie jest powód do żartów – dodaję.

Chcę, żebyś była bezpieczna, Ano.

Jej usta układają się w tak dobrze mi już znany wyrażający upór grymas i spuszcza wzrok na jedzenie.

Jedz, Ano.

Jakby czytając mi w myślach, bierze widelec i zaczyna jeść, a ja nieco się uspokajam.

Kilka minut później rozlega się pukanie do drzwi. Spoglądam na zegarek.

– To będzie nasza poczciwa pani doktor – mówię i idę do drzwi, żeby otworzyć.

– Dzień dobry, pani doktor, zapraszam. Dziękuję, że zgodziła się pani przyjść tak szybko.

– Po raz kolejny, panie Grey, dziękuję, że mój czas jest godny poświęcenia. Gdzie pacjentka? – doktor Greene przechodzi od razu do rzeczy.

– Je śniadanie i będzie gotowa za minutę. Zechce pani zaczekać w sypialni?

– Oczywiście.

Prowadzę ją do sypialni i po chwili zjawia się Ana, spoglądając na mnie z pretensją. Nie zwracam na nią uwagi, tylko zamykam drzwi, zostawiając je obie sam na sam. Może się złościć do woli, ale przecież przestała brać tabletki. A wie doskonale, jak nie znoszę kondomów.

Dzwoni mój telefon.

W końcu.

– Dzień dobry, Taylorze.

– Dzień dobry, proszę pana. Dzwonił pan?

– Jakie wieści?

– Sawyer obejrzał nagrania z monitoringu w garażu i potwierdza, że samochód zniszczyła Leila.

– Jasna cholera.

– Dokładnie tak, proszę pana. Powiadomiłem o wszystkim Welcha i kazałem odholować auto.

– Świetnie. Sprawdziliście monitoring w mieszkaniu?

– Właśnie się tym zajmujemy, ale na razie niczego nie znaleźliśmy.

– Musimy wiedzieć, jak weszła do środka.

– Tak jest, proszę pana. W tej chwili jej tu nie ma. Sprawdziliśmy wszystko dokładnie, ale dopóki nie będziemy mieć pewności, że więcej się tu nie dostanie, pan i panna Steele nie powinniście wracać. Zmieniamy wszystkie zamki. Nawet w drzwiach na schody pożarowe.

– Schody pożarowe. Zawsze o nich zapominam.

– Można się na nie dostać bez trudu.

– Zabieram Anę na jacht. Jeśli zajdzie taka potrzeba, zostaniemy na pokładzie.

– Najpierw chciałbym sprawdzić „Grace" – mówi Taylor.

– Okej, będziemy tam najwcześniej koło pierwszej.

– Potem ktoś odbierze państwa bagaże z hotelu.

– Doskonale.

– I wysłałem też maila w sprawie nowego audi.

– Dobrze. Informuj mnie, jak się sprawy mają.

– Oczywiście.

– A, i jeszcze jedno, Taylorze. W przyszłości wystarczy apartament z jedną sypialnią.

Taylor waha się przez ułamek sekundy.

– Rozumiem, proszę pana – mówi. – Czy to na razie wszystko?

– Nie. kiedy wróci Gail, poproś ją, żeby przeniosła wszystkie rzeczy panny Steele do mojego pokoju.

– Oczywiście, proszę pana.

– Dzięki.

Rozłączam się i wracam do stołu, żeby dokończyć czytanie gazety. Z niezadowoleniem stwierdzam, że Ana prawie nie tknęła śniadania.

Plus ça change, Grey. Plus ça change.

PÓŁ GODZINY PÓŹNIEJ Ana i doktor Greene wychodzą z sypialni. Ana jest jakaś przygaszona. Żegnamy się z panią doktor i zamykam za nią drzwi do apartamentu.

– Wszystko w porządku? – pytam Anę, która stoi nadąsana w holu. Kiwa głową, ale nie patrzy na mnie. – Anastasio, o co chodzi? Co powiedziała doktor Greene?

Ale ona potrząsa tylko głową.

– Za siedem dni masz zielone światło.

– Siedem dni?

– Tak.

– Ano, co się stało?

– Nie musisz się o nic martwić. Proszę, Christianie, nie mówmy o tym.

Jak zwykle nie mam pojęcia, o czym myśli, ale ponieważ coś ją gnębi, mnie gnębi również. Może doktor Greene ją przede mną ostrzegała? Biorę Anę pod brodę i unoszę jej twarz, żeby musiała na mnie spojrzeć.

– Powiedz mi – nalegam.

– Nie ma o czym mówić. Chciałabym się ubrać. – Odsuwa się ode mnie.

Kurwa. Co się stało?

Przeczesuję rękami włosy, starając się zachować spokój. Może chodzi o Leilę?

A może lekarka przekazała jej jakieś złe wieści?

Nie chce mi nic powiedzieć.

– Chodźmy pod prysznic – proponuję w końcu. Zgadza się, ale daleko jej do entuzjazmu. – Chodź.

Biorę ją za rękę i kierujemy się do łazienki. Ana niechętnie idzie za mną. Odkręcam wodę i rozbieram się. Ona stoi na środku łazienki, nadąsana.

Ano, do cholery, co się dzieje?

– Nie wiem, co cię martwi. Może się nie wyspałaś – mówię cicho, rozwiązując pasek jej szlafroka. – Ale chcę, żebyś mi powiedziała. Moja wyobraźnia szaleje i wcale mi się to nie podoba.

Przewraca oczami, ale zanim zdążę ją zbesztać, mówi:

– Doktor Green była zła, że przestałam brać tabletki. Powiedziała, że mogłam zajść w ciążę.

– Co?

W ciążę!

Mam wrażenie, że spadam. Kurwa.

– Ale nie zaszłam – mówi Ana. – Zrobiła mi test. Po prostu przeżyłam szok. To wszystko. Nie chce mi się wierzyć, że mogłam być taka głupia.

Och, dzięki Bogu.

– Na pewno nie jesteś w ciąży?

– Na pewno.

Oddycham z ulgą.

– Całe szczęście. Domyślam się, jak bardzo się zdenerwowałaś.

– Bardziej się bałam twojej reakcji.

– Mojej reakcji? Cóż, nie będę ukrywał, że mi ulżyło. Byłoby z mojej strony szczytem nieostrożności i złych manier, gdybym ci zrobił dziecko.

– W takim razie może powinniśmy zachować wstrzemięźliwość – odpowiada rozzłoszczona.

Co, do ciężkiej cholery?

– Jesteś dzisiaj w złym humorze.

– Po prostu przeżyłam szok – odpowiada, znowu nadąsana.

Biorę ją w objęcia. Jest spięta i sztywna z oburzenia. Całuję ją i mówię:

– Ano, nie jestem do tego przyzwyczajony. Najchętniej spuściłbym ci teraz lanie. Ale szczerze wątpię, żebyś miała na to ochotę.

Gdybym to zrobił, może by się rozpłakała. Z doświadczenia wiem, że kobiety, kiedy się wypłaczą, od razu czują się lepiej.

– Bo nie mam – odpowiada. – Ale to pomaga. – I obejmuje mnie ramionami, i mocno się do mnie tuli, opierając rozgrzany policzek o moją pierś. Kładę brodę na czubku jej głowy. Stoimy tak chyba całe wieki, aż wreszcie zaczyna się z wolna rozluźniać.

– Chodź, weźmiemy prysznic.

Zdejmuję z niej szlafrok i wchodzimy pod gorącą wodę. Co za ulga. Przez cały ranek czułem się okropnie brudny. Namydlam włosy szamponem i podaję go Anie. Trochę się już rozchmurzyła, a ja cieszę się, że prysznic jest na tyle duży, żebyśmy się oboje pod nim zmieścili. Ana rozkoszuje się wodą i unosząc swoją śliczną twarz, zaczyna myć włosy.

Biorę żel do kąpieli, rozprowadzam go sobie w dłoniach i zaczynam myć Anę. Jej wcześniejszy zły humor zupełnie mnie rozstroił. Czuję się odpowiedzialny. Jest zmęczona i ma za sobą ciężki wieczór. Kiedy ona płucze włosy, ja rozprowadzam żel po jej ramionach, pachach, plecach i cudownych piersiach. Obracam ją tyłem do siebie i najpierw masuję jej brzuch, potem krocze i pośladki. Zachwycona, wydaje cichy, gardłowy pomruk.

Uśmiecham się od ucha do ucha.

Tak jest dużo lepiej.

Znowu obracam ją twarzą do siebie.

– Masz. – Wręczam jej żel. – Chcę, żebyś zmyła ze mnie resztki szminki.

Otwiera oczy i patrzy na mnie z powagą.

– Tylko nie wychodź zbyt daleko poza linie – dodaję.

– Okej.

Wyciska trochę żelu na dłoń i rozciera go w rękach, aż zaczyna się pienić. Kładzie mi ręce na ramionach i łagodnymi, okrężnymi ruchami zaczyna zmywać czerwone krechy. Zamykam oczy i wciągam głęboko powietrze.

Wytrzymam to?

Oddech robi się coraz płytszy i czuję, jak panika ściska mnie za gardło. Ana powoli myje mi boki, muskając delikatnie palcami. To jest nie do zniesienia. Mam wrażenie, jakby po moim ciele przesuwały się malusieńkie brzytwy. Każdy mój mięsień jest napięty. Stoję jak posąg z brązu, odliczając sekundy do końca tej tortury.

Trwa to całą wieczność.

Z całej siły zaciskam zęby.

Nagle nie czuję już jej rąk na sobie i przerażony otwieram oczy. Widzę, że znowu namydla dłonie. Spogląda na mnie i w jej oczach widzę odbicie swojego bólu. Ale wiem, że to nie litość, tylko współczucie. Moje cierpienie jest także jej cierpieniem.

Och, Ano.

– Gotowy? – pyta nieco ochryple.

– Tak – odpowiadam szeptem i zamieram, kiedy przerażenie wypełnia mnie całego, pozostawiając jedynie ciemność. Jest jak ziejąca bezdenna otchłań, która mnie pożera.

Ana prycha i otwieram oczy.

Płacze, jej łzy mieszają się z wodą, a nos robi się różowy. Współczucie spływa po jej twarzy – współczucie i gniew, kiedy zmywa ze mnie moje grzechy.

Nie. Nie płacz, Ano.

Jestem tylko kompletnie popieprzonym facetem.

Drżą jej usta.

– Nie. Proszę, nie płacz – biorę ją w ramiona i utulam. – Proszę, nie płacz nade mną.

Zaczyna szlochać. Na poważnie. Ujmuję w obie dłonie jej głowę i nachylam się, żeby ją pocałować.

– Nie płacz, Ano, proszę cię – szepczę w jej usta. – To było dawno temu. Tak bardzo pragnę, żebyś mnie dotykała, ale nie jestem w stanie tego znieść. To dla mnie zbyt wiele. Ale proszę, bardzo cię proszę, nie płacz.

– Ja… też chcę cię dotykać… – mówi, krztusząc się z płaczu. – Bardziej, niż jesteś sobie w stanie wyobrazić. Ale kiedy widzę, jak cierpisz, jak się boisz, Christianie, tak strasznie mnie to boli. Naprawdę bardzo cię kocham.

Gładzę kciukiem jej dolną wargę.

– Wiem. Wiem.

Zerka na mnie z niepokojem, bo wie, że nie mówię tego z pełnym przekonaniem.

– Tak łatwo cię kochać. Nie rozumiesz tego? – pyta, kiedy tak stoimy w strugach wody.

– Nie, maleńka, nie rozumiem.

– Ale tak jest. I ja cię kocham – mówi z naciskiem. – Tak samo jak twoja rodzina. I Elena, i Leila. Co prawda okazują to w dziwny sposób, ale jednak kochają. Jesteś tego wart.

– Przestań.

Nie mogę tego znieść. Przykładam jej palec do ust i kręcę głową.

– Nie chcę tego słuchać, Anastasio. Jestem niczym.

Jestem zagubionym chłopcem, który stoi przed tobą. Niekochanym. Porzuconym przez tę jedyną osobę, która powinna była mnie chronić. Ponieważ jestem potworem.

To ja, Ano.

Tylko tym jestem.

– Jestem tylko skorupą człowieka. Nie mam serca.

– A właśnie, że masz – wykrzykuje z pasją. – I pragnę go, całego. Jesteś dobrym człowiekiem, Christianie, naprawdę dobrym. Nigdy nie waż się w to wątpić. Popatrz, czego dokonałeś. Co osiągnąłeś. – Nie przestaje szlochać. – Zobacz, ile zrobiłeś dla mnie. Ile poświęciłeś. Ja wiem. Wiem, co do mnie czujesz. – Pod spojrzeniem jej błękitnych, tak bardzo błękitnych, pełnych miłości i współczucia oczu czuję się obnażony jak wtedy, kiedy ujrzałem ją po raz pierwszy.

Ona mnie dostrzega. I myśli, że mnie zna.

– Ty mnie kochasz – mówi.

Uchodzi ze mnie całe powietrze.

Czas zamiera. Słyszę tylko dudnienie krwi w uszach i plusk wody, która zmywa ze mnie całą ciemność.

Odpowiedz jej, Grey. Powiedz prawdę.

– Tak – mówię ledwie słyszalnie. – Kocham cię.

To wyznanie musiałem wydrzeć z głębi mojej duszy. Ale kiedy wypowiadam te słowa na głos, wszystko staje się jasne. Oczywiście, że ją kocham. Oczywiście, że ona o tym wie. Kocham ją od chwili, kiedy się poznaliśmy. Odkąd patrzyłem, jak śpi. Odkąd oddała się mnie i tylko mnie. Dlatego toleruję jej zachowanie. Jestem uzależniony. Nigdy nie mam i nie będę miał dość.

Jestem zakochany. Tak właśnie wygląda miłość.

Jej reakcja jest natychmiastowa. Uśmiecha się, a na jej twarzy maluje się szczęście. Jej widok zapiera dech w piersiach. Chwyta moją głowę, przyciąga moje usta do swoich i całuje mnie, wlewając we mnie całą swoją miłość i słodycz.

To zmusza do pokory.

Przytłacza.

Jest seksowne.

Moje ciało natychmiast reaguje. W jedyny znany sobie sposób.

Z jękiem obejmuję ją ramionami.

– Och, Ano, pragnę cię, ale nie tutaj.

– Tak – odpowiada gorączkowo, nie odrywając swoich ust od moich.

Zakręcam wodę i wyprowadzam ją spod prysznica. Otulam ją szlafrokiem, a sam przewiązuję sobie ręcznik w pasie. Drugim, mniejszym zaczynam osuszać jej włosy. Widzę, jak mi się przygląda w lustrze nad umywalką. Patrzę jej w oczy i zatracam się w nich bez reszty.

– Mogę się odwdzięczyć? – pyta.

Co ma na myśli?

Kiwam głową na znak, że się zgadzam, i Ana bierze kolejny ręcznik. Staje na palcach, zwija mi go na głowie i zaczyna masować. Pochylam się nieco, żeby było jej łatwiej dosięgnąć.

Mmm. Cudownie.

Teraz drapie mnie paznokciami.

O Chryste.

Uśmiecham się jak głupek, bo czuję się... kochany. Kiedy podnoszę głowę, żeby na nią spojrzeć, widzę, jak z wesołym uśmiechem zagląda pod ręcznik.

– Już dawno nikt tego robił. Bardzo dawno – mówię. – A tak naprawdę to chyba nikt nigdy nie wycierał mi włosów.

– No a Grace? Nie wycierała ci włosów, kiedy byłeś mały?

Kręcę przecząco głową.

– Nie. Zawsze szanowała moje granice, chociaż nie było to dla niej miłe. Jako dziecko byłem całkowicie samowystarczalny.

Ana stoi przez chwilę, a ja zastanawiam się, o czym myśli.

– W takim razie to dla mnie zaszczyt – odzywa się w końcu.

– W rzeczy samej, panno Steele. Chociaż może to raczej ja powinienem się czuć zaszczycony.

– Co do tego nie ma żadnych wątpliwości, panie Grey.

Rzuca mokry ręcznik na toaletkę i bierze świeży. Staje za mną i znowu patrzymy na siebie w wielkim lustrze nad umywalką.

– Mogę czegoś spróbować? – pyta.

Robimy to po twojemu, maleńka.

Zgadzam się kiwnięciem głowy, a ona przesuwa ręcznikiem po moim lewym ramieniu, osuszając każdą kroplę wody, która została na skórze. Znika mi za plecami i nie widzę, co robi. Wyciera mi plecy, ani razu nie wychodząc poza czerwone kreski.

– Wytrzyj całe plecy – mówię, nagle czując się bardzo odważny. – Ręcznikiem.

Biorę głęboki wdech i zamykam oczy.

Szybko osusza mi plecy. Kiedy kończy, całuje mnie w ramię.

Wypuszczam powietrze. Nie było tak źle.

Obejmuje mnie od tyłu i wyciera mi brzuch.

– Weź to – mówi i podaje mi mały ręcznik. – Pamiętasz, jak to było w Georgii? Kazałeś mi się dotykać, ale kierowałeś moimi dłońmi – wyjaśnia. Obejmuje mnie i patrzy na mnie w lustrze. W turbanie z ręcznika na głowie wygląda niemal biblijnie.

Jak Dziewica.

Jest delikatna i słodka, ale do dziewicy już jej daleko.

Chwyta moją rękę, w której trzymam ręcznik i zaczyna prowadzić ją po mojej piersi. Kiedy ręcznik dotyka mojej skóry, zamieram. W głowie mam pustkę, cały skupiony jestem na tym, żeby moje ciało to zniosło. Stoję przed nią spięty, ani drgnąwszy. Robimy to tak, jak chce ona. Zaczynam ciężko oddychać, odczuwam mieszaninę strachu, miłości i zafascynowania, oczami wodzę za jej ręką, która delikatnie steruje moją, wycierając mnie do sucha.

– Chyba jesteś już suchy – mówi i opuszcza rękę.

Nasze spojrzenia spotykają się w lustrze.

Pragnę jej. Potrzebuję. Mówię jej to.

– Ja też cię potrzebuję – odpowiada, a jej oczy ciemnieją.

– Chcę się z tobą kochać.

– Tak – mówi, a ja biorę ją na ręce i niosę do sypialni. Po drodze ani na chwilę nie odrywam swoich ust od jej.

Kładę ją na łóżku i z nieskończoną delikatnością i uwagą daję jej dowód, jak bardzo ją szanuję, wielbię i cenię.

I kocham.

JESTEM NOWYM CZŁOWIEKIEM. Nowym Christianem Greyem. Jestem zakochany w Anastasii Steele, co więcej, ona kocha mnie. Oczywiście nie mam wątpliwości, że dziewczyna powinna iść zbadać sobie głowę, ale na razie jestem wdzięczny, zmęczony i szczęśliwy.

Leżę obok niej i wyobrażam sobie tysiące rzeczy. Skóra Any jest miękka i ciepła. Nie mogę przestać jej dotykać, kiedy wpatrujemy się w siebie w ciszy, jaka zapadła po istnym szaleństwie.

– Jednak potrafisz być delikatny. – W jej oczach błyska rozbawienie.

Ale tylko z tobą.

– Hm. Na to wygląda, panno Steele.

Uśmiecha się, pokazując idealnie białe zęby.

– Ale nie byłeś, kiedy po raz pierwszy, hm, robiliśmy to.

– Nie? – Chwytam kosmyk jej włosów i owijam go sobie wokół palca. – Kiedy skradłem ci cnotę?

– Trudno to nazwać kradzieżą. Oddałam ci ją z własnej, nieprzymuszonej woli i o ile sobie przypominam, nawet całkiem mi się to podobało. – Uśmiecha się nieśmiało, ale czule.

– Mnie też, jeśli pamięć mnie nie zawodzi, panno Steele. Pani przyjemność zawsze stoi na pierwszym miejscu. Poza tym oznacza to, że jesteś moja, cała.

– To prawda. Chciałam cię o coś zapytać.

– Nie krępuj się.

– Twój biologiczny ojciec, wiesz, kto nim był?

Takiego pytania zupełnie się nie spodziewałem. Potrząsam głową. Nigdy nie wiem, co dzieje się w tej bystrej głowinie.

– Nie mam pojęcia. Ale na pewno nie był nim ten drań, jej alfons, i całe szczęście.

– Skąd wiesz?

– Bo tato, to znaczy Carrick, mi to powiedział.

Patrzy na mnie wyczekująco.

– Jak zwykle wszystko chcesz wiedzieć, Anastasio. – Wzdycham i kręcę głową. Nie lubię myśleć o tamtym

okresie mojego życia. Trudno oddzielić wspomnienia od
nocnych koszmarów. Ale Ana jest uparta. – Alfons znalazł ciało tej zaćpanej zdziry i wezwał pomoc, lecz potrzebował na to czterech dni. Kiedy wychodził, zamknął
drzwi na klucz. Zostawił mnie z nią. Z jej ciałem.

> *Mamusia śpi na podłodze.*
> *Już bardzo długo śpi.*
> *Nie chce się obudzić.*
> *Wołam ją. Potrząsam nią.*
> *Ale się nie budzi.*

Wzdrygam się i mówię dalej.

– Później policja go przesłuchała. Poszedł w zaparte
i twierdził, że to nie ma z nim nic wspólnego, a Carrick
zapewnił mnie, że ani trochę nie jestem do niego podobny.

Dzięki Bogu.

– Pamiętasz, jak wyglądał?

– Anastasio, raczej rzadko wspominam tamte czasy.
Tak, pamiętam, jak wyglądał. Nigdy go nie zapomnę. –
Do gardła podchodzi mi żółć. – Czy możemy porozma-
wiać o czymś innym?

– Przepraszam. Nie chciałam cię zasmucić.

– To stare dzieje, Ano. I nie chcę o tym myśleć.

Z widocznym poczuciem winy, bo wie, że posunęła
się za daleko, zmienia temat.

– Jaką przygotowałeś niespodziankę?

Ach. Nie zapomniała. Z tym pójdzie łatwiej.

– Masz ochotę spędzić trochę czasu na świeżym powietrzu?

– Jasne.

Super! Daję jej lekkiego klapsa.

– Ubieraj się. Dżinsy będą najlepsze. Mam nadzieję,
że Taylor spakował ci jakieś.

Wyskakuję z łóżka, zachwycony, że będziemy żeglować, a ona przygląda się, jak zakładam bieliznę.

– No, wstawaj! – Ponaglam ją, a ona się uśmiecha.

– Podziwiam tylko widok – mówi.

– Wysusz włosy.

– Jak zwykle musisz rządzić – zauważa, a ja nachylam się, żeby ją pocałować.

– To akurat się nigdy nie zmieni, maleńka. Nie chcę, żebyś się przeziębiła.

Przewraca oczami.

– Ręka wciąż mnie świerzbi, więc ostrożnie, panno Steele.

– Miło mi to słyszeć, panie Grey. Już się zaczynałam martwić, że duch w panu ginie.

Och. Panna Steele wysyła bardzo sprzeczne sygnały.

Nie kuś mnie, Ano.

– Mogę ci zaraz udowodnić, że nic takiego się nie dzieje, skoro tak bardzo sobie tego życzysz.

Wyjmuję z torby sweter, biorę telefon, a resztę rzeczy pakuję. Ana w tym czasie się ubiera i suszy włosy.

– Spakuj się. Jeśli będzie bezpiecznie, wieczorem wrócimy do domu, jeśli nie, zostaniemy tu dłużej.

Wsiadamy do windy. Jakaś starsza para usuwa się na bok, żeby zrobić nam miejsce. Ana spogląda na mnie i uśmiecha się łobuzersko. Ja też się uśmiecham na wspomnienie tamtego pocałunku.

Och, pieprzyć to.

– Nigdy nie pozwolę ci o tym zapomnieć – odzywam się szeptem, tak żeby tylko ona mnie usłyszała. – O naszym pierwszym pocałunku.

Kusi mnie, żeby to powtórzyć i zgorszyć starszych państwa, ale ograniczam się do szybkiego całusa w policzek, a ona parska śmiechem.

Wymeldowujemy się i trzymając za ręce, idziemy do parkingowego.

– Powiesz mi, dokąd się właściwie wybieramy? – pyta Ana, kiedy czekamy na samochód.

Stukam się palcem w bok nosa i puszczam do niej oczko, starając się nie okazywać podniecenia. Uśmiecha się równie szeroko jak ja. Pochylam się i ją całuję.

– Masz pojęcie, jaki jestem dzięki tobie szczęśliwy?

– Tak. Wiem o tym doskonale. Bo ze mną jest tak samo.

Parkingowy podjeżdża moim R8.

– Świetny samochód, proszę pana – mówi i wręcza mi kluczyki.

Daję mu napiwek i otwieram Anie drzwi.

Kiedy skręcam w Czwartą Aleję, świeci słońce, mam przy sobie swoją dziewczynę, a z głośników płynie dobra muzyka.

Wyprzedzam audi A3 i nagle przypominam sobie o zniszczonym samochodzie Any. Uświadamiam sobie, że od kilku godzin ani razu nie pomyślałem o Leili ani jej wariactwach. Ana doskonale odwraca moją uwagę.

To coś więcej niż odwracanie uwagi, Grey.

Może powinienem kupić jej jakieś inne auto.

Tak. Zdecydowanie inne. Nie audi.

Volvo.

Nie. Mój tato jeździ volvem.

No to bmw.

Nie. Moja mama ma bmw.

– Musimy nieco zboczyć z drogi. Ale to nie potrwa długo – mówię do Any.

– Nie ma sprawy.

Zatrzymujemy się przed dilerem Saaba. Ana nie wie, o co chodzi.

– Musimy ci kupić nowy samochód – wyjaśniam.

– Nie audi?

Nie. Nie kupię ci auta, które kupowałem moim uległym.

– Pomyślałem sobie, że wybierzemy coś innego.

– Saaba? – pyta zdziwiona.

– Tak. A 9-3. Chodź.

– Co ty masz z tymi zagranicznymi samochodami?

– Niemcy i Szwedzi robią najbezpieczniejsze samochody na świecie, Anastasio.

– Myślałam, że zamówiłeś już audi A3.

– Możemy zrezygnować. Chodź. – Wysiadam z samochodu, przechodzę na jej stronę i otwieram drzwi. – Jestem ci winny prezent z okazji ukończenia studiów.

– Christianie, naprawdę nie musisz tego robić.

Po drodze do salonu tłumaczę jej, że muszę. Wita nas sprzedawca z zawodowym szerokim uśmiechem.

– Nazywam się Troy Turniansky. Szukają państwo saaba? Używanego? – Zaciera rękę, wyczuwając interes.

– Nowego – odpowiadam.

– Chodzi panu o jakiś konkretny model?

– 9-3 2.0T sportowy sedan.

Ana posyła mi pytające spojrzenie.

Tak. Już dawno chciałem przetestować ten model.

– Doskonały wybór, proszę pana.

– Jaki kolor, Anastasio? – pytam.

– E, czarny? – mówi, wzruszając ramionami. – Ale to naprawdę nie jest konieczne.

– Czarny jest słabo widoczny w nocy.

– Przecież ty masz czarny.

Tu nie chodzi o mnie. Spoglądam na nią znacząco.

– W takim razie kanarkowożółty – mówi i odrzuca włosy do tyłu. Chyba się zezłościła, myślę sobie.

Patrzę na nią gniewnie.

– Więc chcesz, żebym jaki miała kolor? – Krzyżuje ramiona.

– Srebrny albo biały.

– Niech będzie srebrny – mówi, dodaje jednak, że audi w zupełności by wystarczyło.

Turniansky wyczuwa, że może nie dobić interesu, więc postanawia się wtrącić.

– Może chciałaby pani kabriolet?

Ana się uśmiecha, a Turmiansky klaszcze uradowany w dłonie.

– Kabriolet? – pytam, unosząc brew.

Ana rumieni się zawstydzona.

Panna Steele ma ochotę na kabriolet, a ja nie posiadam się ze szczęścia, że znalazłem coś, czego chce.

– Jakie są statystyki bezpieczeństwa kabrioletów? – pytam sprzedawcę, a on, doskonale przygotowany, natychmiast wręcza mi broszurę z wszystkimi danymi.

Zerkam na Anę, która szczerzy zęby w szerokim uśmiechu. Turmiansky podchodzi do swojego biurka i sprawdza w komputerze, czy nowiuteńki kabriolet jest dostępny.

– Nie wiem, na jakich pani jest prochach, panno Steele, ale ja też chcę – przyciągam ją do siebie.

– To pan tak na mnie działa, panie Grey.

– Naprawdę? Bo rzeczywiście wyglądasz, jakbyś była pod wpływem. – Całuję ją. – I dziękuję ci, że zgodziłaś się przyjąć samochód. Poszło łatwiej niż ostatnio.

– Cóż, nie jest to audi A3.

– To nie jest samochód dla ciebie.

– Mnie się podobał.

– Proszę pana, 9-3? Jest jeden w salonie w Beverly Hills. Możemy go sprowadzić w ciągu dwóch dni. – Turmiansky prawie skacze z zadowolenia, że tak doskonale się spisał.

– Z pełnym wyposażeniem?

– Tak jest.

– Doskonale. – Podaję mu kartę kredytową.

– Proszę ze mną, panie… – Sprawdza nazwisko na karcie. – Grey.

Idę za nim do jego biurka.

– Możecie sprowadzić go na jutro?

– Zobaczę, co się da zrobić, proszę pana.

Kiwam głową i zaczynamy wypełniać papiery.

– Dziękuję – mówi Ana, kiedy odjeżdżamy sprzed salonu.

– Bardzo proszę, Anastasio.

Wnętrze samochodu wypełnia przejmujący, smutny głos Evy Cassidy.

– Kto to śpiewa?

Odpowiadam.

– Ma piękny głos.

– To prawda, ma. A raczej miała.

– Och.

– Umarła młodo. – Zbyt młodo.

Przypominam sobie, że Ana nie zjadła do końca śniadania, i pytam, czy jest głodna.

Nie zapominam o niczym.

– Tak.

– W takim razie najpierw zjemy lunch.

Pędzę Elliot Avenue. W stronę mariny Elliot Bay. Flynn miał rację. Podoba mi się, kiedy robimy tak, jak ona chce. Patrzę na Anę, która zasłuchana w muzykę, przez okno patrzy na mijany krajobraz. Jestem zadowolony i podekscytowany na myśl o tym, co zaplanowałem na dzisiejsze popołudnie.

Parking przy marinie jest pełny, ale udaje mi się znaleźć miejsce.

– Zjemy tutaj. Otworzę ci drzwi – dodaję, widząc, że zamierza zrobić to sama.

Objęci idziemy w stronę brzegu.

– Ile tu łodzi! – mówi.

A jedna z nich jest moja.

Zatrzymujemy się na promenadzie i oglądamy łodzie żeglujące po cieśninie. Ana otula się kurtką.

– Zimno ci? – Obejmuję ją ramieniem i przyciągam bliżej siebie.

– Nie, po prostu podziwiam widok.

– Ja mógłbym się gapić przez cały dzień. Chodź, idziemy tutaj.

Wchodzimy do SP's, przybrzeżnej restauracji i baru. Zjemy tutaj lunch. Rozglądam się za Dantem, bratem Claude'a Bastille'a.

– Pan Grey! – On zauważa mnie pierwszy. – Czym mogę panu dzisiaj służyć?

– Dzień dobry, Dante. – Prowadzę Anę do wysokiego stołka przy barze. – Ta urocza dama to Anastasia Steele.

– Witamy w SP's. – Dante uśmiecha się do Any, w jego ciemnych oczach maluje się zaciekawienie. – Czego się pani napije, Anastasio?

– Mów mi Ana, proszę. – Zerka na mnie i dodaje: – Poproszę to samo co Christian.

Proszę, jaka ustępliwa, tak samo jak na balu. Bardzo mi się to podoba.

– Wezmę piwo. To jedyny bar w Seattle, w którym można dostać Adnams Explorer.

– Piwo?

– Tak. Dwa explorery poproszę, Dante.

Dante kiwa głową i stawia piwo na barze, a ja mówię Anie, że podają tu wyśmienitą zupę rybną z owoców morza. Dante zapisuje nasze zamówienie i puszcza do mnie oko.

Tak, przyszedłem tutaj z kobietą, z którą nie jestem spokrewniony. Po raz pierwszy, wiem.

Skupiam swoją uwagę na Anie.

– Od czego zaczynałeś w biznesie? – pyta mnie.

Pokrótce zdaję jej relację. Dzięki pieniądzom od Eleny i kilku trafnym, choć ryzykownym inwestycjom udało mi się zebrać kapitał założycielski. Pierwsza firma, którą kupiłem, była na skraju bankructwa. Zajmowała się bateriami do telefonów komórkowych z użyciem grafenu, ale badania wyczerpały kapitał. Ich patenty były warte uwagi, więc zatrzymałem ich głównych geniuszy, Freda i Barneya, którzy teraz są moimi naczelnymi inżynierami.

Opowiadam Anie o naszych pracach nad pozyskiwaniem energii ze słońca i wiatru na rynek krajowy, ale też dla krajów rozwijających się, i nad naszymi innowacyjnymi badaniami dotyczącymi baterii kumulujących energię. Wszystko to jest bardzo ważne ze względu na stopniowe wyczerpywanie się zasobów paliw kopalnych.

– Słuchasz mnie? – pytam, kiedy podają nam zupę.

Jestem zachwycony, że tak ją interesuje moja praca. Nawet moi rodzice z trudem powstrzymują ziewanie, kiedy im o tym opowiadam.

– Jestem zafascynowana – mówi. – Ale fascynuje mnie wszystko, co ma związek z tobą, Christianie.

Jej słowa bardzo mnie zachęcają, więc kontynuuję opowieść o tym, jak kupowałem i sprzedawałem kolejne firmy, jak zatrzymywałem te, które były zgodne z moim etosem, pozostałe zaś dzieliłem i sprzedawałem z zyskiem.

– Fuzje i przejęcia – mówi w zadumie.

– Dokładnie tak. Dwa lata temu zająłem się budowaniem jachtów, a potem udoskonalaniem produkcji żywności. W Afryce testujemy nowe techniki zwiększające wydajność plonów.

– Nakarmmy świat – pokpiwa sobie ze mnie.

– Tak, coś w tym stylu.

– Prawdziwy z ciebie filantrop.

– Stać mnie na to.

– Wyśmienite – mówi, kiedy kosztuje zupę.

– To jedno z moich ulubionych dań – odpowiadam.

– Mówiłeś, że lubisz żeglować. – Ana pokazuje na łodzie przy kejach.

– Tak. Przyjeżdżam tu od dziecka. Razem z Elliotem chodziliśmy do tutejszej szkoły żeglarstwa. A ty żeglujesz?

– Nie.

– Jak wobec tego młoda kobieta z Montesano uprzyjemnia sobie wolny czas?

– Czyta.

– Co zaszło między twoją matką i Rayem?

– Chyba po prostu oddalili się od siebie. Moja mama to romantyczka, a Ray, cóż, jest raczej praktyczny. Mama całe swoje życie spędziła w stanie Waszyngton. Zamarzyła się jej przygoda.

– I znalazła ją?

– Znalazła Steve'a. – Zachmurza się, jakby na samo wspomnienie jego imienia czuła niesmak. – Ale nigdy o nim nie mówi.

– Och.

– No właśnie. Chyba nie była wtedy szczęśliwa. Zastanawiam się, czy nie zaczęła żałować, że odeszła od Raya.

– Ale ty z nim zostałaś.

– Potrzebował mnie bardziej niż mama.

Tak nam się dobrze i swobodnie rozmawia. Ana potrafi słuchać i tym razem dużo chętniej mówi o sobie. Może dlatego, że wie, że ją kocham.

Kocham Anę.

No i proszę. Nie bolało, prawda, Grey?

Opowiada, ja nie znosiła mieszkać w Teksasie i Vegas z powodu upałów. Woli chłodniejszy klimat naszego stanu.

Mam nadzieję, że w nim zostanie.

Tak. Ze mną.

Na przykład zamieszkamy razem?

Grey, za bardzo wybiegasz w przyszłość.

Zabierz ją na łódź.

Patrzę na zegarek i dopijam piwo.

– To co, idziemy?

Płacimy za lunch i wychodzimy na łagodne letnie słońce.

– Chciałbym ci coś pokazać.

Trzymając się za ręce, idziemy wolno wzdłuż mniejszych łodzi zacumowanych w marinie. Dostrzegam maszt „Grace", który znacznie przewyższa wszystkie stojące obok. Już nie mogę się doczekać. Nie żeglowałem od jakiegoś czasu, a teraz będę to robił z moją dziewczyną. Skręcamy na pontonową keję. Przy „Grace" przystaję.

– Pomyślałem sobie, że moglibyśmy dzisiaj trochę pożeglować. To moja łódź.

Mój katamaran. Moja duma i radość.

Ana jest pod wrażeniem.

– Powstała w mojej stoczni. W całości została zaprojektowana przez najlepszych architektów łodzi na świecie i zbudowana tutaj w Seattle, w mojej firmie. Ma hybrydowy silnik, asymetryczne miecze szybrowe, ścięty pod kątem prostym grot…

– Okej! – Ana unosi ręce. – Nie rozumiem z tego ani słowa, Christianie.

Niech cię nie ponosi, Grey.

– To wspaniała łódź – nie potrafię ukryć swojego uwielbienia.

– Jest wyjątkowo piękna, panie Grey.

– W rzeczy samej, panno Steele.

– Jak się nazywa?

Biorę ją za rękę i pokazuję elegancki napis na burcie: „Grace".

– Nazwałeś ją na cześć swojej matki? – Ana jest zaskoczona.

– Tak. Czemu to takie dziwne?

Wzrusza ramionami, nie znajdując słów.

– Anastasio, ja uwielbiam swoją matkę. Czemu nie
mogę nazwać łodzi jej imieniem?

– Nie, nie chodzi o to. Po prostu…

– Anastasio, Grace Trevelyan-Grey uratowała mi życie. Wszystko jej zawdzięczam.

Uśmiecha się niepewnie, a ja zastanawiam się, co też
dzieje się w jej głowie i co takiego zrobiłem, że przypusz-
czała, iż nie kocham swojej matki.

Okej – powiedziałem jej, że nie mam serca – ale
w tym, co z niego zostało, zawsze jest miejsce dla mojej
rodziny. Nawet dla Elliota.

Nie wiedziałem, że znajdzie się jeszcze miejsce dla
kogoś innego.

Miejsce, w które wpasowała się Anastasia.

I wypełniła je po brzegi.

Muszę przełknąć, żeby zapanować nad głębią uczuć,
które do niej żywię. Dzięki niej moje serce odżyło, przy-
wróciła mnie do życia.

– Chcesz wejść na pokład? – pytam, żeby nie wyrwa-
ło mi się coś głupiego.

– Tak, bardzo.

Bierze mnie za rękę i idzie za mną po trapie prowadzącym na tylny pokład. Pojawia się Mac i kiedy otwiera
rozsuwane drzwi do głównego salonu, Anastasia prawie
podskakuje.

– Pan Grey! Witam na pokładzie! – Wymieniamy
uścisk dłoni.

– Anastasio, to jest Liam McConnell. Liamie, po-
znaj moją dziewczynę, Anastasię Steele.

– Dzień dobry panu.

– Proszę mi mówić Mac. Witamy na pokładzie, panno Steele.

– Jestem Ana.

– No i jak? – pytam.

– Gotowa do drogi, proszę pana – odpowiada Mac i uśmiecha się szeroko.

– No to do roboty.

– Zamierza pan popływać?

– Tak – mówię. Nie ma mowy, żebym nie skorzystał z takiej okazji. – Mały rejsik, Anastasio?

Wchodzimy do salonu i Anastasia rozgląda się zaciekawiona. Widzę, że jest pod wrażeniem. Wnętrze o prostym wystroju zostało zaprojektowane przez szwedzkiego architekta, który mieszka w Seattle. Jasny dąb sprawia, że jest jasno i przestronnie. W tym samym stylu urządziłem całą łódź.

– To jest główny salon. Kambuz jest obok – macham ręką w jego stronę. – Łazienki są tam. – Prowadzę Anę przez niewielkie drzwi do mojego pokoju. Anastasia robi wielkie oczy, widząc rozmiar łóżka. – To jest główna kabina. Jesteś pierwszą dziewczyną, którą tu przyprowadziłem, nie licząc oczywiście rodziny. – Przyciągam Anę do siebie i całuję ją. – Ale oni się nie liczą. Może ochrzcimy dzisiaj łóżko – szepczę w jej usta. – Ale nie w tej chwili. Chodź. Mac zaraz odda cumy. – Wracamy do salonu. – Gabinet jest tam, a z przodu znajdują się jeszcze dwie kabiny.

– Ile osób może spać na pokładzie?

– To sześcioosobowy katamaran. Pływała na nim wyłącznie moja rodzina. Lubię żeglować samotnie. Ale nie teraz, kiedy jesteś ze mną. Muszę cię mieć na oku. – Z bakisty przy drzwiach wyjmuję jaskrawoczerwoną kamizelkę ratunkową.

– Proszę. – Wkładam ją Anie przez głowę i zaciągam wszystkie paski.

– Uwielbiasz mnie wiązać, co?

– Zawsze i na wszelkie sposoby. – Mrugam do niej.

– Jesteś zboczeńcem.

– Wiem.

– Moim zboczeńcem – pokpiwa sobie.

– Tak, twoim.

Kiedy kamizelka jest już zabezpieczona, chwytam ją za boki i przyciągam Anę do siebie. Całuję ją.

– Na zawsze – mówię i puszczam ją, zanim zdąży coś odpowiedzieć. – Chodźmy.

Wychodzimy na tylny pokład, do kokpitu.

Mac stoi na kei i zdejmuje cumę dziobową. Wskakuje z powrotem na pokład.

– Tutaj się nauczyłeś tych wszystkich sztuczek z węzłami? – Ana udaje naiwną.

– Wyblinki świetnie się nadają. Panno Steele, strasznie pani ciekawska. To mi się podoba. Z ogromną przyjemnością pani zademonstruję, co potrafię zrobić z liną.

Ana milknie, a ja mam wrażenie, że ją zdenerwowałem. Cholera.

– Mam cię. – Chichocze, bardzo z siebie zadowolona. To nie fair. Mrużę oczy.

– Być może policzę się z tobą później, ale teraz muszę się zająć łodzią.

Siadam w fotelu kapitana i zapalam dwa pięćdziesięciokonne silniki. Włączam krótkofalówkę, a Mac trzymając się relingów, biegnie po górnym pokładzie. Zeskakuje na tylny pokład, żeby oddać cumę rufową. Macha do mnie, więc łączę się ze Strażą Przybrzeżną, żeby otrzymać pozwolenie na wypłynięcie.

Wyłączam bieg jałowy, przesuwam manetkę do przodu i otwieram przepustnicę. Moja piękna łódź zaczyna płynąć.

Ana macha do grupki ludzi, którzy z kei oglądają

nasze wyjście. Przyciągam ją do siebie i ustawiam sobie między nogami.

– Popatrz tutaj. – Pokazuję jej VHF. – To nasze radio. Tutaj jest GPS, AIS i radar.

– Co to jest AIS?

– System automatycznej identyfikacji. A tu mamy sygnalizator głębokości. Chwyć za ster.

– Tak jest, kapitanie! – Salutuje mi.

Wolno wychodzę z mariny. Kładę dłonie na rękach Any, która trzyma ster. Wychodzimy na otwartą wodę i łukiem idziemy przez Sound, kierując się na północny zachód, w stronę Olympic Peninsula i Bainbridge Island. Wiatr jest umiarkowany, piętnaście węzłów, ale wiem, że kiedy postawimy żagle, „Grace" pofrunie. Uwielbiam to. Wyzywać żywioły na łodzi, którą pomagałem zaprojektować, bazując na wiedzy, którą doskonaliłem przez całe życie. Niesamowite uczucie.

– Czas na prawdziwą żeglugę – mówię do Any, nie posiadając się z podekscytowania. – Przejmij ster. I trzymaj kurs.

Ana jest przerażona.

– Maleńka, to naprawdę nic trudnego. Trzymaj ster i patrz na horyzont przed dziobem. Poradzisz sobie, jak zawsze. Kiedy postawimy żagle, poczujesz szarpnięcie. Musisz tylko utrzymać kurs. Dam ci taki znak – przesuwam krawędzią dłoni po gardle – i wtedy wyłączysz silniki. Tym przyciskiem, o tutaj. Rozumiesz?

– Tak. – Jednak nie jest do końca przekonana. Jak zwykle.

Całuję ją szybko i wskakuję na górny pokład, żeby przygotować wciągnik i grot. Kiedy żagiel łapie wiatr, jacht wyrywa się do przodu, a ja zerkam na Anę, ale utrzymuje nas na kursie. Mac i ja stawiamy przedni żagiel, który łapie wiatr i się napina.

– Trzymaj kurs, mała, i wyłącz silniki! – przekrzykuję szum wiatru i chlupot fal, robiąc umówiony gest.

Ana naciska przycisk i ryk silników zamiera, a my mkniemy po falach, kierując się na północny zachód.

Dołączam do Any przy sterze. Wiatr rozwiewa jej włosy na wszystkie strony. Jest podekscytowana, policzki ma zarumienione z radości.

– I jak, podoba ci się? – krzyczę, żeby mogła mnie usłyszeć.

– Christianie, to jest fantastyczne!

– Zaczekaj, aż postawimy spinaker.

Kiwam na Maca, a on stawia żagiel.

– Ciekawy kolor – woła Ana.

Mrugam do niej porozumiewawczo. Ma rację, spinaker jest tego samego koloru co mój pokój zabaw.

Wiatr wypełnia spinaker i „Grace" nabiera prędkości, dając pokaz całej swojej siły i fundując nam niesamowitą przejażdżkę. Ana przenosi wzrok ze spinakera na mnie.

– Asymetryczny żagiel. Dla większej prędkości – krzyczę do niej.

Wiatr nam sprzyja i „Grace" mknie z prędkością na pewno przekraczającą czternaście węzłów.

– Coś wspaniałego! – woła Ana. – Jak szybko płyniemy?

– Piętnaście węzłów.

– Nie mam pojęcia, co to znaczy.

– Mniej więcej dwadzieścia siedem kilometrów na godzinę.

– Tylko tyle? Wydaje się, że szybciej.

Ana nie posiada się z zachwytu. Jej radość jest zaraźliwa. Ściskam jej ręce na sterze.

– Wyglądasz prześlicznie, Anastasio. Miło widzieć cię taką zarumienioną, i to nie ze zmieszania. Wyglądasz tak samo jak na zdjęciach José.

Obraca się w moich ramionach i całuje mnie.

– Potrafi pan zapewnić dziewczynie rozrywkę, panie Grey.

– Zawsze do usług, panno Steele.

Znowu obraca się twarzą w stronę dziobu, a ja odgarniam jej włosy z karku i całuję ją w szyję.

– Uwielbiam, kiedy jesteś taka szczęśliwa – mruczę jej do ucha.

Mkniemy przez Puget Sound.

Rzucamy kotwicę w zatoczce nieopodal Hedley Spit na Bainbridge Island. Mac i ja spuszczamy na wodę ponton, żeby Mac mógł popłynąć na brzeg, gdzie chce się spotkać z przyjaciółką w Point Monroe.

– Widzimy się za godzinę, proszę pana.

Wskakuje do pontonu, macha do Any i odpala silnik.

Wracam na pokład do Any i chwytam ją za rękę. Nie muszę się przyglądać, jak Mac płynie do brzegu; muszę się zająć znacznie ważniejszą sprawą.

– Co będziemy robić? – pyta Ana, a ja prowadzę ją do salonu.

– Mam wobec pani plany, panno Steele.

Nieprzyzwoicie szybko zaciągam ją do swojej kabiny. Uśmiecha się, kiedy uwalniam ją od kapoka. Patrzy na mnie bez słowa, ale przygryza zębami dolną wargę, a ja nie wiem, czy robi to celowo, czy podświadomie.

Chcę się z nią kochać.

Na mojej łodzi.

Kolejny pierwszy raz.

Pieszczę opuszkami palców jej twarz, sunąc w dół, ku brodzie, szyi i jeszcze niżej, do guzików przy jej bluzce. Ana nawet na moment nie odrywa ode mnie wzroku.

– Chcę na ciebie patrzeć.

Kciukiem i palcem wskazującym odpinam pierwszy

guzik. Stoi zupełnie nieruchomo, ale oddech ma coraz szybszy.

Wiem, że jest moja i mogę z nią zrobić wszystko, na co mam ochotę. Moja dziewczyna.

Cofam się, żeby zrobić jej więcej miejsca.

– Rozbierz się dla mnie – proszę szeptem.

Rozchyla wargi, w jej oczach płonie pożądanie. Powoli podnosi ręce do guzików i w żółwim tempie zaczyna je rozpinać, najpierw jeden, potem drugi. Doprowadza mnie tym do szaleństwa.

Kurwa.

Dręczy mnie. Kokietuje.

Wreszcie wszystkie guziki są rozpięte. Ana rozsuwa bluzkę i ściąga ją z ramion, pozwalając, żeby spadła na podłogę.

Ma na sobie biały koronkowy stanik, przez który wyraźnie widać jej nabrzmiałe sutki. Wygląda oszałamiająco. Sunie dłońmi w dół po brzuchu, do pępka i górnego guzika przy dżinsach.

Maleńka, musisz zdjąć buty.

– Przestań. Usiądź. – Pokazuję na łóżko.

Posłusznie siada.

Klękam przed nią i rozwiązuję sznurówki, najpierw w jednym bucie, potem w drugim, zdejmuję je i w ślad za nimi skarpetki.

Unoszę jej stopę i całuję miękkie podbicie dużego palca, potem lekko kąsam.

– Ach – wyrywa się Anie, a mój członek niemal tańczy ze szczęścia.

Grey, pozwól, żeby zrobiła to po swojemu.

Wstaję i podaję Anie rękę, pomagając jej podnieść się z łóżka.

– Dalej.

Robię jej miejsce i sycę oczy tym, co widzę.

Z pożądaniem w oczach rozpina guzik przy pasku dżinsów i rozsuwa zamek, znowu bardzo powoli. Wsadza kciuki za pasek i zmysłowo je z siebie ściąga.

Nosi stringi.

Rany.

Rozpina stanik i opuszcza ramiączka, i po chwili biustonosz ląduje na podłodze.

Chcę jej dotknąć.

Zaciskam pięści, żeby się powstrzymać.

Przychodzi kolej na stringi. Zdejmuje je, odrzuca na bok i staje przede mną.

Jest ucieleśnieniem kobiecości.

Chcę ją posiąść.

Całą.

Jej ciało, jej serce, jej duszę.

Masz jej serce, Grey. Ona cię kocha.

Ściągam przez głowę sweter, potem T-shirt. Zrzucam buty i skarpetki. Ana nie odrywa ode mnie wzroku.

Widzę, że cała aż płonie.

Zaczynam rozpinać spodnie. Ale ona chwyta mnie za rękę.

– Ja to zrobię – szepcze.

Nie mogę się doczekać, żeby uwolnić się z dżinsów, ale uśmiecham się do niej szeroko.

– Proszę bardzo.

Podchodzi, wsuwa rękę za pasek moich dżinsów i szarpnięciem przyciąga mnie do siebie. Rozpina mi guzik, ale nie zamek. Jej nieustraszone palce suną do miejsca, w którym mój nabrzmiały członek wypycha materiał. Instynktownie wysuwam w przód biodra, podsuwając jej moją erekcję.

– Coraz śmielej sobie poczynasz, Ano, zrobiłaś się bardzo odważna.

Ujmuję dłońmi jej twarz i całuję ją, wsuwając jej język do ust, a ona chwyta mnie w pasie i zaczyna zataczać kciukami kółka po mojej nagiej skórze tuż nad paskiem dżinsów.

– Ty także – szepcze, nie odrywając swoich ust od moich.

– Staram się – odpowiadam.

Otwiera mi rozporek, wsuwa rękę pod slipy i chwyta mój członek. Wydaję gardłowy jęk, moje usta odnajdują jej usta, kiedy biorę ją w ramiona, czując dotyk jej miękkiej skóry.

Ciemność odeszła.

Ana wie, gdzie może mnie dotknąć.

I wie, jak to robić.

Zaciska palce i zaczyna rytmicznie poruszać ręką w górę i w dół, dając mi niewypowiedzianą rozkosz. Wytrzymuję to tylko przez chwilę.

– Och, maleńka, tak bardzo cię pragnę.

Odsuwam się, żeby zdjąć spodnie, i staję przed nią nagi i gotowy.

Wodzi oczami po moim ciele, a na jej czole pojawia się niewielkie v.

– Co się stało, Ano? – pytam, delikatnie gładząc ją po policzku. Czy to reakcja na moje blizny?

– Nic. Kochaj się ze mną, natychmiast.

Chwytam ją w ramiona, całuję gwałtownie, wplatając palce w jej włosy. Nigdy się nie nasycę jej ustami. Jej wargami. Jej językiem. Prowadzę ją ostrożnie w tył i delikatnie kładę na łóżku. Leżąc obok niej, przesuwam nosem po linii jej szczęki i głęboko wdycham jej zapach.

Sad. Jabłka. Lato i łagodna jesień.

Tym właśnie pachnie.

– Czy masz pojęcie, jak cudownie pachniesz, Ano? Nie potrafię ci się oprzeć.

Ustami pieszczę jej szyję, potem piersi, cały czas wdychając jej zapach.

– Jesteś taka piękna. – Delikatnie ssę jej brodawkę.
Jęczy i wygina ciało w łuk.
Robię się jeszcze twardszy.
– O tak, maleńka, chcę cię słyszeć.
Ujmuję jej piersi, potem przesuwam ręce w dół, rozkoszując się gładkością jej skóry. Pieszczę jej biodra, po-
śladki, aż docieram do kolan, przez cały czas całując i ssąc
jej piersi. Wsuwam rękę pod jej kolana i oplatam jej nogę
wokół siebie. Jęczy, a ja napawam się jej reakcją.
Przewracam się na plecy, pociągając ją za sobą, aż
leży na mnie. Podaję jej prezerwatywę.
Zachwycona siada na moich kolanach. Ujmuje mój
członek i całuje jego koniuszek. Kiedy bierze mnie do ust,
jej włosy opadają, niczym kurtyna przysłaniając mój penis.
Kurwa. Jakie to erotyczne.
Bierze mnie głęboko do ust, ssie, delikatnie kąsa.
Z ust wyrywa mi się jęk i wyginam biodra, żeby znaleźć się w niej jeszcze głębiej.
Wypuszcza mnie, rozrywa foliowe opakowanie i roz-
wija prezerwatywę na moim sztywnym, nabrzmiałym
członku. Trzymam ją, żeby nie straciła równowagi, a ona
powoli, och-jak-powoli opada na mnie.
O Boże.
Jak dobrze.
Zamykam oczy i odrzucam w tył głowę, kiedy bierze
mnie w posiadanie. Oddaję się jej cały.
Jęczy, układa moje ręce na swoich biodrach i porusza
się w górę i w dół, kiedy w nią wchodzę i zatracam się
w niej bez reszty.
– Och, maleńka – szepczę.
Chcę więcej. I więcej.
Siadam i niemal stykamy się nosami. Udami obejmuję jej biodra, zanurzając się w nią jak najgłębiej. Dyszy,
chwyta się moich ramion, a ja przytrzymując jej głowę,

tonę w tych cudownych oczach, tak błyszczących miłością i pożądaniem.

– Och, Ano. Co ty ze mną robisz – mówię i całuję ją
z nieokiełznaną namiętnością.

– Och, kocham cię – mówi ona, a ja zamykam oczy.

Ana mnie kocha.

Przekręcam ją na plecy. Oplata mnie nogami, a ja patrzę na nią z zachwytem.

*Ja też cię kocham. Bardziej, niż jesteś sobie w stanie wy-
obrazić.*

Powoli, czule, łagodnie zaczynam się poruszać, chło-
nąc ją i rozkoszując się każdym centymetrem jej ciała.

To ja, Ano.

Cały.

I kocham cię.

Podkładam jej ramię pod głowę i tulę ją, podczas kiedy ona palcami pieści moje ręce, pośladki i włosy. Całuję
ją w usta, brodę, szczękę. Wchodzę w nią raz za razem,
doprowadzając do krańca wytrzymałości. Jej ciało zaczyna drżeć. Dyszy, już gotowa.

– Właśnie tak, maleńka. Oddaj mi się. Proszę, Ano.

– Christianie! – krzyczy i dochodzi tak gwałtownie,
że porywa mnie za sobą.

POPOŁUDNIOWE SŁOŃCE SĄCZY się przez bulaje, a wodne
refleksy tańczą po suficie kabiny. Na wodzie panuje taki
spokój. Może popłyniemy w rejs dookoła świata, tylko
Ana i ja.

Drzemie przy moim boku.

Moja piękna, namiętna dziewczyna.

Ana.

Przypomina mi się, jak myślałem, że te trzy litery
mają moc tak potężną, że mogą mnie zranić. Teraz już
wiem, że mają też moc uzdrawiania.

Ona nie wie, kim naprawdę jesteś.

Gapię się w sufit. Ta myśl nie przestaje mnie nękać. Dlaczego?

Ponieważ chcę być z nią szczery. Flynn uważa, że powinienem jej zaufać i powiedzieć, ale nie mam dość odwagi.

Zostawi mnie.

Nie. Odpędzam od siebie tę myśl i po prostu rozkoszuję się tym, że jeszcze przez chwilę mogę tak spokojnie przy niej leżeć.

– Mac niedługo wróci.

Z żalem przerywam tę błogą ciszę, która między nami panuje.

– Mmm – mruczy, ale otwiera oczy i uśmiecha się.

– Wolałbym co prawda leżeć tu tak z tobą przez całe popołudnie, ale będę mu musiał pomóc z pontonem. – Całuję ją w usta. – Ano, wyglądasz teraz tak pięknie, taka rozczochrana i seksowna. Pragnę cię coraz bardziej.

Gładzi mnie po twarzy.

Widzi mnie.

Nie. Ano, ty mnie w ogóle nie znasz.

Niechętnie wstaję z łóżka, a ona przekręca się na brzuch.

– Panu też niczego nie brakuje, kapitanie – mówi z uznaniem, przyglądając się, jak się ubieram.

Siadam obok niej, żeby włożyć buty.

– Kapitanie, tak? Cóż, jestem panem tej łajby.

– Jest pan panem mojego serca, panie Grey.

Co prawda chciałem być twoim panem w nieco inny sposób, ale tak też jest dobrze. Całuję ją.

– Będę na pokładzie. W łazience jest prysznic, gdybyś miała ochotę. Potrzebujesz czegoś? Może drinka?

Bawi się i wiem, że moim kosztem.

– Co? – pytam.

– Ty.

– Co ja?

– Kim jesteś i co zrobiłeś z Christianem?

– Jest tuż obok, maleńka – odpowiadam, a niepokój oplata moje serce jak bluszcz. – I niedługo go zobaczysz, zwłaszcza jeżeli zaraz nie wstaniesz.

Daję jej klapsa w pupę, a ona śmieje się i krzyczy jednocześnie.

– Martwię się o ciebie – mówi z udawaną troską.

– Doprawdy? Wysyłasz bardzo sprzeczne sygnały, Anastasio. Jak można za tobą nadążyć? – Całuję ją przelotnie. – Na razie, mała.

Zostawiam ją, żeby mogła się ubrać.

Pięć minut później wraca Mac i razem mocujemy ponton.

– Jak się miewa twoja przyjaciółka? – pytam.

– Jest w bardzo dobrym nastroju.

– Mogłeś zostać dłużej.

– I nie popłynąć z powrotem?

– Właśnie.

– Nic z tego. Nie lubię opuszczać tej damy na zbyt długo – mówi Mac i klepie „Grace" po burcie.

Uśmiecham się.

– Doskonale cię rozumiem.

Dzwoni mój telefon.

– Taylorze – mówię i w tej samej chwili Ana pojawia się w rozsuwanych drzwiach do salonu.

– Dzień dobry, proszę pana. Mieszkanie jest bezpieczne.

Przyciągam do siebie Anę i całuję ją we włosy.

– To świetnie.

– Przeszukaliśmy każde pomieszczenie.

– To dobrze.

– Sprawdziliśmy też nagrania z monitoringu z ostatnich trzech dni.

– Tak?

– Wszystko się wyjaśniło.

– To znaczy?

– Panna Williams wchodziła drzwiami na schody pożarowe.

– Poważnie?

– Tak. Miała klucz i wchodziła schodami na samą górę.

– Rozumiem.

Rany. Niezła wspinaczka.

– Zmieniliśmy zamki i może pan bezpiecznie wracać. Przywieźliśmy też bagaże. Czy wraca pan dzisiaj?

– Tak.

– Kiedy się możemy pana spodziewać?

– Wieczorem.

– Doskonale, proszę pana.

Rozłączam się, a Mac odpala silniki.

– Pora wracać. – Całuję Anę i pomagam jej założyć kapok.

ANA BARDZO CHĘTNIE uczestniczy we wszystkich pokładowych pracach. Razem stawiamy grot, żagiel przedni i spinaker, podczas kiedy Mac steruje. Uczę ją trzech węzłów. Nie radzi sobie zbyt dobrze, a ja z trudem zachowuję powagę.

– Może któregoś dnia ja cię zwiążę – obiecuje.

– Najpierw musiałaby mnie pani złapać, panno Steele. – Upłynęło dużo czasu, odkąd ktoś mnie wiązał, i nie wiem, czy teraz by mi się to podobało. Wzdrygam się na myśl, że byłbym bezbronny przed jej dotykiem. – Pozwolisz, że raz jeszcze oprowadzę cię po „Grace"?

– O tak, poproszę. Jest taka piękna.

KIEDY DOPŁYWAMY DO MARINY, Ana stoi w moich objęciach przy sterze. Jest szczęśliwa.

Co z kolei uszczęśliwia mnie.

Jest zafascynowana łodzią i wszystkim, co jej pokazuję. Nawet maszynownią.

Świetnie się bawiliśmy. Oddycham głęboko, a słone morskie powietrze oczyszcza moją duszę. Przypomina mi się cytat z jednej z moich ulubionych książek – wspomnień pod tytułem *Wiatr, piasek i gwiazdy*.

– „Pływanie to poezja taka stara jak świat" – szepczę Anie do ucha.

– Brzmi jak cytat.

– Bo jest. Z Antoine'a de Saint-Exupéry.

– Och, uwielbiam *Małego księcia*.

– Ja też.

Wprowadzam łódź do mariny i wolno manewrując, podpływam nią tyłem do kei. Tłum, który się zgromadził, żeby nas podziwiać, zdążył się rozejść, kiedy Mac zeskakuje na keję i obkłada dwie knagi cumą rufową.

– No i jesteśmy z powrotem – mówię do Any.

Jak zwykle niechętnie rozstaję się z „Grace".

– Dziękuję. To było idealne popołudnie.

– Też tak myślę. Może zapiszemy cię do szkółki żeglarskiej, żebyśmy mogli sobie popływać kilka dni, tylko ty i ja.

Albo popłynąć w rejs dookoła świata, też tylko ty i ja.

– Byłoby cudownie. I moglibyśmy chrzcić twoją kajutę bez końca.

Całuję ją w miejsce tuż pod uchem.

– Hmm, już się nie mogę doczekać, Anastasio. – Wierci się z zachwytu. – Chodźmy, mieszkanie jest czyste. Możemy wracać.

– A nasze rzeczy w hotelu?

– Taylor już je odebrał. Zaraz po tym, jak razem ze swoimi ludźmi sprawdził „Grace".

– Czy ten biedak w ogóle sypia?

– Sypia. Po prostu wykonuje swoją pracę, Anastasio, i jest w tym świetny. Jason to prawdziwy skarb.

– Jason?

– Jason Taylor.

Ana uśmiecha się łagodnie.

– Lubisz go – stwierdzam.

– Chyba tak. Myślę, że bardzo dobrze się o ciebie troszczy. Dlatego właśnie go lubię. Jest dobry, lojalny i bardzo godny zaufania. Chyba traktuję go trochę jak ojca.

– Ojca?

– Tak.

– Niech będzie. Ojca.

Ana parska śmiechem.

– Och, na litość boską, mógłbyś wreszcie dorosnąć, Christianie.

Co takiego?

Ona mnie beszta.

Dlaczego?

Bo mam silny instynkt posiadacza? Może to dziecinne.

Może.

– Staram się – odpowiadam.

– To prawda. I to bardzo – mówi i podnosi wzrok na sufit.

– Kiedy tak przewracasz oczami, co nieco mi się przypomina, Anastasio.

– Cóż, jeśli będziesz grzeczny, może co nieco jeszcze kiedyś przeżyjesz.

– Będę grzeczny? Słowo daję, panno Steele, skąd pomysł, że tego chcę?

– Może stąd, że aż ci się oczy zaświeciły, kiedy to powiedziałam.

– Zdecydowanie za dobrze mnie znasz – mówię.

– Chciałabym poznać jeszcze lepiej.

– To tak jak ja. Też chciałbym cię lepiej poznać, Anastasio. No dobrze, zbierajmy się.

Mac wyłożył trap i możemy zejść na keję.

– Dzięki, Mac. – Ściskam mu dłoń.

– Cała przyjemność po mojej stronie, proszę pana. Do widzenia, Ano, cieszę się, że mogliśmy się poznać.

– Miłego dnia, Mac, i dziękuję – odpowiada Ana, nieco zawstydzona.

Razem idziemy promenadą, zostawiając za sobą „Grace" i Maca.

– Skąd pochodzi Mac? – chce wiedzieć Ana.

– Z Irlandii. Z Irlandii Północnej.

– Jest twoim przyjacielem?

– Mac? Pracuje dla mnie. Pomagał przy budowie „Grace".

– Masz przyjaciół?

Na co mi przyjaciele?

– W zasadzie nie. Nie mam na to czasu. Nie zawieram przyjaźni. Jest tylko – *cholera*, w ostatniej chwili gryzę się w język. Nie chcę wspominać o Elenie. – Głodna? – pytam, bo jedzenie to znacznie bezpieczniejszy temat.

Ana kiwa głową.

– Zjemy tam, gdzie zostawiliśmy samochód. Chodźmy.

Siedzimy z Aną przy stoliku w Bee's, włoskim bistro obok SP's. Ana czyta menu, a ja popijam dobrze schłodzone Frascati. Lubię patrzeć, gdy czyta.

– Co? – pyta Ana, kiedy podnosi na mnie wzrok.

– Wyglądasz ślicznie, Anastasio. Świeże powietrze ci służy.

– Prawdę mówiąc, czuję się trochę przewiana. Ale było cudownie. Doskonałe popołudnie. Dziękuję ci.

– Cała przyjemność po mojej stronie.

– Czy mogę cię o coś zapytać?

– O co tylko chcesz, Anastasio. Przecież wiesz.

– Odnoszę wrażenie, że nie masz zbyt wielu przyjaciół. Dlaczego?

– Już ci mówiłem. Nie mam na to specjalnie czasu. Mam wspólników biznesowych, ale raczej trudno nazwać to przyjaźnią. Mam rodzinę, i tyle. – Wzruszam ramionami. – No, jest jeszcze Elena.

Szczęśliwie nie reaguje na wzmiankę o Elenie.

– Żadnych kumpli w twoim wieku, z którymi mógłbyś się spotkać i wyszaleć?

Nie. Jest tylko Elliot.

– Wiesz, jak lubię się wyszaleć, Anastasio. – Zniżam głos. – Cały czas pracuję, rozwijam firmę. Tylko tym się zajmuję, poza żeglowaniem i lataniem szybowcem. – *No i pieprzeniem się, rzecz jasna.*

– Nawet na studiach?

– W zasadzie nie.

– Więc zostaje tylko Elena?

Kiwam głową. *Dokąd ta rozmowa zmierza?*

– Musisz być bardzo samotny.

Przypominają mi się słowa Leili: „Jesteś samotny. Widzę to". Marszczę brwi. Samotny czułem się jedynie wtedy, kiedy Ana odeszła.

To mnie niszczyło.

Już nigdy więcej nie chcę się tak czuć.

– Na co masz ochotę? – pytam w nadziei, że odwrócę jej uwagę.

– Zdecyduję się na risotto.

– Świetny wybór. – Kiwam na kelnera.

Składamy zamówienie. Risotto dla Any, dla mnie penne.

Kelner odchodzi, a Ana siedzi ze spuszczonym wzrokiem, z palcami splecionymi na kolanach. Coś ją dręczy.

– Anastasio, co się stało? Powiedz mi.

Patrzy na mnie, ale wciąż jest niespokojna i nie mam już wątpliwości, że coś ją niepokoi.

– Powiedz mi – powtarzam zdecydowanie.

Prostuje plecy. Zapowiada się na coś poważnego.

Cholera. Co tym razem?

– Martwię się, że ci nie wystarczam. No wiesz, żebyś mógł się wyszaleć.

Co? Znowu to samo?

– Czy w jakikolwiek sposób dałem ci odczuć, że mi nie wystarczasz? – pytam.

– Nie.

– Więc skąd te myśli?

– Wiem, co lubisz. Czego, hm, potrzebujesz. – W jej głosie słychać wahanie.

Garbi się, krzyżuje ramiona, jakby się przed czymś broniła. Zamykam oczy i pocieram czoło. Nie wiem, co powiedzieć. Wydawało mi się, że dobrze się razem bawiliśmy.

– Co mam zrobić? – pytam szeptem.

Staram się, Ano. Naprawdę się staram.

– Nie, źle mnie zrozumiałeś – mówi z nagłym ożywieniem. – Jesteś wspaniały, poza tym to ledwie kilka dni, ale mam nadzieję, że nie zmuszam cię, żebyś stał się kimś, kim nie jesteś.

Jej odpowiedź trochę mnie uspokaja, ale chyba czegoś do końca nie rozumie.

– To wciąż ja, Anastasio, we wszystkich pięćdziesięciu odcieniach po… pieprzenia – kończę, kiedy znajduję odpowiednie słowo. – To prawda, że muszę się zmuszać, żeby za wszelką cenę nie kontrolować każdej sytuacji, ale taka już moja natura i borykam się z nią całe życie. I tak, oczekuję, że będziesz się zachowywać w określony sposób, ale kiedy postępujesz inaczej, jest to dla mnie odświeżające wyzwanie. Wciąż robimy to, co lubię. Wczoraj po tej skandalicznej licytacji zgodziłaś się na klapsy.

Przez chwilę wspominam tę podniecającą chwilę.

Grey!

Nie podnosząc głosu, próbuję nazwać to, co czuję.

– Lubię cię karać. Nie sądzę, żeby mi to kiedykolwiek przeszło, ale staram się i wcale nie jest to takie trudne, jak myślałem.

– Mnie to nie przeszkadza – mówi Ana cicho, odnosząc się do naszej schadzki w moim dawnym pokoju.

– Wiem. Mnie też nie.

Biorę głęboki oddech. Powiem jej prawdę.

– Musisz wiedzieć, Anastasio, że to jest dla mnie zupełnie nowe, ale te ostatnie dni były najlepsze w całym moim życiu. I nie chcę niczego zmieniać.

Na jej twarzy pojawia się radość.

– W moim też, bez wyjątków.

Mam nadzieję, że mój uśmiech wyraża ulgę, którą odczuwam.

Nie daje za wygraną.

– To znaczy, że nie chcesz mnie już zabierać do swojego pokoju zabaw?

Kurwa. Przełykam ślinę.

– Nie, nie chcę.

– Dlaczego? – pyta.

Teraz już czuję się jak na spowiedzi.

– Kiedy byliśmy tam ostatnim razem, odeszłaś ode mnie. Nie zrobię już nigdy nic, co by cię ponownie do tego skłoniło. Byłem załamany. Już ci tłumaczyłem. Nigdy już nie chcę czegoś takiego przeżywać. Powiedziałem ci, co do ciebie czuję.

– Ale to nie jest w porządku. Jak możesz się odprężyć, skoro przez cały czas się zastanawiasz, jak ja się czuję. Ty z mojego powodu się zmieniłeś, a ja, ja uważam, że muszę ci to jakoś wynagrodzić. Sama nie wiem, może zabawmy się w odgrywanie ról. – Rumieni się cała.

– Ano, wynagradzasz mi bardziej, niż ci się wydaje. Proszę, bardzo cię proszę, nie myśl tak. Maleńka, przecież to był ledwie jeden weekend. Daj nam trochę czasu. Kiedy odeszłaś, dużo o nas myślałem. Potrzebujemy czasu. Ty potrzebujesz czasu, żeby nauczyć się mi ufać, a ja, żeby zacząć ufać tobie. Może kiedyś coś zmienimy, ale na razie mi się podoba, w jaki sposób się zachowujesz. Lubię patrzeć, kiedy jesteś taka szczęśliwa, rozluźniona i beztroska. Cieszy mnie, że to po części moja zasługa. Ja nigdy… – przerywam w pół zdania.

Nie spisuj mnie na straty, Ano.

Przypomina mi się, jak Flynn w kółko mi powtarza: „Żeby biegać, najpierw musimy się nauczyć chodzić" – wypowiadam te słowa na głos.

– Co cię tak śmieszy? – pyta Ana.

– Flynn. Wciąż mi to mówi. Nigdy nie przypuszczałem, że będę go cytował.

– Flynnizm.

Śmieję się.

– Otóż to.

Zjawia się kelner z przystawkami. Temat rozmowy się zmienia; zaczynamy mówić o podróżach. Rozmawiamy o krajach, które Ana chciałaby odwiedzić, i miejscach, w których byłem. Uświadamiam sobie, jakim jestem szczęściarzem. Moi rodzice zabierali nas wszędzie: do Europy, Azji, Ameryki Południowej. Zwłaszcza ojciec uważał podróże za elementarną część edukacji. Oczywiście, było ich na to stać. Ana nigdy nie wyjeżdżała poza Stany i zawsze marzyła o Europie. Chciałbym ją zabrać do tych wszystkich miejsc; ciekawe, co by powiedziała na nasz wspólny rejs dookoła świata.

Nie wybiegaj za bardzo naprzód, Grey.

Kiedy jedziemy z powrotem do Escali, ruch jest niewielki. Ana podziwia mijane widoki, przytupując stopą w rytm muzyki, która płynie z odtwarzacza.

Nie mogę przestać myśleć o wcześniejszej poważnej rozmowie na temat naszego związku. Szczerze mówiąc, nie wiem, czy zdołam wytrwać w waniliowym związku, ale zamierzam spróbować. Nie chcę zmuszać jej do niczego, na co sama nie miałaby ochoty.

Ale jest chętna, Grey.

Sama to powiedziała.

Chce pójść do Czerwonego Pokoju, jak go nazywa.

Potrząsam głową. Przynajmniej ten jeden raz wezmę sobie do serca radę doktora Flynna.

Zanim zaczniemy biegać, nauczmy się chodzić, Ano.

Przez okno dostrzegam młodą kobietę z długimi, brązowymi włosami, podobną do Leili. Chociaż to nie ona, to im bliżej jesteśmy Escali, tym bardziej rozglądam się po ulicach, wypatrując jej.

Gdzie ona się, do kurwy nędzy, podziewa?

Kiedy wjeżdżamy do garażu, zaciskam ręce na kierownicy z taką siłą, że wszystkie mięśnie mam napięte. Nie wiem, czy dobrze robię, wracając do mieszkania, kiedy Leila wciąż gdzieś się tu kręci.

Sawyer czeka w garażu, krążąc wokół mojego miejsca niczym lew po klatce. To oczywiście przesada, ale czuję ulgę, widząc, że audi A3 zniknęło. Sawyer otwiera drzwi od strony Any, a ja wyłączam silnik.

– Dzień dobry, Sawyerze – mówi Ana.

– Panno Steele. Panie Grey – wita nas Sawyer.

– Pojawiła się? – pytam go.

– Nie, proszę pana – odpowiada, i chociaż wiedziałem, że tak właśnie powie, i tak mnie to irytuje. Biorę Anę za rękę i wchodzimy do windy.

– Nie wolno ci się nigdzie stąd ruszyć bez obstawy, rozumiesz? – ostrzegam ją.

– Okej – mówi, ale jej usta zdradzają, że ją to bawi.

– Co w tym śmiesznego? – Oniemiałem, kiedy tak łatwo się zgodziła.

– Ty.

– Ja? – Czuję, że się rozluźniam. Wyśmiewa się ze
mnie? – Panno Steele? Czemu jestem śmieszny? – ściągam usta, żeby się nie uśmiechnąć.

– Nie dąsaj się.

Ja się dąsam?

– Bo co?

– Bo na mnie działa to tak samo jak moje dąsy na
ciebie. – Przygryza zębami dolną wargę.

– Doprawdy? – Powtarzam grymas i nachylam się,
żeby ją szybko pocałować.

Kiedy moje usta dotykają jej ust, rozpala się we mnie
pożądanie. Słyszę, jak gwałtownie wciąga powietrze, i już
po chwili wplata mi palce we włosy. Nie odrywając od
niej ust, chwytam ją i przyciskam do ściany windy. Ujmuję jej twarz w dłonie. Nasze języki się łączą i bierze to,
czego pragnie, a ja daję jej wszystko, co mam.

Wydaje mi się, że eksploduję.

Chcę się z nią pieprzyć. Teraz.

Wlewam w nią całe swoje pragnienie, a ona przyjmuje wszystko bez reszty.

Ana...

Drzwi windy otwierają się ze znajomym brzdęknięciem. Odsuwam twarz od Any, ale wciąż biodrami i moją
nabrzmiałą męskością przyciskam ją do ściany.

– O Jezu – szepczę, łapczywie wciągając powietrze.

– O Jezu – odpowiada, tak samo zdyszana.

– Co ty ze mną wyprawiasz, Ano? – Muskam kciukiem jej dolną wargę.

Ana zerka w stronę holu i raczej wyczuwam, niż zauważam obecność Taylora. Ana całuje mnie w kącik ust.

– A co ty wyprawiasz ze mną, Christianie? – mówi.

Odsuwam się i biorę ją za rękę. Nie rzuciłem się na
nią w windzie od tamtego dnia w Heathmanie.

Weź się w garść, Grey.

– Chodź – mówię.

Kiedy opuszczamy windę, Taylor usuwa się nam z drogi.

– Dobry wieczór, Taylorze.

– Panie Grey. Panno Steele.

– Wczoraj byłam panią Taylor – mówi Ana, uśmiechając się radośnie do Taylora.

– Brzmi bardzo ładnie, proszę pani – odpowiada Taylor.

– Też tak sądzę.

Co tu się, do cholery, dzieje?

Spoglądam na oboje gniewnie.

– Jeśli skończyliście, chciałbym zamienić słówko z panną Steele – zwracam się do Taylora.

Kiwa głową.

Prowadzę Anę do sypialni i zamykam za nami drzwi.

– Nie flirtuj z personelem, Anastasio.

– Nie flirtowałam, tylko byłam miła, a to duża różnica.

– Nie bądź ani miła, ani nie flirtuj z personelem. Nie podoba mi się to.

Wzdycha.

– Przepraszam. – Odrzuca włosy na plecy i zaczyna się przyglądać swoim paznokciom.

Ujmuję ją pod brodę, żeby musiała na mnie spojrzeć.

– Wiesz, jaki jestem zazdrosny.

– Nie masz powodów do zazdrości, Christianie. Należę do ciebie ciałem i duszą.

Patrzy na mnie, jakbym postradał zmysły, i nagle czuję się jak kompletny idiota.

Ma rację.

Jestem przewrażliwiony.

Całuję ją pośpiesznie.

– Niedługo wrócę. Rozgość się.

Idę do gabinetu Taylora, który na mój widok wstaje.

– Proszę pana, jeśli chodzi o…

Unoszę rękę.

– Daj spokój. To ja jestem ci winien przeprosiny.

Taylor jest zdziwiony.

– Jak się przedstawia sytuacja?

– Gail wraca wieczorem.

– Dobrze.

– Poinformowałem zarządcę Escali, że panna Williams miała klucz. Uznałem, że powinni wiedzieć.

– Jak zareagowali?

– Cóż, odwiodłem ich od wezwania policji.

– Bardzo dobrze.

– Wszystkie zamki zostały zmienione i ma się ktoś zjawić, żeby sprawdzić wyjście awaryjne na schody pożarowe. Panna Willimas nie powinna była nimi wejść, nawet jeśli miała klucz.

– Podczas przeszukania nic nie znaleźliście?

– Nic, proszę pana. Nie wiem, gdzie się ukrywała. Ale teraz jej tu nie ma.

– Rozmawiałeś z Welchem?

– Przedstawiłem mu sytuację.

– Dziękuję. Ana zostaje na noc. Uznałem, że tak będzie bezpieczniej.

– Zgadzam się.

– Odwołaj audi. Postanowiłem, że Ana dostanie saaba. Powinni go niedługo dostarczyć. Prosiłem, żeby przyspieszyli dostawę.

– Oczywiście, proszę pana.

Kiedy wracam do sypialni, Ana stoi na progu garderoby. Jest lekko oszołomiona. Zaglądam do środka. Są już wszystkie jej ubrania.

– O, widzę, że wszystko już przenieśli.

Myślałem, że Gail się tym zajmie. Nie szkodzi.

– Co się stało? – pyta Ana.

Pokrótce streszczam jej, czego się dowiedziałem od Taylora o mieszkaniu i Leili.

– Naprawdę chciałbym wiedzieć, gdzie się podziewa. Chociaż potrzebuje pomocy, robi wszystko, żebyśmy jej nie znaleźli.

Ana obejmuje mnie i przytula, próbując uspokoić. Ja też ją obejmuję i całuję w czubek głowy.

– Co zrobisz, kiedy ją znajdziecie?

– Doktor Flynn zna pewne miejsce.

– A jej mąż?

– Umywa ręce. – *Dupek*. – Jej rodzina jest w Connecticut. Obawiam się, że jest tu zdana wyłącznie na siebie.

– To smutne.

Współczucie Any nie zna granic. Przytulam ją mocniej.

– Nie przeszkadza ci, że są tu wszystkie twoje rzeczy? Chcę, żebyśmy dzielili sypialnię.

– Jasne.

– Chcę, żebyś spała ze mną. Kiedy jesteś przy mnie, nie mam koszmarów.

– Masz koszmary?

– Tak.

Obejmuje mnie mocniej i tak stoimy przytuleni w mojej garderobie.

Kilka chwil później Ana się odzywa.

– Muszę sobie przygotować ubrania do pracy.

– Do pracy? – Puszczam ją.

– No tak, do pracy. – Jest zdezorientowana.

– Ale Leila gdzieś się tam czai. – Czy ona nie rozumie, jakie to ryzyko? – Nie chcę, żebyś szła do pracy.

– To idiotyczne, Christianie. Muszę iść do pracy.

– Nie musisz.

– Mam pracę, którą lubię. To oczywiste, że muszę iść.

– Wcale nie musisz. – *Ja się tobą zaopiekuję.*

– Naprawdę myślisz, że będę tu siedzieć i kręcić młynka palcami, kiedy ty będziesz się bawił w pana wszechświata?

– Szczerze mówiąc, tak.

Ana zamyka oczy i pociera czoło, jakby zbierała
wszystkie swoje siły. Ona wciąż nic nie rozumie.

– Christianie, ja muszę iść do pracy – mówi.

– Nie, nie musisz.

– Owszem, muszę. – Głos ma spokojny i zdecydowany.

– To nie jest bezpieczne. – *A jeśli coś ci się stanie?*

– Christianie, muszę zarabiać na życie i nic mi nie
będzie.

– Wcale nie musisz zarabiać na życie, a poza tym
skąd wiesz, że nic ci nie będzie?

Kurwa. Właśnie dlatego lubię mieć uległe. Tej rozmowy w ogóle by nie było, gdyby podpisała umowę.

– Na litość, boską, Christianie, Leila stała przy moim
łóżku i nic mi nie zrobiła, i tak, muszę pracować. Mam
do spłacenia kredyt studencki. – Opiera ręce na biodrach.

– Nie chcę, żebyś szła do pracy.

– Nie masz nic do gadania, Christianie. Nie ty o tym
decydujesz.

Kurwa.

Już postanowiła.

I oczywiście ma rację.

Przeczesuję ręką włosy, żeby się opanować. W końcu
mówię:

– Sawyer pójdzie z tobą.

– Christianie, to naprawdę niepotrzebne. Zachowujesz się irracjonalnie.

– Irracjonalnie? – rzucam gniewnie. – Albo z tobą pójdzie, albo zachowam się irracjonalnie i cię tu zatrzymam.

– A jak chcesz to zrobić?

– Och, na pewno znajdę sposób, Anastasio. Nie przeciągaj struny. – Za chwilę eksploduję.

– Okej! – krzyczy, unosząc obie ręce. – Okej, Sawyer może iść ze mną, jeśli przez to poczujesz się lepiej.

Nie wiem, czy ją pocałować, czy zbić, czy przelecieć. Robię krok w jej stronę, ale ona natychmiast się cofa i patrzy na mnie.

Grey, ta biedna dziewczyna się ciebie boi.

Biorę głęboki, uspokajający oddech i proponuję Anie, że oprowadzę ją po mieszkaniu, żeby je dobrze poznała.

Posyła mi niepewne spojrzenie, jakbym kompletnie ją zaskoczył. Zgadza się przynajmniej ten jeden raz i przyjmuje moją wyciągniętą rękę.

– Nie chciałem cię przestraszyć – mówię przepraszająco.

– Nie przestraszyłeś. Po prostu chciałam uciec.

– Uciec?

Znowu przesadziłeś, Grey.

– Żartowałam! – wykrzykuje.

To nie jest śmieszne, Ano.

Wzdycham i oprowadzam ją po mieszkaniu. Pokazuję jej gościnny pokój obok mojego, prowadzę na górę do kolejnych pustych pokoi, siłowni i pokoi personelu.

– Na pewno nie chcesz tu wejść? – pyta, kiedy przechodzimy obok pokoju zabaw.

– Nie mam klucza.

Wciąż jeszcze nie mogę się uspokoić po naszej sprzeczce. Nienawidzę się z nią kłócić. A ona jak zwykle wytyka mi wszystko.

A jeżeli coś jej się przytrafi?

Ja będę ponosił za to winę.

Mogę mieć jedynie nadzieję, że Sawyer ją ochroni.

Na dole pokazuję jej pokój telewizyjny.

– Więc jednak *masz* Xboxa. – Śmieje się.

Uwielbiam jej śmiech. Natychmiast poprawia mi się humor.

– Mam, ale jestem w tym beznadziejny. Elliot zawsze ze mną wygrywa. Ubawiłem się, kiedy myślałaś, że to jest mój pokój zabaw.

– Cieszę się, że jestem według pana zabawna, panie Grey – mówi.

– Bo taka pani jest, panno Steele, pod warunkiem oczywiście, że nie doprowadza mnie pani do rozpaczy.

– Ja do rozpaczy? Zwykle tak robię, kiedy zachowuje się pan nierozsądnie, panie Grey.

– Ja? Nierozsądnie?

– Tak, panie Grey. Na drugie imię powinien mieć pan „Nierozsądny".

– Nie mam drugiego imienia.

– W takim razie „Nierozsądny" świetnie się nadaje.

– To kwestia subiektywna, panno Steele.

– Chętnie bym poznała profesjonalną opinię doktora Flynna na ten temat.

Boże. Uwielbiam te nasze słowne utarczki.

– Myślałam, że na drugie imię masz Trevelyan.

– Nie, to nazwisko. Trevelyan-Grey.

– Nie używasz go.

– Bo jest za długie. Chodź.

Prowadzę ją do gabinetu Taylora, ten wstaje, kiedy wchodzimy.

– Cześć, Taylorze. Oprowadzam Anastasię po mieszkaniu. – Wita nas oboje skinieniem głowy. Ana zdziwiona rozgląda się po pokoju. Chyba zaskoczyła jego wielkość i liczba monitorów telewizji przemysłowej. Idziemy dalej. – A tutaj oczywiście już byłaś.

Otwieram drzwi do biblioteki, gdzie uwagę Any przykuwa stół bilardowy.

– Zagramy? – rzuca mi wyzwanie.

Panna Steele chce się zabawić.

– Okej. Grałaś już kiedyś?

– Kilka razy – odpowiada, unikając mojego wzroku. Kłamie.

– Nie potrafi pani kłamać, panno Steele. Albo nie grałaś nigdy, albo…

– Boisz się zagrać ze mną? – wchodzi mi w słowo.

– Bać się? Takiej małej dziewczynki? – prycham.

– Założymy się?

– Bardzo pani pewna siebie, panno Steele. Takiej Any dotąd nie znałem.

No to gramy, Ano.

– O co chciałabyś się założyć?

– Jeśli wygram, zabierzesz mnie do pokoju zabaw.

Cholera. Ona nie żartuje.

– A jeśli ja wygram? – pytam.

– Wtedy wybór należy do ciebie. – Wzrusza ramionami, udając nonszalancję, ale oczy błyszczą jej szelmowsko.

– Okej, umowa stoi. Chcesz zagrać w poola, snookera czy bilard?

– W poola, jeśli można. Tamtych dwóch nie znam.

Z komody pod półkami wyjmuję bile i ustawiam je na zielonym suknie. Wybieram dla Any kij, który powinien pasować do jej wzrostu.

– Zaczynasz? – pytam, podając jej kredę.

Och, zaraz przegra z kretesem.

Hm. Może to będzie moja nagroda.

Wyobrażam ją sobie klęczącą przede mną, jak ze związanymi na plecach rękami mi obciąga. *Tak. To byłoby w sam raz.*

– No dobrze – mówi cichym, miękkim głosem, pocierając kredą końcówkę kija. Ściąga wargi i zerkając na mnie spod rzęs, powoli i wymownie zdmuchuje jej nadmiar.

Mój członek natychmiast reaguje.

Cholera.

Ustawia białą bilę, po czym uderza w nią z taką siłą i wprawą, że rozbija wszystkie bile. Narożna bila, pasiasta żółta dziewiątka, ląduje w górnej prawej łuzie.

Och, Anastasio Steele, nigdy nie przestaniesz mnie zadziwiać.

– Wybieram pasiaste – mówi i ma czelność uśmiechnąć się do mnie skromnie.

– Bardzo proszę. – Zapowiada się dobra zabawa.

Obchodzi stół, szukając następnej ofiary. Podoba mi się ta nowa Ana. Drapieżna. Skora do rywalizacji. Pewna siebie. Seksowna jak diabli. Opiera się o stół i wyciąga przed siebie rękę, tak że bluzka się jej unosi, ukazując gołe ciało między jej skrajem i paskiem spodni. Ana uderza w białą bilę i brązową bilę szlag trafia. Znowu obchodzi stół i zanim się pochyla, zerka na mnie pobieżnie. Wyciąga się na stole i z wypiętą pupą celnie trafia w fioletową bilę.

Hm. Może będę musiał zmienić plany.

Dobra jest.

Uderza krótko w niebieską, ale nie trafia w zieloną.

– Wiesz, Anastasio, cały dzień mógłbym tak stać i patrzeć, jak wyciągasz się na stole – mówię.

Rumieni się.

Tak!

To Ana, jaką znam.

Zdejmuję sweter i patrzę, co zostało na stole.

Czas na przedstawienie, Grey.

Muszę trafić tyle bil, ile zdołam; mam co nieco do nadrobienia. Umieszczam trzy w łuzach i przymierzam się do pomarańczowej. Uderzam w białą i pomarańczowa ląduje w łuzie; biała niestety wpada tuż za nią.

Cholera.

– Elementarny błąd, panie Grey.

– Ach, panno Steele, jestem tylko zwykłym śmiertelnikiem. Pani kolej. – Macham ręką w stronę stołu.

– Chyba nie chcesz celowo przegrać, co? – Przekrzywia głowę na bok.

– O nie. Wymyśliłem sobie taką nagrodę, że koniecznie muszę wygrać. Zresztą ja zawsze muszę wygrać.

Och, ona na kolanach, z moim członkiem w ustach... Mógłbym ją zmusić, żeby przestała pracować. Hm... zakład, przez który mogłaby stracić pracę. Nie przyjęłaby tego dobrze.

Mruży oczy i wiele bym dał, żeby wiedzieć, o czym myśli. Stojąc u szczytu stołu, pochyla się, żeby ocenić ułożenie bil. Bluzka się jej rozchyla i widać jej piersi.

Prostuje się, a na jej ustach widnieje figlarny uśmieszek. Podchodzi do mnie i pochyla się, kręcąc pupą najpierw w jedną, potem w drugą stronę. Wraca do szczytu stołu, znowu się pochyla i pokazuje mi wszystko, co ma do zaoferowania. Zerka na mnie.

– Dobrze wiem, co robisz – mówię szeptem.

A mój penis jest tym zachwycony.

I to bardzo.

Poruszam się, żeby nieco ulżyć mojemu nabrzmiałemu członkowi.

Ana prostuje się i z głową kokieteryjnie przechyloną w bok delikatnie gładzi kij, przesuwając po nim rękę w górę i w dół, bardzo powoli.

– Och, próbuję tylko zdecydować, jaki powinien być mój następny ruch.

Kurwa. Ależ z niej kusicielka.

Pochyla się, uderza białą bilą w pasiastą pomarańczową, umieszczając ją w dogodnej pozycji, potem wyjmuje resztę spod stołu i przymierza się do uderzenia. Kiedy celuje w białą, widzę pod bluzką zarys jej piersi; gwałtownie wciągam powietrze.

Nie trafia.

Dobrze.

Obchodzę stół i staję za nią, gdy wciąż jeszcze jest pochylona, i kładę rękę na jej pupie.

– Specjalnie pani tak tym kręci, żeby mi dokuczać, panno Steele? – Uderzam ją mocno.

Ponieważ sobie zasłużyła.

Wydaje cichy okrzyk.

– Tak – odpowiada szeptem.

Och, Ano.

– Igrasz z ogniem, maleńka.

Trafiam białą bilą w czerwoną, a ta idealnie ląduje w lewej górnej łuzie. Potem próbuję wsadzić żółtą w prawą górną łuzę. Łagodnie uderzam w białą. Muska żółtą, ale zatrzymuje się tuż przed łuzą.

Cholera. Spudłowałem.

Ana uśmiecha się do mnie.

– Czerwony Pokoju, oto nadchodzimy – pieje zachwycona.

Podoba mi się twoje wyuzdane bzykanko.

Naprawdę się jej podoba.

Wszystko to jest bardzo mylące. Daję jej znak, żeby grała, ponieważ wiem, że absolutnie nie chcę jej zabierać do pokoju zabaw. Kiedy byliśmy tam ostatnio, odeszła ode mnie.

– Która łuza? – mruczę pod nosem.

– Górna lewa – mówi i kręci mi pupą przed nosem. Uderza, ale czarna mija swój cel szerokim łukiem.

Co za radość.

Szybko pozbywam się dwóch bil i zostaje mi tylko czarna. Nacieram kredą kij, patrząc na Anę.

– Jeśli wygram, najpierw cię zbiję, a potem przelecę tu, na tym stole.

Rozchyla usta.

Tak. Pomysł ją podnieca. Przez cały dzień się o to prosiła. Naprawdę myślała, że straciłem jaja?

Cóż, to się okaże.

– Górna prawa – oznajmiam i pochylam się, żeby uderzyć. Trącam kijem białą bilę. Ta mknie po stole i trafia w czarną, która z kolei turla się w stronę górnej prawej łuzy. Przez chwilę balansuje na jej krawędzi, wreszcie z miłym dla ucha stukotem ląduje tam, gdzie miała.

Tak!

Anastasio Steele, jesteś moja.

Wolnym krokiem podchodzę do miejsca, w którym stoi z otwartymi ustami. Wygląda na zdruzgotaną.

– Chyba nie będziesz płakać, że przegrałaś? – pytam.

– To zależy, jak mocno mnie zbijesz – bąka.

Biorę od niej kij i kładę go na stole. Chwytam kraj jej bluzki i pociągam. Ana nie ma wyjścia, jak podejść bliżej mnie.

– No tak, panno Steele, teraz porachujemy twoje niecne występki. – Zaczynam wyliczać na palcach. – Po pierwsze, przez ciebie stałem się zazdrosny o mój personel. – Otwiera szeroko oczy. – Po drugie, kłóciłaś się ze mną o pracę. I wreszcie po trzecie, przez ostatnie dwadzieścia minut kręciłaś mi przed nosem swoją śliczną pupą.

Pochylam się i pocieram nosem jej nos.

– Chcę, żebyś zdjęła dżinsy i tę uroczą bluzeczkę. I to już. – Całuję ją delikatnie w usta, idę do drzwi i zamykam je na klucz.

Kiedy się obracam, Ana stoi jak wmurowana.

– Ubrania, Anastasio. Wciąż masz je na sobie. Zdejmij je, albo zrobię to za ciebie.

– Ty mnie rozbierz – mówi bez tchu, a głos ma cichy i delikatny jak letnia bryza.

– Och, panno Steele. Co prawda to brudna robota, ale chyba sprostam wyzwaniu.

– Na ogół przed żadnym się pan nie cofa, panie Grey. – Zagryza wargę.

– Co chce pani przez to powiedzieć, panno Steele? Proszę, proszę, jakieś insynuacje?

– No, no, panno Steele, a to co ma znaczyć?

Na biurku zauważam plastikową linijkę.

Idealnie.

Przez cały dzień robiła niezbyt zawoalowane aluzje na temat tego, że brakuje jej dawnego mnie. Zobaczmy, jak to zniesie. Podnoszę linijkę, żeby mogła ją zobaczyć i wyginam ją, potem chowam do tylnej kieszeni. Wolno podchodzę do Any.

Trzeba jej zdjąć buty, myślę sobie.

Klękam i rozwiązuję sznurówki w obu trampkach, zdejmuję je i skarpetki. Rozpinam guzik przy dżinsach i rozpinam zamek. Podnoszę wzrok na Anę i wolno ściągam z niej spodnie. Ani na moment nie odrywa ode mnie wzroku. Wychodzi z dżinsów. Pod spodem ma swoje białe stringi.

Te stringi.

Jestem ich fanem.

Mój członek też.

Chwytam ją za biodra i nosem muskam przód majteczek.

– Potraktuję cię ostro, Ano. Będziesz musiała mi przerwać, jeśli to będzie dla ciebie zbyt trudne – szepczę i przez koronkę stringów całuję ją w łechtaczkę.

Ana wydaje gardłowy jęk.

– Hasło bezpieczeństwa? – pyta.

– Nie, żadnych haseł. Wystarczy, że powiesz, żebym przestał, i natychmiast przestanę. Rozumiesz?

Znowu ją całuję i wodzę nosem wokół tego małego pączka, który ma tak potężną władzę. Wstaję i już czuję, że mnie ponosi.

– Odpowiedz mi.

– Tak, tak, rozumiem.

– Przez cały dzień wysyłasz mi sprzeczne sygnały, Anastasio. Powiedziałaś, że martwisz się, że zatraciłem swoje talenty. Nie wiem, co dokładnie miałaś na myśli, i nie wiem, na ile mówiłaś poważnie, ale się dowiemy. Na razie nie chcę cię zabierać do pokoju zabaw, więc spróbujemy tutaj, ale musisz mi obiecać, że natychmiast mi powiesz, jeśli przestanie ci się podobać.

– Powiem ci. I żadnych haseł bezpieczeństwa – mówi, ale wydaje mi się, że chce mnie tylko uspokoić.

– Jesteśmy kochankami, a kochankowie nie potrzebują haseł bezpieczeństwa. – Marszczę czoło. Czy aby na pewno? W tej dziedzinie jestem kompletnym ignorantem.

– Chyba nie – mówi. – Obiecuję.

Muszę mieć pewność, że da mi znać, kiedy posunę się za daleko. Twarz ma poważną, ale też maluje się na niej pożądanie. Rozpinam jej bluzkę i na widok jej piersi moje podniecenie rośnie. I to bardzo. Wygląda fantastycznie. Biorę ze stołu kij.

– Potrafi pani grać, panno Steele. Muszę przyznać, że mocno się zdziwiłem. Może trafisz czarną bilę?

Zaciska wargi i z wyzywającą miną sięga po białą bilę, nachyla się nad stołem i przymierza do uderzenia. Staję za nią i kładę rękę na jej prawym udzie. Spina się cała, kiedy przesuwam palce na jej pupę, a potem w dół po udzie, drażniąc ją delikatnie.

– Nie trafię, jeśli nie przestaniesz – skarży się lekko ochrypłym głosem.

– Nie obchodzi mnie, czy trafisz, czy spudłujesz, maleńka. Po prostu chcę na ciebie patrzeć, jak niekompletnie ubrana wyciągasz się na stole. Masz pojęcie, jak wyglądasz?

Z rumieńcem na twarzy bawi się białą bilą, próbując ją ustawić. Pieszczę jej pupę. Tę śliczną pupę, dzięki stringom widoczną w całej krasie.

– Górna lewa – mówi Ana i uderza białą bilę koń-
cem kija. Wymierzam jej mocnego klapsa, na co reaguje
głośnym okrzykiem. Biała bila muska czarną, która jednak odbija się od bandy i nie trafia w łuzę.

Znowu ją pieszczę.

– Chyba musisz spróbować jeszcze raz. Powinnaś się
skoncentrować, Anastasio.

Kręci pupą, jakby prosząc o więcej.

Zdecydowanie za dobrze się bawi, idę więc na koniec
stołu, przestawiam czarną bilę, a białą popycham w stronę Any.

Łapie bilę i znowu składa się do uderzenia.

– Jedną chwileczkę – mówię. – Zaczekaj.

Nie tak szybko, panno Steele.

Wracam i znowu staję za nią, tym razem jednak uderzam ją ręką po lewym udzie i po pupie.

Uwielbiam jej pupę.

– Wyceluj – mówię szeptem.

Z jękiem opiera głowę o stół.

Jeszcze się nie poddawaj, Ano.

Bierze głęboki oddech, podnosi się i przesuwa na
prawo, ja za nią. Pochyla się i znowu wyciąga na stole, po
czym uderza w białą bilę. Kiedy bila mknie po suknie, ja
wymierzam kolejnego klapsa. Mocno. Czarna nie trafia.

– O nie – jęczy Ana.

– Raz jeszcze, maleńka. A jeśli znowu spudłujesz,
dam ci ostro popalić. – Ustawiam czarną bilę i wracam.
Staję za Aną i od nowa zaczynam pieścić jej słodką pup-
cię. – Dasz radę – wyduszam z siebie.

Podsuwa mi pupę pod rękę i wymierzam jej żarto-
bliwego klapsa.

– Taka pani chętna, panno Steele? – pytam.

W odpowiedzi tylko jęczy.

– Cóż, lepiej się ich pozbądźmy. – Zdejmuję jej

stringi i rzucam na dżinsy. Klękam za nią i całuję po kolei każdy pośladek. – Strzelaj, maleńka.

Jest pobudzona. Z trudem łapie białą bilę, ustawia ją i uderza, ale w swojej niecierpliwości nie trafia. Zaciska powieki w oczekiwaniu na kolejne uderzenie, ja jednak pochylam się nad nią i przyszpilam ją do stołu. Biorę od niej kij i odkładam na bok.

Teraz zacznie się prawdziwa zabawa.

– Spudłowałaś – szepczę jej do ucha. – Połóż ręce płasko na stole.

Mój członek wyrywa się ze spodni.

– Dobrze. Zaraz cię uderzę i może następnym razem pójdzie ci lepiej. – Przesuwam się nieco, żeby było mi łatwiej trafić. Jęczy i zamyka oczy, oddychając coraz głośniej i szybciej. Pieszczę jej pupę jedną ręką. Drugą przyciskam ją do stołu, owijając sobie wokół palców jej włosy.

– Rozstaw nogi – rozkazuję i wyjmuję z kieszeni linijkę.

Waha się, więc uderzam ją linijką. Dźwięk, jaki wydaje przy zetknięciu z jej skórą, jest muzyką dla moich uszu. Ana wciąga głośno powietrze, ale nic nie mówi, więc uderzam raz jeszcze.

– Nogi – powtarzam rozkazującym tonem. Słucha, a ja uderzam znowu. Pod wpływem bólu z całej siły zaciska powieki, ale nie prosi, żebym przestał.

Och, maleńka.

Uderzam ją raz za razem, a ona jęczy. Skóra na pośladkach robi się coraz bardziej czerwona, a moje dżinsy stają się zdecydowanie za ciasne dla mojego nabrzmiałego członka. Biję dalej. Ponosi mnie. Cały się w niej zatracam. Jestem jej. Robi to dla mnie. A ja jestem szczęśliwy. I ją kocham.

– Przestań – mówi.

Bez namysłu odrzucam linijkę i puszczam ją.

– Wystarczy? – pytam.

– Tak.

– Teraz chcę się z tobą pieprzyć – szepczę ochryple.

– Tak – błaga.

Też tego pragnie.

Pupę ma całą różową. Gwałtownie wciąga powietrze do płuc.

Rozpinam rozporek, dając wreszcie mojemu penisowi trochę wolności, potem wsuwam w nią dwa palce i zaczynam zataczać kółka, aby rozkoszować się jej podnieceniem.

Błyskawicznie zakładam prezerwatywę, ustawiam się za nią i powoli w nią wchodzę. *O tak.* To bez wątpienia moje najbardziej ulubione miejsce na świecie.

Wychodzę z niej, przytrzymuję jej biodra i uderzam w nią tak mocno, że aż krzyczy.

– Jeszcze raz? – pytam.

– Tak – dyszy. – Wszystko dobrze. Nie powstrzymuj się… weź mnie ze sobą.

Och, Ano, z największą przyjemnością.

Wbijam się w nią znowu, po czym zaczynam się poruszać w wolnym, ale wyczerpującym rytmie. Biorę ją raz i drugi, i jeszcze raz. Jęczy i krzyczy, kiedy biorę ją w posiadanie. Całą. Każdy centymetr. Jest mój.

Zaczyna przyśpieszać – już prawie dochodzi – a ja zwiększam prędkość, zasłuchany w jej krzyki. Wreszcie osiąga orgazm, krzycząc i porywając mnie za sobą, więc wykrzykując jej imię, wlewam w nią całą swoją duszę.

Osuwam się na nią, próbując odzyskać oddech. Przepełniają mnie wdzięczność i pokora. Kocham ją. Pragnę jej. Zawsze.

Biorę ją w objęcia i osuwamy się na podłogę, gdzie tulę ją do piersi. Chcę już zawsze trzymać ją w ramionach.

– Dziękuję, maleńka – szepczę i obsypuję jej twarz czułymi pocałunkami.

Otwiera oczy i obdarza mnie sennym uśmiechem zaspokojenia. Przytulam ją jeszcze mocniej i gładzę po policzku.

– Na policzku masz odciśnięte sukno. Jest cały zaczerwieniony.

Pasuje do twojej pupy.

Uśmiecha się jeszcze szerzej, ujęta moją troską.

– Jak było? – pytam.

– Rewelacyjnie. Lubię ostry seks, Christianie, ale lubię też łagodny. Lubię wszystko, byle z tobą.

Zamykam oczy, zachwycony tą piękną młodą kobietą w moich ramionach.

– Nigdy nie sprawiasz mi zawodu, Ano. Jesteś piękna, mądra, prowokacyjna, zabawna, seksowna, i każdego dnia dziękuję boskiej opatrzności, że to ty przyszłaś wtedy zrobić ze mną wywiad, a nie Katherine Kavanagh. – Całuję ją we włosy, a ona ziewa, wywołując u mnie uśmiech. – Wykończyłem cię. Chodź. Wykąpiemy się, a potem prosto do łóżka.

Wstaję i ją podnoszę.

– Chcesz, żebym cię zaniósł?

Kręci głową.

– Wybacz, ale lepiej się ubierz, nie wiadomo, na kogo natkniemy się w holu.

W ŁAZIENCE ODKRĘCAM WODĘ i wlewam do wanny sporą porcję olejku do kąpieli.

Pomagam Anie się rozebrać i trzymając ją za rękę, pomagam jej wejść do wanny. Szybko do niej dołączam i siedzimy naprzeciwko siebie, czekając, aż wanna napełni się gorącą wodą i pachnącą pianą.

Nakładam na dłoń nieco żelu do mycia i zaczynam nacierać nim lewą stopę Any, kciukiem masując jej śródstopie.

– Och, jak dobrze. – Zamyka oczy i odchyla głowę do tyłu.

– Cieszę się. – Jej przyjemność sprawia mi radość.

Włosy zebrała w kucyk, który niebezpiecznie chyboce się na czubku jej głowy. Kilka kosmyków się z niego wymknęło, a jej skóra jest wilgotna i lekko muśnięta słońcem po naszej popołudniowym rejsie na „Grace".

Wygląda oszałamiająco.

Te ostatnie dwa dni były bardzo intensywne: dziwaczne zachowanie Leili, wtrącanie się Eleny, a przez cały czas Ana zachowywała spokój, dając dowód swojej siły. Przepełniała mnie pokorą. Ale przede wszystkim byłem zachwycony, dzieląc z nią jej szczęście. Lubię widzieć, że jest szczęśliwa. Jej radość jest moją radością.

– Mogę o coś zapytać? – mruczy pod nosem.

– Oczywiście. O co tylko chcesz, Ano. Przecież wiesz.

Siada i prostuje ramiona.

O nie.

– Kiedy jutro pójdę do pracy, czy Sawyer może mnie tylko odprowadzić pod drzwi, a potem po mnie przyjechać pod koniec dnia? Proszę, Christianie, bardzo cię proszę – dodaje szybko.

Przestaję masować jej stopy.

– Myślałem, że już to uzgodniliśmy.

– Proszę.

Czemu tak bardzo jej na tym zależy?

– A co z przerwą na lunch? – pytam. Niepokój o jej bezpieczeństwo powraca.

– Coś sobie przygotuję w domu, żebym nie musiała wychodzić. Proszę.

– Naprawdę trudno jest mi ci czegokolwiek odmawiać – przyznaję, całując jej stopę.

Zależy mi tylko na jej bezpieczeństwie i dopóki nie znajdziemy Leili, nie mam pewności, że nic jej nie grozi.

Ana wpatruje się we mnie tymi swoimi wielkimi, niebieskimi oczami.

– Nie wyjdziesz z biura? – upewniam się.

– Nie.

– W takim razie okej.

Uśmiecha się, chyba z wdzięczności.

– Dziękuję – mówi i klęka, wylewając przy tym wodę z wanny. Kładzie mi ręce na ramionach i całuje mnie.

– Bardzo proszę, panno Steele. Jak tam twoja pupa?

– Trochę boli. Ale nie bardzo. Woda przynosi ulgę.

– Cieszę się, że kazałaś mi przestać – mówię.

– Moja pupa też.

Uśmiecham się.

– Idziemy spać.

MYJĘ ZĘBY I WRACAM do mojego pokoju. Ana leży już w łóżku.

– Pani Acton nie zatroszczyła się o bieliznę nocną? – pytam. Jestem pewny, że Ana ma jakieś jedwabne i satynowe nocne koszulki.

– Nie mam pojęcia. Lubię nosić twoje T-shirty – odpowiada, a powieki same się jej zamykają.

Rany, ależ jest wykończona. Nachylam się i całuję ją w czoło. Mam jeszcze trochę pracy, ale pragnę zostać z Aną. Spędziłem z nią cały dzień i było cudownie.

Nie chcę, żeby ten dzień się skończył.

– Muszę jeszcze popracować. Ale nie chcę zostawiać cię samej. Mogę pożyczyć twój laptop, żeby się zalogować do biura? Będzie ci przeszkadzało, że tu pracuję?

– To nie mój laptop – mamrocze i zamyka oczy.

– A właśnie, że twój – mówię szeptem.

Siadam obok niej i otwieram jej macbooka pro. Klikam w ikonkę Safari, loguję się do poczty i zaczynam sprawdzać maile.

Kiedy kończę, piszę do Taylora, że chciałbym, aby Sawyer towarzyszył jutro Anie. Trzeba tylko ustalić, gdzie będzie Sawyer w czasie, kiedy Ana będzie w pracy.

Ale tym się zajmiemy rano.

Sprawdzam swój harmonogram. O 8:30 mam spotkanie z Ros i Vanessą, żeby omówić kłopoty z wydobyciem minerałów.

Jestem zmęczony.

Ana śpi jak zabita, a ja leżę obok niej i patrzę, jak jej piersi wznoszą się i opadają przy każdym oddechu. Minęło tak niewiele czasu, a ona już stała mi się droga ponad wszystko.

– Ano, kocham cię – mówię szeptem. – Dziękuję ci za dzisiaj. Proszę, zostań ze mną.

I zamykam oczy.

Poranny serwis radiowy budzi mnie informacją o zbliżającym się meczu Angelsów z Marinersami. Obracam głowę i widzę Anę, która już nie śpi i przygląda mi się.

– Dzień dobry – mówi, uśmiechając się promiennie.

Opuszkami palców głaszcze mój nieogolony policzek, a potem mnie całuje. Jestem zaskoczony, że spałem tak długo.

– Dzień dobry, mała – mówię. – Zazwyczaj otwieram oczy, zanim włączy się budzik.

– Źle go ustawiłeś – odpowiada Ana z wyrzutem. – Jest za wcześnie.

– Wcale nie, panno Steele. Muszę wstać.

Całuję ją i wyskakuję z łóżka. W garderobie zakładam dres i chwytam iPoda. Przed wyjściem zaglądam jeszcze do sypialni, żeby się przekonać, że Ana znów śpi.

To dobrze. Ma za sobą weekend pełen wrażeń. Podobnie zresztą jak ja.

O tak. Co to był za weekend.

Opieram się pokusie, by ją pocałować, i nie przerywam jej snu. Niebo za oknem jest zasnute chmurami, ale nie pada. Wolę pobiegać, zamiast ćwiczyć w siłowni.

– Panie Grey… – Ryan zaczepia mnie w holu.

– Dzień dobry, Ryanie.

– Wychodzi pan? – pyta. Chyba uważa, że powinien mi towarzyszyć.

– Dam sobie radę. Dziękuję ci.

– Ale pan Taylor…

– Dam sobie radę.

Wchodzę do windy, zostawiając w tyle Ryana, który ma niepewną minę i prawdopodobnie zastanawia się, czy słusznie postąpił. Leila nigdy nie była rannym ptaszkiem… tak jak Ana. Myślę, że nic mi nie grozi.

Na zewnątrz mży, ale nie zwracam na to uwagi. Przy dźwiękach *Bitter Sweet Symphony* rozbrzmiewającej w słuchawkach ruszam przed siebie i biegnę wzdłuż Fourth Avenue.

W mojej głowie kotłują się chaotyczne obrazy wydarzeń z ostatnich kilku dni. Ana na balu maskowym. Ana na mojej łodzi. Ana w hotelu.

Ana. Ana. Ana.

Moje życie stanęło na głowie i nie jestem do końca pewien, czy poznaję samego siebie w tej sytuacji. Powracają do mnie słowa Eleny: „Odwróciłeś się od tego, kim byłeś?".

Czy rzeczywiście?

„Nie mogę się zmienić" – słowa piosenki rozbrzmiewają echem w mojej głowie.

To prawda, że lubię przebywać w towarzystwie Any. Lubię, kiedy jest w moim domu. Chciałbym, żeby została. Na zawsze. Wniosła w moją bezbarwną egzystencję poczucie humoru, spokojny sen, życiodajną energię i miłość. Dopóki jej nie poznałem, nie zdawałem sobie sprawy, że jestem samotny.

Tylko czy zechce się przeprowadzić? Teraz czuje się u mnie bezpiecznie, ale gdy w końcu uda się znaleźć Leilę, Ana wróci do siebie. Nie mogę jej zatrzymać, choć jakaś cząstka mnie tego by pragnęła. Ale jeśli w międzyczasie pozna prawdę o mnie, odejdzie i nie będzie chciała mnie znać.

Nikt nie potrafi kochać potwora.

A kiedy ona odejdzie…

Cholera.

Przyspieszam, żeby pozbyć się tego zamętu w głowie, aż w końcu do mojej świadomości dociera tylko ból rozdętych płuc i uderzenia butów o podłoże.

KIEDY WRACAM PO biegu, zastaję w kuchni panią Jones.

– Dzień dobry, Gail.

– Dzień dobry, panie Grey.

– Czy Taylor mówił ci o Leili?

– Tak, proszę pana – odpowiada z zatroskaną miną. – Mam nadzieję, że znajdzie ją pan. Ona potrzebuje pomocy.

– Owszem.

– Rozumiem, że panna Steele nadal tu jest.

Gail posyła mi ten dziwny uśmieszek, który zawsze gości na jej twarzy, kiedy mówi o Anie.

– Myślę, że zostanie tutaj tak długo, jak długo Leila będzie stanowiła zagrożenie. Chciałaby dzisiaj zabrać lunch do pracy.

– Dobrze. Co pan sobie życzy na śniadanie?

– Jajecznicę i grzanki.

– Świetnie, proszę pana.

BIORĘ PRYSZNIC I PRZEBIERAM się, a potem postanawiam obudzić Anę. Wciąż twardo śpi, kiedy podchodzę i całuję jej skroń.

– No już, śpiochu, wstawaj – mówię, a ona unosi powieki, po czym znów je opuszcza i ciężko wzdycha. – No co?

– Szkoda, że nie możesz wrócić do łóżka.

Nie kuś mnie, mała.

– Jest pani nienasycona, panno Steele. I choć myśl o powrocie do łóżka jest mocno kusząca, o ósmej trzydzieści mam spotkanie, więc niedługo muszę wyjść.

Ana ze zdumieniem spogląda na budzik, a potem zrywa się z łóżka i pędzi do łazienki. Rozbawiony jej nagłym przypływem energii kręcę głową i wkładam kilka kondomów do kieszeni spodni.

Wszystko się może zdarzyć, Grey. Przekonałem się, że lepiej być przygotowanym, kiedy Anastasia Steele jest w pobliżu.

Pani Jones właśnie parzy kawę.

– Zaraz podam jajecznicę, panie Grey.

– Doskonale. Za chwilę dołączy do mnie Ana.

– Czy mam dla niej przyrządzić to samo?

– Myślę, że wolałaby naleśniki i bekon.

Gail stawia talerz i filiżankę z kawą przy jednym z nakryć, które przygotowała na blacie. Ana zjawia się po mniej więcej dziesięciu minutach, ubrana w jedwabną bluzkę i szarą spódnicę, które jej kupiłem. Wygląda inaczej.

Jest taka wykwintna. Elegancka. To już nie jest nieporadna studentka, ale pewna siebie młoda kobieta, która ma dobrą posadę.

Patrzę na nią pełnym uznania wzrokiem.

– Ślicznie wyglądasz – mówię, przyciągając ją do siebie, i całuję w szyję.

W jej wyglądzie przeszkadza mi tylko to, że będzie na nią patrzył również jej szef.

Przestań się tym zatruwać, Grey. To jej wybór. Ona chce pracować.

Wypuszczam ją z objęć, kiedy Gail podaje jej śniadanie.

– Dzień dobry, panno Steele – mówi.

– Dziękuję pani – odpowiada Ana. – Dzień dobry.

– Pan Grey mówi, że chciałaby pani zabrać do pracy lunch. Na co ma pani ochotę?

Ana rzuca mi groźne spojrzenie.

Tak, mała. Mówiłem poważnie. Żadnego wychodzenia z biura.

– Kanapkę... sałatkę. Jak będzie pani wygodniej.

Obdarza Gail pełnym wdzięczności uśmiechem.

– Przygotuję dla pani coś dobrego.

– Proszę mi mówić Ana.

– Ana – powtarza Gail.

– Muszę lecieć, mała – odzywam się. – Taylor wróci po ciebie i Sawyera i zawiezie was do pracy.

– Tylko do drzwi – zastrzega.

Tak uzgodniliśmy.

– Tak, tylko do drzwi. Uważaj na siebie. – Wstaję i cmokam ją na pożegnanie. – Na razie, mała.

– Miłego dnia, skarbie – woła za mną i chociaż brzmi to banalnie, jestem zachwycony.

To się wydaje takie... normalne.

Kiedy podchodzę do windy, Taylor przekazuje mi najświeższe informacje.

– Naprzeciwko SIP jest kawiarnia. Myślę, że Sawyer mógłby tam zająć pozycję.

– A nie potrzeba mu wsparcia? No wiesz, gdyby musiał wyjść do toalety.

– Wyślę tam Reynoldsa albo Ryana.

– W porządku.

ZAPOMNIAŁEM, ŻE ANDREA ma wolne z okazji własnego ślubu, ale raczej nie nacieszy się miesiącem miodowym, skoro już jutro wraca do pracy. Kobieta, która ją zastępuje i której imienia wciąż nie mogę sobie przypomnieć, przegląda stronę „Vogue'a" na Facebooku, kiedy wchodzę do biura.

– Żadnych mediów społecznościowych w godzinach pracy – ganię ją mrukliwym tonem.

Typowe uchybienie nowicjuszki, ale powinna wiedzieć takie rzeczy. Jest tu już zatrudniona.

Dostrzegam popłoch w jej oczach.

– Bardzo pana przepraszam, panie Grey – mówi. –
Nie słyszałam, jak pan wchodzi. Mogę podać panu kawę?

– Tak, możesz. Macchiato.

Zamykam za sobą drzwi gabinetu, podchodzę do
biurka i włączam komputer. Czeka na mnie mail od di-
lera Saaba z informacją, że samochód dla Any zostanie
dostarczony dzisiaj. Przesyłam go Taylorowi, żeby mógł
zająć się odbiorem. Cieszę się na myśl, że wieczorem będę
mógł sprawić Anie miłą niespodziankę. Potem piszę do
niej.

Nadawca: Christian Grey
Temat: Szef
Data: 13 czerwca 2011, 08:24
Adresat: Anastasia Steele

Dzień dobry, Panno Steele.
Chciałem Ci jedynie podziękować za weekend,
który pomimo tych wszystkich dramatycznych
wydarzeń okazał się cudowny.

Mam nadzieję, że nigdy mnie nie zostawisz, nigdy.

I chciałbym Ci przypomnieć, że przez cztery tygodnie istnieje embargo na informacje związane z SIP.

Usuń ten mail od razu po przeczytaniu.

Twój

Christian Grey,
prezes Grey Enterprises Holdings, Inc. i szef szefa
Twojego szefa

Zerkam w notatki Andrei. Jej zastępczyni nazywa się Montana Brooks. Właśnie puka do drzwi mojego gabinetu, niosąc mi kawę.

– Ros Bailey trochę się spóźni – informuje mnie – ale Vanessa Conway jest na miejscu.

– Niech zaczeka na Ros.

– Dobrze, panie Grey.

– Potrzebuję jakiegoś pomysłu na prezent ślubny.

Pani Brooks wygląda na zbitą z tropu.

– Cóż, to zależy od tego, jak dobrze pan zna tę osobę, ile chciałby pan wydać i...

Uciszam ją gestem dłoni. Nie zamierzam słuchać tego wywodu.

– Zapisz swoje sugestie na kartce – mówię. – To dla mojej asystentki.

– Czy opublikowała listę preferencji?

– Co takiego?

– Jeżeli ma konto na stronie sklepu, mogła zamieścić listę oczekiwanych prezentów.

– Nie mam pojęcia. Sprawdź to.

– Dobrze, panie Grey – odpowiada i wychodzi.

Dzięki Bogu jutro wraca Andrea.

W skrzynce odbiorczej znajduję przesłany przez Welcha raport na temat Jacka Hyde'a. Przeglądam go, korzystając z tego, że Ros jeszcze nie ma.

MOJE SPOTKANIE Z ROS i Vanessą nie trwa długo. Vanessa, która wraz ze swoim zespołem skrupulatnie kontroluje każdy z naszych łańcuchów dostaw, proponuje, żebyśmy zaczęli sprowadzać kasyteryt i wolframit z Boliwii, a tantal z Australii, co pozwoli nam uniknąć problemu „krwawych minerałów" ze stref konfliktu. Będzie nas to więcej kosztować, ale nie narazimy się Komisji Papierów Wartościowych i Giełd. A taka powinna być polityka naszej spółki.

Kiedy znów zostaję sam, zerkam na monitor. Czeka na mnie mail od Any.

Nadawca: Anastasia Steele
Temat: Rządzisz się
Data: 13 czerwca 2011, 09:03
Adresat: Christian Grey

Drogi Panie Grey

Prosisz mnie, abym się do Ciebie wprowadziła? Pamiętam oczywiście, że dowód Twojej manii prześladowczej ma czterotygodniowe embargo. Czy czek dla Damy Radę mam przesłać Twojemu tacie? Proszę, nie usuwaj tego maila. Odpowiedz na niego.

KC xxx

Anastasia Steele,
asystentka Jacka Hyde'a, redaktora naczelnego SIP

Czy poprosiłem ją, żeby się do mnie wprowadziła?
Cholera.
Grey, to jest śmiałe i gwałtowne posunięcie.
Ale mógłbym się nią opiekować. Przez cały czas.
Byłaby moja. Naprawdę moja.

I w głębi duszy wiem, że odpowiedź jest tylko jedna. Donośne i dźwięczne „tak". Odpisuję jej, nie zważając na pozostałe pytania.

Nadawca: Christian Grey
Temat: Rządzę się? Ja?
Data: 13 czerwca 2011, 09:07
Adresat: Anastasia Steele

Tak. Proszę.

Christian Grey,
prezes Grey Enterprises Holdings, Inc.

Czekając na odpowiedź, czytam do końca raport na temat Jacka Hyde'a. Na pierwszy rzut oka wszystko wydaje się normalne. Cieszy się powodzeniem i przyzwoicie zarabia. Miał skromne początki, jest błyskotliwy i ambitny, ale w jego karierze jest coś niezwykłego. Kto w tej branży zaczyna w Nowym Jorku, potem pracuje u różnych wydawców w całych Stanach, żeby ostatecznie wylądować w Seattle?

To nie ma sensu.

Wygląda na to, że nigdzie nie potrafi zagrzać miejsca, a swoje asystentki zmienia średnio co trzy miesiące.

A to oznacza, że jego współpraca z Aną również szybko się skończy.

Nadawca: Anastasia Steele
Temat: Flynnizmy
Data: 13 czerwca 2011, 09:20
Adresat: Christian Grey

Christianie
Co się stało z rozgrzewką przed bieganiem?

Możemy porozmawiać o tym wieczorem?

Poproszono mnie, abym w czwartek wzięła udział w konferencji w Nowym Jorku. To oznacza, że będę musiała tam zanocować ze środy na czwartek.

Uznałam, że powinieneś o tym wiedzieć.

A x

Anastasia Steele,
asystentka Jacka Hyde'a, redaktora naczelnego SIP

A jednak nie chce się do mnie przeprowadzić. To nie jest wiadomość, jakiej się spodziewałem.

Co ty sobie wyobrażałeś, Grey?

Nie tracę nadziei, bo przynajmniej chce o tym porozmawiać wieczorem. Ale zamierza również wyrwać się do Nowego Jorku.

Ciekawe, czy wybiera się na tę konferencję sama.

Czy z Hyde'em?

Nadawca: Christian Grey
Temat: CO TAKIEGO?
Data: 13 czerwca 2011, 09:21
Adresat: Anastasia Steele

Tak. Porozmawiamy wieczorem.

Wybierasz się tam sama?

Christian Grey,
prezes Grey Enterprises Holdings, Inc.

Ten Hyde musi być niezłą mendą, skoro żadna asystentka nie potrafiła wytrzymać z nim dłużej niż trzy miesiące. Wiem, że sam jestem upierdliwy, ale Andrea pracuje dla mnie już prawie półtora roku.

Nie wiedziałem, że wychodzi za mąż.

Tak, to mnie wkurzyło. Jej poprzedniczka, Helena, była moją asystentką przez dwa lata, a teraz pracuje w dziale kadr i zatrudnia naszych inżynierów.

Czekając na odpowiedź od Any, czytam ostatnią stronę raportu Welcha. No i proszę! Trzy skargi o molestowanie, zatuszowane przez jego poprzednich pracodawców, i dwa oficjalne upomnienia w SIP.

Trzy skargi?

To jakiś pieprzony czubek. *Wiedziałem*. Tylko dlaczego nie było o tym ani słowa w jego aktach osobowych?

Tak się przystawiał do Any wtedy w barze. Naruszał jej osobistą przestrzeń. Jak ten fotograf.

Nadawca: Anastasia Steele
Temat: Tylko bez wielkich, krzyczących liter w poniedziałkowy ranek!
Data: 13 czerwca 2011, 09:30
Adresat: Christian Grey

Możemy porozmawiać o tym wieczorem?

A x

Anastasia Steele,
asystentka Jacka Hyde'a, redaktora naczelnego SIP

Unikasz tematu, panno Steele.
Wybiera się tam z nim. Nie mam już wątpliwości.
Tak się wystroiła dziś rano.
Założę się, że to zaplanowała.

Nadawca: Christian Grey
Temat: Krzyczących to Ty jeszcze nie widziałaś.
Data: 13 czerwca 2011, 09:35
Adresat: Anastasia Steele

Powiedz mi.

Jeśli masz tam jechać z tą kanalią, dla której pracujesz, to odpowiedź brzmi: nie, po moim trupie.

Christian Grey,
prezes Grey Enterprises Holdings, Inc.

Wysyłam wiadomość, z potem dzwonię do Ros. Odbiera natychmiast.
– Tak, Christianie?
– Widzę, że SIP naraża nas na mnóstwo zbytecznych
kosztów. Trzeba ukrócić to marnotrawstwo. Chcę dać im
szlaban na wszystkie mało znaczące wydatki. Podróże,
hotele, przyjęcia. Wszystkie wyjazdy służbowe, zwłaszcza
dla personelu niższego szczebla. Znasz procedurę.

– Naprawdę? Nie sądzę, abyśmy wiele dzięki temu oszczędzili.

– Zadzwoń do Roacha i załatw to. Natychmiast.

– Skąd w ogóle ten pomysł?

– Po prostu to zrób.

– Skoro nalegasz – odpowiada Ros i wzdycha. – Chcesz, żebym ujęła to w kontrakcie?

– Tak.

– Dobra.

– Dzięki – mówię i rozłączam się.

No i gotowe. To powinno powstrzymać Anę przed wypadem do Nowego Jorku. Zresztą chciałbym ją tam zabrać osobiście. Powiedziała mi wczoraj, że nigdy tam nie była.

Rozlega się sygnał, kiedy przychodzi wiadomość od Any.

Nadawca: Anastasia Steele
Temat: Nie, to TY jeszcze nie widziałeś krzyczących.
Data: 13 czerwca 2011, 09:46
Adresat: Christian Grey

Tak. Mam jechać z Jackiem.

Chcę jechać. To dla mnie ekscytująca perspektywa.

Nie trzęś portkami.

Anastasia Steele,
asystentka Jacka Hyde'a, redaktora naczelnego SIP

Sięgam do klawiatury, żeby odpisać, kiedy rozlega się pukanie.

– Czego? – rzucam poirytowanym tonem.

Montana zagląda do gabinetu i zatrzymuje się na progu, co jest szczególnie irytujące – albo wchodzi, albo nie.

– Panie Grey, Andrea ma konto... – zawiesza głos, a ja przez chwilę nie mogę zrozumieć, o co jej chodzi. – W Crate and Barrel.

– W porządku.

I co ja, do cholery, mam zrobić z tą informacją?

– Sporządziłam listę dostępnych artykułów wraz z cenami.

– Prześlij mi ją mailem – mówię przez zaciśnięte zęby. – I zrób mi drugą kawę.

– Dobrze, panie Grey.

Uśmiecha się, jakbyśmy rozmawiali o pieprzonej pogodzie, i zamyka drzwi.

Teraz mogę odpowiedzieć pannie Steele.

Nadawca: Christian Grey
Temat: Nie, to TY jeszcze nie widziałaś krzyczących.
Data: 13 czerwca 2011, 09:50
Adresat: Anastasia Steele

Anastasio
To nie o swoje cholerne portki się martwię.

Odpowiedź brzmi NIE.

Christian Grey,
prezes Grey Enterprises Holdings, Inc.

Montana stawia kolejną filiżankę macchiato na moim biurku.

– O dziesiątej ma pan spotkanie z Barneyem i Fredem w laboratorium – mówi.

– Dzięki. Zabiorę kawę ze sobą.

Wiem, że mój ton jest opryskliwy, ale w tej chwili pewna niebieskooka kobieta nadużywa mojej cierpliwości. Montana wychodzi, a ja upijam łyk kawy.

Kurwa! Ja pierdolę!

Jest gorąca jak ukrop.

Filiżanka wypada mi z dłoni.

Psiakrew.

Na szczęścia cała ta cholerna kawa rozlewa się na podłogę i nawet kropla nie spada na mnie ani na klawiaturę komputera.

– Pani Brooks! – krzyczę.

Jezu, jaka szkoda, że nie ma tu dziś Andrei.

Montana znów wsuwa głowę przez uchylone drzwi. Nie stoi ani w środku, ani na zewnątrz. I do tego ma na ustach świeżo nałożoną szminkę.

– Właśnie rozlałem kawę, bo była za gorąca. Proszę to posprzątać.

– Och, panie Grey, bardzo pana przepraszam – mówi i wbiega do gabinetu.

Zabieram telefon z biurka i wychodzę, zostawiając ją z tym bałaganem. Przez chwilę zastanawiam się, czy nie zrobiła tego celowo.

Grey, jesteś paranoikiem.

Zbiegam do laboratorium po schodach. Barney i Fred siedzą przy stole, czekając na mnie.

– Dzień dobry, panowie.

– Panie Grey – odzywa się Fred. – Barney to rozgryzł.

– Tak?

– Tak, tę obudowę.

– Wrzuciliśmy to na drukarkę przestrzenną i gotowe – dodaje Barney.

Wręcza mi jednoczęściowy, wyprofilowany panel z plastiku, w którym tkwi tablet.

– To jest doskonałe – mówię. – Musiało ci zająć cały weekend.

Patrzę na Barneya, który wzrusza ramionami.

– I tak nie miałem nic lepszego do roboty.

– Powinieneś częściej wychodzić z pracy – odpowiadam. – Ale dobrze się spisałeś. Czy to wszystko, co chciałeś mi pokazać?

– Moglibyśmy bez trudu dostosować tę obudowę również do komórki.

– Chciałbym to zobaczyć.

– W takim razie zajmę się tym.

– Świetnie. Macie dla mnie coś jeszcze?

– Na razie to wszystko, panie Grey.

– Warto byłoby pokazać tę drukarkę burmistrzowi, kiedy nas odwiedzi – zauważam.

– Przygotowaliśmy dla niego całe przedstawienie – odpowiada Fred.

– Ale nie zdradzamy przy tym żadnych tajemnic – wtrąca Barney.

– Brzmi nieźle. Dziękuję wam za prezentację, a teraz wracam na górę.

Czekając na windę, sprawdzam skrzynkę mailową. Odpowiedź od Any już czeka.

Nadawca: Anastasia Steele
Temat: Pięćdziesiąt odcieni
Data: 13 czerwca 2011, 09:55
Adresat: Christian Grey

Christianie

Musisz wziąć się w garść.

NIE zamierzam iść z Jackiem do łóżka – nigdy
w życiu.

KOCHAM Ciebie. Tak się właśnie dzieje, kiedy ludzie się kochają.

UFAJĄ sobie.

Ja nie uważam, żebyś zamierzał IŚĆ DO ŁÓŻKA
z inną, DAWAĆ jej KLAPSY, PIEPRZYĆ ją czy SMA-
GAĆ PEJCZEM. Ja Ci UFAM i WIERZĘ.

Proszę, zrób dla mnie to samo.

Ana

Anastasia Steele,
asystentka Jacka Hyde'a, redaktora naczelnego SIP

Co ona, do cholery, wyprawia? Przecież ją ostrzegałem, że jej maile w SIP są monitorowane.

Winda zatrzymuje się na kilku piętrach, a ja staram
się, naprawdę się staram, zapanować nad gniewem. Moja
obecność sprawia, że pracownicy przerywają rozmowy,
wchodząc do windy, i otacza mnie to irytujące, pełne wyczekiwania milczenie.

– Dzień dobry, panie prezesie.

– Dzień dobry, panie Grey.

Odpowiadam na powitania, kiwając głową, ale nie jestem w nastroju. Uśmiecham się uprzejmie, jednak krew

się we mnie gotuje. Po powrocie do gabinetu znajduję numer jej telefonu służbowego i dzwonię do niej.

– Gabinet Jacka Hyde'a – odzywa się w słuchawce jej głos. – Z tej strony Ana Steele.

– Czy z łaski swojej usuniesz ostatni wysłany do mnie mail i postarasz się o nieco większą powściągliwość w wiadomościach pisanych w pracy? – warczę. – Mówiłem ci, że korespondencja jest monitorowana. Postaram się jakoś ograniczyć szkody.

Rozłączam się i wybieram numer Barneya.

– Tak, panie Grey?

– Czy możesz usunąć z serwera SIP mail, który wysłała do mnie panna Anastasia Steele dzisiaj za pięć dziesiąta? I wszystkie, które otrzymała ode mnie? – pytam, ale nie doczekuję się odpowiedzi. – Barney?

– Hm, oczywiście, tylko zastanawiałem się, jak to zrobić. Mam pewien pomysł.

– Świetnie. Daj mi znać, kiedy się z tym uporasz.

– Dobrze, proszę pana.

Rozbłyska wyświetlacz mojej komórki. Dzwoni Anastasia.

– Czego chcesz? – pytam.

Ton mojego głosu powinien dać jej jasno do zrozumienia, że chodzi o coś więcej niż zły humor.

– Lecę do Nowego Jorku, czy ci się to podoba, czy nie – syczy do słuchawki.

– Nie licz na to – odpowiadam. Na linii panuje cisza. – Ano?

Rozłączyła się.

Kurwa mać. Znowu. Kto tak postępuje? No cóż, może przed chwilą potraktowałem ją tak samo, ale nie w tym rzecz. I przypominam sobie, że zrobiła tak, kiedy zadzwoniła do mnie po pijanemu.

Ukrywam twarz w dłoniach.

Ano, Ano, Ano.

Z odrętwienia wyrywa mnie dzwonek stojącego na biurku telefonu.

– Grey.

– Mówi Barney. To było prostsze, niż przypuszczałem. Na serwerze SIP już nie ma tych maili.

– Dziękuję ci.

– Nie ma sprawy, panie Grey.

Przynajmniej jedno się udało.

Rozlega się pukanie.

Co tym razem?

Na progu staje Montana. Trzyma środek do czyszczenia dywanów i garść ręczników papierowych.

– Później! – krzyczę.

Wystraszona kobieta cofa się szybko i zamyka za sobą drzwi. Mam jej serdecznie dosyć. Biorę głęboki wdech. Jeszcze tyle czasu zostało do lunchu, a ten dzień już zamienia się w koszmar. Przychodzi kolejny mail od Any.

Nadawca: Anastasia Steele
Temat: Co zrobiłeś?
Data: 13 czerwca 2011, 10:43
Adresat: Christian Grey

Proszę, powiedz mi, że nie będziesz się wtrącał do mojej pracy.

Naprawdę chcę jechać na tę konferencję.

Nie powinnam musieć Cię o to prosić.

Wykasowałam obrazoburczy mail.

Anastasia Steele,
asystentka Jacka Hyde'a, redaktora naczelnego SIP

Odpisuję natychmiast.

Nadawca: Christian Grey
Temat: Co zrobiłem?
Data: 13 czerwca 2011, 10:46
Adresat: Anastasia Steele

Ja tylko chronię to, co należy do mnie.

Mail, który tak nierozważnie wysłałaś, został usu-
nięty z serwera SIP, tak samo jak moje maile do
Ciebie.

Tak się składa, że Tobie ufam bezgranicznie. To
jemu nie ufam.

Christian Grey,
prezes Grey Enterprises Holdings, Inc.

Jej odpowiedź przychodzi prawie tak samo szybko.

Nadawca: Anastasia Steele
Temat: Dorośnij
Data: 13 czerwca 2011, 10:48
Adresat: Christian Grey

Christianie
Nie musisz mnie chronić przed moim szefem.

Nawet jakby czegoś próbował, odmówiłabym mu.

Nie możesz się tak wtrącać i wszystkiego kontrolować.

Anastasia Steele,
asystentka Jacka Hyde'a, redaktora naczelnego SIP

„Kontrola" to moje drugie imię, Ano, podobnie jak „Porywczy" i „Ekscentryczny". Wydaje mi się, że już zdążyłaś poznać je wszystkie.

Nadawca: Christian Grey
Temat: Odpowiedź brzmi NIE
Data: 13 czerwca 2011, 10:50
Adresat: Anastasia Steele

Ano
Miałem okazję widzieć, jak „skuteczna" jesteś w odpieraniu niechcianych zalotów. Pamiętam, że w taki właśnie sposób miałem przyjemność spędzić z Tobą pierwszą noc. Fotograf przynajmniej coś do Ciebie czuje. W przeciwieństwie do tej kanalii. To kobieciarz i będzie próbował Cię uwieść. Zapytaj go, co się stało z jego poprzednią asystentką i z jeszcze poprzednią.

Nie chcę się o to kłócić.

Jeśli chcesz się wybrać do Nowego Jorku, zabiorę Cię tam. Możemy lecieć w najbliższy weekend.
Mam tam apartament.

Christian Grey,
prezes Grey Enterprises Holdings, Inc.

Anastasia nie odpowiada od razu, więc sięgam po
słuchawkę i próbuję zająć swoje myśli rozmowami tele-
fonicznymi.

Welch nie ma żadnych nowych wieści o Leili. Roz-
ważamy, czy na tym etapie powinniśmy zawiadomić policję. Nadal odnoszę się do tego niechętnie.

– Ona jest blisko, panie Grey – ostrzega mnie detektyw.

– Ale nie jest głupia. Jak dotąd udaje się jej nas unikać.

– Obserwujemy pański apartament, redakcję SIP
i Grey House. Tym razem już się nie prześliźnie.

– Mam nadzieję – odpowiadam. – I dziękuję za raport na temat Hyde'a.

– Proszę bardzo. Mogę pogrzebać jeszcze głębiej, jeżeli pan sobie życzy.

– W tej chwili to mi wystarczy, ale niewykluczone, że
jeszcze wrócimy do tego tematu.

– Nie ma sprawy, proszę pana.

– Na razie – żegnam go i się rozłączam.

Wciąż trzymam słuchawkę w dłoni, kiedy rozlega się
brzęczenie telefonu.

– Pańska matka na linii – oznajmia Montana melodyjnym tonem.

Psiakrew. Jeszcze tego mi brakowało. Wciąż trochę jestem na nią zły za tę uwagę, że Ana leci na moje pieniądze.

– Przełącz ją do mnie – mówię półgłosem.

– Christianie, mój drogi – odzywa się Grace.

– Cześć, mamo.

– Kochanie, chciałam cię przeprosić za to, co powiedziałam w sobotę. Myślę, że Ana żyje w świecie, który po prostu… to wszystko jest takie niespodziewane.

– W porządku – odpowiadam.

Ale nic nie jest w porządku.

Grace milczy przez chwilę i domyślam się, że wątpi w szczerość mojej odpowiedzi. Niemniej jednak wdałem się już w kłótnię z jedną kobietą mojego życia i nie mam ochoty kłócić się z następną.

– Grace?

– Wybacz, mój drogi. W sobotę są twoje urodziny i chcielibyśmy zorganizować przyjęcie.

Na monitorze komputera pojawia się mail od Any.

– Mamo, nie mogę teraz rozmawiać. Muszę wyjść.

– Dobrze. Zadzwoń do mnie później. – W jej głosie pobrzmiewa nuta melancholii, ale nie mam teraz dla niej czasu.

– Oczywiście, zadzwonię.

– Cześć, Christianie.

– Cześć – mówię i odkładam słuchawkę.

Nadawca: Anastasia Steele
Temat: FW: Spotkanie, czyli irytujący bagaż
Data: 13 czerwca 2011, 11:15
Adresat: Christian Grey

Christianie
Podczas gdy Ty byłeś zajęty wtrącaniem się w moje sprawy zawodowe i ratowaniem tyłka przed konsekwencjami moich nierozważnych listów, otrzymałam od pani Lincoln poniższy mail. Naprawdę nie

mam ochoty się z nią spotykać – a nawet gdybym
miała, nie wolno mi opuszczać tego budynku. Nie
mam pojęcia, jak udało jej się zdobyć mój adres. Co
według Ciebie powinnam zrobić? Oto jej mail:

Droga Anastasio,
Naprawdę chętnie zjadłabym z Tobą lunch. Uwa-
żam, że nasza znajomość źle się zaczęła i chcę to
naprawić. Masz czas w tym tygodniu?
Elena Lincoln

Anastasia Steele,
asystentka Jacka Hyde'a, redaktora naczelnego SIP

Och, ten dzień z każdą chwilą staje się coraz ciekaw-
szy. Co, do cholery, kombinuje Elena? Za to Ana jak zwykle nie zamierza mi niczego odpuścić.

Nie zdawałem sobie sprawy, że kłótnie mogą być tak
męczące. I zniechęcające. I przygnębiające. Ona jest na
mnie wściekła.

Nadawca: Christian Grey
Temat: Irytujący bagaż
Data: 13 czerwca 2011, 11:23
Adresat: Anastasia Steele

Nie złość się na mnie. Chodzi mi wyłącznie
o Twoje dobro.

Nigdy bym sobie nie wybaczył, gdyby coś Ci się
stało.

Zajmę się panią Lincoln.

Christian Grey,
prezes Grey Enterprises Holdings, Inc.

Irytujący bagaż? Muszę przyznać, że Ana potrafi dobierać słowa. Uśmiecham się do siebie po raz pierwszy od chwili, gdy pożegnałem się z nią dziś rano.

Wybieram numer Eleny. Odzywa się po pierwszym sygnale.

– Witaj, Christianie.

– Czy mam zamówić baner i przyczepić go do samolotu, który będzie latał przed oknami twojego biura?

W słuchawce rozlega się śmiech.

– Chodzi o mój mail?

– Tak. Ana mi go przekazała. Proszę, zostaw ją w spokoju. Ona nie chce się z tobą spotykać. A ja to rozumiem i szanuję. Naprawdę utrudniasz mi życie.

– Rozumiesz ją?

– Tak.

– Uważam, że powinna się dowiedzieć, jak bardzo jesteś dla siebie surowy.

– Nie – odpowiadam. – Nie musi o niczym wiedzieć.

– Sprawiasz wrażenie wyczerpanego.

– Bo męczy mnie, kiedy bawisz się w podchody i zaczepiasz moją dziewczynę.

– Twoją dziewczynę?

– Tak. Przywyknij do tego – mówię i odpowiada mi przeciągłe westchnienie. – Eleno, proszę…

– W porządku, Christianie, już jesteś pogrzebany.

O co jej, kurwa, chodzi?

– Muszę wyjść – rzucam do słuchawki.

– Żegnaj. – W głosie Eleny słyszę wzburzenie.

– Cześć.

Kobiety, z którymi mam do czynienia, są nieznośne. Obracam się w fotelu i wyglądam przez okno. Deszcz pada nieubłaganie. Mroczne i ponure niebo odzwierciedla mój stan ducha. Życie stało się skomplikowane. Było o wiele prościej, kiedy wszystkie rzeczy i osoby znajdowały się tam, gdzie je umieściłem, w przeznaczonych specjalnie dla nich przegródkach. Gdy pojawiła się Ana, mój świat stanął na głowie. Wszystko teraz jest inne i jak dotąd każdy, włącznie z moją matką, wydaje się na mnie wkurzony albo działa mi na nerwy.

Kiedy obracam się z powrotem do biurka, zauważam na monitorze kolejny mail od Any.

Nadawca: Anastasia Steele
Temat: Na razie
Data: 13 czerwca 2011, 11:32
Adresat: Christian Grey

Czy możemy, proszę, porozmawiać o tym wieczorem.

Próbuję pracować, a Twoje wiadomości mocno mnie rozpraszają.

Anastasia Steele,
asystentka Jacka Hyde'a, redaktora naczelnego SIP

Nie ma sprawy, zostawię cię w spokoju.

Tak naprawdę mam ochotę pojechać do jej biura i zabrać ją na lunch do jakiejś luksusowej restauracji. Ale nie sądzę, aby to doceniła.

Wzdycham ciężko i otwieram mail z listą prezentów, które życzyłaby sobie dostać Andrea. Garnki, patelnie, naczynia – żadna z tych rzeczy nie trafia mi do przekonania. Po raz kolejny zachodzę w głowę, dlaczego nie powiedziała mi o swoim zamążpójściu.

Przygnębiony dzwonię do gabinetu Flynna i umawiam się na popołudnie. To zaległa wizyta. Potem wzywam Montanę, a kiedy się zjawia, każę jej kupić jakąś kartkę z życzeniami dla nowożeńców i coś na lunch. Liczę, że tego nie uda się jej spieprzyć.

KIEDY JEM LUNCH, dzwoni do mnie Taylor.

– Co się dzieje? – pytam.

– Wszystko w porządku, panie Grey.

W moich żyłach zaczyna krążyć adrenalina, a serce kołacze jak oszalałe.

Ana.

– Coś się stało Anie?

– Jest bezpieczna.

– Masz jakieś wiadomości o Leili?

– Nie, proszę pana.

– No to po co dzwonisz?

– Chciałem tylko pana poinformować, że Ana wyszła do delikatesów przy Union Square. Wróciła już do redakcji. Nic jej nie jest.

– Dzięki za informację. Coś jeszcze?

– Dostarczą saaba dziś po południu.

– Świetnie.

Odkładam komórkę i staram się, naprawdę się staram, nie wpaść w furię. Bez powodzenia. Obiecała mi, że będzie siedziała w biurze. Przecież Leila mogłaby ją zastrzelić. Czy ona tego nie rozumie?

Dzwonię do niej.

– Gabinet Jacka Hyde'a…

– Dałaś mi słowo, że nigdzie nie wyjdziesz.

– Jack wysłał mnie po lunch. Nie mogłam odmówić. Szpiegujesz mnie? – pyta tonem niedowierzania.

Ignoruję jej pytanie.

– Dlatego właśnie nie chciałem, żebyś jechała do pracy.

– Christianie, proszę. Przez ciebie czuję się osaczona.

– Osaczona?

– Tak. Musisz przestać. Wieczorem porozmawiamy. Niestety, muszę zostać dłużej, ponieważ nie mogę lecieć do Nowego Jorku.

– Anastasio, nie chcę cię osaczać.

– Ale to robisz. Muszę wracać do pracy. Później porozmawiamy. – Przygnębienie w jej głosie współgra z moim nastrojem.

Rozłącza się.

Czy naprawdę ją osaczam? Może faktycznie…

Ale chcę tylko, żeby była bezpieczna. Widziałem, co Leila zrobiła z jej samochodem.

Nie przeciągaj struny, Grey.

W przeciwnym razie możesz ją stracić.

Flynn ma w swoim gabinecie najprawdziwszy kominek. Chociaż jest połowa czerwca, naszej rozmowie towarzyszy syk i trzask płonących polan.

– Kupiłeś firmę, w której jest zatrudniona? – pyta mój terapeuta, unosząc brwi.

– Tak.

– Moim zdaniem Ana ma rację. Nie dziwi mnie, że czuje się osaczona.

Wiercę się niespokojnie w fotelu. To nie jest odpowiedź, jakiej oczekiwałem.

– Zamierzałem wejść na rynek wydawniczy – wyjaśniam, ale Flynn nie reaguje. Jego niewzruszona mina sugeruje, że mam mówić dalej. – Znaczy, przesadziłem, tak?

– Owszem.

– Nie zaimponowałem jej.

– Zrobiłeś to, żeby jej zaimponować?

– Nie, nie miałem takiego zamiaru. Tak czy inaczej, SIP należy teraz do mnie.

– Rozumiem, że próbujesz ją chronić, i wiem, dlaczego to robisz. Ale to nie jest normalne zachowanie. Dysponujesz środkami, które ci na to pozwalają, ale odstręczysz ją od siebie, jeśli dalej będziesz podążał tą drogą.

– Właśnie to mnie martwi.

– Christianie, w tej chwili musisz uporać się z wieloma problemami. Jak choćby Leila Williams. Oczywiście możesz liczyć na moją pomoc, kiedy ją znajdziesz. Albo niechęć Anastasii wobec Eleny... Myślę, że zdajesz sobie sprawę, dlaczego Ana tak się czuje. – Flynn posyła mi wymowne spojrzenie.

Wzruszam ramionami. Nie mam ochoty przyznawać mu racji.

– Ale nie powiedziałeś mi o czymś znacznie poważniejszym, a spodziewam się, że poruszymy ten temat, skoro już mnie odwiedziłeś. Widziałem to w sobotę.

Wbijam w niego wzrok, zastanawiając się, o czym mówi. Psychiatra siedzi niewzruszony. Czeka cierpliwie na mój ruch.

Co mógł zobaczyć w sobotę?

Licytację?

Tańce?

Cholera jasna.

– Kocham Anę.

– Wiem. Ale dziękuję za informację.

– Och...

– Mogłem ci o tym powiedzieć, kiedy byłeś u mnie po rozstaniu z nią. Cieszę się, że doszedłeś do tego sam.

– Nie zdawałem sobie sprawy, że jestem zdolny do takich uczuć.

– Bez wątpienia jesteś zdolny – odpowiada z irytacją. – To dlatego tak mnie interesuje, jak zareagowałeś, kiedy ona wyznała ci miłość.

– Coraz bardziej się z tym oswajam.

Flynn się uśmiecha.

– To dobrze. Cieszy mnie to.

– Zawsze potrafiłem oddzielić różne sfery mojego życia. Pracę. Rodzinę. Sprawy łóżkowe. Wiedziałem, ile dla mnie znaczy każda z nich. Ale odkąd poznałem Anę, to już nie jest takie proste. Wszystko stało się zupełnie obce, przerasta mnie i nie potrafię nad tym zapanować.

– Witaj w świecie zakochanych – mówi Flynn, nie przestając się uśmiechać. – I nie bądź dla siebie zbyt surowy. Gdzieś w pobliżu czai się twoja była, która już próbowała zwrócić na siebie twoją uwagę, usiłując popełnić samobójstwo na oczach twojej gosposi. Jest uzbrojona i zniszczyła samochód Any. Podjąłeś odpowiednie kroki, aby zapewnić wam bezpieczeństwo. Zrobiłeś wszystko, co w twojej mocy, ale nie możesz się rozdwoić i trzymać Any pod kluczem.

– Chciałbym.

– Wiem o tym, ale nie możesz. Po prostu nie.

Kręcę głową, ale w głębi duszy wiem, że John ma rację.

– Christianie, już dawno nabrałem przekonania, że tak naprawdę nigdy nie miałeś szansy dojrzeć w sensie emocjonalnym. Myślę, że doświadczasz tego właśnie teraz. Widzę, jaki jesteś pobudzony, ale skoro nie chcesz zażywać leków uspokajających, proponuję ci, abyś spróbował zastosować techniki relaksacyjne, o których rozmawialiśmy.

O nie, tylko nie te bzdury. Wywracam oczami, chociaż wiem, że zachowuję się jak humorzasty nastolatek. Zresztą przed chwilą coś na ten temat usłyszałem.

– Christianie, tu chodzi o twoje zdrowie, nie moje – ciągnie Flynn.

Unoszę ręce w geście kapitulacji.

– Dobra, wypróbuję „moje szczęśliwe miejsce" – obiecuję.

Z moich słów bije sarkazm, ale John, który już zerka w stronę zegara, powinien być zadowolony.

Tylko gdzie jest to moje szczęśliwe miejsce?

Jako chłopiec odnajdywałem je w sadzie.

Potem na morzu albo pod chmurami. Zawsze.

Kiedyś u boku Eleny.

Ale teraz moje szczęśliwe miejsce jest przy Anie.

W niej.

Flynn próbuje stłumić uśmiech.

– Koniec wizyty – oznajmia.

Siedząc na tylnej kanapie audi, dzwonię do Any.

– Cześć – odzywa się w słuchawce jej spokojny, lekko chropawy głos.

– Cześć. Kiedy skończysz?

– Myślę, że koło wpół do ósmej.

– Spotkamy się na dole.

– Dobrze.

Dzięki Bogu, myślę. Obawiałem się, że będzie chciała wrócić do swojego mieszkania.

– Nadal jestem na ciebie zła, ale to wszystko – szepcze. – Mamy dziś o czym rozmawiać.

– Wiem. Do zobaczenia o siódmej trzydzieści.

– Muszę kończyć. Do zobaczenia – mówi i rozłącza się.

– Zaczekamy tutaj na nią – zwracam się do Taylora, spoglądając na główne wejście do biurowca SIP.

– Dobrze, proszę pana.

Siedzę i wsłuchuję się w uderzenia kropel deszczu, które wybijają nierówny rytm na dachu samochodu, zalewając moje myśli. Zalewając moje szczęśliwe miejsce.

Godzinę później dostrzegam sylwetkę Any, która biegnie w naszą stronę z pochyloną głową, uciekając przed deszczem. Taylor na jej widok wyskakuje z samochodu i otwiera przed nią drzwi.

Nie mam pojęcia, czego się po niej spodziewać, kiedy usadawia się obok mnie, ale ona tylko potrząsa głową, a krople wody z jej włosów lecą na mnie i na tapicerkę. Mam ochotę ją przytulić.

– Cześć – odzywa się i gdy unosi wzrok, dostrzegam niepokój w jej oczach.

– Cześć – odpowiadam i chwytam jej dłoń. Ściskam ją mocno. – Nadal jesteś na mnie zła?

– Nie wiem.

Przyciągam jej dłoń do ust i obsypuję ją delikatnymi pocałunkami.

– To był beznadziejny dzień.

– To prawda – mówi.

Jej ramiona nie są już takie spięte i sprawia wrażenie spokojniejszej, kiedy rozsiada się wygodnie na kanapie.

– Teraz, kiedy przyszłaś, jest już lepszy.

Gładzę kciukiem knykcie Any, spragniony jej bliskości. Gdy jedziemy w stronę domu, wszystkie problemy tego dnia zdają się znikać i nareszcie zaczynam się odprężać.

Ana znów jest blisko. Jest bezpieczna.

Jest ze mną.

Kiedy Taylor parkuje przed Escalą, nie jestem pewien dlaczego, ale Ana już otwiera drzwi, więc wyskakuję w ślad za nią i wbiegamy szybko do budynku, żeby schronić się przed deszczem. Gdy czekamy na windę, ściskam jej rękę i obserwuję ulicę przez przeszkloną ścianę holu. Na wszelki wypadek.

– Rozumiem, że nie znaleźliście jeszcze Leili? – pyta.

– Nie. Welch nadal jej szuka.

Wchodzimy do windy i drzwi zasuwają się za nami. Ana spogląda na mnie, a ja nie mogę oderwać wzroku od jej szczupłej twarzy elfa i wielkich oczu. Gdy tak patrzymy na siebie, moja tęsknota przenika się z jej pragnieniem. Oblizuje wargi. Prowokuje mnie.

I nagle powietrze między nami staje się naelektryzowane od pożądania, które otacza nas niczym rozjarzona aura.

– Czujesz to? – szepczę.

– Tak.

– Och, Ano.

Dzieląca nas odległość wydaje się nie do zniesienia. Przyciągam ją do siebie, a nasze wargi stykają się w pocałunku. Ana wydaje stłumiony jęk i wczepia palce w moje włosy, kiedy przyciskam ją do ściany.

– Nie znoszę się z tobą kłócić – mówię, dysząc.

Pragnę jej całej. Tutaj. W tej chwili. Żeby się upewnić, że między nami wszystko jest w porządku.

Ana reaguje natychmiast. Staje na palcach i przywiera do mnie całym ciałem w poszukiwaniu spełnienia. Pocałunek wyzwala w niej pożądanie i namiętność, jej język porusza się natarczywie, splatając się z moim. Podciągam jej spódnicę, wodzę dłonią po jej udzie i pod opuszkami palców czuję koronkowy pasek, a nad nim ciepłą, nagą skórę.

– Słodki Jezu, włożyłaś pończochy. – Mój głos brzmi chrapliwie. – Chcę to zobaczyć.

Zadzieram spódnicę do samej góry, pragnąc zobaczyć jej obnażone uda. Potem robię krok w tył, żeby nacieszyć się tym widokiem, i zatrzymuję windę przyciskiem awaryjnym. Dyszę ciężko. Rozpiera mnie pożądanie, a ona stoi przede mną niczym bogini i omiata mnie zmysłowym spojrzeniem. Jej piersi unoszą się i opadają z każdym oddechem.

– Rozpuść włosy.

Ana pociąga za gumkę i włosy opadają na jej ramiona i piersi.

– Rozepnij dwa górne guziki bluzki – dodaję szeptem.

Z każdą chwilą twardnieję coraz bardziej. Jej usta rozchylają się, kiedy unosi rękę i wolno, zbyt wolno, rozpina pierwszy guzik. Nieruchomieje na chwilę, po czym jej palce wędrują w stronę drugiego guzika. Rozpina go nieśpiesznie, zwodząc mnie jeszcze bardziej, ale w końcu odsłania miękką wypukłość swoich piersi.

– Masz pojęcie, jak kusząco teraz wyglądasz?

Słyszę pożądanie we własnym głosie. Ana przygryza dolną wargę i kręci głową. Mam wrażenie, że zaraz eksploduję. Zamykam oczy i próbuję zapanować nad moim ciałem. Robię krok w przód i opieram ręce o ścianę po obu stronach jej twarzy. Ana zadziera głowę i nasze spojrzenia się spotykają.

– Myślę, że wiesz. – Pochylam się nad nią. – Myślę, że lubisz doprowadzać mnie do szaleństwa.

– A doprowadzam?

– Zdecydowanie, Anastasio. Jesteś syreną, boginią.

Chwytam jej nogę tuż nad kolanem, podciągam i oplatam się nią w pasie. Przysuwam się do niej jeszcze bliżej, a moja nabrzmiała męskość napiera na jej podbrzusze. Z każdym pocałunkiem delektuję się smakiem jej skóry, a ona zarzuca mi ręce na szyję i wygina plecy, przywierając do mnie jeszcze mocniej.

– Zamierzam posiąść cię teraz – jęczę i podciągam ją wyżej. – Trzymaj się, mała.

Jej ramiona zaplatają się mocniej na moim karku, kiedy rozpinam rozporek i pokazuję jej prezerwatywę, którą wyjąłem z kieszeni. Ana chwyta zębami brzeg foliowej paczuszki i rozrywamy ją razem.

– Grzeczna dziewczynka – mówię i odsuwam się

lekko, żeby nałożyć tę cholerną gumkę. – Boże, nie mogę się doczekać przyszłego tygodnia.

Żadnych prezerwatyw.

Wodzę palcami po jej bieliźnie. Koronki. To lubię.

– Mam nadzieję, że nie jesteś specjalnie przywiązana do tych majteczek – dodaję, ale jedyną odpowiedzią jest jej przyspieszony oddech tuż przy moim uchu.

Wsuwam kciuki pod wąski pasek tkaniny na jej pośladkach i rozrywam ostatnią przeszkodę, która broni mi dostępu do mojego szczęśliwego miejsca.

Nie odrywając wzroku od jej twarzy, wchodzę w nią powoli.

O kurwa, co za rozkosz.

Ana wygina się w łuk, opuszcza powieki i jęczy.

Cofam się, a potem jeszcze raz wolno zanurzam się w niej.

Właśnie tego pragnę.

Właśnie tego potrzebowałem.

Po takim gównianym dniu.

Nie uciekła.

Jest tutaj.

Tylko dla mnie.

Jest ze mną.

– Jesteś moja, Anastasio – mruczę, a mój oddech rozlewa się po jej szyi.

– Tak. Twoja. Kiedy to do ciebie dotrze?

Jej odpowiedź brzmi jak urywane westchnienie. I to jest właśnie to, co chcę usłyszeć. Co muszę usłyszeć. Biorę ją, szybko i gwałtownie. Pożądam jej, a każdy najdrobniejszy jęk, który wydobywa się z jej ust, każde westchnienie, każde szarpnięcie za włosy umacnia moje przekonanie, że ona też mnie pożąda. Zapamiętuję się w niej i czuję, jak traci nad sobą panowanie.

– Och, maleńka – jęczę, a ona wydaje okrzyk ekstazy.

Dochodzę zaraz po niej, powtarzając szeptem jej imię.

Potem całuję ją, a mój oddech uspokaja się powoli.

Wciąż stoimy pod ścianą, stykając się czołami.

– Och, Ano – szepczę. – Tak bardzo cię potrzebuję.

Zamykam oczy i całuję ją w czoło.

– A ja ciebie, Christianie.

Stawiam ją na podłodze, opuszczam jej spódnicę i zapinam bluzkę. Potem wstukuję kod na klawiaturze i winda rusza dalej.

– Taylor będzie się zastanawiał, gdzie się podziewamy – mówię i uśmiecham się lubieżnie.

Ana usiłuje doprowadzić do porządku swoje włosy. Po kilku bezowocnych próbach daje za wygraną i związuje je w kucyk.

– Ujdzie w tłoku – zapewniam ją.

Zapinam rozporek, a zużytą prezerwatywę i podarte majtki Any chowam w kieszeni spodni.

Kiedy drzwi się rozsuwają, Taylor już na nas czeka.

– Problem z windą – wyjaśniam, ale staram się unikać jego wzroku.

Ana od razu przemyka do sypialni, zapewne żeby się odświeżyć, a ja kieruję się do kuchni, gdzie pani Jones przyrządza kolację.

– Saab jest już na miejscu – informuje mnie Taylor, który podąża w ślad za mną.

– Doskonale. Powiem o tym Anie.

Taylor zawraca w stronę drzwi, ale przedtem uśmiecha się i wymienia z panią Jones porozumiewawcze spojrzenia. Udaję, że tego nie zauważam.

– Dobry wieczór, Gail – mówię, zdejmując marynarkę, którą wieszam na oparciu krzesła, i zasiadam przy barze.

– Dobry wieczór, panie Grey. Kolacja już prawie gotowa.

– Smakowicie pachnie.

Psiakrew, ale jestem głodny.

– *Coq au vin*, dwie porcje. – Gail zerka na mnie z ukosa, wyciągając dwa talerze z podgrzewanej szuflady. – Chciałam się tylko upewnić, czy jutro panna Steele też będzie z nami.

– Tak.

– Więc też przygotuję jej lunch.

– Świetnie.

Ana wchodzi do kuchni i siada obok mnie, a pani Jones podaje nam kolację.

– Smacznego – mówi i zostawia nas samych.

Wyjmuję z lodówki butelkę białego wina i nalewam nam po kieliszku. Ana pałaszuje z zapałem. Musi być strasznie głodna.

– Lubię patrzeć, jak jesz.

– Wiem – odpowiada i wkłada sobie do ust kawałek kurczaka. Uśmiecham się do niej i pociągam łyk wina. – Opowiedz, jak ci minął dzień.

– Dzisiaj nastąpił przełom w pracy nad naszym tabletem zasilanym energią słoneczną. Ma tyle dodatkowych zastosowań. Niedługo przejdziemy do telefonów na baterie słoneczne.

– Ekscytuje cię to?

– Bardzo. Będzie można je tanio produkować i rozprowadzać w biednych krajach.

– Uważaj, wychodzi z ciebie filantrop – drażni się ze mną, ale ma przyjazną minę. – A więc masz nieruchomości w Nowym Jorku i w Aspen?

– Tak.

– Gdzie w Nowym Jorku?

– W TriBeCe.

– Opowiedz mi o tym miejscu.

– Mam tam apartament, ale rzadko z niego korzystam. W zasadzie częściej bywa tam moja rodzina – wyjaśniam. – Zabiorę cię, gdzie tylko zechcesz.

Gdy kończymy kolację, Ana bierze nasze talerze i wkłada je do zlewu. Myślę, że zamierza pozmywać.

– Zostaw je. Gail się tym zajmie.

Przyglądam się jej. Sprawia wrażenie bardziej zadowolonej niż wtedy, gdy wsiadła do samochodu.

– No dobrze, panno Steele. Skoro jest pani w łagodniejszym nastroju, to może porozmawiamy o dzisiejszym dniu? – proponuję.

– Uważam, że to twój nastrój bardziej złagodniał. Chyba dobrze sobie radzę z poskramianiem cię.

– Poskramianiem? – prycham rozbawiony myślą, że trzeba mnie poskramiać.

Ana kiwa głową. A więc mówiła poważnie.

Poskramia mnie.

Cóż, niewątpliwie stałem się dużo łagodniejszy po naszym pojednaniu w windzie. A ona z wielką przyjemnością się do tego przyczyniła. Czy o to jej chodzi?

– Tak. Może tak właśnie jest, Anastasio.

– Miałeś rację w kwestii Jacka. – Ana pochyla się nad blatem i spogląda na mnie z powagą.

Krew zastyga mi w żyłach.

– Próbował czegoś?

– Nie – odpowiada, kręcąc głową – i nie zrobi tego, Christianie. Powiedziałam mu dzisiaj, że jestem twoją dziewczyną, i natychmiast dał sobie spokój.

– Jesteś pewna? Mogę zwolnić tego kutasa.

Ten człowiek należy do przeszłości. Chcę się go pozbyć.

Ana wzdycha ciężko.

– Naprawdę musisz mi pozwolić samej pokonywać trudności. Nie możesz nieustannie mnie chronić. Osaczasz mnie w ten sposób. Nigdy nie rozwinę skrzydeł, jeśli ciągle będziesz się wtrącał. Potrzebuję odrobiny wolności. Mnie do głowy by nie przyszło wtrącać się do twojej pracy.

– Pragnę jedynie twojego bezpieczeństwa, Anastasio. Gdyby coś ci się stało...

– Wiem – odpowiada. – I rozumiem, dlaczego odczuwasz takie pragnienie chronienia mnie. Zresztą kocham to w tobie. Wiem, że jeśli będę cię potrzebować, ty mi pomożesz, tak samo jak ja tobie. Jeśli jednak ma nas czekać wspólna przyszłość, musisz ufać mnie i moim osądom. Zgoda, czasami się pomylę, popełnię błąd, ale muszę się uczyć.

Wypowiada te słowa z żarliwością i wiem, że ma rację.

To wszystko jest... To jest po prostu...

Przypominają mi się słowa Flynna: „Odstręczysz ją od siebie, jeśli dalej będziesz podążał tą drogą".

Ana podchodzi do mnie z wyrazem spokojnej determinacji na twarzy, chwyta moje ręce i oplata wokół siebie.

– Nie wolno ci się wtrącać do mojej pracy – mówi, kładąc delikatnie dłonie na moich ramionach. – Tak nie może być. Nie potrzebuję, abyś wkraczał do akcji jako rycerz na białym koniu ratujący mnie z opresji. Wiem, że pragniesz wszystko kontrolować, i rozumiem dlaczego, ale nie możesz. Nie osiągniesz tego celu... musisz się nauczyć odpuszczać. – Zawiesza głos i gładzi mnie po policzku. – A jeśli będziesz w stanie mi to zagwarantować, zamieszkam z tobą.

– Zrobiłabyś to?

– Tak.

– Ale przecież mnie nie znasz – rzucam bez zastanowienia i nagle ogarnia mnie panika. Muszę jej o wszystkim opowiedzieć.

– Znam cię wystarczająco dobrze, Christianie. Nie przestraszy mnie nic, co mi powiesz na swój temat.

Szczerze w to wątpię. Ona nie zdaje sobie sprawy, dlaczego robię to, co robię. Nie zna tego potwora, który we mnie tkwi.

– Tylko odpuść mi trochę, proszę – mówi i znów dotyka mojej twarzy, jakby próbowała dodać mi otuchy.

– Staram się, Anastasio. Ale nie mogłem stać z boku i pozwolić ci lecieć do Nowego Jorku z tą... kanalią. Ten człowiek ma niepokojącą reputację. Żadna z jego asystentek nie pracowała dla niego dłużej niż trzy miesiące. Nie chcę, żeby tak było i w twoim przypadku, mała. Nie chcę, by coś ci się stało. Już sama ta myśl napawa mnie przerażeniem. Nie mogę obiecać, że nie będę się wtrącać. Nie, jeśli uznam, że może ci się stać krzywda. – Przerywam i biorę głęboki wdech. – Kocham cię, Anastasio. Zrobię, co tylko w mojej mocy, aby cię chronić. Nie wyobrażam sobie życia bez ciebie.

Niezła mowa, Grey.

– Ja ciebie też kocham, Christianie – odpowiada, po czym oplata rękami moją szyję i całuje mnie w usta. Jej język błądzi po moich wargach.

Przerywa nam chrząknięcie Taylora, który wszedł niepostrzeżenie do kuchni. Odsuwam się od Any i obejmuję ją w talii.

– Tak? – pytam. Mój głos brzmi trochę bardziej surowo, niż zamierzałem.

– Pani Lincoln jedzie właśnie windą, proszę pana.

– Co takiego?

Taylor ze skruchą wzrusza ramionami. Kręcę głową.

– Cóż, powinno być ciekawie – mruczę.

Uśmiecham się przepraszająco do Any, która przenosi wzrok na Taylora, jakby nie do końca wierzyła w jego słowa. On jednak rozwiewa jej wątpliwości skinieniem głowy, po czym wychodzi.

– Rozmawiałeś z nią dzisiaj? – pyta mnie Ana.

– Tak.

– Co jej powiedziałeś?

– Że nie masz ochoty się z nią spotykać i że rozumiem

powody twojej niechęci. Powiedziałem jej też, że nie podoba mi się to, że działa za moimi plecami.

– A ona co na to?

– Zbyła mnie, jak tylko ona potrafi.

– Myślisz, że czemu tu przyszła?

– Nie mam pojęcia.

Znów pojawia się Taylor.

– Pani Lincoln – anonsuje gościa i na progu staje
Elena.

Przyciągam Anę bliżej siebie.

– Elena? – odzywam się, zachodząc w głowę, czego
ona, do cholery, może chcieć.

Jej spojrzenie odrywa się ode mnie i wędruje w stronę Any.

– Przepraszam – mówi. – Nie przypuszczałam, że
masz towarzystwo, Christianie. Dziś jest poniedziałek.

– To moja dziewczyna – wyjaśniam.

Uległe tylko w weekendy, pani Lincoln. Dobrze o tym wiesz.

– Oczywiście – odpowiada. – Witaj, Anastasio. Nie
miałam pojęcia, że tu będziesz. Wiem, że nie chcesz ze
mną rozmawiać. Akceptuję to.

– Czyżby?

Głos Any jest lodowaty.

Psiakrew.

– Tak. – Elena podchodzi do nas. – Nie przyszłam
tutaj, aby spotkać się z tobą. W tygodniu Christian rzadko ma towarzystwo. – Milknie na chwilę, a potem zwraca
się do Any: – Mam problem i muszę o nim porozmawiać
z Christianem.

– Och, napijesz się czegoś? – pytam.

– Tak, chętnie.

Idę po kieliszek. Kiedy się odwracam, obie kobiety
siedzą przy wyspie na środku kuchni. Panuje niezręczne
milczenie.

Co za dzień. Co za gówniany dzień. Z każdą chwilą robi się coraz ciekawiej.

Napełniam winem ich kieliszki i siadam między nimi.

– Co się dzieje? – zwracam się do Eleny, która zerka wymownie na Anę. – Anastasia jest teraz ze mną – mówię.

Wyciągam rękę i ściskam dłoń Any w nadziei, że ten pokrzepiający gest ją uspokoi i nie będzie się odzywała. Im szybciej Elena wyłuszczy swoją sprawę, tym szybciej się jej pozbędziemy.

Elena wygląda na podenerwowaną, a to do niej niepodobne. Obraca pierścionek na palcu, co dowodzi niezbicie, że coś musiało wytrącić ją z równowagi.

– Ktoś mnie szantażuje.

– Jak? – pytam wzburzony i patrzę, jak wyciąga kartkę z torebki. – Połóż na blacie.

Wskazuję podbródkiem marmurowy kontuar i jeszcze mocniej ściskam dłoń Any.

– Nie chcesz tego dotykać? – pyta Elena.

– Nie. Odciski palców.

– Christianie, wiesz, że nie mogę pójść z tym na policję.

Rozkłada przede mną kartkę, na której widnieje kilka słów zapisanych wielkimi literami.

PANI LINCOLN
PIĘĆ TYSIĘCY
ALBO WSZYSTKO UJAWNIĘ.

Coś tu jest nie w porządku.

– Ten ktoś chce tylko pięciu tysięcy dolarów? – mówię. – Przychodzi ci do głowy, kto to może być? Ktoś ze wspólnoty?

– Nie.

– Linc?

– Co? Po tylu latach? Nie sądzę.

– Isaac wie?

– Nie powiedziałam mu.

– Uważam, że powinien wiedzieć.

Ana próbuje uwolnić dłoń z mojego uścisku. Chce wyjść.

– O co chodzi? – pytam ją.

– Jestem zmęczona. Chyba pójdę się położyć.

Przyglądam się badawczo jej twarzy, starając się dociec, co naprawdę myśli, ale jak zwykle bez powodzenia.

– Dobra – mówię. – Niedługo do ciebie przyjdę.

Kiedy puszczam jej rękę, zsuwa się ze stołka i idzie w stronę drzwi.

– Dobranoc, Anastasio – odzywa się Elena.

Ana odpowiada jej beznamiętnym tonem i wychodzi. Kieruję swoją uwagę z powrotem na Elenę.

– Raczej niewiele mogę zrobić. Jeżeli to kwestia pieniędzy… – Zawieszam głos. Nie potrzebuję mówić, że mogę jej dać te pięć tysięcy, bo dobrze o tym wie. – Mam kazać Welchowi przeprowadzić małe śledztwo?

– Nie. Chciałam ci się jedynie zwierzyć – odpowiada i dodaje, zmieniając temat: – Wyglądasz na bardzo szczęśliwego.

– Bo jestem.

Naprawdę jestem. Ana właśnie zgodziła się na przeprowadzkę do mnie.

– Zasługujesz na to.

– Chciałbym, aby to była prawda.

– Christianie. – Głos Eleny przybiera ostry ton. – Czy ona wie, jak źle oceniasz samego siebie? Wie o twoich problemach?

– Zna mnie lepiej niż ktokolwiek inny.

– Au, to zabolało.

– Taka jest prawda. Nie muszę uprawiać z nią żadnych gierek. I mówię serio, zostaw ją w spokoju.

– O co jej chodzi?

– O ciebie... O to, co było między nami, co robiliśmy. Nie rozumie tego.

– Wyjaśnij jej.

– Ale to przeszłość, Eleno, i czemu miałbym ją obarczać naszą popieprzoną relacją? Jest dobra, słodka i niewinna, i jakimś cudem mnie kocha.

– Do tego nie trzeba cudu, Christianie. Uwierz w końcu w siebie. Stanowisz naprawdę świetną partię. Wiele razy ci to powtarzałam. Ona także wydaje się urocza. Silna. Kobieta, która potrafi ci się postawić.

– Jest silniejsza niż my oboje.

Spojrzenie Eleny łagodnieje. Widzę, że pogrąża się w myślach.

– Nie brakuje ci tego? – pyta.

– Czego?

– Pokoju zabaw.

– To naprawdę nie twoja cholerna sprawa.

– Och, przepraszam.

Jej sarkazm działa mi na nerwy. Nie podejrzewam, aby stać ją było na skruchę.

– Lepiej będzie, jak już sobie pójdziesz – mówię. – A następnym razem najpierw zadzwoń.

– Christianie, przepraszam cię – powtarza, tym razem szczerze. – Od kiedy jesteś taki wrażliwy?

– Eleno, łączą nas sprawy zawodowe, które nam obojgu przynoszą spore profity. I niech tak zostanie. To, co było między nami, należy do przeszłości. Anastasia to moja przyszłość i absolutnie nie narażę jej na szwank, więc daj sobie spokój z tymi pieprzonymi bzdurami.

– Rozumiem.

Elena posyła mi pełne napięcia spojrzenie, jakby chciała mnie sprowokować. Sprawia, że czuję się nieswojo.

– Przykro mi z powodu twoich kłopotów. Może

powinnaś to przeczekać i zmusić szantażystę do odsłonięcia kart.

– Nie chcę cię stracić, Christianie.

– Nie jestem twój, abyś miała mnie tracić.

– Nie o to mi chodziło.

– A o co? – pytam podniesionym głosem.

– Słuchaj, nie chcę się z tobą kłócić. Nasza przyjaźń wiele dla mnie znaczy. Będę się trzymać od Anastasii z daleka. Ale gdybyś mnie potrzebował, możesz na mnie liczyć. Zawsze.

– Anastasia uważa, że widzieliśmy się w ubiegłą sobotę. A przecież tylko do mnie zadzwoniłaś. Dlaczego powiedziałaś jej coś innego?

– Chciałam, żeby wiedziała, jak bardzo po jej odejściu byłeś rozbity. Nie chcę, aby cię raniła.

– Ona wie. Powiedziałem jej. Przestań się wtrącać. Naprawdę zachowujesz się jak matka kwoka.

Elena śmieje się, ale to smutny śmiech. Chcę, żeby już sobie poszła.

– Wiem – mówi. – Przepraszam. Zależy mi na tobie. Nigdy nie sądziłam, że się w końcu zakochasz, Christianie. Bardzo mnie to cieszy, ale za nic nie chciałabym, żeby cię zraniła.

– Zaryzykuję – odpowiadam cierpko. – Jesteś pewna, że nie chcesz, aby Welch trochę powęszył?

– W sumie raczej by to nie zaszkodziło.

– Dobra. Rano do niego zadzwonię.

– Dziękuję ci, Christianie. I przepraszam. Nie chciałam przeszkadzać. Następnym razem zadzwonię.

– W porządku.

Kiedy wstaję, Elena pojmuje aluzję i również zsuwa się ze stołka. Odprowadzam ją do holu.

– Ja tylko dbam o ciebie – mówi i cmoka mnie w policzek.

– Wiem. Aha, jeszcze jedno. Czy mogłabyś nie opowiadać mojej matce plotek o tym, co łączy mnie z Aną?

– Nie ma sprawy – odpowiada, ale zaraz potem zaciska usta.

Znów ogarnia ją rozdrażnienie.

Otwierają się drzwi windy i Elena wchodzi do środka.

– Dobranoc.

– Dobranoc, Christianie.

Kiedy drzwi zasuwają się z powrotem, przypominam sobie tytuł maila, który kilka godzin temu dostałem od Any.

Irytujący bagaż.

Śmieję się wbrew sobie. Tak, Ano, miałaś absolutną rację.

Kiedy wchodzę do sypialni, Ana siedzi na łóżku. Nie potrafię niczego wyczytać z wyrazu jej twarzy.

– Poszła – odzywam się, próbując wybadać jej reakcję. Nie wiem, co teraz sobie myśli.

– Opowiesz mi o niej wszystko? Próbuję zrozumieć, dlaczego uważasz, że ci pomogła. – Milknie i przez chwilę ogląda swoje paznokcie, a gdy znów unosi wzrok, widzę w jej oczach niewzruszoną pewność. – Nie znoszę jej, Christianie. Uważam, że wyrządziła ci nieopisaną krzywdę. Nie masz żadnych przyjaciół. To ona nie dopuszczała ich do ciebie?

O Chryste. Naprawdę już dosyć się nasłuchałem takich rzeczy. Nie mam ochoty zaczynać tego od nowa.

– Czemu, do jasnej cholery, chcesz o niej wiedzieć? Połączył nas wieloletni romans, często tłukła mnie na kwaśne jabłko, a ja pieprzyłem ją na tyle sposobów, że nie jesteś ich sobie nawet w stanie wyobrazić. Cześć pieśni.

Ana jest zbita z tropu. Jej oczy stają się połyskliwe.

– Dlaczego się tak złościsz? – pyta, odrzucając do tyłu kosmyk włosów.

– Bo całe to gówno już dawno należy do przeszłości! – krzyczę.

Ana odwraca wzrok i zaciska mocno usta.

A niech to szlag.

Dlaczego pokazuję jej swoje zmienne nastroje?

Uspokój się, Grey.

Siadam obok niej.

– Co chcesz wiedzieć?

– Nie musisz mi nic mówić. Nie chciałam się narzucać.

– Anastasio, to nie tak. Nie lubię rozmawiać o tym wszystkim. Przez wiele lat żyłem otoczony bańką, nic mnie nie dotykało i przed nikim nie musiałem się tłumaczyć. Elena zawsze była moją powiernicą. A teraz moja przeszłość i przyszłość kolidują ze sobą w taki sposób, jaki w życiu nie przyszedłby mi do głowy. Nigdy nie sądziłem, że będę z kimś w prawdziwym związku, Anastasio. Ty dajesz mi nadzieję i dzięki tobie rozważam wszelkiego rodzaju możliwości.

Powiedziałaś, że zamieszkasz ze mną.

– Słyszałam – szepcze. I widzę, że jest zażenowana.

– Co? Naszą rozmowę?

Chryste, czy ja czegoś nie palnąłem?

– Tak.

– No i?

– Zależy jej na tobie.

– Owszem. I mnie na niej na swój sposób także, ale nie może się to równać z tym, co czuję do ciebie. Jeśli o to ci właśnie chodzi.

– Nie jestem zazdrosna – odpowiada szybko i znów odrzuca włosy do tyłu.

Nie mam pewności, czy jej wierzę.

– Ty jej nie kochasz, prawda? – dodaje.

Wzdycham ciężko.

– Dawno temu sądziłem, że ją kocham.

– Kiedy byliśmy w Georgii, powiedziałeś, że jej nie kochasz.

– Zgadza się.

Ana nie kryje zakłopotania.

Och, maleńka, czy muszę ci to mówić?

– Wtedy już kochałem ciebie, Anastasio. Jesteś jedyną osobą, na spotkanie z którą przeleciałbym pięć tysięcy kilometrów – zapewniam ją. – Uczucie, jakie żywię do ciebie, jest zupełnie inne od tego, jakie żywiłem kiedyś względem Eleny.

– Kiedy to zrozumiałeś?

– Jak na ironię Elena mi to uświadomiła. Namówiła mnie, abym poleciał do Georgii.

Twarz Any się zmienia, przybierając wyraz czujności.

– Więc jej pożądałeś? – pyta. – Kiedy byłeś młodszy.

– Tak. Wiele mnie nauczyła. Na przykład wiary w siebie.

– Ale prała cię także na kwaśne jabłko.

– O tak.

– A tobie się to podobało.

– Wtedy tak.

– Tak bardzo, że zapragnąłeś robić to samo innym?

– Tak.

– Pomogła ci w tym?

– Tak.

– Była twoją uległą?

– Tak.

Ana wygląda na zszokowaną. Nie powinna mnie pytać, jeśli nie chce wiedzieć takich rzeczy.

– Oczekujesz, że ją polubię?

– Nie, choć to akurat bardzo by wszystko ułatwiło – odpowiadam. – Naprawdę rozumiem twoją powściągliwość.

– Powściągliwość? Jezu, Christianie, jak byś się czuł, gdyby chodziło o twojego syna?

Co za niedorzeczne pytanie.

Ja miałbym mieć syna?

Nigdy w życiu.

– Nie musiałem z nią być – wyjaśniam. – To był mój wybór, Anastasio.

– Kto to jest Linc?

– Jej były mąż.

– Drewno Lincolna?

– Właśnie ten.

– A Isaac?

– Jej obecny uległy – mówię i widząc jej minę, dodaję: – Ma dwadzieścia kilka lat. Jest dorosły i wyraża na to zgodę.

– Jest w twoim wieku.

Dosyć. Dosyć już tego.

– Słuchaj, Anastasio, ona jest częścią mojej przeszłości. Ty jesteś moją przyszłością. Nie pozwól, proszę, aby stanęła między nami. I jeśli mam być szczery, to nudzi mnie już ten temat. Pójdę trochę popracować. – Wstaję i spoglądam na nią. – Odpuść w końcu, proszę.

Ana zadziera głowę i patrzy na mnie z typowym dla siebie uporem, ale udaję, że tego nie zauważam.

– Och, prawie zapomniałem – dodaję. – Twój samochód dostarczono już dziś. Stoi w garażu. Kluczyki ma Taylor.

W jej oczach pojawia się błysk.

– Mogę jechać nim jutro do pracy?

– Nie.

– Dlaczego?

– Wiesz dlaczego.

Leila wciąż jest na wolności. Czy muszę mówić o tym wprost?

Ale przy okazji coś mi się przypomina.

– I jeszcze jedno – ciągnę. – Jeśli zamierzasz opuszczać redakcję, informuj mnie o tym. Sawyer tam był i cię pilnował. Wygląda na to, że nie można ci ufać w tej kwestii.

– Wygląda na to, że tobie także nie można ufać – odcina się Ana. – Mogłeś mi powiedzieć, że Sawyer mnie pilnuje.

– O to też chcesz się kłócić? – pytam.

– Nie sądziłam, że to kłótnia – mówi, piorunując mnie wzrokiem. – Myślałam, że po prostu rozmawiamy.

Zamykam oczy i usiłuję zapanować nad sobą, żeby nie wybuchnąć. To nas do niczego nie doprowadzi.

– Muszę popracować – oznajmiam i wychodzę szybko, żeby nie powiedzieć czegoś, czego będę żałował.

Wszystkie te jej pytania.

Po co je zadawała, skoro nie podobają się jej odpowiedzi.

Elena też jest wkurzona.

Kiedy siadam przy biurku, w skrzynce odbiorczej czeka już na mnie mail od niej.

Nadawca: Elena Lincoln
Temat: Dzisiejszy wieczór
Data: 13 czerwca 2011, 21:16
Adresat: Christian Grey

Christianie
Wybacz. Nie wiem, co mnie opętało, żeby do Ciebie przyjść.

Czuję, że tracę Cię jako przyjaciela. To wszystko.

Tak bardzo sobie cenię Twoją przyjaźń i dobre rady.

Gdyby nie Ty, nie osiągnęłabym tego, co mam.

Chciałabym tylko, żebyś to wiedział.

E x
Elena Lincoln
ESCLAVA
Twoje piękno to Ty™

Domyślam się, że chce mi również dać do zrozumienia, iż nie byłbym tym, kim jestem, gdyby nie ona. I ma rację.

Łapie mnie za włosy i szarpnięciem odchyla moją głowę do tyłu.

– Co chcesz mi powiedzieć? – mruczy, a lodowate spojrzenie jej błękitnych oczu przewierca mnie na wylot.

Czuję się sponiewierany. Kolana mam otarte do krwi. Moje plecy pokrywają nabrzmiałe pręgi. W udach pulsuje ból. Nie mogę już dłużej. A ona patrzy mi prosto w oczy. Czeka.

– Chcę odejść z Harvardu, pani – mówię.

Wyjawiam swoją mroczną tajemnicę. Harvard zawsze był celem. Dla mnie. Dla mojej rodziny. Chciałem wszystkim pokazać, że potrafię tego dokonać. Chciałem im udowodnić, że nie jestem takim nieudacznikiem, za jakiego mnie uważają.

– Rzucić studia?

– Tak, pani.

Puszcza moje włosy, a bat w jej ręku kołysze się z boku na bok.

– I co będziesz robił?

– Chcę założyć własną firmę.

Jej krwistoczerwony paznokieć wędruje po moim policzku i zatrzymuje się w kąciku ust.

– Wiedziałam, że coś cię gnębi. Zawsze muszę to z ciebie wytłuc, tak?

– *Tak, pani.*
– *Ubieraj się. Musimy o tym porozmawiać.*

Kręcę głową. Nie pora teraz na rozmyślanie o Elenie. Skupiam uwagę na innych mailach.

KIEDY ODRYWAM WZROK od monitora, jest wpół do jedenastej.

Ana.

Jestem pochłonięty ostateczną wersją umowy kupna SIP. Zastanawiam się, czy nie wymóc zwolnienia Hyde'a w ramach warunków zakupu, ale coś takiego można by podważyć.

Wstaję od biurka, przeciągam się i idę do sypialni.

Any tam nie ma.

W salonie też jej nie widziałem. Biegnę na górę, do pokoju zabaw, ale tam również jej nie zastaję. *Psiakrew.*

Dokąd mogła pójść? Do biblioteki?

Zbiegam z powrotem po schodach.

Znajduję ją śpiącą w jednym z głębokich foteli. Siedzi skulona w bladoróżowej satynowej koszuli, a pukle włosów spływają na jej piersi. W ręku trzyma otwartą książkę.

Rebekę Daphne du Maurier.

Rodzina mojego dziadka pochodzi z Kornwalii, stąd moja kolekcja książek tej autorki.

Biorę Anę na ręce.

– Hej – mruczę jej do ucha. – Zasnęłaś. Nie mogłem cię znaleźć.

Kiedy całuję jej włosy, zarzuca mi ręce na szyję i mówi coś, czego nie potrafię zrozumieć. Niosę ją do sypialni i kładę na łóżku.

– Śpij, maleńka – szepczę i całuję ją w czoło.

Potem idę pod prysznic. Chcę zmyć z siebie ten dzień.

Budzę się nagle. Moje serce bije jak oszalałe, a dojmujące uczucie niepokoju przyprawia mnie o skurcz żołądka. Leżę nago obok Any, która szybko zasnęła. Boże, ale jej zazdroszczę tego, że nie ma z tym problemu. Lampka po mojej stronie łóżka wciąż się świeci, zegar pokazuje 1:45, a ja ciągle nie mogę się wyciszyć.

Leila?

Wpadam do garderoby, gdzie naciągam na siebie spodnie i podkoszulek. Potem wracam do sypialni i zaglądam pod łóżko. Upewniam się, że drzwi balkonowe są zamknięte na klucz. Biegnę korytarzem do gabinetu Taylora. Drzwi są uchylone, więc pukam i zaglądam do środka. Ryan jest zaskoczony moim widokiem.

– Dobry wieczór, proszę pana.

– Cześć, Ryan. Wszystko w porządku?

– Tak jest, proszę pana. Wszędzie spokój.

– Nie ma nic na… – Wskazuję na monitory kamer.

– Nic. Okolica jest bezpieczna. Reynolds właśnie skończył obchód.

– To dobrze. Dziękuję.

– Nie ma za co, panie Grey.

Zamykam za sobą drzwi i kieruję kroki do kuchni, żeby napić się wody. Pociągam łyk ze szklanki, wpatrując się w ciemność za oknem w głębi salonu.

Gdzie jesteś, Leilo?

Oczyma wyobraźni widzę ją, jak pochyla głowę. Chętna. Wyczekująca. Spragniona. Widzę, jak klęczy w pokoju zabaw, jak śpi w swoim łóżku, jak klęczy u mego boku, kiedy pracuję w gabinecie. Z tego, co mi wiadomo, w tej chwili błąka się ulicami Seattle, zmarznięta i samotna, owładnięta szaleństwem.

Chyba dlatego jestem niespokojny, że Ana zgodziła się zamieszkać u mnie.

Potrafię zadbać o jej bezpieczeństwo. Tylko że ona tego nie chce.

Nad Anastasią trudno zapanować. Kręcę głową na tę myśl. Bardzo trudno.

Witaj w świecie zakochanych. Słowa Flynna wciąż mnie prześladują. A więc tak to wygląda. Zamęt w głowie, radość i wyczerpanie.

Podchodzę do fortepianu i opuszczam nakrywę, żeby zasłonić struny. Robię to najciszej, jak potrafię. Nie chcę obudzić Any. Potem siadam i przez chwilę wpatruję się w klawisze. Nie grałem od kilku dni. Wyciągam ręce i moje palce opadają na klawiaturę. Kiedy ściszone dźwięki nokturnu b-moll Chopina wypełniają salon, jestem sam na sam z melancholijną muzyką, która koi moją duszę.

Kątem oka dostrzegam jakiś ruch. W cieniu stoi Ana, jej oczy lśnią od blasku padającego z korytarza. Nie przerywam gry, kiedy idzie w moją stronę, ubrana w bladoróżową satynową koszulę. Jest olśniewająca niczym gwiazda filmowa, która zeszła ze srebrnego ekranu. Gdy przystaje obok mnie, odrywam palce od klawiszy. Pragnę jej dotknąć.

– Czemu przestałeś grać? – pyta. – To było piękne.

– Masz pojęcie, jak ponętnie wyglądasz w tej właśnie chwili?

– Chodź do łóżka – szepcze.

Podaję jej rękę, a gdy chwyta moją dłoń, przyciągam ją do siebie i sadzam sobie na kolanach. Trzymam ją w objęciach i czuję, jak drży na całym ciele, kiedy całuję jej odsłoniętą szyję.

– Dlaczego się kłócimy? – pytam i drażnię zębami płatek jej ucha.

– Ponieważ dopiero się poznajemy, a ty jesteś uparty, kłótliwy, humorzasty i trudny.

Przechyla głowę, żebym miał lepszy dostęp do jej szyi. Uśmiecham się i przesuwam nosem po jej skórze. *Trudno nad nią zapanować.*

– Zgadza się, taki właśnie jestem, panno Steele. To cud, że ze mną wytrzymujesz.

Znów chwytam zębami jej ucho, a stłumiony jęk daje mi do zrozumienia, że moja pieszczota przyprawia ją o rozkosz.

– Zawsze tak jest? – pytam.

– Nie mam pojęcia. – Jej głos jest prawie tak cichy jak westchnienie.

– Ja też.

Pociągam za pasek i rozchylam poły szlafroka. Odsłaniam cienką koszulę, która przywiera do jej ciała, ukazując wszystkie krągłości i zagłębienia. Dotykam jej piersi i wodzę palcami wokół sutków, te natychmiast twardnieją. Moja dłoń wędruje w dół, ku jej talii, a stamtąd na biodro.

– Tak przyjemnie dotykać cię przez ten materiał, no i wszystko widzę, nawet to.

Pociągam delikatnie jej włosy łonowe, które zarysowują się wyraźnie pod cienką tkaniną. Ana gwałtownie wciąga powietrze, a ja odchylam jej głowę do tyłu i całuję ją, rozsuwając językiem jej wargi. Wydaje kolejny jęk i głaszcze mnie po pokrytych szorstkim zarostem policzkach, a całe jej ciało tężeje pod moim dotykiem.

Delikatnie unoszę jej koszulę, rozkoszując się szlachetną gładkością satyny, i nieśpiesznie odsłaniam jej cudowne, długie nogi. Dotykam jej pośladków. Jest naga.

Gładzę dłonią jej skórę, a potem przesuwam kciukiem po wewnętrznej stronie uda.

Pragnę ją posiąść. Tutaj. Na moim fortepianie.

Nagle wstaję i sadzam zaskoczoną moim gwałtownym ruchem Anę na przedniej nakrywie fortepianu, tak że bose stopy opiera na klawiaturze, wydobywając z niej dwa fałszywie brzmiące akordy. Wpatruje się we mnie, kiedy stoję przed nią i ściskam mocno jej dłonie.

– Połóż się.

Popycham ją delikatnie, a fałdy satyny spływają kaskadami po lśniącym, czarnym drewnie.

Kiedy Ana leży na plecach, cofam się i ściągam podkoszulek, a potem rozchylam szerzej jej nogi. Jej drżące stopy wygrywają staccato na wysokich i niskich klawiszach. Muskam wargami jej udo i posuwam się coraz wyżej, zadzierając brzeg koszuli i z każdym pocałunkiem obnażając kolejne centymetry jej cudownego ciała. Ana jęczy. Domyśla się, co chcę zrobić. Pręży nogi i w salonie znów rozlegają się niespójne dźwięki, niczym wybity z rytmu akompaniament dla jej przyspieszonego oddechu.

Moje usta docierają wreszcie do celu – do jej łechtaczki. Całuję ją i delektuję się dreszczem rozkoszy, który przenika ciało Any. Dmucham delikatnie w jej włosy łonowe, żeby zrobić trochę miejsca dla mojego języka. Kładę dłonie na jej kolanach i rozchylam jej nogi jeszcze bardziej. Przytrzymuję ją mocno. Jest moja. Taka bezbronna. Zdana na moją łaskę. Uwielbiam to. Powoli zaczynam okrążać czubkiem języka jej słodki czuły punkt. Ana wydaje zduszony okrzyk i kiedy zataczam kolejne kręgi, wije się pode mną i unosi biodra, domagając się pieszczot.

Nie przerywam.

Nasycam się nią. Moja twarz ocieka wilgocią, która sączy się ze mnie i z niej.

Jej nogi zaczynają dygotać.

– Och, Christianie, błagam – jęczy.

– O nie, maleńka, jeszcze nie.

Przerywam i biorę głęboki oddech. Ana leży przede mną w fałdach bladoróżowej satyny, a jej włosy rozlewają się po lśniącym hebanie. Wygląda cudownie w skąpym świetle padającym z korytarza.

– Nie – kwili.

– To moja zemsta, Ano. Kłóć się ze mną, a ja znajdę jakiś sposób, żeby się odegrać na twoim ciele.

Całuję ją po brzuchu i czuję, jak jej mięśnie napinają się pod moimi wargami.

Och, mała, jesteś już tak blisko.

Zataczam językiem kręgi wokół jej pępka, gładząc i uciskając jej uda. Moje dłonie wędrują coraz wyżej i Ana wydaje gardłowy okrzyk, kiedy wsuwam w nią palec, a kciukiem drugiej dłoni zaczynam pieścić jej łechtaczkę.

– Christianie! – krzyczy, wyginając plecy w łuk.

Wystarczy, Grey.

Odrywam jej stopy od klawiatury i popycham ją, a ona przesuwa się po gładkiej powierzchni wieka. Rozpinam rozporek, wyciągam z kieszeni foliową paczuszkę i opuszczam spodnie – zsuwają się na podłogę. Wspinam się na fortepian i klęcząc między jej nogami, zakładam prezerwatywę. Ana patrzy na mnie wzrokiem pełnym napięcia i pragnienia. Kiedy pochylam się nad nią, widzę w jej oczach odbicie mojej miłości i pożądania.

– Tak bardzo cię pragnę – szepczę i wchodzę w nią powoli.

A potem się cofam.

I znów się w niej zanurzam.

Ana zaciska dłoń na moim bicepsie i przechyla głowę, otwierając szeroko usta.

Jest już tak blisko.

Poruszam się coraz szybciej, a ona zaplata nogi na moich plecach. Z jej gardła wydobywa się zduszony jęk, kiedy dochodzi, a wtedy i ja poddaję się ekstazie. Zatracam się w kobiecie, którą kocham.

Gładzę ją po włosach, kiedy kładzie głowę na mojej piersi.

– Pijasz wieczorem kawę czy herbatę? – odzywa się sennym głosem.

– A co to za dziwne pytanie?

– Pomyślałam, że przyniosę ci do gabinetu herbatę, ale wtedy dotarło do mnie, że nie wiem, na co miałbyś ochotę.

– Och, rozumiem. Wieczorem woda lub wino. Choć może powinienem spróbować herbaty.

Przesuwam dłoń niżej i zaczynam delikatnie pieścić jej plecy.

– Naprawdę bardzo mało o sobie wiemy – szepcze.

– Wiem.

Właśnie w tym rzecz, że mnie nie zna. Bo kiedy mnie pozna...

Ana siada i przygląda mi się, marszcząc czoło.

– Co się stało?

Chciałbym ci powiedzieć. Ale jeśli to zrobię, odejdziesz ode mnie.

Gładzę ją po policzku i patrzę na jej piękną, uroczą twarz.

– Kocham cię, Ano Steele.

– Ja też cię kocham, Christianie Grey. Nie odstraszy mnie nic, co mi powiesz.

Przekonamy się, Ano. Przekonamy się.

Zeskakuję z fortepianu i biorę ją na ręce.

– Do łóżka – mówię.

Jestem w sadzie z dziadkiem Trev-yanem.

– Widzisz te czerwone jabłka? – pyta dziadek.

Przytakuję skinieniem głowy.

– Zaszczepiliśmy je tutaj. Razem. Pamiętasz?

– Oszukaliśmy tę starą jabłoń.

– Myślała, że ma rodzić zielone i gorzkie jabłka.

– Ale te są słodkie i czerwone.

– Pamiętasz.

Kiwam głową.

Dziadek unosi jabłko do twarzy i pociąga nosem.

– Powąchaj – mówi.

Zapach jest mocny, wyrazisty.

Dziadek wyciera jabłko o koszulę i podaje mi je.

– Skosztuj.

Wbijam zęby w soczysty miąższ. Jest chrupiące i pyszne, słodkie jak szarlotka. Uśmiecham się. Błogi smak spływa do mojego żołądka.

Ta odmiana nazywa się fuji.

– A chcesz spróbować tego zielonego?

– Nie wiem.

Dziadek odgryza kawałek i trzęsie się.

– To jest paskudne – mówi, krzywiąc twarz w grymasie obrzydzenia.

Podaje mi jabłko i uśmiecha się. Też się uśmiecham i unoszę je do ust.

Dreszcz przenika mnie od stóp do głów.

PASKUDNE.

Też się krzywię, a dziadek wybucha śmiechem. Śmieję się razem z nim.

Zrywamy czerwone jabłka i wkładamy je do wiaderka.

Oszukaliśmy jabłoń.

Teraz jej owoce nie są paskudne. Są słodkie.

Nie paskudne. Słodkie.

Ten zapach działa na wyobraźnię. Przywołuje wizję sadu mojego dziadka. Otwieram oczy i widzę przed sobą twarz Any. Trzymam ją w objęciach, a ona uśmiecha się do mnie nieśmiało, zanurzając palce w moich włosach.

– Dzień dobry, moja piękna – mruczę.

– Dzień dobry, mój piękny.

Moje ciało ma ochotę na inne powitanie. Całuję ją przelotnie i cofam nogę, która spoczywała na jej udach. Opierając głowę na łokciu, spoglądam na nią.

– Dobrze spałaś?

– Tak, pomimo nocnego przerywnika.

– Hmm. Możesz mi serwować takie przerywniki, kiedy tylko masz na to ochotę. – Całuję ją jeszcze raz.

– A tobie dobrze się spało? – pyta.

– Z tobą zawsze mi się dobrze śpi, Anastasio.

– Żadnych koszmarów?

– Żadnych.

Tylko sny. Błogie sny.

– A czego one dotyczą? – drąży Ana.

Zaskakuje mnie jej pytanie i nagle powracam myślami do czasów, kiedy byłem bezbronnym i zagubionym czterolatkiem, samotnym, cierpiącym i przepełnionym bezsilną złością.

– To przebłyski mojego wczesnego dzieciństwa, tak przynajmniej twierdzi doktor Flynn – wyjaśniam. – Niektóre wyraźne, inne mniej.

Byłem zaniedbanym, maltretowanym dzieckiem.

Moja matka mnie nie kochała.

Nie chroniła mnie.

Odebrała sobie życie i zostawiła mnie samego.

Martwa dziwka narkomanka leżąca na podłodze.

Przypalanie.

Nie, tylko nie to. Nie wracaj do tego, Grey.

– Budzisz się z płaczem i krzykiem?

Jej pytanie przywraca mnie do rzeczywistości. Wodzę palcem po jej obojczyku, jakbym nie mógł się od niej oderwać. Jest jak amulet, który chroni mnie przed koszmarami.

– Nie, Anastasio, nigdy nie płakałem, o ile dobrze pamiętam.

Nawet ten podły sukinsyn nie zdołał doprowadzić mnie do płaczu.

– Masz jakieś szczęśliwe wspomnienia z dzieciństwa?

– Pamiętam, jak dziwka piekła ciasto. Pamiętam zapach. Chyba tort urodzinowy. Dla mnie.

Mama jest w kuchni.
W powietrzu unosi się miły zapach.
Miła i ciepła woń czekolady.
Mama śpiewa.
Słyszę wesołą piosenkę mamy.
Uśmiecha się.
– To dla ciebie, robaczku.
Dla mnie.

– No a potem pojawienie się Mii – ciągnę. – Mama martwiła się moją reakcją, ale ja od razu zakochałem się w małej Mii. Moje pierwsze słowo to było „Mia". Pamiętam pierwszą lekcję gry na pianinie. Moja nauczycielka, panna Kathie, była niesamowita. Hodowała także konie.

– Mówiłeś, że twoja mama cię uratowała. Jak?

Grace? Czy to nie jest oczywiste?

– Adoptowała mnie – odpowiadam. – Kiedy zobaczyłem ją po raz pierwszy, pomyślałem, że to anioł. Ubrana była na biało, a kiedy mnie badała, była taka delikatna i spokojna. Nigdy tego nie zapomnę. Gdyby odmówiła albo gdyby Carrick odmówił…

Kurwa. Już dawno bym nie żył.

Zerkam na budzik: jest kwadrans po szóstej.

– To trochę zbyt poważna rozmowa na tak wczesną porę – dodaję.

– Przyrzekłam sobie, że lepiej cię poznam – mówi Ana. Jej mina jest poważna i figlarna zarazem.

– Czyżby, panno Steele? Wydawało mi się, że chce pani wiedzieć, czy wolę kawę, czy herbatę. A mnie przychodzi na myśl inny sposób na poznanie mnie lepiej.

Napieram na nią swoim nabrzmiałym członkiem.

– Sądziłam, że pod tym względem znam cię już całkiem dobrze.

Uśmiecham się do niej szeroko.

– Nie uważam, abym ja kiedykolwiek poznał ciebie wystarczająco dobrze pod tym względem – odpowiadam. – Budzenie się przy twoim boku zdecydowanie ma zalety.

Trącam nosem jej ucho.

– Nie musisz wstawać?

– Nie dzisiaj. I mam ochotę znaleźć się w jednym konkretnym miejscu, panno Steele.

– Christianie!

Kładę się na niej, unoszę jej ręce nad głowę i całuję ją w szyję.

– Och, panno Steele...

Przytrzymując jej dłonie jedną ręką, drugą sięgam w dół i wolno podciągam satynową koszulę. Moja stwardniała męskość ociera się o jej łono.

– Och, cóż ja miałbym ochotę z tobą zrobić – szepczę.

Ana uśmiecha się i unosi biodra, wychodząc mi na spotkanie.

Niegrzeczna dziewczynka.

Sięgam do nocnego stolika po prezerwatywę.

ANA DOŁĄCZA DO MNIE w kuchni. Ma na sobie jasnoniebieską sukienkę i czółenka na wysokich obcasach. Znów jestem oczarowany jej urodą. Przyglądam się, jak pałaszuje śniadanie. Czuję się rozluźniony, a nawet szczęśliwy. Obiecała, że zamieszka ze mną, a dzisiejszy dzień zacząłem od seksu. Po mojej twarzy błądzi uśmiech, kiedy zastanawiam się, czy uznałaby to za zabawne.

– Kiedy poznam tego twojego trenera, Claude'a? – pyta.

– To zależy, czy w weekend masz ochotę wybrać się ze mną do Nowego Jorku. Chyba że chcesz się z nim spotkać wcześnie rano w tygodniu. Poproszę Andreę, aby sprawdziła jego grafik, i dam ci znać.

– Andreę?

– Moją asystentkę.

Dzisiaj wróciła już do pracy. Co za ulga.

– Jedną z twoich wielu blondynek.

– Nie jest moja – tłumaczę się. – Pracuje dla mnie. Ty jesteś moja.

– I też pracuję dla ciebie.

Och, no tak!

– Rzeczywiście. – Uśmiecham się do niej.

– Może Claude nauczy mnie kick boxingu – mówi Ana i również szczerzy zęby w szerokim uśmiechu.

Najwyraźniej chce zwiększyć swoje szanse w starciu ze mną.

– Śmiało, panno Steele.

Ana bierze do ust kęs naleśnika i ogląda się za siebie.

– Uniosłeś z powrotem nakrywę?

– Wcześniej ją położyłem, żeby ci nie przeszkadzać. Chyba się nie udało, ale w sumie cieszę się z tego.

Na policzkach Any pojawiają się rumieńce. O tak, wiele można by mówić o uprawianiu seksu na fortepianie, a także o rozpoczynaniu dnia od seksu. Coś takiego doskonale wpływa na moje samopoczucie.

Pani Jones przerywa naszą rozmowę.

– Na później, Ano – mówi, stawiając na blacie papierową torbę z lunchem. – Tuńczyk, może być?

– Naturalnie. Dziękuję, pani Jones. – Ana uśmiecha się szeroko.

Gail odpowiada jej tym samym, a potem wychodzi. Dla niej to też coś nowego. Nigdy wcześniej nie gościłem tutaj nikogo w ciągu tygodnia. Teraz cały wolny czas spędzam z Aną.

– Mogę cię o coś spytać? – Ana wyrywa mnie z zadumy.

– Oczywiście.

– I nie będziesz się złościł?

– Chodzi o Elenę?

– Nie.

– To nie będę.

– Ale mam jeszcze pytanie dodatkowe.

– Och?

– Związane z nią.

Mój dobry humor znika bez śladu.

– O co chodzi? – rzucam z rozdrażnieniem.

– Dlaczego tak się złościsz, kiedy pytam cię o nią?

– Szczerze?

– Sądziłam, że zawsze jesteś ze mną szczery.

– Bardzo się staram.

Ana spogląda na mnie spod zmrużonych powiek.

– To bardzo wymijająca odpowiedź – stwierdza.

– Zawsze jestem z tobą szczery, Ano. Nie chcę uprawiać żadnych gierek – mówię, po czym dodaję dla uściślenia: – No, przynajmniej nie tego rodzaju.

– A jakiego rodzaju chcesz? – Ana mruga, udając, że nie ma pojęcia, o co mi chodzi.

– Panno Steele, tak łatwo odwrócić twoją uwagę.

Jej chichot sprawia, że wraca mi dobry humor.

– Panie Grey, jest pan człowiekiem bardzo rozpraszającym – odpowiada.

– Mój ulubiony dźwięk to twój śmiech, Anastasio. No dobrze, a o co mnie chciałaś zapytać?

– Ach tak. Spotykałeś się ze swoimi uległymi tylko podczas weekendów?

– Zgadza się.

Do czego ona zmierza?

– A więc żadnego seksu w tygodniu – mówi i zerka w stronę drzwi salonu, upewniając się, że nikt nie słyszy naszej rozmowy.

Wybucham śmiechem.

– Och, a więc o to ci chodzi. A myślisz, że dlaczego w dni powszednie codziennie ćwiczę?

Dzisiaj jest inaczej. Seks w dzień powszedni. Przed śniadaniem. Ostatnim razem coś takiego przytrafiło mi się na biurku w moim gabinecie. Z tobą, Anastasio.

– Wygląda pani na bardzo zadowoloną z siebie, panno Steele.

– Bo jestem, panie Grey.

– Całkiem słusznie – odpowiadam. – A teraz jedz śniadanie.

ZJEŻDŻAMY WINDĄ W TOWARZYSTWIE Taylora i Sawyera, którzy potem zajmują miejsca na przednich fotelach samochodu. Nie opuszcza nas dobry nastrój, gdy kierujemy się w stronę SIP.

Tak, zdecydowanie powinienem do tego przywyknąć.

Ana jest w doskonałym humorze i co chwilę na mnie zerka. A może to ja posyłam jej ukradkowe spojrzenia?

– Nie mówiłaś przypadkiem, że dzisiaj przyjeżdża brat twojej współlokatorki? – pytam.

– Och, Ethan! Wyleciało mi z głowy. Dzięki, że mi przypomniałeś. Będę musiała wrócić do mieszkania.

– O której?

– Nie jestem pewna, o której ma przyjechać.

– Nie chcę, żebyś dokądkolwiek chodziła sama – oświadczam kategorycznym tonem.

Ana patrzy na mnie z wyrzutem.

– Wiem – mówi. – Czy Sawyer będzie dzisiaj szpie-gował... eee... patrolował?

– Tak – odpowiadam z naciskiem.

Przecież Leila wciąż jest na wolności.

– Gdybym pojechała saabem, byłoby prościej – mru-czy Ana marudnym tonem.

– Sawyer będzie miał auto i może cię zawieźć do twojego mieszkania.

Zerkam przed siebie i w lusterku wstecznym napoty-kam spojrzenie Taylora, który kiwa głową.

Ana wzdycha niezadowolona.

– Dobrze. Ethan pewnie skontaktuje się ze mną w ciągu dnia. Wtedy dam ci znać.

Taki plan ma w sobie za dużo przypadkowości, ale nie komentuję tego. Nie mam ochoty na kłótnię. Ten dzień zaczął się zbyt pięknie.

– No dobrze. Nigdzie nie chodź sama. Rozumiesz? – Grożę jej palcem.

– Tak, mój drogi.

Każde jej słowo ocieka sarkazmem.

Och, ile bym dał, żeby w tej chwili wymierzyć jej kilka klapsów.

– I może powinnaś używać tylko blackberry. Będę wysyłał ci maile na niego. Dzięki temu mój informatyk nie będzie miał wyjątkowo interesującego ranka, okej?

Ana wywraca oczami.

– Tak, Christianie.

– Panno Steele, przez panią świerzbi mnie ręka.

– Ach, panie Grey, ona ciągle pana świerzbi. I co my z tym zrobimy?

Parskam śmiechem. Jej odpowiedź jest zabawna.

Nagle mój telefon zaczyna wibrować.

Psiakrew. To Elena.

– Halo? – odzywam się cierpko.

– Cześć, Christianie, to ja. Wybacz, że ci przeszkadzam. Chciałam tylko ci powiedzieć, żebyś nie dzwonił do swojego detektywa. To Isaac przysłał ten list.

– Żartujesz?

– Mówię serio. Jestem taka zażenowana. To było jego przedstawienie.

– Jego przedstawienie.

– Tak. I nie chodziło mu o pięć tysięcy w gotówce.

Nie mogę powstrzymać śmiechu.

– Kiedy ci to powiedział? – pytam rozbawiony.

– Dziś rano. Zadzwoniłam do niego i powiedziałam mu, że widziałam się z tobą. Och, Christianie, przepraszam cię.

– Nie, nie przejmuj się. Nie musisz przepraszać. Cieszę się, że istnieje logiczne wytłumaczenie. Ta kwota rzeczywiście była absurdalnie niska.

– Jest mi wstyd.

– Nie mam wątpliwości, że zdążyłaś już zaplanować stosowną zemstę. Biedny Isaac.

– Prawdę mówiąc, jest na mnie wściekły, więc chyba powinnam mu to wynagrodzić.

– Dobrze.

– W każdym razie dziękuję, że wczoraj mnie wysłuchałeś. Niedługo się zdzwonimy.

– Pa. – Rozłączam się i obracam głowę w stronę Any, która przygląda mi się uważnie.

– Kto to był? – pyta.

– Naprawdę chcesz wiedzieć?

Kręci głową i odwraca wzrok w stronę okna, a kąciki jej ust opadają.

– Hej.

Chwytam jej dłoń i całuję po kolei wszystkie knykcie, a potem biorę do ust mały palec i zaczynam ssać. Mocno.

Kiedy przygryzam go delikatnie, Ana wzdryga się i zerka nerwowo w stronę Taylora i Sawyera. Zwróciłem na siebie jej uwagę.

– Nie martw się tym, Anastasio – szepczę i całuję wnętrze jej dłoni. – Elena to już przeszłość.

Chwilę później Ana otwiera drzwi samochodu, a ja odprowadzam ją wzrokiem, gdy idzie w stronę wejścia do redakcji.

– Panie Grey – odzywa się Taylor. – Chciałbym rozejrzeć się po mieszkaniu panny Steele, jeśli ma tam dzisiaj wrócić.

– Niezły pomysł – przyznaję.

Kiedy wychodzę z windy w Grey House, Andrea wita mnie szerokim uśmiechem.

– Dzień dobry, panie Grey – mówi i spogląda na stojącą obok niej młodą kobietę o aparycji szarej myszki. – To jest Sarah Hunter. Będzie odbywać u nas staż.

Sarah patrzy mi w oczy i wyciąga rękę na powitanie.

– Dzień dobry, panie Grey. Miło mi pana poznać.

– Witaj, Sarah – odpowiadam i podaję jej dłoń.

Ma zaskakująco mocny uścisk. A więc jej niepozorny wygląd jest mylący.

– Mogłabyś wstąpić do mojego gabinetu, Andreo? – dodaję.

– Oczywiście. Czy Sarah ma podać panu kawę?

– Tak. Czarną poproszę.

Sarah odchodzi dziarskim krokiem w stronę kuchni. Patrząc za nią, mam nadzieję, że jej entuzjazm nie zacznie działać mi na nerwy. Otwieram drzwi gabinetu i wpuszczam Andreę do środka.

– Andreo… – zaczynam.

– Panie Grey…

Obydwoje milkniemy.

– Mów – zachęcam ją.

– Chciałam tylko podziękować za wynajęcie tego apartamentu. To był wspaniały prezent. Naprawdę nie musiał pan...

– Dlaczego nie powiedziałaś, że wychodzisz za mąż? – pytam, siadając za biurkiem. Na twarzy mojej asystentki wykwitają rumieńce. Nieczęsto widuję taką reakcję, ale teraz sprawia wrażenie wyraźnie zakłopotanej moim pytaniem. – Andreo?

– Hm... No cóż, w mojej umowie jest klauzula o zakazie spoufalania się ze współpracownikami.

– Wyszłaś za kogoś, kto też tutaj pracuje?

Jak, do licha, udało się jej zachować to w tajemnicy?

– Tak, proszę pana.

– Kim jest ten szczęściarz?

– To Damon Parker z działu inżynieryjnego.

– Australijczyk.

– Tak i potrzebuje zielonej karty. W tej chwili ma wizę pracowniczą.

– Rozumiem.

A więc to małżeństwo z rozsądku. Z jakiegoś powodu ogarnia mnie rozczarowanie. Andrea zauważa wyraz potępienia na mojej twarzy i szybko dodaje:

– Ale to nie dlatego za niego wyszłam. Ja go kocham – zapewnia z nietypową dla siebie żarliwością i pąsowieje jeszcze bardziej.

Ten rumieniec sprawia, że odzyskuję wiarę w nią.

– No cóż, gratuluję. A to dla ciebie – mówię, wręczając jej kartkę z życzeniami, którą podpisałem dzień wcześniej, i mam nadzieję, że nie otworzy jej przy mnie. – Jak ci się podoba małżeńskie życie? – pytam, żeby odwrócić jej uwagę od kartki.

– Szczerze polecam – odpowiada z błyskiem w oczach.

Rozpoznaję to spojrzenie. Sam jestem w podobnym

nastroju. I teraz to jej słowa wprawiają mnie w zakłopotanie. Na szczęście Andrea wraca do spraw zawodowych.

– Czy możemy omówić pański plan dnia?

– Proszę bardzo.

Po wyjściu ANDREI oddaję się rozmyślaniom nad instytucją małżeństwa. Jej coś takiego wyraźnie odpowiada. W końcu marzy o tym większość kobiet. Czyżby? Zastanawiam się, co zrobiłaby Ana, gdybym poprosił ją o rękę. Ta myśl przychodzi tak niespodziewanie, że zaskoczony kręcę głową.

Nie bądź śmieszny, Grey.

Odtwarzam w pamięci dzisiejszy ranek. Mógłbym codziennie budzić się obok Anastasii Steele i co wieczór zapadać przy niej w sen.

Zadurzyłeś się, Grey.

Wpadłeś po uszy.

Ciesz się tym, dopóki trwa.

Piszę do niej mail.

Nadawca: Christian Grey
Temat: Wschód słońca
Data: 14 czerwca 2011, 09:23
Adresat: Anastasia Steele

Uwielbiam budzić się z Tobą.

Christian Grey,
kompletnie zadurzony prezes Grey Enterprises Holdings, Inc.

Wysyłając maila, uśmiecham się szeroko.

Mam nadzieję, że odczyta go na swoim blackberry.

Sarah przynosi mi kawę, a ja otwieram najnowszy szkic umowy kupna SIP i zaczynam czytać.

Mój telefon wibruje. Odbieram wiadomość tekstową od Eleny.

ELENA:
Dziękuję, że jesteś taki wyrozumiały.

Ignoruję ją i wracam do lektury dokumentu. Kiedy unoszę wzrok, widzę na monitorze odpowiedź od Any. Upijam łyk kawy.

Nadawca: Anastasia Steele
Temat: Zachód słońca
Data: 14 czerwca 2011, 09:35
Adresat: Christian Grey

Drogi Kompletnie Zadurzony
Ja też uwielbiam budzić się przy Tobie. Ale uwielbiam też być z Tobą w łóżku i w windach, i na fortepianach, i stołach bilardowych, i łodziach, i biurkach, i pod prysznicem, i w wannie, i na dziwnych drewnianych krzyżach, i w łóżkach z kolumnami i pościelą z czerwonej satyny, i hangarach na łodzie, i sypialniach z dzieciństwa.

Twoja

Nienasycona xx

Cholera jasna. Parskam śmiechem na widok „Nienasyconej" i krztusząc się, pluję kawą na klawiaturę komputera. Nie mogę uwierzyć, że coś takiego napisała w mailu. Na szczęście został mi zapas papierowych ręczników po wczorajszej kawowej katastrofie.

Nadawca: Christian Grey
Temat: Mokry komputer
Data: 14 czerwca 2011, 09:37
Adresat: Anastasia Steele

Droga Nienasycona
Właśnie rozlałem kawę na klawiaturę.

Chyba jeszcze nigdy mi się to nie zdarzyło.

Podziwiam kobietę, która koncentruje się na geografii.

Dobrze rozumiem, że pragniesz mnie jedynie dla mego ciała?

Christian Grey,
kompletnie zaszokowany prezes Grey Enterprises Holdings, Inc.

Wracam do studiowania umowy, ale chwilę później moją uwagę rozprasza kolejny mail od Anastasii.

Nadawca: Anastasia Steele
Temat: Rozchichotana – i także mokra
Data: 14 czerwca 2011, 09:42
Adresat: Christian Grey

Drogi Kompletnie Zaszokowany

Zawsze.

Mam sporo pracy.

Przestań zawracać mi głowę.

Nienasyc. xx

Nadawca: Christian Grey
Temat: Muszę?
Data: 14 czerwca 2011, 09:50
Adresat: Anastasia Steele

Droga Nienasyc.
Jak zwykle Twoje życzenie jest dla mnie rozkazem.

To cudownie, że chichoczesz i że jesteś mokra.

Na razie, mała.

x

Christian Grey,
kompletnie zadurzony, zaszokowany i oczarowany prezes Grey Enterprises Holdings, Inc.

Dwie godziny później odbywam comiesięczne spotkanie z Ros i Markiem – moim człowiekiem od fuzji i przejęć – oraz jego zespołem. Analizujemy listę spółek, które podwładni Marca uznali za potencjalne cele do wchłonięcia.

– Cienko przędą, ale mają cztery aktualne patenty z dziedziny światłowodów, które mogą się okazać przydatne. – Marco opowiada o ostatnim z przedsiębiorstw na liście.

– Czy Fred ich prześwietlił? – pytam.

– Tak i jest pod wrażeniem.

– Wchodzimy w to.

Mój telefon wibruje i na wyświetlaczu pojawia się imię Any.

– Przepraszam – mówię i odbieram. – Anastasio?

– Christianie, Jack mnie poprosił, żebym przyniosła mu lunch.

– Leniwy drań.

– No więc będę musiała wyjść. W sumie mógłbyś dać mi numer Sawyera, żebym nie musiała ci przeszkadzać.

– Nie przeszkadzasz mi, skarbie.

– Sam jesteś?

Rozglądam się dokoła.

– Nie – odpowiadam. – Sześć osób patrzy teraz na mnie, zastanawiając się, z kim, u licha, rozmawiam.

Wszyscy siedzący przy stole odwracają wzrok.

– Naprawdę?

– Tak, naprawdę – mówię i zwracam się do zebranych: – Moja dziewczyna.

Ros kręci głową.

– Wiesz, wszyscy pewnie sądzili, że jesteś gejem – sugeruje Ana.

Kiedy wybucham śmiechem, Ros i Marco wymieniają porozumiewawcze spojrzenia.

– Pewnie tak.

– Eee… no to kończę.

– Powiadomię Sawyera. – Reakcje ludzi obecnych

w sali przyprawiają mnie o kolejny wybuch śmiechu. –
Ethan kontaktował się już z tobą?

– Jeszcze nie. Pan pierwszy się o tym dowie, panie
Grey.

– To dobrze. Na razie, mała.

– Pa, Christianie.

Wstaję od stołu.

– Muszę zadzwonić – wyjaśniam.

Na korytarzu wybieram numer Sawyera.

– Ana wychodzi po lunch – informuję go, gdy odbiera telefon. – Proszę, nie spuszczaj jej z oka.

– Dobrze, proszę pana.

Wracam do sali konferencyjnej. Kiedy spotkanie dobiega końca, podchodzi do mnie Ros.

– To twoja osobista fuzja? – pyta z zaciekawieniem
na twarzy.

– Nie inaczej.

– Nic dziwnego, że humor tak ci dopisuje – mówi. –
Jestem pełna podziwu.

Zadowolony z siebie, szczerzę zęby w szerokim
uśmiechu.

CLAUDE BASTILLE JEST w świetnej formie. Powala mnie
na ringu już trzeci raz.

– Słyszałem od Dantego, że byłeś w barze z jakąś
śliczną dziewczyną – zagaduje mnie w przerwie. – To
dlatego jesteś dzisiaj taki cienki, Grey?

– Może – odpowiadam z uśmiechem. – Ona szuka
trenera.

– Wiem. Twoja asystentka dzwoniła do mnie dziś
rano. Nie mogę się doczekać, żeby ją poznać.

– Chce się uczyć kick boxingu.

– Żeby cię ustawić?

– Coś w tym rodzaju.

Rzucam się do ataku, ale Claude robi unik i jego dredy powiewają, kiedy powala mnie płynnym kopnięciem z półobrotu.

Cholera, znów ląduję na deskach.

Bastille nie kryje rozbawienia.

– Bez trudu skopie ci tyłek, jeśli będziesz tak walczył, Grey – kracze.

Miarka się przebrała. Nie zapomnę mu tego.

Po sparingu z Claude'em biorę prysznic i wracam do biura.

– Dziękuję, panie Grey – odzywa się Andrea. – Jest pan naprawdę bardzo wspaniałomyślny.

Zbywam jej podziękowania machnięciem ręki i kieruję się w stronę mojego gabinetu.

– Proszę bardzo, Andreo – mówię. – Jeśli spędzicie tam udany miesiąc miodowy, na pewno też z niego skorzystam.

Andrea posyła mi promienny uśmiech.

Zamykam za sobą drzwi i kiedy siadam przy biurku, widzę nowy mail od Any.

Nadawca: Anastasia Steele
Temat: Goście z cieplejszych krajów
Data: 14 czerwca 2011, 14:55
Adresat: Christian Grey

Najdroższy Kompletnie Z&Z
Wrócił Ethan i niedługo zjawi się w redakcji po klucze do mieszkania.

Naprawdę chciałabym dopilnować tego, czy bez problemu się rozgościł.

A może przyjechałbyś po mnie do pracy? Możemy jechać do mieszkania, a potem RAZEM na
jakąś kolację?

Ja stawiam?

Twoja
Ana x
Nadal Nienasyc.

Anastasia Steele,
asystentka Jacka Hyde'a, redaktora naczelnego SIP

Widzę, że wciąż używa służbowego komputera.
Niech to szlag.

Nadawca: Christian Grey
Temat: Kolacja na mieście
Data: 14 czerwca 2011, 15:05
Adresat: Anastasia Steele

Twój plan mi odpowiada. Z wyjątkiem tej części
o płaceniu!

Ja stawiam.
Będę po Ciebie o szóstej.

PS. Dlaczego nie korzystasz z blackberry?!!!

Christian Grey,
kompletnie poirytowany prezes Grey Enterprises
Holdings, Inc.

Nadawca: Anastasia Steele
Temat: Apodyktyczność
Data: 14 czerwca 2011, 15:11
Adresat: Christian Grey

Och, nie bądź takim zrzędliwym złośnikiem.

Do zobaczenia o szóstej.

Ana x

Anastasia Steele,
asystentka Jacka Hyde'a, redaktora naczelnego SIP

Nadawca: Christian Grey
Temat: Nieznośna kobieta
Data: 14 czerwca 2011, 15:18
Adresat: Anastasia Steele

Zrzędliwy złośnik!

Już ja Ci dam zrzędliwego złośnika.

Nie mogę się tego doczekać.

Christian Grey,
kompletnie poirytowany, ale uśmiechający się
z niewiadomego powodu prezes Grey Enterprises Holdings, Inc.

Nadawca: Anastasia Steele
Temat: Obiecanki cacanki
Data: 14 czerwca 2011, 15:23
Adresat: Christian Grey

Śmiało, Panie Grey.

Ja też nie mogę się doczekać.

Ana x

Anastasia Steele,
asystentka Jacka Hyde'a, redaktora naczelnego SIP

Odzywa się telefon na moim biurku.

– Mam na linii profesora Choudury'ego – informuje mnie Andrea.

Choudury jest kierownikiem wydziału ochrony środowiska na uniwersytecie stanowym. Rzadko do mnie dzwoni.

– Przełącz go do mnie – mówię.

– Panie Grey, chciałem podzielić się z panem pewną dobrą wiadomością – zaczyna profesor.

– Zamieniam się w słuch.

– Profesor Gravett wraz ze swoim zespołem dokonała przełomu w badaniach nad drobnoustrojami, które odpowiadają za proces wiązania azotu. Zamierza przedstawić panu swoje odkrycie w piątek, ale chciałem pana o tym poinformować już dziś.

– Jestem pod wrażeniem.

– Jak panu wiadomo, celem naszych badań jest zwiększenie wydajności gleby. A to odkrycie jest rewolucyjne.

– Miło mi to słyszeć.

– Wszystko to pańska zasługa, panie Grey, i dotacji z GEH.

– Z miłą chęcią dowiem się czegoś więcej w piątek.

– Życzę panu udanego dnia.

JEST ZA PIĘĆ szósta, kiedy siedzę na tylnej kanapie audi przed siedzibą SIP, wyczekując z niecierpliwością spotkania z Aną.

Dzwonię do niej.

– Z tej strony Zrzędliwy Złośnik.

– A z tej strony Nienasycona – odpowiada. – Rozumiem, że już jesteś?

– W rzeczy samej, panno Steele. Nie mogę się ciebie doczekać.

– I wzajemnie, panie Grey. Już się zbieram.

Siedzę i czytam raport na temat patentów z dziedziny technologii światłowodowych, o których Marco wspominał podczas dzisiejszego spotkania.

Ana pojawia się kilka minut później. Gdy idzie w moją stronę, gęste fale jej włosów lśnią w popołudniowym słońcu, kołysząc się z każdym krokiem. Jestem oczarowany jej wyglądem i ogarnia mnie błogie uniesienie.

Jest dla mnie wszystkim.

Wysiadam i otwieram przed nią drzwi.

– Panno Steele, wygląda pani równie zachwycająco jak rano.

Obejmuję ją i całuję w usta.

– Pan także, panie Grey.

– Jedźmy po twojego przyjaciela – mówię.

Kiedy Ana wsiada do samochodu, daję znak Sawyerowi, który stoi przed wejściem do redakcji. Odpowiada mi skinieniem głowy i odchodzi w stronę parkingu SIP.

Taylor właśnie parkuje przed domem Any, kiedy mój telefon zaczyna wibrować. Dzwoni Ros. Odbieram połączenie, zauważając kątem oka, że Ana sięga do klamki po swojej stronie.

– O co chodzi? – pytam.

– Wystąpiły drobne komplikacje.

– Pójdę po Ethana – informuje mnie Ana, bezgłośnie poruszając ustami. – Będę za dwie minuty.

– Zaczekaj chwilę, Ros – mówię i śledzę wzrokiem Anę, która naciska guzik domofonu i wchodzi do budynku. – Mów, co się dzieje.

– Chodzi o Woodsa.

– Woodsa?

– Lucasa Woodsa.

– Ach tak, tego idiotę, który doprowadził do ruiny swoją spółkę w branży światłowodowej, a potem wszystkich o to obwiniał.

– Tak, o niego. Zaczął nam robić złą prasę.

– No i co?

– Sam obawia się, że to może nadszarpnąć nasz wizerunek. Woods upublicznił informację o przejęciu i teraz trąbi, że weszliśmy mu w paradę i nie pozwoliliśmy kierować spółką tak, jak chciał.

Prycham szyderczo.

– To akurat nietrudno wytłumaczyć. Już dawno byłby bankrutem, gdyby dalej postępował po swojemu.

– Zgadza się.

– Tym, którzy nie znają Woodsa, jego wersja może się wydawać przekonująca, ale każdy, kto go zna, ma świadomość, że przecenił swoje możliwości i podjął kilka bardzo złych decyzji. Może mieć pretensje wyłącznie do siebie – wyjaśniam. – Powiedz Samowi, że zdaję sobie z tego sprawę.

– A więc się nie przejąłeś?

– Nim? Ani trochę. To pretensjonalny dupek. Ludzie z branży już się na nim poznali.

– Moglibyśmy go pozwać o zniesławienie i złamanie klauzuli poufności.

– Po co mielibyśmy to robić? Tacy jak on tylko czekają na rozgłos. Nieraz już sam się pogrążył, chociaż byłoby lepiej, gdyby miał jaja i odpuścił.

– Spodziewałam się, że to właśnie powiesz. Sam nie posiada się z oburzenia.

– Samowi potrzeba trochę więcej dystansu. Zawsze reagował przesadnie na złą prasę.

Zerkam przez okno i dostrzegam młodego mężczyznę, z dużą sportową torbą na ramieniu, który podchodzi do drzwi domu Any. Ros nadal coś mówi, ale nie zwracam na nią uwagi. Ten człowiek wydaje mi się znajomy. Jest opalony, ma długie, jasne włosy i wygląda, jakby pół życia spędził na plaży.

Nagle uświadamiam sobie, że to Ethan Kavanagh, i w tej samej chwili ogarnia mnie lęk.

Kurwa. *Kto wpuścił Anę do mieszkania?*

– Ros, muszę kończyć – rzucam do telefonu, a strach ściska moją pierś niczym żelazna obręcz.

Ana…

Wyskakuję z samochodu.

– Taylor, za mną! – krzyczę.

Obaj ruszamy biegiem w stronę Ethana, który właśnie wkłada klucz do zamka. Obraca głowę, zaalarmowany odgłosem naszych kroków.

– Kavanagh, jestem Christian Grey. Ana jest na górze z kimś, kto może być uzbrojony. Zaczekaj tutaj.

Na jego twarzy pojawia się przebłysk zrozumienia i bez słowa – oniemiały z zaskoczenia, jak sądzę – oddaje mi klucz. Otwieram drzwi i pędzę na górę, przeskakując po dwa stopnie.

Wpadam do mieszkania i widzę je obie.

Stoją naprzeciwko siebie.

Ana i Leila, twarzą w twarz.

Leila trzyma broń.

Nie. Nie. Nie. Ten pieprzony pistolet.

I Ana, taka samotna i bezbronna. Ogarnia mnie panika, ale też czuję wzbierającą furię. Mam ochotę rzucić się na Leilę, wyrwać jej broń, powalić ją na ziemię. Zamieram jednak w bezruchu i przyglądam się Anie. W jej szeroko otwartych oczach dostrzegam strach i jeszcze coś, czego nie potrafię nazwać. Może to współczucie. Ale czuję ulgę, kiedy widzę, że nic się jej nie stało.

Widok Leili przyprawia mnie o szok, i to nie tylko dlatego, że jej palce zaciskają się na chwycie pistoletu. Jest strasznie wychudzona i brudna, ubranie ma całe w strzępach, a jej brązowe oczy spoglądają bez wyrazu. Czuję ucisk w gardle i nie wiem, czy się boję, czy jest mi jej żal.

Ale najbardziej niepokoi mnie to, że Leila jest uzbrojona, a przed nią stoi Ana.

Zamierza do niej strzelić?

Czy chce strzelić do mnie?

Leila wbija we mnie wzrok. Jej spojrzenie staje się uporczywe, już nie jest pozbawione życia. Chłonie każdy szczegół, jak gdyby nie mogła uwierzyć, że jestem prawdziwy. To deprymujące, ale nie poddaję się i patrzę jej w oczy.

Jej powieki zaczynają trzepotać, jak gdyby zbierała się w sobie. Zauważam jednak, że jeszcze mocniej ściska broń.

Kurwa.

Czekam, gotowy do ataku. Moje serce wali jak młotem, a w ustach czuję metaliczny smak strachu.

Co chcesz zrobić, Leilo?

Co chcesz zrobić z tym pistoletem?

Leila nieruchomieje i lekko spuszcza głowę, ale wciąż obserwuje mnie uważnie spod ciemnych rzęs.

Nagle wyczuwam za plecami jakiś ruch.

Taylor.

Unoszę rękę, dając mu znak, żeby się nie ruszał.

Jest wzburzony. Wściekły. Czuję to. Ale wypełnia moje polecenie i zatrzymuje się w miejscu.

Ani na chwilę nie spuszczam Leili z oczu.

Wygląda jak zjawa – ma ciemne sińce pod oczami i spękane wargi, a jej skóra jest przezroczysta jak pergamin.

Na Boga, co ty ze sobą zrobiłaś?

Upływają kolejne minuty, a my wciąż wpatrujemy się w siebie nawzajem.

Jej oczy rozjaśniają się powoli, a martwy, brunatny kolor tęczówek zamienia się w orzechowy brąz. Dostrzegam przebłysk tamtej Leili, którą znałem. Ślad tamtej bliskości. Pokrewieństwa dusz, które dawało nam radość ze wszystkiego, co nas łączyło. Odżywa nasza dawna więź. Wyczuwam ją między nami.

Ona mi to daje.

Oddycha coraz szybciej i oblizuje spękane wargi, chociaż jej język jest tak samo spierzchnięty.

Ale to mi wystarczy.

Wystarczy, żebym się domyślił, czego potrzebuje. Czego chce.

Ona chce mnie.

Chce, żebym dał jej to, co robię najlepiej.

Jej wargi się rozchylają, piersi falują, a na policzkach pojawia się blady rumieniec. Jej oczy jaśnieją, a źrenice stają się coraz większe.

Tak. Właśnie tego chce.

Żebym przejął nad nią kontrolę.

Chce z tym skończyć. Ma już dosyć.

Jest wycieńczona. Jest moja.

– Klękaj – szepczę tak cicho, że tylko ona mnie słyszy.

Wrodzona uległość każe jej opaść na kolana. Natychmiast. Bez najmniejszego oporu. Skłania nisko głowę, a pistolet wysuwa się z jej dłoni i upada na drewnianą podłogę z metalicznym łoskotem, który rozprasza panującą w mieszkaniu ciszę.

Słyszę, jak za moimi plecami Taylor wzdycha z ulgą. Wtóruje mu moje westchnienie.

Och, dzięki Bogu.

Powoli robię krok przed siebie, podnoszę pistolet i chowam go do kieszeni marynarki. Teraz Leila nie stanowi już zagrożenia, ale i tak muszę zabrać stąd Anę. Jak najdalej od niej. W głębi duszy wiem, że nigdy tego Leili nie zapomnę. Zdaję sobie sprawę, że jest chora, że przeszła załamanie nerwowe, ale jak mogła grozić Anie?

To niewybaczalne.

Wciąż nieruchomo klęczy na podłodze ze spuszczoną głową, gdy staję przed nią, nie odrywając od niej wzroku.

– Anastasio, idź z Taylorem – rozkazuję.

– Ethan? – szepcze Ana drżącym głosem.

– Na dole.

Taylor czeka, żeby odprowadzić ją do samochodu, ale ona stoi nieruchomo, jakby przyrosła do podłogi.

Proszę, Ano, idź już.

– Anastasio – ponaglam ją.

Na próżno.

Staję obok Leili i obracam się, lecz Ana nadal tkwi w miejscu.

– Na litość boską, Anastasio, choć raz w życiu zrób to, co ci każę, i idź!

Nasze spojrzenia się spotykają i próbuję wzrokiem zmusić ją do wyjścia. Nie mogę w jej obecności zrobić tego, co zamierzam. Nie wiem, jak bardzo rozchwiana jest Leila, ale na pewno potrzebuje pomocy, a Ana mogłaby poczuć się zraniona.

Usiłuję zakomunikować to Anie moim błagalnym spojrzeniem. Jednak widzę tylko przerażenie w jej oczach. Jest blada jak ściana.

Do cholery, Grey. Ona przeżyła szok. Dlatego nie reaguje.

– Taylor – mówię. – Zabierz pannę Steele na dół. Natychmiast.

Taylor kiwa głową i podchodzi do niej.

– Dlaczego? – szepcze Ana.

– Idź. Jedź do domu. Muszę zostać z Leilą sam.

Proszę. Nie mogę cię na to narażać.

Ana odrywa ode mnie wzrok i spogląda na Leilę.

Ano, idź stąd, błagam. Muszę zająć się tym problemem.

– Panno Steele. – Taylor wyciąga do niej rękę. – Ano.

– Taylor! – ponaglam go stanowczym tonem, a wtedy on bierze Anę na ręce i wychodzi z mieszkania.

Kurwa, dzięki.

Kiedy drzwi mieszkania zamykają się za nim, wzdycham ciężko i gładzę Leilę po tłustych, zmierzwionych włosach. Zostaliśmy sami.

Cofam się o krok.

– Wstań – rozkazuję.

Leila podnosi się niezdarnie, ale wciąż wpatruje się w podłogę.

– Spójrz na mnie.

Powoli unosi głowę i dostrzegam cierpienie na jej twarzy. Łzy wzbierają w jej oczach i zaczynają płynąć po policzkach.

– Och, Leilo – szepczę i biorę ją w ramiona.

Kurwa.

Co za odór.

Smród nędzy, zaniedbania i bezdomności. Znów

jestem w tej ciasnej, kiepsko oświetlonej klitce nad podłym sklepem alkoholowym w Detroit.

Leila cuchnie tak jak on.

Jak jego buciory.

Jak jego niemyte ciało.

Jak jego brud.

Ślina wzbiera w moich ustach i żołądek podchodzi mi do gardła. Z trudem to wytrzymuję.

Psiakrew.

Ona jednak zdaje się niczego nie zauważać. Trzymam ją w objęciach, kiedy zanosi się płaczem, wycierając łzy i smarki w moją marynarkę.

Tulę ją i staram się nie zwymiotować. Próbuję nie zwracać uwagi na smród. Ten odór, który jest tak boleśnie znajomy. I tak bardzo niepożądany.

– Cicho – szepczę. – Cicho.

Kiedy Leila łapczywie chwyta haust powietrza i jej ciałem wstrząsa szloch, rozluźniam uścisk i wypuszczam ją.

– Musisz się wykąpać – mówię.

Biorę ją za rękę i prowadzę do łazienki przylegającej do sypialni Kate. Pomieszczenie jest przestronne, tak jak opisywała je Ana. Jest tam kabina prysznicowa i wanna, a na półce przed lustrem stoi zestaw drogich kosmetyków. Zamykam drzwi i mam ochotę przekręcić klucz, bo nie chcę, żeby Leila uciekła. Ona jednak stoi w miejscu, potulna i spokojna, i tylko cicho pochlipuje.

– Już dobrze – szepczę. – Jestem tu.

Odkręcam kurek i z kranu bucha strumień gorącej wody. Wlewam do wanny kilka kropel olejku do kąpieli i duszący kwiatowy aromat wypełnia łazienkę, tłumiąc fetor niemytego ciała. Leila zaczyna dygotać.

– Chcesz się umyć? – zwracam się do niej, a ona patrzy na spienioną wodę, po czym z powrotem unosi wzrok na mnie i kiwa głową. – Mogę zdjąć ci kurtkę?

Jeszcze raz przytakuje. Ściągam z niej kurtkę, trzymając ją czubkami palców. Nie da się jej uratować. Nadaje się tylko do spalenia.

Leila jest tak wychudzona, że reszta ubrania wisi na niej. Ma na sobie poplamioną różową bluzkę i brudne spodnie w nieokreślonym kolorze. Z nich też nic już nie będzie. Bandaż na jej nadgarstku jest postrzępiony i przesiąknięty brudem.

– To ubranie trzeba zdjąć – mówię. – Unieś ręce, dobrze?

Leila posłusznie wykonuje moje polecenie, a ja ściągam jej bluzkę przez głowę, starając się zapanować nad szokiem, o jaki przyprawia mnie jej wygląd. Przypomina obciągnięty skórą szkielet i jest zupełnie niepodobna do tamtej Leili, którą zapamiętałem. Ogarniają mnie mdłości.

To wszystko przeze mnie, myślę. Powinienem był znaleźć ją wcześniej.

Opuszczam jej spodnie.

– Stań obok – mówię, przytrzymując ją za rękę, a kiedy się odsuwa, rzucam jej spodnie na stertę łachmanów. Leila drży. – Wszystko w porządku. Ja tylko chcę ci pomóc. Dobrze?

Leila kiwa głową, ale nadal jest obojętna. Ujmuję jej dłoń i odwijam bandaż. Powstrzymuję odruch wymiotny, kiedy w nozdrza uderza mnie woń rozkładu. Rana na jej nadgarstku jest zaogniona, ale wygląda na to, że jakimś cudem nie wdało się zakażenie. Odrzucam bandaż i opatrunek.

– To też będziesz musiała zdjąć – dodaję, spoglądając na jej brudną bieliznę. Leila patrzy wyczekująco na mnie. – Nie, zrób to sama.

Odwracam się, żeby zapewnić jej odrobinę prywatności. Słyszę, jak się porusza, a kiedy podeszwy jej pantofli przestają szurać po podłodze, odwracam się. Stoi naga.

Po jej bujnych krągłościach nie zostało ani śladu. Musiała głodować przez kilka tygodni.

Ogarnia mnie irytacja.

Podaję jej rękę, a drugą sprawdzam temperaturę wody. Jest gorąca, ale nie parzy.

– Możesz wejść.

Leila wchodzi do wanny i powoli zanurza się w spienionej, pachnącej wodzie. Zdejmuję marynarkę, zakasuję rękawy koszuli i siadam na podłodze. Leila obraca ku mnie swoją drobną twarz o smutnym wyrazie, ale się nie odzywa.

Sięgam po nylonową myjkę, której musiała używać Kate Kavanagh. Cóż, chyba nie będzie za nią tęsknić, myślę, gdy dostrzegam inną na półce. Otwieram butelkę z płynem do mycia ciała.

– Podaj mi rękę – mówię.

Leila robi, co jej każę, a ja zaczynam ją szorować, wykonując regularne i delikatne ruchy. Jest strasznie brudna. Nie myła się od tygodni. Każdy skrawek jej ciała pokrywa warstwa brudu.

Jak można tak się zapuścić?

– Unieś głowę.

Pocieram myjką jej szyję i drugą rękę, a potem piersi, brzuch i plecy. Jej poszarzała skóra staje się lekko zaróżowiona.

– Połóż się.

Leila kładzie się w wannie, a ja myję jej stopy i nogi.

– Chcesz, żebym umył ci włosy?

W odpowiedzi kiwa głową. Sięgam po szampon. Już kiedyś ją kąpałem. Kilka razy. Zazwyczaj w nagrodę za jej zachowanie w pokoju zabaw. Zawsze sprawiało mi to przyjemność.

Teraz nie tak bardzo.

Energicznie wcieram szampon w jej włosy, a potem

spłukuję pianę prysznicem. Kiedy kończę, Leila wygląda odrobinę lepiej.

Cofam się i przysiadam w kucki, opierając pośladki na piętach.

– Dawno tego nie robiłeś – odzywa się cichym i pozbawionym emocji głosem.

– Wiem. – Wyciągam korek, żeby spuścić mętną wodę, po czym wstaję i biorę z półki duży ręcznik. – Chodź.

Leila podnosi się i chwyta moją rękę, kiedy pomagam jej wyjść z wanny. Owijam ją ręcznikiem i sięgam po mniejszy, żeby wytrzeć jej włosy. Teraz roztacza dużo lepszy zapach, ale mimo aromatycznego olejku do kąpieli w łazience wciąż unosi się odór brudnego ubrania.

Prowadzę ją do salonu i sadzam na sofie.

– Zostań tutaj – rozkazuję.

Wracam do łazienki, z kieszeni marynarki wyjmuję telefon i dzwonię do Flynna. Odbiera natychmiast.

– Znalazłem Leilę Williams – informuję go.

– Jest z tobą?

– Tak. Ale w kiepskim stanie.

– Jesteś w Seattle?

– Tak. W mieszkaniu Any.

– Już tam jadę.

Podaję mu adres i rozłączam się. Zbieram brudne łachmany i wracam do salonu. Leila siedzi tam, gdzie ją zostawiłem, wpatrzona w ścianę.

W jednej z szuflad kuchennych znajduję worek na śmieci. Przeszukuję kieszenie jej kurtki i spodni, ale nie ma tam nic oprócz zużytych chusteczek higienicznych. Wrzucam wszystko do worka, zawiązuję go i kładę obok drzwi wejściowych.

– Znajdę ci jakieś czyste ubranie – mówię.

– Jej ubranie?

– Czyste ubranie.

Wyjmuję spodnie dresowe i podkoszulek bez nadruków z szafy w pokoju Any. Mam nadzieję, że nie będzie miała o to pretensji, ale teraz najważniejsze dla mnie to pomóc Leili.

– Proszę, załóż to.

Kładę ubranie na sofie, po czym idę do aneksu kuchennego i napełniam szklankę wodą. Podaję ją Leili, kiedy kończy się ubierać, ale ona kręci głową.

– Wypij – mówię rozkazującym tonem. Bierze ode mnie szklankę i pociąga mały łyk. – Jeszcze. Wypij więcej.

Znów unosi szklankę do ust i pije.

– On odszedł – mówi, a jej twarz wykrzywia grymas cierpienia i żalu.

– Wiem. Bardzo mi przykro.

– Był taki jak ty.

– Naprawdę?

– Tak.

– Rozumiem.

Cóż, to by wyjaśniało, dlaczego się pojawiła.

Siadam obok niej.

– Czemu do mnie nie zadzwoniłaś?

Leila kręci głową, a w jej oczach znów wzbierają łzy, ale nie odpowiada na moje pytanie.

– Wezwałem tu mojego przyjaciela, który może ci pomóc – mówię. – Jest lekarzem.

Choć jej twarz nadal ma obojętny wyraz, ciekną po niej łzy, a ja, widząc to, czuję się zagubiony.

– Szukałem cię – dodaję.

Leila wciąż milczy, ale jej ciałem zaczynają wstrząsać gwałtowne dreszcze. Chwytam leżący na fotelu koc i okrywam ją.

– Zimno ci?

Kiwa głową.

– Bardzo zimno – odpowiada i ciaśniej otula się kocem.

Idę do pokoju Any. Przynoszę stamtąd suszarkę do włosów i podłączam ją do gniazdka obok sofy. Potem siadam, biorę jedną z poduszek i kładę ją przed sobą na podłodze.

– Usiądź tutaj.

Leila podchodzi do mnie powoli, przytrzymując koc, który okrywa jej ramiona, i siada u moich stóp. Jest odwrócona plecami do mnie. Piskliwy jazgot silnika elektrycznego rozprasza ciszę, kiedy delikatnie suszę jej włosy.

Siedzi nieruchomo. Nie dotyka mnie.

Wie, że nie może mnie dotknąć. Wie, że jej nie wolno.

Ileż to razy suszyłem jej włosy? Dziesięć? Może dwadzieścia? Nie mogę sobie przypomnieć, więc skupiam się na tym, co robię.

Kiedy jej włosy są już suche, naciskam przełącznik i w mieszkaniu znów zapada cisza. Leila opiera głowę na moim udzie, ale nie powstrzymuję jej.

– Twoi rodzice wiedzą, że tu jesteś? – pytam. Kręci głową. – Masz z nimi kontakt?

– Nie – szepcze.

Pamiętam, że zawsze była z nimi blisko.

– Nie będą się o ciebie martwić?

Wzrusza ramionami.

– Nie odzywają się.

– Do ciebie? Dlaczego?

Leila nie odpowiada. Próbuję zmienić temat.

– Przykro mi, że nie wyszło ci z mężem.

Tym razem również nie otrzymuję odpowiedzi, ale ciszę przerywa pukanie.

– Jest już lekarz.

Wstaję i idę otworzyć drzwi. Do mieszkania wchodzi Flynn. Jego widok sprawia, że czuję ulgę. Towarzyszy mu jakaś kobieta w jasnoniebieskim szpitalnym uniformie.

– Dzięki, że przyjechałeś, John.

– Laura Flanagan, Christian Grey. – Flynn dokonuje prezentacji. – Laura jest naszą przełożoną pielęgniarek.

– A to jest Leila Williams – mówię i odwracam się w stronę salonu.

Leila znów siedzi na sofie otulona kocem. Kiedy Flynn kuca obok niej, patrzy na niego z beznamiętną miną.

– Cześć, Leilo – odzywa się psychiatra. – Jestem tutaj, żeby ci pomóc.

Pielęgniarka stoi przy drzwiach.

– Tu jest jej ubranie. – Wskazuję leżący na podłodze worek na śmieci. – Trzeba je spalić.

Siostra Flanagan kiwa głową i podnosi worek.

– Chciałabyś pojechać ze mną w pewne miejsce, gdzie będziemy mogli się tobą zaopiekować? – pyta Flynn.

Leila nic nie mówi, ale jej przygaszone brązowe oczy kierują się w moją stronę.

– Myślę, że powinnaś pojechać z doktorem – mówię. – Będę ci towarzyszył.

Flynn marszczy czoło, ale się nie odzywa. Leila odrywa wzrok ode mnie i spogląda na niego.

Dobry znak.

– Zabiorę ją – zwracam się do Flynna, po czym nachylam się i biorę Leilę na ręce.

Jest bardzo lekka. Zamyka oczy i opiera głowę na moim ramieniu, kiedy znoszę ją po schodach. Na dole czeka Taylor.

– Panie Grey, Ana poszła… – zaczyna.

– Porozmawiamy o tym później – przerywam mu. – Zostawiłem marynarkę na górze.

– Przyniosę ją.

– Mógłbyś zamknąć mieszkanie? Klucze są w kieszeni.

– Oczywiście, proszę pana.

Sadzam Leilę na tylnej kanapie samochodu, zajmuję miejsce obok i zapinam jej pas bezpieczeństwa. Flynn
ze swoją asystentką siadają z przodu. Przekręca kluczyk
w stacyjce i włącza się do ruchu.

Wyglądając przez okno, myślę o Anie. Mam nadzieję, że jest już w Escali, dostała coś do jedzenia od pani
Jones, a kiedy wrócę do domu, będzie na mnie czekała. Ta
myśl dodaje mi otuchy.

GABINET FLYNNA W PRYWATNEJ klinice psychiatrycznej
w dzielnicy Fremont jest urządzony wręcz po spartań-
sku w porównaniu z tym w centrum miasta. Oczywiście
nie ma tam kominka, a całe umeblowanie ogranicza się
do fotela i dwóch sof. Przemierzam nerwowym krokiem
małe pomieszczenie, czekając na lekarza. Korci mnie,
żeby wrócić do Any. Bateria w moim telefonie padła, więc
nie mogę zadzwonić do niej ani do pani Jones, żeby się
upewnić, że wszystko jest w porządku. Zerkam na zegarek. Zbliża się ósma. Przez okno widzę Taylora, który
czeka na mnie w samochodzie. Chcę już wracać do domu.

Do Any.

Otwierają się drzwi i do gabinetu wchodzi Flynn.

– Myślałem, że już pojechałeś – mówi.

– Muszę wiedzieć, co z nią.

– Jest chora, ale zachowuje się spokojnie i przejawia
chęć współpracy. Chce, żebyśmy jej pomogli, a to zawsze
dobry znak. Usiądź, proszę. Potrzebuję od ciebie kilku
szczegółów.

Siadam w fotelu, a Flynn zajmuje miejsce na sofie.

– Co się dzisiaj wydarzyło? – pyta.

Opowiadam mu o tym, co zaszło w mieszkaniu Any
przed jego przybyciem.

– Wykąpałeś ją? – mówi, nie kryjąc zaskoczenia.

– Była brudna. Ten odór… – przerywam i wzdrygam się.

– Dobra. O tym możemy pomówić innym razem.

– Czy ona z tego wyjdzie?

– Tak sądzę, chociaż na rozpacz nie ma lekarstwa – odpowiada Flynn. – To naturalny proces. Ale postaram się dowiedzieć, z czym mamy do czynienia w jej przypadku.

– Zapewnię ci wszystko, czego potrzebujesz.

– To bardzo wspaniałomyślne z twojej strony, zważywszy na to, że tak naprawdę to nie twój problem.

– Ale przyszła do mnie. Czuję się za nią odpowiedzialny.

– Nie powinieneś. Dam ci znać, kiedy dowiem się czegoś więcej.

– Świetnie. Jeszcze raz dziękuję.

– Ja tylko wykonuję swoją pracę, Christianie.

W drodze do domu Taylor jest zamyślony i posępny. Wiem, że jest wściekły, bo Leili po raz kolejny udało się prześliznąć mimo środków bezpieczeństwa, jakie podjęliśmy – przecież tego samego dnia rano skontrolował mieszkanie Any. Nie odzywam się. Jestem zmęczony i chcę jak najszybciej znaleźć się w Escali. Torebka i komórka Any wciąż leżą w samochodzie. Taylor poinformował mnie, że postanowiła wrócić do domu z Ethanem. Przyprawia mnie to o rozdrażnienie, więc wyobrażam ją sobie rozpartą w fotelu w bibliotece, śpiącą z książką w ręku. Samą.

Jestem niespokojny. Chcę jak najszybciej znaleźć się w domu z moją dziewczyną.

Wjeżdżamy do podziemnego garażu.

– Teraz, kiedy panna Williams się znalazła, powinniśmy zmienić zasady ochrony – odzywa się Taylor.

– Racja. Myślę, że nie potrzebujemy już tylu ludzi.

– Porozmawiam z Welchem.

– Dzięki.

Gdy samochód się zatrzymuje, natychmiast wysiadam i ruszam w stronę windy, nie czekając na Taylora.

Po wejściu do mieszkania od razu wyczuwam, że Any tam nie ma. Całe wnętrze emanuje pustką.

Gdzież ona, do cholery, się podziewa?

Kiedy wchodzę do gabinetu Taylora, Ryan odrywa wzrok od jednego z monitorów, na których widnieje obraz z kamer.

– Czy panna Steele przyszła do domu? – pytam.

– Nie, proszę pana.

– Kurwa.

Miałem nadzieję, że wróciła tu, a dopiero potem wyszła. Odwracam się i idę do swojego gabinetu. Dlaczego Ana nie wróciła do domu? Mam ochotę zmobilizować wszystkich ludzi, którymi dysponuję, żeby przeczesali miasto w jej poszukiwaniu. Ale od czego mieliby zacząć?

Mógłbym zadzwonić do tego Kavanagha. Taylor mówił, że ostatni raz widział ją w jego towarzystwie.

Psiakrew. Ana i Ethan.

Nie podoba mi się to.

Nie znam numeru jego telefonu. Mógłbym zadzwonić do Elliota i poprosić go, żeby zapytał Kate o numer jej brata, ale na Barbadosie jest teraz środek nocy. Wzdycham z rezygnacją i spoglądam przez okno na panoramę miasta. Zachodzące słońce znika w morzu za Olympic Peninsula, a ostatnie promienie wpadają do mojego mieszkania. Jak na ironię przez cały tydzień obserwowałem ten widok, zastanawiając się, gdzie jest Leila. Teraz się zastanawiam, gdzie jest Ana. Gdzie ona się podziewa?

Odeszła od ciebie, Grey.

Nie, nawet nie chcę tak myśleć.

Rozlega się pukanie i w drzwiach staje pani Jones.

– Słyszałam, że znalazł ją pan.

Marszczę czoło. Czy ona mówi o Anie?

– Pannę Williams – dodaje.

– W pewnym sensie. Jest teraz w szpitalu, tam gdzie jej miejsce.

– To dobrze. Chciałby pan coś zjeść?

– Nie, dzięki – odpowiadam. – Zaczekam na Anę.

Gail przez chwilę przygląda mi się badawczo.

– Przyrządziłam makaron zapiekany z serem. Zostawię go w lodówce.

Makaron z serem. Mój ulubiony.

– Dobrze, dziękuję.

– W takim razie pójdę już do siebie.

– Dobranoc, Gail.

Pani Jones uśmiecha się do mnie ze współczuciem i wychodzi.

Spoglądam na zegarek. Jest kwadrans po dziewiątej.

Jasny szlag. Ano, wracaj do domu.

Gdzie ona jest?

Odeszła.

Nie.

Odpędzam od siebie tę myśl, siadam przy biurku i włączam komputer. Czeka na mnie kilka maili, ale chociaż się staram, nie mogę skupić na nich swojej uwagi. Mój niepokój o Anę z każdą chwilą przybiera na sile. Gdzie ona jest?

Niedługo wróci, pocieszam się.

Wróci.

Musi wrócić.

Dzwonię do Welcha, by zostawić mu wiadomość, że Leila się znalazła i trafiła pod fachową opiekę. Odkładam słuchawkę i wstaję, bo nie mogę usiedzieć w miejscu. Co za przeklęty wieczór.

Może powinienem poczytać?

Zabieram z sypialni książkę, którą czytałem ostatnio, i wracam z nią do salonu. I czekam. Czekam.

Dziesięć minut później odrzucam książkę na sofę. Jestem niespokojny. Nie wiem, co się dzieje z Aną, i jest to dla mnie nie do zniesienia.

Taylor jest u siebie z Ryanem, kiedy otwieram drzwi i wchodzę do środka.

– Możesz wysłać jednego ze swoich ludzi do mieszkania Any? – pytam. – Chcę się upewnić, czy tam nie wróciła.

– Oczywiście.

– Dzięki.

Wracam do salonu i znów otwieram książkę. Co chwilę zerkam w stronę windy, ale nic się nie dzieje.

Winda jest pusta.

Pusta jak ja.

Tylko że mnie wypełnia narastający niepokój.

Odeszła.

Rzuciła cię.

Leila ją odstraszyła.

Nie, w to nie uwierzę. To nie w jej stylu.

Chodzi o mnie. Miała mnie dosyć.

Obiecała, że zamieszka ze mną, ale teraz wycofała się ze swojej obietnicy.

Kurwa mać.

Zrywam się z sofy i zaczynam chodzić nerwowo tam i z powrotem. Mój telefon wibruje. Ale to tylko Taylor, nie Ana. Tłumiąc rozczarowanie, odbieram połączenie.

– Mieszkanie jest puste – melduje Taylor. – Nikogo tam nie ma.

Nagle rozlega się dzwonek windy. Odwracam się i widzę Anę, która lekko chwiejnym krokiem wchodzi do salonu.

– Już jest – krzyczę do telefonu i rozłączam się.

Czuję ulgę, gniew i ból. Zalewa mnie nagła fala emocji, nad którą z trudem panuję.

– Gdzie ty się, kurwa, podziewałaś? – pytam podniesionym głosem. Ana mruga nerwowo i robi krok do tyłu, a na jej twarzy pojawia się rumieniec. – Piłaś?

– Trochę.

– Kazałem ci tu wrócić – warczę na nią. – Jest piętnaście po dziesiątej. Martwiłem się o ciebie.

– Poszłam z Ethanem na drinka, a może i trzy, podczas gdy ty zajmowałeś się swoją eks.

Jej słowa są pełne jadu. Cholera, ona jest wściekła.

– Nie wiedziałam, jak długo masz zamiar z nią być – dodaje i unosi głowę, a na jej twarzy maluje się święte oburzenie.

Co jest?

– Dlaczego mówisz to takim tonem? – pytam zmieszany jej reakcją.

Czy ona sądzi, że miałem ochotę zostać tam z Leilą?

Ana spuszcza głowę i wbija wzrok w podłogę, unikając mojego spojrzenia. Nie zdążyła jeszcze nawet wejść do salonu.

O co jej chodzi?

Mój gniew znika i czuję w piersi narastający niepokój.

– Ano, co się stało?

Ana rozgląda się po salonie z kamienną twarzą.

– Gdzie jest Leila?

A gdzie, do cholery, miałaby być?

– W szpitalu psychiatrycznym we Fremont – odpowiadam. – Co się dzieje?

Podchodzę do niej ostrożnie, ale ona nie rusza się z miejsca. Jest chłodna i powściągliwa, nie wykonuje żadnego powitalnego gestu.

– Co się dzieje? – powtarzam.

Ana kręci głową.

– Nie jestem odpowiednią kobietą dla ciebie.

Nagłe ukłucie strachu rozchodzi się ciarkami po mojej skórze.

– Co takiego? Dlaczego tak uważasz? Jak coś takiego mogło ci w ogóle przyjść do głowy?

– Nie potrafię dać ci wszystkiego, czego potrzebujesz.

– Jesteś wszystkim, czego potrzebuję.

– Po prostu widząc cię z nią… – zaczyna i milknie.

Na Boga.

– Dlaczego mi to robisz? Nie chodzi o ciebie, chodzi o nią. W tej chwili jest bardzo chora.

– Ale ja to czułam… to, co was łączyło.

– Słucham? Nie – mówię i wyciągam do niej rękę, ale ona się cofa, mierząc mnie lodowatym spojrzeniem, i nie sądzę, aby podobało się jej to, co widzi. – Odchodzisz?

Mój niepokój wzmaga się jeszcze bardziej i chwyta mnie za gardło.

Ana odwraca wzrok i marszczy czoło, ale nic nie mówi.

– Nie możesz – szepczę.

– Christianie, ja…

Kiedy zawiesza głos, jestem pewny, że zmaga się z sobą, żeby wypowiedzieć słowa pożegnania. A więc odchodzi. Wiedziałem, że to nastąpi. Ale tak szybko?

– Nie. Nie!

Po raz kolejny stoję na skraju przepaści.

Nie mogę złapać tchu.

Właśnie dzieje się to, czego spodziewałem się od samego początku.

– Ja… – mamrocze Ana.

Jak ją powstrzymać? Rozglądam się dokoła, jakbym wypatrywał pomocy. Co mogę zrobić?

– Nie możesz odejść. Ano, kocham cię!

– Ja ciebie też kocham, Christianie, ale…

Mam wrażenie, że wciąga mnie otchłań.

Ona ma dosyć.

Odstręczyłem ją od siebie.

Znowu.

Czuję się oszołomiony. Chwytam się za głowę, próbując zapanować nad przeszywającym mnie bólem. Rozpacz wypala w mojej piersi dziurę, która staje się coraz większa i większa. To mnie zabija.

– Nie… nie!

Znajdź swoje szczęśliwe miejsce.

Moje szczęśliwe miejsce.

Czy kiedykolwiek było to prostsze?

Kiedy z większą łatwością przychodziło mi obnoszenie się z cierpieniem?

Elena stoi nade mną. W ręku trzyma cienką rózgę.

Pręgi na moich plecach płoną żywym ogniem. Każda z nich pulsuje, gdy krew krąży w moim ciele.

Klęczę u jej stóp.

– Jeszcze, o pani.

Ucisz tego potwora.

Jeszcze, o pani.

Jeszcze.

Znajdź swoje szczęśliwe miejsce, Grey.

Znajdź swój spokój.

Spokój. Tak.

Nie.

Fala przypływu wzbiera w moim ciele, rozsadzając mnie od środka, ale kiedy przypływ się cofa, zabiera ze sobą strach.

Potrafisz to zrobić.

Padam na kolana. Biorę głęboki wdech i opieram dłonie na udach.

Tak. Spokój.

Zanurzam się teraz w błogim wyciszeniu.

Oddaję ci się. Całkowicie. Jestem twój i możesz zrobić ze mną wszystko, co zechcesz.

E L James

Co ona ze mną zrobi?

Patrzę prosto przed siebie i mam świadomość, że Ana patrzy na mnie. Z oddali dobiega do mnie jej głos.

– Christianie, co ty robisz?

Powoli wdycham powietrze, które napełnia moje płuca. Czuję zapach jesieni.

– Christianie! Co robisz? – Głos Any już nie jest tak odległy, rozbrzmiewa bardziej donośnie i piskliwie. – Christianie, spójrz na mnie!

Unoszę głowę. I czekam.

Jest piękna. Blada. Zatroskana.

– Christianie, proszę, nie rób tego. Nie chcę tego.

Musisz mi powiedzieć, czego chcesz. Nadal czekam.

– Dlaczego to robisz? Odezwij się do mnie – szepcze błagalnie.

– Co mam powiedzieć? Co chcesz usłyszeć?

Ana gwałtownie wciąga powietrze. Ten stłumiony odgłos ożywia wspomnienia szczęśliwszych chwil, które z nią przeżyłem. Odganiam je od siebie. Liczy się tylko teraz. Jej policzki są wilgotne. Od łez. Nerwowo wygina dłonie.

Nagle też opada na kolana i jej twarz jest tuż przy mojej twarzy.

Patrzy mi z bliska w oczy. Jej rozszerzone źrenice czernieją pośrodku czystego błękitu tęczówek, które przywodzą na myśl pogodne letnie niebo, choć ich obwódki mają ciemniejszy, prawie fioletowy odcień.

– Christianie, nie musisz tego robić – odzywa się. – Ja nie zamierzam odejść. Tyle razy ci mówiłam, że nie odejdę. To wszystko, co się wydarzyło… jest przytłaczające. Potrzebuję trochę czasu, aby to przemyśleć. Trochę czasu dla siebie. Dlaczego zawsze zakładasz najgorsze?

Bo najgorsze się spełnia.

Zawsze.

– Chciałam tylko powiedzieć, że może dziś wieczorem wrócę do siebie. Ty w ogóle nie dajesz mi czasu... czasu, żeby to wszystko przemyśleć.

A więc chce żyć sama.

Z dala ode mnie.

– Potrzebuję jedynie czasu – ciągnie. – Ledwie się znamy, a ten cały bagaż, który dźwigasz... potrzebuję... potrzebuję czasu, aby to przetrawić. A teraz, kiedy Leila jest w... no, nieważne, gdzie jest... w każdym razie nie stanowi już zagrożenia... pomyślałam... pomyślałam...

Co pomyślałaś, Ano?

– Widząc ciebie z Leilą... – Milknie i zaciska powieki, jakby przeszył ją ból. – To był taki szok. Miałam okazję zobaczyć, jak wyglądało twoje życie... i... – Zwiesza głowę, odrywając spojrzenie od moich oczu. – Chodzi o to, że nie jestem wystarczająco dobra dla ciebie. To był wgląd w twoje życie. I tak strasznie się boję, że się mną znudzisz i mnie zostawisz... a ja skończę jak Leila... stanę się cieniem. Kocham cię, Christianie, i jeśli odejdziesz, zabierzesz ze sobą całe światło. Będę żyć w ciemnościach. Ja nie chcę odchodzić, tylko tak bardzo się boję, że mnie zostawisz...

A więc ona też boi się ciemności.

Nie zamierza mnie opuścić.

Kocha mnie.

– Nie rozumiem, dlaczego uważasz mnie za atrakcyjną – dodaje szeptem. – Ty jesteś, no wiesz, ty to ty, a ja... – Unosi głowę i skonsternowana patrzy mi w oczy. – Po prostu tego nie rozumiem. Ty jesteś piękny, seksowny, odnosisz sukcesy, jesteś dobry i troskliwy, a ja nie. I nie jestem w stanie robić tego, co ty lubisz robić. Nie potrafię dać ci tego, czego potrzebujesz. Jak mógłbyś być ze mną szczęśliwy? Jak mogę cię przy sobie utrzymać? Nigdy nie rozumiałam, co we mnie widzisz. A kiedy zobaczyłam cię z nią... wszystko się ułożyło w całość.

Unosi rękę i wierzchem dłoni ociera nos, który jest wilgotny i zaczerwieniony od płaczu.

– Zamierzasz tak klęczeć przez całą noc? – pyta z irytacją w głosie. – Bo jeśli tak, to ja też.

Jest na mnie zła.

Zawsze się na mnie złości.

– Christianie, proszę, proszę... odezwij się do mnie.

Jej usta wydają się takie delikatne. Zawsze ma miękkie wargi, kiedy jest zapłakana. Widok jej twarzy okolonej kaskadą włosów sprawia, że moje serce zaczyna uderzać żwawiej.

Czy mógłbym kochać ją jeszcze bardziej?

Posiada wszystkie przymioty, których sama sobie odmawia. Ale najbardziej uwielbiam w niej to współczucie.

Współczucie, którym mnie darzy.

– Tak bardzo się bałem – szepczę. Nadal się boję. – Kiedy zobaczyłem przed klatką Ethana, uświadomiłem sobie, że ktoś musiał cię wpuścić do mieszkania. Razem z Taylorem wyskoczyliśmy z samochodu. Wiedzieliśmy, co zastaniemy na górze. I widząc tam ciebie i ją... w dodatku uzbrojoną... Umarłem chyba z tysiąc razy, Ano. Ktoś ci zagrażał... spełniły się wszystkie moje najgorsze obawy. Byłem taki zły na nią, na ciebie, na Taylora, na siebie. – Energicznie kręcę głową, próbując odpędzić obraz Leili z bronią w ręku, który wciąż mnie prześladuje. – Nie zdawałem sobie sprawy, jak bardzo jest nieprzewidywalna. Nie wiedziałem, co robić. Nie wiedziałem, jak zareaguje. – Przerywam, kiedy przypominam sobie, jak Leila się poddała. – I wtedy wysłała mi sygnał, wyglądała na taką skruszoną. I już wiedziałem, co muszę zrobić.

– Mów dalej – zachęca mnie Ana.

– Widząc ją w takim stanie, wiedząc, że również przeze mnie mogła się załamać...

Wspomnienie sprzed lat pojawia się nieproszone – widzę Leilę, która z uśmiechem wyższości odwraca się do mnie plecami, chociaż zdaje sobie sprawę z konsekwencji.

– Zawsze była taka figlarna i pełna życia – mówię dalej. – Mogła zrobić ci krzywdę. I ja ponosiłbym winę.

Gdyby coś stało się Anie…

– Ale nie zrobiła – odpowiada Ana. – I to nie ty jesteś odpowiedzialny za jej stan, Christianie.

– Pragnąłem jedynie, żebyś stamtąd zniknęła. Żebyś nie była już narażona na niebezpieczeństwo, a… ty nie chciałaś wyjść – warczę, gdy znów ogarnia mnie złość, i piorunuję Anę wzrokiem. – Anastasio Steele, jesteś najbardziej upartą kobietą, jaką znam.

Zamykam oczy i kręcę głową. Jak ja sobie z nią poradzę?

O ile nie odejdzie.

Gdy otwieram oczy, Ana wciąż klęczy przede mną.

– Nie zamierzałaś odejść?

– Nie! – odpowiada i teraz w jej głosie słychać irytację.

Nie opuści mnie. Biorę głęboki wdech.

– Myślałem… To ja, Ano. I cały jestem twój. Co muszę zrobić, żeby to w końcu do ciebie dotarło? Że pragnę cię w każdy możliwy sposób. Że cię kocham.

– Ja też cię kocham, a widząc cię w takim stanie… – Zawiesza głos, a w jej oczach wzbierają łzy. – Sądziłam, że cię złamałam.

– Złamałaś? Mnie? O nie, Ano. Wprost przeciwnie.

Sprawiasz, że czuję się niezłomny.

Chwytam ją za rękę i zaczynam całować jej knykcie.

– Jesteś moim kołem ratunkowym – dodaję szeptem.

Potrzebuję cię.

Jak mogę sprawić, żeby pojęła, ile dla mnie znaczy?

Może gdyby mnie dotknęła…

Tak, dotknij mnie, Ano.

Bez zastanowienia przyciskam sobie jej dłoń do piersi, tuż nad sercem.

Jestem twój, Ano.

Zaczynam szybciej oddychać, gdy czuję, jak mrok wypełnia mnie od środka. Potrafię jednak nad tym zapanować. Pragnienie jej bliskości jest silniejsze od lęku. Cofam rękę, pozostawiając dłoń Any przyciśniętą do mojej piersi, i skupiam wzrok na jej pięknej twarzy. Oczy ma pełne współczucia. Widzę to.

Napręża palce i przez cienką tkaninę koszuli czuję jej paznokcie. Potem cofa rękę.

– Nie. – Reaguję odruchowo, przyciskając z powrotem jej dłoń do siebie. – Zostaw.

Sprawia wrażenie oszołomionej, ale przysuwa się bliżej, tak że nasze kolana się stykają. Unosi rękę.

O cholera. Ona chce mnie rozebrać.

Ogarnia mnie taki strach, że nie mogę oddychać. Ana jedną ręką niezręcznie odpina pierwszy guzik mojej koszuli. Czuję napięcie w palcach jej drugiej dłoni, którą wciąż przyciskam sobie do piersi, więc ją puszczam. Ana oburącz szybko rozprawia się z resztą guzików, a kiedy rozchyla poły mojej koszuli, gwałtownie wciągam haust powietrza, odzyskując oddech, który zaczyna przyspieszać.

Jej dłonie zastygają w bezruchu tuż nad moją klatką piersiową. Chce mnie dotknąć. Skóra przy skórze. Ciało przy ciele. Sięgając w głąb siebie, odzyskuję wyćwiczone przez lata panowanie nad sobą i przygotowuję się na jej dotyk.

Ana wciąż się waha.

– Tak – zachęcam ją szeptem i przechylam głowę na bok.

Lekkie niczym piórka opuszki jej palców muskają włosy ma moim nagim torsie, przesuwając się w dół mostka. W gardle wzbiera mi gruda strachu, której nie mogę przełknąć. Ana cofa rękę, ale chwytam ją i przyciągam do siebie.

– Nie – odzywam się stłumionym i pełnym napięcia głosem. – Muszę.

Muszę to zrobić.

Robię to dla niej.

Przykłada z powrotem dłoń do mojej piersi i przesuwa ją w stronę serca. Jej palce są miękkie i delikatne, ale czuję, jakby przypiekały moją skórę. Wypala na mnie swoje piętno. Należę do niej. Pragnę ofiarować jej moją miłość i zaufanie.

Jestem twój, Ano.

Dam ci wszystko, czego zapragniesz.

Zdaję sobie sprawę, że dyszę, wciągając z wysiłkiem powietrze do płuc.

Ana przysuwa się bliżej, a jej oczy ciemnieją. Jeszcze raz wiedzie palcami po moim ciele, po czym opiera mi dłonie na kolanach i nachyla się do mnie.

Kurwa. Zamykam oczy. Boję się, że tego nie zniosę. Zadzieram głowę i czekam. Chwilę później czuję dotyk jej warg, kiedy składa namiętny pocałunek na moim sercu.

Wydaję z siebie jęk.

To jest udręka. Przechodzę męki piekielne. Ale Ana jest tak blisko i mnie kocha.

– Jeszcze raz – szepczę.

Ana pochyla się i całuje mnie tuż nad sercem. Wiem, co robi. Wiem, jakie miejsce wybrała. Czuję kolejne pocałunki. Jej usta miękko dotykają moich blizn. Wiem, gdzie jest każda z nich. Dobrze pamiętam, gdzie zostały wypalone. A teraz Ana robi coś, czego nie robił nikt przedtem. Całuje mnie. Akceptuje mnie. Akceptuje tę mroczną stronę mojej natury.

Odpędza moje demony.

Moja odważna dziewczyna.

Moja piękna, odważna dziewczyna.

Moja twarz jest wilgotna od łez. Gdy unoszę powieki, widzę wszystko jak przez mgłę, ale wyczuwam Anę przed sobą i biorę ją w objęcia. Z palcami wplecionymi w jej włosy obracam jej twarz do siebie i całuję ją w usta. Czuję ją. Sycę się nią. Pragnę jej.

– Och, Ano – szepczę z nabożną czcią, rozkoszując się jej ustami.

Przechylam ją i kładę na podłodze, a ona ujmuje w dłonie moją twarz i nasze łzy mieszają się ze sobą.

– Christianie, proszę, nie płacz. Mówiłam poważnie, że nigdy cię nie zostawię. Naprawdę. Jeśli odniosłeś inne wrażenie, to przepraszam… Błagam, wybacz mi. Kocham cię. Zawsze będę cię kochać.

Spoglądam na nią, próbując przyjąć do wiadomości to, co właśnie powiedziała.

Mówi, że mnie kocha i zawsze będzie mnie kochać.

Ale przecież mnie nie zna.

Nie zna potwora, który we mnie drzemie.

A ten potwór nie zasługuje na jej miłość.

– O co chodzi? – pyta. – Co to za sekret każe ci sądzić, że ucieknę z krzykiem. Powiedz mi, Christianie, błagam…

Ma prawo wiedzieć. To zawsze będzie nas rozdzielać, jeżeli ze sobą zostaniemy. Zasługuje na to, żeby poznać prawdę. Powinienem jej powiedzieć, nawet wbrew zdrowemu rozsądkowi.

Kiedy siadam ze skrzyżowanymi nogami, Ana również podnosi się z podłogi i wbija we mnie wzrok. Jej duże, przepełnione strachem oczy odzwierciedlają to, co sam czuję.

– Ano… – zawieszam głos i biorę głęboki wdech.

Powiedz jej, Grey.

Wyrzuć to z siebie. Wtedy się przekonasz.

– Jestem sadystą, Ano – ciągnę. – Lubię smagać pejczem szczupłe brunetki takie jak ty, ponieważ wszystkie wyglądacie jak ta dziwka narkomanka, moja biologiczna matka. Jestem pewny, że domyślasz się dlaczego.

Słowa wydobywają się z moich ust nieprzerwanym potokiem, jakby od dawna czekały, aż je wypowiem.

Ana patrzy na mnie niewzruszona. Milcząca. Spokojna.

Błagam, Ano.

Kiedy wreszcie się odzywa, jej głos jest kruchy i słaby.

– Mówiłeś, że nie jesteś sadystą.

– Nie, mówiłem, że jestem panem. Jeśli cię okłamałem, to jedynie przez niedopowiedzenie. Przepraszam. – Ze wstydu nie umiem spojrzeć jej w oczy. Spuszczam wzrok. Ona też patrzy w inną stronę, ale wciąż milczy, więc unoszę głowę, żeby na nią spojrzeć. – Kiedy zadałaś mi to pytanie, miałem w głowie zupełnie inny rodzaj relacji między nami – dodaję.

Taka jest prawda.

Ana otwiera szeroko oczy, a potem nagle ukrywa twarz w dłoniach. Nie może znieść mojego spojrzenia.

– Więc to prawda – mówi szeptem, a kiedy opuszcza ręce, jej twarz jest blada jak ściana. – Nie potrafię dać ci tego, czego potrzebujesz.

Co?

– Nie, nie, nie, Ano. Potrafisz. Naprawdę dajesz mi to, czego potrzebuję. Proszę, uwierz mi.

– Nie wiem, w co wierzyć, Christianie – odpowiada głosem zdławionym przez emocje. – To wszystko jest takie popieprzone.

– Ano, uwierz mi. Kiedy cię ukarałem, a ty odeszłaś, mój światopogląd uległ zmianie. Nie żartowałem, kiedy mówiłem, że już nigdy więcej nie chcę się tak czuć. Gdy powiedziałaś, że mnie kochasz, to było jak objawienie.

Nikt nigdy mi tego nie powiedział i stało się tak, jakbym pozwolił czemuś w sobie odpocząć, a może to ty pozwoliłaś, nie wiem. Doktor Flynn i ja nadal się nad tym zastanawiamy.

– Co to wszystko oznacza? – szepcze Ana.

– Że tego nie potrzebuję. Nie teraz.

– Skąd wiesz? Skąd masz taką pewność?

– Po prostu wiem. Myśl, że mógłbym zrobić ci krzywdę… w realny sposób… jest mi wstrętna.

– Nie rozumiem. A co z linijkami i klapsami, i całym tym perwersyjnym bzykaniem?

– Mówię o tych naprawdę ostrych zabawach, Anastasio. Powinnaś zobaczyć, co potrafię zrobić z laską czy pejczem.

– Wolałabym nie.

– Wiem. Gdybyś chciała to robić, fajnie… ale ty nie chcesz i ja to rozumiem. Nie mogę robić tego wszystkiego z tobą, skoro nie chcesz. Już raz ci mówiłem, to ty masz władzę. A teraz, odkąd do mnie wróciłaś, w ogóle nie czuję tego wewnętrznego przymusu.

– Jednak kiedy się poznaliśmy, właśnie tego chciałeś, prawda?

– Tak, z całą pewnością.

– Czy ten wewnętrzny przymus mógł tak po prostu zniknąć, Christianie? – dopytuje. – Bo ja jestem swoistym panaceum, a ty, z braku lepszego słowa, zostałeś uzdrowiony? Nie pojmuję tego.

– Nie powiedziałbym „uzdrowiony"… Nie wierzysz mi?

– Po prostu to dla mnie… niewiarygodne. A to co innego.

– Gdybyś mnie wtedy nie zostawiła, najpewniej wcale bym tak nie uważał. Kiedy odeszłaś, to było najlepsze, co mogłaś zrobić… dla nas. Dzięki temu dotarło do mnie, jak bardzo cię pragnę, właśnie ciebie, i mówię poważnie, twierdząc, że chcę cię taką, jaka jesteś.

Ana wbija we mnie wzrok. Nie wiem, czy jej spojrzenie wyraża obojętność, czy może konsternację.

– Nadal tu jesteś – odzywam się, przerywając milczenie. – Sądziłem, że do tego czasu znajdziesz się już za drzwiami.

– Dlaczego? Bo mogłabym cię wziąć za czubka, skoro biczujesz i pieprzysz kobiety, które wyglądają jak twoja matka? Co kazało ci tak sądzić?

Podniesiony ton jej głosu zdradza irytację.

Psiakrew.

Wysunęła pazury i teraz wbija je we mnie.

Ale zasłużyłem sobie.

– Cóż, może nie w takie słowa bym to ubrał, ale tak.

Czyżby była na mnie zła? Może czuje się zraniona? Poznała moją tajemnicę. Moją mroczną tajemnicę. A teraz czekam na ogłoszenie wyroku.

Kochaj mnie.

Albo rzuć.

Ana zamyka oczy.

– Christianie, jestem wykończona. Możemy porozmawiać o tym jutro? Chcę się położyć.

– Nie odchodzisz? – pytam, nie wierząc własnym uszom.

– A chcesz tego?

– Nie! Sądziłem, że to zrobisz, kiedy się dowiesz wszystkiego.

Jej twarz przybiera łagodniejszy wyraz, ale Ana wciąż wygląda na zmieszaną.

Proszę, nie opuszczaj mnie, Ano.

Życie bez ciebie będzie nie do zniesienia.

– Nie odchodź ode mnie – szepczę.

– Och, na litość boską, nie! – krzyczy Ana. – Nie zamierzam odejść!

– Naprawdę?

To nie do wiary. Jej odpowiedź wprawia mnie w zdumienie, nawet teraz.

– Co mogę zrobić, aby dotarło do ciebie, że nie odejdę? – pyta rozdrażnionym tonem. – Co mam powiedzieć?

I ku mojemu zdumieniu przychodzi mi do głowy pomysł. Pomysł tak szalony i tak nieprzystający do mojego porządku świata, że sam nie mam pojęcia, skąd się wziął. Ciężko przełykam ślinę.

– Jest jedna rzecz, którą możesz zrobić – mówię.

– Co takiego?

– Wyjdź za mnie.

Ana szeroko otwiera usta i wbija we mnie pełne niedowierzania spojrzenie.

Małżeństwo? Grey, czyś ty postradał rozum?

Czemu ona miałaby chcieć za ciebie wyjść?

Ana jest zaskoczona, ale po chwili zaczyna chichotać. Przygryza wargę, jakby próbowała zapanować nad rozbawieniem, ale jej się to nie udaje. Przewraca się na podłogę, a jej chichot przechodzi w perlisty śmiech, który odbija się echem od ścian salonu.

Nie takiej reakcji się spodziewałem.

Śmiech Any przybiera formę histerycznych spazmów. Zasłania twarz dłońmi, jakby miała się rozpłakać.

Nie wiem, jak się zachować.

Delikatnie odrywam jej rękę i wierzchem dłoni ocieram łzy z twarzy.

– Moje oświadczyny panią bawią, panno Steele? – zagaduję, przybierając swobodny ton.

Pociągając nosem, Ana wyciąga rękę i gładzi mnie po policzku.

Tego też się nie spodziewałem.

– Panie Grey… – szepcze. – Christianie. Twoje wyczucie czasu jest bez wątpienia…

Milknie i patrzy mi w oczy, jakbym był obłąkany. Może i jestem, ale muszę poznać jej odpowiedź.

– Dotknęłaś mnie tym do żywego, Ano. Wyjdziesz za mnie?

Ana siada powoli i kładzie dłonie na moich kolanach.

– Christianie, twoja psychiczna eks trzymała mnie na muszce, zostałam wyrzucona z własnego mieszkania, ty koszmarnie na mnie naskoczyłeś…

Koszmarnie?

Otwieram usta, żeby powiedzieć coś na swoją obronę, ona jednak powstrzymuje mnie gestem dłoni, więc się nie odzywam.

– Właśnie wyjawiłeś dość szokujące informacje na swój temat – ciągnie – a teraz mnie prosisz, żebym za ciebie wyszła.

– Tak, uważam, że to sprawiedliwe i celne podsumowanie obecnej sytuacji – mówię.

– A co z opóźnionym zaspokojeniem? – pyta, po raz kolejny wprawiając mnie w zakłopotanie.

– Zmieniłem zdanie i teraz jestem zwolennikiem natychmiastowego. *Carpe diem*, Ano.

– Posłuchaj, Christianie, znamy się dosłownie od pięciu minut i znacznie więcej muszę się o tobie dowiedzieć. Zbyt dużo wypiłam, jestem głodna, jestem zmęczona i chcę iść spać. Muszę się zastanowić nad twoimi oświadczynami, tak samo jak musiałam to zrobić w przypadku tamtej umowy, którą mi dałeś. A poza tym… – przerywa i zaciska usta. – Te oświadczyny trudno nazwać romantycznymi.

W moim sercu zapala się iskierka nadziei.

– Jak zawsze cenna uwaga, panno Steele. A więc to nie jest odmowa?

Z ust Any wydobywa się westchnienie ulgi.

– Nie, panie Grey, to nie odmowa, ale także nie

akceptacja. Robisz to tylko dlatego, że jesteś przestraszony i mi nie ufasz.

– Nie, robię to dlatego, że w końcu spotkałem kogoś, z kim chcę spędzić resztę życia.

I mówię to absolutnie szczerze, Ano.

Kocham cię.

– Mogę to przemyśleć? I wszystko, co się dzisiaj wydarzyło. To, co mi powiedziałeś. Prosiłeś mnie o cierpliwość i wiarę. Panie Grey, ja też tego teraz potrzebuję.

Cierpliwość i wiara.

Nachylam się do niej i zakładam jej kosmyk włosów za ucho. Mógłbym czekać całą wieczność na odpowiedź, gdyby to oznaczało, że mnie nie opuści.

– Jakoś sobie poradzę – mówię i cmokam ją w usta.

Nie cofa się.

Przez krótką chwilę ogarnia mnie ulga.

– Niezbyt romantycznie? – pytam, a Ana kręci głową z poważną miną. – Serduszka i kwiatki?

Tym razem odpowiada mi potakującym skinieniem. Uśmiecham się do niej.

– Jesteś głodna?

– Tak.

– Nic nie jadłaś?

– Nic nie jadłam – odpowiada beznamiętnym tonem i przysiada na piętach. – Najpierw widziałam, jak mój chłopak zajmuje się swoją byłą uległą, potem zostałam wyrzucona z własnego mieszkania. To skutecznie zmniejszyło mój apetyt.

Opiera dłonie na biodrach i patrzy na mnie z wyrzutem. Wstaję z podłogi, wciąż nie mogąc uwierzyć, że Ana tu jest.

– Zrobię ci coś do jedzenia – proponuję.

Wyciągam do niej rękę i pomagam jej wstać.

– A nie mogę się po prostu położyć?

– Nie, musisz coś zjeść. Chodź.

Prowadzę ją do kuchni i sadzam na stołku, a potem otwieram lodówkę.

– Christianie, właściwie to nie chce mi się jeść.

Nie zwracam uwagi na jej słowa, przeglądając zawartość lodówki.

– Ser? – pytam.

– Nie o tej porze.

– Precle?

– W lodówce? Nie – odpowiada z irytacją.

– Nie lubisz precli?

– Jest wpół do dwunastej. Christianie, idę do łóżka. Jeśli masz ochotę, to resztę nocy możesz spędzić na grzebaniu w lodówce. Jestem zmęczona i miałam stanowczo zbyt ciekawy dzień. Dzień, o którym chciałabym zapomnieć...

Kiedy zsuwa się ze stołka, znajduję danie, które pani Jones przyrządziła tego wieczoru.

– Makaron z serem? – proponuję, trzymając w rękach miskę nakrytą folią aluminiową.

Ana zerka na mnie z ukosa.

– Lubisz makaron z serem? – pyta.

Lubię? To mało powiedziane.

– Chcesz trochę? – Próbuję ją skusić.

Jej uśmiech wystarcza mi za odpowiedź. Wstawiam naczynie do kuchenki mikrofalowej i włączam podgrzewanie.

– A więc wiesz, jak się obsługuje mikrofalówkę? – Ana droczy się ze mną.

Znów siedzi na stołku.

– Jeżeli coś jest zapakowane, zazwyczaj sobie z tym radzę – odpowiadam, rozkładając na blacie dwa nakrycia. – To z prawdziwym jedzeniem mam problem.

– Już bardzo późno.

– Nie jedź jutro do pracy.

– Muszę. Mój szef wylatuje do Nowego Jorku.

– Chcesz się tam wybrać w weekend? – pytam.

Ana kręci głową.

– Sprawdzałam prognozę pogody i zanosi się na deszcz.

– Och, a na co masz ochotę?

Rozlega się dzwonek mikrofalówki, informując nas, że kolacja jest gotowa.

– Na razie chcę żyć z dnia na dzień. Te wszystkie wydarzenia są… męczące.

Chwytam przez ścierkę gorącą miskę i stawiam na blacie kuchennym. Zapach jest wspaniały i cieszę się, że wrócił mi apetyt. Zajmuję miejsce na stołku, podczas gdy Ana nakłada porcje makaronu na talerze.

Zadziwia mnie to, że wciąż ze mną jest, mimo tego wszystkiego, co jej powiedziałem. Jest taka… silna. Nigdy nie zawodzi. Nawet podczas spotkania z Leilą zachowała zimną krew.

Zaczynamy jeść. Zapiekanka jest taka, jaką lubię.

– Przepraszam za Leilę – odzywam się.

– Dlaczego przepraszasz?

– Kiedy zastałaś ją w swoim mieszkaniu, musiałaś przeżyć prawdziwy szok. Taylor osobiście je wcześniej sprawdził. Jest niepocieszony.

– Nie obwiniam Taylora.

– Ja też nie. Szukał cię.

– Naprawdę? Dlaczego?

– Nie wiedziałem, gdzie się podziewasz – wyjaśniam. – Zostawiłaś torebkę, telefon. Nie mógłbym nawet cię zlokalizować. Gdzie byłaś?

– Poszliśmy z Ethanem do baru po drugiej stronie ulicy. Żebym mogła widzieć, co się dzieje.

– Rozumiem.

– No więc co robiłeś w mieszkaniu z Leilą?

– Naprawdę chcesz wiedzieć? – upewniam się.

– Tak – odpowiada, ale z tonu jej głosu wnioskuję, że nie do końca jest tego pewna.

Waham się przez chwilę, jednak Ana znów spogląda na mnie pytająco i przypominam sobie, że powinienem być z nią szczery.

– Rozmawialiśmy, a potem ją wykąpałem – mówię. – I ubrałem w twoje rzeczy. Mam nadzieję, że nie masz mi tego za złe. Była brudna.

Ana w milczeniu odwraca wzrok. Nagle odechciewa mi się jeść.

Kurwa. Nie powinienem był jej tego mówić.

– To wszystko, co mogłem zrobić, Ano. – Próbuję się tłumaczyć.

– Nadal coś do niej czujesz?

– Nie! – protestuję gwałtownie i zaciskam powieki, kiedy przypomina mi się Leila, smutna i wynędzniała. – Gdy zobaczyłem ją w takim stanie, tak inną, tak załamaną… Przejmuję się nią jak drugim człowiekiem. – Odpędzam od siebie wspomnienie tego przygnębiającego widoku i wracam do rzeczywistości. – Ano, spójrz na mnie – proszę, ale ona wpatruje się w talerz z niedojedzoną kolacją. – Ano…

– Co?

– Przestań. To nic nie znaczy. To było jak opiekowanie się dzieckiem, biednym, zagubionym dzieckiem.

Ana zamyka oczy i przez chwilę mam wrażenie, że zaraz wybuchnie płaczem.

– Ano?

Patrzę, jak wstaje, wyrzuca resztę jedzenia do kosza i wkłada talerz do zlewu.

– Ano, proszę…

– Po prostu przestań, Christianie! Skończ z tym „Ano, proszę"! – krzyczy ze złością, a po jej policzkach zaczynają płynąć łzy. – Mam na dzisiaj dość tego całego gówna. Idę spać. Jestem zmęczona i rozstrojona. Daj mi spokój.

Wybiega w stronę sypialni, pozostawiając mnie z porcją stygnącego makaronu.

Kurwa mać.

Zwieszam głowę i pocieram twarz dłońmi. Wciąż nie mogę uwierzyć, że poprosiłem Anę o rękę. A ona mi nie odmówiła. Ale też nie przyjęła oświadczyn. Możliwe, że nigdy tego nie zrobi.

Obudzi się rano i przemyśli to wszystko na trzeźwo.

A tak miło rozpoczął się ten dzień. Ale od wieczornego spotkania z Leilą wszystko zaczęło się walić.

Dobrze, że przynajmniej *ona* jest bezpieczna i uzyskała pomoc, której tak bardzo potrzebowała.

Ale za jaką cenę?

Teraz Ana o wszystkim wie.

Wie, że jestem potworem.

Ale mimo to wciąż tu jest.

Skup się na tym, co pozytywne, Grey.

Zsuwam się ze stołka. Tak jak Ana nie mam apetytu i czuję się wycieńczony. To był wieczór pełen emocji. W ciągu ostatniej półgodziny doświadczyłem więcej, niż byłbym w stanie sobie wyobrazić.

To ona tak na ciebie działa, Grey. Sprawiła, że stałeś się uczuciowy.

Kiedy jesteś przy niej, czujesz, że żyjesz.

Nie mogę jej stracić. Ledwie ją odnalazłem.

Skołowany i przytłoczony odkładam talerz do zlewu i idę do sypialni.

To będzie *nasza* sypialnia, jeżeli Ana przyjmie oświadczyny.

Zza drzwi łazienki dobiega jakiś stłumiony odgłos. Szloch. Otwieram drzwi i widzę Anę, która leży na podłodze skulona w pozycji embrionalnej. Ma na sobie mój T-shirt i cicho popłakuje. Widząc ją pogrążoną w takiej rozpaczy, czuję się, jakbym dostał kopniaka w brzuch i nie mogę złapać tchu. To jest nie do zniesienia.

Klękam przy niej na podłodze i biorę ją w ramiona.

– Hej – mówię łagodnie. – Ano, proszę, nie płacz.

Tulę ją mocno do siebie, ale jej ciałem wciąż wstrząsają spazmy.

Och, maleńka.

Delikatnie gładzę ją po plecach i przychodzi mi na myśl, że jej łzy działają na mnie o wiele mocniej niż łzy Leili.

Dlatego, że ją kocham.

Jest silna i odważna. A ja odwdzięczyłem się jej za to, doprowadzając ją do płaczu.

– Przepraszam, skarbie – szepczę i zaczynam ją kołysać, kiedy zanosi się jeszcze silniejszym płaczem.

Całuję jej włosy. W końcu przestaje szlochać i tylko dygoce na całym ciele, pochlipując z cicha. Biorę ją na ręce, zanoszę do sypialni i kładę na łóżku. Ziewa i zamyka oczy, kiedy rozbieram się do bielizny i zakładam podkoszulek. Gaszę światło i kładę się obok niej, tuląc ją do siebie. Po chwili jej oddech się wyrównuje i wiem, że śpi. Jest zmęczona, tak samo jak ja. Boję się poruszyć, żeby jej nie obudzić. Teraz potrzebny jej sen.

Leżąc w ciemności, próbuję ogarnąć myślami wszystko, co zaszło. Tak dużo się wydarzyło. Zbyt wiele, zdecydowanie zbyt wiele.

Leila stoi przede mną. Jest strasznie zaniedbana, a jej odór sprawia, że muszę się cofnąć.

Ten odór... Nie.

To jego odór. Czuć od niego wrogość. I brud. Cuchnie tak odrażająco, że żołądek podchodzi mi do gardła.

Jest wściekły. Ukrywam się pod stołem. *Tu jesteś, gówniarzu.*

Ma papierosy.

Nie. Wołam mamusię, ale ona mnie nie słyszy. Leży na podłodze.

Z jego ust wydobywa się kłąb dymu.

Śmieje się.

I chwyta mnie za włosy.

Parzy. Krzyczę.

Nie lubię, kiedy parzy.

Mamusia leży na podłodze. Śpię obok niej. Jest zimna, więc okrywam ją moim kocykiem.

Potem znów zjawia się on. Jest wściekły.

Ty popierdolona dziwko.

Zejdź mi z drogi, ty głupi wypierdku.

Upadam, kiedy mnie uderza.

Wychodzi. Zamyka za sobą drzwi na klucz. Zostajemy z mamusią sami.

A potem mamusia znika. Gdzie jest mamusia? Gdzie ona jest?

Widzę papierosa w jego dłoni.

Nie.

Zaciąga się.

Nie.

Przyciska żar do mojej skóry.

Nie.

Ból. Smród.

Nie.

– Christianie!

Błyskawicznie otwieram oczy. Jest jasno. *Gdzie ja jestem?* W mojej sypialni.

Ana stoi obok łóżka i potrząsa mną, trzymając mnie za ramiona.

– Odeszłaś ode mnie, odeszłaś... – mamroczę nieprzytomnie.

– Jestem tu. – Ana siada przy mnie i dotyka mojego policzka. – Jestem.

– Ale cię nie było.

Mam koszmary tylko wtedy, gdy nie ma jej przy mnie.

– Poszłam do kuchni, żeby się czegoś napić.

Zamykam oczy i pocieram twarz dłońmi, próbując oddzielić senne mary od rzeczywistości. Nie odeszła. Właśnie patrzy na mnie. Moja dziewczyna.

– Jesteś tu. Och, dzięki Bogu.

Przyciągam ją do siebie i tulę mocno.

– Ja tylko poszłam się napić – wyjaśnia, głaszcząc mnie po włosach i twarzy. – Christianie, proszę. Jestem tutaj. Nigdzie się nie wybieram.

– Och, Ano...

Dotykam ustami jej warg. Mają smak soku pomarańczowego... słodki smak domu.

Rozbudzam się, kiedy całuję jej ucho i szyję. Chwytam zębami jej dolną wargę i gładzę ją po całym ciele. Wsuwam rękę pod koszulkę, którą ma na sobie, i dotykam jej piersi. Wzdryga się, a kiedy ustami i palcami pieszczę jej sutek, zaczyna jęczeć.

– Pragnę cię – szepczę.

Pragnę.

– Jestem twoja. Tylko twoja, Christianie.

Jej słowa rozpalają we mnie ogień. Znów wpijam się w jej usta.

Proszę, nie opuszczaj mnie nigdy.

Podnoszę się, żeby Anie było łatwiej mnie rozebrać, a potem klęcząc między jej nogami, sadzam ją i ściągam z niej koszulkę. Widzę w jej ciemnych oczach tęsknotę i pożądanie, kiedy zadziera głowę i spogląda na mnie. Trzymając w dłoniach jej twarz, całuję ją i przewracamy się na materac. Wplata mi palce we włosy i odwzajemnia mój pocałunek z taką samą namiętnością. Czuję w ustach jej język, który porusza się niecierpliwie.

Och, Ano.

Nagle odsuwa się ode mnie i odpycha moje ręce.

– Christianie… Przestań. Nie mogę.

– Co? – mruczę, całując jej szyję. – Co się stało?

– Nie, proszę. Nie mogę. Nie teraz.

– Och, Ano, nie myśl o tym za dużo.

Znów ogarnia mnie niepokój. Jestem już całkowicie przytomny. Czy ona mnie odrzuca? Nie. Zdesperowany przygryzam lekko jej ucho, a Ana wygina się w moich objęciach, wydając westchnienie rozkoszy.

– Jestem taki sam – zapewniam ją. – Kocham cię i potrzebuję. Dotknij mnie. Proszę.

Pocieram nosem o jej nos i patrzę jej w oczy, czekając na odpowiedź.

To jest chwila, w której ważą się losy naszego związku.

Jeśli ona nie potrafi…

Jeśli nie jest w stanie mnie dotknąć.

Jeśli nie mogę jej posiąść.

Czekam.

Proszę, Ano.

Jej dłoń unosi się niepewnie i spoczywa na mojej piersi.

Czuję falę bolesnego gorąca, która rozchodzi się we mnie, gdy mrok obnaża swoje szpony. Gwałtownie wciągam haust powietrza i zamykam oczy.

Wytrzymam to.

Potrafię, dla niej.

Dla mojej dziewczyny.

Dla Any.

Przesuwa rękę w stronę mojego ramienia i czuję na skórze parzący dotyk jej palców. Jęczę. Tak bardzo tego pragnę i tak bardzo się tego boję.

Boję się dotyku mojej ukochanej. *Jestem aż tak porąbany?*

Ana przyciąga mnie do siebie i dotyka moich pleców. Jej dłonie zdają się wypalać piętno na mojej skórze. Zduszony odgłos, który wyrywa się z mojego gardła, jest czymś pomiędzy jękiem rozkoszy i szlochem. Przyciskam twarz do jej szyi w poszukiwaniu schronienia przed bólem, ale nie przestaję jej całować i pieścić. Czuję, jak jej palce przesuwają się po dwóch bliznach na moich plecach.

To jest prawie nie do wytrzymania.

Całuję ją gorączkowo, zatracając się w smaku jej warg i języka, i walczę z moimi demonami za pomocą samych tylko ust i rąk, które błądzą po jej ciele.

Ciemność niczym szaleńczy wir próbuje wciągnąć Anę, ale wciąż czuję na sobie dotyk jej palców. Pieszczą mnie. Wędrują po moim ciele. Delikatnie. Z czułością. Aż w końcu zbieram się w sobie, żeby zmierzyć się z bólem i strachem.

Moje usta zsuwają się niżej, do jej piersi, chwytają jeden z sutków i uciskają go, aż twardnieje i nabrzmiewa. Jęcząc, Ana unosi się i przywiera do mnie, a jej paznokcie wbijają się w mięśnie moich pleców. To już zbyt wiele. Czuję wzbierający w piersi strach, który rozsadza mi serce.

– Och, Ano! – wykrzykuję, wbijając w nią wzrok.

Dyszy ciężko, a jej oczy jarzą się zmysłowym ogniem. To ją podnieca.

Kurwa.

Nie myśl o tym za dużo, Grey.

Bądź mężczyzną. Pogódź się z tym.

Biorę głęboki wdech, żeby uspokoić rozszalałe serce, i przesuwam rękę w dół, do jej brzucha. Kładę dłoń na jej łonie i czuję, że jest wilgotna. Zanurzam w niej palce i zataczam nimi kręgi, a ona unosi biodra, napierając na moją rękę.

– Ano…

Jej imię jest jak zaklęcie. Puszczam ją i siadam, a jej dłonie zsuwają się z moich pleców. Czuję się wyzwolony i opuszczony zarazem. Ściągam bokserki, uwalniając moją męskość, i sięgam do stolika nocnego po prezerwatywę, po czym podaję ją Anie.

– Chcesz to zrobić? Nadal możesz powiedzieć: nie. Zawsze możesz odmówić.

– Nie pozwól mi się zastanawiać, Christianie – odpowiada. – Ja także cię pragnę.

Rozrywa zębami foliową paczuszkę i powoli nakłada mi prezerwatywę. Dotyk jej palców na moim nabrzmiałym członku jest istną torturą.

– Spokojnie, bo jeszcze pozbawisz mnie męskości, Ano.

Posyła mi przelotny, władczy uśmiech, a gdy kończy mnie ubierać, pochylam się nad nią. Ale najpierw muszę mieć pewność, że ona też tego chce. Szybko obracam się na plecy, pociągając za sobą Anę, która teraz siedzi na mnie.

– Ty… ty mnie weź – mówię, nie odrywając od niej wzroku.

Ana oblizuje wargi i dosiada mnie bardzo powoli. Z głośnym westchnieniem odrzucam głowę do tyłu i zamykam oczy.

Jestem twój, Ano.

Chwyta moje ręce i zaczyna się poruszać w górę i w dół.

Och, maleńka.

Nachylając się nade mną, całuje mnie i wodzi zębami po mojej szczęce.

Zaraz dojdę.

O kurwa.

Kładę ręce na jej biodrach, żeby ją spowolnić.

Wolniej, skarbie. Proszę, nie spiesz się tak.

Jej oczy płoną od namiętności i podniecenia. A ja po raz kolejny zbieram się na odwagę.

– Ano, dotknij mnie… proszę.

Jej szeroko otwarte oczy wyrażają czystą rozkosz, gdy opiera dłonie na moim torsie. Znów czuję żar na skórze. Krzycząc, wbijam się w nią głęboko.

Ana jęczy, a jej paznokcie żłobią ślad między włosami na mojej piersi. Kusi mnie. Drażni się ze mną. Ale mrok wdziera się między nas, atakując każde miejsce, w którym stykają się nasze ciała, jakby chciał rozedrzeć moją skórę. To takie bolesne, takie dotkliwe, że łzy napływają mi do oczu i twarz Any rozmywa się za wilgotną zasłoną.

Obracam się i znów leżę na niej.

– Wystarczy – jęczę. – Wystarczy, proszę.

Ana dotyka mojej twarzy, ociera łzy i całuje mnie w usta. Wchodzę w nią. Próbuję odzyskać spokój, ale jestem zagubiony. Tracę głowę dla tej kobiety. Czuję na uchu jej oddech. Szybki. Urywany. Już prawie dochodzi. Jest blisko, lecz się wstrzymuje.

– No dalej, Ano – ponaglam ją.

– Nie.

– Tak – szepczę błagalnym tonem i zataczam kręgi biodrami. Jej nogi tężeją, a z gardła wydobywa się dźwięczny i donośny jęk. – Dalej, mała, potrzebuję tego. Oddaj mi się.

Oboje tego potrzebujemy.

Czuję jej skurcze, gdy szczytuje i krzycząc, oplata drżącymi rękami i nogami moje ciało, a wtedy osiągam spełnienie wraz z nią.

Moja głowa spoczywa na piersi Any, która gładzi mnie palcami po włosach. Jest przy mnie. Nie odeszła, ale nie mogę pozbyć się wrażenia, że omal nie straciłem jej ponownie.

– Nigdy mnie nie zostawiaj – szepczę i czuję, jak porusza głową, unosząc podbródek z typowym dla siebie uporem. – Wiem, że wywracasz teraz oczami – dodaję i tak naprawdę cieszy mnie ta reakcja.

– Dobrze mnie znasz.

W jej głosie słyszę ton rozbawienia.

Dzięki Bogu.

– Chciałbym poznać cię lepiej.

– I vice versa, Grey – mówi.

Potem pyta mnie, co za koszmar mnie dręczył, a kiedy próbuję się wykręcić zdawkową odpowiedzią, nalega, bym powiedział jej coś więcej.

Och, Ano, naprawdę chcesz to wiedzieć?

Ana milczy. Czeka.

Wzdycham i zaczynam opowiadać.

– Mam jakieś trzy lata i alfons dziwki jest znowu wkurzony. Pali i pali, papierosa za papierosem, i nie może znaleźć popielniczki.

Czy ona naprawdę chce słuchać tych potworności?

O przypalaniu. O tym smrodzie. O krzykach.

Czuję, jak jej ciało się napina.

– Bolało – ciągnę. – To właśnie ból pamiętam. Przez to miewam te koszmary. Przez to i przez fakt, że ona nie zrobiła nic, aby go powstrzymać.

Ana obejmuje mnie mocniej. Unoszę głowę, żeby spojrzeć jej w oczy.

– Ty nie jesteś taka jak ona. Nigdy tak nawet nie myśl. Proszę.

Widzę, jak mruga powiekami, i z powrotem kładę głowę na jej piersi.

Dziwka narkomanka była słaba. *Nie, robaczku. Nie teraz.*

Zabiła się. Zostawiła mnie samego.

– Czasami w snach ona leży na podłodze, a ja myślę, że śpi – mówię dalej. – Ale się nie rusza. Nigdy się nie rusza. A ja jestem głodny. Rozlega się głośny hałas i on znowu tam jest i tak mocno mnie bije, przeklinając dziwkę. Jego pierwsza reakcja to zawsze pięści albo pas.

– Dlatego właśnie nie lubisz być dotykany?

Zamykam oczy i przytulam się do niej mocniej.

– To skomplikowane.

Chowam twarz między piersiami Any, jakbym chciał się w nią zapaść.

– Powiedz mi.

– Ona mnie nie kochała – wyjaśniam. Nie potrafiła mnie kochać. Nie potrafiła mnie ochronić. A do tego mnie opuściła. Zostałem całkiem sam. – Ja sam siebie nie kochałem. Jedyny dotyk, jaki znałem, to... ból. To dlatego.

Nigdy nie zaznałem czułego dotyku matki, Ano.

Nigdy.

Grace nie przekraczała moich granic.

Do dziś nie wiem dlaczego.

– Flynn potrafi wyjaśnić to lepiej niż ja – dodaję.

– Mogę się spotkać z Flynnem? – pyta Ana.

– Moje mroczne oblicze nie daje ci spokoju? – żartuję, starając się rozładować atmosferę.

– Lubię, jak ty nie dajesz mi spokoju.

Podoba mi się jej beztroska i fakt, że potrafi żartować z tego wszystkiego, napawa mnie nadzieją.

– Ja też to lubię, panno Steele. – Całuję ją i tonę w ciepłym spojrzeniu jej oczu. – Tak wiele dla mnie znaczysz, Ano. Naprawdę chcę, żebyś została moją żoną. Wtedy możemy się lepiej poznać. Mogę się tobą opiekować. Ty możesz opiekować się mną. Możemy mieć dzieci, jeśli chcesz. Rzucę ci do stóp cały świat, Anastasio. Pragnę cię, ciała i duszy, na zawsze. Pomyśl o tym, proszę.

– Pomyślę, Christianie. Pomyślę. Jednak naprawdę chciałabym porozmawiać z doktorem Flynnem, jeśli nie masz nic przeciwko.

– Dla ciebie wszystko, maleńka. Wszystko. Kiedy chciałabyś się z nim spotkać?

– Im szybciej, tym lepiej.

– Dobrze. Rano nas umówię – obiecuję i zerkam na zegarek. Jest 3.44. – Późno już. Powinniśmy iść spać. – Gaszę lampkę nocną i przyciągam Anę, a ona wtula się we mnie, idealnie przywierając do mojego ciała. – Kocham cię, Ano Steele, i chcę mieć cię blisko, zawsze. A teraz śpij.

BUDZI MNIE JAKIŚ RUCH. Ana wstaje z łóżka, przechodząc nade mną, i idzie szybkim krokiem do łazienki.

Ucieka ode mnie?

Nie.

Zerkam na zegarek.

Psiakrew. Jest późno. Chyba nigdy nie spałem tak długo. Ana musi zdążyć do pracy. Sięgam po telefon i dzwonię na wewnętrzny numer Taylora.

– Dzień dobry, panie Grey.

– Dzień dobry, Taylorze. Mógłbyś zawieźć pannę Steele do pracy?

– Z przyjemnością, proszę pana.

– Chyba trochę zaspała.

– Będę na nią czekał przed głównym wejściem.

– Świetnie.

– A potem wróć po mnie.

– Oczywiście, szefie.

Siadam na łóżku i przyglądam się Anie, która wypada z łazienki i wyciera się w pośpiechu, drugą ręką zbierając rozrzucone części garderoby. To całkiem nieźle widowisko, zwłaszcza kiedy zakłada czarne koronkowe majtki i biustonosz do kompletu.

O tak, coś takiego mógłbym oglądać cały dzień.

– Świetnie wyglądasz – odzywam się. – Możesz zadzwonić i powiedzieć, że jesteś chora.

– Nie, Christianie, nie mogę. Nie jestem megalomańskim prezesem o ślicznym uśmiechu, żeby sobie przychodzić i wychodzić, o której mi się tylko podoba.

Śliczny uśmiech? Megalomański prezes? Nie mogę powstrzymać rozbawienia.

– Zdecydowanie najbardziej lubię wchodzić.

– Christianie! – obrusza się Ana i rzuca we mnie ręcznikiem.

Parskam śmiechem. Wciąż tu jest i nie sądzę, aby było jej ze mną źle.

– Śliczny uśmiech, co?

– Tak – odpowiada, zapinając pasek zegarka. – Przecież wiesz, jak na mnie działasz.

– Czyżby?

– Owszem. Tak samo jak na inne kobiety. Przyglądanie się, jak wszystkie niemal mdleją z zachwytu na twój widok, staje się mocno męczące.

– Naprawdę?

– Nie zgrywaj mi tu niewiniątka, Grey. To do ciebie nie pasuje – mówi, spinając włosy w kucyk, a potem zakłada czarne szpilki.

Ech, te czarne dodatki. Wygląda oszałamiająco.

Kiedy nachyla się, żeby cmoknąć mnie na pożegnanie, nie mogę się powstrzymać i pociągam ją na łóżko.

Dziękuję ci, Ano, że wciąż ze mną jesteś.

– Czym mogę cię skusić, żebyś została? – szepczę.

– Nie możesz – odpowiada mrukliwie Ana, próbując się uwolnić z moich objęć. – Puść mnie.

Kiedy robię nadąsaną minę, na jej twarzy pojawia się

szeroki uśmiech. Przesuwa palcem po moich wargach, a potem nachyla się, żeby mnie pocałować. Zamykam oczy, rozkoszując się smakiem jej ust.

– Taylor cię zawiezie – mówię, rozluźniając uścisk. – Tak będzie szybciej. I nie będziesz musiała szukać miejsca do zaparkowania. Czeka przed budynkiem.

– Dobra. Dziękuję – odpowiada. – Miłego leniwego poranka, panie Grey. Chciałabym zostać, ale właściciel firmy, w której pracuję, nie byłby zadowolony, gdyby jego pracownicy brali wolne, żeby uprawiać gorący seks.

– Panno Steele, nie mam wątpliwości, że byłby zadowolony. Możliwe nawet, że nalegałby na to.

– Czemu jeszcze jesteś w łóżku? To nie w twoim stylu.

Splatam ręce za głową i uśmiecham się do niej szeroko.

– Ponieważ mogę, panno Steele.

Ana kręci głową z udawanym niesmakiem.

– Na razie, kochanie.

Posyła mi całusa i znika za drzwiami. Słyszę odgłos jej kroków w holu, a potem zapada cisza.

Ledwie wyszła do pracy, a ja już za nią tęsknię.

Sięgam po telefon, żeby wysłać do niej mail. Ale co miałbym jej napisać? Tej nocy tak wiele ode mnie usłyszała, że nie chcę jej odstraszyć kolejnymi... rewelacjami.

Im prościej, tym lepiej, Grey.

Nadawca: Christian Grey
Temat: Tęsknię
Data: 15 czerwca 2011, 09:05
Adresat: Anastasia Steele

Korzystaj, proszę, z blackberry.

x

Christian Grey,
prezes Grey Enterprises Holdings, Inc.

Rozglądam się po sypialni i dociera do mnie, jak tu pusto bez Any. Wysyłam też mail na jej osobiste konto pocztowe. Muszę mieć pewność, że będzie korzystała z telefonu, bo nie chcę, żeby ktoś z SIP czytał naszą korespondencję.

Nadawca: Christian Grey
Temat: Tęsknię
Data: 15 czerwca 2011, 09:06
Adresat: Anastasia Steele

Moje łóżko jest za duże bez Ciebie.

Wygląda na to, że jednak będę musiał jechać do pracy.

Nawet megalomańscy prezesi muszą coś robić.

X

Christian Grey,
kręcący młynka palcami prezes Grey Enterprises Holdings, Inc.

Mam nadzieję, że to mój mail wywoła jej uśmiech. Wysyłam go, a potem dzwonię do gabinetu Flynna i zostawiam wiadomość na poczcie głosowej. Skoro Ana chce się z nim zobaczyć, powinienem jej to umożliwić. W końcu wstaję z łóżka i idę do łazienki. Tego dnia czeka mnie spotkanie z burmistrzem.

Po TYM, co wydarzyło się wczorajszego wieczoru, mam wilczy apetyt. Nie dokończyłem kolacji, ale pani Jones przyrządziła dla mnie obfite śniadanie – jajka, bekon, szynka, placki ziemniaczane, gofry i grzanki. Dała z siebie wszystko; gdy gotuje, jest w swoim żywiole. Kiedy jem, dostaję odpowiedź od Any. Z jej służbowego komputera!

Nadawca: Anastasia Steele
Temat: No i dobrze
Data: 15 czerwca 2011, 09:27
Adresat: Christian Grey

Mój szef jest wściekły.

Za swoje spóźnienie winię Ciebie i Twoje… błazenady.

Powinieneś się wstydzić.

Anastasia Steele,
asystentka Jacka Hyde'a, redaktora naczelnego
SIP

Och, Ano, nawet sobie nie zdajesz sprawy, jak bardzo się wstydzę.

Nadawca: Christian Grey
Temat: Że niby co?
Data: 15 czerwca 2011, 09:32
Adresat: Anastasia Steele

Nie musisz chodzić do pracy, Anastasio.

Nie masz pojęcia, jak bardzo jestem zbulwerso-
wany swoimi błazenadami.

Ale lubię być powodem Twojego spóźnienia ;)

Proszę, używaj blackberry.

Och, i jeszcze wyjdź za mnie.

Christian Grey,
prezes Grey Enterprises Holdings, Inc.

Kiedy jem śniadanie, pani Jones krząta się po kuchni.
– Dolać panu kawy, panie Grey?
– Poproszę.
Sygnał mojego telefonu zwiastuje nadejście kolejne-
go maila od Any.

Nadawca: Anastasia Steele
Temat: Zarabianie na życie
Data: 15 czerwca 2011, 09:35
Adresat: Christian Grey

Wiem, że masz skłonność do naprzykrzania się, ale poskrom ją.

Muszę porozmawiać z Twoim psychiatrą.

Dopiero wtedy dam Ci odpowiedź.

Nie mam nic przeciwko życiu w grzechu.

Anastasia Steele,
asystentka Jacka Hyde'a, redaktora naczelnego SIP

Ano, do jasnej cholery!

Nadawca: Christian Grey
Temat: BLACKBERRY
Data: 15 czerwca 2011, 09:40
Adresat: Anastasia Steele

Anastasio, jeśli masz zamiar zacząć dyskusję na temat doktora Flynna, KORZYSTAJ Z BLACKBERRY.

To nie jest prośba.

Christian Grey,
wkurzony prezes Grey Enterprises Holdings, Inc.

Dzwoni do mnie asystentka Flynna i proponuje wizytę w gabinecie jutro o dziewiętnastej. Proszę ją, żeby przekazała swojemu szefowi, że chcę z nim porozmawiać osobiście. Muszę go zapytać, czy mogę przyprowadzić Anę na sesję.

– Zanotuję, że ma do pana później zadzwonić.
– Dzięki, Janet.
Chciałbym również się dowiedzieć, jak dzisiaj czuje
się Leila.
Wysyłam kolejny mail do Any, tym razem w nieco
łagodniejszym tonie.

Nadawca: Christian Grey
Temat: Rozwaga
Data: 15 czerwca 2011, 09:50
Adresat: Anastasia Steele

Odwaga winna iść w parze z rozwagą.
Proszę, bądź rozważna... Twoje służbowe maile
są monitorowane.

ILE RAZY MUSZĘ CI TO POWTARZAĆ?

Tak, krzykliwe kapitaliki, jak je nazywasz. KORZY-
STAJ Z BLACKBERRY.

Doktor może się z nami spotkać jutro wieczorem.

x

Christian Grey,
nadal wkurzony prezes Grey Enterprises Holdings, Inc.

Mam nadzieję, że taki ton ją zadowoli.
– Czy dziś też mam przygotować kolację dla dwóch
osób? – pyta Gail.

– Tak, pani Jones. Dziękuję.

Wypijam ostatni łyk kawy i odstawiam filiżankę. Lubię przekomarzać się z Aną przy śniadaniu. Jeżeli za mnie wyjdzie, będziemy mogli zaczynać tak każdy dzień.

Małżeństwo. Żona.

Grey, o czym ty myślisz?

Co będę musiał zmienić, jeżeli Ana zgodzi się mnie poślubić? Zsuwam się ze stołka i idąc w stronę łazienki, przystaję przy schodach. Wiedziony impulsem wchodzę na górę, otwieram drzwi pokoju zabaw i przestępuję próg.

Ostatnie moje wspomnienie związane z tym miejscem nie należy do najprzyjemniejszych.

Cóż, jesteś popieprzonym sukinsynem.

Wciąż prześladują mnie słowa Any. Przed oczyma staje mi jej obraz, zalanej łzami i udręczonej. Zaciskam powieki. Nagle ogarnia mnie dotkliwe uczucie pustki, a towarzyszące mu wyrzuty sumienia są tak silne, że przenikają mnie do głębi. Nigdy więcej nie chcę jej oglądać tak nieszczęśliwej. Ostatniej nocy płakała, wylewała z siebie łzy żalu, ale tym razem pozwoliła mi, żebym ją pocieszył. Było zupełnie inaczej niż poprzednio.

Czyż nie?

Rozglądam się po wnętrzu. Ciekaw jestem, co się z nim teraz stanie.

Przeżyłem tutaj kilka wspaniałych chwil…

Ana rozpięta na krzyżu. Ana przykuta do łóżka. Ana na klęczkach.

Podoba mi się twoje perwersyjne bzykanko.

Wzdycham ciężko i w tej samej chwili w mojej kieszeni wibruje telefon. To wiadomość tekstowa od Taylora, który czeka na mnie przed wejściem. Po raz ostatni omiatam wzrokiem pokój, który kiedyś był moim bezpiecznym miejscem, i zamykam za sobą drzwi.

|||||||||||||||||||||||||||

Poranek mija spokojnie, ale w całej firmie panuje atmosfera podniecenia. Nieczęsto zdarza mi się przyjmować oficjalne delegacje, więc wizyta burmistrza wywołuje poruszenie wśród pracowników. Udaje mi się jakoś przebrnąć przez kilka porannych spotkań i wszystko jest na swoim miejscu.

Kiedy o wpół do dwunastej znów zasiadam w swoim gabinecie, Andrea przełącza do mnie Flynna, który czeka na linii.

– John, dzięki, że zadzwoniłeś.

– Przypuszczałem, że chcesz porozmawiać o Leili Williams, ale widzę, że jesteś umówiony na wizytę jutro wieczorem.

– Poprosiłem Anę o rękę – mówię, ale John milczy. – Jesteś zaskoczony?

– Szczerze mówiąc, nie.

Nie takiej odpowiedzi się spodziewałem, ale pozostawiam to bez komentarza.

– Jesteś impulsywny, Christianie – cięgnie Flynn. – I jesteś zakochany. Co odpowiedziała ci Ana?

– Chce z tobą porozmawiać.

– Przecież nie jest moją pacjentką.

– Ale ja jestem i proszę cię, żebyś ją przyjął.

Przez chwilę w słuchawce panuje cisza.

– Dobra – odzywa się wreszcie Flynn.

– Proszę, powiedz jej wszystko, co będzie chciała wiedzieć.

– Skoro tego sobie życzysz…

– Owszem. A jak się czuje Leila?

– Noc upłynęła jej spokojnie, a dziś rano była chętna do współpracy. Myślę, że zdołam jej pomóc. Christianie… – John zawiesza głos. – Małżeństwo to poważne zobowiązanie.

– Wiem o tym.

– Jesteś pewien, że tego właśnie chcesz?

Tym razem to ja zastanawiam się przez chwilę. Spędzić resztę życia z Aną...

– Tak – odpowiadam w końcu.

– Ale ta droga nie zawsze jest usłana różami. Czeka cię wiele ciężkiej pracy.

Droga usłana różami? O czym on, do cholery, mówi?

– Nigdy nie bałem się ciężkiej pracy.

Flynn się śmieje.

– To prawda – przyznaje. – Do zobaczenia jutro.

– Dzięki.

Moja komórka wibruje i na wyświetlaczu pojawia się kolejny SMS od Eleny.

ELENA:
Czy możemy zjeść razem kolację?

Nie w tej chwili, Eleno, odpowiadam w myślach. Teraz nie mogę zawracać sobie nią głowy. Usuwam wiadomość. Uświadamiam sobie, że minęło południe, a ja nie dostałem żadnej odpowiedzi od Any. Wystukuję na klawiaturze krótki mail.

Nadawca: Christian Grey
Temat: Tak się nie robi
Data: 15 czerwca 2011, 12:15
Adresat: Anastasia Steele

Nie odpisałaś mi.

Proszę, powiedz, że wszystko w porządku.

Wiesz, jak bardzo się martwię.

Wyślę Taylora, aby to sprawdził!

x

Christian Grey,
zbytnio się przejmujący prezes Grey Enterprises
Holdings, Inc.

Kolejnym spotkaniem w moim harmonogramie jest lunch z burmistrzem i jego świtą. Goście chcą, żeby oprowadzić ich po budynku, a mój spec od PR wychodzi z siebie. Samowi bardzo zależy na ulepszaniu wizerunku firmy, chociaż czasem odnoszę wrażenie, że chodzi mu o własny wizerunek.

Rozlega się pukanie i w drzwiach staje Andrea.

– Przyszedł Sam – mówi.

– Niech wejdzie – odpowiadam. – Aha, czy mogłabyś uzupełnić listę kontaktów w mojej komórce?

– Oczywiście.

Wręczam jej telefon, a Andrea odsuwa się, żeby przepuścić Sama, który wita mnie wyniosłym uśmiechem i rozpoczyna próbę generalną prezentacji przygotowanej dla gości. Pracuje dla mnie od niedawna, ale przez jego pretensjonalne zachowanie zaczynam żałować, że go zatrudniłem.

Andrea znów zagląda do gabinetu.

– Dzwoni do pana Anastasia Steele – informuje mnie – ale pańska komórka jest w trakcie ładowania danych i wolałabym jej teraz nie odłączać.

Zrywam się z fotela, ignorując Sama, i wychodzę z gabinetu. Andrea podaje mi mój telefon, który jest połączony z komputerem tak krótkim kablem, że muszę pochylić się nad biurkiem.

– Nic ci nie jest?

– Oczywiście, że nie – odpowiada Ana. *Dzięki Bogu.* – Christianie, dlaczego miałoby mi coś być?

– Zazwyczaj tak szybko odpisujesz mi na maile. Po tym wszystkim, co ci wczoraj powiedziałem, po prostu się martwiłem – mówię ściszonym głosem, bo nie chcę, żeby Andrea albo ta nowa stażystka usłyszały moje słowa.

– Panie Grey. – Andrea przyciska ramieniem słuchawkę do ucha i stara się przyciągnąć moją uwagę. – Burmistrz i reszta delegacji są już w recepcji. Mam ich poprosić na górę?

– Nie, każ im zaczekać.

Moja asystentka robi zakłopotaną minę.

– Obawiam się, że jest za późno. Już tu jadą.

– Nie – powtarzam surowym tonem. – Mają czekać i już.

Cholera jasna.

– Christianie, jesteś zajęty – odzywa się Ana. – Zadzwoniłam tylko po to, by dać ci znać, że wszystko w porządku. Naprawdę. Jestem dziś mocno zajęta, a Jack stoi nade mną z batem. Eee... to znaczy...

Co za intrygujące sformułowanie.

– Z batem, powiadasz? Cóż, swego czasu nazwałbym go szczęściarzem. Nie pozwól, by na ciebie wsiadł, mała.

– Christianie! – upomina mnie Ana, udając oburzenie.

Uśmiecham się. Lubię ją bulwersować.

– Po prostu miej na niego oko, to wszystko. O której mam po ciebie przyjechać?

– Napiszę ci w mailu.

– Wysłanym z blackberry – dodaję surowym tonem.

– Tak, proszę pana.

– Na razie, mała.

– Pa…

Zerkam na wyświetlacz windy i widzę, że kabina zbliża się do mojego piętra. Burmistrz będzie tu lada chwila.

– Rozłącz się – mówi Ana i wyczuwam, że się uśmiecha.

– Żałuję, że nie zostałaś dzisiaj w domu.

– Ja też. Ale jestem zajęta. Rozłączaj się.

– Ty się rozłącz. – Teraz ja szczerzę zęby w uśmiechu.

– Już to przerabialiśmy – odpowiada tym swoim zadziornym tonem.

– Przygryzasz wargę.

Ciche westchnienie, które rozlega się w słuchawce, świadczy o tym, że ją zaskoczyłem.

– Widzisz? Uważasz, że cię nie znam, Anastasio – dodaję. – Ale znam cię lepiej, niż ci się wydaje.

– Christianie, porozmawiamy później. W tym momencie naprawdę też żałuję, że nie zostałam w domu.

– Będę czekać na pani mail, panno Steele.

– Miłego dnia, panie Grey.

Ana przerywa połączenie i w tej samej chwili rozsuwają się drzwi windy.

ZA KWADRANS CZWARTA jestem z powrotem w moim gabinecie. Wizyta burmistrza okazuje się wielkim sukcesem i jest korzystna dla wizerunku GEH. Dzwoni telefon na moim biurku.

– Mam na linii Mię Grey – informuje mnie Andrea.

– Przełącz ją do mnie.

– Christian? – rozlega się w słuchawce głos mojej przyrodniej siostry.

– Witaj.

– W sobotę wydajemy przyjęcie z okazji twoich urodzin i chcę zaprosić Anastasię.

– A nie zapomniałaś o powitaniu?

Mia wzdycha lekceważąco.

– Oszczędź mi swoich kazań, wielki bracie.

– Mam już plany na sobotę.

– Więc je odwołaj. Wszystko jest już przygotowane.

– Mio!

– Żadnych ale. Daj mi numer Any.

Wzdycham i nic nie odpowiadam.

– Christianie! – krzyczy Mia.

Jezu.

– Wyślę ci SMS-em.

– Tylko się nie wykręcaj. Sprawisz zawód rodzicom, nie mówiąc o mnie i Elliocie.

Kwituję to kolejnym westchnieniem.

– Wszystko mi jedno.

– Świetnie! W takim razie do zobaczenia. Cześć – mówi i się rozłącza.

Patrzę na telefon z mieszanką rezygnacji i rozbawienia. Moja siostrzyczka potrafi być naprawdę nieznośna. A ja nienawidzę urodzin. Własnych urodzin. Niechętnie wysyłam jej numer Any, zdając sobie sprawę, na co narażam niczego niepodejrzewającą ofiarę.

Potem wracam do lektury raportu. Kiedy kończę, otwieram konto pocztowe, gdzie czeka na mnie mail od Any.

Nadawca: Anastasia Steele
Temat: Podeszły wiek
Data: 15 czerwca 2011, 16:11
Adresat: Christian Grey

Drogi Panie Grey
Kiedy zamierzałeś mi powiedzieć?

Co mam kupić mojemu staruszkowi na urodziny?

Może nowe baterie do aparatu słuchowego?

A x
Anastasia Steele,
asystentka Jacka Hyde'a, redaktora naczelnego SIP

Na Mii można polegać. Nie traci ani chwili. Odpisuję, uśmiechając się z rozbawienia.

Nadawca: Christian Grey
Temat: Staruszek
Data: 15 czerwca 2011, 16:20
Adresat: Anastasia Steele

Proszę nie kpić z ludzi w podeszłym wieku.

Cieszę się, że żyjesz i kąsasz.

I że Mia się z Tobą skontaktowała.

Baterie zawsze mogą się przydać.

Nie lubię świętować urodzin.

x

Christian Grey,
głuchy jak pień prezes Grey Enterprises Holdings, Inc.

Nadawca: Anastasia Steele
Temat: Hmmm
Data: 15 czerwca 2011, 16:24
Adresat: Christian Grey

Drogi Panie Grey
Wyobrażam sobie, jak wydymasz wargi, pisząc ostatnie zdanie.

To na mnie mocno działa.

A xox

Anastasia Steele,
asystentka Jacka Hyde'a, redaktora naczelnego SIP

Jej odpowiedź sprawia, że śmieję się w głos, ale nie wiem, co mogę zrobić, żeby zaczęła używać telefonu.

Nadawca: Christian Grey
Temat: Wywracanie oczami
Data: 15 czerwca 2011, 16:29
Adresat: Anastasia Steele

Panno Steele
CZY MOŻESZ W KOŃCU KORZYSTAĆ Z BLACK-BERRY?

Christian Grey,
prezes ze świerzbiącą ręką Grey Enterprises Holdings, Inc.

Czekam na jej odpowiedź. Kiedy nadchodzi, nie roz-
czarowuje mnie.

Nadawca: Anastasia Steele
Temat: Natchnienie
Data: 15 czerwca 2011, 16:33
Adresat: Christian Grey

Drogi Panie Grey
Ach… te Twoje świerzbiące ręce nie potrafią
zbyt długo leżeć w bezruchu, prawda?

Ciekawe, co by powiedział na to doktor Flynn.

Ale już wiem, co dam Ci na urodziny – i mam nadzieję, że będę dzięki temu obolała.

;)

A x

Nareszcie zaczęła wysyłać maile z blackberry. I chce
być obolała. Moja wyobraźnia zaczyna pracować na wysokich obrotach, podsuwając mi związane z tym scena-
riusze.

Rozsiadam się wygodniej w fotelu i wystukuję na
klawiaturze odpowiedź.

Nadawca: Christian Grey
Temat: Dusznica
Data: 15 czerwca 2011, 16:38
Adresat: Anastasia Steele

Panno Steele
Moje serce chyba nie wytrzyma kolejnego takiego maila, nie mówiąc o spodniach.

Zachowuj się.

x

Christian Grey,
prezes Grey Enterprises Holdings, Inc.

Nadawca: Anastasia Steele
Temat: Próbuję
Data: 15 czerwca 2011, 16:42
Adresat: Christian Grey

Christianie
Próbuję pracować dla bardzo irytującego szefa.

Przestań mi, proszę, zawracać głowę, i też mnie nie irytuj.

Przez Twój ostatni mail omal nie eksplodowałam.

X
PS. Możesz po mnie przyjechać o 18.30?

Nadawca: Christian Grey
Temat: Oczywiście
Data: 15 czerwca 2011, 16:47
Adresat: Anastasia Steele

Nic nie sprawiłoby mi większej przyjemności.

Choć, jeśli mam być szczery, do głowy przychodzi mi mnóstwo rzeczy, które sprawiłyby mi
większą przyjemność, i wszystkie związane są
z Twoją osobą.

x

Christian Grey,
prezes Grey Enterprises Holdings, Inc.

Taylor parkuje przed jej biurem o 18:27. Zostało mi
zaledwie kilka minut czekania.

Jestem ciekaw, czy myślała o moich oświadczy-
nach. Oczywiście wiem, że najpierw musi porozmawiać
z Flynnem. Może usłyszy od niego, że nie powinna robić
głupstw. Ta myśl napawa mnie przygnębieniem. Zastanawiam się, czy nasze wspólne dni nie są policzone. Ale
przecież poznała najgorszą prawdę, a mimo to wciąż jest
ze mną. To zawsze jakaś nadzieja. Zerkam na zegarek –
jest 18:38 – i z powrotem wbijam wzrok w wejście do
biurowca.

Gdzie ona jest?

Nagle Ana wybiega na ulicę, a za jej plecami pchnię-
te z impetem drzwi kołyszą się na zawiasach. Nie idzie
jednak w stronę samochodu.

Co się dzieje?

Przystaje, toczy wzrokiem dookoła i powoli osuwa się na ziemię.

Kurwa.

Otwieram drzwi samochodu i kątem oka dostrzegam, że Taylor robi to samo.

Obaj pędzimy w stronę siedzącej na chodniku Any. Wygląda na to, że zasłabła. Klękam obok niej.

– Ano! Ano! Co się stało? – Biorę ją w objęcia i ujmuję w dłonie jej twarz, a ona zamyka oczy i osuwa się w moje ramiona, jakby w przypływie ulgi. – Ano, co się stało? – pytam, potrząsając nią delikatnie. – Jesteś chora?

– Jack – odpowiada szeptem.

Wzbierająca fala adrenaliny napełnia mnie morderczą furią. Posyłam szybkie spojrzenie Taylorowi, a on kiwa głową i znika w budynku.

– Kurwa! Co ten złamas ci zrobił?

Ana niespodziewanie zaczyna chichotać.

– Raczej co ja zrobiłam jemu – odpowiada i zanosi się histerycznym śmiechem.

Zakatrupię go.

– Ano! – Potrząsam nią. – Dotknął cię?

– Tylko raz – szepcze i przestaje chichotać.

W moich mięśniach buzuje żądza krwi. Z redakcji dobiega stłumiony odgłos krzyków.

– Gdzie jest ten skurwiel? – pytam i podnoszę się, wciąż trzymając Anę w objęciach, a potem stawiam ją ostrożnie na chodniku. – Możesz stać?

Przytakuje skinieniem głowy.

– Nie wchodź do środka. Nie rób tego, Christianie.

– Wsiadaj do samochodu.

Ana wbija palce w moje ramię.

– Christianie, nie.

– Wsiadaj do tego cholernego samochodu.

Zabiję go gołymi rękami.

– Nie! Proszę! – błaga Ana. – Zostań. Nie zostawiaj mnie samej.

Przygładzam dłonią włosy, starając się zapanować nad emocjami, tymczasem krzyki dobiegające z budynku przybierają na sile, a potem nagle się urywają.

Wyjmuję telefon z kieszeni.

– On ma moje maile – szepcze Ana.

– Co?

– Moje maile do ciebie. Chciał wiedzieć, gdzie się podziały twoje maile do mnie. Próbował mnie szantażować.

Czuję się, jakbym za chwilę miał dostać zawału.

Co za pieprzony gnojek.

– Kurwa – warczę i wybieram w pamięci komórki numer Barneya.

– Halo… – odzywa się głos w słuchawce.

– Barney, tu Grey. Musisz się dostać do głównego serwera SIP i usunąć wszystkie maile Anastasii Steele do mnie. Potem wejdź do osobistych plików Jacka Hyde'a i sprawdź, czy nie ma tam tych maili. Jeśli są, usuń je.

– Hyde? – dopytuje informatyk i dla pewności literuje nazwisko.

– Tak.

– Wszystkie?

– Wszystkie. Natychmiast. Daj mi znać, gdy już to zrobisz.

– Nie ma sprawy.

Rozłączam się i wybieram numer Jerry'ego Roacha.

– Roach, z tej strony Grey – witam go, kiedy odbiera telefon.

– Dobry wieczór…

– Hyde. – Od razu przechodzę do rzeczy. – Chcę się go pozbyć. Teraz.

– Ale… – Roach próbuje protestować.

– W tej chwili. Zadzwoń do ochrony. Ma natychmiast zabrać swoje rzeczy, inaczej jutro z samego rana zlikwiduję to wydawnictwo.

– Jeśli istnieje jakieś uzasadnienie…

– Masz już przecież powód, aby wręczyć mu wymówienie.

– Czytał pan jego akta osobowe?

Ignoruję to pytanie.

– Rozumiesz?

– Panie Grey, całkowicie pana rozumiem. Nasz kierownik działu kadr zawsze go broni, ale dopilnuję tego. Miłego wieczoru.

Gdy kończę rozmowę, czuję się już trochę spokojniejszy.

– Blackberry – zwracam się do Any.

– Proszę, nie złość się na mnie.

– W tej chwili jestem na ciebie ogromnie zły… – syczę przez zaciśnięte zęby. – Wsiadaj do auta.

– Christianie, proszę…

– Wsiadaj do tego pieprzonego auta, Anastasio, inaczej sam cię tam wsadzę.

– Nie rób niczego głupiego, błagam cię.

– Głupiego?! – wybucham i widzę wszystko jak przez czerwoną mgłę. – Mówiłem ci, żebyś korzystała z tego pieprzonego blackberry. Więc nie mów mi o głupim zachowaniu. Wsiadaj do tego pierdolonego samochodu, Anastasio, natychmiast!

– Dobrze. – Ana unosi ręce w pojednawczym geście. – Ale proszę, bądź ostrożny.

Nie podnoś na nią głosu, Grey.

Wskazuję na drzwi audi.

– Bądź ostrożny – powtarza szeptem. – Nie chcę, by coś ci się stało. To by mnie zabiło.

No i proszę. Martwi się o mnie. Jej słowa i łagodna,

zatroskana mina ewidentnie świadczą o tym, że przejmuje się moim zasranym losem.

Uspokój się, Grey.

Biorę głęboki oddech.

– Będę – obiecuję.

Patrzę, jak podchodzi do samochodu i wsiada, a kiedy zatrzaskuje za sobą drzwi, obracam się na pięcie i ruszam w stronę wejścia do biurowca.

Nie mam pojęcia, w którą stronę iść, ale kieruję się tam, skąd dochodzi jego głos. Jego irytujący, płaczliwy głos.

Taylor stoi przed drzwiami gabinetu redaktora naczelnego, obok biurka, które zapewne należy do Any. W środku Hyde rozmawia przez telefon, a obok niego stoi pracownik ochrony z rękami skrzyżowanymi na piersi.

– Gówno mnie to obchodzi, Jerry – krzyczy Hyde do telefonu. – Ta kobieta mnie prowokowała.

Nie mam ochoty dłużej tego słuchać. Wpadam do gabinetu.

– Co jest... – odzywa się Hyde zaskoczony moim widokiem.

Ma rozcięty lewy łuk brwiowy, a na jego policzku zaczyna wykwitać siniak. Domyślam się, że Taylor zdążył zaaplikować mu własny środek dyscyplinarny. Sięgam do stojącego na biurku telefonu i naciskam widełki, przerywając połączenie.

– No patrzcie, kogo tu, kurwa, przyniosło. – Hyde uśmiecha się pogardliwie. – Jej cudowny chłopak.

– Pakuj swoje rzeczy. Jeśli w tej chwili się stąd wyniesiesz, może ona nie wniesie skargi.

– Pierdol się, Grey. To ja wniosę skargę przeciwko tej dziwce, która bez żadnego powodu kopnęła mnie w jaja. I tego twojego zbira też pozwę za napaść. Tak, o tobie mówię, przystojniaku – woła do Taylora i posyła mu całusa.

Taylor stoi niewzruszony.

– Nie będę więcej powtarzał – mówię, patrząc zło-
wrogo.

– A ja powtórzę, pierdol się. Myślisz, że możesz tu
zgrywać ważniaka?

– Ta firma należy do mnie – odpowiadam półgłosem. – A ty jesteś tu zbędny. Wynoś się, póki jeszcze możesz chodzić.

Twarz Hyde'a robi się blada jak ściana.

Tak. Moja. To ty się pierdol, Hyde.

– Wiedziałem. Czułem, że coś tu śmierdzi. Ta ku-
rewka szpiegowała dla ciebie?

– Jeśli jeszcze raz wspomnisz o Anastasii, jeśli w ogóle o niej pomyślisz, jeśli nawet przyjdzie ci na to ochota,
wykończę cię.

Hyde drwiąco mruży oczy.

– A ty lubisz, kiedy kopie cię w jaja?

Uderzam go pięścią w nos, a on zatacza się do tyłu
i wali głową w półkę, a potem osuwa się na podłogę.

– Wspomniałeś o niej. A teraz wstawaj, zbieraj swoje
rzeczy i wynocha. Jesteś zwolniony.

Z jego nosa ciemie krew. Taylor wchodzi do gabinetu z pudełkiem chusteczek i kładzie je na biurku.

– Widziałeś to. – Hyde zwraca się jękliwym głosem
do ochroniarza.

– Widziałem, jak pan upadł – odpowiada ochroniarz.

Na jego identyfikatorze widnieje nazwisko „M. Mathur".

Dobra robota.

Hyde z trudem dźwiga się z podłogi, wyciąga kilka
chusteczek i przyciska je do krwawiącego nosa.

– Zaskarżę ją. Ona mnie zaatakowała – odgraża się
nadal, ale zaczyna zbierać swoje rzeczy i wkładać je do
kartonowego pudła.

– W Nowym Jorku i Chicago miałeś trzy zatuszowane skargi o molestowanie, a tutaj już dwa upomnienia. Nie sądzę, żebyś zdołał wiele zwojować – mówię, patrząc w jego pełne nienawiści oczy. – Pakuj się. Jesteś skończony.

Obracam się i wychodzę z gabinetu, żeby zaczekać razem z Taylorem. Lepiej, żebym trzymał się z dala od tego gnojka. Mam ochotę go zabić.

Hyde guzdrze się niemiłosiernie, ale przynajmniej robi to w milczeniu. Jest wściekły. Naprawdę wściekły. Niemal czuję, jak krew kipi w jego żyłach. Od czasu do czasu posyła mi złowrogie spojrzenia, ale nie reaguję na nie. Widok jego pokiereszowanej twarzy sprawia mi satysfakcję.

W końcu Hyde kończy się pakować i zabiera pudło, a Mathur wyprowadza go z budynku.

– Skończyliśmy, panie Grey? – odzywa się Taylor.

– Na razie tak.

– Kiedy go znalazłem, zwijał się z bólu na podłodze.

– Naprawdę?

– Panna Steele chyba umie się bronić.

– Nigdy nie przestanie mnie zaskakiwać – odpowiadam. – Chodźmy.

Wychodzimy z redakcji i kierujemy się w stronę samochodu. Ponieważ Ana siedzi z przodu, Taylor podaje mi kluczyki, a sam zajmuje miejsce na tylnej kanapie.

Ana milczy, kiedy ruszam i włączam się do ruchu. Nie wiem, co jej powiedzieć.

Z zadumy wyrywa mnie dzwonek telefonu. Odbieram połączenie.

– Grey.

– Panie Grey, z tej strony Barney.

– Barney, używam zestawu głośnomówiącego, a w aucie znajdują się inne osoby.

– Wszystko załatwione, proszę pana. Ale musimy

jeszcze porozmawiać o tym, co znalazłem w komputerze pana Hyde'a.

– Zadzwonię do ciebie, kiedy dojadę ma miejsce. I dziękuję, Barney.

– Nie ma sprawy, panie Grey.

Kończymy rozmowę i zatrzymuję się na czerwonym świetle.

– Odzywasz się do mnie? – pyta Ana.

Zerkam w jej stronę.

– Nie – odburkuję.

Wciąż jestem zbyt rozgniewany. Ostrzegałem ją przed Jackiem. I prosiłem ją, żeby do pisania maili używała telefonu. Okazało się, że miałem rację. Czuję się usprawiedliwiony.

Grey, dorośnij wreszcie. Zachowujesz się jak dziecko.

W mojej głowie odbijają się echem słowa Flynna: „Już dawno nabrałem przekonania, że tak naprawdę nigdy nie miałeś szansy dojrzeć w sensie emocjonalnym. Myślę, że doświadczasz tego właśnie teraz".

Spoglądam na nią w nadziei, że zareaguje, jeżeli powiem coś zabawnego, jednak Ana obserwuje widok za oknem. Postanawiam zaczekać, aż wrócimy do domu.

PARKUJĘ PRZED ESCALĄ i kiedy otwieram Anie drzwi, Taylor siada za kierownicą.

– Chodź – mówię i podaję jej rękę.

– Christianie, czemu jesteś na mnie taki zły? – pyta mnie szeptem, kiedy czekamy na windę.

– Wiesz dlaczego. – Rozsuwają się drzwi, wchodzimy do kabiny i wstukuję na klawiaturze kod piętra. – Boże, gdyby coś ci się stało, on by już teraz nie żył. Zniszczę mu karierę. Ta żałosna imitacja mężczyzny już więcej nie będzie mogła wykorzystywać młodych kobiet.

Gdyby coś jej się stało.

Wczoraj Leila. Dzisiaj Hyde.

Cholera.

Nie odrywając ode mnie wzroku, Ana przygryza dolną wargę.

– Jezu, Ano!

Przyciągam ją do siebie i przyciskam do ściany w kącie. Chwytam ją za włosy, unoszę jej głowę i wpijam się w jej wargi, wkładając w ten pocałunek cały mój strach i desperację. Ana nie wzbrania się. Wpycha mi język w usta, zaciskając palce na moim ramieniu. Kiedy przerywam, obydwoje przez chwilę nie możemy złapać tchu.

– Gdyby coś ci się stało… Gdyby cię skrzywdził… – mówię i moje ciało przeszywa dreszcz. – Blackberry. Od teraz. Zrozumiano?

Ana kiwa głową z poważną miną. Prostuję się i wypuszczam ją z objęć.

– Mówił, że kopnęłaś go w jaja.

– Tak.

– To dobrze.

– Ray to były wojskowy. Dobrze mnie wyszkolił.

– Bardzo mnie to cieszy. Będę musiał o tym pamiętać.

Wychodzimy z windy. Biorę ją za rękę i prowadzę przez hol do salonu. Z kuchni, gdzie pani Jones przyrządza kolację, dobiegają apetyczne zapachy.

– Muszę zadzwonić do Barneya – oznajmiam. – To nie potrwa długo.

Zasiadam za biurkiem w moim gabinecie i podnoszę słuchawkę.

– Co takiego było w komputerze Hyde'a? – pytam, kiedy Barney odbiera telefon.

– No cóż, to trochę niepokojące. Znalazłem materiały, zdjęcia i artykuły dotyczące pana, pańskich rodziców i rodzeństwa. Wszystko to trzymał w folderze zatytułowanym *Greyowie*.

– To dziwne.

– Też tak pomyślałem.

– Mógłbyś mi przesłać to wszystko?

– Oczywiście, proszę pana.

– I niech ta sprawa pozostanie między nami.

– Ma się rozumieć.

– Dzięki, Barney. A teraz idź już do domu.

Mail od Barneya przychodzi niemal natychmiast po zakończeniu rozmowy. Przesłany w załączniku folder zawiera artykuły z Internetu na temat moich rodziców i ich działalności dobroczynnej, artykuły o mnie, mojej firmie, „Charliem Tango" i gulfstreamie, a także zdjęcia wszystkich członków mojej rodziny, pobrane, jak przypuszczam, z profilu Mii na Facebooku. Ostatnie dwie fotografie przedstawiają Anę i mnie – zostały wykonane podczas uroczystości wręczenia dyplomów i na wystawie fotografii.

Po jaką cholerę Hyde miałby zbierać to wszystko? Tego nie potrafię pojąć. Wiem, że czuje słabość do Any, i to jest typowe dla jego zapędów. Ale moja rodzina? Albo ja sam? Wygląda to tak, jakby miał na naszym punkcie obsesję. A może w tym wszystkim chodzi o Anę. Dziwne. I rzeczywiście niepokojące. Postanawiam zadzwonić jutro rano do Welcha i pomówić z nim o tym. Kiedy zbada dokładniej tę sprawę, będzie mógł mi udzielić konkretnych odpowiedzi.

Zamykam mail i dostrzegam czekające w skrzynce odbiorczej dwa ostateczne projekty umowy kupna, które przysłał mi Marco. Muszę je przeczytać jeszcze tego wieczoru, ale najpierw kolacja.

– Dobry wieczór, Gail – mówię, wchodząc do kuchni.

– Dobry wieczór, panie Grey. Kolacja za dziesięć minut?

Ana siedzi przy kontuarze z kieliszkiem wina. Myślę, że jej się należy po tym, jak załatwiła tego gnojka. Wyjmuję z lodówki butelkę Sancerre i nalewam również sobie.

– Oczywiście – odpowiadam pani Jones, a potem odwracam się do Any i unoszę kieliszek. – Za byłych woj-
skowych, którzy świetnie szkolą swoje córki.

– Na zdrowie – mruczy Ana, ale wydaje się trochę
przygnębiona.

– Co się stało?

– Nie wiem, czy nadal mam pracę.

– A chcesz mieć?

– Oczywiście.

– No to masz.

Ana wywraca oczami, a ja uśmiecham się i wypijam
kolejny łyk wina.

– Rozmawiałeś z Barneyem? – pyta, kiedy siadam
obok niej.

– Tak.

– No i?

– Co?

– Co takiego Jack miał w swoim komputerze?

– Nic ważnego.

Pani Jones stawia przed nami kolację. Kurczak z warzywami w cieście. Jedna z moich ulubionych potraw.

– Dziękuję, Gail – mówię, a ona życzy nam smacznego i wychodzi.

– A więc nie zamierzasz mi powiedzieć, tak? – Ana
nie daje za wygraną.

– Czego powiedzieć?

W odpowiedzi wydyma usta i bierze do ust kolejny kęs.

Nie chcę, żeby przejmowała się zawartością komputera Jacka.

– Dzwonił José – odzywa się po chwili, zmieniając
temat.

– Och?

– Chce dostarczyć ci w piątek zdjęcia.

– Osobista dostawa. Cóż za uprzejmość z jego strony.

– Chce gdzieś wyjść. Na drinka. Ze mną.

– Rozumiem.

– A Kate i Elliot powinni już wrócić do tego czasu – dodaje.

Odkładam widelec na talerz.

– O co konkretnie mnie prosisz?

– Ja cię o nic nie proszę. Informuję cię o moich planach na piątek. Słuchaj, chcę się spotkać z José, a on chce zostać na noc. Albo przenocuje tutaj, albo w moim mieszkaniu, ale to drugie oznacza, że ja także powinnam tam być.

– On się do ciebie przystawiał.

– Christianie, to było kilka tygodni temu. On był pijany, ja byłam pijana, a ty uratowałeś sytuację, ale to się więcej nie powtórzy. To nie jest Jack, na litość boską.

– Ethan jest u ciebie – zauważam. – On może mu dotrzymać towarzystwa.

– José chce się spotkać ze mną, nie z Ethanem – odpowiada Ana i widząc moje gniewne spojrzenie, dodaje: – To tylko przyjaciel.

Miała już przeprawę z Hyde'em. A jeżeli Rodriguez się upije i znów będzie próbował szczęścia?

– Nie podoba mi się to.

Ana bierze głęboki oddech, jakby się starała zachować spokój.

– To mój przyjaciel, Christianie. Nie widziałam się z nim od wystawy, a i wtedy bardzo krótko ze sobą rozmawialiśmy. Wiem, że ty nie masz przyjaciół, nie licząc tej paskudnej kobiety, ale ja nie suszę ci głowy o to, że się z nią widujesz.

Co Elena ma z tym wspólnego? Przypominam sobie przy okazji, że nie odpisałem na jej wiadomość.

– Chcę się z nim spotkać – ciągnie Ana. – Ostatnimi czasy fatalna ze mnie przyjaciółka.

– Czy tak właśnie myślisz? – pytam.

– Myślę o czym?

– O Elenie. Wolałabyś, żebym się z nią nie spotykał?

– Oczywiście. Wolałabym, żebyś się z nią nie spotykał.

– Czemu mi tego nie powiedziałaś?

– Bo nie mam takiego prawa. Twierdzisz, że to tylko twoja przyjaciółka. – W jej głosie daje się zauważyć nuta rozdrażnienia. – Tak samo ty nie masz prawa mi mówić, czy mam się spotykać z José. Nie rozumiesz tego?

Ma rację. Ale jeśli ugoszczę go pod moim dachem, nie będzie mógł przystawiać się do Any, prawda?

– Może przenocować tutaj – oświadczam. – Będę go miał na oku.

– Dziękuję ci! No wiesz, skoro ja też mam tu mieszkać…

No tak. Będzie chciała tu zapraszać swoich przyjaciół. Jezu. Tego nie przewidziałem.

– Przecież nie w tym rzecz, że brak ci wolnych pokoi. – Ana wykonuje zamaszysty gest, jakby chciała omieść ręką całe piętro.

– Czy pani sobie ze mnie drwi, panno Steele?

– Zdecydowanie, panie Grey.

Zabiera z blatu puste talerze i zanosi je do zmywarki, chociaż próbuję protestować, mówiąc, że Gail się tym zajmie.

– Teraz muszę trochę popracować – oświadczam.

– W porządku. Znajdę sobie jakieś zajęcie.

– Chodź tutaj. – Wciąż siedzę na stołku barowym, gdy Ana podchodzi do mnie i stojąc między moimi nogami, zarzuca mi ręce na szyję. Obejmuję ją mocno. – Dobrze się czujesz? – szepczę, muskając ustami jej włosy.

– Jak to?

– Po tym, co ci zrobił tamten kutas – wyjaśniam. – Po tym, co się wydarzyło wczoraj.

Odchylam głowę do tyłu i bacznie przyglądam się jej twarzy.

– Tak – odpowiada z poważną miną.

Czyżby próbowała dodać mi otuchy?

Przytulam ją mocniej. Ostatnie dwa dni były takie zwariowane. Chyba zbyt wiele się wydarzyło w zbyt krótkim czasie. Cała moja przeszłość odbija się na moim nowym życiu. Ana jeszcze nie odpowiedziała mi na moje oświadczyny. Zastanawiam się, czy nie nawiązać w tej chwili do tej kwestii.

Kiedy trzymam ją w objęciach, po raz pierwszy od rana czuję się spokojny i skoncentrowany.

– Nie kłóćmy się – mówię i całuję jej włosy. – Pachniesz jak zawsze bosko, Ano.

– Ty też – szepcze i całuje mnie w szyję.

Niechętnie wypuszczam ją z objęć i zsuwam się ze stołka. Muszę przestudiować te umowy.

– Nie powinno mi to zająć więcej niż dwie godziny.

OCZY PIEKĄ MNIE ze zmęczenia. Pocieram twarz, uciskam palcami grzbiet nosa i patrzę przez okno. Zapada zmrok, ale mam już za sobą lekturę obu dokumentów. Odsyłam je z powrotem Marcowi wraz ze swoimi uwagami.

Teraz mogę zająć się Aną.

Może chciałaby obejrzeć jakiś film albo coś w tym rodzaju. Osobiście nie znoszę telewizji, ale chętnie bym jej potowarzyszył.

Spodziewam się znaleźć ją w bibliotece, ale nie ma jej tam.

Może postanowiła wziąć kąpiel?

Nie. Przylegająca do sypialni łazienka też jest pusta.

Postanawiam sprawdzić w pokoju uległych, ale idąc tam, dostrzegam, że drzwi pokoju zabaw są uchylone. Zaglądam do środka i widzę Anę, która siedzi na łóżku i patrzy na kolekcję rózg, a potem odwraca wzrok, krzywiąc się z niesmakiem.

Powinienem się ich pozbyć.

Oparty o futrynę obserwuję ją w milczeniu, gdy wstaje z łóżka, przechodzi na kanapę i gładzi dłońmi skórzaną tapicerkę. Przez chwilę przygląda się starej komodzie, a potem podchodzi do niej i otwiera górną szufladę.

Cóż, tego się nie spodziewałem.

Wyjmuje z szuflady dużą zatyczkę analną, ogląda ją z fascynacją i waży w dłoni. To odrobinę za duży rozmiar dla kogoś, kto dopiero zaczyna przygody z takimi akcesoriami, ale wyraz oczarowania, jaki maluje się na twarzy Any, działa na mnie urzekająco. Jej włosy są lekko wilgotne, a na sobie ma T-shirt i spodnie od dresu.

Jest bez stanika.

Wygląda pięknie.

Unosi głowę i zauważa mnie.

– Cześć – odzywa się nerwowo, z trudem łapiąc oddech.

– Co robisz?

Na jej twarzy pojawia się rumieniec.

– Eee… nudziło mi się i byłam ciekawa.

– To bardzo niebezpieczne połączenie. – Wchodzę do pokoju, opieram się o komodę i zaglądam do otwartej szuflady. – A więc co konkretnie panią ciekawi, panno Steele? Niewykluczone, że zdołałbym zaspokoić tę ciekawość.

– Drzwi były otwarte – odpowiada pośpiesznie. – Ja… – zawiesza głos i patrzy na mnie ze skruchą.

Wybaw ją z tej udręki, Grey.

– Byłem tu dzisiaj i zastanawiałem się, co z tym wszystkim zrobić. Widocznie zapomniałem zamknąć drzwi na klucz.

– Och?

– Ale teraz ty tu jesteś, ciekawska jak zawsze.

– Nie gniewasz się?

– Czemu miałbym się gniewać?

– Czuję się, jakbym wtargnęła na twój teren… a ty zawsze się na mnie gniewasz.

Naprawdę?

– Owszem, jesteś na moim terenie, ale nie gniewam się. Mam nadzieję, że pewnego dnia zamieszkasz tu ze mną, a to wszystko – omiatam wnętrze gestem ręki – będzie także twoje. Dlatego właśnie przyszedłem tu dzisiaj. Próbowałem zdecydować, co zrobić. – Obserwuję jej minę, myśląc o tym, co właśnie powiedziała. Przeważnie jestem zły na siebie, nie na nią. – Czy naprawdę przez cały czas gniewam się na ciebie? Rano tak nie było.

– Byłeś wesoły – odpowiada Ana z uśmiechem. – Lubię wesołego Christiana.

– Czyżby? – Unoszę brwi i odwzajemniam jej uśmiech. Uwielbiam, kiedy prawi mi komplementy.

– Co to takiego? – pyta, pokazując mi zabawkę, którą oglądała.

– Panna Steele jak zawsze spragniona informacji. To zatyczka analna.

Moja odpowiedź najwyraźniej przyprawia ją o zaskoczenie.

– Och…

– Kupiona dla ciebie.

– Dla mnie? – upewnia się, a ja przytakuję. – Kupujesz nowe… eee… zabawki dla każdej uległej?

– Niektóre tak.

– Zatyczki analne?

Zdecydowanie.

– Tak.

Ana spogląda z rezerwą na zatyczkę i odkłada ją z powrotem do szuflady.

– A to? – Wyciąga kolejną z zabawek.

– Kulki analne – wyjaśniam i patrzę, jak zaintrygowana wodzi palcami po czarnej, gumowej powierzchni.

– Potrafią zdziałać cuda, jeśli wyciągnie się je w trakcie orgazmu.

– To dla mnie? – mówi ściszonym głosem, jakby nie chciała, żeby ktoś ją podsłuchał.

– Dla ciebie.

– To szuflada analna?

– Można tak powiedzieć – potwierdzam, tłumiąc śmiech, a twarz Any zabarwia uroczy rumieniec. – Nie podoba ci się?

– Jej zawartość nie zajmuje pierwszego miejsca w moim liście do Mikołaja.

Urzeczony jej dowcipną ripostą, patrzę, jak dotyka uchwytów drugiej szuflady. Oho, teraz będzie zabawnie, myślę.

– Tutaj znajdziesz całe mnóstwo wibratorów.

– A w następnej? – Ana szybko cofa ręce i sięga niżej.

– Coś bardziej interesującego – mówię, a ona niepewnym ruchem otwiera szufladę, wybiera jedno z akcesoriów i pokazuje mi. – Klamerka na genitalia – wyjaśniam.

Natychmiast odkłada zabawkę na miejsce i sięga po inną. Pamiętam, że kiedyś była to dla niej granica nie do przekroczenia.

– Niektóre mają sprawiać ból, ale większość jest dla przyjemności – dodaję.

– Co to takiego?

– Klamerki na sutki. Tu akurat do jednego i do drugiego.

– Do obu? Sutków?

– Cóż, to są dwie klamerki, skarbie. Tak, na oba sutki, ale nie to miałem na myśli. Sprawiają zarówno przyjemność, jak i ból – wyjaśniam i biorę zabawkę z jej ręki. – Wysuń mały palec.

Spełnia moją prośbę, a ja zaciskam metalowy klips na jej opuszce. Zauważam, że jej oddech przyspiesza.

– Doznanie jest bardzo intensywne – kontynuuję – ale największy ból i przyjemność odczuwa się podczas ich zdejmowania.

Ana odpina klamerkę.

– Nawet mi się podobają – mówi, a jej lekko zachrypły głos przyprawia mnie o uśmiech.

– Naprawdę, panno Steele? Chyba to widać.

Kiwa głową i odkłada klamerki na miejsce. Sięgam do szuflady i wyjmuję inny zestaw.

– Te są regulowane.

– Regulowane?

– Można zaciskać je mocno... albo nie. Zależnie od nastroju.

Jej oczy wędrują od zabawki, którą trzymam w dłoni, ku mojej twarzy. Oblizuje wargi i wyjmuje z szuflady kolejny przedmiot.

– A to? – pyta zaintrygowana.

– To kółko Wartenberga.

– Do czego służy?

Chwytam podłużny przyrząd z końcówką w kształcie ostrogi.

– Podaj mi rękę – mówię, a gdy wypełnia moje polecenie, przejeżdżam kolczastym kółkiem po jej skórze.

– Au! – Ana gwałtownie wciąga powietrze.

– Wyobraź to sobie na piersiach.

Jej ręka cofa się szybko, ale przyspieszony oddech zdradza podniecenie.

To ją kręci.

– Granica między przyjemnością a bólem jest cienka, Anastasio – dodaję, odkładając kółko.

Ana przegląda resztę zawartości szuflady.

– Klamerki do prania?

– Sporo można z nimi zrobić.

Ale nie sądzę, żeby to ci się spodobało.

– To wszystko? – pytam, gdy Ana opiera się o szufladę, zamykając ją.

Mnie też to podnieca i myślę, że powinienem zabrać ją na dół.

– Nie – odpowiada, kręcąc głową, po czym otwiera czwartą szufladę i wyjmuje z niej jedną z moich ulubionych zabawek.

– Knebel – wyjaśniam. – Aby cię uciszyć.

– Granica względna.

– Pamiętam. Ale da się z tym oddychać. Zęby zaciska się na piłce.

– Sam też ich używałeś?

– Tak.

– Aby nie było słychać twoich krzyków?

– Nie, nie o to w tym chodzi – mówię, a ona ze zdziwieniem przechyla głowę na bok. – Chodzi o kontrolę, Anastasio. Jak bardzo byś się czuła bezradna, gdybyś była związana i nie mogła mówić? Jakim zaufaniem musiałabyś mnie darzyć, wiedząc, że mam nad tobą taką władzę? Że zamiast twoich słów muszę słuchać twego ciała i twoich reakcji? Dzięki temu jesteś ode mnie uzależniona, a ja mam nad tobą kontrolę.

– Mówisz to tak, jakby ci tego brakowało – odpowiada ledwie słyszalnym głosem.

– To coś, na czym się znam.

– Masz nade mną władzę. Wiesz o tym.

– Naprawdę? Przez ciebie czuję się… bezradny.

Widzę, że jest wstrząśnięta moimi słowami.

– Nie! – protestuje. – Dlaczego?

– Ponieważ jesteś jedyną osobą, jaką znam, która mogłaby naprawdę mnie zranić.

Zraniłaś mnie, kiedy odeszłaś.

Unoszę rękę i zakładam jej za ucho kosmyk włosów.

– Och. Christianie… to działa w obie strony. Gdybyś

mnie nie chciał... – Milknie i wzdryga się, spuszczając wzrok. – Ostatnie, czego bym pragnęła, to cię zranić. Kocham cię.

Gładzi moje policzki, a ja rozkoszuję się dotykiem jej dłoni, który jest zarazem kojący i podniecający. Wrzucam knebel do szuflady i biorę Anę w objęcia.

– Skończyliśmy już tę prezentację? – pytam.

– A dlaczego? Co chciałeś robić?

W jej głosie daje się wyczuć prowokujący ton.

Całuję ją delikatnie, a ona mocno przywiera do mnie, nie pozostawiając wątpliwości co do swoich intencji. Pożąda mnie.

– Ano, dzisiaj omal nie stałaś się ofiarą napaści.

– No i?

Czuję, że ogarnia mnie zniecierpliwienie.

– Co masz na myśli, mówiąc „no i"?

– Christianie, nic mi nie jest.

Na pewno?

Przyciągam ją do siebie i ściskam mocniej.

– Kiedy pomyślę, co mogło się stać... – zawieszam głos i ukrywam twarz w jej włosach.

– Kiedy dotrze do ciebie, że jestem silniejsza, niż mogłoby ci się wydawać?

– Wiem, że jesteś silna.

Bo wytrzymujesz ze mną.

Całuję ją i wypuszczam z objęć. Ana wydyma usta i wyjmuje z szuflady kolejną zabawkę. *A myślałem, że już skończyliśmy.*

– To jest rozpórka z pasami do kostek i nadgarstków – wyjaśniam.

– Jak to działa? – pyta, spoglądając na mnie spod długich rzęs.

Och, maleńka, dobrze znam to spojrzenie.

– Mam ci pokazać?

Zamykam oczy i wyobrażam ją sobie, unieruchomioną i zdaną na moją łaskę. To podniecająca wizja.

Bardzo podniecająca.

– Tak, poproszę o prezentację. Lubię być związywana.

– Och, Ano... – szepczę.

Chciałbym tego. Ale tutaj nie mogę.

– Co takiego?

– Nie tutaj.

– To znaczy?

– Chcę cię w moim łóżku, nie tutaj. Chodź.

Trzymając rozpórkę w jednej ręce, drugą chwytam jej dłoń i wyprowadzam Anę z pokoju.

– Czemu nie tam?

Zatrzymuję się na schodach.

– Ano, może i jesteś gotowa na to, aby tam wrócić, ale ja nie. Gdy byliśmy tam po raz ostatni, odeszłaś ode mnie. Kiedy to w końcu do ciebie dotrze? Cały mój światopogląd radykalnie się wtedy zmienił. Mówiłem ci to. Nie mówiłem ci za to... – przerywam, żeby znaleźć odpowiednie słowo. – Jestem jak alkoholik w trakcie terapii, okej? To jedyne porównanie, jakie przychodzi mi do głowy. Przymus zniknął, ale nie chcę wystawiać się na pokusę. Nie chcę zrobić ci krzywdy.

I nie mogę ci ufać, że mi powiesz, co będziesz robić, a czego nie.

Ana marszczy czoło.

– Nie mogę znieść myśli o zrobieniu ci krzywdy, ponieważ cię kocham – dodaję.

Jej oczy łagodnieją i nagle przytula się do mnie tak gwałtownie, że wypuszczam z ręki rozpórkę, by uchronić nas oboje przed upadkiem ze schodów. Ana przyciska mnie do ściany, a ponieważ stoi jeden stopień wyżej, nasze usta znajdują się na tym samym poziomie. Ujmuje w dłonie moją twarz i całuje mnie, a jej język wdziera się do moich ust. Z palcami wczepionymi w moje włosy przywiera do mnie całym ciałem, a jej namiętny, niepohamowany pocałunek ma smak przebaczenia.

Jęczę i delikatnie odpycham ją od siebie.

– Chcesz, żebym cię zerżnął na schodach? – wyrzucam z siebie chrapliwy szept. – Bo jeszcze chwila, a tak zrobię.

– Tak.

Na jej twarzy maluje się odurzenie. Pragnie tego, a ja z trudem opieram się pokusie, bo nigdy nie pieprzyłem się na schodach, ale wiem, że nie byłoby nam wygodnie.

– Nie, chcę cię w moim łóżku.

Przerzucam ją sobie przez ramię, a jej radosny pisk wprawia mnie w zachwyt. Klepię ją mocno w tyłek, a ona znów piszczy i wybucha śmiechem. Po drodze schylam się, żeby podnieść rozpórkę, i idę korytarzem w stronę sypialni.

– Nie uważam, abyś mógł mnie skrzywdzić – odzywa się Ana, gdy docieramy do celu i stawiam ją na podłodze.

– Ja też tak nie uważam. – Ujmuję w dłonie jej twarz i całuję ją namiętnie w usta. – Tak bardzo cię pragnę. Jesteś tego pewna po dzisiejszym dniu?

– Tak. Ja także cię pragnę. Chcę cię rozebrać.

O cholera. Ona chce cię dotykać, Grey.

Pozwól jej na to.

– Dobrze.

Wczoraj jakoś to zniosłem.

Ana sięga do guzików mojej koszuli, a ja wstrzymuję oddech, starając się zapanować nad strachem.

– Nie dotknę cię, jeśli nie będziesz tego chciał.

– Nie – odpowiadam. – Zrób to. Wszystko w porządku.

Zbieram w sobie siły, przygotowując się na skrępowanie i strach, które niesie ze sobą ciemność. Kiedy jej palce rozpinają pierwszy guzik i przesuwają się w stronę następnego, skupiam wzrok na jej przepięknej twarzy.

– Chcę cię tam pocałować – szepcze.

– Pocałować?

– Tak.

Chrapliwie wciągam powietrze, gdy Ana odpina kolejny guzik. Potem spogląda na mnie i pochyla się powoli, bardzo powoli.

Zaraz mnie pocałuje.

Wstrzymuję oddech i patrzę na nią, przerażony i zafascynowany, jak składa delikatny pocałunek na mojej piersi.

Ciemność pozostaje nieporuszona.

Ana odpina ostatni guzik i rozchyla moją koszulę.

– Jest już łatwiej, prawda? – pyta.

Jest łatwiej. Dużo łatwiej. Przytakuję, a ona zsuwa koszulę z moich ramion i pozwala jej opaść na podłogę.

– Co ty ze mną robisz, Ano? Cokolwiek to jest, nie przestawaj.

Obejmuję ją i trzymając za włosy, odchylam jej głowę do tyłu, żeby móc całować i kąsać jej szyję. Z jej gardła wydobywa się jęk i czuję, jak dotyka moich bioder i rozpina mi rozporek.

– Och, maleńka – szepczę i całuję ją za uchem.

Jej tętno wybija przyspieszony, niezmienny rytm pożądania. Gładzi moją męskość i nagle osuwa się na kolana.

– Powoli!

Ledwie udaje mi się złapać oddech, gdy spuszcza mi spodnie i otacza wargami mój nabrzmiały członek.

O kurwa.

Zaciska na nim usta i ssie, mocno.

Nie mogę oderwać oczu od jej ust.

Ust, które mnie otaczają.

Wciągają mnie.

Wysysają.

Ana chwyta go zębami i ściska delikatnie.

– Kurwa…

Zamykam oczy i przytrzymując jej głowę, wysuwam biodra do przodu, żeby wejść jeszcze głębiej w jej usta. Jej język wiruje wokół mojego członka.

Wargi przesuwają się w górę i w dół.

Tam i z powrotem.

Chwytam ją mocniej za głowę.

– Ano… – dyszę.

Próbuję się jej wyrwać, ale ona przysysa się do mnie i trzyma mocno moje biodra.

Nie zamierza mnie wypuścić.

– Proszę – jęczę, chociaż nie wiem, czy chcę, żeby przestała, czy żeby robiła to dalej. – Zaraz dojdę, Ano.

Jest bezlitosna. Jej wargi i język poruszają się płynnie. I ani myśli tego przerywać.

O ja pierdolę.

Tryskam w jej usta, trzymając ją za głowę, żeby nie stracić równowagi.

Gdy otwieram oczy, patrzy na mnie triumfująco. Uśmiecha się i oblizuje wargi.

– Och, a więc tak się pani bawi, panno Steele?

Pochylam się, stawiam ją na nogi i całuję. Wydaję z siebie jęk, kiedy wyczuwam językiem słodycz jej ust i słony smak własnego nasienia.

– Czuję siebie – mówię. – Ale ty smakujesz lepiej.

Zdejmuję z niej T-shirt, a potem unoszę ją i rzucam na łóżko. Szybkim ruchem ściągam jej spodnie i oto leży przede mną naga. Patrzę jej w oczy, które stają się coraz większe i ciemniejsze, kiedy przygląda się, jak zrzucam z siebie resztę ubrania. Staję nad nią. Jest jak nimfa, rozparta niedbale w pościeli, z aureolą orzechowych włosów wokół głowy. Posyła mi ciepłe, zachęcające spojrzenie.

Moja męskość znów twardnieje i napręża się, kiedy wodzę po niej wzrokiem, podziwiając każdy skrawek jej cudownego ciała.

O tak, jest olśniewająca.

– Piękna z ciebie kobieta, Anastasio.

– A z ciebie piękny mężczyzna, Christianie. – Uśmiecha się do mnie, kokieteryjnie przechylając głowę. – I fantastycznie smakujesz.

Szczerzę zęby w szelmowskim uśmiechu.

Teraz wezmę na niej odwet.

Nie odrywając wzroku od jej oczu, chwytam ją za lewą kostkę i zapinam na niej jeden z pasków przytwierdzonych do rozpórki.

– Będziemy się musieli przekonać, jak pani smakuje – mówię. – O ile dobrze pamiętam, to rzadki, wyjątkowy smak, panno Steele.

Potem robię to samo z jej prawą kostką, staję prosto i podziwiam moje dzieło, upewniwszy się, że paski trzymają jak należy i nie są zapięte zbyt ciasno.

– W rozpórkach dobre jest to, że się rozsuwają. – Zwalniam blokadę i zwiększam długość metalowej sztaby. Ana głośno wciąga powietrze, kiedy jej nogi jeszcze bardziej oddalają się od siebie. – Och, trochę się teraz pobawimy, Anastasio – mówię i obracam ją tak, że teraz leży na brzuchu. – Widzisz, co mogę ci zrobić? – Wykonuję kolejny szybki ruch, obracając Anę z powrotem na plecy. Jej pierś unosi się i opada w rytm przyspieszonego oddechu. – Te drugie opaski są do nadgarstków. Zastanowię się nad tym. Zależy, czy będziesz się dobrze zachowywać.

– Czy ja kiedykolwiek zachowałam się źle? – pyta Ana głosem zachrypłym od pożądania.

– Przychodzi mi do głowy kilka momentów – odpowiadam i wodzę palcem po podeszwach jej stóp, a ona napręża się, próbując uwolnić nogi. – Po pierwsze, twój blackberry.

– Co zamierzasz mi zrobić?

– Och, nigdy nie ujawniam swoich planów.

Ana nie ma nawet pojęcia, jak podniecająco wygląda w tej chwili. Powoli wchodzę na łóżko i klękam między jej nogami.

– Hmm, jesteś taka bezbronna, panno Steele – szepczę i nasze spojrzenia spotykają się, kiedy przesuwam palce w górę jej nóg, zataczając małe kręgi. – Oczekiwanie, na tym to właśnie polega. Co ja ci zrobię?

Leżąc pode mną, Ana wije się na łóżku, ale paski trzymają mocno.

Moje palce wędrują coraz wyżej po wewnętrznej stronie jej ud.

– Pamiętaj, jeśli coś ci się nie spodoba, po prostu każ mi przestać.

Nachylam się i całuję jej brzuch, a czubkiem nosa zataczam kręgi wokół pępka.

– Och, błagam, Christianie.

– Och, panno Steele. Właśnie miałem okazję się przekonać, że bywasz bezlitosna w swych miłosnych atakach. Uważam, że powinienem ci się zrewanżować.

Nie przestaję całować jej brzucha, ale przesuwam usta coraz niżej, tymczasem moje dłonie zmierzają w górę. Powoli wsuwam w nią palce, a ona wypycha biodra, wychodząc mi na spotkanie. Wydaję jęk rozkoszy.

– Nieustannie mnie zadziwiasz, Anastasio. Jesteś taka wilgotna.

Jej włosy łonowe łaskoczą mnie w usta, ale mój język jest nieustępliwy i w końcu odnajduje nabrzmiałą łechtaczkę, która tylko czeka, żeby się nią zająć.

– Ach! – wzdycha Ana i napręża skrępowane nogi.

Och, maleńka, jesteś moja.

Mój język zatacza kręgi, a palce poruszają się tam i z powrotem, obracając się powoli w jej wnętrzu. Ana wygina plecy w łuk i kątem oka widzę, że ściska w dłoni narzutę.

Napawaj się rozkoszą, Ano.

– Och, Christianie!

– Wiem, maleńka.

Delikatnie dmucham w najczulsze miejsce jej ciała.

– Aaach! Błagam!

– Wypowiedz moje imię.

– Christian! – krzyczy.

– Jeszcze raz.

– Christian, Christian – powtarza. – Christian Grey.

Czuję, że jej ekstaza się zbliża.

– Jesteś moja – szepczę, ssąc ją i pieszcząc językiem.

Z ust Any wydobywa się przeciągły okrzyk, a jej mięśnie zaciskają się na moich palcach, i podczas gdy wciąż wstrząsają nią spazmy rozkoszy, znów obracam ją na brzuch i kładę sobie na kolanach.

– Spróbujemy tego, maleńka – mówię. – Jeśli ci się nie spodoba albo będzie ci zbyt niewygodnie, natychmiast przestaniemy. Pochyl się, skarbie. Oprzyj głowę i piersi na łóżku.

Jest otumaniona i ciężko dyszy, ale niezwłocznie wypełnia moje polecenie. Odciągam jej ręce do tyłu i przypinam nadgarstki pasami do rozpórki obok kostek.

Co za widok. Patrzę na jej wypięty tyłek, który czeka, gotowy, by mnie przyjąć.

– Ano, tak ślicznie wyglądasz – mówię z zachwytem.

Sięgam po prezerwatywę, wyjmuję ją z paczuszki i nakładam. Przesuwam palcami wzdłuż kręgosłupa Any, która pręży się i wzdycha, gdy pocieram kciukiem jej odbyt.

– Kiedy będziesz gotowa, tego też pragnę spróbować. Nie dzisiaj – uspokajam ją – ale pewnego dnia… Pragnę cię w każdy możliwy sposób. Chcę posiąść każdy centymetr twojego ciała. Jesteś moja.

Wciąż jest wilgotna, kiedy wsuwam w nią palec. Klękam i zanurzam się w niej.

– Ach! Delikatnie! – woła.

Nieruchomieję. *Cholera*. Kładę dłonie na jej biodrach.

– Wszystko dobrze?

– Delikatnie... muszę się do tego przyzwyczaić.

Cofam się, a potem wracam, wypełniając ją powoli. Jęczy, kiedy powtarzam ten ruch. Potem robię to jeszcze raz. Jeszcze raz.

I jeszcze.

Tylko bez pośpiechu.

– Tak dobrze – mruczy Ana. – Już jest dobrze.

Zaczynam poruszać się odrobinę szybciej, a każde pchnięcie wydobywa z niej rozkoszne kwilenie. Przyspieszam jeszcze bardziej. Ana zaciska powieki i otwiera szeroko usta, łapczywie chwytając powietrze za każdym razem, gdy się w nią wbijam.

Kurwa, to jest niesamowite.

Zamykam oczy, zaciskam palce na jej biodrach i zatracam się w niej.

Coraz bardziej i bardziej.

Aż w końcu czuję, jak wciąga mnie w siebie.

Ana szczytuje z głośnym krzykiem, a ja dochodzę wraz z nią, wypowiadając jej imię.

Osuwam się na pościel obok niej. Czuję się kompletnie wyczerpany i przez chwilę leżę nieruchomo, rozkoszując się uczuciem spełnienia. Potem siadam i rozpinam wszystkie cztery paski, aby uwolnić Anę. Ona kładzie się skulona obok mnie. Rozcieram jej kostki i nadgarstki, a kiedy zaczyna przebierać palcami, z powrotem obracam się na plecy i przytulam ją do siebie. Mamrocze coś niezrozumiałego i uświadamiam sobie, że zasnęła.

Całuję ją w czoło, okrywam narzutą, a potem siadam i przyglądam się jej. Chwytam kosmyk jej włosów i rozcieram między palcami.

Są takie delikatne.

Owijam je sobie wokół palca.

Widzisz, jestem do ciebie przywiązany, Ano.

Całuję jej włosy, a potem odwracam się i patrzę przez okno na ciemniejące niebo. Wiem, że na ulicy panuje już mrok, ale na tej wysokości ostatnie promienie dnia barwią niebo na różowo i pomarańczowo. Tutaj wciąż jest jasno.

Właśnie tego dokonała Ana.

Wniosła światło w moje życie.

Światło i miłość.

Ale nadal nie udzieliła mi odpowiedzi.

Powiedz „tak", Ano.

Zostań moją żoną.

Proszę.

Ana porusza się i otwiera oczy.

– Bez końca mógłbym patrzeć, jak śpisz – szepczę i jeszcze raz całuję ją w czoło, a ona uśmiecha się sennie i znów zamyka oczy. – Nigdy nie pozwolę ci odejść.

– A ja nigdy nie będę chciała odejść – mamrocze. – Nie pozwól mi odejść.

– Potrzebuję cię.

Kąciki jej ust unoszą się w czułym uśmiechu, a oddech staje się miarowy.

Zasypia.

Dziadek się śmieje, bo Mia upadła na pupę. Jest taka mała.

Mia, mama i tato siedzą na kocu. Jesteśmy w sadzie.

Moim ulubionym miejscu.

Elliot biega między drzewami.

Pomagam wstać Mii, która znów zaczyna chodzić.

Niepewnie stawia kroki.

Ale stoję tuż za nią. Obserwuję ją. Idę wraz z nią.

Czuwam nad nią.

Jesteśmy na pikniku.

Lubię pikniki.

Mama piecze szarlotkę.

Mia podchodzi do koca i wszyscy wiwatują.

Dziękuję ci, Christianie. Tak dobrze się nią opiekujesz – chwali mnie mama.

Mia jest malutka. Potrzebuje opieki – odpowiadam.

Dziadek spogląda na mnie.

Czy on już mówi?

Tak.

Cóż, no to wspaniale.

Dziadek patrzy na mamę.

Ma łzy w oczach. Ale jest szczęśliwy. To łzy szczęścia.

Elliot przebiega obok nas. Trzyma piłkę.

Pobawmy się. Uważajcie na jabłka.

Unoszę wzrok i dostrzegam Jacka Hyde'a, który stoi za drzewem i patrzy na nas.

Budzę się gwałtownie. Moje serce łomocze. Nie ze strachu, ale dlatego, że przyśniło mi się coś, co wytrąciło mnie z równowagi.

Co to było?

Nie potrafię sobie przypomnieć. Za oknem jest już jasno, a Ana śpi u mojego boku. Spoglądam na wyświetlacz budzika. Zbliża się wpół do siódmej. Obudziłem się zbyt wcześnie. Nie zdarza mi się to od pewnego czasu – odkąd sypiam z moim amuletem, który chroni mnie przed koszmarami. Radio zaczyna grać, ale wyłączam je i przytulam się do Any. Przeciąga się, kiedy trącam nosem jej szyję.

– Dzień dobry, maleńka – szepczę i lekko gryzę ją w ucho.

Kładę dłoń na jej piersi i pieszczę ją delikatnie, czując, jak sutek twardnieje pod moją dłonią. Ana ociera się o mnie, a ja przesuwam rękę na jej biodro i przyciągam ją do siebie. Mój nabrzmiały członek przywiera do jej pośladków.

– Cieszysz się na mój widok. – Ana wierci się, uciskając moją męskość.

– Niezmiernie się cieszę – odpowiadam, po czym przesuwam dłoń na jej łono i zaczynam ją pieścić. – Budzenie się przy pani boku, panno Steele, ma swoje zalety.

Kiedy jest już rozpalona, wilgotna i gotowa, by mnie przyjąć, kładę się na niej, opierając ciężar ciała na łokciach, i rozchylam jej nogi. Potem klękam i biorę prezerwatywę ze stolika obok łóżka.

– Nie mogę doczekać się soboty – mówię, rozrywając foliową paczuszkę.

– Twojego przyjęcia?

– Nie. Wtedy przestanę używać tego cholerstwa.

Ana chichocze.

– Trafne określenie.

– Śmieje się pani, panno Steele?

– Nie – odpowiada, starając się zachować powagę, ale bez powodzenia.

– Teraz nie czas na śmiech.

Mierzę ją surowym wzrokiem, co prowokuje kolejną falę rozbawienia.

– Myślałam, że lubisz, jak się śmieję.

– Nie teraz – odpowiadam. – Na wszystko jest czas i miejsce. Muszę cię powstrzymać i chyba wiem jak.

Wchodzę w nią powoli.

Jęczy do mojego ucha i zaczynamy się kochać, czule i niespiesznie.

Już się nie śmieje.

UBRANY I UZBROJONY W KUBEK z kawą oraz duży worek na śmieci, który dała mi pani Jones, idę na górę do pokoju zabaw. Muszę wykonać to zadanie, kiedy Ana bierze prysznic.

Otwieram drzwi, wchodzę do środka i odstawiam kubek. Zaprojektowanie i wyposażenie tego pokoju zajęło mi wiele miesięcy. A teraz nie wiem, kiedy znów będę z niego korzystał, jeśli w ogóle.

Nie ociągaj się, Grey.

Spoglądam na to, co mnie tu sprowadza – stojącą w kącie kolekcję rózg. Kilka z nich to pamiątki z zagranicznych podróży. Sięgam po moją ulubioną i wodzę palcami po palisandrowym trzonku pokrytym oplotem z wyprawianej skóry. Kupiłem ją w Londynie. Inne są wykonane z bambusa, plastiku, włókna szklanego, drewna albo rzemienia. Biorę je ostrożnie jedną po drugiej i wkładam do foliowego worka.

Przykro mi się ich pozbywać.

No i proszę. Sam się do tego przed sobą przyznaję.

Ale Ana nigdy nie będzie czerpać z nich przyjemności. To nie w jej guście.

Co jest w twoim guście, Ano?

Książki.

Chłosta nigdy się jej nie spodoba.

Zamykam drzwi na klucz i idę do swojego gabinetu. Chowam do szafy worek z rózgami i postanawiam zająć się nim później. Najważniejsze, że Ana nie będzie już musiała na nie patrzeć.

Siedząc przy biurku, dopijam kawę. Ana niedługo przyjdzie na śniadanie, ale zanim do niej dołączę, muszę zadzwonić do Welcha.

– Dzień dobry – mówię, kiedy detektyw odbiera telefon. – Chciałbym porozmawiać na temat Jacka Hyde'a.

GDY ANA WCHODZI do kuchni, patrzę na nią urzeczony jej urodą i elegancją. Ma na sobie szarą spódnicę i bluzkę w takim samym kolorze. Powinna częściej zakładać spódnicę; ma takie wspaniałe nogi. Moje serce przepełniają miłość i duma. A także pokora. To nowe i ekscytujące odczucie, do którego, mam nadzieję, zawsze będę podchodził z należytą powagą.

– Co chcesz na śniadanie, Ano? – zwraca się do niej Gail.

– Wystarczą mi jakieś płatki – odpowiada, siadając obok mnie, a na jej policzkach pojawia się rumieniec. – Dziękuję, pani Jones.

Zastanawiam się, o czym myśli. O dzisiejszym ranku? O zeszłej nocy? O rozpórce?

– Ślicznie wyglądasz – odzywam się.

– Ty także.

Ana uśmiecha się skromnie. Potrafi dobrze maskować drzemiącą w niej pasję.

– Powinniśmy ci kupić jeszcze kilka spódnic. Prawdę mówiąc, chętnie zabrałbym cię na zakupy.

Nie wygląda na szczególnie zachwyconą tym pomysłem.

– Ciekawe, co dzisiaj będzie w pracy – mówi, zmieniając temat, i wiem, że ma na myśli swoje dalsze losy w SIP.

– Będą musieli kimś zastąpić tego sukinsyna – mruczę, chociaż nie wiem, kiedy to zrobią, ponieważ zabroniłem zatrudniania nowych pracowników do czasu przeprowadzenia audytu personalnego.

– Mam nadzieję, że moim nowym szefem będzie kobieta.

– Dlaczego?

– Wtedy raczej nie będziesz miał obiekcji co do wspólnych wyjazdów.

Och, maleńka, kobiecie też mogłabyś zawrócić w głowie.

Pani Jones kładzie przede mną omlet, przerywając moją krótką i niebywale podniecającą fantazję, której przedmiotem są miłosne igraszki Any z inną kobietą.

– Co cię tak śmieszy?

– Ty – mówię. – Zjadaj te swoje płatki co do jednego, skoro tylko to masz na śniadanie.

Ana robi nadąsaną minę, ale sięga po łyżkę i delektuje się śniadaniem.

– Mogę dzisiaj pojechać saabem? – pyta, gdy kończy jeść.

– Taylor i ja możemy cię zawieźć do pracy.

– Christianie, czy ten samochód jest tylko dekoracją twojego garażu?

– Nie.

Oczywiście, że nie.

– Więc pozwól mi pojechać nim do pracy. Ze strony Leili nic mi już nie grozi.

Dlaczego wszystko musi być przedmiotem sporów?

Przecież to jej samochód, Grey.

– Jeśli chcesz… – Daję za wygraną.

– No jasne, że chcę.

– Pojadę z tobą – oświadczam.

– Co? Dam sobie radę sama.

Próbuję innego zagrania.

– Chciałbym z tobą pojechać.

– No cóż, skoro tak to ująłeś. – Ana kiwa głową z aprobatą.

ANA PROMIENIEJE. JEST tak zachwycona saabem, że nie mam pewności, czy potrafi się skoncentrować na tym, co do niej mówię. Pokazuję jej stacyjkę pod dźwignią zmiany biegów.

– Dziwne miejsce – mówi, ale cały czas podskakuje w fotelu jak dziecko i dotyka wszystkiego.

– Ekscytujesz się tym, prawda?

– Czujesz ten zapach nowego samochodu? Jest nawet lepszy niż auto uległych... eee... audi.

– Auto uległych, tak? – Staram się powstrzymać śmiech. – Jak pani coś czasem powie, panno Steele... No dobrze, jedźmy już.

Macham ręką w stronę wyjazdu. Ana klaszcze w dłonie, po czym uruchamia silnik i wrzuca bieg. Gdybym wiedział, ile radości sprawi jej prowadzenie tego samochodu, ugiąłbym się i pozwoliłbym jej na to wcześniej.

Uwielbiam patrzeć na nią, kiedy jest szczęśliwa.

Taylor siada za kierownicą audi i rusza za nami. Zatrzymujemy się na chwilę przy szlabanie i wyjeżdżamy na Virginia Street.

To pierwszy raz, kiedy Ana wiezie mnie gdziekolwiek. Prowadzi pewną ręką i widać, że ma wprawę, aczkolwiek jestem świadom, że taki pasażer jak ja to istne utrapienie. W ogóle nie lubię być wożony, chyba że przez Taylora. Zdecydowanie lepiej czuję się w roli kierowcy.

– Możemy włączyć radio? – pyta Ana, kiedy zatrzymujemy się przed skrzyżowaniem.

– Chcę, żebyś była skoncentrowana.

– Christianie, proszę – upomina mnie podniesionym głosem. – Potrafię jeździć, słuchając muzyki.

Nie zwracam uwagi na jej rozdrażnienie i włączam radio.

– Możesz tu słuchać płyt albo podłączyć iPoda – informuję ją.

Wnętrze samochodu wypełniają dźwięki starego przeboju The Police *King of Pain*. Jest zbyt głośno, więc ściszam muzykę.

– Twój hymn – mówi Ana z figlarnym uśmiechem.

Żartuje sobie ze mnie. Znowu.

– Gdzieś mam ten album – dodaje.

Przypominam sobie, że w jednym z maili wspomniała o innym utworze z tej płyty, *Every Breath You Take* – hymnie stalkerów, jak go nazwała. Jest zabawna, ale bawi się moim kosztem. Kręcę głową, uzmysławiając sobie, że ma rację. Kiedy odeszła ode mnie, co rano podczas biegu krążyłem wokół jej mieszkania.

Ana przygryza dolną wargę. Czyżby przejmowała się moją reakcją? A może myśli o spotkaniu z Flynnem i martwi się tym, co może od niego usłyszeć?

– Hej, panno Mądralo. Wracaj – upominam ją, gdy hamuje gwałtownie na czerwonym świetle. – Jesteś nieobecna duchem. Skoncentruj się, Ano. Do wypadków dochodzi wtedy, kiedy przestajesz się koncentrować.

– Myślałam o pracy.

– Skarbie, nic się nie martw. Zaufaj mi.

– Nie wtrącaj się, proszę, chcę to załatwić sama – mówi. – Proszę. To dla mnie ważne.

Ja? Ja się wtrącam? Ja tylko chcę cię chronić, Ano.

– Nie kłóćmy się – dodaje. – Mieliśmy taki cudowny poranek. A wczorajszy wieczór był... – zawiesza głos, a jej policzki różowieją – ...boski.

Wczorajszy wieczór. Zamykam oczy i widzę jej wypięty tyłek. Poruszam się w fotelu, kiedy dreszcz podniecenia przenika moje ciało.

– Tak. Boski. – Uświadamiam sobie, że powiedziałem to na głos. – Mówiłem wtedy poważnie.

– Ale co?

– Nie pozwolę ci odejść.

– Nie chcę odchodzić.

– To dobrze.

Rozluźniam się trochę.

Ona wciąż jest przy tobie, Grey.

Ana wjeżdża na parking i wyłącza silnik.

Moja udręka dobiega końca.

Chociaż wcale tak źle nie prowadzi.

– Odprowadzę cię. Taylor mnie stamtąd zabierze – mówię, kiedy wysiadamy z samochodu. – Nie zapomnij, że o siódmej jesteśmy umówieni z Flynnem.

Podaję rękę Anie, a ona zamyka drzwi, naciskając guzik na pilocie, i omiata saaba czułym spojrzeniem.

– Nie zapomnę. Sporządzę listę pytań do niego.

– Pytań? Dotyczących mnie? Ja mogę odpowiedzieć na te wszystkie pytania.

Na jej twarzy pojawia się pobłażliwy uśmiech.

– Tak, ale ja chcę poznać opinię tego bezstronnego, drogiego szarlatana.

Biorę ją natychmiast w objęcia i przytrzymuję jej ręce za plecami.

– To dobry pomysł? – pytam, patrząc jej w oczy.

Jej spojrzenie łagodnieje. Oświadcza, że jest gotowa zrezygnować z wizyty u Flynna, uwalnia rękę z mojego uścisku i czule gładzi mnie po policzku.

– Czym się tak martwisz? – pyta.

– Że odejdziesz.

– Christianie, ile razy mam ci powtarzać, że nigdzie się nie wybieram. Już mi powiedziałeś to najgorsze. Nie mam zamiaru cię zostawić.

– Wobec tego dlaczego mi nie odpowiedziałaś?

– Na jakie pytanie?

– Dobrze wiesz, o czym mówię, Anastasio.

Ana wzdycha, a jej twarz pochmurnieje.

– Chcę mieć pewność, że ci wystarczę. To wszystko.

Wypuszczam ją z objęć.

– A nie możesz uwierzyć mi na słowo?

Kiedy wreszcie do niej dotrze, że jest wszystkim, czego pragnę?

– Christianie, to wszystko wydarzyło się tak szybko – mówi. – I sam przyznałeś, że jesteś popieprzony na pięćdziesiąt sposobów. Nie potrafię dać ci tego, czego potrzebujesz. To po prostu nie dla mnie. Ale przez to czuję, że się nie nadaję, zwłaszcza po tym jak zobaczyłam cię z Leilą. Kto wie, czy pewnego dnia nie spotkasz kogoś, kto lubi robić to co ty. I może wtedy, no wiesz… może się zakochasz. W kobiecie, która będzie lepsza w zaspokajaniu twoich potrzeb.

Milknie i odwraca wzrok.

– Znałem wiele kobiet, które lubią robić to co ja. Żadna z nich nie spodobała mi się tak bardzo jak ty. Z żadną nie łączyła mnie więź emocjonalna. Tylko i wyłącznie z tobą, Ano.

– Dlatego, że żadnej z nich nie dałeś szansy. Zbyt długo przebywałeś zamknięty w swojej twierdzy. Porozmawiamy o tym później, dobrze? Teraz muszę iść do pracy. Może doktor Flynn powie nam coś mądrego.

Ma rację. Nie powinniśmy tego roztrząsać, stojąc na parkingu.

– Chodź. – Podaję jej rękę i idziemy razem w stronę wejścia.

ᛁᛁᛁᛁᛁᛁᛁᛁᛁᛁᛁᛁᛁᛁᛁᛁᛁᛁᛁᛁᛁᛁ

WSIADAM DO AUDI i kiedy Taylor wiezie mnie do Grey House, analizuję ostatnią rozmowę z Aną.

Czy jestem zamknięty w twierdzy?

Być może.

Wyglądam przez okno. Dookoła ludzie śpieszą się do pracy, zaabsorbowani swoimi codziennymi błahostkami. Siedząc na tylnej kanapie samochodu, jestem odizolowany od tego wszystkiego. Zawsze tak było – izolowano mnie w dzieciństwie, a potem sam się izolowałem jako nastolatek. Chroniłem się za murami twierdzy.

Bałem się uczuć.

Odczuwania wszystkiego oprócz gniewu.

Gniew jest moim nieodstępnym towarzyszem.

Czy właśnie o to chodzi Anie? Jeżeli tak, to dostałem od niej klucz, który pozwoli mi na ucieczkę. A jej potrzeba jeszcze tylko opinii Flynna.

Może kiedy usłyszy, co mój psychiatra ma do powiedzenia, przyjmie moje oświadczyny.

Zawsze możesz się łudzić.

Przez krótką chwilę pozwalam sobie poczuć, jak naprawdę smakuje optymizm…

To przerażające.

To mogło źle się skończyć. Znowu.

Z zadumy wyrywa mnie wibrowanie telefonu. Dzwoni Ana.

– Anastasio, wszystko w porządku?

– Zaproponowano mi właśnie stanowisko Jacka – oznajmia bez żadnego wstępu. – To znaczy tymczasowo.

– Żartujesz.

– Maczałeś w tym palce? – pyta podejrzliwym tonem.

– Nie, absolutnie. Z całym szacunkiem, Anastasio,

ale pracujesz tam dopiero nieco ponad tydzień. I nie mówię tego, bo w ciebie nie wierzę.

– Wiem – odpowiada i wyczuwam zniechęcenie w jej głosie. – Podobno Jack bardzo mnie cenił.

– No nie. Cóż, skarbie, skoro inni uważają, że temu podołasz, to ja także jestem tego pewny. Moje gratulacje. Być może po spotkaniu z Flynnem powinniśmy jakoś to uczcić.

Tak się cieszę, że ten dupek na dobre znikł z jej życia.

– Hmm. Na pewno nie masz z tym nic wspólnego?

Czy ona naprawdę sądzi, że byłbym zdolny ją okłamać? Może przez to, co wyznałem jej zeszłej nocy.

Ale prawdopodobnie powierzyli jej to stanowisko dlatego, że nie pozwalam im zatrudnić nikogo z zewnątrz.

Cholera jasna.

– Wątpisz w moje słowo? Mocno mnie to gniewa.

– Przepraszam – odpowiada szybko Ana.

– Jeśli będziesz czegoś potrzebować, daj mi znać. I, Anastasio…

– Tak?

– Używaj blackberry.

– Dobrze.

Nie zwracam uwagi na jej sarkastyczny ton i kręcąc głową, biorę głęboki oddech.

– Mówię poważnie. Zawsze ci pomogę, jeśli będziesz mnie potrzebować.

– Okej – mówi. – No to kończę. Muszę się przenieść do gabinetu Jacka.

– Gdybyś mnie potrzebowała… Mówię poważnie.

– Wiem. Dziękuję ci, Christianie. Kocham cię.

Och, te dwa cudowne słowa.

Kiedyś mnie przerażały, a teraz nie mogę się doczekać, aż znów je usłyszę.

– Ja ciebie też, maleńka.

– Odezwę się później.

– Na razie, mała.

Taylor zatrzymuje samochód przed Grey House.

– Jutro José Rodriguez dostarczy do Escali kilka portretów – informuję go.

– Uprzedzę Gail.

– I zostanie na noc – dodaję i widzę w lusterku wstecznym zdziwione spojrzenie Taylora. – To też jej powiedz.

– Dobrze, proszę pana.

JADĄC WINDĄ, ODDAJĘ się krótkiej fantazji na temat życia małżeńskiego. Dziwne jest to uczucie nadziei. Coś, do czego nie jestem przyzwyczajony. Wyobrażam sobie, że zabieram Anę w podróż po Europie i Azji – mógłbym pokazać jej cały świat. Moglibyśmy wybrać się, gdzie tylko dusza zapragnie. Mógłbym zabrać ją do Anglii – byłaby zachwycona.

A potem wrócilibyśmy do domu. Do Escali.

Do Escali? Mój apartament chyba przywołuje zbyt wiele wspomnień związanych z innymi kobietami. Przypuszczam, że powinienem kupić dom, który będzie tylko nasz i gdzie będziemy mogli tworzyć własne wspomnienia.

Ale zachowam Escalę. To dobre miejsce w pobliżu centrum.

Otwierają się drzwi windy.

– Dzień dobry, panie Grey – wita mnie nowa stażystka.

– Dzień dobry… – Nie mogę sobie przypomnieć jej imienia.

– Kawy?

– Tak, poproszę czarną. Gdzie jest Andrea?

– Gdzieś tu się kręci.

Dziewczyna posyła mi uśmiech i oddala się pospiesznie, żeby zaparzyć kawę.

||||||||||||||||||||||

Siadam przy biurku i zaczynam szukać w sieci ofert domów na sprzedaż. Kilka minut później do drzwi puka Andrea i podaje mi filiżankę kawy.

– Dzień dobry, panie Grey.

– Dzień dobry, Andreo. Chciałbym, żebyś wysłała bukiet Anastasii Steele.

– Jakie kwiaty mam wybrać?

– Dostała dzisiaj awans. Mogą być róże. Białe albo różowe.

– Dobrze.

– I mogłabyś połączyć mnie z Welchem?

– Oczywiście. Przypominam, że dzisiaj spotyka się pan z panem Bastille'em w Escali, a nie tutaj.

– Och tak, dziękuję. A kto zarezerwował naszą salę?

– Klub jogi.

Krzywię się, a Andrea tłumi śmiech.

– Ach, i jeszcze Ros chciała również zamienić z panem kilka słów.

– Dzięki.

Po ostatniej rozmowie telefonicznej wracam do przeglądania ofert w sieci. Pamiętam, że kiedy kupowałem mój apartament, agent dopełnił za mnie wszystkich formalności – a Escala była wtedy dopiero w budowie. Wydawało się to jednak doskonałą inwestycją, więc nie szukałem dalej.

Teraz pochłaniają mnie strony z ofertami nieruchomości i oglądam dom za domem. Można się od tego uzależnić.

Żeglując po zatoce Puget, nieraz podziwiałem z zazdrością okazałe rezydencje stojące na brzegu. Myślę, że chciałbym mieć dom, z którego roztacza się widok na wodę. Wychowałem się w takim – moi rodzice mieszkali nad jeziorem Washington.

Dom dla rodziny.

Rodzina.

Dzieci.

Kręcę głową. Do tego jeszcze daleko. Ana jest młoda. Ma dopiero dwadzieścia jeden lat. Upłynie sporo czasu, zanim zaczniemy myśleć o dzieciach.

Jakim byłbym ojcem?

Nie martw się na zapas, Grey.

Chciałbym znaleźć kawałek ziemi i postawić tam dom. Dom przyjazny dla środowiska. Elliot mógłby go dla mnie zbudować. Parę miejsc odpowiada moim oczekiwaniom – jedna z posiadłości leży tuż nad zatoką. Budynek jest stary, pochodzi z 1924 roku, i został wystawiony na sprzedaż zaledwie przed kilkoma dniami. Na zdjęciach prezentuje się efektownie, zwłaszcza o zmierzchu. Dla mnie liczy się tylko widok. Możemy wyburzyć ten dom i zbudować nowy na jego miejscu.

Sprawdzam, o której zajdzie dziś słońce. O 21.09.

Mógłbym się umówić z agentem i obejrzeć ten dom któregoś wieczoru w tym tygodniu.

Andrea puka i wchodzi do gabinetu.

– Panie Grey, mam tu kilka propozycji do wyboru – mówi, kładąc przede mną plik wydrukowanych zdjęć.

– Ten. – Wybieram wielki kosz pełen różowych i białych róż. Wiem, że Ana będzie zachwycona. – Czy mogłabyś mnie umówić na spotkanie w sprawie tego domu? Wyślę ci link. Jeśli to możliwe, najlepiej wieczorem, w porze zachodu słońca.

– Oczywiście. Co ma być napisane na bileciku?

– Kiedy już zamówisz kwiaty, przełącz rozmowę do mnie. Osobiście podyktuję dedykację.

– Dobrze, panie Grey.

Andrea wychodzi.

Trzy minuty później dzwoni telefon na moim biurku

i pracownica kwiaciarni pogodnym tonem prosi mnie o podyktowanie wiadomości, która ma zostać umieszczona na bileciku.

– Gratuluję, Panno Steele. I osiągnęłaś to zupełnie sama. Bez pomocy żadnego megalomańskiego prezesa. Buziaki, Christian.

– Przyjęłam. Dziękuję panu.

– Dziękuję.

Wracam do oglądania ofert nieruchomości i zdaję sobie sprawę, że próbuję w ten sposób stłumić niepokój, jaki wywołuje we mnie perspektywa dzisiejszej rozmowy Any z moim terapeutą. Wypieranie. Tak nazwałby to Flynn. Ale moja szczęśliwa przyszłość wisi na włosku.

A te domy są takie absorbujące.

Co powie Flynn?

Kiedy mija pół godziny, a ja zamiast pracować, wciąż przeglądam oferty, poddaję się i dzwonię do niego.

– Trafiłeś w przerwę między pacjentami – mówi psychiatra. – Czy to coś pilnego?

– Chciałbym się dowiedzieć, co u Leili.

– Ta noc też minęła spokojnie. Mam nadzieję, że zdążę do niej zajrzeć tego popołudnia. Z tobą też dzisiaj się widzę, tak?

– Tak. I z Aną.

Przez krótką chwilę na linii panuje cisza i wiem, że to jedna ze sztuczek Johna. Nic nie mówi w nadziei, że to ja przerwę milczenie.

– O co chodzi, Christianie? – odzywa się w końcu.

– O dzisiejszy wieczór. O Anę.

– Domyślam się.

– Co zamierzasz powiedzieć?

– Jej? Nie wiem, o co mnie zapyta. Ale cokolwiek będzie chciała wiedzieć, powiem jej prawdę.

– Właśnie tego się boję.

W słuchawce rozlega się westchnienie.

– Postrzegam cię nieco inaczej, niż ty sam siebie, Christianie.

– Nie jestem pewien, czy mam czerpać z tego otuchę.

– Zobaczymy się wieczorem – mówi Flynn i kończy rozmowę.

PARĘ GODZIN PÓŹNIEJ, kiedy po powrocie ze spotkania z Fredem i Barneyem zasiadam przed komputerem, żeby otworzyć stronę kolejnego pośrednika nieruchomości, zauważam mail od Any. Nie miałem od niej wiadomości przez cały dzień. Musi być bardzo zajęta.

Nadawca: Anastasia Steele
Temat: Megaloman…
Data: 16 czerwca 2011, 15:43
Adresat: Christian Grey

…to mój ulubiony typ prezesa. Dziękuję Ci za śliczne kwiaty. Dostarczono je w dużym wiklinowym koszu przywołującym na myśl pikniki.

X

Zaczęła używać telefonu. Nareszcie!

Nadawca: Christian Grey
Temat: Świeże powietrze
Data: 16 czerwca 2011, 15:55
Adresat: Anastasia Steele

Ulubiony, co? Doktor Flynn mógłby mieć na ten temat coś do powiedzenia.

Masz ochotę wybrać się na piknik?

Moglibyśmy się zabawić na świeżym powietrzu, Anastasio…

Jak Ci mija dzień, skarbie?

Christian Grey,
prezes Grey Enterprises Holdings, Inc.

Nadawca: Anastasia Steele
Temat: Szalone tempo
Data: 16 czerwca 2011, 16:00
Adresat: Christian Grey

Dzień minął nie wiadomo kiedy. Praktycznie nie miałam czasu pomyśleć o czymś innym niż praca. Chyba sobie poradzę!

Więcej opowiem Ci w domu.

Świeże powietrze brzmi… interesująco.

Kocham Cię

A x
PS. Nie martw się doktorem Flynnem.

Skąd ona wie, że zadręczam się tą wizytą?

Nadawca: Christian Grey
Temat: Spróbuję…
Data: 16 czerwca 2011, 16:09
Adresat: Anastasia Steele

…się nie martwić.

Na razie, mała, x

Christian Grey,
prezes Grey Enterprises Holdings, Inc.

Podczas treningu w Escali Bastille daje mi wycisk, ale wyprowadzam parę celnych kopnięć i nie pozostaję dłużny.

– Coś cię gryzie, Grey. To ta sama dziewczyna? – pyta, sprężystym ruchem podrywając się z podłogi.

– Nie twój zasrany interes, Bastille.

Znów zaczynamy krążyć naprzeciwko siebie, wypatrując sposobności do powalenia przeciwnika.

– Ach! Wręcz nie posiadam się z zachwytu, że znalazłeś sobie kobietę, która tak zatruwa ci życie. Kiedy będzie mi dane ją poznać?

– Nie wiem, czy to w ogóle nastąpi.

– Lewa ręka wyżej. Odsłaniasz się.

Claude atakuje, ale robię unik i uskakuję w lewo przed jego kopnięciem.

– Dobry ruch, Grey.

Po wyjściu spod prysznica dostaję SMS-a od Andrei.

ANDREA PARKER:
Agentka nieruchomości może spotkać się z panem dziś
wieczorem.
O 20.30.
Może być?
Nazywa się Olga Kelly

Świetnie!
Dziękuję.
Proszę, prześlij mi adres tego domu.

Zastanawiam się, czy dom przypadnie Anie do gustu. Andrea przesyła mi adres i kod do bramy wjazdowej. Zapamiętuję go i znajduję posesję na mapie Google. Kiedy zastanawiam się, jak tam dojechać z gabinetu Flynna, odzywa się mój telefon. Dzwoni Ros. Patrzę na zewnątrz przez okno balkonowe i słucham dobrych wieści, które ma mi do przekazania.

– Fred właśnie wrócił i mówi, że Kavanagh w to wchodzi.

– To znakomicie.

– Znalazł kilka problemów technicznych i chciałby, żeby jego zespół przedyskutował je z naszymi ludźmi. Zaproponował spotkanie jutro rano. Już uprzedziłam Andreę.

– Przekaż Barneyowi, że dalej to już my pociągniemy – odpowiadam, po czym odwracam się od panoramy Seattle i dostrzegam Anę, która stoi na progu salonu i patrzy na mnie. Wygląda tak uroczo i nieśmiało.

– Tak zrobię – mówi Ros. – Do zobaczenia jutro.

Kończę rozmowę i podchodzę do mojej dziewczyny, żeby się z nią przywitać.

– Dobry wieczór, panno Steele. – Całuję ją i biorę w objęcia. – Gratuluję awansu.

– Brałeś prysznic.

– Byłem na treningu z Claude'em.

– Och.

– Dwa razy udało mi się skopać mu tyłek – mówię z dumą i wiem, że długo będę się delektował tym wspomnieniem.

– To nie zdarza się często.

– Nie. I stąd ta satysfakcja. Jesteś głodna?

Ana kręci głową. Widzę, że ma zatroskaną minę.

– O co chodzi? – pytam.

– Denerwuję się doktorem Flynnem.

– Ja też. Jak ci minął dzień?

– Wspaniale – odpowiada, a ja wypuszczam ją z objęć. – Bardzo pracowicie. Nie wierzyłam własnym uszom, kiedy Elizabeth, nasza personalna, powierzyła mi to stanowisko. Musiałam iść na lunch z wydawcami i nawet otrzymałam pozwolenie na publikację dwóch rękopisów, które zgłosiłam.

Podekscytowana składa mi szczegółową relację. Oczy jej płoną; jest bardzo przejęta tym, co robiła. Aż miło na nią patrzeć.

– Och, powinnam ci powiedzieć coś jeszcze – dodaje. – Miałam zjeść dzisiaj lunch z Mią.

– Nie mówiłaś mi o tym.

– Wiem, zapomniałam. Nie dałam rady z powodu zebrania, więc zamiast mnie na lunch zabrał ją Ethan.

Moja siostra w towarzystwie tego plażowego bawidamka? Nie wiem, jak powinienem na to zareagować.

– Rozumiem. Przestań przygryzać wargę.

Zamierzam wypytać ją dokładniej o Kavanagh i moją małą siostrzyczkę, ale Ana obraca się w stronę sypialni.

– Pójdę się odświeżyć – mówi szybko i wychodzi.

Nigdy nie myślałem o tym, że moja siostra mogłaby
się z kimś spotykać. Owszem, nawinął się jakiś facet na
balu, ale chyba nie była nim szczególnie zainteresowana.

– Z ESCALI DO GABINETU najczęściej biegnę, taki dodat-
kowy trening – mówię, parkując saaba. – Świetne auto.
   – Też tak uważam. Christianie… ja…
Coś nagle ściska mnie w żołądku.
   – Co się stało?
   – Proszę. – Ana wyjmuje z torebki czarne pudełecz-
ko owinięte wstążką. – To ode mnie na urodziny. Chcia-
łam dać ci to teraz, ale tylko jeśli mi obiecasz, że otwo-
rzysz dopiero w sobotę, dobrze?
   Przełykam ślinę i czuję, jak ogarnia mnie ulga.
   – Dobrze.
   Ana bierze głęboki oddech. Dlaczego tak się tym
niepokoi? Potrząsam pudełeczkiem. W środku jest chyba
jakiś mały plastikowy przedmiot. Cóż takiego mogła mi
podarować?
   Unoszę wzrok i spoglądam na nią.
   Cokolwiek to jest, na pewno będę zachwycony.
Uśmiecham się do niej szeroko.
   Wygląda na to, że zamierza ze mną być w dniu mo-
ich urodzin. Ten prezent o tym świadczy, nie?
   – Możesz otworzyć dopiero w sobotę. – Ana grozi
mi palcem.
   – Rozumiem. – Wkładam pudełeczko do wewnętrz-
nej kieszeni marynarki. – Czemu dałaś mi to teraz?
   – Ponieważ mogę, panie Grey.
   – Ależ, panno Steele, ukradła mi pani moją kwestię.
   – Owszem – przyznaje i spogląda w stronę gabine-
tu. – Miejmy to już za sobą.

Widząc nas, Flynn wstaje zza biurka.

– Christianie.

– John. Pamiętasz Anastasię? – pytam, kiedy wymieniamy uścisk dłoni.

– Jak mógłbym zapomnieć? Anastasio, witaj.

Ana prosi go, by używał skróconej formy jej imienia, a on zapraszającym gestem wskazuje nam dwie kanapy.

Czekam, aż Ana usiądzie, podziwiając jej sylwetkę w granatowej sukience, w którą się przebrała. Potem sadowię się na drugiej kanapie, ale przy samym oparciu, żeby być blisko niej. Wyciągam rękę i ściskam jej dłoń.

– Christian poprosił, abyś towarzyszyła mu podczas jednej z naszych sesji – zaczyna Flynn, zasiadłszy w swoim fotelu. – Musisz jedynie wiedzieć, że traktujemy te sesje z absolutną dyskrecją...

Zawiesza głos, widząc, że Ana chce coś wtrącić.

– Och... eee... podpisałam NDA.

Cholera.

Puszczam jej dłoń.

– Umowę o zachowaniu poufności? – Flynn spogląda na mnie z zakłopotaniem. Wzruszam ramionami, ale się nie odzywam. – Wszystkie związki z kobietami zaczynasz od NDA?

– Te kontraktowe owszem.

Psychiatra powstrzymuje się od uśmiechu.

– A miałeś z kobietami relacje innego typu?

Psiakrew.

– Nie – odpowiadam, rozbawiony jego reakcją, i wiem, że to dostrzega.

– Tak też myślałem. – Flynn ponownie kieruje uwagę ku Anie. – Cóż, wobec tego nie musimy się przejmować kwestią dyskrecji, ale czy mogę zasugerować, abyście kiedyś o tym porozmawiali? O ile mi wiadomo, nie łączy was już tego rodzaju relacja. Kontraktowa.

– Oby to był inny rodzaj kontraktu – mówię, zerkając na Anę, i widzę, że się rumieni.

– Ano, będziesz musiała mi wybaczyć, ale prawdopodobnie wiem o tobie znacznie więcej, niż ci się wydaje. Christian okazał się bardzo wylewny.

Ana zerka na mnie.

– NDA? – ciągnie Flynn – To cię musiało zaszokować.

– Och, myślę, że NDA blednie w porównaniu z najnowszymi wyznaniami Christiana – odpowiada Ana ściszonym i chrapliwym głosem.

Wiercę się nerwowo na kanapie.

– Jestem tego pewny. No więc, Christianie, o czym chcielibyście porozmawiać?

Wzruszam ramionami.

– Anastasia chciała tego spotkania. Ją powinieneś o to spytać.

Jednak Ana nie reaguje na wzmiankę o niej, tylko wpatruje się w pudełko chusteczek stojące przed nią na stoliku.

– Czułabyś się swobodniej, gdyby Christian zostawił nas na chwilę samych? – zwraca się do niej Flynn.

Co?

Ana kieruje wzrok w moją stronę.

– Tak – odpowiada.

Kurwa.

Ale…

Cholera jasna.

Podnoszę się z kanapy.

– Będę w poczekalni.

– Dziękuję, Christianie – mówi Flynn.

Posyłam Anie przeciągłe spojrzenie, próbując dać jej do zrozumienia, że jestem gotowy na to poświęcenie i robię to dla niej. Potem wychodzę z gabinetu i zamykam za sobą drzwi.

Janet unosi wzrok znad swojego biurka w recepcji,
ale nie zwracam na nią uwagi i przechodzę do poczekalni,
gdzie opadam na jeden ze skórzanych foteli.

O czym oni będą rozmawiać?

O tobie, Grey. O tobie.

Zamykam oczy, odchylam głowę do tyłu i próbuję się
rozluźnić.

Pulsowanie krwi rozsadza mi uszy – miarowe dudnienie, którego nie sposób zignorować.

Znajdź swoje szczęśliwe miejsce, Grey.

Jestem w sadzie z Elliotem. Jesteśmy dziećmi. Biegamy
między drzewami. Śmiejemy się. Zrywamy jabłka. Objada-
my się nimi. Dziadek Trevelyan patrzy na nas i też się śmieje.

Siedzę w kajaku z mamą. Tato i Mia płyną przed
nami. Gonimy ich.

Elliot i ja wiosłujemy, wkładając w to całą zawziętość
dwunastolatków. Mama się śmieje, a Mia ochlapuje nas
wiosłem.

„Ja pierdolę! Elliot!" Płyniemy katamaranem. Mój brat
trzyma ster i pędzimy z wiatrem po tafli jeziora Washington. Krzyczy z radości, kiedy wychylamy się za burtę. Jesteśmy przemoczeni. Rozradowani. Walczymy z wiatrem

Kocham się z Aną. Wdycham jej zapach. Całuję jej
szyję i piersi.

Ogarnia mnie podniecenie.

Kurwa. Nie.

Otwieram oczy i wiercąc się w fotelu, patrzę na pro-
sty mosiężny żyrandol i biały sufit.

O czym oni rozmawiają?

Wstaję i zaczynam się przechadzać tam i z powrotem, ale po chwili znów siadam i kartkuję jeden z nume-
rów „National Geographic", jedynego czasopisma, jakie
John oferuje swoim pacjentom w poczekalni.

Nie mogę się skupić na żadnym artykule.

Ale podobają mi się zdjęcia.

Nie potrafię tego znieść. Znów zaczynam chodzić. Potem siadam i sprawdzam adres domu, który mamy obejrzeć. A jeśli Anie nie spodoba się to, co usłyszy od Flynna, i nie będzie chciała więcej mnie widzieć? Wtedy po prostu każę Andrei odwołać spotkanie.

Zrywam się z fotela i zanim dociera do mnie, co robię, jestem na ulicy i idę przed siebie. Byle dalej od tego miejsca. Miejsca, gdzie toczy się rozmowa na mój temat.

Trzy razy okrążam cały kwartał i wracam do gabinetu. Janet nie odzywa się, kiedy przechodzę obok niej, pukam do drzwi i wchodzę.

Flynn posyła mi życzliwy uśmiech.

– Witamy ponownie, Christianie.

– Myślę, że czas dobiegł końca, John – mówię.

– Prawie. Dołącz do nas.

Siadam obok Any i kładę dłoń na jej kolanie. Ma nieodgadnioną minę i to mnie przygnębia, ale nie cofa nogi i pozwala mi się dotknąć.

– Miałaś jeszcze jakieś pytania, Ano? – zwraca się do niej Flynn, a ona kręci głową. – A ty, Christianie?

– Nie dzisiaj, John.

– Byłoby dobrze, gdybyście jeszcze raz zjawili się oboje. Jestem przekonany, że Ana będzie mieć więcej pytań.

Skoro na tym jej zależy. Skoro coś takiego jest potrzebne. Chwytam ją za rękę i jej spojrzenie kieruje się w moją stronę.

– W porządku? – pytam

Ana kiwa głową i uśmiecha się do mnie. Mam nadzieję, że uścisk mojej dłoni uświadamia jej, jak wielką czuję ulgę.

– Co z nią? – zwracam się do Flynna, który domyśla się, że chodzi mi o Leilę.

– Jakoś się pozbiera.

– To dobrze. Informuj mnie o postępach.

– Oczywiście.

Kieruję wzrok w stronę Any.

– Może gdzieś się wybierzemy, żeby uczcić twój awans?

Gdy w odpowiedzi nieśmiało kiwa głową, czuję kolejny przypływ ulgi.

OBEJMUJĘ JĄ W PASIE i wychodzimy z gabinetu. Nie mogę się doczekać, żeby usłyszeć, czego dotyczyła rozmowa. Muszę wiedzieć, czy Flynn zniechęcił ją do mnie.

– Jak poszło? – pytam, siląc się na nonszalancję, gdy wychodzimy na ulicę.

– Dobrze.

I tyle? Ja tu umieram ze strachu.

Ana spogląda na mnie i nie mam pojęcia, co dzieje się w jej głowie. To mnie osłabia i wytrąca z równowagi. Patrzę na nią gniewnie.

– Panie Grey, proszę tak na mnie nie patrzeć. Zgodnie z zaleceniami lekarza mam zamiar wierzyć ci na słowo.

– Co to ma znaczyć?

– Przekonasz się.

Wyjdzie za mnie czy nie? Z jej czarującego uśmiechu niczego nie da się wywnioskować.

Cholera. Ona nie zamierza mi tego powiedzieć. Trzyma mnie w niepewności.

– Wsiadaj do samochodu – rozkazuję oschle i otwieram drzwi po stronie pasażera.

Dzwoni komórka Any. Ona spogląda na mnie czujnie i odbiera.

– Cześć – mówi z entuzjazmem.

Z kim rozmawia?

– José – informuje mnie, bezgłośnie poruszając ustami, jakby czytała w moich myślach, a potem mówi do niego, ale nie odrywa ode mnie wzroku. – Przepraszam, że nie oddzwoniłam. Chodzi ci o jutro? Cóż, obecnie pomieszkuję u Christiana i jeśli chcesz, to możesz u niego przenocować.

O tak. Zjawił się, żeby dostarczyć te oszałamiające portrety Any, swoje listy miłosne do niej.

Zaakceptuj jej przyjaciół, Grey.

Ana marszczy czoło, odwraca się i podchodzi do budynku, żeby oprzeć się o ścianę.

Dobrze się czuje? Obserwuję ją uważnie. Czekam.

– Tak... Bardzo – mówi z poważną miną.

O czym oni rozmawiają?

– Tak – odpowiada i dodaje z oburzeniem w głosie: – Oczywiście, że tak... Możesz przyjechać po mnie do pracy... Wyślę ci SMS-em adres... O szóstej? – Szczerzy zęby w uśmiechu. – Super. Do zobaczenia.

Rozłącza się i rusza z powrotem do samochodu.

– Co u twojego przyjaciela? – pytam.

– Wszystko dobrze. Przyjedzie po mnie do pracy i chyba wyskoczymy na drinka. Masz ochotę wybrać się z nami?

– Nie sądzisz, że będzie czegoś próbował?

– Nie!

– W porządku. – Unoszę ręce w pojednawczym geście. – Wyjdź sobie razem ze swoim przyjacielem, a my zobaczymy się później. Widzisz? Potrafię być rozsądny.

Ana wydyma usta – myślę, że jest rozbawiona.

– Mogę prowadzić? – pyta.

– Wolałbym nie.

– A dlaczego?

– Ponieważ nie lubię być pasażerem.

– Rano jakoś wytrzymałeś, no i zgadzasz się, żeby woził cię Taylor.

– Bezgranicznie ufam Taylorowi jako kierowcy.

– A mnie nie? – Ana podnosi głos i bierze się pod boki. – Naprawdę, twoja chęć sprawowania nad wszystkim kontroli nie zna granic. Jeżdżę samochodem, odkąd skończyłam piętnaście lat.

Wzruszam ramionami. Mam ochotę prowadzić.

– Czy to mój samochód? – pyta Ana.

– Oczywiście, że tak.

– W takim razie poproszę kluczyki. Jechałam nim dwa razy, i to tylko do pracy i z powrotem. A teraz ty chcesz mnie pozbawić przyjemności.

Krzyżuje ręce na piersi i przybiera buńczuczną postawę, uparta jak zwykle.

– Ale ty nie wiesz, dokąd jedziemy.

– Jestem pewna, że mnie pan oświeci, panie Grey. Jak na razie doskonale panu idzie.

I właśnie tym rozładowuje całe napięcie. Jest najbardziej rozbrajającą osobą, jaką kiedykolwiek poznałem. Nie chce mi odpowiedzieć, czy za mnie wyjdzie. Trzyma mnie w niepewności, a mimo to pragnę z nią spędzić resztę życia.

– Doskonale mi idzie, tak? – pytam z uśmiechem na ustach.

Policzki Any zabarwia rumieniec, a w jej oczach pojawiają się błyski rozbawienia.

– Zasadniczo tak – odpowiada.

– Cóż, w takim razie... – Wręczam jej kluczyki i otwieram przed nią drzwi po stronie kierowcy.

Biorę głęboki oddech, kiedy Ana włącza się do ruchu. Gdy pyta mnie, dokąd jedziemy, uświadamiam sobie, że mieszka w Seattle zbyt krótko i nie orientuje się w terenie.

– Jedź prosto tą drogą.

– Nie powiesz mi nic więcej?

Coś za coś, maleńka.

Uśmiecham się do niej, a ona zerka na mnie spod przymrużonych powiek.

– Na światłach w prawo – mówię.

Ana hamuje, trochę zbyt gwałtownie, a potem włącza kierunkowskaz i skręca.

– Spokojnie – upominam ją i widzę, jak zaciska usta. – Tutaj w lewo.

Opieram rękę na desce rozdzielczej, kiedy Ana dociska gaz i ostro przyspiesza. Jedziemy ponad sześćdziesiąt kilometrów na godzinę w terenie zabudowanym.

– Cholera, delikatnie, Ano. Zwolnij!

– Przecież zwolniłam! – mówi, naciskając hamulec.

Wzdycham i postanawiam przejść do kwestii, która wciąż nie daje mi spokoju.

– Co powiedział Flynn? – pytam, siląc się na swobodny ton, ale bez powodzenia.

– Już ci mówiłam. Że powinnam wierzyć ci na słowo – odpowiada i włącza kierunkowskaz, by zjechać na pobocze.

– Co robisz?

– Pozwalam ci prowadzić.

– Czemu?

– Żeby móc na ciebie patrzeć.

Parskam śmiechem.

– Nie, nie. Chciałaś prowadzić, więc prowadź, a ja będę na ciebie patrzył – mówię i Ana posyła mi gniewne spojrzenie. – Patrz na drogę! – krzyczę.

Ana zjeżdża na chodnik tuż za światłami, odpina pas i wysiada, trzaskając drzwiami.

O co, do cholery, jej chodzi?

Stoi ze skrzyżowanymi na piersi rękoma, w pozycji, która jest zarówno obronna, jak i zaczepna, i piorunuje mnie wzrokiem. Wysiadam z samochodu.

– Co robisz? – pytam.

– Nie. Co ty robisz?

– Tu nie wolno parkować. – Wskazuję na stojącego saaba.

– Wiem.

– Więc czemu to zrobiłaś?

– Bo miałam dość twojego warczenia i rozkazów. Albo siadasz za kółkiem, albo koniec z uwagami!

– Anastasio, wsiadaj do samochodu, zanim wlepią nam mandat.

– Nie.

Nerwowo przeczesuję włosy palcami. Co w nią wstąpiło?

Spoglądam na nią. Chyba widzi moją rozterkę, bo wyraz jej twarzy staje się łagodniejszy. Cholera, czy ona się ze mnie naśmiewa?

– No co? – pytam.

– Ty.

– Och, Anastasio! Jesteś najbardziej frustrującym babskiem na tej planecie – mówię, unosząc ręce, jakbym chciał złapać się za głowę. – W porządku, poprowadzę.

Ana chwyta mnie za połę marynarki i przyciąga do siebie.

– Nie, to ty jesteś najbardziej frustrującym facetem na tej planecie.

Wbija we mnie szczere spojrzenie i wydaje mi się, że tonę w jej błękitnych oczach. Czuję, że już po mnie. Obejmuję ją i przytulam.

– Może w takim razie jesteśmy dla siebie stworzeni.

Z zachwytem chłonę jej zapach. Powinienem go butelkować.

Jest kojący. Seksowny. Jak ona.

Ana przywiera do mnie mocno i przyciska policzek do mojej piersi.

– Och… Ano, Ano, Ano – wzdycham, całując jej włosy i trzymając ją w objęciach.

Dziwne jest takie tulenie się do siebie na ulicy.

Kolejna rzecz, którą robię pierwszy raz w życiu. Nie. Drugi. Już raz obejmowałem ją na ulicy przed Esclavą.

Potem rozluźniam uścisk, otwieram przed nią drzwi po stronie pasażera, a sam zajmuję miejsce za kierownicą, przekręcam kluczyk w stacyjce i włączam się do ruchu.

Z głośników płynie piosenka Vana Morrisona i zaczynam nucić w takt muzyki, gdy kierujemy się w stronę zjazdu na autostradę.

– Mogli nam wlepić mandat. Pamiętaj, że ten samochód jest na twoje nazwisko – mówię.

– Cóż, wobec tego dobrze, że dostałam awans. Stać mnie na mandat – odpowiada Ana, a ja z trudem powstrzymuję uśmiech. – Dokąd jedziemy?

– Niespodzianka. Co jeszcze mówił Flynn?

– Coś o TTKRRS, czy jakoś tak.

– TKSR. Terapia Krótkoterminowa Skoncentrowana na Rozwiązaniu. Ostatni rodzaj terapii.

– Próbowałeś innych?

– Maleńka, przerobiłem dosłownie wszystko. Kognitywność, Freuda, funkcjonalizm, Gestalt, behawioryzm. Wymień jakąś inną, tej na pewno też próbowałem.

– Myślisz, że ta najnowsza metoda pomoże?

– Co powiedział Flynn?

– Żeby nie rozpamiętywać twojej przeszłości. Skupiać się na przyszłości, na tym, gdzie pragniesz się znaleźć.

Kiwam głową, ale nie potrafię pojąć, dlaczego Ana nie przyjęła moich oświadczyn. To jest właśnie ta przyszłość, do której dążę.

Małżeństwo.

Być może Flynn powiedział coś, co odwiodło ją od tego.

– Co jeszcze? – pytam, próbując dociec, co zniechęcającego mogła usłyszeć na mój temat.

– Mówił o twoim strachu przed dotykiem, choć nazwał to jakoś inaczej. I o twoich koszmarach sennych i wstręcie do samego siebie.

Obracam głowę, żeby spojrzeć jej w oczy.

– Proszę patrzeć na drogę, panie Grey – upomina mnie.

– Rozmawialiście i rozmawialiście, Anastasio. Co jeszcze ci powiedział?

– Nie uważa, żebyś był sadystą.

– Naprawdę?

Flynn nie potrafi wczuć się w moje położenie. Nie rozumie tego. Dlatego nasze poglądy na tę kwestię się różnią.

– Twierdzi, że nie ma w psychiatrii takiego określenia – dodaje Ana. – Już od lat dziewięćdziesiątych.

– Flynn i ja mamy w tej sprawie odmienne zdanie.

– Powiedział, że zawsze myślisz o sobie jak najgorzej. Wiem, że to prawda. Wspomniał także o sadyzmie seksualnym, ale mówił, że to wybór stylu życia, a nie stan psychiatryczny. Może właśnie o tym myślisz.

Ano, nie masz o tym pojęcia.

Nigdy się nie dowiesz, jak bardzo jestem zepsuty.

– A więc jedna rozmowa z porządnym lekarzem i stałaś się ekspertem.

Ana kwituje moją uwagę westchnieniem.

– Skoro nie chcesz słuchać, co mam do powiedzenia, to mnie nie pytaj – odpowiada i zaczyna przyglądać się mijającym nas samochodom.

Słuszna uwaga, panno Steele.

Grey, przestań ją dręczyć.

– Chcę wiedzieć, o czym rozmawialiście – odzywam się tonem, który, mam nadzieję, brzmi pojednawczo.

Zjeżdżam z autostrady i kieruję się na północ.

– Nazwał mnie twoją kochanką.

– Naprawdę? Cóż, potrafi nazywać rzeczy po imieniu. Uważam, że to właściwe określenie. A ty nie?

– Swoje uległe uważałeś za kochanki?

Kochanki? Leila? Susannah? Madison? Przypominam sobie wszystkie moje uległe.

– Nie. Były moimi partnerkami seksualnymi. Ty jesteś moją jedyną kochanką. I chcę, żebyś była kimś więcej.

– Wiem – odpowiada. – Potrzebuję po prostu trochę czasu, Christianie. Aby uporządkować sobie w głowie wydarzenia ostatnich kilku dni.

Zerkam na nią.

Dlaczego nie powiedziała tego wcześniej?

To jest dla mnie do przyjęcia.

Oczywiście, mogę jej dać trochę czasu.

Dla niej mógłbym czekać nawet do końca świata.

Rozluźniam się i zaczynam czerpać przyjemność z jazdy. Jesteśmy na przedmieściach Seattle, ale kierujemy się na zachód, w stronę zatoki. Myślę, że wybrałem odpowiednią porę na to spotkanie i zdążymy w sam raz, żeby zobaczyć zachód słońca nad zatoką Puget.

– Dokąd jedziemy? – pyta znów Ana.

– Niespodzianka.

Ana uśmiecha się do mnie z zaciekawioną miną i odwraca głowę w stronę okna, by przyglądać się okolicy.

Dziesięć minut później dostrzegam metalową bramę, tę samą, którą widziałem na zdjęciach w sieci. Zatrzymuję się na końcu okazałego podjazdu, wstukuję kod na klawiaturze i ciężkie wrota otwierają się przed nami z przeraźliwym skrzypieniem.

Zerkam na Anę.

Spodoba się jej to miejsce?

– Co to jest?

– Pewien pomysł – odpowiadam, wjeżdżając na teren posesji.

Podjazd okazuje się dłuższy, niż przypuszczałem. Po

prawej stronie rozpościera się zapuszczony trawnik. Jest na tyle duży, że zmieściłby się na nim kort tenisowy albo boisko do koszykówki – albo jedno i drugie.

– *Hej, pograj ze mną w kosza – namawia mnie Elliot.*
– *Nie widzisz, że czytam?*
– *Jak będziesz tyle czytał, to żadna na ciebie nie poleci.*
– *Odwal się.*
– *Zagrajmy – skamle mój brat. – No chodź, stary.*
Niechętnie *odkładam wystrzępiony egzemplarz* Olivera Twista *i idę za Elliotem na podwórko.*

Ana wygląda na oszołomioną, kiedy zajeżdżamy przed portyk ze wspaniałą kolumnadą. Parkuję obok czarnego sedana bmw i wyłączam silnik. Dom jest wielki i z zewnątrz rzeczywiście robi wrażenie.

– Zachowasz otwartość umysłu? – pytam.

Ana unosi brwi, a jej twarz wyraża zdumienie.

– Christianie, potrzebuję jej od dnia, w którym poznałam ciebie.

Nie mogę temu zaprzeczyć. Ma rację. Jak zwykle.

Agentka czeka na nas w dużym przedsionku. Wymienia ze mną uścisk dłoni i przedstawia się Anie, a potem zaprasza nas do środka.

Dom musiał być nieużywany od kilku miesięcy, bo w powietrzu unosi się lekka woń stęchlizny. Ale nie przyjechałem tutaj, żeby zwiedzać całe wnętrze. Przestudiowałem dokładnie plan budynku, więc wiem, dokąd chcę iść i jak się tam dostać

– Chodź. – Podaję rękę Anie.

Prowadzę ją przez sklepione łukowato wejście do przestronnego holu, mijamy okazałe schody i docieramy do pomieszczenia, które kiedyś pełniło funkcję salonu.

W głębi znajduje się kilkoro drzwi francuskich,

otwartych na oścież, co bardzo mnie cieszy, ponieważ wnętrze aż się prosi o wietrzenie. Ściskam mocniej dłoń Any i prowadzę ją przez najbliższe drzwi na taras.

Widok jest tak samo zniewalający i spektakularny jak na zdjęciach – panorama zatoki w całej wieczornej okazałości. W oddali migocą już światła Bainbridge Island, gdzie żeglowaliśmy w ostatni weekend, a na horyzoncie ciemnieje Olympic Peninsula.

Nad nami rozpościera się bezmiar nieba, a zachód słońca zapiera dech w piersiach. Trzymając się za ręce, patrzymy przed siebie i cieszymy oczy tym cudownym widowiskiem natury. Ana promienieje. Jest oczarowana.

Obraca głowę i spogląda na mnie.

– Przywiozłeś mnie tutaj, abyśmy podziwiali ten widok? – pyta, a ja w odpowiedzi kiwam głową. – Jest zachwycający, Christianie. Dziękuję ci.

– A co byś powiedziała, gdybyś go miała oglądać do końca życia?

Moje serce zaczyna kołatać.

Niezłe zagranie, Grey.

Ana wbija we mnie wzrok. Na jej twarzy maluje się zaskoczenie.

– Zawsze chciałem mieszkać na wybrzeżu – wyjaśniam. – Żeglując po zatoce, patrzę z zazdrością na te domy. Ten akurat dopiero niedawno wystawiono na sprzedaż. Chcę go kupić, zburzyć i wybudować nowy dom, dla nas.

Oczy Any stają się niemal okrągłe.

– To tylko taki pomysł – dodaję.

Ana zerka przez ramię do wnętrza salonu.

– Dlaczego chcesz go zburzyć? – pyta.

– Chciałbym wybudować dom przyjazny środowisku, przy wykorzystaniu najnowszych technologii ekologicznych. Elliot mógłby się tym zająć.

– Możemy rozejrzeć się po wnętrzach?

– Jasne.

Wzruszam ramionami. Dlaczego jej na tym zależy?

Podążam za Aną i agentką, która oprowadza nas po domu. Olga Kelly jest w swoim żywiole, kiedy pokazuje nam kolejne pomieszczenia, szczegółowo opisując zalety każdego z nich. Wciąż nie mogę pojąć, czemu Ana chce wszystko obejrzeć.

– A nie dałoby się uczynić bardziej ekologicznym i samowystarczalnym tego domu? – zwraca się do mnie, gdy wchodzimy po schodach na piętro.

Tego domu?

– Musiałbym zapytać Elliota. To on się na tym wszystkim zna.

Anie podoba się *ten* dom.

Ale przecież nie zamierzałem go zachować.

Agentka wprowadza nas do głównej sypialni. Sięgające od podłogi do sufitu drzwi wiodą na balkon, z którego też się roztacza wspaniały widok. Obydwoje przystajemy na chwilę, by popatrzeć, jak na ciemniejącym niebie gasną ostatnie promienie słońca. Ten pejzaż jest urzekający.

Zaglądamy do pozostałych pokoi – na piętrze jest ich całkiem sporo, a okna ostatniego z nich wychodzą na podjazd. Olga Kelly sugeruje, że przed budynkiem jest dosyć miejsca na wybieg dla koni i stajnię.

– Padok byłby tam, gdzie teraz jest łąka? – pyta Ana, spoglądając na nią z powątpiewaniem.

– Tak – potwierdza agentka.

Wracamy na dół i jeszcze raz wychodzimy na taras. Muszę rozważyć moje plany. Nie zamierzałem wprowadzać się do tego domu, ale nie wygląda najgorzej i jest solidny, więc po odpowiednim przystosowaniu mógłby zaspokajać nasze potrzeby. Zerkam na Anę.

Kogo ja chcę oszukać?

Mój dom jest wszędzie tam, gdzie ona.

Skoro właśnie tego chce...

Wciąż stoimy na tarasie, kiedy biorę ją w ramiona.

– Sporo do przemyślenia? – pytam. Odpowiada mi skinieniem głowy. – Przed kupnem chciałem się upewnić, że ci się podoba.

– Widok?

– Tak.

– Uwielbiam ten widok i podoba mi się dom.

– Naprawdę?

– Christianie, kupiłeś mnie tą łąką – odpowiada ze wstydliwym uśmiechem.

To oznacza, że nie zamierza mnie opuścić.

Niewątpliwie.

Ujmuję w dłonie jej twarz, zanurzam palce we włosach i całuję ją z wdzięcznością.

– Dziękuję za oprowadzenie nas po domu – zwracam się do panny Kelly. – Odezwę się.

– Dziękuję państwu – odpowiada agentka i wymienia z nami uściski dłoni.

Anie się tutaj podoba!

Przepełnia mnie uczucie ulgi. Kiedy wsiadamy do saaba, Olga Kelly włącza zewnętrze oświetlenie i wzdłuż podjazdu rozbłyskuje rząd małych lampek. Zaczyna mi się podobać ten dom. Ma w sobie coś monumentalnego. Jestem pewien, że Elliot zdoła zachować jego magiczny charakter, dokonując przeróbek.

– Więc zamierzasz go kupić? – odzywa się Ana, kiedy wracamy do Seattle.

– Tak.

– Escalę wystawisz na sprzedaż?

– A niby czemu?

– Żeby zapłacić za... – Nagle przerywa.

– Uwierz, stać mnie na ten dom.

– Lubisz być bogaty?

Nachodzi mnie ochota na jakąś sarkastyczną odpowiedź.

– Tak – mówię. – Pokaż mi kogoś, kto nie lubi.

Ana przygryza paznokieć.

– Anastasio – dodaję łagodniejszym tonem. – Jeśli powiesz „tak", ty też będzie musiała się nauczyć być bogatą.

– Bogactwo to nie jest coś, do czego zawsze dążyłam, Christianie.

– Wiem. Kocham to w tobie. No ale też nigdy nie byłaś głodna.

Kątem oka dostrzegam, że obraca głowę i przygląda mi się, ale w ciemności nie widzę wyrazu jej twarzy.

– Dokąd jedziemy? – pyta i domyślam się, że chce zmienić temat.

– Świętować.

– Co świętować? Zakup domu?

– Już zapomniałaś? Twoje nowe stanowisko.

– No tak. – Ana się uśmiecha. – Gdzie?

– Wysoko. W moim klubie.

– Twoim klubie?

– Jednym z wielu.

– Ile ich masz?

– Trzy.

Proszę, tylko nie wypytuj mnie o to.

– Dyskretne kluby dla panów? Kobietom wstęp wzbroniony? – pyta drwiącym tonem i wiem, że nabija się ze mnie.

– Są otwarte również dla kobiet – odpowiadam. – Wszystkie.

Zwłaszcza jeden. Przybytek dominatorów. Ale od pewnego czasu tam nie zaglądam.

Ana przygląda mi się badawczo.

– Co? – pytam.

– Nic.

ZOSTAWIAM SAMOCHÓD PARKINGOWEMU i jedziemy windą do Mile High Club, który mieści się na najwyższym piętrze Columbia Tower. Ponieważ stolik dla nas nie jest jeszcze gotowy, siadamy przy barze.

– Cristal, proszę pani? – Wręczam Anie kieliszek schłodzonego szampana.

– Ależ dziękuję, panie Grey – odpowiada, trzepocąc rzęsami.

Widzę, że zakłada nogę na nogę. Brzeg jej sukienki sunie w górę, odsłaniając trochę więcej uda.

– Czy pani ze mną flirtuje, panno Steele?

– Tak, panie Grey. I co zamierza pan z tym zrobić?

Och, Ano, uwielbiam, kiedy rzucasz mi wyzwania.

– Już ja coś wymyślę – szepczę i dostrzegam, że Carmine, szef sali, daje mi znak. – Chodź, już jest nasz stolik.

Cofam się i podaję dłoń Anie, a ona z wdziękiem zsuwa się ze stołka barowego. Puszczam ją przodem. Jej tyłek wygląda oszałamiająco w tej sukience.

Ach. Przychodzi mi do głowy szalony pomysł.

Kiedy Ana zbliża się do stolika, zatrzymuję ją, kładąc rękę na jej łokciu.

– Idź i zdejmij majtki – szepczę jej do ucha. – Idź.

Gwałtownie wciąga powietrze i przypominam sobie, jak poprzednim razem nie miała na sobie bielizny i do czego to doprowadziło. Może dziś będzie podobnie. Spogląda na mnie wyniośle, ale wręcza mi kieliszek szampana i odchodzi w stronę damskiej toalety.

Czekając na nią przy stoliku, przeglądam menu. Powraca wspomnienie naszej kolacji w prywatnej sali w Heathmanie. Przywołuję kelnera i mam nadzieję, że

Ana nie będzie mi robić wyrzutów, bo składam zamówienie także za nią.

– Czym mogę służyć, panie Grey?

– Na początek poproszę półmisek ostryg. Potem dwie porcje strzępiela w sosie holenderskim z podsmażanymi ziemniakami, na przystawkę szparagi.

– Dobrze, proszę pana. Czy zechce pan zamówić coś z karty win?

– Na razie nie. Pozostaniemy przy szampanie.

Kelner odchodzi, a do stolika zbliża się Ana. Uśmiecha się tajemniczo.

Och, Ano.

Ma ochotę na zabawę... ale ja nie zamierzam jej dotykać. Na razie.

Chcę doprowadzić ją do szaleństwa.

Wstaję i zapraszającym gestem wskazuję jedno z krzeseł.

– Usiądź obok mnie – mówię. – Złożyłem już zamówienie w twoim imieniu. Mam nadzieję, że nie masz mi tego za złe.

Ana siada, a ja zajmuję miejsce obok niej, uważając, by nie przysuwać się zbyt blisko. Ostrożnie, żeby nasze palce się nie zetknęły, podaję jej z powrotem kieliszek szampana.

Ana wypija łyk i wierci się niespokojnie na krześle.

Po chwili zjawia się kelner i podaje nam ostrygi na lodzie.

– Z tego, co pamiętam, ostatnim razem ostrygi ci smakowały.

– To był jedyny raz, kiedy je jadłam.

Oddech Any staje się ciężki. Jest... napalona.

– Och, panno Steele, kiedy się pani nauczy?

Biorę ostrygę z półmiska. Kiedy unoszę drugą rękę, Ana odchyla się, oczekując na mój dotyk, ale ja sięgam po plasterek cytryny i wyciskam sok nad otwartą muszlą.

– Nauczy czego? – szepcze.

– Jedz. – Zbliżam muszlę do jej rozchylonych warg. – Odchyl powoli głowę.

Ma w oczach żar, kiedy wypełnia moje polecenie i ostryga ześlizguje się do jej ust. Sięgam do półmiska i też się częstuję.

– Jeszcze?

Ana kiwa głową i tym razem dodaję trochę sosu mignonette. Nadal jej nie dotykam. Przełyka ostrygę i oblizuje wargi.

– Smakuje?

Kiwa głową. Sam zjadam kolejną ostrygę, a potem znów karmię Anę. Kiedy wydaje pomruk zadowolenia, jej głos przyprawia mnie o erekcję.

– Nadal smakują ci ostrygi? – pytam, kiedy przełyka ostatnią.

Znów przytakuje skinieniem głowy.

– To dobrze.

Kładę dłonie na udach, naprężając palce, i odczuwam satysfakcję, kiedy Ana wierci się na krześle obok mnie. Nadal jednak powstrzymuję się przed dotykaniem jej. Kelner dolewa nam szampana i zabiera talerze. Ana ściska złączone nogi i pociera uda dłońmi. Wydaje mi się, że słyszę, jak wzdycha z bezsilnością.

Och, maleńka. Czyżbyś była spragniona mojego dotyku?

Kelner wraca z daniem głównym. Ana spogląda na mnie z niedowierzaniem.

– Pańskie ulubione danie, panie Grey?

– Zdecydowanie, panno Steele. Choć wydaje mi się, że w Heathmanie to był pstrąg.

– Pamiętam, że wtedy siedzieliśmy w prywatnej sali i negocjowaliśmy warunki umowy.

– Piękne czasy. Tym razem mam nadzieję, że cię przelecę.

Sięgam po sztućce i wkładam do ust kęs ryby.

– Nie licz na to – odburkuje Ana i nawet nie muszę na nią patrzeć, by wiedzieć, że robi nadąsaną minę.

Och, zgrywasz niedostępną, panno Steele?

– A skoro wspomniałam o umowie… – dodaje – co z NDA?

– Podrzyj ją.

– Co takiego? Naprawdę?

– Tak.

– Nie obawiasz się, że pobiegnę z tym wszystkim do „Seattle Times"?

Śmieję się, zdając sobie sprawę, jaka jest nieśmiała.

– Nie – odpowiadam. – Ufam ci. Zamierzam uwierzyć ci na słowo.

– I vice versa.

– Bardzo się cieszę, że jesteś w sukience.

– Dlaczego mnie w takim razie nie dotykasz?

– Tęsknisz za moim dotykiem? – przekomarzam się z nią.

– Tak! – mówi podniesionym głosem.

– Jedz.

– Nie zamierzasz mnie dotknąć, prawda?

Staram się ukryć rozbawienie.

– Nie.

Ana sprawia wrażenie wzburzonej.

– Wyobraź sobie tylko, co będziesz czuć, kiedy dotrzemy do domu – dodaję szeptem. – Już się nie mogę doczekać.

– Jeśli wybuchnę tutaj, na siedemdziesiątym szóstym piętrze, to będzie twoja wina – warczy ze złością.

– Och, Anastasio. Znajdziemy jakiś sposób na to, aby ci ulżyć.

Ana mruży oczy i zaczyna jeść. Wierci się na krześle i jej sukienka podjeżdża trochę do góry, odsłaniając więcej ciała. Bierze do ust kolejny kęs, a potem odkłada sztućce i gładzi się dłonią po wewnętrznej stronie uda, lekko stukając palcami w skórę.

Bawi się ze mną.

– Wiem, co robisz – odzywam się.

– Wiem, że pan wie, panie Grey. I o to właśnie chodzi.

Chwyta w palce szparaga i zerkając na mnie, zanurza w sosie jego czubek, po czym zaczyna nim obracać.

– Nie odwróci pani tej sytuacji na moją niekorzyść, panno Steele. – Wyjmuję szparaga z jej dłoni. – Otwórz usta.

Ana robi, co jej każę, i przesuwa językiem po dolnej wardze.

Kuszące, panno Steele. Bardzo kuszące.

– Szerzej – mówię, a ona przygryza wargę, ale wykonuje moje polecenie, po czym bierze do ust czubek zielonego pędu i zaczyna go ssać.

O cholera.

Mogłaby to samo zrobić z moim kutasem.

Z jej ust wydobywa się cichy jęk, kiedy zaciska zęby. Wyciąga rękę, żeby mnie dotknąć, ale chwytam ją za nadgarstek.

– O nie, tak się nie zachowujemy, panno Steele – upominam ją i muskam ustami jej knykcie. – Nie dotykaj.

– Grasz nie fair – protestuje, kiedy puszczam jej dłoń.

– Wiem – odpowiadam i sięgam po szampana. – Gratulacje z okazji awansu.

Stukamy się kieliszkami.

– Tak, to dość nieoczekiwane.

Ana sprawia wrażenie lekko zniechęconej. Czyżby wątpiła w siebie? Mam nadzieję, że nie.

– Jedz – mówię, zmieniając temat. – Nie wyjdziemy stąd, dopóki nie skończysz jeść. A dopiero w domu będziemy naprawdę świętować.

– Nie chce mi się jeść. Jestem spragniona czego innego.

Ano. Och, Ano. Tak łatwo się rozpraszasz.

– Jedz, bo przełożę cię przez kolano i zapewnimy rozrywkę innym gościom.

Ana porusza się na krześle i wydaje mi się przez chwilę, że ma ochotę na kilka klapsów, ale jej nadąsana mina świadczy o czymś innym. Chwytam pęd szparaga i zanurzam go w sosie.

– Zjedz to – zachęcam ją.

Ulega mojej namowie i je, nie odrywając ode mnie wzroku.

– Naprawdę za mało zjadłaś – dodaję. – Ważysz mniej, niż kiedy się poznaliśmy.

– Chcę jechać w końcu do domu i się z tobą kochać.

Szczerzę zęby w uśmiechu.

– Ja też, i tak właśnie będzie. Jedz.

Ana wzdycha z rezygnacją i sięga po sztućce. Robię to samo.

– Twój przyjaciel kontaktował się z tobą? – pytam.

– Który przyjaciel?

– Ten, który zatrzymał się w twoim mieszkaniu.

– Och, Ethan. Nie, rozmawiałam z nim wtedy, kiedy zabrał Mię na lunch.

– Robię interesy z ojcem Ethana i Kate.

– Tak?

– Tak. Kavanagh wygląda na porządnego faceta.

– Zawsze był dla mnie życzliwy – mówi Ana i moje plany brutalnego przejęcia firmy Kavanagha przestają mi się podobać.

Ana kończy jeść i odkłada sztućce na talerz.

– Grzeczna dziewczynka.

– Co teraz? – pyta, patrząc na mnie wyczekująco.

– Teraz? Wychodzimy. Z tego, co mi wiadomo, ma pani względem mnie pewne oczekiwania, panno Steele. I zamierzam im sprostać najlepiej, jak potrafię.

– Najlepiej... jak... potra... fisz? – pyta Ana, nie mogąc złapać tchu.

Uśmiecham się i wstaję od stolika.

– Nie musimy zapłacić?

– Jestem członkiem tego klubu – wyjaśniam. – Dopiszą kolację do mojego rachunku. Anastasio, ty przodem.

Odsuwam się na bok, a Ana podnosi się z krzesła i wygładza sukienkę na udach.

– Nie mogę się doczekać powrotu do domu – szepczę jej do ucha, podążając za nią.

Przy wyjściu zatrzymuję się, żeby zamienić parę słów z szefem sali.

– Dziękuję. Było pierwszorzędnie, jak zwykle.

– Nie ma za co, panie Grey – odpowiada Carmine.

– Mógłbyś zadzwonić na dół, żeby podstawili mi samochód przed wejście?

– Nie ma sprawy. Dobranoc.

Kiedy wchodzimy do windy, biorę Anę pod rękę i prowadzę ją do kąta. Staję za nią i przyglądam się innym wchodzącym parom.

Psiakrew.

Rozpoznaję Linca, byłego męża Eleny, ubranego w sraczkowaty garnitur.

Co za dupek.

On też mnie rozpoznaje i pozdrawia. Odpowiadam mu skinieniem głowy i wzdycham z ulgą, kiedy odwraca się do nas plecami. Jego obecność sprawia, że to, co zamierzam zrobić, staje się jeszcze bardziej podniecające.

Zamykają się drzwi, a wtedy przyklękam szybko, udając, że zawiązuję sznurówkę. Chwytam Anę za kostkę i kiedy wstaję, moja dłoń wędruje w górę po jej łydce, mija kolano, przesuwa się po udzie i zatrzymuje na jej tyłku. Jej nagim tyłku.

Czuję, jak napina się cała, kiedy obejmuję ją lewą

ręką w pasie, a moje palce prześlizgują się między pośladkami w stronę jej kobiecości. Winda zatrzymuje się na jednym z pięter, a my cofamy się, żeby zrobić więcej miejsca. Ale nie zwracam uwagi na ludzi, którzy wchodzą do kabiny. Delikatnie muskam łechtaczkę Any, raz, drugi i trzeci, a potem cofam dłoń.

– Zawsze taka gotowa, panno Steele – szepczę, zanurzając w niej środkowy palec. Słyszę jej stłumione westchnienie. – Nie ruszaj się i bądź cicho.

Zaczynam wolno wsuwać i wysuwać palec, a z każdym ruchem ogarnia mnie coraz większe podniecenie. Ana chwyta moją rękę, którą obejmuję ją w pasie, i zaciska na niej dłonie. Trzyma mocno. Oddycha szybko i wiem, że stara się zachowywać cicho, podczas gdy ja torturuję ją ukradkiem.

Lekkie kołysanie windy, która zatrzymuje się na kolejnym piętrze, zgrywa się z rytmicznymi ruchami mojego palca. Ana wiotczeje, a potem zaczyna napierać biodrami na moją rękę, domagając się więcej. Szybciej.

Och, moja łapczywa dziewczynka.

– Ćśś – syczę, zanurzając twarz w jej włosach.

Zanurzam w niej drugi palec i nie przestaję jej pieścić. Ana odrzuca głowę do tyłu, odsłaniając szyję. Mam ochotę ją pocałować, ale to mogłoby zwrócić na nas zbyt wiele uwagi. Jej dłonie jeszcze mocniej zaciskają się na moim przedramieniu.

Cholera, rozsadza mnie podniecenie. Moje dżinsy są za ciasne. Pragnę jej, ale nie jest to odpowiednie miejsce ani czas.

Ana ściska moją rękę z całej siły.

– Nie dochodź – szepczę. – Chcę tego na później.

Zsuwam niżej lewą dłoń i uciskam jej brzuch, wiedząc, że to jeszcze spotęguje jej doznania. Ana przygryza wargę i obraca głowę na bok, przyciskając ją do mojej piersi.

Winda dociera na parter. W kabinie rozbrzmiewa donośny dźwięk dzwonka i rozsuwają się drzwi. Kiedy wszyscy wychodzą do holu, powoli cofam rękę i całuję Anę w czubek głowy.

Świetnie się spisałaś.

Nie wydałaś nas.

Przyciskam ją do siebie jeszcze przez chwilę.

Linc odwraca się i żegna mnie skinieniem głowy, po czym wychodzi z kobietą, która jak przypuszczam, jest jego obecną żoną. Upewniam się, że Ana jest w stanie utrzymać się na nogach, rozluźniam uścisk i puszczam ją. Unosi wzrok i patrzy na mnie oczami zamglonymi od pożądania.

– Gotowa? – pytam i wsuwam do ust oba palce. – Cóż za smak, panno Steele.

Uśmiecham się do niej szelmowsko.

– Nie mogę uwierzyć, że to zrobiłeś.

– Byłaby pani zaskoczona, co potrafię zrobić, panno Steele. – Przygładzam jej włosy i zakładam za ucho niesforny kosmyk. – Chcę cię zawieźć do domu, ale możliwe, że uda nam się dojść tylko do samochodu.

Posyłam jej przelotny uśmiech i upewniam się, że marynarka zakrywa moje wydęte w kroku dżinsy.

– Chodź – mówię, biorąc ją za rękę, i wychodzimy z windy.

– Tak. Chcę tego.

– Panno Steele!

– Nigdy nie uprawiałam seksu w samochodzie.

Stukot obcasów Any na marmurowej posadzce niesie się echem po całym holu. Przystaję, unoszę jej głowę i patrzę prosto w oczy.

– Bardzo mnie to cieszy. Muszę powiedzieć, że byłbym mocno zaskoczony, nie wspominając o tym, że wściekły, gdyby było inaczej.

– Nie to miałam na myśli.

– A co?

– Christianie, to tylko takie powiedzenie.

– Słynne powiedzenie: „Nigdy nie uprawiałam seksu w samochodzie". Tak, wszyscy je znają.

Przekomarzam się z nią. Tak łatwo ją sprowokować.

– Christianie, powiedziałam to bez zastanowienia. Na litość boską, ty właśnie... eee... zrobiłeś mi to w windzie pełnej ludzi. Nie myślę jeszcze jasno.

– Co ja ci zrobiłem? – pytam.

Ana wydyma usta.

– Podnieciłeś mnie, i to bardzo. A teraz zabierz mnie do domu i zerżnij.

Wybucham śmiechem, zaskoczony jej słowami. Nie spodziewałem się, że potrafi ująć to tak dosadnie.

– Jest pani urodzoną romantyczką, panno Steele.

Podaję jej rękę i podchodzimy do parkingowego, który podjechał saabem przed wejście. Daję mu hojny napiwek i otwieram przed Aną drzwi po stronie pasażera.

– Więc chcesz seksu w samochodzie – mówię, przekręcając kluczyk w stacyjce.

– Szczerze? Wystarczyłaby mi podłoga w holu.

– Uwierz mi, Ano, mnie też. Ale nie mam ochoty zostać o tej porze aresztowany, a nie chciałem cię bzyknąć w toalecie. Cóż, nie dzisiaj.

– To znaczy, istniała taka możliwość?

– O tak.

– Wracajmy.

Obracam głowę i spoglądam na nią. Ma poważną minę. Czasami jest taka nieprzewidywalna. Zaczynam się śmiać i po chwili Ana mi wtóruje. Ten śmiech nas oczyszcza, pomaga rozładować napięcie seksualne, które narosło między nami. Ale kiedy kładę dłoń na jej kolanie i zaczynam ją pieścić, przestaje się śmiać i wbija we mnie spojrzenie swoich wielkich oczu.

Mógłbym zanurzyć się w tych oczach i nigdy nie wypłynąć na powierzchnię. Jest taka piękna.

– Cierpliwości, Anastasio – mówię i włączam się do ruchu.

W drodze powrotnej Ana milczy, ale wierci się niespokojnie i od czasu do czasu spogląda na mnie uwodzicielsko spod czarnych rzęs.

Znam to spojrzenie.

Tak, Ano, ja też cię pragnę.

Pod każdym względem... Proszę, powiedz „tak".

Wjeżdżam na podziemny parking Escali i gasząc silnik, powracam myślami do propozycji seksu w samochodzie. Muszę przyznać, że też tego nie robiłem. Ana przygryza wargę, a jej mina wyraża... rozwiązłość.

Rozwiązłość, która sprawia, że czuję pulsowanie w kroczu.

Delikatnie odciągam palcami jej wargę. Uwielbiam, kiedy pragnie mnie tak bardzo, jak ja jej.

– Będziemy się pieprzyć w samochodzie wtedy, kiedy tak zdecyduję – oświadczam. – Na razie chcę cię posuwać na każdej dostępnej powierzchni w apartamencie.

– Tak – odpowiada, chociaż nie zadałem jej pytania.

Pochylam się nad nią, a ona zamyka oczy i rozchyla usta w oczekiwaniu na pocałunek. Ma lekko zaróżowione policzki.

Rozglądam się po samochodzie.

Moglibyśmy.

Nie.

Ana unosi powieki i spogląda na mnie wyczekująco.

– Jeśli cię teraz pocałuję, nie dotrzemy do mieszkania – mówię i wysiadam z samochodu, żeby oprzeć się pokusie i nie rzucić się na nią. – Chodź.

Kiedy czekamy na windę, trzymam ją za rękę i gładzę kciukiem jej knykcie. Moje ruchy wyznaczają rytm, w którym, mam nadzieję, za kilka minut będę się w nią wbijał.

– No więc co się stało z natychmiastowym zaspokojeniem? – odzywa się Ana.

– Nie w każdej sytuacji ma ono zastosowanie, Anastasio.

– Od kiedy?

– Od dzisiejszego wieczoru.

– Dlaczego tak mnie dręczysz?

– Wet za wet, panno Steele.

– A jak niby ja dręczę ciebie?

– Chyba wiesz jak – odpowiadam i widzę, że zaczyna się domyślać.

Tak, maleńka.

Kocham cię. I chcę, żebyś została moją żoną.

Ale ty nie dajesz mi odpowiedzi.

– Ja także jestem za opóźnionym zaspokojeniem – szepcze Ana, uśmiechając się nieśmiało.

Ona mnie zadręcza!

Przyciągam ją do siebie, a kiedy ląduje w moich ramionach, kładę jej dłonie na karku i spoglądam w oczy.

– Co mogę zrobić, żebyś się zgodziła? – pytam błagalnym tonem.

– Daj mi trochę czasu… proszę.

Wydaję zduszony jęk i całuję ją, wpychając język w jej usta. Kiedy rozsuwają się drzwi windy, wchodzimy do środka, wciąż trzymając się w objęciach. Ana cała płonie. Dotyka mnie wszędzie. Jej dłonie wplatają się w moje włosy, błądzą po mojej twarzy, ściskają moje pośladki. I odwzajemnia mój pocałunek z taką namiętnością.

Rozpala mnie.

Przyciskam ją do ściany i rozkoszuję się żarliwością jej pocałunku. Jedną dłoń zanurzam w jej włosach, a drugą podtrzymuję podbródek, napierając na nią biodrami i nabrzmiałym członkiem.

– Jestem twój – szepczę. – Mój los jest w twoich rękach, Ano.

Ana zsuwa marynarkę z moich ramion i kiedy winda dojeżdża do celu i otwierają się drzwi, wychodzimy do holu. Zauważam, że wazon z kwiatami, który zawsze stoi na stoliku, dziś zniknął.

Zajebiście.

Stolik w holu, powierzchnia numer jeden!

Opierając się plecami o ścianę obok windy, Ana ściąga ze mnie marynarkę, a ta opada na podłogę. Nie przestajemy się całować, kiedy przesuwam dłoń po jej udzie, zaczepiam palcami o brzeg sukienki i podciągam ją wyżej.

– Pierwsza powierzchnia tutaj – mówię i unoszę ją znienacka. – Opleć mnie nogami.

Robi, co jej każę, a wtedy kładę ją delikatnie na blacie stolika. Z kieszeni dżinsów wyciągam prezerwatywę, podaję jej i rozpinam rozporek.

Jej palce poruszają się niecierpliwie, gdy rozrywa opakowanie.

Rozpala mnie jej entuzjazm.

– Masz pojęcie, jak bardzo mnie podniecasz?

– Co? – dyszy Ana. – Nie… ja…

– Oczywiście, że masz. Przez cały czas.

Wyrywam jej z ręki foliową paczuszkę i zakładam prezerwatywę. Ani na chwilę nie odrywam od niej wzroku. Jej włosy spływają kaskadami nad brzegiem stolika, a oczy płoną pożądaniem, kiedy wpatruje się we mnie. Trzymając ją za uda, odrywam jej pośladki od blatu i jeszcze szerzej rozchylam nogi.

– Miej oczy otwarte – szepczę. – Chcę cię widzieć.

Chwytam ją za ręce i wchodzę w nią powoli.

Muszę wysilać całą moją wolę, by nie oderwać wzroku od jej oczu. Jest nieziemsko piękna.

Każdy skrawek jej ciała.

Kiedy opuszcza powieki, wbijam się w nią gwałtownym pchnięciem.

– Otwórz! – nalegam, ściskając mocniej jej dłonie.

Ana jęczy głośno, ale otwiera oczy. W ich urzekającym błękicie dostrzegam dzikość. Patrzy na mnie, gdy wychodzę z niej, a potem znów się zanurzam.

Nie odrywa ode mnie wzroku.

Boże, jak ja ją kocham.

Zaczynam poruszać się szybciej. Wkładam w to całą swoją miłość. To jedyny sposób, w który tak naprawdę potrafię to wyrazić.

Jej usta rozchylają się szeroko, a przez mięśnie oplatających mnie nóg przepływa skurcz.

Ana dochodzi i pociąga mnie za sobą. Szczytując, wydaje przeciągły okrzyk.

– Tak, Ano! – krzyczę i też poddaję się ekstazie.

Osuwam się na nią, wypuszczam jej dłonie i przywieram policzkiem do jej piersi. Zamykam oczy, a mój oddech wyrównuje się powoli. Ana głaszcze mnie, wplatając palce w moje włosy. Unoszę głowę i spoglądam na nią.

– Jeszcze z tobą nie skończyłem – mruczę, a potem całuję ją i uwalniam się z jej objęć.

Szybko zapinam rozporek i pomagam jej zejść ze stolika.

Stoimy objęci w holu, obserwowani przez łagodne kobiety z mojej kolekcji obrazów przedstawiających Madonnę z Dzieciątkiem.

Myślę, że podoba im się moja dziewczyna.

– Do łóżka – szepczę.

Ana przytakuje i zabieram ją do sypialni, żeby znów się z nią kochać.

ANA DOCHODZI, UJEŻDŻAJĄC mnie ostro, a ja przytrzymuję ją w pionie i przyglądam się, jak traci panowanie nad sobą.

Cholera, ileż w tym erotyzmu.

Jest naga, a jej piersi podskakują z każdym ruchem. Nie mogę dłużej tego powstrzymywać i szczytuję w niej. Odrzucam głowę do tyłu i wbijam palce w jej biodra, a ona opada na moją pierś, dysząc ciężko.

Oddycham coraz wolniej i wodzę palcami po jej plecach zroszonych kropelkami potu.

– Zaspokojona, panno Steele?

Odpowiada mi niewyraźnym pomrukiem, a potem spogląda na mnie. Wydaje się lekko zamroczona, ale kiedy pochyla głowę, czuję przypływ niepokoju.

Psiakrew. Ona chce mnie pocałować.

Biorę głęboki oddech, kiedy jej miękkie, gorące wargi muskają delikatnie moją pierś.

Wszystko jest w porządku. Ciemność nie daje o sobie znać. Albo zniknęła.

Rozluźniam się i obracam na bok.

– Czy wszyscy mają taki seks? – odzywa się Ana. – Dziwię się, że ludzie w ogóle wychodzą z domu.

Sprawia, że czuję się taki ogromny.

– Nie mogę mówić za wszystkich, ale z tobą jest cholernie wyjątkowy, Anastasio.

Dotykam wargami jej ust.

– To dlatego, że pan jest cholernie wyjątkowy, panie Grey – odpowiada, gładząc mnie po policzku.

– Już późno. Chodźmy spać.

Całuję ją i przyciągam do siebie tak, że leży wtulona we mnie plecami.

– Nie lubisz komplementów – mówi słabnącym głosem, w którym czuć zmęczenie.

– Śpij już, Anastasio.

– Bardzo mi się podobał ten dom.

To oznacza, że może przyjąć moje oświadczyny. Uśmiecham się z twarzą w jej włosach i trącam ją nosem.

– Kocham cię. Śpij już.

Kiedy zamykam oczy, jej zapach wypełnia moje nozdrza.

Dom. Żona. Czego więcej mi trzeba. Proszę, powiedz „tak", Ano.

Ze snu wyrywa mnie krzyk Any. Budzę się i spoglądam na nią. Leży obok mnie i wydaje mi się, że śpi.

– Leci zbyt blisko – szepcze płaczliwym tonem. Różowe promienie świtu przeciskające się między żaluzjami rozświetlają jej włosy. – Ikar… – dodaje.

Wsparty na łokciu pochylam się nad nią, żeby sprawdzić, czy śpi. Od pewnego czasu nie słyszałem, aby mówiła przez sen. Nagle odwraca się przodem do mnie.

– Uwierzyć na słowo – mówi i napięcie znika z jej twarzy.

Uwierzyć na słowo?

Czy chodzi o mnie?

Słyszałem to już wczoraj. Powiedziała, że zamierza mi uwierzyć na słowo.

To więcej, niż zasługuję.

Dużo więcej, niż zasługujesz, Grey.

Całuję ją w czoło, wyłączam budzik i wstaję z łóżka. Z samego rana czeka mnie spotkanie, podczas którego mam przedyskutować z Kavanagh sprawę patentów na technologie światłowodowe.

Stojąc pod prysznicem, myślę o tym, co mnie czeka tego dnia. Najpierw Kavanagh. Potem lecę z Ros do WSU przez Portland. A wieczorem idę na drinka z Aną i jej zaprzyjaźnionym fotografem.

A poza tym zamierzam dzisiaj oznajmić pannie

Kelly, że chcę kupić ten dom. Ana była nim zachwycona. Uśmiecham się szeroko i spłukuję szampon z włosów.

Daj jej trochę czasu, Grey.

KIEDY ZAKŁADAM SPODNIE w garderobie, zauważam wiszącą na oparciu krzesła marynarkę, którą miałem na sobie wczoraj. Sięgam do wewnętrznej kieszeni i wyciągam prezent od Any. Z pudełeczka nadal wydobywa się tajemnicze grzechotanie.

Chowam je do kieszeni na piersi i ogarnia mnie zadowolenie na myśl, że będzie spoczywało blisko mojego serca.

Robisz się sentymentalny na stare lata, Grey.

ANA WCIĄŻ ŚPI skulona, gdy zaglądam do sypialni, żeby się z nią pożegnać przed wyjściem.

– Muszę lecieć, mała.

Całuję ją w szyję, a ona otwiera oczy i odwraca twarz w moją stronę. Posyła mi senny uśmiech, ale zaraz potem robi zaniepokojoną minę.

– Która godzina?

– Bez paniki. Mam dziś wcześnie zebranie.

– Ładnie pachniesz – mówi i obejmuje mnie, zanurzając palce w moich włosach. – Nie idź.

– Panno Steele, czy pani próbuje odwieść uczciwego człowieka od pójścia do pracy?

Ana leniwie kiwa głową, oczy ma lekko zamglone. Wygląda tak seksownie, że wzbiera we mnie fala pożądania. Uśmiecha się zniewalająco i muszę bardzo się pilnować, żeby nie zrzucić z siebie ubrania i nie wślizgnąć się z powrotem do łóżka.

– Mocno kusisz, ale muszę iść. – Całuję ją i wstaję. – Na razie, mała.

Wychodzę szybko w obawie, że się rozmyślę i odwołam spotkanie.

Taylor czeka na mnie w podziemnym garażu. Widzę, że ma zatroskaną minę.

– Panie Grey, mam problem – mówi.

– O co chodzi?

– Dzwoniła moja była żona. Nasza córka prawdopodobnie ma zapalenie wyrostka.

– Jest w szpitalu?

– Właśnie ją przyjmują.

– Powinieneś tam jechać.

– Najpierw zawiozę pana do pracy.

– Jestem ci bardzo wdzięczny.

PRZEZ CAŁĄ DROGĘ Taylor jest pochłonięty myślami.

– Daj mi znać, jak się czuje Sophie – mówię, kiedy zajeżdżamy przed Grey House.

– Możliwe, że wrócę do pracy dopiero jutro rano.

– W porządku. Jedź. Mam nadzieję, że wszystko będzie dobrze.

– Dziękuję panu.

Odprowadzam wzrokiem oddalający się szybko samochód. Taylor rzadko bywa tak nieobecny… ale tu chodzi o rodzinę. Tak. Rodzina przede wszystkim. Zawsze.

Kiedy wychodzę z windy, Andrea już na mnie czeka.

– Dzień dobry, panie Grey. Dzwonił Taylor. Zorganizuję dla pana kierowcę tutaj i w Portland.

– Dobrze. Czy wszyscy już są?

– Tak. Czekają w sali konferencyjnej.

– Świetnie. Dziękuję, Andreo.

SPOTKANIE JEST UDANE. Kavanagh sprawia wrażenie wypoczętego, to niewątpliwie efekt niedawnych wakacji na Barbadosie, gdzie po raz pierwszy spotkał się z moim bratem. Twierdzi, że go polubił. To dobrze, zważywszy na fakt, że Elliot posuwa jego córkę. Kavanagh i jego ludzie wyszli usatysfakcjonowani naszą rozmową. Teraz pozostało tylko wynegocjować cenę. Ros będzie musiała się tym zająć, korzystając z kosztorysów dostarczonych przez zespół Freda.

Andrea przygotowała dla wszystkich typowy zestaw śniadaniowy. Biorę ze stołu rogalika i idę do mojego gabinetu.

– O której wyruszamy? – pyta mnie Ros.

– Kierowca będzie na nas czekał o dziesiątej.

– Spotkajmy się w holu na dole. Jestem taka podekscytowana – wyznaje. – Jeszcze nigdy nie leciałam helikopterem.

Jej uśmiech jest zaraźliwy.

– Znalazłem wczoraj dom i chcę go kupić. Zajmiesz się formalnościami?

– Oczywiście, przecież jestem twoją prawniczką.

– Dzięki. Będę zobowiązany.

– Nie zapomnę. – Ros się śmieje. – Do zobaczenia na dole.

Wchodzę do gabinetu w euforycznym nastroju. Kupuję dom. Kontrakt z Kavanagh przyniesie firmie ogromne korzyści. A wczorajszy wieczór, który spędziłem z moją dziewczyną, był cudowny. Siadam przy biurku i piszę do niej.

Nadawca: Christian Grey
Temat: Powierzchnie
Data: 17 czerwca 2011, 08:59
Adresat: Anastasia Steele

Wyliczyłem, że zostało nam jeszcze co najmniej trzydzieści powierzchni. Już się nie mogę doczekać ich wszystkich i każdej z osobna. No a potem

mamy podłogi, ściany – i nie zapominajmy o bal-
konie.

Później przyjdzie pora na mój gabinet...

Tęsknię x

Christian Grey,
priapiczny prezes Grey Enterprises Holdings, Inc.

Rozglądam się po moim gabinecie. To wnętrze też
ma w sobie spory potencjał – sofa, biurko. Kiedy rozlega
się pukanie i wchodzi Andrea, niosąc mi kawę, przywołuję do porządku dziwaczne myśli i moje ciało.

– Dziękuję – mówię, gdy stawia przede mną filiżankę. – Czy mogłabyś mnie połączyć z tą agentką nieruchomości, która wczoraj pokazywała mi dom?

– Oczywiście, proszę pana.

Moja rozmowa z Olgą Kelly nie trwa długo. Dochodzimy do porozumienia w kwestii ceny i podaję jej numer
telefonu Ros, abyśmy mogli szybko dopełnić formalności,
jeżeli sprzedający przystanie na moje warunki finansowe.

Sprawdzam skrzynkę odbiorczą i z radością odkrywam, że czeka na mnie odpowiedź od Any.

Nadawca: Anastasia Steele
Temat: Romantyzm?
Data: 17 czerwca 2011, 09:03
Adresat: Christian Grey

Panie Grey
Myśli Pan jednotorowo.

Brakowało mi Ciebie przy śniadaniu.
Ale pani Jones okazała się niezwykle uczynna.

A x

Uczynna?

Nadawca: Christian Grey
Temat: Zaintrygowany
Data: 17 czerwca 2011, 09:07
Adresat: Anastasia Steele

A czego dotyczyła uczynność pani Jones?

Co Pani knuje, Panno Steele?

Christian Grey,
zaciekawiony prezes Grey Enterprises Holdings, Inc.

Nadawca: Anastasia Steele
Temat: Stukanie w nos
Data: 17 czerwca 2011, 09:10
Adresat: Christian Grey

Poczekaj, a się przekonasz – to niespodzianka.
Muszę teraz popracować… pozwól mi.

Kocham Cię

A x

Nadawca: Christian Grey
Temat: Frustracja
Data: 17 czerwca 2011, 09:12
Adresat: Anastasia Steele

Nie znoszę, kiedy coś przede mną ukrywasz.

Christian Grey,
prezes Grey Enterprises Holdings, Inc.

Nadawca: Anastasia Steele
Temat: Przyjemność
Data: 17 czerwca 2011, 09:14
Adresat: Christian Grey

To na Twoje urodziny.

Jeszcze jedna niespodzianka.

Nie bądź taki drażliwy.

A x

Jeszcze jedna niespodzianka? Dotykam kieszeni na piersi, żeby się upewnić, że w środku nadal znajduje się prezent, który dostałem od Any.

Ona mnie rozpieszcza.

SIEDZĘ OBOK Ros na tylnej kanapie samochodu, którym jedziemy na lotnisko Boeing Field, gdy rozbłyska wyświetlacz mojego telefonu. Przychodzi SMS od Elliota.

ELLIOT:
Cześć, dupku. Dziś wieczorem w barze.
Kate umawia się z Aną.
Lepiej, żebyś tam był.

Gdzie jesteś?

ELLIOT:
Przesiadka w Atlancie.
Tęskniłeś?

Nie.

ELLIOT:
Akurat. W każdym razie wracam i zabieram Cię dziś na
piwo, braciszku.

Upłynęło trochę czasu, odkąd ostatnio wybrałem się
z bratem do baru. Przynajmniej nie będę sam z Aną i jej
przyjacielem fotografem.

Skoro nalegasz.
Bezpiecznej podróży.

ELLIOT:
Na razie, stary.

Lot do Portland przebiega spokojnie, chociaż ze
zdumieniem odkrywam, jak spontaniczna potrafi być Ros.
W powietrzu zachowuje się jak dziecko w sklepie ze sło-
dyczami. Przez cały czas się wierci, coś pokazuje i komentuje wszystko, co widzi. Dotąd nie zdawałem sobie sprawy
z istnienia tej części jej natury. Gdzie się podziała opanowana i skupiona prawniczka, którą znam? Przypominam

sobie zrównoważone uznanie Any, kiedy po raz pierwszy zabrałem ją na pokład „Charliego Tango".

Po wylądowaniu odbieram wiadomość głosową od Olgi Kelly. Właściciel domu przystał na moją ofertę. Najwyraźniej zależy mu na szybkiej sprzedaży.

– Co nowego? – pyta Ros.

– Właśnie kupiłem dom.

– Gratuluję.

Po DŁUGIM SPOTKANIU z rektorem i prorektorem do spraw ekonomicznych uniwersytetu stanowego w Vancouver odbywamy rozmowę z profesor Gravett i jej zespołem.

– Udało się nam rozpracować DNA drobnoustrojów, które odpowiadają za proces wiązania azotu cząsteczkowego – oświadcza Gravett. Jest pełna entuzjazmu.

– Co to oznacza? – pytam.

– Ujmując rzecz najprościej, biologiczne wiązanie azotu ma ogromny wpływ na wzbogacanie gleby, a jak panu wiadomo, gleba o wzbogaconym składzie znacznie szybciej odzyskuje swoje właściwości po takich katastrofach jak susza. Teraz możemy rozpocząć badania nad aktywowaniem tych genów u bakterii, które żyją w glebie w regionie subsaharyjskim. Mówiąc krótko, będziemy w stanie sprawić, aby gleba dłużej zachowywała składniki odżywcze, co zwiększy wydajność upraw.

– Wyniki naszych badań zostaną ogłoszone w magazynie Amerykańskiego Towarzystwa Gleboznawczego – dodaje profesor Choundry. – Jesteśmy pewni, że gdy tylko artykuł się ukaże, uzyskamy dwa razy większe dotacje. Liczymy, że zostanie pan jednym z fundatorów tego przedsięwzięcia, które idzie w parze z pańską działalnością dobroczynną.

– Oczywiście – mówię, oferując wsparcie. – Jak państwu wiadomo, jestem zdania, że to odkrycie powinno zostać szeroko rozpowszechnione, żeby mogło z niego skorzystać jak najwięcej ludzi.

– Taki cel przyświeca nam we wszystkim, co robimy.

– Miło mi to słyszeć – odpowiadam.

– Jesteśmy bardzo podekscytowani tym odkryciem – odzywa się rektor uniwersytetu, kiwając głową.

– To wielkie osiągnięcie – potwierdzam. – Jestem pełen uznania dla pani profesor Gravett i jej zespołu.

Profesor Gravett promienieje, słysząc moją pochwałę.

– Dziękuję panu.

Zakłopotany zerkam w stronę Ros, która zdaje się czytać w moich myślach.

– Musimy już iść – oznajmia zebranym i wstajemy od stołu.

Rektor wymienia ze mną uścisk dłoni.

– Dziękujemy panu za nieustanną pomoc, panie Grey. Jak pan widzi, pańskie wsparcie dla wydziału ochrony środowiska ma dla nas ogromne znaczenie.

– Oby tak dalej – odpowiadam.

Nie mogę się doczekać powrotu do Seattle. José, ten fotograf, dostarczy zdjęcia do Escali, a potem pójdzie na drinka z Aną. Staram się tłumić zazdrość i na razie mi się to udaje, ale wolałbym już wylądować na Boeing Field i przyłączyć się do nich w barze. Postanawiam w drodze powrotnej sprawić niespodziankę Ros.

Start przebiega bez zakłóceń. Odciągam dźwignię i „Charlie Tango" wzbija się w powietrze nad lądowiskiem w Portland niczym wspaniały ptak. Ros uśmiecha się z zachwytem jak dziecko. Kręcę głową – nie zdawałem sobie sprawy, że jest taka żywiołowa, ale z drugiej strony sam też czuję dreszcz emocji podczas startu. Kiedy kończę rozmowę z wieżą kontrolną, w słuchawkach rozlega się zniekształcony głos mojej prawniczki.

– A jak twoja osobista fuzja?

– W porządku, dziękuję.

– To dlatego kupiłeś ten dom?

– Tak, coś w tym rodzaju.

Ros kiwa głową i w milczeniu przelatujemy nad Vancouver i zabudowaniami uniwersytetu, kierując się w stronę domu.

– Słyszałaś, że Andrea wyszła za mąż? – pytam. Nie daje mi to spokoju, odkąd się dowiedziałem.

– Nie. A kiedy?

– W zeszły weekend.

– Zachowała to w tajemnicy. – Ros nie kryje zaskoczenia.

– Twierdzi, że nie powiedziała mi o tym ze względu na zakaz spoufalania się ze współpracownikami. Nie wiedziałem, że obowiązuje u nas coś takiego.

– To standardowa klauzula w naszych umowach.

– Wydaje się dosyć surowa.

– Wyszła za kogoś z firmy?

– Za Damona Parkera.

– Tego z działu inżynieryjnego?

– Tak. Moglibyśmy mu pomóc w zdobyciu zielonej karty? Dowiedziałem się, że obecnie ma wizę pracowniczą.

– Zobaczę, co da się zrobić, chociaż nie sądzę, aby istniała jakaś droga na skróty.

– Byłbym wdzięczny. I mam dla ciebie niespodziankę – mówię. Skręcam kilka stopni na północny wschód i po mniej więcej dziesięciu minutach lotu na horyzoncie zaczyna majaczyć sylwetka Mount St. Helens, która potężnieje w miarę, jak się do niej zbliżamy. – Patrz!

Ros piszczy z zachwytu.

– Zmieniłeś trasę przelotu?

– Specjalnie dla ciebie.

Góra wznosi się majestatycznie nad okolicą. Wygląda

jak wulkan z dziecinnego rysunku – ma pokryty śniegiem szczyt i skaliste zbocza, a u jej podnóża ciągnie się gęsty, zielony las.

– O rety! Jest dużo większa, niż przypuszczałam – mówi Ros, kiedy podlatujemy bliżej.

Widok jest naprawdę imponujący.

Wchodzę powoli w zakręt i okrążamy wulkan, a właściwie to, co z niego zostało. Jego wierzchołek i całe północne zbocze zniknęły podczas erupcji, do której doszło w 1980 roku. Z lotu ptaka szeroki krater wygląda upiornie i nieziemsko, a ślady kataklizmu sprzed trzydziestu lat są wciąż widoczne w całej okolicy, gdzie zniszczeniu uległy ogromne połacie lasu.

– To jest niesamowite. Gwen i ja zamierzamy przyjechać tu z dziećmi. Ciekawa jestem, czy kiedyś nastąpi kolejny wybuch – zastanawia się Ros, robiąc zdjęcia smartfonem.

– Nie mam pojęcia, ale jeżeli się już napatrzyłaś, to wracajmy do domu.

– Dobry pomysł – odpowiada i uśmiecha się do mnie z wdzięcznością. – Dziękuję ci.

Kieruję się na północ, lecąc wzdłuż rzeki Toutle. Za czterdzieści pięć minut powinniśmy wylądować w Seattle, co daje mi spory zapas czasu na dołączenie do Any, fotografa i Elliota.

Nagle kątem oka dostrzegam, że na konsoli pali się główna lampka alarmowa.

Co jest, kurwa?

Na manetce przepustnicy jednego z silników migoce lampka alarmu pożarowego, a „Charlie Tango" zaczyna zniżać lot.

Psiakrew. Mamy pożar w silniku. Biorę głęboki wdech, ale nie czuję żadnej podejrzanej woni. Szybko wchodzę w zakręt i oglądam się, wypatrując dymu. Widzę, że zostawiamy za sobą wąski szary ślad.

– Coś nie tak? – pyta Ros. – Co się dzieje?

– Nie chcę, żebyś wpadła w panikę. Jeden z silników się pali.

– Co?! – krzyczy, zaciskając kurczowo dłonie na swojej torebce i podłokietniku fotela.

Wyłączam silnik numer jeden, uruchamiam system gaśniczy i zastanawiam się, czy lądować, czy lecieć dalej. „Charlie Tango" może kontynuować lot na jednym silniku...

A ja chcę jak najszybciej wrócić.

Omiatam wzrokiem okolicę, wypatrując jakiegoś bezpiecznego miejsca do lądowania, gdyby okazało się konieczne. Lecimy dosyć nisko, ale widzę jezioro w oddali i polanę na jego południowo-wschodnim brzegu.

Właśnie sięgam do radia, żeby nadać sygnał SOS, kiedy znów zapala się lampka informująca o pożarze w drugim silniku.

O ja pierdolę!

Mój niepokój rośnie gwałtownie. Zaciskam kurczowo palce na drążku.

Kurwa. Skup się, Grey.

Dym przedostaje się do kabiny, więc uchylam okno i zerkam na wskaźniki. Cała konsola migoce jak pieprzona choinka. Możliwe, że elektronika też nawala. Nie mam wyboru. Będziemy musieli wylądować. Mam ułamek sekundy na podjęcie decyzji, czy wyłączyć płonący silnik, czy zostawić go na chodzie.

Mam nadzieję, że zdołam tego dokonać. Czuję, jak po czole ciekną mi kropelki potu, i ocieram je dłonią.

– Trzymaj się, Ros – mówię. – To nie będzie przyjemne.

Ros wydaje płaczliwy jęk, ale nie zwracam na nią uwagi.

Lecimy nisko. Zbyt nisko.

Ale może mamy jeszcze czas. Tylko tego mi trzeba. Odrobiny czasu. Zanim wszystko wybuchnie.

Opuszczam dźwignię i redukuję obroty do minimum, doprowadzając do autorotacji. Maszyna gwałtownie obniża lot, a ja staram się utrzymać prędkość, żeby pęd powietrza nadal obracał wirnikami. Pędzimy w stronę ziemi.

Ana. Ano? Czy jeszcze ją zobaczę?

Kurwa. Kurwa. Kurwa.

Zbliżamy się do jeziora. Widzę polanę. Próbuję utrzymać drążek w miejscu, a moje napięte mięśnie płoną od wysiłku.

Kurwa.

Widzę Anę, jej twarz w różnych odsłonach przesuwa się przed moimi oczami jak w kalejdoskopie – roześmiana, nadąsana, zamyślona, czarująca, piękna. *Moja.*

Nie mogę jej stracić.

Teraz! Zrób to, Grey.

Ściągam drążek, zadzierając nos maszyny, żeby zredukować prędkość. Ogon zawadza o wierzchołki drzew, ale jakimś cudem „Charlie Tango" nie zbacza z kursu, kiedy zwiększam obroty silnika. Spadamy na ziemię i rozpędzony helikopter sunie, podskakując na nierównościach terenu, a wirniki ścinają gałęzie pobliskich jodeł. Kiedy zatrzymujemy się wreszcie na środku polany, uruchamiam drugi system gaśniczy, a potem wyłączam silnik, odcinam dopływ paliwa i zatrzymuję wirniki. Na końcu wyłączam całą instalację elektryczną. Pochylam się nad Ros, uwalniam ją z pasów i otwieram drzwi po jej stronie.

– Wysiadaj! Głowa nisko! – krzyczę i wypycham ją z kabiny.

Wyciągam zza mojego fotela gaśnicę, podbiegam do tylnej części kadłuba i pokrywam suchym lodem dymiące silniki. Udaje mi się szybko ugasić pożar. Robię krok do tyłu i patrzę ze zgrozą na „Charliego Tango", źródło mojej dumy i radości.

Ros, przerażona i uwalana błotem, potykając się, podchodzi do mnie i w nietypowym dla siebie przypływie emocji zarzuca mi ręce na szyję. Dopiero wtedy widzę, że płacze.

– Hej, już dobrze, wylądowaliśmy – mówię do niej. – Jesteśmy bezpieczni. Przepraszam cię. Przepraszam.

Przez chwilę trzymam ją w objęciach, żeby się uspokoiła.

– Udało ci się – odzywa się w końcu przez ściśnięte gardło. – Kurwa, udało ci się, Christianie. Uratowałeś nas.

– Wiem.

Sam nie mogę uwierzyć, że obydwoje wyszliśmy z tego cało. Odsuwam się od niej, wyciągam z kieszeni chusteczkę i wręczam jej.

– Co się, do cholery, stało? – pyta Ros, ocierając łzy.

– Nie mam pojęcia.

Jestem skołowany. Co się, kurwa, mogło stać? Oba silniki? Ale nie mam teraz czasu zastanawiać się nad tym. Helikopter mógł eksplodować.

– Lepiej stąd odejdźmy – dodaję. – Wyłączyłem wszystkie systemy, ale w zbiornikach jest tyle paliwa, że gdyby wybuchło, mielibyśmy tu drugą Mount St. Helens.

– Ale moje rzeczy...

– Zostaw je.

Znajdujemy się na małej polanie, a niektóre z otaczających nas świerków mają ścięte wierzchołki. Świeży zapach żywicy miesza się z wonią paliwa lotniczego i gryzącym swędem dymu. Stoimy między drzewami w bezpiecznej, jak przypuszczam, odległości od helikoptera. W zamyśleniu drapię się po głowie.

Oba silniki?

Rzadko się zdarza, aby wysiadały oba naraz. Ale ponieważ zdołałem sprowadzić maszynę na ziemię i ugasiłem pożar, zachowały się w całości, więc będzie można ustalić przyczynę awarii. Jednak nie pora teraz na to, zresztą takimi badaniami zajmują się eksperci z Federalnej Agencji Lotnictwa. W tej chwili musimy zadecydować, co robić dalej.

Ocieram czoło rękawem marynarki i uświadamiam sobie, że pocę się jak świnia.

– Dobrze, że chociaż zabrałam torebkę i telefon – mruczy Ros. – Cholera, nie mam zasięgu. – Unosi aparat nad głowę, próbując złapać sygnał. – A ty? Czy ktoś nas stąd zabierze?

– Nie zdążyłem wezwać pomocy.

Jej twarz pochmurnieje.

– W takim razie nie.

Sięgam po komórkę do wewnętrznej kieszeni i ciche grzechotanie prezentu od Any poprawia mi nastrój. Ale teraz nie mam czasu o tym myśleć. Wiem tylko, że muszę do niej wrócić.

– Kiedy się nie zamelduję, uznają nas za zaginionych. Wieża w Seattle ma nasz plan lotu.

Mój telefon też nie łapie zasięgu, okazuje się jednak, że działa GPS, dzięki któremu określam nasze położenie.

– Chcesz tu czekać czy idziemy?

Ros rozgląda się nerwowo po okolicy.

– Jestem dziewczyną z miasta, Christianie. A tutaj grasują najróżniejsze dzikie zwierzęta. Chodźmy stąd.

– Jesteśmy na południowym brzegu jeziora, dwie godziny marszu od drogi. Może tam znajdziemy pomoc.

Ros ma na nogach szpilki, ale kiedy docieramy do drogi, idzie już boso i to nas spowalnia. Na szczęście ziemia jest miękka, ale nie można tego powiedzieć o asfaltowej nawierzchni.

– Przy tej drodze jest punkt obsługi podróżnych – pocieszam ją. – Tam ktoś nam pomoże.

– Prawdopodobnie już zamknięty – odpowiada Ros. – Jest po piątej.

Głos jej drży i widzę, że ma dość. Obydwoje pocimy się obficie i chce nam się pić. Zaczynam żałować, że nie zostaliśmy przy helikopterze, ale nie wiadomo, jak długo musielibyśmy czekać, zanim ktoś by nas znalazł.

Zerkam na zegarek. Jest 17:25.

– Chcesz tu zostać i zaczekać? – pytam.

– Nie ma mowy – protestuje Ros i wręcza mi swoje pantofle. – Mógłbyś?

Zbliża do siebie zaciśnięte dłonie i wykonuje nimi ruch, obracając nadgarstki w przeciwnych kierunkach.

– Chcesz, żebym odłamał obcasy? Przecież to buty od Manola.

– Proszę, zrób to.

– Dobra – odpowiadam i czując, że moja męskość jest wystawiona na próbę, wytężam wszystkie siły, żeby odłamać pierwszy obcas. Nie opiera się zbyt długo, tak samo drugi. – Proszę. Kupię ci nowe, kiedy wrócimy do domu.

– Trzymam cię za słowo.

Ros zakłada buty i ruszamy w drogę.

– Ile masz gotówki? – pytam.

– Przy sobie? Jakieś dwieście dolarów.

– A ja około czterystu. Zobaczymy, czy uda nam się złapać okazję.

Przystajemy często, żeby stopy Ros mogły odpocząć. W pewnym momencie proponuję, że ją poniosę, ale odmawia. Jest małomówna, ale wytrzymała. Cieszy mnie, że się nie załamuje i nie ulega panice, ale nie wiem, na ile jeszcze starczy jej sił.

Podczas jednej z przerw na odpoczynek słyszymy basowy pomruk silnika i obracamy głowy, żeby zobaczyć jadącą w naszą stronę wielką ciężarówkę. Wyciągam rękę z uniesionym kciukiem, w nadziei, że kierowca okaże się łaskawy. I faktycznie rozlega się zgrzyt hamulców i lśniący kolos zatrzymuje się kilka metrów od nas, a jego silnik warczy na jałowym biegu, jakby nas ponaglał.

– Chyba nam się udało. – Patrzę na Ros i szczerzę zęby w uśmiechu, próbując dodać jej otuchy.

Jej usta wykrzywiają się lekko, ale też się uśmiecha. Pomagam jej wstać i prawie niosę ją w stronę szoferki. Brodaty młodzieniec w czapeczce z logo Seahawksów otwiera od środka drzwi po stronie pasażera.

– Wszystko z wami w porządku? – pyta.

– Bywało lepiej. Dokąd jedziesz?

– Wracam tą pustą furą do Seattle.

– Właśnie tam chcemy się dostać. Podrzucisz nas?

– Jasne. Wskakujcie.

Ros marszczy czoło.

– Gdybym była sama, nigdy bym się na to nie odważyła – szepcze.

Pomagam jej wgramolić się do szoferki i zajmuję miejsce obok niej. W środku jest czysto, a zapach nowej tapicerki miesza się z aromatem sosnowego lasu, choć podejrzewam, że to zasługa odświeżacza powietrza wiszącego na desce rozdzielczej.

– Co robicie w takim miejscu? – pyta kierowca.

Zerkam na Ros, która dyskretnie kręci głową.

– Zgubiliśmy się – odpowiadam wymijająco. – Wiesz, jak to jest.

– Jasne – przytakuje facet i wiem, że nam nie wierzy, ale wrzuca bieg i zaczynamy się toczyć w stronę Seattle.

– Jestem Seb – mówi po chwili.

– A ja Ros – odzywa się moja prawniczka, rozparta wygodnie na tylnej kanapie, która wygląda na całkiem nową.

– Christian – przedstawiam się.

Seb wychyla się ze swojego fotela i wymienia z nami uściski dłoni.

– Chce się wam pić? – pyta.

– Tak – odpowiadamy chórem.

– Z tyłu kabiny jest mała lodówka. Powinniście tam znaleźć San Pellegrino.

San Pellegrino?

Ros wyjmuje dwie butelki i częstujemy się z wdzięcznością. Nie zdawałem sobie sprawy, że woda gazowana może smakować tak wybornie.

Dostrzegam wiszący pod sufitem mikrofon.

– CB radio? – pytam.

– Tak, ale nie działa. Cholerstwo jest nowe. – Seb stuka pięścią w mikrofon i wzdycha z rezygnacją. – Cała ta fura jest nowa. To jej pierwszy kurs.

Teraz rozumiem, dlaczego jedzie tak wolno.

Zerkam na zegarek. Jest 19:35. Bateria w moim telefonie padła. To samo stało się z komórką Ros. *Cholera*.

– A masz komórkę? – pytam go.

– Tylko nie to. Nie chcę, żeby moja była żona zawracała mi głowę. Kiedy jadę w trasę, chcę być sam na sam z drogą.

Kiwam głową.

Psiakrew. Ana może się o mnie niepokoić. Ale zmartwiłbym ją bardziej, gdybym przed powrotem do domu powiedział jej, co się stało. Zresztą prawdopodobnie jest teraz w barze. Z José Rodriguezem. Mam nadzieję, że Elliot i Katherine będą mieli na niego oko.

Ogarnia mnie przygnębienie i czuję się trochę bezradny. Obserwuję przesuwający się za oknem krajobraz. Niedługo powinniśmy znaleźć się na autostradzie I-5, która prowadzi prosto do domu.

– Jesteście głodni? – odzywa się kierowca. – Mam w lodówce parę kanapek z jarmużem i komosą, które zostały mi z lunchu.

– Dzięki. To bardzo miło z twojej strony.

– A może chcielibyście posłuchać trochę muzyki w podróży? – pyta, kiedy kończymy jeść.

O cholera...

– Jasne – odpowiada Ros, choć słyszę niepewność w jej głosie.

Seb włącza radio i kabinę wypełniają delikatne dźwięki saksofonu. Rozpoznaję *All The Things You Are* w wykonaniu Charliego Parkera.

Myślę o Anie i zastanawiam się, czy tęskni za mną.

Właśnie jadę przez odludzie z kierowcą tira, który jest wegetarianinem i słucha jazzu. Nie spodziewałem się, że tak będzie wyglądał ten dzień. Zerkam przez ramię na Ros, która drzemie na tylnej kanapie. Wzdycham z ulgą i zamykam oczy.

Gdyby nie udało mi się wylądować...

Jezu. Rodzina Ros byłaby zdruzgotana.

Oba silniki?

Jak to w ogóle możliwe?

Przecież „Charlie Tango" niedawno przeszedł wszystkie rutynowe kontrole.

Coś mi tu nie pasuje.

Silnik ciężarówki mruczy jednostajnie, a z głośników dobiega teraz głos Billie Holiday. *You're My Thrill*. Działa na mnie kojąco, jak kołysanka.

„Charlie Tango" pędzi w stronę ziemi.

Z całej siły przyciągam drążek do siebie.

Nie. Nie. Nie.

Jakaś kobieta krzyczy.

Krzyczy przeraźliwie.

To Ana. Krzyczy.

Nie.

Czuję dym. Duszący dym.

Wciąż spadamy.

Nie mogę tego powstrzymać.

Ana krzyczy.

Nie. Nie. Nie.

„Charlie Tango" roztrzaskuje się o ziemię.

I nie ma już nic.

Ciemność.

Cisza.

Pustka.

Budzę się, gwałtownie wciągając powietrze. Wokół panuje mrok, który rozpraszają od czasu do czasu światła samochodów. Siedzę w kabinie ciężarówki.

– Hej – zagaduje mnie Seb.

– Przepraszam, chyba trochę się zdrzemnąłem.

– Nie ma problemu. Musicie być skonani. Twoja koleżanka jeszcze śpi.

– Gdzie jesteśmy?

– W Allentown.

– Tak? To świetnie.

Wyglądam przez okno. Wciąż jedziemy po I-5, ale w oddali widać już światła Seattle. Wyprzedzają nas inne samochody. To chyba najwolniejszy środek transportu, jakim kiedykolwiek podróżowałem.

– W którym miejscu kończysz trasę?

– W porcie. Nabrzeże numer czterdzieści sześć.

– Mógłbyś wysadzić nas gdzieś w mieście? Dalej pojedziemy taksówką.

– Nie ma sprawy.

– A więc zawsze byłeś kierowcą? – pytam, chcąc zagaić rozmowę.

– Nie. Próbowałem wszystkiego po trochu. Ale ta ciężarówka jest moja i pracuję na własny rachunek.

– Aha, prywatny przedsiębiorca.

– Otóż to.

– Coś o tym wiem.

– Kiedyś chciałbym się dorobić własnej floty takich ciężarówek. – Seb uderza dłońmi w kierownicę.

– Mam nadzieję, że ci się uda.

Wysiadamy przy Union Station.

– Stokrotne dzięki – mówi Ros i zeskakuje na chodnik.

Wręczam Sebowi czterysta dolarów, ale on powstrzymuje mnie, unosząc dłoń.

– Nie mogę przyjąć tych pieniędzy, Christianie.

– W takim razie weź to. – Wyjmuję z portfela wizytówkę i podaję mu. – Zadzwoń do mnie. Możemy porozmawiać o tej flocie transportowej, którą chciałbyś mieć.

– Jasne – odpowiada Seb, nie spoglądając na wizytówkę. – Miło było was poznać.

– Dzięki. Jesteś naszym wybawcą.

Zatrzaskuję drzwi i obydwoje machamy mu na pożegnanie.

– Wierzysz temu facetowi? – pyta Ros.

– Dzięki Bogu, że się zjawił. Złapmy taksówkę.

Dwadzieścia minut zajmuje nam dojechanie do domu Ros, który na szczęście jest w pobliżu Escali.

– Czy kiedy następnym razem będziemy się wybierali do Portland, możemy pojechać pociągiem?

– Oczywiście.

– Doskonale się spisałeś, Christianie.

– Ty też.

– Zadzwonię do Andrei i dam jej znać, że jesteśmy bezpieczni.

– Do Andrei? – pytam zdziwiony.

– Żeby zawiadomiła twoją rodzinę. Na pewno martwią się o ciebie – wyjaśnia Ros. – Widzimy się jutro na twoim przyjęciu.

Moją rodzinę? Na pewno nie martwią się o mnie.

– No to do jutra.

– Dobranoc. – Ros przysuwa się i cmoka mnie w policzek.

Jestem zdumiony. Nigdy wcześniej nie robiła takich rzeczy.

Odprowadzam ją wzrokiem, kiedy idzie przez dziedziniec w stronę wejścia do swojego apartamentowca. Nagle z podwójnych drzwi budynku wypada Gwen, podbiega do Ros, wykrzykując jej imię, i bierze ją w objęcia.

Macham do nich i każę taksówkarzowi jechać dalej.

PRZED ESCALĄ KRĘCĄ SIĘ fotoreporterzy. Coś musiało się wydarzyć. Płacę kierowcy, wysiadam z taksówki i ze spuszczoną głową idę w stronę wejścia.

– To on!

– Christian Grey!

– On tu jest!

– Żyje!

Oślepia mnie błysk fleszy, ale udaje mi się dotrzeć do środka bez poważniejszych przeszkód. Czy aby na pewno zebrali się tutaj z mojego powodu? Może i tak, a może tego wieczoru ma się tu zjawić ktoś inny, kto zasługuje na takie zainteresowanie. Na szczęście nie muszę czekać na windę. Gdy tylko zasuwają się za mną drzwi, zdejmuję buty i skarpetki. To ulga dla moich obolałych stóp. Spoglądam na buty. Prawdopodobnie już ich nie założę.

Biedna Ros. Jutro będzie miała pęcherze.

Nie spodziewam się zastać Any w domu. Zapewne jest jeszcze w barze. Zamierzam jej poszukać, gdy tylko zmienię baterię w telefonie i założę świeżą koszulę. Może zdążę wziąć prysznic. Zdejmuję marynarkę i kiedy otwierają się drzwi windy, wchodzę do holu.

Słyszę dobiegający z głębi apartamentu odgłos telewizora.

Dziwne.

Wchodzę do salonu.

Siedzi tam cała moja rodzina.

– Christian! – krzyczy Grace i pędzi w moją stronę jak tropikalny huragan.

Muszę odrzucić marynarkę i buty, żeby wziąć ją w ramiona. Zarzuca mi ręce na szyję, całuje mnie w policzek i obejmuje. Z całych sił.

Co się, do cholery, dzieje?

– Mamo?

– Myślałam, że już cię nigdy nie zobaczę – szepcze Grace.

– Mamo, jestem tu – zapewniam ją, oszołomiony.

Czy ona nie widzi, że nic mi nie jest?

– Umarłam dziś tysiąc razy.

Głos się jej załamuje i zaczyna płakać. Przytulam ją mocniej. Nigdy nie widziałem jej w takim stanie. Moja mama trzyma mnie w objęciach. To jest przyjemne.

– Och, Christianie – szlocha i ściska mnie tak mocno, jakby nigdy nie zamierzała wypuścić. Zamykam oczy i kołyszę ją lekko.

– On żyje! Jesteś tu! – Mój ojciec wybiega z biura Taylora i obejmuje nas oboje.

– Tata?

Potem dołącza Mia i również przytula nas wszystkich.

Rodzinna wymiana czułości.

Zdarzyło się nam kiedyś coś takiego?

Nigdy.

Carrick odsuwa się pierwszy i ociera oczy.

On płacze?

Moja siostra i matka też wypuszczają mnie z objęć.

– Przepraszam – odzywa się Grace.

– Hej, mamo, nic się nie dzieje – odpowiadam, skrępowany całym tym nieuzasadnionym zainteresowaniem.

– Gdzie byłeś? Co się stało? – pyta podniesionym głosem, po czym ukrywa twarz w dłoniach i znów wybucha płaczem.

– Mamo. – Przyciągam ją do siebie i całuję w czubek głowy. – Jestem tu. Nic mi nie jest. Po prostu cholernie dużo czasu zajęła mi podróż powrotna z Portland. O co chodzi z tym komitetem powitalnym?

Unoszę głowę i wtedy ją dostrzegam. Ma szeroko otwarte oczy, a po jej policzkach cikną łzy. Jest taka piękna. Moja Ana.

– Mamo, jestem cały i zdrowy – zwracam się do Grace. – Co się stało?

Matka ujmuje moją twarz w dłonie i przemawia do mnie, jakbym wciąż był dzieckiem.

– Christianie, mówili, że zaginąłeś. Twój plan lotu… nie doleciałeś do Seattle. Dlaczego się z nami nie skontaktowałeś?

– Nie sądziłem, że to aż tak długo potrwa.

– Czemu nie zadzwoniłeś?

– Rozładował mi się telefon.

– Nie poszukałeś żadnego automatu?

– To długa historia.

– Och, Christianie. Nigdy więcej nie rób mi czegoś takiego! Rozumiesz?

– Dobrze, mamo.

Ocieram łzy z jej twarzy i jeszcze raz ją przytulam. To miłe trzymać w objęciach kobietę, która ocaliła mi życie.

Grace robi krok w tył, a jej miejsce zajmuje Mia. Obejmuje mnie mocno, a potem uderza otwartą dłonią w pierś.

– Strasznie się martwiliśmy! – krzyczy przez łzy.

Próbuję podnieść ją na duchu i uspokoić, zwracając uwagę na fakt, że wróciłem cały i zdrowy.

Elliot, opalony i wypoczęty po wakacjach, bierze mnie w ramiona i poklepuje mocno po plecach.

Boże. I ty, Brutusie, przeciwko mnie?

– Dobrze cię widzieć – mówi szorstkim tonem, ale jego głos jest pełen przejęcia.

Coś ściska mnie w gardle.

Oto jest moja rodzina.

Zależy im na mnie. Zależy jak cholera.

Wszyscy się o mnie martwili.

Rodzina przede wszystkim.

Cofam się i spoglądam na Anę. Za jej plecami stoi Katherine i gładzi ją po włosach. Nie słyszę, co do niej mówi.

– Przywitam się teraz z moją dziewczyną – mówię rodzicom.

Niewiele brakuje, żebym sam się rozkleił.

Matka posyła mi łzawy uśmiech i razem z Carrickiem odsuwa się na bok. Idę w stronę Any, która podnosi się z sofy. Niezbyt pewnie trzyma się na nogach. Chyba jeszcze nie do końca wierzy, że widzi mnie naprawdę. Wciąż płacze, ale nagle podbiega do mnie i rzuca się w moje ramiona.

– Christianie! – szlocha.

– Ćśś – szepczę i tulę ją mocno.

Ogarnia mnie ulga, kiedy przyciskam do siebie jej drobne, delikatne ciało. Z wdzięcznością myślę o tym, jak wiele dla mnie znaczy.

Ana. Moja miłość.

Ukrywam twarz w jej włosach i wdycham jej cudowny zapach. Unosi ku mnie swoją piękną, mokrą od łez twarz, a ja całuję delikatnie jej miękkie usta.

– Cześć.

– Cześć – odpowiada zachrypłym szeptem.

– Tęskniłaś?

– Troszkę. – Pociąga nosem.

– Widzę.

Ocieram łzy z jej policzków.

– Myślałam… Myślałam… – mówi płaczliwie.

– Wiem. Ćśś… Wróciłem. Wróciłem.

Tulę ją do siebie i znów całuję. Jej usta zawsze są takie delikatne, kiedy płacze.

– Nic ci nie jest? – pyta i zaczyna mnie dotykać.

Czuję jej dłonie na sobie, na całym ciele, ale się nie wzbraniam. Przyjmuję jej dotyk. Po ciemności nie ma ani śladu.

– Nic mi nie jest. Nigdzie się nie wybieram.

– Och, dzięki Bogu. – Ana obejmuje mnie mocno w pasie.

Cholera. Powinienem wziąć prysznic. Ale jej najwyraźniej to nie przeszkadza.

– Jesteś głodny? – pyta. – Chce ci się pić?

– Tak.

Chce się uwolnić z moich objęć, ale ja jeszcze nie mam ochoty jej wypuszczać. Tulę ją i wyciągam rękę do fotografa, który stoi obok nas.

– Panie Grey – odzywa się José.

– Christian, proszę.

– Christianie, witaj. Cieszę się, że nic ci się nie stało… i, eee… dzięki, że mogę tu przenocować.

– Nie ma sprawy – odpowiadam.

Tylko łapy z daleka od mojej dziewczyny.

Naszą rozmowę przerywa Gail. Jest w kiepskim stanie i widzę, że też płakała.

Psiakrew. Pani Jones? Jestem poruszony tym do głębi.

– Mogę coś panu przynieść, panie Grey? – pyta, ocierając oczy chusteczką.

– Piwo, Gail. Budvar i coś do jedzenia.

– Ja przyniosę – proponuje Ana.

– Nie. Nie odchodź – mówię i jeszcze mocniej przyciskam ją do siebie.

Potem przychodzi kolej na przywitanie z młodymi Kavanagh. Wymieniam z Ethanem uścisk dłoni i cmokam Katherine w policzek. Dziewczyna mojego brata wygląda całkiem nieźle. Wakacje na Barbadosie najwyraźniej dobrze jej zrobiły, nie wspominając o Elliocie. Pojawia się znów pani Jones i wręcza mi piwo. Dziękuję jej za szklankę i pociągam długi łyk z butelki. Budvar smakuje wyśmienicie.

A więc wszyscy ci ludzie zebrali się tutaj z mojego powodu. Czuję się jak syn marnotrawny powracający na łono rodziny.

Być może nim jestem...

– Dziwię się, że nie chcesz czegoś mocniejszego – zagaduje Elliot. – No więc co, do jasnej cholery, się stało? Dowiedziałem się o tym, kiedy tata zadzwonił z informacją, że ten twój wiatrak zaginął.

– Elliot! – upomina go Grace.

– Helikopter! – warczę.

Do jasnej cholery, Elliot. Nienawidzę, kiedy tak mówisz o „Charliem Tango", i dobrze o tym wiesz. Mój brat szczerzy zęby w uśmiechu i sam mimowolnie uśmiecham się do niego.

– Siądźmy i wam opowiem.

Rozsiadam się na kanapie z Aną u mojego boku, a wszyscy gromadzą się wokół nas. Wypijam spory łyk piwa i widzę Taylora stojącego w głębi salonu. Witam go skinieniem głowy, a on odpowiada mi tym samym.

Dzięki Bogu, że przynajmniej on nie płacze. Tego chybabym nie zniósł.

– Jak twoja córka?

– Wszystko w porządku. Fałszywy alarm, proszę pana.

– To dobrze – odpowiadam z uśmiechem.

– Cieszę się, że pan wrócił. Na dzisiaj to wszystko?

– Musimy odebrać helikopter.

– Teraz? Czy może być rano?

– Chyba rano, Taylorze.

– Dobrze, panie Grey. Coś jeszcze?

Kręcę głową i unoszę w jego stronę butelkę jak do toastu. Mogę wyjaśnić mu szczegóły jutro rano. Taylor posyła mi przyjazny uśmiech i wychodzi.

– Christianie, co się stało? – pyta Carrick.

Rozparty na kanapie zaczynam opowieść o moim awaryjnym lądowaniu.

– Ogień? Oba silniki? – Carrick nie kryje przerażenia.

– Yhm.

– Cholera! Ale ja myślałem…

– Wiem – przerywam mu. – Przez czysty przypadek lecieliśmy tak nisko.

Ciałem Any wstrząsa dreszcz.

– Zimno ci? – pytam, otaczając ją ramieniem, a ona ściska moją dłoń i kręci głową.

– Jak ugasiłeś ogień? – indaguje mnie Kate.

– Gaśnica. Musimy je mieć, takie są przepisy – odpowiadam, ale ponieważ jej pytanie brzmi tak obcesowo, już nie wspominam, że uruchomiłem również systemy gaśnicze.

– Dlaczego nie zadzwoniłeś ani nie użyłeś radia? – odzywa się Grace.

Wyjaśniam, że nasze komórki nie miały zasięgu, a z powodu zagrożenia pożarem musiałem wyłączyć wszystkie instalacje, dlatego radio nie działało.

Czuję, jak Ana się napręża, więc unoszę ją i sadzam sobie na kolanach.

– Ale jak udało się wam wrócić do Seattle? – dopytuje moja matka.

Opowiadam o tym, jak dotarliśmy do drogi, skąd zabrał nas Seb.

– Trwało to całe wieki. Nie miał komórki, dziwne, ale prawdziwe. Nie zdawałem sobie sprawy, że… – zawieszam głos i wodzę wzrokiem po zatroskanych twarzach.

– Że będziemy się martwić? Och, Christianie! Odchodziliśmy od zmysłów z niepokoju.

Grace jest poirytowana i po raz pierwszy czuję wyrzuty sumienia. Przypomina mi się, co Flynn mówił o silnych więziach w rodzinach adopcyjnych.

– Pojawiłeś się w wiadomościach, bracie – mówi Elliot.

– Taa. Domyśliłem się tego, kiedy na dole spotkałem kilku fotografów. Przepraszam, mamo, powinienem był poprosić kierowcę, aby się zatrzymał, i zadzwonić. Ale chciałem jak najszybciej wrócić do domu.

Grace kręci głową.

– Cieszę się po prostu, że wróciłeś w jednym kawałku.

Ana odpręża się i kładzie głowę na mojej piersi. Na pewno jest zmęczona.

– Oba silniki? – powtarza z niedowierzaniem Carrick.

– Na to wygląda. – Wzruszam ramionami.

Ana znów zaczyna pochlipywać, więc gładzę ją po plecach.

– Hej – szepczę i unoszę jej głowę. – Przestań płakać.

– Przestań znikać – odpowiada, wycierając nos wierzchem dłoni.

– Awaria elektroniki… – Carrick nie daje za wygraną. – Dziwne, prawda?

– Tak, mnie też to przeszło przez myśl, tato. Ale akurat w tej chwili jedyne, na co mam ochotę, to iść do łóżka, a o wszystkim innym pomyślę jutro.

– Więc media wiedzą, że Christian Grey odnalazł się cały i zdrowy? – pyta Katherine, odrywając wzrok od telefonu.

Cóż, zrobili mi nawet kilka zdjęć, kiedy wchodziłem do domu.

– Tak – odpowiadam. – Andrea i moi piarowcy zajmą się mediami. Ros do niej zadzwoniła.

Sam będzie w swoim żywiole dzięki całemu temu zamieszaniu.

– Andrea dzwoniła do mnie, by dać mi znać, że żyjesz – wtrąca mój ojciec, szczerząc zęby w szerokim uśmiechu.

– Muszę dać tej kobiecie podwyżkę. Jest przecież późno.

– Myślę, panie i panowie, że mój kochany brat musi iść teraz spać, żeby rano ładnie wyglądać. – Elliot puszcza do mnie oko.

Odwal się, bracie.

– Cary, mój syn jest bezpieczny. – Grace zwraca się do męża. – Teraz możesz mnie zabrać do domu.

– Tak, przyda nam się trochę snu – przytakuje Carrick i uśmiecha się do niej.

– Zostańcie tutaj – proponuję.

Miejsca jest pod dostatkiem.

– Nie, kochanie, chcę jechać do domu – odpowiada matka. – Teraz, kiedy już wiem, że jesteś cały i zdrowy.

Gdy wszyscy zaczynają zbierać się do wyjścia, zsuwam Anę z kolan, sadzam na kanapie i wstaję. Grace jeszcze raz bierze mnie w objęcia.

– Tak bardzo się martwiłam, skarbie.

– Już wszystko dobrze, mamo.

– Tak. Wydaje mi się, że tak – mówi, po czym zerka w stronę Any i posyła jej uśmiech.

Po długich pożegnaniach odprowadzamy wszystkich gości do windy. Kiedy drzwi zasuwają się za nimi, w holu zostajemy tylko ja i Ana.

Psiakrew. I José. Czeka na nas w korytarzu.

– To ja już pójdę... – odzywa się. – Zostawię was samych.

– Wiesz, gdzie śpisz? – pytam.

Fotograf kiwa głową.

– Tak, gospodyni...

– Pani Jones – podpowiada mu Ana.

– Tak, pani Jones pokazała mi już pokój. Fajne mieszkanie.

– Dziękuję. – Otaczam Anę ramieniem i całuję jej włosy. – Zjem to, co mi przygotowała pani Jones. Dobranoc, José.

Odwracam się i idę do kuchni, zostawiając go sam na sam z moją dziewczyną. Musiałby być idiotą, żeby teraz się do niej dobierać. A ja jestem głodny.

Pani Jones podaje mi kanapkę z szynką, serem, sałatą i majonezem.

– Dziękuję – mówię. – Możesz położyć się spać.

– Dobrze, proszę pana. – Gail uśmiecha się do mnie. – Cieszę się, że pan wrócił.

Wychodzi, a ja wracam do salonu, żeby mieć Rodrigueza na oku. Kończę kanapkę, kiedy wymienia z moją dziewczyną pożegnalny uścisk. Trzymając ją w objęciach, zamyka oczy.

Ubóstwia ją.

Czy ona tego nie widzi?

Ana macha do niego, a potem odwraca się i widzi, że ją obserwuję. Robi kilka kroków w moją stronę, ale nagle przystaje i patrzy na mnie.

Chłonę ją wzrokiem. Chociaż jest znużona i zapłakana, nigdy nie wyglądała piękniej. Jej widok cieszy moje oczy.

Jest jak dom.

Ona jest moim domem.

Wzruszenie ściska mnie za gardło.

– Nadal mu na tobie zależy – mówię, próbując oderwać się od silnych emocji, które mną targają.

– A pan skąd może to wiedzieć, panie Grey?

– Rozpoznaję objawy, panno Steele. Cierpię na tę samą przypadłość.

Kocham cię.

Oczy Any zdają się powiększać, gdy patrzy na mnie z powagą.

– Myślałam, że już cię nigdy nie zobaczę – szepcze.

Och, maleńka. Węzeł w moim gardle zaciska się jeszcze mocniej.

– Nie było tak źle, jak się mogło wydawać – pocieszam ją.

Ana podnosi z podłogi moją marynarkę i buty.

– Ja to wezmę – mówię, kiedy podchodzi do mnie, i wyjmuję marynarkę z jej dłoni.

Stoimy naprzeciwko siebie i patrzymy sobie w oczy.

A jednak wróciłem do niej.

Czekała na mnie.

Tak, na ciebie, Grey. Kiedy byłem przekonany, że nikt na mnie nie czeka.

Biorę ją w ramiona.

– Christianie – szepcze i znów zaczyna szlochać.

– Ćśś… – Uspokajam ją i całuję jej włosy. – Wiesz… podczas tych kilku sekund autentycznego przerażenia, zanim wylądowałem, myślałem tylko o tobie. Jesteś moim talizmanem, Ano.

– Sądziłam, że cię straciłam.

Stoimy przez chwilę w milczeniu, obejmując się, i przypominam sobie, jak tańczyłem z nią w tym samym salonie.

Zaczarowane chwile.

Takie momenty na zawsze zostają w pamięci. Tak samo jak ten teraz. Mam ochotę tulić ją w nieskończoność.

Wzdrygam się, gdy moje buty, które Ana wypuszcza z dłoni, uderzają ze stukotem o posadzkę. Czuję się lepki od brudu po dzisiejszej wędrówce.

– Weź ze mną prysznic – mówię.

– Dobrze. – Ana unosi ku mnie wzrok, ale nie rozluźnia uścisku.

– Wiesz, nawet zalana łzami jesteś śliczna. – Całuję ją delikatnie. – A twoje usta są takie miękkie.

Znów ją całuję, spijając słodycz z jej warg, a ona zanurza palce w moich włosach.

– Muszę odłożyć marynarkę – mruczę.

– Rzuć ją.

– Nie mogę.

Ana odchyla się do tyłu i przekrzywiając głowę, patrzy na mnie ze zdziwieniem.

Wypuszczam ją z objęć.

– Dlatego – wyjaśniam i z wewnętrznej kieszeni wyjmuję pudełeczko z prezentem od niej.

Przerzucam marynarkę przez oparcie kanapy i kładę na niej pudełeczko, a Ana patrzy na zegarek i cofa się o krok.

Co się dzieje?

– Otwórz je – odzywa się szeptem.

– Miałem nadzieję, że mi to powiesz. Doprowadzało mnie to do szaleństwa.

Ana uśmiecha się, przygryzając wargę, i o ile wzrok mnie nie myli, jest trochę spięta.

Dlaczego?

Posyłam jej pokrzepiający uśmiech, a potem rozwiązuję wstążeczkę i otwieram pudełko. W środku leży breloczek do kluczy z obrazkiem przedstawiającym nocną panoramę miasta, na którego tle zapala się i gaśnie napis „Seattle". Wyjmuję go z pudełeczka, zastanawiając się, czy ma jakieś głębsze znaczenie, ale żaden pomysł nie przychodzi mi do głowy. Potrzebuję podpowiedzi.

Skonsternowany spoglądam na Anę.

– Odwróć.

Robię to i moim oczom ukazuje się migocące słowo „TAK".

Tak.

Tak.

TAK.

Jedno proste słowo. Jedno głębokie znaczenie.

Przełom w moim życiu.

Tutaj. W tej chwili.

Moje tętno przyspiesza, gdy patrzę w oczy Any, pełen nadziei, że za tym słowem kryje się to, o czym myślę.

– Wszystkiego najlepszego z okazji urodzin – szepcze.

– Wyjdziesz za mnie?

Nie mogę w to uwierzyć.

Ana kiwa głową.

Wciąż nie dowierzam, że to dzieje się naprawdę.

– Powiedz to – mówię. Muszę to usłyszeć z jej ust.

– Tak, wyjdę za ciebie.

Radość przepełnia moje serce – moją głowę, całe moje ciało, moją duszę. Rozpiera mnie energia. Nie potrafię się temu oprzeć. W przypływie euforii porywam Anę w ramiona i śmiejąc się, obracam ją dokoła. Jej oczy błyszczą, gdy chwyta kurczowo moje ręce i również wybucha śmiechem.

Stawiam ją na podłodze, ujmuję w dłonie jej twarz i całuję ją. Wpijam się w jej usta, które rozchylają się przede mną jak płatki kwiatu. Moja słodka Anastasia.

– Och, Ano – wzdycham z uwielbieniem, pocierając wargami kącik jej ust.

– Myślałam, że cię straciłam – szepcze i wydaje się lekko oszołomiona.

– Maleńka, potrzeba czegoś więcej niż uszkodzonej stotrzydziestkipiątki, aby nas rozdzielić.

– Stotrzydziestkipiątki?

– „Charliego Tango". To Eurocopter EC sto trzydzieści pięć. Najbezpieczniejszy w swojej klasie.

Ale nie dzisiaj.

– Zaraz – dodaję, unosząc breloczek. – Dałaś mi to przed wizytą u Flynna.

Ana kiwa głową, a na jej twarzy pojawia się tajemniczy uśmiech.

O co chodzi?

Anastasio Steele!

– Chciałam, żebyś wiedział, że cokolwiek usłyszała-bym od Flynna, nie wpłynęłoby to na moją decyzję.

– Więc przez cały wczorajszy wieczór, kiedy błaga-łem cię o odpowiedź, już ją miałem?

Z wrażenia zapiera mi dech, a nawet czuję zawroty głowy, i jestem trochę poirytowany.

Co jest, do cholery?

Nie wiem, czy się wkurzać, czy skakać z radości. Na-wet teraz Ana wprawia mnie w zakłopotanie.

No i co zamierzasz z tym zrobić, Grey?

– A tyle się martwiłem – szepczę ponuro, a ona uśmiecha się figlarnie i wzrusza ramionami. – Och, nie próbuj ze mną tych swoich sztuczek, panno Steele. W tej chwili najchętniej bym...

Cały czas nosiłem przy sobie odpowiedź.

Pragnę jej.

Tutaj.

W tej chwili.

Nie. *Zaczekaj.*

– Nie mogę uwierzyć, że trzymałaś mnie w takiej niepewności – dodaję.

Ana przygląda mi się badawczo, a w mojej głowie świta pewien plan. Coś, czym mógłbym się jej odpłacić za tę zuchwałość.

– Uważam, że należy mi się jakaś rekompensata – mówię cicho. Mój głos brzmi złowieszczo.

Ana cofa się ostrożnie. Czyżby zamierzała uciekać?

– Nie igraj ze mną. Ponieważ i tak cię złapię – mówię groźnym tonem, chociaż jej figlarny uśmiech jest zaraźli-wy. – I przygryzasz wargę.

Ana robi jeszcze jeden krok w tył i rzuca się do ucieczki, ale doganiam ją i łapię. Piszczy, kiedy zarzucam ją sobie na ramię i ruszam w stronę mojej – nie, naszej – łazienki.

– Christianie! – Wymierza mi klapsa w tyłek.

Nie pozostaję dłużny i oddaję jej. Mocno.

– Au! – krzyczy.

– Pora na prysznic – oświadczam, niosąc ją korytarzem.

– Postaw mnie! – mówi kategorycznym tonem.

Wije się na moim ramieniu, ale mocno obejmuję jej uda i uśmiecham się, słysząc, jak chichocze. Podoba jej się to.

Tak jak mnie.

Szczerzę zęby w uśmiechu szerokim jak zatoka Puget, kiedy otwieram drzwi łazienki.

– Przywiązana jesteś do tych butów? – pytam. Wyglądają na drogie.

– Wolę, aby dotykały podłogi – odpowiada stłumionym głosem, jakby udawała złość, próbując się nie roześmiać.

– Twoje życzenie jest dla mnie rozkazem, panno Steele.

Zsuwam jej buty, które spadają z łoskotem na pokrytą kafelkami posadzkę. Przystaję obok toaletki i opróżniam kieszenie – telefon, klucze, portfel, ale najcenniejszy z tego wszystkiego jest mój nowy breloczek. Nie chcę, żeby zamókł. Potem maszeruję prosto do kabiny prysznicowej.

– Christianie! – krzyczy Ana.

Nie zwracając na nią uwagi, odkręcam kurek. Zimna woda tryska na nas oboje, ale głównie na tylną część ciała Any, która piszczy i chichocze jednocześnie, wijąc się na moim ramieniu.

– Nie! Postaw mnie! – krzyczy, zanosząc się od śmiechu.

Kiedy wymierza mi kolejnego klapsa, ulegam jej perswazji. Rozluźniam uścisk, pozwalając, aby ześliznęła się z mojego ramienia.

Ma przemoczone ubranie, jej oczy błyszczą, a na policzkach płonie rumieniec. Jest zniewalająco piękna.

Och, maleńka.

Powiedziałaś „tak".

Ujmuję w dłonie jej twarz i całuję ją w usta, wkładając w to całą swoją czułość i uwielbienie. Stoimy w strumieniu wody, która teraz jest już cieplejsza, i wokół nas wznosi się obłok pary. Ana zamyka oczy i odpowiada ma mój pocałunek, wpijając się w moje wargi ze słodką łapczywością. Jej dłonie przesuwają się po mojej mokrej koszuli, wyciągają ją ze spodni. Wydaję z siebie jęk, ale nie mogę się oderwać od jej ust.

Nie mogę przestać jej kochać.

Nie przestanę jej kochać.

Nigdy.

Ana zaczyna powoli odpinać mi guziki, a ja sięgam do zamka błyskawicznego z tyłu jej sukienki. Pociągam suwak w dół i czuję pod palcami jej ciepłą skórę.

Och, dotyk jej ciała. Chcę jeszcze więcej. Całuję ją mocno, a mój język wdziera się do jej ust.

Nagle Ana szarpie poły mojej koszuli, a oderwane guziki lecą na wszystkie strony.

Powoli.

Ano!

Popycha mnie na pokrytą kafelkami ścianę i zsuwa mi koszulę z ramion, ale zatrzymuje się na nadgarstkach.

– Spinki – mówię i unoszę ręce.

Rozprawia się z nimi bez trudu i upuszcza na posadzkę. Potem rzuca tam również koszulę. Jej niespokojne palce chwytają pasek moich spodni.

O nie.

Na to jeszcze za wcześnie.

Łapię ją za ramiona i obracam plecami do siebie, żeby mieć lepszy dostęp do zamka błyskawicznego. Rozpinam go do końca i zsuwam sukienkę w dół, ale zatrzymuję się tuż poniżej biustu. Jej ręce wciąż tkwią w rękawach, więc ma ograniczoną swobodę ruchu.

Podoba mi się to.

Odgarniam mokre włosy z szyi Any, pochylam się i zlizuję wodę, która spływa po jej skórze.

Smakujesz tak cudownie.

Wodząc wargami po jej ramieniu, całuję ją i ssę, a moje podniecenie rozsadza mi rozporek. Ana opiera dłonie o ścianę i jęczy, kiedy moje usta docierają do jej ulubionego punktu tuż za uchem. Delikatnie rozpinam jej biustonosz i chwytam ją za piersi, wydając pełen uznania pomruk. Ma wspaniałe cycki.

I takie wrażliwe.

– Są piękne – szepczę jej do ucha.

Ana przechyla głowę na bok, odsłaniając szyję, i wpycha piersi w moje dłonie. Sięga do tyłu i odnajduje moją erekcję. Gwałtownie wciągam powietrze i napieram na nią nabrzmiałym członkiem. To takie podniecające, kiedy jej palce dotykają go przez mokrą tkaninę spodni. Delikatnie chwytam jej sutki i czuję, jak twardnieją i wydłużają się, kiedy ściskam je między palcami. Z ust Any wydobywa się dźwięczne, donośne kwilenie.

– Tak – dyszę.

Chcę cię słyszeć, maleńka.

Obracam ją przodem do siebie i rozbieram do naga – jej sukienka, stanik i majtki lądują na posadzce obok mojej koszuli.

Ana sięga po żel do kąpieli, wyciska go sobie trochę na otwartą dłoń, a potem spogląda na mnie, jakby pytała o zgodę, i czeka.

Dobrze. Zróbmy to.

Biorę głęboki wdech i przyzwalająco kiwam głową. Z ujmującą tkliwością Ana dotyka mojej piersi. Wzdrygam się, kiedy zaczyna rozcierać mydło, zataczając dłonią ciasne kręgi. Ciemność nie daje o sobie znać.

Ale jestem spięty.

Spinam się cały.

Niech to szlag.

Rozluźnij się, Grey.

Ona nie chce cię skrzywdzić.

Dopiero po chwili kładę dłonie na jej biodrach i przyglądam się jej twarzy. Malują się na niej skupienie i współczucie. Wszystko to widzę wyraźnie. Mój oddech przyspiesza, ale wszystko jest w porządku. Potrafię dać sobie z tym radę.

– Tak może być? – pyta Ana.

– Tak – wyduszam z siebie odpowiedź.

Jej dłonie wędrują po moim ciele, od pach zsuwają się po żebrach na brzuch i jeszcze niżej, by zatrzymać się na pasku od spodni.

– Teraz moja kolej – wzdycham.

Pociągając Anę za sobą, wychodzę spod strumienia wody i wyciskam odrobinę szamponu na czubek jej głowy. Kiedy wcieram go w jej włosy, zamyka oczy i wydaje cichy pomruk zadowolenia.

Nie mogę powstrzymać śmiechu, ale czuję, że to pomaga mi rozładować napięcie.

– Podoba ci się?

– Hmm...

– Mnie też. – Całuję ją w czoło i nadal masuję jej głowę. – Odwróć się.

Ana natychmiast wykonuje moje polecenie, a ja wyciskam jeszcze trochę szamponu i wcieram go we włosy, które opadają jej na plecy. Potem wciągam ją z powrotem pod prysznic i spłukuję całą pianę.

Uwielbiam dbać o moją dziewczynę.

Pod każdym względem.

Ana odwraca się i dotyka moich spodni.

– Chcę cię umyć całego – mówi.

Unoszę ręce w poddańczym geście.

Jestem twój, Ano. Weź mnie.

Moja erekcja prezentuje się w całej okazałości, kiedy Ana zsuwa ze mnie spodnie i bokserki, które dołączają do reszty przemoczonej garderoby na posadzce.

– Wygląda na to, że cieszysz się na mój widok – komentuje.

– Zawsze się cieszę na pani widok, panno Steele.

Uśmiechamy się do siebie, a ona wyciska na gąbkę trochę żelu. Jestem nieco zaskoczony, kiedy zaczynając od klatki piersiowej, kieruje się coraz niżej, w stronę mojej nabrzmiałej męskości.

O tak.

Nagle odrzuca gąbkę i czuję na sobie jej dłonie.

Kurwa.

Zamykam oczy, gdy zaciska palce na moim członku. Trudno o lepszy sposób na rozpoczęcie nowego dnia, zwłaszcza po tym, jak otarłem się o śmierć.

Zaraz.

Otwieram oczy i wbijam spojrzenie w Anę.

– Jest sobota! – wykrzykuję radośnie, po czym obejmuję ją w talii, przyciągam do siebie i całuję w usta.

Prezerwatywa nie jest już potrzebna.

Moja dłoń, wilgotna i śliska od mydła, wędruje po jej ciele, dotykając piersi i brzucha, aż wreszcie spoczywa na łonie. Pieszczę ją palcami, a drugą ręką przytrzymuję jej głowę, rozkoszując się smakiem jej warg i języka.

Wydaje cichy jęk, kiedy zanurzam w niej palce.

– Tak… – syczę i unoszę ją, trzymając za pośladki. – Opleć mnie nogami, mała.

Ana spełnia moje polecenie i przywiera do mnie niczym ciepły, wilgotny jedwab. Opieram ją o ścianę.

Nasze nagie ciała zespalają się ze sobą.

– Oczy otwarte – dodaję. – Chcę cię widzieć.

Ana patrzy na mnie, a jej rozszerzone źrenice są pełne

pożądania. Wchodzę w nią powoli, nie odrywając od niej wzroku. Zastygam w bezruchu. Trzymam ją w objęciach. Czuję ją na sobie.

– Jesteś moja, Anastasio.

– Zawsze.

Jej odpowiedź sprawia, że czuję się wielki.

– A teraz wszyscy już mogą się o tym dowiedzieć, ponieważ powiedziałaś „tak".

Przywierając ustami do jej ust, wysuwam się z niej niespiesznie. Delektuję się nią. Ana zamyka oczy i odrzuca głowę do tyłu, kiedy zaczynamy się poruszać w zgodnym rytmie.

My.

Razem.

Zespoleni w jedno.

Poruszam się szybciej. Leniwe tempo już mi nie wystarcza. Pragnę jej. Pragnę się nią rozkoszować. Zatracać się w niej. Dopinguje mnie jej ciche pojękiwanie, świadczące o tym, że jest coraz bliższa spełnienia. Spełnienia, które ja jej daję.

Dochodzi z głośnym krzykiem, a ja podążam za nią i wspinam się na szczyt ekstazy, wtulając twarz w jej szyję.

Podtrzymując ją, ostrożnie osuwam się na posadzkę pod kaskadami wody, która obmywa nasze ciała. Ujmuję w dłonie jej twarz i widzę, że płacze.

Maleńka.

Pokrywam jej twarz pocałunkami, które ocierają wszystkie łzy.

Ana obraca się, przywierając do mnie plecami, i żadne z nas nic nie mówi. Nasze milczenie jest bezcenne. Emanuje spokojem. Po wszystkich burzliwych wydarzeniach minionego popołudnia i wieczoru, po awaryjnym lądowaniu, tułaczce przez pustkowie i ciągnącej się w nieskończoność podróży ciężarówką, odnalazłem nareszcie trochę ukojenia. Opieram podbródek na jej głowie i trzymając ją w ramionach, oplatam nogami jej biodra. Kocham tę kobietę – tę piękną, dzielną, młodą kobietę, która wkrótce zostanie moją żoną.

Panią Grey.

Uśmiecham się szeroko i muskam nosem jej włosy, po których ściekają strugi wody.

– Mam pomarszczone palce – odzywa się Ana.

Unoszę jej dłoń do ust i całuję po kolei wilgotne opuszki.

– Powinniśmy już wyjść spod tego prysznica – mówię.

– Mnie tu wygodnie.

Mnie też, maleńka. Mnie też.

Ana opiera się o mnie i patrząc przed siebie, chyba na moje stopy, śmieje się cicho.

– Coś panią bawi, panno Steele?

– To był intensywny tydzień.

– W rzeczy samej.

– Dziękuję Bogu, że wrócił pan w jednym kawałku, panie Grey – mówi i nagle poważnieje.

Mogłem już nigdy nie wrócić.

Cholera.

Gdybym...

Czuję ucisk w gardle i z trudem przełykam ślinę, gdy oczyma wyobraźni widzę siebie i Ros w kabinie „Charliego Tango" spadającego bezwładnie na ziemię. Wzdrygam się.

– Byłem przerażony – szepczę.

– Dzisiaj? – pyta Ana, a ja kiwam potakująco głową. – Więc rodzina usłyszała okrojoną wersję?

– Tak. Leciałem zbyt nisko, żeby poprawnie wylądować. Ale jakoś mi się udało.

Widzę przestrach na jej twarzy, gdy obraca głowę i patrzy na mnie.

– Mało brakowało?

– Mało – odpowiadam i po chwili milczenia dodaję: – Przez kilka potwornych sekund myślałem, że już nigdy cię nie zobaczę.

To brzmi jak mroczne, ponure wyznanie.

Ana obraca się i bierze mnie w objęcia.

– Nie wyobrażam sobie życia bez ciebie, Christianie. Kocham cię tak bardzo, że aż mnie to przeraża.

O rety.

Ale dobrze znam to uczucie.

– Ze mną jest tak samo – odpowiadam i muskam ustami jej włosy. – Moje życie bez ciebie byłoby puste. Tak bardzo cię kocham. Już nigdy nie pozwolę ci odejść.

– Nie chcę odchodzić. – Ana obraca głowę i całuje mnie w szyję. – Nigdy.

Czuję mrowienie w zdrętwiałych stopach.

– Chodź, wysuszymy cię i położymy spać. Jestem wykończony, a ty też nie wyglądasz najlepiej – mówię i dostrzegam wyraz zdziwienia na jej twarzy. – Chce pani coś powiedzieć, panno Steele?

Ana kręci głową i wstaje. Pomaga mi zebrać przemoczone ubrania z posadzki i wrzuca je do jednej z umywalek.

– Zajmę się tym jutro.

Owijam ją ręcznikiem, a drugi zawiązuję sobie wokół bioder. Kiedy szorujemy zęby, Ana uśmiecha się do mnie ustami pełnymi piany. Odpowiadam jej tym samym i obydwoje próbujemy nie udławić się ze śmiechu.

Znów mam czternaście lat.

W pozytywnym sensie.

Ana siada na łóżku, gdy kończę suszyć jej włosy. Widać po niej wyczerpanie, a ja również opadam już z sił. Jeszcze raz oglądam breloczek, na którym widnieje najpiękniejsze ze słów.

Słowo dające nadzieję i perspektywy.

Jej odpowiedź na moje oświadczyny.

Z uśmiechem na twarzy kładę się obok niej.

– To takie fajne. Najlepszy prezent urodzinowy, jaki kiedykolwiek dostałem. Lepszy niż plakat z autografem Giuseppe DeNatalego.

– Powiedziałabym ci wcześniej, ale skoro zbliżały się twoje urodziny... – Ana wzrusza ramionami. – Co podarować komuś, kto ma wszystko? Uznałam, że dam ci... siebie.

Odkładam breloczek na stolik nocny i przytulam ją.

– Jest idealny. Tak jak i ty.

– Daleka jestem od ideału, Christianie.

– Czy pani uśmiecha się drwiąco, panno Steele?

– Może – odpowiada, chichocząc.

Potrafię to rozpoznać, Ano. Mowa ciała cię zdradza.

– Mogę cię o coś spytać? – dodaje.

– Oczywiście.

– Nie zadzwoniłeś w drodze powrotnej z Portland. Czy rzeczywiście z powodu José? Martwiłeś się tym, że będę tu z nim sama?

Być może.

Czuję się jak skończony dureń. Podejrzewałem ją, że siedzi w barze i świetnie się bawi. Nie zdawałem sobie sprawy...

– Wiesz, jakie to niedorzeczne? – Ana obraca głowę i patrzy na mnie z wyrzutem. – Ile stresu musiała przeżyć twoja rodzina? Wszyscy cię bardzo kochamy.

– Nie miałem pojęcia, że tak się będziecie martwić.

– Kiedy w końcu dotrze do twojej tępej głowy, że jesteś kochany?

– Tępej głowy?

– Tak. Tępej głowy?

– Nie uważam, aby moja głowa była bardziej tępa niż wszystkie inne części mego ciała.

– Mówię poważnie! Przestań mnie rozśmieszać. Nadal jestem na ciebie trochę zła, choć częściowo niweluje to fakt, że jesteś w domu, cały i zdrowy, gdy tymczasem myślałam... – Ana milknie i nerwowo przełyka ślinę, po czym dodaje łagodniejszym tonem: – No wiesz, co myślałam.

– Przepraszam – mówię, gładząc ją po policzku.

– No i twoja biedna mama. To było bardzo wzruszające widzieć was razem.

– Jeszcze nigdy tak się nie zachowywała – przyznaję.

Płacząca Grace.

Mama.

Mama we łzach.

– Tak, to rzeczywiście musiało być dla niej ciężkie przeżycie – ciągnę. – Zazwyczaj jest taka opanowana. To był spory szok.

– Widzisz? Wszyscy cię kochają. Może wreszcie w to uwierzysz – mówi Ana i całuje mnie. – Wszystkiego najlepszego z okazji urodzin, Christianie. Cieszę się, że tu jesteś i że możemy razem świętować. I nie widziałeś jeszcze, co mam dla ciebie na jutro... eee... dzisiaj.

– To jest coś jeszcze? – pytam zaskoczony.

Czego więcej mógłbym chcieć?

– O tak, panie Grey. Ale na razie musisz się uzbroić w cierpliwość.

Ana wtula się we mnie, zamyka oczy i po chwili już śpi. Zdumiewa mnie to, jak szybko zasypia.

– Moja najdroższa – szepczę i całuję ją w czoło. – Przepraszam cię. Wybacz, że martwiłaś się przeze mnie.

Zamykam oczy, czując zadowolenie, jakiego jeszcze nigdy nie doświadczyłem.

Ana siedzi obok mnie w kabinie helikoptera. Uśmiecha się promiennie, a jej włosy lśnią.

Ruszajmy w pogoń za świtem.

Śmieje się. Jest taka beztroska. Młoda. Moja dziewczyna.

Pada na nas złociste światło.

Ana złoci się cała.

Ja też jestem jak ze złota.

Czuję dym. Krztuszę się. Dym jest wszędzie.

Nie widzę Any. Znikła w kłębach dymu.

Spadamy.

Lecimy w dół z zawrotną prędkością.

„Charlie Tango" pędzi na spotkanie z ziemią.

Zaciskam powieki, czekając na uderzenie.

Ale nic się nie dzieje.

Jesteśmy w sadzie.

Gałęzie drzew uginają się pod jabłkami.

Ana się uśmiecha, a delikatny podmuch rozwiewa jej
rozpuszczone włosy.

Wyciąga do mnie ręce. W jednej trzyma czerwone
jabłko. W drugiej zielone.

Wybieraj.

Muszę wybrać.

Czerwone. Albo zielone.

Uśmiecham się i sięgam po czerwone jabłko.

Słodkie jabłko.

Ana chwyta moją dłoń i ciągnie mnie za sobą.

Idziemy, trzymając się za ręce.

Przechodzimy obok pijaków i narkomanów stojących przed sklepem alkoholowym w Detroit.

Machają do nas, unosząc butelki zawinięte w torby
z brązowego papieru.

Mijamy Esclavę. Elena uśmiecha się i macha do nas.

Mijamy Leilę, która też macha do nas z uśmiechem.

Ana wyjmuje jabłko z mojej dłoni. Odgryza kawałek.

Mmm… smaczne. Oblizuje wargi.

Pyszne. Uwielbiam ten smak.

Wyhodowałem je. Z moim dziadkiem.

Ojej. Jesteś taki zdolny.

Uśmiecha się i zaczyna wirować, a jej włosy powiewają w powietrzu.

Kocham cię, krzyczy. *Kocham cię, Christianie Grey.*

Budzę się oszołomiony moim snem. Ale czuję zadowolenie, a zawsze zrywałem się przerażony, kiedy nawiedzały mnie koszmary.

Zbawienny wpływ Anastasii Steele.

Uśmiecham się i toczę wzrokiem po sypialni. Any nie ma obok mnie. Sięgam po podłączony do ładowarki telefon. Czeka na mnie mnóstwo wiadomości, głównie od Sama, ale nie mam jeszcze ochoty z nim rozmawiać. Odkładam komórkę i biorę do ręki breloczek, żeby jeszcze raz mu się przyjrzeć.

Powiedziała „tak".

Te oświadczyny trudno nazwać romantycznymi.

Miała rację. Zasługuje na coś więcej. Jeśli zależy jej na kiczowatych serduszkach i kwiatach, będę musiał stanąć na wysokości zadania. Przychodzi mi do głowy pewien pomysł i wyszukuję w Google kwiaciarnię niedaleko domu moich rodziców. Jest jeszcze zamknięta, więc nagrywam wiadomość na poczcie głosowej.

Cholera. Będzie mi potrzebny pierścionek zaręczynowy.

I to dziś. Postanawiam zająć się tym później.

Wstaję z łóżka i zaczynam rozglądać się za Aną. W łazience jej nie ma. Wchodzę do salonu i słyszę jej głos. Rozmawia ze swoim przyjacielem. Przystaję i nasłuchuję.

– Naprawdę go lubisz, prawda? – pyta José.

– Ja go kocham.

To jest właśnie moja dziewczyna.

– A czego tu nie kochać? – mówi fotograf i domyślam się, że chodzi mu o moje mieszkanie.

– Rany, dzięki! – obrusza się Ana.

Co za dupek.

– Hej, tylko sobie żartuję. – José próbuje ją udobruchać. – Poważnie, żartuję. Ty nigdy nie należałaś do tego typu dziewczyn.

Oczywiście, że nie, ty fiucie.

– Omlet może być? – pyta go Ana.

– Jasne.

– Dla mnie też – odzywam się i wchodzę do kuchni, ku zaskoczeniu ich obojga. – José – zwracam się do fotografa, pozdrawiając go skinieniem głowy.

– Christianie – odpowiada Rodriguez.

Tak, gnojku, słyszałem, jak obrażasz moją dziewczynę.

Dostrzegam badawcze spojrzenie Any. Wie, że zrobiłem to celowo.

– Zamierzałam przynieść ci śniadanie do łóżka – mówi.

Podchodzę do niej i nie krępując się obecnością naszego gościa, składam na jej ustach długi, namiętny pocałunek.

– Dzień dobry, Anastasio – szepczę.

– Dzień dobry, Christianie – odpowiada z niewinnym uśmiechem. – Wszystkiego najlepszego z okazji urodzin.

– Już się nie mogę doczekać drugiego prezentu.

Moja dziewczyna rumieni się i spogląda nerwowo w stronę Rodrigueza.

Och. Co ona planuje?

Fotograf ma taką minę, jakby napił się soku z cytryny.

Dobrze mu tak.

– Jakie masz plany na dzisiaj, José? – pytam, siląc się na uprzejmość.

– Wybieram się w odwiedziny do mojego taty i Raya, taty Any.

Ta nowa informacja sprawia, że mimowolnie marszczę czoło.

– Oni się znają?

– Tak, służyli razem w wojsku. Stracili ze sobą kontakt, a potem ja i Ana poznaliśmy się na studiach. Fajnie
wyszło. Teraz to najlepsi kumple. Wybieramy się razem
na ryby.

– Na ryby? – pytam zdziwiony.

Facet nie wygląda na wędkarza.

– Aha, podobno nieźle biorą w tej części wybrzeża.
Pstrągi tęczowe bywają naprawdę wielkie.

– To prawda – potwierdzam. – Mój brat Elliot i ja
złapaliśmy kiedyś piętnastokilowego pstrąga.

– Piętnaście kilo? – José jest pod wrażeniem. – Niezły wynik. Jednak rekord należy do ojca Any. Dwadzieścia kilo.

– Żartujesz! Nie chwalił się.

Ale to nie w stylu Raya. Nie jest chwalipiętą, podobnie jak jego córka.

– Tak w ogóle to wszystkiego najlepszego.

– Dzięki. No więc gdzie lubicie łowić?

– Na całym północno-zachodnim wybrzeżu Pacyfiku. Ulubione miejsce mojego taty to jeziora w Skagit.

Znów jestem zaskoczony.

– Naprawdę? Mój ojciec też lubi tam jeździć na ryby.

– Mój woli kanadyjską stronę, za to Ray amerykańską.

– Kłócą się czasem o to?

– Pewnie, zwłaszcza po paru piwach. – José szczerzy
zęby w uśmiechu.

Siadam obok niego na stołku przy barze. Może ten
facet nie jest aż takim fiutem.

– A więc twój ojciec lubi łowić w Skagit. A ty? – pytam.

– Ja wolę na wybrzeżu.

– Naprawdę?

– Łowienie w oceanie jest trudniejsze, bardziej eks-cytujące – wyjaśnia José. – To większe wyzwanie. Ko-cham ocean.

– Pamiętam pejzaże znad Pacyfiku, które widziałem na twojej wystawie. Były naprawdę dobre. Swoją drogą dzięki za dostarczenie tych portretów.

Rodriguez wygląda na zakłopotanego moją pochwałą.

– Nie ma sprawy – odpowiada. – A gdzie ty lubisz łowić?

Wdajemy się w szczegółową dyskusję na temat zalet wędkowania w rzekach, jeziorach i w morzu. Okazuje się, że mamy wspólną pasję.

Ana przyrządza śniadanie i obserwuje nas – zado-wolona, jak przypuszczam, że zaczęliśmy się dogadywać.

Stawia przed każdym z nas omlet i kawę, a potem siada obok mnie z miseczką płatków. Mam nadzieję, że nie jest znudzona, kiedy przechodzimy od łowienia ryb do baseballu. Rozmawiamy o zbliżającym się meczu Ma-rinersów – José jest ich kibicem – i uświadamiam sobie, że mamy wiele wspólnego.

Włącznie z uczuciem do tej samej kobiety.

Kobiety, która zgodziła się zostać moją żoną.

Mam wielką ochotę powiedzieć mu o tym, ale po-wstrzymuję się.

Kończę jeść i wychodzę, żeby przebrać się w dżinsy i podkoszulek. Kiedy wracam do kuchni, José przełyka ostatni kęs omletu.

– To było przepyszne – mówi.

– Dziękuję. – Ana się rumieni.

– Pora na mnie. Muszę dojechać w góry Bandera, gdzie umówiłem się z ojcem.

– Bandera? – pytam zdziwiony.

– Tak, wybieramy się na pstrąga do rezerwatu Mount Baker. Nad jedno z jezior w okolicy.

– Które?

– Lower Tuscohatchie.

– Tego chyba nie znam. Powodzenia.

– Dziękuję.

– Pozdrów ode mnie Raya – dodaje Ana.

Odprowadzamy naszego gościa do holu.

– Dzięki, że mogłem tu przekimać. – José wymienia ze mną uścisk dłoni.

– Zapraszam ponownie – odpowiadam i uświadamiam sobie ze zdziwieniem, że mówię to całkiem szczerze.

Ten facet jest całkiem nieszkodliwy, jak szczeniak. Obejmuje Anę na pożegnanie i ku swemu zaskoczeniu odkrywam, że nie mam ochoty połamać mu za to rąk.

– Trzymaj się ciepło, Ano.

– Jasne. Super cię było widzieć. Następnym razem rzeczywiście zabalujemy.

– Trzymam cię za słowo – mówi Rodriguez i macha do nas, a potem znika, gdy zasuwają się drzwi windy.

– Widzisz, nie jest taki zły – odzywa się Ana.

Być może.

– Nadal ma ochotę dobrać ci się do majtek. Ale wcale mu się nie dziwię.

– Christianie, to nieprawda!

– Ty niczego nie dostrzegasz, co? Ma na ciebie ochotę. Dużą.

– To tylko przyjaciel, dobry przyjaciel.

Unoszę ręce w geście kapitulacji.

– Nie chcę się kłócić.

– Ja też nie.

– Nie powiedziałaś mu, że bierzemy ślub – zauważam.

– Nie. Uznałam, że najpierw powinnam poinformować o tym mamę i Raya.

– Masz rację. A ja… eee, powinienem poprosić Raya o twoją rękę.

Ana parska śmiechem.

– Och, Christianie, nie żyjemy w osiemnastym wieku.

– Tak nakazuje tradycja.

Nawet przez myśl mi nie przeszło, że kiedykolwiek zechcę kogoś prosić o zgodę na poślubienie jego córki.

Ale pozwól mi tego doświadczyć. Proszę.

– Później o tym porozmawiamy, dobrze? Teraz chcę ci dać drugi prezent.

Jeszcze jeden prezent.

Ale breloczka nic nie przebije.

Z szelmowskim uśmiechem Ana wbija zęby w dolną wargę.

– Znów przygryzasz wargę – mówię i delikatnie chwytam ją za podbródek.

Posyła mi niepewne spojrzenie, ale zbiera się w sobie, chwyta mnie za rękę i prowadzi z powrotem do sypialni. Tam wyciąga spod łóżka dwa zawinięte w papier pudełka.

– Dwa? – pytam zdumiony.

– To kupiłam przed… eee… wczorajszym incydentem. Teraz już sama nie wiem.

Wręcza mi jedno z pudełek, ale wygląda na zaniepokojoną.

– Na pewno mam to otworzyć?

Kiwa głową, więc rozrywam papier i zaglądam do środka.

– „Charlie Tango" – szepcze Ana.

W pudełku znajduje się mały drewniany model helikoptera do złożenia. Moją uwagę przykuwa wirnik – jedyny plastikowy element, którego powierzchnię zajmuje ciemny prążkowany panel.

– Energia słoneczna. Rany.

Co za pomysłowy prezent. Z mroków przeszłości wyłania się wspomnienie mojej pierwszej Gwiazdki. Mojej pierwszej prawdziwej Gwiazdki z mamą i tatą.

Mój helikopter może unosić się w powietrzu.
Mój helikopter jest niebieski.
Lata wokół choinki.
Lata nad fortepianem i ląduje na środku stołu.
Lata nad mamą i lata nad tatą.
I lata nad Elliotem, który bawi się klockami Lego.

Ana przygląda mi się, gdy siadam i zaczynam składać model. Dopasowane elementy łączą się lekko i po chwili trzymam w dłoni mały niebieski helikopter.

Jest niesamowity.

Posyłam Anie promienny uśmiech, a potem podchodzę do okna i patrzę, jak wirnik zaczyna się obracać w ciepłych promieniach słońca.

– Tylko popatrz – mówię. – Na co pozwala nam rozwój techniki.

Unoszę helikopter na wysokość oczu i przyglądam się, z jaką łatwością energia słoneczna zamienia się w energię mechaniczną.

A przecież to zwykła dziecinna zabawka.

Dzięki tej prostej technologii można zdziałać dużo więcej. Problemem jest magazynowanie energii. Najlepsze wyjście to grafen... Ale czy zdołamy skonstruować dostatecznie wydajną baterię? Taką, która szybko się ładuje i utrzymuje energię...

– Podoba ci się? – Ana wyrywa mnie z zamyślenia.

– Bardzo. Dziękuję ci. – Całuję ją i przez chwilę wspólnie obserwujemy wirujące śmigiełko. – Postawię go w pracy obok szybowca.

Odchodzę od okna i wirnik zwalnia, a potem całkiem nieruchomieje.

Poruszamy się w świetle.

Zwalniamy w cieniu.

Zatrzymujemy się w ciemności.

Hmm. Ale filozofujesz, Grey.

Właśnie to zrobiła ze mną Ana. Zaciągnęła mnie do światła i bardzo mi się to podoba.

Stawiam model helikoptera na komodzie.

– Będzie mi dotrzymywał towarzystwa podczas akcji ratunkowej „Charliego Tango".

– Da się go uratować?

– Nie wiem. Mam nadzieję. W przeciwnym razie będzie mi go brakować.

Ana przygląda mi się badawczo.

– A co jest w tym drugim pudełku? – pytam.

– Nie jestem pewna, czy to prezent dla ciebie, czy dla mnie.

– Naprawdę?

Wręcza mi pudełko. Jest cięższe od pierwszego. A kiedy nim potrząsam, rozlega się głuchy stukot. Ana odrzuca do tyłu kosmyk włosów i przestępuje z nogi na nogę.

– Czemu tak się denerwujesz?

Wydaje się również podekscytowana i lekko zakłopotana.

– Zaintrygowała mnie pani, panno Steele – dodaję. – Muszę przyznać, że podoba mi się twoja reakcja. Co ty wymyśliłaś?

Podnoszę wieko pudełka, którego zawartość jest zawinięta w bibułę. Na wierzchu leży mała karteczka. Rozkładam ją i czytam.

W swoje urodziny
Rób ze mną niegrzeczne rzeczy.
Proszę.
Twoja Ana x.

Unoszę wzrok i spoglądam na nią.

Co to ma znaczyć?

– Robić z tobą niegrzeczne rzeczy? – pytam.

Ana kiwa głową i przełyka ślinę. Jest spięta i w głębi ducha wiem, do czego to wszystko zmierza. Chodzi jej o pokój zabaw.

Jesteś na to gotowy, Grey?

Rozrywam bibułę, która skrywa zawartość pudełka, i wyjmuję czarną satynową opaskę. No dobra, chce, żebym zasłonił jej oczy. W środku leżą też klamerki do sutków. *Nie, te nie pasują.* Są zbyt mocne. Nie nadają się dla początkujących. Obok nich spoczywa zatyczka analna. Wybrała zdecydowanie za dużą. Z przyjemnością odkrywam, że włożyła tam również mojego iPoda. To oznacza, że ceni mój gust muzyczny. A mój srebrno-szary krawat Brioni to wyraźna sugestia, że chce, żebym ją związał.

Ostatnią wskazówką jest leżący na dnie pudełka klucz do mojego pokoju zabaw.

Ana wbija we mnie spojrzenie swoich wielkich, błękitnych oczu.

– Chcesz się zabawić? – pytam lekko zachrypłym głosem.

– Tak.

– Z okazji moich urodzin?

– Tak – odpowiada ledwie słyszalnym szeptem.

Czy robi to, bo sądzi, że ja tego chcę? Czy nie wystarcza jej to, co robimy? I czy ja jestem na to gotowy?

– Jesteś pewna?

– Żadnych pejczy i tym podobnych.

– To zrozumiałe.

– W takim razie jestem pewna.

Wpatruję się w zawartość pudełka. Czasami ta dziewczyna jest po prostu zadziwiająca. Wprawia mnie w zakłopotanie. Każdego dnia.

– Nienasycona – mruczę pod nosem. – Cóż, myślę, że da się coś z tym zrobić.

Jeżeli tego właśnie chce – w mojej głowie kotłują się wspomnienia jej słów. Przecież ciągle mnie o to prosiła.

Podoba mi się twoje perwersyjne bzykanko.

Jeśli wygram, zabierzesz mnie z powrotem do pokoju zabaw.

Czerwony Pokoju, nadchodzimy.

Tak, poproszę o prezentację. Lubię być wiązana.

Chowam wszystkie przedmioty z powrotem do pudełka.

Moglibyśmy trochę się zabawić.

Iskra niecierpliwego wyczekiwania rozpala ogień w moich trzewiach. Nie czułem tego od czasu naszej ostatniej sesji w pokoju zabaw. Przyglądam się jej spod zmrużonych powiek i wyciągam do niej rękę.

– Teraz – mówię.

Zobaczymy, czy naprawdę jesteś gotowa.

Ana ujmuje moją dłoń.

– Chodź.

Po wczorajszym awaryjnym lądowaniu czeka na mnie tysiąc różnych spraw, ale mam to gdzieś. Dzisiaj są moje urodziny i mam ochotę trochę pofiglować z moją narzeczoną.

Zatrzymujemy się przed drzwiami pokoju zabaw.

– Jesteś pewna? – pytam.

– Tak.

– Czegoś nie chcesz robić?

Ana zastanawia się przez chwilę.

– Nie chcę, żebyś mi robił zdjęcia.

Skąd, do cholery, taki pomysł? Dlaczego uważa, że miałbym ochotę ją fotografować?

Bo bardzo chętnie byś to zrobił, Grey, gdyby tylko się zgodziła.

– Dobrze – odpowiadam półgłosem.

Ale wciąż nie daje mi spokoju powód tej prośby. Czyżby wiedziała? Nie, to niemożliwe.

Przekręcam klucz w zamku. Czuję się wystraszony i podniecony jednocześnie – tak samo jak wtedy, gdy przyprowadziłem ją tu po raz pierwszy. Wpuszczam ją do środka i zamykam za nami drzwi.

Po raz pierwszy od czasu naszego rozstania znów czuję się dobrze w tym miejscu.

Stawiam pudełko na komodzie, wyjmuję z niego iPoda i podłączam go do aparatury. Z głośników zaczynają płynąć dźwięki. Eurythmics. Ta piosenka powstała rok przed moimi narodzinami. Ma uwodzicielski rytm. Uwielbiam ją. Myślę, że Anie się spodoba. Ustawiam odtwarzanie w pętli i wsłuchuję się w muzykę. Jest trochę za głośna, więc ściszam ją odrobinę.

Kiedy się odwracam, Ana stoi na środku pokoju i patrzy na mnie z pożądliwą, rozwiązłą miną. Przygryza dolną wargę, a jej biodra kołyszą się w rytm muzyki.

Och, Ano, ty zmysłowa istoto.

Podchodzę do niej wolnym krokiem i delikatnie ściskam podbródek, uwalniając przyciśniętą zębami wargę.

– Na co masz ochotę, Anastasio?

Składam niewinny pocałunek w kąciku jej ust.

– To twoje urodziny. Ty decyduj – szepcze, a w jej ciemniejących oczach pojawia się zalotny błysk.

O cholera.

Równie dobrze mogłaby przemawiać do mojego kutasa.

Przesuwam kciukiem po jej wardze.

– Jesteśmy tu, ponieważ uważasz, że ja tego pragnę? – pytam.

– Nie. Ja też tego chcę.

Jest zniewalająca jak syrena.

Moja syrena.

W takim razie zacznijmy od podstaw.

– Och, jest tyle możliwości, panno Steele. Ale zaczniemy od rozebrania cię do naga.

Szarpnięciem rozwiązuję pasek szlafroka, który rozchyla się, ukazując jedwabną koszulę nocną. Cofam się i przysiadam na oparciu sofy.

– Rozbierz się – dodaję. – Powoli.

Panna Steele uwielbia wyzwania.

Nie odrywając ode mnie wzroku, zsuwa z ramion szlafrok i opuszcza go na podłogę. Robię się twardy. W jednej chwili fala pożądania rozlewa się po całym moim ciele. Przykładam palec do ust i powstrzymuję się, żeby jej nie dotknąć.

Ana zsuwa ramiączka koszuli, a potem je puszcza i jedwabne fałdy spływają po jej ciele, dołączając do szlafroka. Stoi teraz przede mną w całym blasku swojej nagości.

Wciąż na mnie patrzy i nie jest to bez znaczenia.

Jeszcze bardziej podniecający jest fakt, że już niczego nie mogę ukryć.

Przychodzi mi do głowy pewien pomysł. Z pudełka na komodzie wyjmuję krawat i wracam do Any, która nie rusza się z miejsca i czeka cierpliwie.

– Myślę, że jest pani zbyt naga, panno Steele.

Zawieszam krawat na jej szyi i zawiązuję wprawnymi ruchami węzeł windsorski, pozostawiając szerszy koniec na tyle długi, żeby sięgał do jej włosów łonowych. Ana gwałtownie wciąga powietrze, gdy muskam palcami jej skórę.

– Teraz wygląda pani doskonale – mówię i całuję ją lekko. – I co my z tobą zrobimy?

Szarpię krawat, przyciągając ją do siebie. Kiedy wpada w moje objęcia, jej nagie ciało rozpala we mnie żądzę. Wczepiam palce w jej włosy i rozchylam językiem jej wargi.

Ostro. Zdecydowanie. Bezlitośnie.

Delektuję się słodyczą Anastasii Steele. Moim ulubionym smakiem.

Drugą ręką obejmuję ją w talii, a moja dłoń błądzi po jej pośladkach.

Kiedy rozluźniam uścisk, oboje dyszymy z pożądania. Jej pierś unosi się i opada przy każdym oddechu.

Och, maleńka. Patrz, co ty ze mną robisz.

Co ja chcę zrobić z tobą.

– Odwróć się – rozkazuję.

Niezwłocznie wypełnia moje polecenie, a wtedy wyciągam jej włosy spod krawata i szybko zaplatam w warkocz. W pokoju zabaw nie ma miejsca na rozpuszczone włosy.

Delikatnie pociągam warkocz, odchylając jej głowę do tyłu.

– Masz śliczne włosy, Anastasio – mruczę. Wzdryga się, kiedy całuję ją w szyję. – Musisz jedynie kazać mi przestać. Wiesz o tym, prawda?

Kiwa głową. Ma zamknięte oczy.

Ale wygląda na zadowoloną.

Obracam ją przodem do siebie i chwytam końcówkę krawata.

– Chodź. – Prowadzę ją do komody, na której stoi pudełko, i wyjmuję z niego zatyczkę analną. – Anastasio, to zbyt duży rozmiar. W sensie analnym jesteś dziewicą i nie chcemy zaczynać właśnie od tego. Chcemy zacząć od tego.

Oczy Any robią się niewyobrażalnie wielkie, gdy unoszę rękę i pokazuję jej mały palec.

Muszę przyznać, że uwielbiam wprawiać ją w osłupienie, i jest to jedna z moich ulubionych rozrywek.

– Tylko palec, jeden – dodaję. – Te klamerki są ciut brutalne. Użyjemy tych. Są regulowane.

Wyjmuję z szuflady inną parę i kładę na komodzie. Ana przygląda się im z fascynacją. Zachwyca mnie, kiedy jest taka ciekawska.

– Jasne? – pytam.

– Tak. Powiesz mi, co zamierzasz zrobić?

– Nie. To się będzie działo spontanicznie. Nie jesteśmy w teatrze, Ano.

– Jak powinnam się zachowywać?

Zaskakuje mnie to pytanie.

– Jak tylko masz ochotę – odpowiadam. – Spodziewałaś się mojego alter ego?

– Cóż, tak. Lubię je.

– Lubisz, tak? – Wodzę kciukiem po jej ustach i kusi mnie, by znów je pocałować. – Jestem twoim kochankiem, Anastasio, nie panem. Uwielbiam słyszeć twój śmiech i dziewczęcy chichot. Lubię, jak jesteś rozluźniona i szczęśliwa, jak na tych zdjęciach José. To właśnie ta dziewczyna zjawiła się w moim gabinecie. To właśnie w tej dziewczynie się zakochałem. Ale lubię także robić z panią niegrzeczne rzeczy, a moje alter ego zna parę sztuczek. Tak więc rób, co ci każę, i odwróć się.

Ana wypełnia mój rozkaz, a na jej twarzy maluje się podniecenie.

Kocham cię, Ano.

Tak po prostu.

Wyjmuję z szuflad niezbędne akcesoria i układam je na komodzie.

– Chodź – mówię i pociągając za krawat, prowadzę ją do stołu. – Chcę, żebyś na nim uklękła.

Pomagam jej wspiąć się na blat, a ona podkula nogi i klęka przede mną.

Patrzy na mnie połyskującymi oczami. Nasze twarze znajdują się naprzeciwko siebie.

Przesuwam dłonie po jej udach, chwytam ją za kolana i delikatnie rozsuwam nogi, żeby widzieć wyraźnie mój cel.

– Ręce za plecy. Zamierzam cię skuć.

Wyjmuję z kieszeni parę skórzanych kajdanek i pochylam się, żeby spiąć nimi jej ręce. Ana unosi głowę i muska rozchylonymi ustami moją szczękę, wodząc językiem po szorstkim zaroście. Zamykam oczy i tłumiąc jęk, przez chwilę rozkoszuję się jej pieszczotą.

– Przestań – mówię w końcu i odsuwam się od niej. – Bo to wszystko skończy się szybciej, niż chcemy.

– Nie można ci się oprzeć – odpowiada.

– Czyżby?

Przytakuje, patrząc na mnie wyzywająco.

– Cóż, nie rozpraszaj mnie, bo cię zaknebluję.

– Lubię cię rozpraszać.

– Albo dam ci klapsa – ostrzegam i widzę, jak się uśmiecha. – Zachowuj się.

Uderzam skórzanymi paskami w otwartą dłoń.

Równie dobrze mógłby to być twój tyłek.

Ana pokornie spuszcza wzrok.

– Tak lepiej.

Ponownie sięgam do jej rąk i tym razem udaje mi się spiąć je paskami. Staram się nie reagować, kiedy dotyka nosem mojego ramienia, ale dziękuję Bogu, że tuż po północy wzięliśmy prysznic.

Mając ręce złączone w łokciach, Ana wygina lekko plecy w łuk i wypycha do przodu piersi, które aż się proszą, żeby je dotykać.

– Dobrze się czujesz? – pytam, patrząc na nią z podziwem. Przytakuje skinieniem głowy. – Myślę, że już wystarczająco dużo widziałaś.

Z tylnej kieszeni dżinsów wyjmuję satynową opaskę i zasłaniam jej oczy.

Zaczyna szybciej oddychać, a ja cofam się o krok i pochłaniam ją wzrokiem.

Jej widok mnie rozpala.

Otwieram szufladę komody i uzupełniam mój zestaw

akcesoriów, a potem zdejmuję podkoszulek. Zostaję w dżinsach, chociaż są trochę niewygodne, ale nie chcę, żeby dotyk mojej nabrzmiałej, niecierpliwej męskości rozpraszał Anę.

Podchodzę z powrotem do niej i podtykam jej pod nos otwartą szklaną buteleczkę z moim ulubionym olejkiem do masażu. Jest przyjazny dla skóry i nasycony aromatami drzewa sandałowego, owoców arganii i szałwii, które kojarzą mi się z rześkim, jesiennym dniem po deszczu.

– Nie chcę, żebyś zniszczyła mój ulubiony krawat.

Rozplątuję węzeł i Ana wzdryga się, kiedy jedwabna tkanina przesuwa się po jej skórze. Jej niespokojne wyczekiwanie jest wręcz namacalne. Cała drży z niecierpliwości. Podnieca mnie to.

Wylewam odrobinę olejku na dłonie i pocieram nimi o siebie, żeby je rozgrzać. Ana uważnie nasłuchuje, próbując odgadnąć, co robię. Uwielbiam oddziaływać w ten sposób na jej zmysły.

Delikatnie muskam knykciami jej policzek. Spina się, kiedy jej dotykam, ale potem przyciska twarz do mojej dłoni. Zaczynam rozprowadzać olejek po jej szyi i ramionach, uciskając naprężone mięśnie. Moje dłonie zataczają ciasne kręgi i ześlizgują się w dół jej tułowia, ale omijają piersi. Ana wypina je jeszcze bardziej.

O nie, Ano. Jeszcze nie teraz.

Przesuwam palce wzdłuż jej boków, wcierając olejek powolnymi, miarowymi ruchami w rytm muzyki. Nie wiem, czy jęk, który wydobywa się z jej ust, jest wyrazem rozkoszy, czy zniecierpliwienia. Może jednego i drugiego po trochu.

– Jesteś taka piękna – mruczę jej do ucha.

Wodzę ustami po jej twarzy, podczas gdy moje ręce nadal błądzą po jej ciele. Masuję ją pod piersiami i po brzuchu, kierując się w stronę celu, do którego konsekwentnie zmierzam. Całuję ją po szyi, wdychając jej zapach, który teraz miesza się z aromatem olejku.

– A niedługo zostaniesz moją żoną – szepczę, a ona głośno wciąga powietrze. – Którą będę kochał i czcił. Będę cię czcił moim ciałem.

Ana odrzuca głowę do tyłu i jęczy, gdy moje palce ześlizgują się po jej łonie i dotykają łechtaczki. Powoli wsuwam dłoń między jej uda i pieszczę ją, rozcierając olejek tam, gdzie jest już wilgotna.

Czuję, że mnie to odurza.

Pochylam się i podnoszę mały wibrator.

– Pani Grey – mówię, nie przerywając pieszczot, i w odpowiedzi słyszę przeciągły jęk. – Otwórz usta.

Ana dyszy ciężko, ale jeszcze szerzej rozchyla wargi, między które wsuwam wibrator. Jest metalowy i ma kształt pocisku, a przytwierdzony na końcu łańcuszek pozwala używać go również jako naszyjnika.

– Ssij – rozkazuję. – Zamierzam włożyć to w ciebie.

Jej ciało zastyga w bezruchu.

– Ssij – powtarzam i zabieram rękę z jej łona.

Kolana uginają się pod nią, a z ust wydobywa się jęk zawodu. Uśmiechając się, nalewam sobie na dłonie trochę więcej olejku i wreszcie chwytam jej piersi.

– Nie przestawaj ssać – mówię i ściskam jej sutki, które twardnieją i wydłużają się między moimi palcami. – Masz takie śliczne piersi, Ano.

Całuję ją w szyję i gdy moje usta zsuwają się coraz niżej przy wtórze jej jęków, biorę do ręki klamerkę i zaciskam ją na jednym z sutków.

Ana nagradza mnie przeciągłym, chrapliwym krzykiem. Wije się i miota, kiedy delikatnie pieszczę językiem uwiezioną brodawkę. Potem robię taki sam użytek z drugiej klamerki. I tym razem Ana wydaje głośny jęk.

– Czujesz to? – pytam.

Odchylam się do tyłu, żeby nacieszyć wzrok jej wspaniałym widokiem.

Potem wyjmuję wibrator z jej ust, a moja dłoń wędruje w dół jej pleców i zatrzymuje się między pośladkami. Ana sztywnieje i unosi się na kolanach.

– Ćśś, spokojnie – szepczę jej do ucha i całuję ją w szyję.

Kładę drugą rękę z powrotem na jej łonie i znów zaczynam pieścić łechtaczkę.

– Zamierzam włożyć to w ciebie. Nie tu… – mruczę, a moje palce krążą wokół jej odbytu, rozprowadzając olejek – …ale tu.

Ana jęczy głośno, gdy palce mojej drugiej dłoni zanurzają się w jej pochwie i zataczając kręgi, cofają się i wślizgują w głąb. Po chwili wyjmuję je i w ich miejsce wsuwam wibrator.

– Ćśś. – Ujmuję w dłonie jej twarz i całuję ją w usta, a potem naciskam guziczek na małym pilocie.

Kiedy wibrator zaczyna działać, Ana gwałtownie wciąga powietrze i unosi się na kolanach.

– Aach!

– Spokojnie – szepczę i tłumię pocałunkiem kolejny jęk. Delikatnie pociągam za jedną z klamerek. Potem za drugą.

– Christianie, proszę!

– Ćśś, maleńka – uspokajam ją. – Jeszcze trochę.

Wytrzymasz to.

Wszystkie te bodźce sprawiają, że Ana dyszy ciężko, usiłując zapanować nad swoim ciałem. Jestem pewien, że tak silne doznania doprowadzają ją do granic wytrzymałości. Kiedy znów wypowiada moje imię, słyszę w jej głosie nutę desperacji.

– Grzeczna dziewczynka – odzywam się łagodnym tonem. – Ćśś, poczuj to, Ano. Nie bój się.

Chwytam ją oburącz w talii i przytrzymuję mocno. *Jestem przy tobie, maleńka. Panuję nad tym. Ty też nad tym panujesz.*

Zanurzam mały palec w słoiczku z kremem, a potem przesuwam dłonie w dół jej pleców, uważnie obserwując reakcję. Muszę mieć pewność, że wszystko z nią w porządku. Gładzę jej skórę i uciskam pośladki, aż wreszcie moja dłoń zatrzymuje się między nimi.

– Taka piękna – szepczę i delikatnie wsuwam mały palec w jej odbyt.

Wyczuwam drgania wibratora rozchodzące się po jej ciele. Ana wypręża się, gdy zaczynam wolno poruszać palcem tam i z powrotem, chwytając ją zębami za podbródek. Głośno wciąga powietrze, jęczy i wspina się na klęczkach. Wiem, że jest bliska orgazmu. Jej usta zaczynają się poruszać, ale nie wydobywa się z nich żaden dźwięk. Nagle dochodzi z głośnym krzykiem. Wolną ręką zdejmuję klamerki z jej sutków, czemu towarzyszy kolejny krzyk rozkoszy.

Przyciskam do siebie jej ciało, którym wstrząsają ekstatyczne konwulsje, i wciąż poruszam małym palcem.

– Nie! – protestuje głośno i wiem, że ma już dość.

Nie wypuszczając jej z objęć, cofam palec i wyjmuję wibrator. Ana zapada się w moich ramionach, ale jej ciało wciąż drży. Wprawnymi ruchami odpinam jeden ze skórzanych pasków i uwolniona ręka opada i zwisa bezwładnie. Jej głowa opiera się na moim ramieniu, kiedy burzliwa ekstaza zaczyna słabnąć.

Podejrzewam, że ma obolałe nogi. Jęczy, kiedy biorę ją na ręce i niosę do łóżka. Kładę ją na satynowej pościeli, wyłączam pilotem muzykę i zdejmuję dżinsy, uwalniając mojego nabrzmiałego kutasa. Zaczynam rozmasowywać jej nogi, jej kolana i łydki, a potem ramiona, i odpinam sprzączkę paska na drugiej ręce. Kładę się obok niej i kiedy zdejmuję opaskę z jej oczu, odkrywam, że ma zaciśnięte powieki. Delikatnie rozplatam jej warkocz, rozpuszczając włosy. Nachylam się i całuję ją w usta.

– Taka piękna – mówię

Ana otwiera jedno oko.

– Cześć. – Uśmiecham się do niej, a z jej gardła wydobywa się cichy pomruk. – Wystarczająco niegrzecznie jak dla ciebie?

Kiwa głową i posyła mi senny uśmiech.

Jesteś niezawodna, Ano.

– Uważam, że próbujesz mnie zabić – mamrocze.

– Śmierć przez orgazm. Może być przecież znacznie gorzej.

Na przykład można się roztrzaskać w katastrofie helikoptera.

Ana gładzi mnie po policzku i moje przygnębiające myśli znikają.

– Za każdym razem możesz mnie tak zabijać.

Biorę ja za rękę i całuję jej knykcie. Jestem z niej taki dumny. Zawsze mogę na nią liczyć. Ana ujmuje w dłonie moją twarz i całuje mnie w usta.

Muskam ją wargami i odsuwam się.

– To właśnie chcę zrobić – szepczę.

Wyciągam spod poduszki pilota, zmieniam piosenkę i włączam odtwarzanie, a kiedy pokój wypełniają dźwięki przeboju Roberty Flack *The First Time Ever I Saw Your Face*, obracam Anę na plecy.

– Chcę się z tobą kochać – mruczę i całuję ją w usta, a jej palce wplatają się w moje włosy.

Ana wzdycha i jej rozpalone ciało wychodzi mi na spotkanie. Zanurzam się w niej łagodnie, gdy otwiera się przede mną, i zatracamy się w niespiesznym, błogim zbliżeniu.

Patrzę na nią, gdy odlatuje w moich ramionach i pociąga mnie za sobą. Dochodzę, tryskając w niej, odrzucam głowę do tyłu i wykrzykuję jej imię w zachwycie.

Kocham cię, Ano Steele.

Tulę ją do siebie. Nie chcę, aby kiedykolwiek mnie opuściła.

Moja radość jest absolutna. Czy byłem kiedyś tak szczęśliwy?

Gdy już wracam na ziemię, spoglądam na moją ukochaną. Odgarniam włosy z jej twarzy i widzę, że ma w oczach łzy.

– Hej. – Dotykam jej policzków. Czyżbym sprawił jej ból? – Dlaczego płaczesz?

– Ponieważ tak bardzo cię kocham – szepcze, a ja opuszczam powieki i chłonę jej słowa.

– A ja ciebie, Ano. Dzięki tobie jestem... spełniony.

Całuję ją jeszcze raz, a gdy muzyka cichnie, sięgam po satynowe prześcieradło i otulam nim nas oboje. Ana wygląda cudownie, ma zwichrzone włosy, a jej oczy pałają blaskiem mimo łez. Ma w sobie tyle życia.

– Na co masz dzisiaj ochotę? – pyta.

– Nic więcej nie trzeba mi do szczęścia.

– Mnie też.

Uwielbiam w niej ten pierwiastek szaleństwa, dzięki któremu zawsze dotrzymuje mi kroku. Myślę o tym, co zaplanowałem dla niej na ten dzień. Mam nadzieję, że również poczuje pełnię szczęścia.

– Chyba powinienem zadzwonić do mojego piarowca, ale szczerze mówiąc, nie mam ochoty odrywać się od ciebie.

– W sprawie wypadku?

– Urządzę sobie wagary.

– Masz do tego pełne prawo. Dzisiaj są twoje urodziny, a ja chciałabym cię mieć tylko dla siebie. – Ana gryzie mnie pieszczotliwie w policzek. Wygląda na szczęśliwą i swobodną, choć jest trochę zmęczona. – Uwielbiam twój gust muzyczny. Skąd bierzesz te piosenki?

– Miło mi, że ci się podobają. Kiedy dokucza mi

bezsenność, czasami gram sobie na fortepianie albo szukam muzyki w sieci.

– Przykro mi na samą myśl, że nie możesz zasnąć
i jesteś samotny w środku nocy. – W jej głosie pobrzmiewa nuta współczucia. – To takie smutne.

– Tak naprawdę dopiero kiedy odeszłaś, poczułem,
co to samotność. Wcześniej nie zdawałem sobie sprawy,
jak puste jest moje życie.

– Przepraszam…

– Nie rób sobie wyrzutów. To była moja wina.

Ana kładzie mi palec na ustach.

– Ćśś – szepcze. – Kocham cię takiego, jaki jesteś.

– Jest nawet taka piosenka.

Ana parska śmiechem i zmienia temat, pytając mnie
o pracę.

– Tyle się zmieniło – szepcze, gładząc mnie pieszczotliwie po policzku.

– To prawda.

Nagle jej twarz przybiera melancholijny wyraz.

– O czym myślisz? – pytam.

– O tych zdjęciach, które robił José. I o Kate. Jak
wtedy się rządziła. A ty wyglądałeś tak apetycznie.

– Apetycznie?

Ja?

– Owszem. A Kate tylko cię ustawiała. Usiądź tutaj.
Zrób to. Zrób tamto.

Parskam śmiechem, kiedy Ana naśladuje ton swojej
przyjaciółki.

– I pomyśleć, że to ona mogła przyjechać, aby przeprowadzić tamten wywiad – mówię. – Dzięki Bogu za
coś takiego jak przeziębienie.

– Z tego, co mi wiadomo, to Kate miała grypę – obrusza się Ana i bezwiednie wodzi palcami po włosach na

moim torsie. To dziwne, ale chyba udało się jej odegnać ciemność. Jej dotyk nie przyprawia mnie nawet o najmniejszy dreszcz. – Wszystkie rózgi zniknęły – dodaje, rozglądając się po pokoju.

Odgarniam jej za ucho kosmyk włosów.

– Uznałem, że tej granicy nigdy nie przekroczysz.

– Chyba nie – przyznaje i spogląda na pejcze, bicze i szpicruty, które wiszą na ścianie.

– Och, ich też mam się pozbyć?

– Szpicruty nie... tej brązowej – odpowiada ze wstydliwym uśmiechem. – I tego zamszowego pejcza.

– Dobrze, szpicruta i pejcz. Ależ, panno Steele, jest pani pełna niespodzianek.

– Podobnie jak pan, panie Grey. To jedna z rzeczy, które w panu kocham.

Całuje mnie w kącik ust i nagle ogarnia mnie pragnienie, by usłyszeć to od niej, bo wciąż nie mogę w to uwierzyć.

– Co jeszcze we mnie kochasz?

Jej oczy przepełnia czułość, kiedy zaczyna wodzić palcem po moich ustach.

– To. Kocham je i to, co z nich wychodzi, i to, co mi nimi robisz. I to, co jest tutaj – dodaje, gładząc mnie po skroni. – Jesteś taki inteligentny, bystry i znasz się na tylu rzeczach. Ale przede wszystkim kocham to, co jest tutaj. – Przyciska dłoń do mojej piersi. – Nie znam nikogo, kto jest tak pełen empatii jak ty. Wszystko, co robisz, jest godne podziwu.

– Godne podziwu? – powtarzam jej ostatnie słowa i rozkoszuję się nimi, chociaż wydają mi się nieprawdopodobne.

Uśmiecham się z zakłopotaniem, ale kiedy próbuję znaleźć w myślach jakąś odpowiedź, Ana rzuca się na mnie w porywie namiętności.

Przez kilka minut Ana drzemie w moich ramionach. Leżę, patrząc w sufit i rozkoszując się jej bliskością. Czy mógłbym zaznać większego zadowolenia? Nie sądzę.

Ana budzi się, kiedy całuję ją w czoło.

– Głodna? – pytam.

– Hmm, jak wilk.

– Ja też.

Opiera się na mojej piersi i patrzy mi w oczy.

– To pańskie urodziny, panie Grey. Ugotuję ci coś. Na co miałbyś ochotę?

– Zaskocz mnie – mówię, gładząc ją po plecach. – Powinienem sprawdzić w blackberry wszystkie wczorajsze wiadomości.

Wzdycham i siadam na łóżku. Najchętniej spędziłbym z nią tutaj cały dzień.

Kiedy proponuję wspólny prysznic, jej twarz rozjaśnia promienny uśmiech, i owinięci w jedno prześcieradło schodzimy razem do łazienki.

Po prysznicu staję przed lustrem, żeby się ogolić, a Ana wyjmuje z umywalki nasze przemoczone ubrania, które włożyła tam zeszłej nocy, i kieruje się w stronę drzwi. Ma na sobie krótką niebieską sukienkę, która eksponuje jej zgrabne nogi.

Zbyt krótką.

Dobrze chociaż, że oprócz nas nikogo tu nie ma.

Nie licząc Taylora.

– Zostaw to pani Jones – wołam za nią.

Ana ogląda się przez ramię i posyła mi uśmiech.

W pogodnym nastroju zasiadam przy biurku. Ana krząta się w kuchni, a ja muszę przebrnąć przez całe mnóstwo maili i wiadomości głosowych. Większość z nich pochodzi od Sama, który irytuje się, że do niego nie zadzwoniłem. Ale czekają na mnie również inne… poruszające wiadomości od mojej matki, od Mii, mojego ojca i Elliota, którzy błagają, żebym się odezwał. Przykro mi słuchać, jak bardzo są zatroskani.

Nagrała się też Elena.

Psiakrew.

Potem rozlega się niepewny głos Any.

„Cześć... eee... to ja. Ana. Wszystko w porządku? Zadzwoń do mnie". Słyszę wyraźnie, że jest zaniepokojona. Serce mi się kraje, gdy uświadamiam sobie, na co naraziłem ją i moją rodzinę.

Ale z ciebie dureń, Grey.

Powinieneś był zadzwonić.

Zachowuję wszystkie nagrania oprócz tego od Eleny i wracam do najważniejszej wiadomości z kwiaciarni w Bellevue. Oddzwaniam tam, żeby sprecyzować swoje oczekiwania, i czuję ulgę, kiedy okazuje się, że mimo tak krótkiego terminu realizacja zamówienia jest możliwa.

Potem dzwonię do mojego ulubionego sklepu jubilerskiego. A raczej jedynego sklepu jubilerskiego, jaki znam. Kupiłem tam kolczyki dla Any i wygląda na to, że teraz będę mógł liczyć na pomoc w wyborze pierścionka.

Gdybym był przesądny, powiedziałbym, że to dobra wróżba.

Potem przychodzi kolej na Sama.

– Panie Grey, gdzie się pan podziewał? – pyta.

Czuję, że jest wkurzony. I to bardzo.

– Byłem zajęty.

– Media trąbią na okrągło o tym wypadku. Kilka serwisów informacyjnych i gazet domaga się wywiadu...

– Sam... poinformuj wszystkich, że Ros i ja jesteśmy cali i zdrowi. Zredaguj jakieś oświadczenie i prześlij mi do zatwierdzenia. Nie jestem zainteresowany udzielaniem wywiadów. Ani dla prasy, ani dla telewizji.

– Ale to jest wspaniała okazja...

– Moja odpowiedź brzmi „nie" – przerywam mu. – Prześlij mi oświadczenie.

Sam milczy przez chwilę, zapewne poskramiając swoją żądzę rozgłosu.

– Dobrze, panie Grey.

Słyszę, że cedzi słowa przez zaciśnięte zęby, ale nie zwracam uwagi na jego opór. Zaczynam za to nabierać przekonania, że potrzebuję nowego specjalisty od wizerunku. Najwyraźniej referencje Sama były mocno zawyżone.

– Dzięki, Sam – mówię i rozłączam się.

Potem wybieram wewnętrzny numer i łączę się z Taylorem.

– Co nowego? – pytam, gdy podnosi słuchawkę.

– Zaraz do pana przyjdę, szefie.

Taylor informuje mnie, że zlokalizowano „Charlie-go Tango" i na miejsce jedzie ekipa z przedstawicielami Federalnej Administracji Lotnictwa i firmy Airbus, która wyprodukowała helikopter.

– Mam nadzieję, że zdołają coś wyjaśnić.

– Z całą pewnością – odpowiada Taylor. – Przesła-łem panu mailem listę osób, do których powinien pan zadzwonić.

– Dziękuję. Mam jeszcze jedną prośbę. Chciałbym, żebyś wstąpił do tego sklepu – mówię i powtarzam mu, co ustaliłem z jubilerem.

Taylor uśmiecha się szeroko.

– Zrobię to z przyjemnością. Czy coś poza tym?

– Na razie nie. Dziękuję za przysługę.

– Nie ma za co. I wszystkiego najlepszego z okazji uro-dzin – dodaje, po czym żegna mnie skinieniem głowy i wy-chodzi.

Sięgam po telefon i zaczynam dzwonić do osób z listy, którą przysłał mi Taylor. Kiedy rozmawiam z urzędniczką

FAA, której zdaję raport z awaryjnego lądowania, przychodzi mail od Any.

Nadawca: Anastasia Steele
Temat: Lunch
Data: 18 czerwca 2011, 13:12
Adresat: Christian Grey

Drogi Panie Grey
Piszę do Pana ten mail, aby poinformować, że lunch prawie gotowy.

I że doświadczyłam dzisiaj fantastycznego perwersyjnego bzykanka.

Urodzinowe perwersyjne bzykanko to jest to.

I jeszcze jedno – kocham Cię.

A x
(Twoja narzeczona)

Jestem pewien, że pani Wilson na drugim końcu linii słyszy uśmiech w moim głosie. Wystukuję odpowiedź jednym palcem.

Nadawca: Christian Grey
Temat: Perwersyjne bzykanko
Data: 18 czerwca 2011, 13:15
Adresat: Anastasia Steele

Który aspekt był najbardziej fantastyczny?

Sporządzam notatki.

Christian Grey,
zgłodniały i wykończony po porannym wysiłku
prezes Grey Enterprises Holdings, Inc.

PS. Uwielbiam Twój podpis.

PPS. Co się stało ze sztuką konwersacji?

Kończę rozmowę z panią Wilson i wychodzę z gabinetu.

Ana stoi w kuchni i jest tak zaabsorbowana stukaniem w klawisze telefonu, że nie słyszy, jak się zakradam i staję obok kontuaru. Wysyła wiadomość, unosi wzrok i podskakuje wystraszona, kiedy mnie zauważa. Uśmiecham się na myśl, że znów mi się udało ją zaskoczyć. Okrążam bar, biorę ją w ramiona i całuję mocno.

– To tyle, panno Steele – mówię, po czym wypuszczam ją i wracam do gabinetu.

Czuję dziecinne zadowolenie z siebie.

Na monitorze czeka kolejny mail.

Nadawca: Anastasia Steele
Temat: Wygłodniały
Data: 18 czerwca 2011, 13:18
Adresat: Christian Grey

Chciałabym zwrócić pańską uwagę na pierwszy akapit mojego poprzedniego maila, informujący, że Pański lunch jest prawie gotowy… więc proszę mi tu nie pisać o głodzie i wykończeniu. A jeśli chodzi o fantastyczność perwersyjnego bzykanka… szczerze – wszystko takie było. Byłabym zainteresowana poczytaniem Pańskich notatek. Mnie także się podoba mój podpis w nawiasie.

A x
(Twoja narzeczona)

PS. Od kiedy jesteś taki gadatliwy? A poza tym rozmawiasz przez telefon!

Dzwonię do matki, żeby powiedzieć jej o kwiatach.

– Jak się czujesz, kochanie? Doszedłeś do siebie? Mówili w wiadomościach o twoim wypadku.

– Wiem, mamo. Nic mi nie jest. Muszę ci o czymś powiedzieć.

– O czym?

– Poprosiłem Anę o rękę. Zgodziła się za mnie wyjść – mówię i na linii zapada cisza. – Mamo?

– Przepraszam, Christianie. To wspaniała wiadomość – odpowiada, ale wyczuwam wahanie w jej głosie.

– Wiem, że to się stało tak niespodziewanie.

– Jesteś tego pewien, kochanie? Nie zrozum mnie źle. Uwielbiam Anę, ale znacie się tak krótko i jest pierwszą dziewczyną…

– Mamo – przerywam jej. – Nie jest moją pierwszą dziewczyną. Jest pierwszą, którą poznałaś.

– Aha.

– Właśnie tak.

– Cóż, w takim razie cieszę się twoim szczęściem. Moje gratulacje.

– Jest jeszcze coś.

– Co takiego, skarbie?

– Zamówiłem kwiaty. Mają je dostarczyć do hangaru.

– Po co?

– Moje pierwsze oświadczyny nie wypadły zbyt elegancko.

– Ach, rozumiem.

– Tylko, mamo… nie mów nikomu. Chcę, żeby to była niespodzianka. Zamierzam dziś wieczorem ogłosić nasze zaręczyny.

– Jak sobie życzysz, kochanie. Mia zajmuje się zaopatrzeniem przyjęcia. Zaczekaj, poszukam jej.

Czekam i wydaje mi się, że trwa to całą wieczność. *Gdzie ty się podziewasz, siostro?*

– Cześć, wielki bracie – odzywa się wreszcie znajomy głos w słuchawce. – Dzięki Bogu, że wciąż z nami jesteś. O co chodzi?

– Mama mówi, że przyjmujesz wszystkie dostawy. Swoją drogą zapowiada się duża impreza?

– Po tym, jak zajrzałeś śmierci w oczy, mamy co świętować.

O cholera.

– No więc zamówiłem coś z dostawą do hangaru.

– Tak? Od kogo?

– Z kwiaciarni w Bellevue.

– Ale po co? Co to będzie?

Rany boskie, ale ona czasami działa mi na nerwy. Unoszę wzrok i widzę Anę, która stoi w drzwiach. Ma na sobie krótką, bardzo krótką sukienkę i przechyla głowę na bok, przysłuchując się rozmowie.

– Po prostu ich wpuść i zostaw w spokoju – syczę do słuchawki. – Rozumiesz, Mio?

– Dobra, nie spinaj się tak. Wyślę ich od razu do hangaru.

Ana unosi rękę do ust i wykonuje gest, jakby coś jadła. Lunch już gotowy. Świetnie.

– Do zobaczenia później – żegnam się z Mią i przerywam połączenie, a potem spoglądam na Anę. – Jeszcze jedna rozmowa?

– Jasne.

– Bardzo krótka ta sukienka.

– Podoba ci się?

Ana okręca się w miejscu i dół sukienki powiewa, odsłaniając na moment jej kuszące koronkowe majteczki.

– Wyglądasz fantastycznie, Ano. Nie chcę tylko, by oglądał cię w niej ktoś inny.

– Och! – wzdycha i rzuca mi gniewne spojrzenie. – Jesteśmy w domu, Christianie. Sami, nie licząc personelu.

Nie chcę psuć jej humoru. Zdobywam się na dobrotliwe skinienie głową, a Ana odwraca się i idzie do kuchni.

Grey, weź się w garść.

Została mi jeszcze rozmowa z Rayem. Nie mam pojęcia, co powie, kiedy poproszę go o rękę córki. Wybieram jego numer, który znalazłem w aktach osobowych Any. Wiem, że pojechał na ryby z ojcem José, i mam nadzieję, że wędkuje w miejscu, w którym jest zasięg.

Niestety, odzywa się komunikat poczty głosowej: „Ray Steele, zostaw wiadomość".

Krótko i na temat.

– Dzień dobry, panie Steele. Chciałbym z panem porozmawiać o pańskiej córce. Proszę do mnie zadzwonić – nagrywam wiadomość, a na koniec podaję numer mojej komórki i rozłączam się.

Czego się spodziewałeś, Grey?

Facet właśnie łowi ryby w jakimś jeziorze na odludziu.

Ponieważ leżą przede mną akta, w których znajduje się również numer konta Any, postanawiam przelać jej trochę pieniędzy. Będzie musiała się przyzwyczaić do bycia bogatą.

Dwadzieścia cztery tysiące!

Dwadzieścia cztery tysiące dolarów od uroczej pani w srebrnej sukni, po raz pierwszy, po raz drugi… Sprzedane!

Śmieję się cicho na wspomnienie jej śmiałego zagrania podczas aukcji. Zastanawiam się, jak zareaguje teraz. Jestem pewien, że czeka nas interesująca dyskusja. Obracam się do komputera i przelewam Anie pięćdziesiąt tysięcy dolarów. Powinny pojawić się na jej koncie w ciągu godziny.

Jestem tak głodny, że burczy mi w brzuchu. Wstaję od biurka, a wtedy rozlega się dzwonek mojej komórki. Rozpoznaję numer Raya.

– Panie Steele, dziękuję, że pan…

– Czy z Annie wszystko w porządku?

– Tak, ma się dobrze. Powiedziałbym nawet, że świetnie.

– Dzięki Bogu. W czym mogę pomóc, Christianie?

– Wiem, że łowi pan ryby.

– W każdym razie próbuję. Słabo dzisiaj biorą.

– Przykro mi to słyszeć.

Ta rozmowa jest bardziej stresująca, niż się spodziewałem. Czuję, że pocą mi się dłonie, a Ray nic nie mówi, co tylko wzmaga mój niepokój.

A jeżeli się nie zgodzi?

Czegoś takiego nie brałem pod uwagę.

– Panie Steele… – przerywam milczenie.

– Jestem, Christianie, i czekam, aż przejdziesz do rzeczy.

– Tak, oczywiście… eee… Zadzwoniłem, bo… eee… chciałbym poprosić pana o zgodę na poślubienie pańskiej córki.

Język mi się plącze, jakbym nigdy w życiu nie negocjował ani nie zawierał żadnego kontraktu. Co więcej, po moich słowach na linii zapada cisza.

– Panie Steele?

– Daj mi ją do telefonu – odzywa się w końcu Ray.

Z tonu jego głosu nie sposób niczego się domyślić.

Cholera.

– Chwileczkę. – Wybiegam z gabinetu i wpadam do kuchni, gdzie czeka na mnie Ana. – Ray do ciebie – mówię, podając jej komórkę.

Jej oczy robią się wielkie ze zdumienia. Bierze ode mnie aparat i zasłania dłonią mikrofon.

– Powiedziałeś mu! – syczy.

Kiwam głową.

Ana wciąga haust powietrza i przykłada telefon do ucha.

– Cześć, tato – mówi, a potem słucha. Sprawia wrażenie spokojnej. – Co powiedziałeś? – odzywa się drżącym głosem i znów słucha, patrząc na mnie. – Tak, to dość nagłe… chwileczkę.

Posyła mi jedno ze swoich zagadkowych spojrzeń, po czym idzie na drugi koniec kuchni i wychodzi na balkon, gdzie kontynuuje rozmowę. Zaczyna chodzić tam i z powrotem, ale nie oddala się od okna.

Czuję się bezradny. Mogę jedynie ją obserwować.

Mowa jej ciała niczego nie zdradza. Nagle przystaje i uśmiecha się promiennie. Jej uśmiech mógłby oświetlić całe Seattle. Widać Ray się zgodził… albo nie.

Psiakrew.

Grey, do cholery, przestań myśleć negatywnie.

Ana mówi coś jeszcze. I wygląda, jakby miała się rozpłakać.

Kurwa. Niedobrze.

Potem wraca do kuchni i wciska mi telefon. Na jej twarzy maluje się kilka odcieni gniewu.

– Panie Steele? – odzywam się niepewnie i czując na sobie spojrzenie Any, wychodzę do gabinetu, na wypadek, gdyby rozmowa przybrała niepomyślny obrót.

– Christianie, myślę, że powinieneś mówić mi po imieniu. Wygląda na to, że moja mała dziewczynka szaleje za tobą, a ja nie będę stawał jej na drodze.

Szaleje za tobą.

Robi mi się ciepło na sercu.

– Cóż, dziękuję panu.

– Ale spróbuj ją skrzywdzić, to cię zabiję.

– Niczego innego bym się nie spodziewał.

– Zwariowane dzieciaki – mruczy Ray. – Tylko dbaj o nią. Ana jest moim skarbem.

– Moim też… Ray.

– Powodzenia w rozmowie z jej matką – dodaje i parska śmiechem. – A teraz wracam do wędkowania.

– Mam nadzieję, że pobijesz rekord dwudziestu kilo.

– Wiesz o tym?

– José mi powiedział.

– A to gaduła. Miłego dnia, Christianie.

– Jest miły – odpowiadam i uśmiecham się szeroko.

– Mam dosyć niechętne błogosławieństwo twojego ojczyma – oświadczam, wracając do kuchni.

Ana śmieje się i kręci głową.

– Myślę, że Ray jest w szoku. Muszę jeszcze powiedzieć o tym mamie, ale nie chcę tego robić o pustym żołądku.

Ana kiwa ręką w kierunku blatu, na którym czeka jedzenie – steki z łososia, gotowane ziemniaki, sałatka i jakiś sos. Obok stoi butelka chablis. Wyciągam korek i nalewam nam po kieliszku.

– Dobrze gotujesz, kobieto. – Przełykam ostatni kęs i unoszę kieliszek wina, patrząc z uznaniem na moją narzeczoną. Z jej twarzy znika wyraz beztroski i przypominam sobie, jaką miała minę dziś rano przed wejściem do pokoju zabaw. – Dlaczego mnie poprosiłaś, abym nie robił ci zdjęć? – pytam.

Jej konsternacja sprawia, że ogarnia mnie niepokój.

– Ano, co się dzieje?

Wypowiadam te słowa nieco ostrzej, niż zamierzałem, i widzę, że się wzdryga.

– Znalazłam twoje zdjęcia – wyznaje takim tonem, jakby popełniła jakiś straszny grzech.

Jakie zdjęcia? W chwili, gdy zadaję sobie w myślach to pytanie, dociera do mnie, o co jej chodzi. Czuję się, jakbym znów był chłopcem, który czeka w gabinecie ojca na reprymendę za jakiś wybryk.

– Otworzyłaś sejf?

Jak, do cholery, jej się to udało?

– Sejf? Nie. Nie wiedziałam, że masz sejf.

– Nie rozumiem.

– W twojej garderobie. Pudełko. Szukałam krawatu, a pudełko leżało pod dżinsami… tymi, które zazwyczaj nosisz w pokoju zabaw. No, dzisiaj akurat nie.

Kurwa.

Nikt nie powinien oglądać tych fotografii. Zwłaszcza Ana. Jak one się tam znalazły?

Leila.

– To nie jest tak, jak myślisz. Zupełnie o nich zapomniałem. To pudełko zostało przeniesione. Normalnie leży w sejfie.

– Kto je przeniósł? – pyta Ana.

– Tylko jedna osoba mogła to zrobić.

– Och. Kto? I co chcesz powiedzieć przez: „to nie jest tak, jak myślisz"?

Wyznaj jej to, Grey.

Już odsłoniłeś przed nią bezmiar swojego zepsucia.

To jest właśnie to, maleńka. Pięćdziesiąt odcieni.

– Wiem, że zabrzmi to niefajnie, ale to polisy ubezpieczeniowe – wyjaśniam.

– Polisy ubezpieczeniowe?

– Na wypadek ujawnienia.

Obserwuję wyraz jej twarzy, kiedy dociera do niej, o co mi chodzi.

– Och. – Ana zamyka oczy, jakby chciała wymazać z pamięci to, co właśnie usłyszała. – Tak, masz rację. To rzeczywiście brzmi niefajnie.

Wstaje i zaczyna zbierać talerze, unikając mojego wzroku.

– Ano…

– A one wiedzą? Dziewczyny… uległe?

– Oczywiście, że tak.

Ana odwraca się w stronę zlewu, ale wyciągam rękę i obejmuję ją.

– Te zdjęcia miały leżeć w sejfie. Nie są do rozrywki. *Kiedyś do tego właśnie służyły, Grey.*

– Może tak było zaraz po ich zrobieniu – dodaję po chwili milczenia. – Ale… one nic nie znaczą.

– Kto je przeniósł do garderoby?

– Tylko Leila mogła to zrobić.

– Zna szyfr do twojego sejfu?

Tak przypuszczam.

– Nie zdziwiłbym się. To bardzo długa kombinacja liczb i używam jej bardzo rzadko. Jedyny numer, który sobie zapisałem i którego nie zmieniłem. Zastanawiam się, co jeszcze wie i czy zabrała z sejfu nie tylko zdjęcia – mówię i notuję w pamięci, żeby to sprawdzić. – Posłuchaj, zniszczę te fotografie. Nawet teraz, jeśli chcesz.

– Są twoje, Christianie. Zrób z nimi, co chcesz – odpowiada Ana.

Wiem, że czuje się poniżona i zraniona.

Na Boga.

Ano, to wszystko wydarzyło się, zanim cię poznałem.

Ujmuję w dłonie jej twarz.

– Nie bądź taka. Nie chcę takiego życia. Chcę naszego życia, razem.

Wiem, co ją gnębi. Uważa, że nie potrafi sprostać moim oczekiwaniom. Może myśli, że z nią też chcę robić takie rzeczy i ją fotografować.

Nie oszukuj się, Grey. Przecież chcesz.

Ale nigdy nie zrobiłbym tego wbrew jej woli. Wszystkie moje uległe godziły się na robienie zdjęć.

Wyraz bólu malujący się na twarzy Any świadczy o tym, że cała ta sytuacja dotknęła ją do żywego. A myślałem, że mamy to już za sobą. Pragnę jej taką, jaka jest. Wystarcza mi aż nadto.

– Myślałem, że rano przegnaliśmy już wszystkie duchy. Ja tak czuję. A ty nie?

– Tak. – Jej spojrzenie łagodnieje. – Ja też tak czuję. Rozluźnia się, kiedy ją całuję i mocno przytulam.

– Zniszczę je – mówię. – A potem muszę wrócić do pracy. Przepraszam, skarbie, ale mam górę spraw do załatwienia.

– W porządku. Ja zadzwonię do mamy – odpowiada Ana z wymowną miną. – A potem wyskoczę na zakupy i upiekę ci tort.

– Tort? Czekoladowy?

– A chcesz czekoladowy? – pyta, ale mój szeroki uśmiech nie pozostawia żadnych wątpliwości. – Zobaczę, co da się zrobić, panie Grey.

Całuję ją jeszcze raz. Nie zasługuję na nią. Pragnąłbym pewnego dnia udowodnić, że jestem jej godny.

ANA MIAŁA RACJĘ – zdjęcia leżą w mojej garderobie. Muszę poprosić doktora Flynna, żeby się dowiedział, czy to Leila je tam przeniosła. Kiedy wracam do salonu, Any już tam nie ma. Domyślam się, że dzwoni do matki.

Czuję ironię, kiedy siedząc za biurkiem, przystępuję

do niszczenia zdjęć – reliktów mojego dawnego życia. Na pierwszym z nich Susannah ze skrępowanymi rękami i kneblem w ustach klęczy na drewnianej podłodze. To całkiem niezła fotografia i przez chwilę zastanawiam się, jak José wykorzystałby taki motyw. Ta myśl wprawia mnie w rozbawienie, ale wkładam kilka pierwszych zdjęć do niszczarki, a pozostałe obracam tak, żeby nie widzieć, co na nich jest. Kilkanaście minut później zostają z nich tylko strzępy.

Wciąż masz negatywy.

Grey, przestań.

Z ulgą stwierdzam, że z sejfu nie zginęło nic więcej. Włączam komputer i otwieram skrzynkę mailową. Na pierwszy ogień idzie pretensjonalne oświadczenie Sama o moim wypadku. Poprawiam je – brakuje mu przejrzystości i szczegółowych informacji – i odsyłam z powrotem.

Potem przeglądam SMS-y.

ELENA:
Christianie, proszę, zadzwoń do mnie.
Muszę usłyszeć z Twoich ust, że nic Ci nie jest.

Musiała przysłać mi tę wiadomość, kiedy jadłem lunch. Pozostałe pochodzą z wczorajszego wieczoru i popołudnia.

ROS:
Bolą mnie stopy.
Ale czuję się dobrze.
Mam nadzieję, że Ty też.

SAM PR:
Naprawdę muszę z Panem porozmawiać.

SAM PR:
Panie Grey, proszę do mnie zadzwonić. To pilne.

SAM PR:
Panie Grey, cieszę się, że nic Panu nie jest.
Proszę o szybki kontakt.

ELENA:
Dzięki Bogu, że nic Ci się nie stało.
Właśnie obejrzałam wiadomości.
Zadzwoń, proszę.

ELLIOT:
Odbierz telefon, bracie.
Martwimy się.

GRACE:
Gdzie jesteś?
Zadzwoń do mnie. Martwię się.
Ojciec też.

MIA:
Christianie, co jest grane?
Odezwij się ☹.

ANA:
Jesteśmy w Bunker Club.
Dołącz do nas, proszę.
Ale Pan milczący, Panie Grey.
Tęsknię.

ELENA:
Ignorujesz mnie?

Psiakrew. Zostaw mnie w spokoju, Eleno.

TAYLOR:
Szefie, fałszywy alarm z moją córką.
Wracam do Seattle.
Będę koło 15.

Usuwam wszystkie wiadomości. Zdaję sobie sprawę, że kiedyś będę musiał rozmówić się z Eleną, ale teraz nie mam na to ochoty. Otwieram mail od Freda, który przysłał mi prognozę kosztów związanych z przejęciem spółki Kavanagh.

Do gabinetu dolatuje aromat pieczonego ciasta. Sprawia, że ciekne mi ślinka, i przywołuje jedno z nielicznych szczęśliwych wspomnień, jakie zachowałem z wczesnego dzieciństwa. Słodycz miesza się w nich z goryczą. Dziwka narkomanka. Piecze dla mnie tort.

Jakiś ruch wyrywa mnie z zamyślenia. W drzwiach gabinetu stoi Ana.

– Idę do sklepu po kilka produktów – oświadcza.

– W porządku.

Mam nadzieję, że nie w tym stroju.

– No co? – pyta, widząc moją minę.

– Zamierzasz włożyć dżinsy, czy coś w tym rodzaju?

– Christianie, to tylko nogi – odpowiada lekceważąco, a ja zaciskam zęby. – A gdybyśmy byli na plaży?

– Ale nie jesteśmy.

– Miałbyś obiekcje, gdybyśmy byli na plaży?

Na pewno nie byłaby to publiczna plaża.

– Nie – odpowiadam.

– Cóż, no to sobie wyobraźmy, że tam jesteśmy.

Posyła mi szelmowski uśmiech, po czym odwraca się i biegnie.

Co? Ucieka?

Bez zastanowienia zrywam się z fotela i ruszam za nią w pogoń. Dostrzegam jej turkusową sukienkę znikającą w głównym wejściu i wpadam za nią do holu. Jest już w windzie, a kiedy dobiegam do niej, drzwi się zasuwają. Ana macha do mnie i znika. Jej ucieczka jest tak przesadną reakcją, że chce mi się śmiać.

Czego się obawiała z mojej strony?

Kręcąc głową, idę do kuchni. Kiedy ostatnio graliśmy w berka, odeszła ode mnie. Ta myśl działa na mnie otrzeźwiająco. Otwieram lodówkę, żeby nalać sobie szklankę zimnej wody, i oglądam tort, który chłodzi się na drucianej półce. Nachylam się i wciągam jego apetyczną woń, a kiedy zamykam oczy, powraca wspomnienie dziwki narkomanki.

Mamusia wróciła. Mamusia jest w domu.

Założyła najwyższe ze swoich szpilek i krótką, bardzo krótką spódniczkę. Spódniczka jest czerwona. I lśniąca.

Mamusia ma czerwone ślady na nogach. Blisko pupy.

Ładnie pachnie. Jak cukierek.

– Wchodź, przystojniaku. Rozgość się.

Jest z nią jakiś pan. Wysoki pan z wielką brodą. Nie znam go.

– Nie teraz, robaczku. Mamusia ma gościa. Idź do swojego pokoju pobawić się autkami. Upiekę ci tort, kiedy skończę.

Zamyka za sobą drzwi sypialni.

Rozlega się dzwonek windy i obracam głowę, spodziewając się Any, ale do holu wchodzi Taylor w towarzystwie dwóch mężczyzn. Jeden z nich trzyma niewielką walizeczkę, a drugi ma kwadratową sylwetkę i zachowuje się jak typowy ochroniarz.

– Panie Grey. – Taylor wskazuje na młodszego i bardziej wytwornego z gości, tego z walizeczką. – To pan Louis Astoria z firmy Astoria Fine Jewelry.

– Ach. Dziękuję panu za przybycie.

– Cała przyjemność po mojej stronie – odpowiada z ożywieniem mężczyzna. Jego hebanowe oczy spoglądają ciepło i przyjaźnie. – Przygotowałem dla pana kilka pięknych wyrobów.

– Znakomicie. Przyjrzę się im w moim gabinecie. Zechcą panowie pójść za mną.

Od razu wiem, który z platynowych pierścionków wybiorę. Nie jest ani największy, ani najmniejszy. Moje oko przyciąga najbardziej wytworny, z czterokaratowym diamentem, idealnie oszlifowanym klejnotem o nieskazitelnej przejrzystości. Osadzony w prostej oprawie szlachetny kamień ma owalny kształt. Inne pierścionki wyglądają zbyt pretensjonalnie czy wręcz kiczowato i uważam, że nie są odpowiednie dla mojej dziewczyny.

– Dokonał pan wspaniałego wyboru, panie Grey – oświadcza Astoria, chowając czek do kieszeni. – Jestem pewien, że pańska narzeczona będzie pod wrażeniem. W razie potrzeby możemy dopasować rozmiar.

– Jeszcze raz dziękuję panu za przybycie. Taylor odprowadzi pana do wyjścia.

Kiedy zostaję sam, otwieram aksamitne pudełeczko i jeszcze raz oglądam pierścionek. Mam nadzieję, że spodoba się Anie. Chowam go w szufladzie biurka i siadam w fotelu. Zastanawiam się, czy nie zadzwonić do Any, tylko po to, żeby ją usłyszeć, ale odrzucam ten pomysł. Zamiast tego jeszcze raz odtwarzam wiadomość od niej. „Cześć… eee… to ja. Ana. Wszystko w porządku? Zadzwoń do mnie".

Sam dźwięk jej głosu mi wystarcza. Wracam do pracy.

Rozmawiam przez telefon z inżynierem z Airbusa i patrzę przez okno na niebo, które ma taki sam błękitny kolor jak oczy Any.

– A specjalista od eurocopterów ma się zjawić w poniedziałek po południu?

– Musi dolecieć z Marsylii do Paryża, a stamtąd do Seattle. Wcześniej nie jest w stanie dotrzeć. I tak mamy szczęście, że nasz oddział na północno-zachodnie wybrzeże znajduje się na Boeing Field.

– Dobrze. Proszę mnie informować na bieżąco.

– Nasi ludzie zajmą się pańskim helikopterem, gdy tylko zostanie dowieziony na miejsce.

– Proszę im przekazać, że wstępny raport chcę poznać w poniedziałek wieczorem, najpóźniej we wtorek rano.

– Oczywiście, panie Grey.

Kończę rozmowę i odwracam się z powrotem do biurka. W drzwiach stoi Ana i patrzy na mnie. Ma smętny wyraz twarzy i wydaje się trochę markotna.

– Cześć – mówi, po czym wchodzi do środka, okrąża moje biurko i staje naprzeciwko mnie. Mam ochotę ją zapytać, dlaczego uciekła, ale mnie uprzedza. – Wróciłam. Jesteś na mnie zły?

Wzdycham i sadzam ją sobie na kolanach.

– Tak – szepczę.

Uciekałaś przede mną, a kiedy ostatnio to zrobiłaś, rozstaliśmy się.

– Przepraszam. Nie wiem, co we mnie wstąpiło.

Kuli się w moich objęciach i kładzie mi głowę na piersi. Jej bliskość działa na mnie kojąco.

– Ja też przepraszam – mruczę. – Noś to, co ci się podoba.

Dotykam jej kolana, tylko żeby ją pocieszyć, ale od razu nabieram ochoty na więcej. Pożądanie przenika moje ciało niczym prąd. Wyrywa mnie z uśpienia i sprawia, że czuję się żywy. Przesuwam dłoń w górę jej uda.

– Poza tym ta sukienka ma także zalety – dodaję.

Ana spogląda na mnie zamglonym wzrokiem i nachylam się, żeby ją pocałować.

Nasze wargi spotykają się, wsuwam język w jej usta, a moje libido rozbłyska niczym wybuchająca gwiazda. Czuję, że ona też jest podniecona. Obejmuje mnie za szyję, a jej język splata się z moim.

Mruczę z rozkoszy, a erekcja zaczyna rozsadzać mi spodnie. Pragnę jej. Chcę ją posiąść. Kąsam jej dolną wargę, szyję i płatek ucha, a ona jęczy w moje usta i szarpie mnie za włosy.

Rozpinam rozporek, uwalniając moją nabrzmiałą męskość, a potem sadzam Anę okrakiem na sobie, odciągam na bok jej koronkowe majteczki i wchodzę w nią. Skórzana tapicerka fotela skrzypi, gdy jej dłonie zaciskają się na oparciu. Patrzy mi w oczy i zaczyna się poruszać. W górę i w dół. Szybko, w gorączkowym rytmie.

Jej ruchy mają w sobie coś desperackiego, jak gdyby chciała coś odpokutować.

Powoli, maleńka, powoli.

Kładę dłonie na jej biodrach i uspokajam ją.

Nie tak szybko, Ano. Chcę się tobą delektować.

Całuję ją w usta, a ona zwalnia, ale całą namiętność przelewa w pocałunek i kurczowo zaciśnięte dłonie, które odchylają moją głowę do tyłu.

Och, maleńka.

Znów porusza się szybciej.

I jeszcze szybciej.

Właśnie o to jej chodzi. Zbliża się do spełnienia. Czuję to. Zwiększając tempo, wspina się coraz bliżej szczytu.

Aach!

Ana osiąga ekstazę w moich ramionach, a ja podążam za nią.

– PODOBA MI SIĘ TWOJA WERSJA przeprosin – szepczę.

– A mnie twoja. – Ana tuli się do mojej piersi. – Skończyłeś?

– Chryste, Ano, chcesz więcej?

– Nie! Swoją pracę.

– Jeszcze jakieś pół godziny – mówię i całuję jej włosy. – Odsłuchałem twoją wiadomość na poczcie głosowej.

– Z wczoraj.

– Wydawałaś się zaniepokojona.

– Byłam zaniepokojona – odpowiada, obejmując mnie mocno. – Ty nie masz w zwyczaju nie odbierać telefonów.

Całuję ją jeszcze raz i przez chwilę tulimy się do siebie w milczeniu. Mam nadzieję, że zawsze będzie tak siadała na moich kolanach. Pasuje do mnie idealnie.

W końcu Ana zaczyna się wiercić.

– Twój tort powinien być gotowy za pół godziny – mówi i zsuwa się na podłogę.

– Czekam niecierpliwie. Podczas pieczenia zapach był niesamowity.

Ana pochyla się i całuje mnie czule w kącik ust.

Patrzę za nią, gdy wychodzi z gabinetu, i zapinam rozporek. Czuję, że trochę mi lżej na sercu. Odwracam się i wyglądam przez okno. Jest późne popołudnie i słońce świeci jasno, choć zaczyna już chylić się ku zatoce. Ulice pogrążają się w cieniu. Na dole zapada zmierzch, ale tutaj wciąż dociera złociste światło. Może właśnie dlatego wybrałem to miejsce na swój dom – żeby być bliżej światła. Zawsze mnie do niego ciągnęło, odkąd byłem małym chłopcem. I musiałem spotkać tę nadzwyczajną młodą kobietę, żeby sobie uświadomić, że to ona jest światłem mojego życia.

Jestem jak zagubiony chłopiec, który odnalazł drogę do domu.

ANA STOI PRZEDE MNĄ, trzymając tort z polewą czekoladową ozdobiony jedną świeczką. Kiedy śpiewa mi *Happy Birthday* swoim słodkim, melodyjnym głosem, uświadamiam sobie, że pierwszy raz słyszę jej śpiew.

Jest czarujący.

Zdmuchuję świeczkę z zamkniętymi oczami i w myślach wypowiadam życzenie.

Chcę, żeby Ana zawsze mnie kochała. I żeby nigdy mnie nie opuściła.

– Pomyślałem sobie życzenie – mówię.

– Polewa jeszcze nie zastygła. Mam nadzieję, że będzie ci smakować.

– Nie mogę się doczekać, Anastasio.

Odkrawa nam po kawałku i podaje mi moją porcję na talerzyku.

Biorę do ust pierwszy kęs.

Ma niebiański smak. Polewa jest słodka, ciasto wilgotne, a nadzienie…

– Mhm – mruczę z uznaniem. – Dlatego właśnie chcę się z tobą ożenić.

Ana chichocze – myślę, że z ulgą – i patrzy, jak pochłaniam resztę porcji.

KIEDY JEDZIEMY DO DOMU moich rodziców w Bellevue, w samochodzie panuje milczenie. Ana obserwuje krajobraz za oknem i zerka na mnie od czasu do czasu. Ma na sobie szmaragdową suknię koktajlową, w której wygląda olśniewająco.

Tego wieczoru ruch na drogach jest niewielki i moje audi mknie przez most pontonowy na jeziorze Washington. Kiedy jesteśmy w połowie drogi, Ana odwraca się do mnie.

– Na moje konto wpłynęło dzisiaj pięćdziesiąt tysięcy – mówi.

– No i?

– Ale ty...

– Ano, zostaniesz moją żoną. Proszę, nie kłóćmy się o to.

Ana bierze głęboki oddech i nic nie mówi. Przez chwilę znów jedziemy w ciszy tuż nad zaróżowioną w promieniach zachodzącego słońca taflą jeziora.

– No dobra – odzywa się w końcu. – Dziękuję ci.

– Proszę bardzo.

Wzdycham z ulgą.

Widzisz, Ano, to nie było takie trudne.

W poniedziałek zajmę się twoim kredytem studenckim.

– GOTOWA STAWIĆ CZOŁO mojej rodzinie? – pytam, wyłączając silnik.

Stoimy na podjeździe przed domem Grace i Carricka.

– Tak. Zamierzasz im powiedzieć?

– Oczywiście. Czekam niecierpliwie, aby zobaczyć ich reakcję.

Podekscytowany wysiadam z samochodu i otwieram drzwi przed Aną, która otula się szalem, osłaniając nagie ramiona przed wieczornym chłodem. Podaję jej rękę i ruszamy w stronę wejścia. Na podjeździe stoi pełno samochodów, między innymi pick-up Elliota. Wygląda na to, że impreza jest większa, niż się spodziewałem.

Unoszę rękę, żeby zapukać, kiedy drzwi otwiera mój ojciec.

– Christianie, witaj. Wszystkiego najlepszego z okazji urodzin, synu.

Podaje mi dłoń na powitanie, a potem, ku memu zaskoczeniu, bierze mnie w objęcia.

Nigdy nie robił takich rzeczy.

– Eee... dzięki, tato.

– Ano, cudownie cię znowu widzieć – mówi Carrick i obejmuje również moją narzeczoną.

Wchodzimy za nim do środka. W holu rozlega się głośny stukot obcasów i spodziewam się zobaczyć Mię, ale okazuje się, że to Katherine Kavanagh. Wygląda na wzburzoną.

– Hej, wy! Chcę z wami porozmawiać – warczy.

Ana posyła mi zdumione spojrzenie, a ja wzruszam ramionami. Nie mam pojęcia, o co chodzi Kavanagh, ale idziemy za nią do pustego pokoju. Katherine zatrzaskuje drzwi i odwraca się w stronę Any.

– Co to, kurwa, jest? – syczy, wymachując kartką papieru.

Ana bierze od niej kartkę i szybko omiata wzrokiem. Niemal natychmiast blednie i patrzy w moją stronę. W jej oczach widzę panikę.

O co tu chodzi, do cholery?

– Co to jest? – pytam zaniepokojony.

Ana ignoruje moje pytanie. Staje między mną, a swoją przyjaciółką.

– Kate! To nie twoja sprawa – zwraca się do niej.

Katherine jest zaskoczona jej odpowiedzią.

O czym one, kurwa, rozmawiają?

– Ano, co to jest? – powtarzam.

– Christianie, czy mógłbyś nas zostawić?

– Nie. Pokaż mi.

Wyciągam rękę i Ana niechętnie podaje mi kartkę.

To wydruk jej maila, w którym wysłała mi uwagi na temat umowy.

O cholera.

– Co on ci zrobił? – pyta Katherine, nie zwracając uwagi na moją obecność.

– To nie twoja sprawa, Kate. – Ton głosu Any zdradza irytację.

– Skąd to masz? – odzywam się.

Kavanagh oblewa się rumieńcem.

– To nieistotne – warczy, ale gdy nadal świdruję ją wzrokiem, dodaje: – Było w kieszeni marynarki, zakładam, że twojej. Znalazłam ją w sypialni Any.

Patrzy na mnie wrogo. Jest w bojowym nastroju.

– Powiedziałaś o tym komuś?

– Nie! Oczywiście, że nie – odpowiada.

I jeszcze ma czelność mówić to takim urażonym tonem.

Podchodzę do kominka, biorę zapalniczkę z porcelanowej miseczki stojącej na gzymsie i podpalam brzeg kartki, a kiedy zajmuje się ogniem, rzucam ją na palenisko. Obie kobiety przyglądają mi się w milczeniu.

Gdy z kartki zostaje tylko kupka popiołu, odwracam się do nich z powrotem.

– Nawet Elliotowi? – upewnia się Ana.

– Nikomu – mówi z naciskiem Katherine. Wygląda na trochę zmieszaną i być może pokrzywdzoną. – Chcę jedynie wiedzieć, czy wszystko w porządku, Ano – wyjaśnia z troską.

Kiedy żadna z nich na mnie nie patrzy, wywracam oczami.

– Wszystko w porządku, Kate. Jak najlepszym. Nasz związek to coś poważnego, naprawdę. Ten mail to stare dzieje. Zignoruj go.

– Zignoruj? Jak mogę go zignorować? Co Christian ci zrobił?

– Niczego mi nie zrobił. Naprawdę. Nic mi nie jest.

– Na pewno? – dopytuje Kavanagh.

Do jasnej cholery.

Obejmuję Anę ramieniem i spoglądam w oczy jej przyjaciółce, starając się, chyba bezskutecznie, ukryć wyraz niechęci, który maluje się na mojej twarzy.

– Ana zgodziła się zostać moją żoną, Katherine – oświadczam.

– Żoną!

– Bierzemy ślub. Dzisiejszego wieczoru zamierzamy ogłosić nasze zaręczyny.

– Och! – Katherine patrzy na Anę, wytrzeszczając oczy ze zdumienia. – Zostawiam cię samą na szesnaście dni i co się dzieje? To dość niespodziewane. Więc wczoraj, kiedy powiedziałam... Ale gdzie w tym wszystkim miejsce na ten mail?

– Nigdzie, Kate – odpowiada moja narzeczona. – Zapomnij o nim. Kocham Christiana, a on kocha mnie. Nie psuj jego przyjęcia i naszego wieczoru.

W oczach Katherine pojawiają się łzy.

Psiakrew. Gotowa się teraz rozpłakać.

– Nie. Oczywiście, że tego nie zrobię – mówi. – Ale wszystko w porządku?

– Jeszcze nigdy nie byłam tak szczęśliwa – zapewnia ją Ana, a moje serce zaczyna uderzać żwawiej.

Katherine bierze ją za rękę, nie zważając na to, że wciąż stoję obok.

– Naprawdę wszystko w porządku? – pyta głosem pełnym nadziei.

– Tak.

Ana zsuwa z ramienia moją rękę, żeby uściskać przyjaciółkę.

– Och, Ano, tak strasznie się zmartwiłam, kiedy to przeczytałam. Nie wiedziałam, co myśleć. Wyjaśnisz mi to?

– Pewnego dnia. Ale nie teraz.

– To dobrze. Nikomu nie powiem. Tak bardzo cię kocham, Ano, jak własną siostrę. Ja tylko sądziłam... Po prostu nie wiedziałam, co myśleć. Przepraszam. Skoro jesteś szczęśliwa, to ja także. – Kavanagh kieruje wzrok w moją stronę. – Wybacz, nie chciałam się wtrącać.

Kiwam głową. Może faktycznie troszczy się o Anę, ale jak Elliot z nią wytrzymuje, pozostanie dla mnie niepojęte.

– Naprawdę przepraszam – zwraca się znów do Any. – Masz rację, to nie moja sprawa.

Pukanie do drzwi wydaje się tak nagłe, że wszyscy wzdrygamy się zaskoczeni. Do pokoju zagląda moja matka.

– Wszystko w porządku, kochanie? – pyta, patrząc na mnie.

– Oczywiście, pani Grey – odpowiada Katherine.

– Tak, mamo – mówię.

Grace wchodzi do środka z wyrazem ulgi na twarzy.

– W takim razie nie będziecie mieć nic przeciwko, jeśli obdarzę mego syna urodzinowym uściskiem. – Uśmiecha się do nas promiennie i podchodzi do mnie. Przytulam ją mocno. – Wszystkiego najlepszego, kochanie. Tak się cieszę, że nadal jesteś wśród nas.

– Mamo, nic mi nie jest.

Spoglądam w jej ciepłe orzechowe oczy, które przepełnia macierzyńska miłość.

– Tak bardzo się cieszę – mówi i kładzie dłoń na moim policzku.

Kocham cię, mamo.

– No cóż, dzieci – dodaje, uwalniając się z moich objęć – skoro już skończyliście to wasze tête-à-tête, to chodźcie, bo przyszła tu cała masa osób, które chcą sprawdzić, czy Christian naprawdę jest cały i zdrowy, i złożyć mu życzenia urodzinowe.

Grace przenosi wzrok z Katherine na Anę, żeby się upewnić, że wszystko jest w porządku. Puszcza oko do mojej narzeczonej i otwiera przed nami drzwi. Podaję Anie rękę.

– Christianie, naprawdę cię przepraszam – odzywa się Kavanagh.

Odpowiadam jej zdawkowym skinieniem głowy i wszyscy wychodzimy na korytarz.

– Twoja matka wie o nas? – pyta Ana, a gdy potwierdzam, ze zdziwieniem unosi brwi. – Och. Cóż, to był interesujący początek imprezy.

– Oględnie powiedziane, panno Steele – mówię i całuję jej dłoń.

Kiedy wchodzimy do salonu, rozlegają się głośne, spontaniczne okrzyki i oklaski.

O cholera. Tak dużo ludzi! Dlaczego zebrało się ich aż tyle? Oczywiście jest cała moja rodzina. Brat Katherine. Flynn z żoną. Nawet Mac i Bastille. Lily, przyjaciółka Mii, i jej matka. Ros i Gwen. I Elena.

Elena próbuje przyciągnąć moją uwagę, dyskretnie unosząc rękę. Podchodzi do mnie pokojówka mamy, trzymając tacę, na której stoją kieliszki z szampanem. Ściskam dłoń Any i czekam, aż owacje ucichną.

– Dziękuję wszystkim – mówię. – Wygląda na to, że szampan mi się przyda.

Biorę z tacy dwa kieliszki i jeden podaję mojej narzeczonej. Wznoszę toast, a wtedy wszyscy ruszają w moją stronę, pragnąc się ze mną przywitać. Ich przesadny zapał i przejęcie są zapewne spowodowane wczorajszym wypadkiem. Elena podchodzi do nas pierwsza.

– Christianie, tak bardzo się martwiłam – mówi i całuje mnie w oba policzki.

Ana próbuje wyrwać mi rękę, ale ściskam ją mocniej.

– Nic mi nie jest, Eleno.

– Czemu do mnie nie zadzwoniłeś? – pyta rozdrażnionym tonem i bezskutecznie próbuje nawiązać ze mną kontakt wzrokowy.

– Byłem zajęty.

– Nie dotarły do ciebie moje wiadomości?

Puszczam dłoń Any i obejmuję ją, przyciągając do siebie. Elena uśmiecha się do niej.

– Ano, ślicznie wyglądasz, moja droga – mruczy przymilnie.

– Dziękuję ci, Eleno – odpowiada Ana równie sztucznym i przesłodzonym tonem.

Czy to mogło wypaść bardziej krępująco?

Napotykam spojrzenie matki, która marszczy czoło, patrząc na nas troje.

– Eleno, muszę coś ogłosić – wtrącam.

– Oczywiście.

Elena odsuwa się z wymuszonym uśmiechem. Przestaję zwracać na nią uwagę.

– Panie i panowie! – wołam donośnie i czekam, aż gwar ucichnie. Kiedy wszyscy patrzą w moją stronę, biorę głęboki oddech. – Dziękuję wam wszystkim za przybycie. Muszę przyznać, że spodziewałem się spokojnej rodzinnej kolacji, więc to dla mnie przyjemna niespodzianka. – Spoglądam znacząco na Mię, która macha do mnie. – Ros i ja – kiwam głową w stronę Ros i Gwen – najedliśmy się wczoraj strachu. Tym bardziej więc się cieszę, że jestem tutaj i mogę podzielić się z wami fantastyczną wiadomością. Ta piękna kobieta – zerkam na moją narzeczoną – panna Anastasia Rose Steele, zgodziła się zostać moją żoną i chciałbym, abyście to wy dowiedzieli się o tym jako pierwsi.

Rozlega się kilka głośnych westchnień, okrzyki radości i gromkie brawa. Obracam się w stronę Any i składam na jej ustach szybki pocałunek.

– Wkrótce będziesz moja – mówię.

– Już jestem.

– Na mocy prawa – odpowiadam bezgłośnie i uśmiecham się szelmowsko.

Ana chichocze.

Jako pierwsi gratulują nam moi rodzice.

– Mój kochany chłopcze, nigdy nie widziałam cię tak szczęśliwego. – Mama całuje mnie w policzek i ociera łzę, a potem bierze Anę w objęcia.

– Synu, jestem taki dumny – mówi Carrick.

– Dziękuję, tato.

– To urocza dziewczyna.

– Wiem.

– Gdzie pierścionek? – wykrzykuje Mia, ściskając moją narzeczoną.

Ana zerka na mnie zmieszana.

– Zamierzamy wybrać go razem – wyjaśniam i piorunuję wzrokiem moją siostrę. Czasami jest nieznośna.

– Och, nie patrz tak na mnie, Grey! – beszta mnie Mia i zarzuca mi ręce na szyję. – Tak bardzo się cieszę. Kiedy się pobieracie? Ustaliliście już datę?

– Nie mam pojęcia i nie, nie ustaliliśmy. Musimy to wszystko omówić.

– Mam nadzieję, że urządzicie wielkie wesele, tutaj.

– Prawdopodobnie jutro polecimy do Vegas.

Moja siostra krzywi się z irytacją, ale na szczęście z pomocą przychodzi mi Elliot, który zgniata mnie w niedźwiedzim uścisku.

– Dobra robota, bracie – mówi, poklepując mnie po plecach.

Elliot odwraca się do Any, a przede mną staje Bastille i również klepie mnie po plecach. Jeszcze mocniej.

– No cóż, Grey, nie spodziewałem się tego. – Potrząsa moją ręką. – Gratuluję ci, stary.

– Dzięki, Claude.

– To kiedy zacznę treningi z twoją narzeczoną? Wyobrażam sobie, jak skopuje ci tyłek, i od razu robi mi się weselej.

Parskam śmiechem.

– Dałem jej twój harmonogram. Na pewno się odezwie.

Ashley, matka Lily, również składa mi gratulacje, ale jest trochę oschła. Mam nadzieję, że nie podejdzie ze swoją córką do Any.

Uwalniam moją narzeczoną z objęć Mii, kiedy podchodzi do nas doktor Flynn ze swoją żoną, Rhian.

– Cieszę się, że nadal jesteś wśród nas, Christianie –
mówi. – Moje życie bez ciebie byłoby nudne i ubogie.

– John! – Rhian gani męża, a ja korzystam z okazji,
żeby przedstawić ją Anie.

– Cudownie poznać kobietę, która w końcu podbiła
serce Christiana – mówi pani Flynn.

– Tak podkręconej piłki nie zatrzyma żaden łapacz. –
Rozbawiony psychiatra kręci głową z niedowierzaniem.

– Ty i te twoje krykietowe metafory – znów gani go
żona.

Potem składa mi życzenia urodzinowe, gratuluje
nam i wdaje się w ożywioną rozmowę z Aną.

– Niezłą mowę palnąłeś, zważywszy na publicz-
ność – zwraca się do mnie John i wiem, że ma na myśli
Elenę.

– Tak. Jestem pewien, że się tego nie spodziewała.

– Możemy kiedyś o tym porozmawiać.

– Jak się miewa Leila? – pytam.

– W porządku. Dobrze reaguje na leczenie. Jeszcze
dwa tygodnie i będziemy mogli rozważyć przejście na
tryb ambulatoryjny.

– Miło to słyszeć.

– Jest zainteresowana warsztatami terapii artystycznej.

– Naprawdę? Kiedyś malowała.

– Wspominała o tym. Myślę, że coś takiego mogłoby
jej pomóc.

– To świetnie. A jak z jedzeniem?

– Dobrze. Apetyt jej dopisuje.

– Cieszę się. Mógłbyś zapytać ją o coś w moim imieniu?

– Jasne.

– Muszę się dowiedzieć, czy to ona zabrała pewne
zdjęcia, które trzymałem w sejfie.

– Ach… Tak, to ona. Powiedziała mi o tym.

– Powiedziała ci?

– Wiesz, na jaką złośliwość ją stać. Chciała wytrącić Anę z równowagi.

– Cóż, udało się jej.

– O tym też możemy porozmawiać innym razem.

Podchodzi do nas Ros w towarzystwie Gwen i przedstawiam je obie Anie.

– Tak się cieszę, że mogę wreszcie cię poznać, Ano – mówi moja prawniczka.

– Ja również. Doszłaś do siebie po wczorajszych przeżyciach?

Ros kiwa głową i przytula się do swojej partnerki.

– To wyglądało naprawdę poważnie – mówi. – Cud, że Christian zdołał bezpiecznie wylądować. Jest doskonałym pilotem.

– Dopisało mi szczęście i chciałem wrócić do mojej dziewczyny – wtrącam.

– No jasne. Wcale ci się nie dziwię, kiedy ją poznałam – odzywa się Gwen.

Naszą rozmowę przerywa Grace, zapraszając wszystkich do kuchni, gdzie podano kolację.

Biorę Anę za rękę i ściskam ją lekko, żeby się upewnić, czy dobrze sobie radzi, a potem ruszamy za gośćmi. W korytarzu dopada nas Mia. Trzyma dwie szklanki z jakimś koktajlem i domyślam się, że coś knuje. Szepcze coś do Any, która zerka na mnie z paniką w oczach, ale wypuszczam jej dłoń i patrzę, jak obie znikają w salonie.

W kuchni podchodzi do mnie Mac, żeby mi pogratulować.

– Mac, proszę, mów mi po imieniu. Jesteś na moim przyjęciu zaręczynowym.

– Słyszałem o wypadku – wspomina i słucha z przejęciem, kiedy wtajemniczam go w przerażające szczegóły. Grace przygotowała bufet z daniami kuchni marokańskiej. Nakładam sobie porcję tadżinu z jagnięciny i gawędzę z Makiem o moim katamaranie.

Idąc po dokładkę, zaczynam się zastanawiać, co robią Ana i Mia. Postanawiam pośpieszyć z odsieczą mojej narzeczonej, ale gdy docieram do drzwi salonu, słyszę jej podniesiony głos:

– Nie waż się mówić mi, w co się pakuję!

Co się, do cholery, dzieje?

– Kiedy to w końcu do ciebie dotrze? – krzyczy Ana. – To nie twoja cholerna sprawa!

Naciskam klamkę, ale ktoś opiera się o drzwi. Nagle opór ustępuje i wpadam do środka. Anę rozsadza gniew. Ma zaczerwienione policzki i cała się trzęsie. Przed nią stoi Elena, a po jej twarzy coś ścieka, prawdopodobnie koktajl Any.

Staję między nimi.

– Co ty, do kurwy nędzy, robisz, Eleno? – warczę.

Mówiłem ci, żebyś zostawiła ją w spokoju.

– To nie jest kobieta dla ciebie, Christianie. – Elena ociera twarz wierzchem dłoni.

– Co takiego?! – krzyczę tak głośno, że obie kobiety podskakują wystraszone. Ale mam to gdzieś. Ostrzegałem ją, i to nieraz. – Skąd ty, do cholery, możesz wiedzieć, co jest dla mnie?

– Masz swoje potrzeby – szepcze łagodniejszym tonem i wiem, że próbuje mnie udobruchać.

– Już ci mówiłem, że to nie twój zasrany interes! – Jestem zaskoczony własną furią. – O co chodzi? Uważasz, że to ty? Ty? Uważasz, że ty jesteś dla mnie odpowiednia?

Na twarzy Eleny maluje się zaciętość, a jej oczy miotają gromy. Prostuje się, przybierając władczą postawę, i robi krok w moją stronę.

– Nigdy w życiu nie przytrafiło ci się nic lepszego ode mnie – syczy z arogancją. – Spójrz teraz na siebie.

Jeden z najbogatszych, odnoszących największe sukcesy przedsiębiorców w Stanach Zjednoczonych. Niczego nie potrzebujesz. Jesteś panem swojego wszechświata.

A więc do tego zmierza.

Psiakrew.

Cofam się i patrzę na nią z odrazą.

– Kochałeś to, Christianie, nie próbuj się oszukiwać – ciągnie. – Byłeś na najlepszej drodze do autodestrukcji i uratowałam cię przed tym, uratowałam przed życiem za kratkami. Uwierz mi, skarbie, tam właśnie byś skończył. Nauczyłam cię wszystkiego, co wiesz, wszystkiego, czego potrzebujesz.

Nie pamiętam, kiedy ostatnio czułem taką wściekłość.

– Nauczyłaś mnie, jak się pieprzyć, Eleno. Ale to puste, tak samo jak ty. Nic dziwnego, że Linc cię zostawił – mówię, a ona głośno wzdycha, zszokowana. – Ani razu mnie nie przytuliłaś. Ani razu nie powiedziałaś, że mnie kochasz.

Jej lodowate błękitne oczy zamieniają się w wąskie szparki.

– Miłość jest dla głupców – odpowiada.

– Wynoś się z mojego domu – rozlega się pełen wściekłości głos mojej matki.

Wszyscy troje obracamy się zaskoczeni w stronę Grace, która stoi na progu salonu niczym anioł zemsty. Patrzy na Elenę i gdyby wzrok mógł zabijać, moja dawna kochanka zamieniłaby się w kupkę popiołu.

Elena jest blada jak ściana. Sprawia wrażenie, jakby nie była w stanie wykrztusić z siebie słowa ani się poruszyć, przytłoczona tym gniewnym spojrzeniem. Grace podchodzi do niej i ku naszemu zdumieniu wymierza jej siarczysty policzek. Głośne plaśnięcie odbija się echem od ścian salonu.

– Zabieraj te swoje brudne łapska od mojego syna, ty dziwko, i wynoś się z mojego domu – syczy przez zaciśnięte zęby. – Natychmiast!

Ja pierdolę. Mamo!

Nie odrywając wzroku od Grace, Elena dotyka zaczerwienionego policzka. Mruga kilka razy zszokowana, a potem odwraca się i wypada z salonu, nie zamykając za sobą drzwi.

Matka spogląda w moją stronę, a ja nie potrafię odwrócić wzroku.

Na jej twarzy maluje się udręka.

Patrzymy na siebie, nic nie mówiąc, i salon wypełnia przytłaczająca, nieznośna cisza.

– Ano, zanim ci go oddam, czy mogłabyś zostawić nas na chwilę samych? – odzywa się w końcu Grace, ale jej słowa nie brzmią jak prośba.

– Oczywiście.

Odprowadzam wzrokiem Anę, która znika za drzwiami.

Matka przygląda mi się w milczeniu z groźną miną, jak gdyby widziała mnie po raz pierwszy w życiu.

Patrzy na potwora, którego wychowała, ale nie wydała na świat.

O cholera.

Jestem w poważnych tarapatach. Czuję, że krew odpływa mi z twarzy, a po skórze głowy przebiegają ciarki.

– Jak długo, Christianie? – pyta spokojnym głosem.

Znam ten ton – to cisza przed burzą.

Ile udało się jej podsłuchać?

– Kilka lat – mamroczę.

Nie chcę, żeby się dowiedziała. Chcę jej tego oszczędzić. Wiem, że poczułaby się zraniona. Wiem o tym od piętnastego roku życia.

– Ile miałeś lat?

Ciężko przełykam ślinę, a moje tętno przyspiesza jak silnik bolidu Formuły 1. Muszę być ostrożny. Nie chcę narobić kłopotów Elenie. Obserwuję badawczo twarz matki, próbując ocenić, jak zareaguje. Czy powinienem skłamać? Czy potrafiłbym ją oszukać? A z drugiej strony zdaję sobie sprawę, że okłamywałem ją za każdym razem, kiedy idąc na spotkanie z Eleną, wymyślałem historie o wspólnej nauce z kolegą.

Grace wbija we mnie przeszywający wzrok.

– Powiedz mi. Ile miałeś lat, kiedy się to wszystko zaczęło? – cedzi przez zaciśnięte zęby.

Bardzo rzadko zdarzało się jej mówić takim tonem i wiem, że teraz się nie wywinę. Nie odpuści, dopóki nie powiem jej prawdy.

– Szesnaście – szepczę.

Grace mruży oczy i przechyla głowę.

– Spróbuj jeszcze raz. – Jej głos brzmi przerażająco spokojnie.

Cholera. Skąd ona wie?

– Christianie – ponagla mnie.

– Piętnaście.

Zaciska powieki, jakby moja odpowiedź sprawiła jej ból, i unosi dłoń do ust, żeby stłumić szloch. Kiedy w końcu otwiera oczy, są szkliste od łez i przepełnia je cierpienie.

– Mamo…

Zastanawiam się, co mógłbym powiedzieć, żeby zniknął ten wyraz bólu. Robię krok w jej stronę, ale powstrzymuje mnie gestem dłoni.

– Jestem teraz tak wściekła na ciebie, że lepiej się do mnie nie zbliżaj.

– Jak się dowiedziałaś, że kłamałem? – pytam.

– Christianie, na litość boską, jestem twoją matką – mówi i ociera łzę z policzka.

Twarz płonie mi ze wstydu, jest mi głupio i czuję się trochę rozgoryczony. Tylko moja matka potrafi doprowadzić mnie do takiego stanu. Moja matka i Ana.

Myślałem, że jestem lepszym kłamcą.

– Tak, powinieneś się wstydzić. Jak długo to trwało? Jak długo nas okłamywałeś?

Wzruszam ramionami. Nie chcę, żeby się dowiedziała.

– Powiedz mi – nalega.

– Kilka lat.

– Lat! Lat!

Jej krzyk sprawia, że kulę się w sobie. Grace tak rzadko podnosi głos.

– Nie mogę w to uwierzyć. Ta pieprzona suka.

Zaskoczony głośno wciągam powietrze. Nigdy nie słyszałem przekleństwa w jej ustach. Nigdy. To przyprawia mnie o szok.

Grace odwraca się i podchodzi do okna. Jestem tak oszołomiony, że nie mogę ruszyć się z miejsca ani wydobyć z siebie głosu.

Mama właśnie zaklęła.

– I pomyśleć, że przez cały ten czas bywała tutaj…

Grace wzdycha ciężko i ukrywa twarz w dłoniach. Nie mogę tego znieść. Podchodzę do niej i obejmuję ją. To dla mnie coś nowego. Nigdy wcześniej nie przytulałem mamy. Przyciskam ją do piersi, a ona zaczyna cicho łkać.

– Wczoraj myślałam, że nie żyjesz, a dzisiaj to… – mówi przez łzy.

– Mamo… to nie tak, jak myślisz.

– Nawet tego nie próbuj, Christianie. Słyszałam, co powiedziałeś. Że nauczyła cię, jak się pieprzyć.

Znów nie przebiera w słowach.

Wzdrygam się. Tak bardzo to do niej nie pasuje. Grace nigdy nie wyrażała się tak dosadnie. Przeraża mnie myśl, że to ja ją do tego doprowadziłem. Nie mogę sobie darować, że sprawiłem jej ból. Nigdy nie chciałem, żeby przeze mnie cierpiała. Nagle ogarnia mnie przytłaczający wstyd i wyrzuty sumienia.

– Wiedziałam, że coś się dzieje, kiedy miałeś piętnaście lat. To ona była przyczyną, prawda? To przez nią nagle tak się wyciszyłeś, stałeś się taki skupiony? Och, Christianie, co ona ci zrobiła?

Mamo!

Dlaczego ona tak przesadza. Czy powiedziałem jej, że Elena mnie zdominowała? Przecież nie muszę jej mówić, w jaki sposób.

– Tak – mamroczę.

Grace znów wzdycha przeciągle.

– Och, Christianie. Tyle drinków wypiłam z tą kobietą, tyle razy otwierałam przed nią duszę. I pomyśleć, że...

– Mój związek z nią nie ma nic wspólnego z waszą przyjaźnią.

– Nie opowiadaj mi takich bzdur, Christianie! Ona nadużyła mojego zaufania. Wykorzystała mojego syna! – mówi Grace drżącym głosem i znów ukrywa twarz w dłoniach.

– Mamo, to nie było tak.

Matka robi krok do tyłu i trzepie mnie lekko w czubek głowy, sprawiając, że się pochylam.

– Brak mi słów. Po prostu brak mi słów. Gdzie popełniłam błąd?

– Mamo, to nie twoja wina.

– Jak? Jak to się zaczęło? – pyta, ale zaraz unosi dłoń i dodaje pośpiesznie: – Nie, nie chcę tego wiedzieć. I co na to powie twój ojciec?

O kurwa.

Carrick wpadnie w szał.

Czuję się, jakbym znów miał piętnaście lat i musiał

wysłuchać kolejnego z jego przydługich kazań na temat odpowiedzialności i dopuszczalnych norm zachowania. Chryste, nie mam na to najmniejszej ochoty.

– Tak, będzie wściekły jak cholera – wtrąca matka, właściwie interpretując moją minę. – Podejrzewał, że coś jest na rzeczy. Zmieniłeś się z dnia na dzień. I pomyśleć, że to wszystko przez romans z moją najbliższą przyjaciółką.

W tym momencie marzę o tym, żeby ziemia rozstąpiła się pode mną.

– Mamo, było, minęło. Nie zrobiła mi żadnej krzywdy.

– Christianie, słyszałam, co powiedziałeś. I słyszałam jej bezduszną odpowiedź. Kiedy sobie pomyślę...

Nagle Grace łapie się za głowę. Nasze spojrzenia się spotykają i widzę zgrozę w jej oczach.

Psiakrew. Co tym razem?

– Nie! – wyrzuca z siebie, dysząc.

– O co chodzi?

– O nie! Powiedz mi, że to nieprawda, bo jeżeli... Znajdę stary pistolet twojego ojca i zastrzelę tę dziwkę.

– Co?

– Wiem, że Elena ma specyficzne upodobania.

Po raz drugi tego wieczoru lekko kręci mi się w głowie. *Cholera.* Nie powinna o tym wiedzieć.

– To tylko seks – burczę zdawkowo.

Chcę natychmiast uciąć ten temat. Nie mam zamiaru wtajemniczać matki w tę sferę mojego życia.

Grace patrzy na mnie, mrużąc oczy.

– Nie chcę znać odrażających szczegółów. Bo takie właśnie to jest. Brudne, plugawe i odrażające. Jaka kobieta robi takie rzeczy piętnastoletniemu chłopcu? To obrzydliwe. I pomyśleć, ile rzeczy wyznałam jej w zaufaniu. Możesz być pewny, że jej noga nigdy nie postanie w tym domu. – Grace zaciska usta w wyrazie determinacji. – A ty powinieneś zerwać z nią wszelkie kontakty.

– Mamo, hmm... Elena i ja prowadzimy wspólnie bardzo dochodowy interes.

– To bez znaczenia. Musisz się od niej odciąć.

Patrzę na nią oniemiały. Jak ona może mi mówić, co mam robić? Przecież mam dwadzieścia osiem lat, na litość boską.

– Mamo...

– Nie, Christianie. Mówię poważnie. Jeśli tego nie zrobisz, pójdę na policję.

Robi mi się słabo.

– Nie zrobisz tego.

– Owszem, zrobię. Wtedy nie mogłam tego powstrzymać, ale teraz mogę.

– Jesteś po prostu mocno wkurzona i nie dziwię ci się, ale przesadzasz.

– Nie mów mi, że przesadzam! – krzyczy Grace. – Nie będziesz utrzymywał kontaktów z osobą, która jest zdolna do wykorzystywania zagubionego i niedojrzałego chłopca! Ona jest niebezpieczna dla otoczenia.

– Dobra. – Unoszę ręce w pojednawczym geście i matka trochę się uspokaja.

– Czy Ana o tym wie? – pyta.

– Tak.

– To dobrze. Nie powinieneś wkraczać na nową drogę życia z takimi tajemnicami – mówi, marszcząc czoło, jakby te słowa wypływały z jej własnego doświadczenia.

Zastanawiam się, co to takiego mogło być, ale Grace szybko dochodzi do siebie.

– Ciekawi mnie, co twoja narzeczona myśli o Elenie.

– Można by powiedzieć, że podziela twoją opinię.

– Mądra dziewczyna. Dobrze, że chociaż na nią trafiłeś. To urocza młoda kobieta w odpowiednim wieku. Ktoś, kto może dać ci szczęście.

Czuję, że mój nastrój odrobinę się poprawia.

Tak, z Aną odnalazłem szczęście, o jakim nawet mi się nie śniło.

– Koniec z Eleną. Masz z nią zerwać wszelkie kontakty. Zrozumiałeś?

– Dobrze, mamo. Mógłbym to potraktować jako prezent ślubny dla Any.

– Co? Oszalałeś? To nie jest romantyczne, Christianie – beszta mnie matka. – Lepiej wymyśl coś innego.

– Pomyślałem, że to by się jej spodobało.

– Ech, wy mężczyźni! Czasami brakuje wam wyobraźni.

– A co twoim zdaniem powinienem jej dać?

– Och, Christianie – wzdycha matka i uśmiecha się do mnie blado. – Ty naprawdę niczego nie zrozumiałeś, prawda? Wiesz, co mnie tak wytrąciło z równowagi?

– Tak, oczywiście.

– No to mi powiedz.

Patrzę na nią przez chwilę i wzruszam ramionami.

– Właściwie to nie wiem. To, że o niczym nie wiedziałaś? Że ona jest twoją przyjaciółką?

Grace wyciąga rękę i delikatnie pociąga mnie za włosy, tak jak to robiła, kiedy byłem mały. Jedynie w taki sposób mnie dotykała, bo tylko na tyle jej pozwalałem.

– Wszystko to, a także fakt, że cię wykorzystała, mój drogi. A ty tak bardzo zasługujesz na miłość. Trudno cię nie kochać. Zawsze taki byłeś.

Czuję dziwne mrowienie pod powiekami.

– Mamo – szepczę.

Matka jest już spokojniejsza. Obejmuje mnie, a wtedy przytulam ją mocno.

– Lepiej idź poszukać swojej przyszłej żony. Po przyjęciu powiem o wszystkim ojcu. Na pewno też będzie chciał z tobą porozmawiać.

– Musisz mu o tym mówić?

– Tak, Christianie, muszę. I mam nadzieję, że porządnie zmyje ci głowę.

Niech to szlag.

– Wciąż jestem na ciebie wściekła, ale jeszcze bardziej jestem wściekła na nią – dodaje i jej twarz znów przybiera poważny wyraz. Nie zdawałem sobie sprawy, że potrafi być taka przerażająca.

– Wiem.

– A teraz idź, poszukaj swojej dziewczyny.

Patrzę na nią, jak pociera palcami dolne powieki, doprowadzając do porządku rozmazany makijaż. Wygląda pięknie. To wspaniała kobieta, która kocha mnie tak bardzo, jak ja kocham ją.

Biorę głęboki oddech.

– Nie chciałem cię zranić, mamo.

– Wiem. Idź już.

Pochylam się i ku jej zaskoczeniu delikatnie całuję ją w czoło, a potem wychodzę.

Kurwa. Ciężko było.

Any nie ma w kuchni.

– Hej, bracie, chcesz piwa? – zagaduje mnie Elliot.

– Za chwilę. Szukam Any.

– Czyżby odzyskała rozum i uciekła od ciebie?

– Odwal się.

W salonie też jej nie ma.

Ale chyba nie wyszła z domu.

Może jest w moim pokoju? Pędzę na górę i kiedy jestem na półpiętrze, widzę ją stojącą u szczytu schodów. Zatrzymuję się na najwyższym stopniu i staję przed nią tak, że nasze twarze znajdują się na tym samym poziomie.

– Cześć.

– Cześć – odpowiada.

– Martwiłem się…

– Wiem – wchodzi mi w słowo. – Przepraszam, ale musiałam uciec, żeby pomyśleć.

Wyciąga rękę i gładzi mnie po policzku. Wtulam twarz w jej dłoń.

– I uznałaś, że zrobisz to w moim pokoju?

– Tak.

Staję na podeście obok niej i tulimy się do siebie. Jej zapach jest cudowny... wręcz kojący.

– Przykro mi, że musiałaś przez to przechodzić.

– To nie twoja wina, Christianie. Dlaczego ona tu była?

– To przyjaciółka rodziny.

– Już nie. Jak tam twoja mama?

– Mama jest w tej chwili mocno na mnie wkurwiona. Naprawdę się cieszę, że tu jesteś i że trwa przyjęcie. W przeciwnym razie mógłbym nie dożyć jutra.

– Tak źle?

Całkowicie przesadzona reakcja.

– Dziwisz się jej? – dodaje Ana.

Zastanawiam się przez chwilę. Najbliższa przyjaciółka uwodzi jej nieletniego syna.

– Nie.

– Możemy usiąść?

– Jasne. Tutaj?

Moja narzeczona kiwa głową i siadamy na schodach.

– No więc jak się czujesz? – pyta.

Wzdycham i wzruszam ramionami.

– Czuję się wolny.

Naprawdę tak jest. Jakbym zrzucił z siebie jakiś ciężar. Już nie muszę się martwić tym, co pomyśli Elena.

– Naprawdę?

– Koniec z naszym wspólnym biznesem.

– Zlikwidujesz salony?

– Nie jestem aż tak mściwy, Anastasio. Nie, podaruję

je Elenie. W poniedziałek porozmawiam z prawnikiem. Jestem jej to winien.

Ana posyła mi pytające spojrzenie.

– Koniec z panią Robinson?

– Koniec.

– Przykro mi, że straciłeś przyjaciółkę.

– Czyżby?

– Nie – odpowiada ironicznym tonem.

– Chodź. – Wstaję i wyciągam do niej rękę. – Poudzielajmy się trochę na przyjęciu wydanym na naszą cześć. Może się nawet upiję.

– A to ci się zdarza?

– Ostatni raz mi się zdarzyło, gdy byłem szalonym nastolatkiem – odpowiadam, idąc w dół po schodach. – Jadłaś coś?

Ana robi skruszoną minę.

– Nie.

– A powinnaś. Sądząc po wyglądzie i zapachu Eleny, oblałaś ją jednym z zabójczych koktajli taty.

– Christianie, ja…

Uciszam ją gestem dłoni.

– Bez dyskusji, Anastasio. Jeśli masz zamiar się upić i oblewać alkoholem moje byłe, musisz jeść. To zasada numer jeden. Wydaje mi się, że już o tym rozmawialiśmy po naszej pierwszej wspólnej nocy.

Przypominam ją sobie, śpiącą w moim łóżku w Heathmanie. Zatrzymujemy się w korytarzu i muskam palcami jej policzek.

– Godzinami leżałem i patrzyłem, jak śpisz – szepczę. – Możliwe, że już wtedy cię kochałem.

Nachylam się i całuję ją czule, a ona zdaje się rozpływać w moich objęciach.

– Jedz. – Wskazuję w stronę kuchni.

– Dobrze.

‖‖‖‖‖‖‖‖‖‖‖‖‖‖‖‖‖‖‖‖‖

Zamykam drzwi za Flynnem i jego żoną, których właśnie pożegnaliśmy.

Nareszcie jestem sam na sam z Aną. W domu została tylko rodzina. Grace chyba trochę za dużo wypiła i właśnie katuje w bawialni *I Will Survive* na karaoke z Mią i Katherine.

– Dziwisz się jej? – pyta Ana.

Patrzę na nią, mrużąc oczy.

– Drwi sobie pani ze mnie, panno Steele?

– Owszem.

– Ale to był dzień!

– Christianie, ostatnio każdy dzień z tobą taki jest.

– Celna uwaga, panno Steele. Chodź, chcę ci coś pokazać.

Biorę ją za rękę i prowadzę do kuchni, gdzie Carrick, Elliot i Ethan Kavanagh spierają się o jakiś mecz Marinersów.

– Wybieracie się na spacer? – pyta Elliot, kiedy podchodzimy do drzwi prowadzących na taras, ale pokazuję mu środkowy palec i nic nie odpowiadam.

Noc jest pogodna. Schodzimy po kamiennych stopniach na trawnik, gdzie Ana przystaje, żeby zdjąć buty i przez chwilę podziwia widok. Nad zatoką wisi księżyc i jego srebrzysty blask odbija się w wodzie. W oddali migocą światła Seattle.

Trzymając się za ręce, idziemy w stronę hangaru na łodzie, który jest oświetlony w środku i na zewnątrz.

– Christianie, chciałabym pójść jutro do kościoła – odzywa się Ana.

– Och?

– Modliłam się, żebyś wrócił cały i zdrowy, i wróciłeś. Tyle chociaż mogę zrobić.

– Dobrze.

Myślę, że mógłbym pójść razem z nią.

– Gdzie zamierzasz powiesić zdjęcia José?

– Możemy je powiesić w nowym domu.

– Kupiłeś go?

Przystaję.

– Tak – odpowiadam. – Myślałem, że ci się podoba.

– Podoba. Kiedy go kupiłeś?

– Wczoraj rano. Teraz musimy zdecydować, co z nim zrobić.

– Nie burzmy go. Proszę. To taki śliczny dom. Trzeba jedynie włożyć w niego trochę pracy.

– Dobrze. Porozmawiam z Elliotem. On zna dobrą architektkę. Zajmowała się moim domem w Aspen, więc tym też może.

Ana uśmiecha się, a potem chichocze rozbawiona.

– No co? – pytam.

– Przypomniała mi się nasza ostatnia wizyta w hangarze.

O tak. Dałem się wtedy ponieść chwili.

– Och, fajnie było. Prawdę mówiąc…

Zatrzymuję się, obejmuję Anę wpół i nie zważając na jej piski, zarzucam ją sobie na ramię.

– Byłeś naprawdę zły, o ile dobrze pamiętam.

– Anastasio, ja zawsze jestem naprawdę zły.

– Wcale nie.

Wymierzam jej klapsa w tyłek, a kiedy docieramy do drzwi hangaru, stawiam ją na ziemi.

– Zgadza się, już nie.

Ujmuję w dłonie jej twarz i całuję ją mocno, zamieniając cały mój niepokój w namiętność. Kiedy ją wypuszczam, nie może złapać tchu i dyszy ciężko.

No dobra. Żeby tylko spodobało się jej to, co przygotowałem. Mam nadzieję, że tego właśnie oczekiwała.

Zasługuje, żeby rzucić jej do stóp cały świat. Wygląda na trochę zaintrygowaną, kiedy gładzi mnie po policzku i kładzie palec wskazujący na moich ustach.

Kurtyna w górę, Grey.

– Muszę ci coś pokazać – mówię. – Chodź.

Biorę ją za rękę i prowadzę na górę po schodach, a potem uchylam drzwi na poddasze i zaglądam do środka. Upewniwszy się, że wszystko jest w porządku, odsuwam się na bok.

Ana przestępuje próg i głośno wciąga powietrze, przejęta widokiem, który ukazuje się jej oczom.

Ekipa z kwiaciarni spisała się na medal. Całe wnętrze jest przystrojone bukietami kolorowych polnych kwiatów, nad którymi migocą sznury miniaturowych lampek i świecą różowe lampiony.

Tak. To wygląda całkiem nieźle.

Ana jest oszołomiona. Rozgląda się dookoła, a potem kieruje wzrok w moją stronę.

– Chciałaś serduszek i kwiatów – mówię, a ona wpatruje się we mnie z niedowierzaniem. – Masz moje serce.

– A tu są kwiaty. Christianie, są śliczne.

Jej głos brzmi nieco chrapliwie i wiem, że jest bliska płaczu.

Zbieram się na odwagę i prowadzę ją w głąb poddasza. Na środku kwiatowej altany zatrzymuję się i klękam na jedno kolano. Ana wstrzymuje oddech i zasłania usta dłońmi. Z wewnętrznej kieszeni marynarki wyjmuję pierścionek i unoszę go w wyciągniętej ręce.

– Anastasio Steele. Kocham cię. Pragnę cię kochać, czcić i chronić do końca moich dni. Bądź moja. Zawsze. Dziel ze mną życie. Wyjdź za mnie.

Ona jest miłością mojego życia.

Zawsze będę kochał tylko ją.

Po policzkach Any zaczynają płynąć łzy, ale jej twarz

rozjaśnia uśmiech, przy którym blednąksiężyc, gwiazdy, słońce i wszystkie kwiaty dookoła nas.

– Tak – odpowiada.

Ujmuję jej dłoń i wsuwam pierścionek na palec. Pasuje idealnie. Przygląda mu się z zachwytem.

– Och, Christianie – szepcze przez łzy.

Kolana uginają się pod nią i również klęka, padając mi w objęcia. Wpija się w moje usta, wkładając w ten pocałunek całą swoją namiętność i miłość. Wtula się we mnie. Oddaje mi się cała, jak zawsze.

Moja cudowna Ana.

Spijam słodycz z jej warg. Sycę się nią i daję siebie w zamian. To ona mnie tego nauczyła.

Ta kobieta, która wyprowadziła mnie z mroku. Ta kobieta, która kocha mnie bez względu na moją przeszłość i moje błędy. Ta kobieta, która zgodziła się być moją do końca swoich dni.

Moja dziewczyna. Moja Ana. Moja miłość.

EL JAMES

Po dwudziestu pięciu latach pracy w telewizji EL James postanowiła spełnić swoje marzenie z dzieciństwa i pisać powieści, które porwą serca czytelników. W rezultacie powstała zmysłowa trylogia, na którą składają się książki: *Pięćdziesiąt twarzy Greya*, *Ciemniejsza strona Greya* i *Nowe oblicze Greya*. Cykl, który przetłumaczono na 52 języki, sprzedał się w 150 milionach egzemplarzy na całym świecie. W 2012 roku EL James została uznana przez Barbarę Walters „Najbardziej fascynującą osobą roku", przez tygodnik „Time" „Najbardziej wpływową osobą roku", a przez „Publishers Weekly" „Człowiekiem roku". Pierwsza część, *Pięćdziesiąt twarzy Greya*, okupowała listę „New York Timesa" przeszło dwa i pół roku, a ekranizacja filmowa wytwórni Universal Pictures z 2015 roku, której James była producentką, biła rekordy kasowe na całym świecie.

W 2015 roku ukazał się *Grey*, czyli historia *Pięćdziesięciu twarzy Greya* opowiedziana z perspektywy Christiana.

EL James mieszka w zachodnim Londynie z mężem, powieściopisarzem i scenarzystą Niallem Leonardem, oraz dwoma synami. Autorka nadal pisze powieści i pracuje jako producentka kolejnych wersji filmowych swoich książek.